De Reis

na'n

Hamborger Dom.

Von

Dr. Th. Piening.

Illustrirt

von

Chr. Förster.

mit einem Vorwort von

Dieter Bellmann

Verlag Schuster in Leer

ISBN 3-7963-0034-0
Nachdruck der ersten illustrierten Ausgabe 1883
mit Holzstichen von Christian Förster.
Das Format wurde gegenüber der Originalausgabe geringfügig verkleinert,
die einzelstehenden Illustrationen dem Satzspiegel angepaßt.
© 1972 by Verlag Schuster D 2950 Leer
2. Auflage 1973
Einbandentwurf: Jörg Drühl
Gesamtherstellung: Anton Hain KG, Meisenheim/Glan
Printed in Germany

eins zu 2000 Mark mit der Bestimmung, daß die Zinsen am ersten Tage des Herbstmarkts an fleißige Kinder wenig begüterter Eltern verteilt werden sollen. Einem solchen Autor, der sein Publikum unterhält und mit der blanken Tat den sozial Benachteiligten zu helfen versucht, gebe ich gern ein Vorwort mit.

Dieter Bellmann

während der „Fahrt na de Isenbahn" von Windbergen
nach Wrist, da gibt es keine Städtebilder von Kellinghusen
etwa oder wenigstens von Hamburg, nein, der ganze
Roman besteht aus Gesprächen, kurz- und längerweilig,
und immer frischweg plattdeutsch. Nur Persetter spricht
sächsisch und sein Landsmann, der Theaterdirektor Her-
zele, „natirlich och", und hin und wieder spricht eine Amts-
und Respektperson etwas hochdeutsch. Ansonsten ist die
ganze Welt noch plattdeutsch, auf dem Hamburger Dom
allemal.

Gewiß zeichnet Piening Karikaturen, gewiß treibt er
Situationskomik um der Komik willen, und das Bild des
dummen Bauern in der Großstadt wird grell beleuchtet.
Aber die Hamburger Dom-Typen kommen keinen Deut
besser weg, noch irgendeine andere wichtige Person. Hier
steht gaffende Naivität und Leichtgläubigkeit gegen bür-
gerliche Formelhaftigkeit oder bedenkenloses Schwindler-
tum. Aber nun auch wiederum nicht so, daß Abgründe
offenbar werden und der moralische Appell die Laune
verdirbt. Nein, der Zeigefinger wird nicht erhoben! Piening
schildert, wie es ist — mit toller Übertreibung — und darin
steckt, richtig besehen, schon genug Moral. Der Hambur-
ger Dom ist kein Paradies, wie die Windberger meinen,
solange sie nicht da waren, aber er ist auch nicht die Hölle.
Man muß sich nur auskennen dort, aber bis man sich
auskennt, muß man Haare lassen. Aber dann weiß man's,
und man braucht auch gar nicht mehr hinzufahren.

Wer allerdings nicht da war, ja, der wird auch dann noch
unbedingt hinfahren wollen, wenn er den Bericht derjeni-
gen gelesen hat, die genug davon haben.

Was aber soll man sagen, wenn der heutige Leser den
Mangel an sozialer Verantwortung bei unserem Autor
entdeckt und beklagt, daß er sich die Chance, eine gesell-
schaftskritische Studie zu liefern, leichtfertig hat entgehen
lassen? Das soll man sagen: Theodor Piening hat seiner
Vaterstadt Meldorf drei Vermächtnisse hinterlassen, eins
für die Armen, eins für die Knaben des Orgelchors und

bringen und dort verkaufen. Angekommen, erleben sie nicht weniger als vordem, aber der Reiz des Neuen ist für Hinnerk schon nicht mehr gegeben, wohl aber für Fritz. Er verkiekt sich bannig in die Tochter einer „polnischen Gräfin", die auf dem Dom tingeltangelt oder, wie sie sagt, „Kunst maakt", und die ohne ihn nicht mehr leben will, seit sie weiß, was er an den Ochsen verdienen wird. Und da Fritz keinen Selbstmord auf dem Gewissen haben will, beschließt er, bei ihr zu bleiben — mit dem Ochsengeld. Seinem Vater schreibt er allerdings, er wolle nach England gehen, um die dortige Landwirtschaft kennenzulernen und nehme das Ochsengeld als Erbteil mit. Dasselbe sagt er auch den Mitreisenden der zweiten Reise, und die fahren ohne ihn zurück.

In Windbergen warten Hans Detlf und seine Frau Antjemedder Monat um Monat auf die Heimkehr des Sohnes, bis sie erfahren, daß er noch in Hamburg ist. Da wird Antjemedder die biblische Haltung zu anstrengend; sie überredet ihren Mann, nicht auf die Rückkehr des verlorenen Sohnes zu warten, sondern ihn zu holen. Schließlich reisen sie wieder los; diesmal: Hans Detlf und Antjemedder und Klaas Thießen und Hinnerk. Als sie Fritz endlich gefunden haben, machen sie alle einen Schlußstrich unter das Kapitel Hamburg. Antjemedder zuerst, sie sagt: „Na, Kinners, in Hamborg weer't ganz schön, awers ik freu mi doch, dat ik wedder to Hus bün, hier is dat doch bäter! So väl is gewiß, ik ga dar ni wedder hen!"
„Ik ok ni!" säden Klaasohm un Hansohm.
„Ik ok ni!" stimmen Fritz un Hinnerk bi.

Un dormit hett sik dat. Nein, es hat keine Verwicklungen gegeben, die Tragik ahnen ließen, keine Spannungen, deren Lösung nicht absehbar wäre. Mit einer schicksallosen Unbefangenheit erzählt der Autor drauflos, reiht Episode an Episode, mal fester, mal loser verknüpft, wie's gerade so kommt. Eins aber scheint ihn nie zu verlassen: die Erzähllaune. Und treten doch einmal Ermüdungserscheinungen auf, rafft er sich mit einem Döntje hoch, und schon geht's wieder. Da gibt es keine Landschaftsschilderung

Schon die Titelwahl macht das deutlich. Sein Erstlingswerk nennt er „Snack un Snurren" (1855), und ein Jahr nach Reuters „Reis na Belligen" veröffentlicht er seine „Reis".

Die plattdeutsche Literaturgeschichte sollte endlich mit und gegen Wienbarg zur Kenntnis nehmen, daß am Anfang ihrer neuniederdeutschen Epoche *zwei* Werke stehen: der „Quickborn" *und* die „Läuschen un Riemels". Beide sind sie die Grundpfeiler ihres Gesamtbaus geworden, nicht ihre verschiedenen Stockwerke. Wer in diesem Haus verkehren will, sollte nicht mutwillig einen dieser Pfeiler stürzen wollen; er müßte in jedem Fall in einer Ruine hausen — als Narr oder als Apostel. Für das Publikum wäre das einunddasselbe und beides gleich lächerlich.

Hat nun der Leser das Recht auf freie Wahl der Lektüre, so der Autor auf freie Wahl des literarischen Vorbildes. Unser Autor hat sich, wie gesagt, für den jungen Reuter entschieden. Und hat er nicht seinen Ruhm geteilt, so doch seinen Publikumserfolg, zumindest, was das vorliegende Buch anlangt. Kein Wunder, denn ist der Hamburger Dom schon eine Reise wert, so sind die Erlebnisse der Windberger Geestbauern Hans Detlf und Klaas Thießen und ihrer sechzehnjährigen Söhne Fritz und Hinnerk auf dieser Reise auch ein Buch wert. „En Reis na en so grote Stadt, as Hamborg is, bedüd op'n Dörpen ganz väl mehr as en Reis um de ganze Welt". Und weil die Welt für einen Dorfjungen voller Wunder ist, zumal in der Großstadt, ist es wiederum kein Wunder, daß Fritz und Hinnerk ihre Väter ein Jahr nach der ersten Reise zu einer zweiten zu überreden versuchen.. Kein Wunder aber auch, daß die Väter so große Neigung nicht zeigen, „nochmol in't Lock to kommen", wie auf der ersten Reise geschehen. Aber schließlich meinen sie doch: „Dat is . . . gut vör junge Lüd, wenn se recht wiet in de Welt rum kaamt. Nargends lehrt man mehr as op Reisen". Also lassen sie sie alleine reisen, bestimmen aber, daß Persetter Vaagt, der neueingestellte Schulmeister aus Sachsen, und Hinnerks dreizehnjähriger Bruder Piet sie begleiten. Hinnerk und Fritz brauchen auch ihre Hilfe, denn sie sollen Ochsen nach dem Altonaer Viehmarkt

ment und bewegt sich hier auf die ungezwungenste Weise, und man darf wohl sagen, daß es der hochdeutschen Sprache nicht gelungen wäre, diese Reise auf gleich gute Weise zu schildern". Das ist immerhin ein erstaunliches Urteil aus dem Munde dessen, der 26 Jahre zuvor die plattdeutsche Sprache mit Stumpf und Stiel ausrotten wollte, inzwischen aber — 1860 — von der unerwarteten Wiedergeburt der plattdeutschen Literatur überrascht und widerlegt worden war. Er macht aber dieses Zugeständnis nicht, ohne dieser Literatur, nachdem sie nun einmal nicht mehr wegzudenkende Gegebenheit ist, eine bestimmte Rolle zuzuweisen: „Wohnt doch dem plattdeutschen Dialekt eine tiefe, schier unverwüstliche vis comica niederer Gattung bei, wie schwerlich irgendeiner anderen Sprache dieser Welt. Für solche Produktionen ist daher die plattdeutsche Mundart recht eigentlich wie geschaffen, nicht aber für Quickbornsche Gedanken". Und er beeilt sich, Groth dahingehend zu belehren, daß die „Reise zum Hamburger Dom" ihm zeigen könne, „wohin er sich mit seiner literarischen Tätigkeit zu begeben hätte, falls er auf Beifall rechnen sollte".

Und da wären wir denn, schon 1860, bei der ewig jungen Streitfrage, ob die plattdeutsche Sprache geeignet sei, . . . , oder ob ihr lediglich . . . Man sollte die Frage nicht einmal mehr aussprechen; sie hat sich erledigt.

Gewiß steht es der plattdeutschen Dichtung schlecht an, ausschließlich Hölderlinchen zu spielen, aber ebenso schlecht steht ihr die Hanswurstrolle. Trotzdem sollte sie das eine tun und das andere nicht lassen. Sie lebt, wie jede andere Dichtung, vom Vermögen ihrer Autoren, und das ist bekanntlich auch in der Unterhaltungsbranche sehr unterschiedlich.

„De Reis na'n Hamborger Dom" jedenfalls ist in der Tat ein Buch „voll toller Laune"; ein Schelm, wer an den „Quickborn" dabei denkt! Theodor Piening hat ganz offensichtlich nicht seinen dithmarscher Landsmann zum Vorbild gewählt, sondern dessen mecklenburgischen Antipoden.

Th. Piening

Welch ein glückliches Jahrzehnt, das erste Jahrzehnt der neuniederdeutschen Literatur von 1850 — 1860! Es brachte nicht nur den künstlerischen Aufbruch mit Groths „Quickborn", Brinckmans „Kasper Ohm" und Reuters „Keen Hüsung", sondern auch jene Bestseller, die das breite Leserpublikum für das Plattdeutsche gewannen: Reuters „Läuschen un Riemels" und — Theodor Pienings „Reis na'n Hamborger Dom". 1856 lag der erste Band vor, 1877 erschien die 9. Auflage, und zwar erweitert um „De tweete Reis na'n Hamborger Dom", erster und zweiter Teil. Die erste illustrierte Ausgabe mit Holzstichen von Christian Förster, die hier im Nachdruck vorliegt, kam 1883 heraus. Welcher Autor wurde nicht verführt, ein erfolgreiches Buch fortzusetzen! Auch Piening hat seine Chance genutzt, und der Erfolg hat ihm recht gegeben, und das hieß im vorigen Jahrhundert noch: er hat ihn ernährt. Bis zu seinem Tode 1905 lebte er in Hamburg als Privatlehrer und freier Schriftsteller.

Freilich, die plattdeutsche Literaturgeschichte hat von ihm keine Notiz genommen. W. Stammler erwähnt ihn mit keinem Wort, H.K.A. Krüger widmet ihm einen ganzen Satz mit der Bemerkung, seine Werke steckten „voll toller Laune", machten aus den Helden jedoch „zumeist Karikaturen". Anders urteilt der Groth-Hasser und aufklärerische Wüterich gegen die plattdeutsche Sprache, Ludwig Wienbarg. Um Groth zu kränken und den „Quickborn" zu erledigen, lobt er Pienings „Reis", „von welcher Humoreske sich wohl ein jeder erbaut und angesprochen fühlen muß. Plattdeutsch ist in dieser Erzählung ganz in seinem Ele-

„Endli dachen de Winbargers un gungen mit ehr Piepen so wiet naa vör'n, as se man jichens kunnen, um de Kaffern to sehn."

Inhold.

		Seite
I. Kap.	Hans Detlf un Klaas Thießen ward sik eeni, mit ehr Jungs de Welt to bereisen	1
II. Kap.	Van Wrist bet naa Kiel. — Dat Driewwark van de Isenbaan. — De verlaarne Müt. — Herr Paster sin Heinri. — De Studentenkneip	10
III. Kap.	Van Kiel naa Hamborg. — Hans Detlf will op den Telegraaf rieden. — Wiezel's Hotel. — Frit un Hinnerk maakt en grote Seereis. — Taafelboot	25
IV. Kap.	Wa Hinnerk in de Menaascherie bi een Dog van Aap teräten word. — De Kraftmäter. — Smuck un Eckhoff. — Dat merkwördige Licht	45
V. Kap.	Se dröömt. — Klaasohm verricht sin Andacht op en afsünderlichen Oort. — Dat Altonaer Offenmarkt	53
VI. Kap.	Se gaat naa Hamborg rin. — De dösigen Kaarten. — Kunventgaarn. — Apollosaal. — Se vertöort sik	60
VII. Kap.	Se verdräägt sik wedder. — De Hamborger Börs. Dat Thiaater. — De Goosmarkt. — De Grootniemarktswach. — Se reist wedder naa Moder	76
VIII. Kap.	Wenn man keen rein Gewäten het. — Persetter Vaagt. — Frit Detlf un Hinnerk Thiessen kriegt Verlöövt naa Hamborg to reisen	91
IX. Kap.	Hü Oß! — Persetter lehrt Ossen drieben! — Piet schall ni smöken, kriggt awers endli Verlöövt. — Fraagen is lichter as antworten. — De niemodische Spääldisch. — Wacken. Zippeln. — Persetter maakt sik. — Wat en unriepen Appel doch vör Malheur anrichten kann. — De Judaskuß. — Odeon. — Hulda, de Kautschuckbaam. — O, kiek, kiek! — De verdreite Bütenknoop	109
X. Kap.	Minsch kiek maal! — „Ikaarische Spiele." — De zoologische Gaarn. — De jure Jungfer. — Weeß Kott, een sehr dummer Witz! — De ole Sambur. — De Brillenaap! — Für Herren — Vör't Aapenhus. — Hinnerk un de Kakadu. — Dat Wettrennen. — Persetter ward de Hoot inrammt. — Direkter Herzele. — Hinnerk ward de Breeftasch staalen. — Direkter Herzele vertellt sin Lebensgeschichte. — Wat en Thiaterdirekter bischuerns utstaan mutt. — De Kunst in Hamborg. — Schall it, oder schall it ni? „Hercules am Scheidewege". — Persetter verdeent noch laat in de Nacht Geld	134

XI. Kap. Piet vergrippt sik an Persetter, un Persetter vergrippt sik an Piet. — Der Junge is, weeß Kott, verrückt! — Direkter Herzele ward söcht! — Aalsupp. — Bi'n Photograafen. — Wat kann de Minsch leegen! — Hinnerk un Persetter ward kloot maakt! — Persetter is gräsi spilleri. — Se fahrt retour. — Hinnerk in de „Reform". — Fritz sin Breef. — En lütten Trost! — De Jungens kaamt wedder — Hinnerk vör't Brett. — Allgemeene Bicht. — De aasige Photograaf 168

XII. Kap. Fritz lett sick sehn. — Klaasohm jöökt dat Fell. — Hurrah, naa'n Dom! — Wat dat eegentli mit de Isenbaan un den Telegraafen is! — Se lett sik man nix wies maaken. — De swarte Deubel! — Antjemedder ward gräsi bang. — De Strichbüdel. — Laat man eerst Concurrenz kaamen! — Sühst Du wull! — De ole Bedreeger 207

XIII. Kap. De Fahrt naa't Goosmarkt. — „Stabt Kiel". — Dar steit he also! — De seet awers fast! — De Elmshöörner Schoster. — Melk. — De nette Opwaarer. — Accisestätte. — De Steernwart. — Snaaksch, Klaasohm kennt jeder Minsch. — De englischen Reihnadels. — De plus ultra Plackseep. — Bi Ludwig. — De Spieskaart. — Bah! — Klaasohm will mit Gewalt den Kellner to Liev. — O Gutt, o Gutt, bah! — Odeon. — Hitt Water vör den Dörst. — Klaasohm ward gräsi anneiert. — De verdammten Reihnadels. — De Straatenbeleuchtung. — De Doorsperr existeert noch. — Dat Fremdenbook. — De leidigen Appelsinas. — Dat merkwürdige Licht. — Wa Klaasohm spaart un Hinnerk sik verköölt 231

XIV. Kap. Wat se sik hebt. — De schöne Liefdoorn! — Jungfernstieg. — In'n Schirmladen. — Swin, wat kickst! — Ultimo! — De Prüntje. — Hoppenmarkt. — Klaasohm kriggt wat op't Jack. — De Petrikark. — Mist. — Table d'hote. — De Jeßpudding. — Wa't in Hamborg togeit. — Panorama. — Dat Hydrooxygen-Mikroskop. — Dammi, laat dat aasige Tuten. — Das größte Wunder des Jahrhunderts. — Madame Eugenie. — Klaasohm verköölt sik ook! — Füer! Füer! — De leege Hinnerk 268

XV. Kap. Kennt He uns ni mehr? — Warum Klaasohm so bekannt is! — Gemäldegallerie. — Marktbericht. — Klaasohm schall arreteert warden. — Grootniemarkt. — Tuck, Tuck! — De falschen Geister! — Dank ook väälmaals. — De „Doppeleiche". — Hinnerk saat sik mit den Nigger. — Herrcheses, Fritz! — Fritz mutt vertellen. — Man jümmers nosel! — Se fahrt af! — Extraa! — Tüterütü! Hurrah, se kaamt, se kaamt! — Persetter is spillerig! — De Räken. — Nu weet ik't 302

Dat eerste Kapitel.

Hans Detlef un Klaas Thießen ward sik eeni, mit ehr Jungs de Welt to bereisen.

Dat weer Anfang December un bandi koolt. De Wintersmann mit sin witten Baart van Jis un Snee weer all ankaamen un maal jede Nacht so väle Blööm an de Finstern, dat de leewen Kinder sik den andern Morgen meist de Lung daran wegpuußen, um en lütt Kieklock to maaken, wadör se de schöne Sünn sehn kunnen. Het Moder man eben den Kaffee to Liev, so laat de Görrn ehr keen Fräd, un se mutt en Füerbecken rinhaalen un de Finstern wedder klaar maaken. De Jungs hebt dat bandi hilt. Wücke maakt sik en groote Sneehütt, wanem wull'n tein Personen in sitten künnt, un dar sitt se nu Abends in, un in alle Ecken un Kanten brennt lütte Lichtstumpen, dat de witten Wänd glänzen doot as Krystall. Hebt se dat Döörlock tostoppt, so sitt sik dat dar ganz warm un moje, un nargens lett sik bäter Märkens vertellen as hier. Dat awers ni Jedermann in dat lütt Huus rinkrupen deit, hebt se neeg dabi en groten Sneekerl as Wach opstellt, de en gräsi grooten

Piening, De Reis. 1

Knüppel in Arm het un mit sin Ogen van den swartsten Törf so glöni in de Welt rinkickt, dat man wull bang vör em warden mugg.

Wück ander Jungs smiet sik mit Sneeballen un juucht luut ut, wenn se een düchtig draapen hebbt, un dat is dabi en Freud un Gelach mank de smucken Kinder, dat Vader un Moder in de Stuv ook ganz lusti un vergnögt to Sinn ward. Wücke rüüscht ook oder maakt sik en Glitschbaan, un dabi feilt denn ook nargens so'n plietschen Driewer, de sin Naawers Söhn, sünder dat he dat markt, en Klumpen Snee in de Tasch rinfummelt, so dat de lütt unschuldi Bengel, wenn he sik tonöst in de Stuv achtern Aaben sett, um sik ook to warmen, anfangt to lecken as en ole Watertünn

Is nun Abends dat Aeten van'n Disch, denn geit Moder naa de Appelkaamer un kummt wedder torügg mit'n ganze Schört vull lütte Keesappeln. De ward in den Braader leggt, und bünt de Kinder aari un ni so ballstüri, denn kriegt se tonöst ook braadte Appeln. Vader sitt Abends tomeist achter den Aaben, smöökt sin roden G oder ook dat „ditmarscher Waapen" ut den korten Brösel un studeert in ole Chroniken, Postillen oder ook in de Avisen. Is dar denn wat, dat em gefallt, so nückt he mit'n Kopp un lisst dat ook wull maal ins luut vör, dat de Andern ook wat davun hebt. Um den Disch rum sitt meist Tied de Deensten mit ehr Spinnräd un treckt sine Faadens un snackt ook wull maal ins en Word mit damank, wenn de Buer, bi den se deent, darnaa is. Is de verdreetli un gnägeli, so laat ook se den Kopp hangen un freut sik, wenn de Abend man bloot eerst to End is; is he awers vergnögt un spaasi un keen Fiend van en bäten Jux, denn freut de Deensten sik all den ganzen Dag op den Abend, un bünt se denn mit ehr Arbeit in de Stuv, so geit dat Vertellen los, een Dööntje noch lustiger as dat ander, awers de Handen weet ni, wat de Mund deit, un se arbeit so drödi los, as gung't in de Wett.

So gung dat ook to bi Hans Detlf to Winbargen. De mugg dat geern hebben, wenn sin Lüd recht lusti un vergnögt weern, Suerpütt kunn he vör'n Doot ni utstaan.

He weer Vullbuer, hadd sin Hoff schuldenfrie van sin Vader krägen un stund nix ut. Antje, sin Fru, spääl keen groote Daam, se weer man ganz gemeen. Se hadd keen fine witte Hut un man rode Handen un Arms un bottergäle Haar, awers en Paar bliede, blanke Ogen seeten in ehr'n Kopp, de Jedereen geern ankieken

mugg. Seeg man se Daags rumwirthschaffen un arbeiden, so
wuß man ook, warum se keen witte Hand habb. Se leet keen
Arbeit staan, keen Waater weer ehr to koolt, un wenn de Deensten
ook ganz gut alleen farri warden kunnen, dat hölp ni, se muß
doch jümmers mit anfaaten. „Wenn de Herrschaften sik vör keen
Arbeit schuut," plegg se to seggen, „so boot dat ook ni de
Deensten!" Dabi weer se jümmers fründli un nett gegen de Deerns,
un wenn Abend weer, baak se mit jem rüm, as weern dat all
ehr Kinder.

Hans Detlf habd mit ehr sief Kinder krägen, wavan de öltste
Söhn süsstein Jahr oolt weer. Verläden Ostern weer he to'n
eersten Maal to Bicht gaan.

Fritz weer vör sin Jahren all en bandigen Knäwel van Jung,
groot un slanteri wussen; sin Knaaken schulln· sik man bloot eerst
setten un mehr Fleesch op sin Rippen wassen, denn muß dat en
Baas van Kerl warden.

Hans Detlf heel unbändi vääl van sin öltsten Söhn un habb
ook Oorsaak darto. He weer in de School bandi flieti wesen,
habd sik wat lehrt un schick sik gut. Bi sin Kunfermaatschon
habd Hans Detlf un sin Antje vör Freuden weent öwer sin guden
Antwoorten. De Jung wuß niederträchti Bescheed in sin Kattechissen
un Bibel, un wenn he naa en Gesang fraagt word, denn habd he
all den ganzen Gesang van männimal nägen Vers oppseggt, wenn
de Herr Paster, de ni gut hören kunn, meen, dat he eerst mit den
ersten klaar weer. Un tonöhst bi't Singen, dar kunn man Fritz
sin Stimm mank se alltohopen ruthören, ja de Bengel künn sin
Ton länger utholen, as de Kanter sülm.

Hans Detlf un Antje weern darum ook stolz op ehrn Söhn,
un Fritz kunn sik meist ni vör se bargen, as he ut de Kark keem.
Sin Oellern geben em een Söten naa'n andern, bald full Antje
em um den Hals un denn kreeg Hans Detlf em wedder to saat
un drück em an sin rode West, dat Fritz toletzt ganz verdreetli
word. „Tiert sik doch ni so, Vader un Moder, ik mag dat ni
hebben!" — „Na, denn hool op mit de ool Fiecheli, Antje, Du
süht, de Jung ward davan ganz dösi in'n Kopp. Kumm, laat
uns maal vernünfti snacken. Süh, Fritz, Du hest Di van Daag
in de Kark bandi gut maakt, Du hest Din Lex am besten wußt,
un darum bünt wi stolz op Di. Ik mugg Di nu geern wat
davör schenken: segg, hest Du wat oppen Hatten, eenerlei, wat't
is, Du schast't hebben?" — Fritz dach hen un her, awers he
kunn nix rutfinden, wat he wull geern hebben mugg; he habd ja

allens, wat he man jichens bruken muß. Hans Detlf wuß ganz
ni, wat he darto seggen schull, un rääk em en Barg Saaken vör,
en niet Toomtüg vör sin Rieder, en smucke Pietsch, en Karjol, en
groote lange Piep mit bunte Quäst u. s. w., awers Fritz schütt
jümmers mit'n Kopp. Toletzt säd sin Vader, he schull dat to
Gud beholen.

So weer nu de Winter kaamen, un noch jümmers hadd Fritz
wat van sin Vader so fördern. He seet nu Abends jümmers mit
bi Disch un maak allerhand Knääp, oder ook he studeer in'n schön
Book, wat he sik ut de Stadt mitbrocht hadd. Hans Detlf leeg
jümmers achter'n Aaben op en Bank un les ole Avisen van 1830,
de he sik hadd inbinden laaten; denn as he säd, „muß nu ook de
Buer in de Pulletik mit vörwärts."

Ins op en Abend nück Hans Detlf in eens weg mit'n Kopp.
Fritz word dat wieß un säd: „Vader, He litt dar gewiß wat
bandi Schön's, he nückt ja gewalti mit'n Kopp!" — „Ja, Kinders,"
säd Hans Detlf un neem sin Brösel ut de Snut, „if les hier jüst
van Hamborg, van de Domtied, dat mutt dar denn gräsi nett
wesen; if will jüm't mal vörlesen."

Un nu fung Hans Detlf an to lesen, un de Andern hören
niep to, un bald säd de Een „ah" un bald de Ander. As Hans
Detlf all mit sin Lesen klaar weer, seeten se noch alltohopen dar
un hadden den Mund sparrwiet aapen vör Verwunderung.

„Jesus Kinder," schreeg Antje, „wat mutt dat dar schön
wesen um de Tied!"

Fritz sin Oogen weeren meist glöni worden; as sin Vader to
em säd: „Na, min Jung, wat seggst Du denn darto?" da schreeg
Fritz: „Vader if will Di wat seggen; if heff noch wat bi Di to
Gud, weeß wull noch van min Kunfermaatschon her!" — „Jawull,
min Jung," säd Hans Detlf, „dat is ganz recht, un wat if Di
toseggt heff, dat ward if Di ook hoolen, dat weeßt Du." — „Na,
Vader, denn will'k Di maal wat seggen, laat uns naa Hamborg
reisen! In düsse Dag, steit dar ja druckt, fangt de Dom wedder
an, un denn künnt wi sülm maal all de Herrlichkeiten, de Du uns
dar eben vörlesen hest, mit uns eegen Oogen ansehn; man to,
Vader, wat?"

Hans Detlf verfeer sik so, dat he van de Bank opsprung,
Antje un de lütten Deerns leeten ehr Spinnrad staan un keeken
Fritz verwundert an. Dat weern se sik ni moden wesen.

„Büst Du denn rein ni klook!" schreeg Hans Detlf. Fritz
bleev awers bi sin Stück, de Dol hadd em verspraaken, sin eerste

Bäd ni aftoslaan, un nu müß he ook sin Woort holen. — „Ja, min beste Jung," säd Hans Detlf, „dat's Allens wull wahr, awers nu hen naa Hamborg reisen! Ik hadd ook gar ni vääl dagegen, wenn't bloot ni so wiet van hier weer, un denn bi so'n Küll reisen, min Jung, wi freert ja to Jis!" — „Ach Vader, wieder man nix," säd Fritz, de jümmers gröttere Lust kreeg, „dat is man Snicksnackerie; de Küll wüllt wi all öwerstaan, un denn fahrt wi ja man bloot bet naa Wrist un künnt van dar denn mit de Isenbaan naa Hamborg föhren; süh, denn kriegt wi ook mit eens de Isenbaan to sehn!" — „Dat is wull wahr, min Fritz, awers süh, uns rothbunte und de blaue Koh ward tokaamen in de eersten veertein Daag, un denn mööt wi doch to Huus wesen." — „Wieder man nix!" säd Antje; „Du meenst wull, Hans, dat wi Fruenslüd gar nix künnt, wi wüllt wull alleen klaar warden, reis't jüm man to, Du hest dat Fritz toläävt un mußt nu ook Din Woort staan!"

Hans Detlf hadd sülm ook groote Lust darto, wenn he sik dat ook ni glick marken leet, un so duer dat denn ni lang, und he leet sik besnacken. As lütt Jung van süff Jahren weer he all maal ins in Hamborg wesen, awers do geev dat noch keen Isenbaan un keen Dampschääp, un he hadd van Hamborg eegentli nix wieder to sehn kregen, as dat Altonaer Offenmarkt. Darum weer he vör sin Leben geern maal ins naa Hamborg wesen, un in'n Summer gung dat ja ni van wegen de Aarnt, darum weer nu jüst de beste Tied. He leet sik also besnacken un säd ja.

Nu weert en Freud in't Huus. Hans Detlf meen oppen letzten End awers, dat weer doch eegentli nix, wenn he un Fritz alleen ropreisen, dat weer doch wull beter, wenn se noch en paar Lüd mehr oppen Dutt weern. Dat meen Antje ook. Nu waan op sin neegst Nawerschopp en guden Fründ van em, **Klaas Thießen**. Klaas Thießen weer um de Jahren 1812 un 13 maal ins mit sin Vader un'n Koppel Peer naa de französche Grenz wesen und hadd siet de Tied, obschonst he domaals man'n Jung van twölv Jahren wesen weer, bandige Lust to't Reisen.

He snack jümmers van sin Reis naa Frankriek un log dabi, wat dat Tüg holen wull. De Lüd in't Dörp kennen awers all sin Geschichten all van buten — so vääl hadd he se vertellt — so dat se garni mehr darnaa henhören däden. Dat weer Klaas-ohm awers ganz eendoon, he fung jümmers wedder van frischen an: „As ik in Frankriek weer, do . . . ." wieder leeten se em sin

Daag ni kaamen, sundern snacken gau wat dermank, dat he op ander Gedanken keem. Dat Stückschen hadd all so lange Jahren späält, dat ik gloov, he hadd meist Allens wedder vergäten, denn wenn man em ook maal lossnacken leet, so keem he doch ni wieder as bet: „As ik in Frankriek weer, do . . . .", un man vaakens ins, wenn he wat in'n Kopp hadd, wat man alle blau Maandag passeer, kunn he wieder vertellen. Awers denn rappel he so'n dumm Tüg, dat Lüd, de em ni kennen däden, meenen mussen, he weer wull ni recht bi Verstand.

He les nämli jeden Abend Reisebeschriebungen, un keem he nu an't Vertellen, so mengeleer he Allens mank enander dör un vertell, dat in Frankriek dat in Summer so koolt weer, dat in de Kark een de Näsdrübbel an de Näs fastfror, un in'n Winter weer dat dar so'n Hitten, dat dat Blie van de Finsterruten smölten däd.

Hans Detlf wuß, dat sin Naawer Klaas Thießen ook bandi geern maal ins 'n Reis maak; denn sin Reis naa de französche Grenz ni miträkent, weer he noch ni wieder kaamen as bet naa „Meldörp" un'n paarmaal naa „Heid" to't Peermarkt. De schull mit.

Hans Detlf hadd keen Ruh, de andern quälen em so lang, dat he noch den sülwen Abend bi all dat Wedder op Tüffeln hen naa sin Naawer gung, um em dat vörtostellen.

Klaas Thießen hör hoch op, as Hans Detlf em vertell, wat he in'n Sinn had. He hadd ook all van den Hamborger Dom lesen un weer domaals, as he hen naa Frankriek reist weer, öwer Hamborg kaamen un wuß dar so gut Bescheed, säd he, as in sin eegen Huus. Dat duer denn ook ni lang, so schreeg Klaas Thießen: „Na, Hansnaawer, ut Fründschopp vör Di will ik mit, denn sünder en guden Föhrer bünt jüm in de grote Stadt Hamborg verweit, denn ik will Di seggen, as ik in Frankriek weer, do . . ."
— „Du geist also op jeden Fall mit?" säd Hans Detlf. —
„Na, dat versteit sik, un min Hinnerk, de dumme Bengel, schall ook mit un maalins de Welt besehn; denn ward he, gloov ik, doch en bäten klöker warden un Abends ni jümmers achtern Aaben liggen un slaapen. Dat Reisen maakt eerst den Kerl, ehdem ik hen naa Frankriek reis, weer ik jüst eben so'n drögen Petersilgenwortel as min Jung nu is, dat Reisen givt Plie, dat's gewiß!"

Nu de beiden sik van wegen de Reis eeni weern, kreedeln se sik ook ni lang, wanneer dat losgaan schull. Klaasohm meen, dat word Tied van wegen den Dom, un wenn se Friedag de ander Week afföhren däden, kunn dat ni schaden. Hans Detlf weer darmit inverstaan. Se wulln tohopenspannen un mit ehr eegen Johrwark hen naa Wrist kutscheeren.

Dat geev nu'n Leben in't Huus düsse acht Daag. De Jungs kreegen noch all beid en nid Jack und nide Büxen, dat se in Hamborg Staat maaken kunnen. Wegen de Küll worden Justhandschen kofft van 'ne prächtige gröne Kleur, un en recht schön bunt wullen Nett, um de Bost ni to verkölen. Genog, de Fruenslüd hadden bandi vääl to doon, se düchti uttostaffeern.

Endli weer de Dünnerstagabend dar. — Klaas Thießen mit sin Hinnerk naawer noch to guder Letzt en bäten bi Hans Detlf, un Klaas vertell, wat se dar allens sehn wulln; denn he weer ja op sin Reis naa Frankriek öwer Hamborg kaamen und wuß dar ja genau Bescheed. Antje freu sik, dat ehr Hans un ehrn söten Fritz nu ook maal in de Welt rinkeemen, un denn hadd Hans Detlf verspraaken, en smuck Kleed mittobringen un en Boor, eben so schön, as de Pastoorsch ehrn. Jeden Dag, meen se, muß Hans Detlf awers schrieben, wat se belevt hadden, anders word se sik vör Unruh ni bargen künnen. Na, dat word ook allens toseggt.

Klock nägen gungen se van een, um sik in de Puuch to smieten, denn den andern Morgen schullt bi Tieden losgaan. Se kreegen awers alltohopen man weni Slaap af, wiel de Reis se jümmers in'n Kopp seet. Endli fung dat an to grauen. De Kaffeekädel word op't Füer sett un düchti ünderbött, dat he gau in't Kaaken keem. De Fruenslüd keeken noch maal naa, ob se ook nix vergäten hadden, haalen noch en paar Wüß ut'n Schosteen un smeeren noch en Barg Botterbröd, dat se bi Weg lang ni verhungern däden, un dar kunn't losgaan. Hans Detlf sin Korvwaagen word ut'n Stall schaaben un twee kralle Vossen vörspannt. Klaas Thießen sin Knecht, de naa „Kellinghusen" den Weg wuß un föhren schull, seet all op den Waag un baller mit de Swääp, dat't en Aart un Schick hadd. Hans Detlf küß noch maal sin Olsch un steeg to Klaas Thießen op den Waagen. Fritz kunn noch ni van sin Moder afkaamen, denn de hadd noch so vääl Vermaanungen to geben; he schull sik doch jo ni verkölen un en bäten op Vader passen un wat weet ik ni all. Klaas Thießen word all ganz verdreetli un brumm in'n Baart: „Dat ool Wiewergerassel!"

Endli reet Fritz sik los, steeg op den Waagen un sett sik bi Hinnerk hen op den achtersten Stohl. Nu kunn't denn loosgaan. — „Is allens klaar?" fraag Juchen. — „Jawull, man jü!" säd Klaas Thießen. Juchen baller mit de Swääp, säd „Kemm!", un de beiden Vossen trocken an. Antje heel den Plaaten vör de Ogen un wisch sik de Thraanen af. Hans Detlf slog Füer an un läd dat brenn Swamp op sin Piepenkopp, un Hinnerk und Fritz keeken sik an mit natte Oogen; dat weer ja dat eerste Maal, dat se van Moder wegkeemen. In vullen Draav gung dat dör't Dörp. Juchen maak so vääl Lärm mit sin Pietsch, dat alle Lüd davan opwaaken däden un dachen: „Süh, nu geit de Reis los naa'n Hamburger Dom!"

Se föhren öwer „Krumstedt" naa „Hohenhörn" in een Tour. Hier steegen se eerst maal ins van'n Waagen raf, um'n Glas Eierbeer to drinken, denn dat kann man ja nargens bäter kriegen as hier. As de Peer en bäten sodert weern, gung't wieder naa „Schenefeld" to, wa wedder maal Staatschon maakt word. Hier worden se van alle Sieden fründli opnaamen, sogar de ole Köter van Hund, de wull all op en Stück Botterbrot spickeleer, geev se de Poot un knurr ganz fründli, wat wull „gu'n Dag" heeten schull. Van hier gung't wieder naa „Redders" to, de letzte Staatschon vör Kellinghusen, wa Fritz sik meist in de smucke Kööksch verkieken däd. As se in „Kellinghusen" inföhren, weer't all düster. „Bring uns in dat beste Weertshuus, Juchen," säd Klaas Thießen. — „Jawull, Herr," säd Juchen, „ik weet hier Bescheed." — He hadd dat noch man eben seggt, so böög he ook all um de Eck un heel still vör „Wegener's Hotel." Hier keemen gliek wücke rut un hölpen se van Waagen raf.

„Kaamen Se hier man rin naa de Stuv!" säd de Weert, „un warmen Se sik en bäten bi'n Aaben, dat's bandi koolt van Daag!" — „Dat schull'k meenen," säd Klaas Thießen un slog de Arms öwer de Bost tohopen, um sik en bäten to warmen, „dat früst van Abend tüschen Mann un Fru!" — As se sik nu en bäten opwarmt hadden, leeten se sik en Lütten un'n Glas Beer geben, un nu fungen se an, mit de Kellinghusener, de jüst in'n Kroog weeren, to snacken. De Tid vergung se as in'n Droom, un as se sik nösten in de Puuch leggen däden, dar säd Hans Detlf: „Kinders, dat bünt frieli Stadtlüd, awers klook bünt se ook." — „Ja, ja, säd Klaas Thießen, „de Stadtlüd bünt doch ni so narrsch, as ik mi't dacht hadd; as ik domals in Frankriek weer...." — „Jawull, Naawer Du hest Recht!" säd Hans Detlf.

Se steegen nu to't Bett rin, un dat duer ni lang, saagen de veer los, dat de Gäst in de Weerthsstuv verwundert mit't Kaartenspälen opheeln un den Weerth fraagen däden: „Wat, letst Du noch so laat Holt saagen?" — „Ach nä, Kinders," säd de Weerth, „dat bünt man bloot de veer Buern, de slaapt hier baaben uns!"

Dat tweete Kapitel.

Van Wrist bet naa Kiel. Dat Driewmark van de Isenbaan. De verlaarne Mütz. Herr Pastor sin Heinri. De Studentenkneip.

Den andern Morgen ganz bi Tieden weern de Winbargers all wedder in de Been, drunken ehr'n Kaffee un betaalen ehr Zech. Juchen muß van dar gliek darop wedder afföhren un naa Hus to, denn se wulln to Foot hen naa Wrist gaan. As se nu dör de Straaten van „Kellinghusen" gungen, wundern se sik, dat de Lüd all allerwegen op weern. Meist in jedes Huus weern de lütten Deerns vör't Finster un maaken rein, un doch weer de Klock man eerst sähen. — „Dat hadd ik ni dacht," säd Klaasohm, „ik gloov jümmers, dat de Stadtlüd bet Klock tein to in de Puuch leegen, un nu bünt se all op!" — "Kiek maal, Hinnerk, wat'n smucke Deern!" säd Fritz un stött Hinnerk in de Siet. — "Wanem, wanem is se?" schreeg Hinnerk un reet de Ogen sparrwiet op. — "Dar — dar! sühst Du se ni, se lacht!" — "Ja, ja, jawull," säd Hinnerk un grien öwer't ganze Gesicht. Hans Detlf hadd dat hört un säd to Klaas Thießen: "Naawer, markst Müs? De beiden Bengels kiekt all naa de Deerns, dat Undöög!" — "Nä, wat Du seggst, se ward doch ni!" lach Klaas Thießen; awers wa bünt de beiden Driewers afbläben? Mein Gott, kiek, dar staat se nu und gluupt sik de Ogen ut! Ik mutt se man maal ins roopen: "Hinnerk, Hinnerk!"

Dat hölp; in vullen Draaw keemen de beiden Jungs anlopen un fraagen, wat se schulln. — "Wat hest Du dar to kieken?" fraag Klaasohm. — "Kieken?" säd Hinnerk, "ja, ik — ik — ik keek, ik keek!" — "Dummbart, ik meen, wat dar to sehn weer?" — "Ach, Vader, Fritz keek darhen, un dar keek ik ook maal hen!" — "Du büst ja en dwatschen Jung; wat weer dar denn to sehn, Fritz?" — "Ach, Klaasohm, dar weern so'n smucke — smucke — Blööm vör't Finster!" — "Dat mögt schöne Blööm wesen hebben," lach Klaasohm, "awers so blievt doch ni jümmers staan, wi kaamt anders to laat na de Isenbaan!"

Se gungen wieder. Jeden Ogenblick stött Fritz den langen Hinnerk in de Siet un säd: "Kiek, kiek, kiek!" Hans Detlf höög sik daröwer; awers he leet sik dat ni marken, un as de beiden Bengels wedder maal ins vör'n Huus still stunden, kreeg Hans Detlf sin Fritz bi de Ohren faat un säd: "Jungs, ik gloov waarachti, jüm Bengels kiekt na de Deerns! Wüllt jüm maal vörwärts! Pfeu, schaamt sik wat, bünt noch ni maal dröög achter de Ohren un wüllt all an so wat denken!" — Nu mussen de beiden Jungs vörop, un dar gung't bäter. Se hadden awers klöker daan, wenn se henföhrt weern, denn se leepen sik en düchtigen Stoot ut de Richt, keemen naa'n anderthalf Stünd wedder op den andern End in Kellinghusen rin un mussen nu den ganzen Weg noch maal maaken.

Dütmaal keemen se awers hen. As se nu in "Wrist" op den Baanhof weern, gung Hans Detlf rin in't Huus, um Billetten to köpen. Da de Togg naa Altona all weg weer, so fraag de Mann an de Kaß bloot: "Ganz hen?" — "Jawull, dat versteit sik," säd Hans Detlf, "ünderwegs hebbt wi nix to kriegen!" Hans keek un ook ni wieder op de Billeten, geev de Andern een,

un nu bekeeken se sik Allens, wat dar to sehn weer; toeerst dat
Glies. Dat keem se nu alltohopen snaaksch vör, dat dar en
Waagen op lopen schull; se dügg, de muß ja jeden Ogenblick
ut de Spoor kaamen! Endli seeg Fritz swarten Rook in de Feern
un schreeg: „Süh, süh, dar kummt de Isenbaan!" — un richti, se
weer dat.

„Ah, Kinders," säd Hans Detlf, „süh, se hebbt dar orntli
inbött, dar is vör en Windaaben. Dat's awers nett! Nä, wat
de Minschen doch klook bünt!" — „Wanem bünt awers de Peer?"
meenen se all veer; denn dat de Kraam mit Damp gung, as se
een in „Kellinghusen" vertellt hadd, dat globen se ni, so wat
leeten se sik ni opbinden, da weern se vääl to klook to. — Se
keeken ünder de Lokomativ, ünder de Waagens un kunnen keen
Peer finden. Endli seegen se en ganzen Barg Peer, wull'n twinti
Stück op de Waagens. — „Süh, süh!" säd Klaasohm, „nä,
wat'n Barg, de künnt wat wegtrecken; hört maal, wat se trampelt,
de armen Thiern! Nä, wa de Minschen doch klook bünt!" —
„Wüllt Se noch mitföhren?" fraag se een van de Schaffners. —
„Jawull wüllt wi dat!" schreegen se. — „Na, denn man gau
to in'n Waagen rin." — He maak en Döör aapen, un se
steegen rin.

„Kinders," säd Klaasohm, as se sik daalsett hadden, „ik heff
mi vertellen laaten, dat't so'n bandigen Stoot givt; weet jüm wat,
wi faat uns an un hoolt uns mit'n stieben Arm van enander af,
dat wi ni mit de Köpp tohopen stööt!" — „Ja, dat laat uns
man leewer doon," meen Hans Detlf. — „Dat's bäter, as wenn
wi mit'n tweie Snuut naa Hamborg kaamt." — Hans Detlf kreeg
Fritz bi'n Kraagen un heel em stief van sik af, Fritz faat Hinnerk
an, Hinnerk wedder sin Vader, un Klaasohm heel Hans Detlf
fast. — „So," meen Klaasohm, nu laat't man losgaan, nu kann
uns nix passeern.

De Isenbaan gung af. Se föhlen wull en lütten Stoot,
awers se meenen, dat weer noch ni de rechte. So seeten se dar
wulln Vertelstund un keeken sik an un luern. — „Dat duert
awers lang, eh't losgeit!" säd Klaasohm; „mi ward de Tid all
lang. Maak dat Finster maal daal, min Hinnerk, un kiek ins to,
ob dat noch ni bald losgeit!" — Fritz faat Klaasohm so lang an,
un Hinnerk maak dat Finster aapen un keek ut. — „Herr Jeses,"
schreeg he un dümmel foorts torügg, „min Mütz, min Mütz!"
De Wind hadd em de Mütz van'n Kopp räten. — „Wi bünt all
in vull Föhren, Vader! — prrr! hoolt still! — min Mütz — so

hoolt doch en Ogenblick still, prrr!" — Keen Minsch hör naa em.
As Klaas Thießen un Hans Detlf hören däden, dat se all in
vull Föhren weern, keeken se sik verwundert an, un Hans Detlf
säd: „Minsch, Naawer, ik gloov, se hebbt Di een op de Mau
bunden!" — „Ja, Naawer, mi kummt dat meist sülm so vör;
awers ik mutt doch maal tosehn, ob wi Hinnerk sin Mütz ni
wedderkriegen künnt."

Damit steek he sin Kopp to't Finster rut un schreeg: „Holt
still, dar is en Mütz verlaaren gaan, hol still Fohrmann!" —
As dar keen Antwoort keem, word he argerli un schreeg: „Kannst
Du dumme Kerl ni still holen, wenn din Passascheers utstiegen
wüllt! So wes doch ni unaari, Minsch!" — He luckohr, ob dar
keen Antwoort keem, awers dar weer nix to hören. — „De Kerl
mutt Bohnen fräten hebben!" säd Klaasohm un maak dat Finster
wedder to, „oder ook he kann ni hören; awers wat is mi dat
vör'n Fohrmann!" — „Wanem seet he denn?" fraag Hans Detlf.
— „Ja, Minsch, dat weet ik ni, ik kann nüms sehn. Vorlicht is
de Kerl dunn wesen un van'n Waagen fullen." — „Na, denn het
he awers ook'n düchtigen Stoot krägen," meen Fritz. — Dat
schaad't em gar nix, wenn man anderseen den Tögel in de Hand
naamen het! Awers min Hinnerk, Du verköölst Di so sünder Mütz!
Ik will Di wat seggen, ik heff noch'n oold Nett in de Tasch, dat
kannst en bäten opkrämpen un Di en Mütz darut maaken; dat is
bäter, so'n Mütz, as sünder Mütz."

Hinnerk däd dat un seeg dabi ut as'n Bajatz; Fritz wull sik
to Schanden lachen.

As se'n Stund anderthalf föhrt weern, fahren se in'n groot
Huus rin, un Klaas Thießen, de sik hadd vertellen laaten, wasück
dat nu allens in Hamborg weer, säd: „Nu bünt wi dar, Kinders."
— „Gott, wa gau!" meenen de Andern. Se neemen nu ehr
Saaken ündern Arm un gungen weg. En Barg Jungs leep op
se to un schreeg: „Schall'k ehr Saaken drägen, Herr?" — „Na,"
meen Klaasohm, „wenn Du ni so düerlohnsch büst, denn kunnst
dat ja maal versöken; wat wullt Du davör hebben? — „Wanem
schall dat henbrocht warden?" — „Ach, naa't eerste, beste Weerts=
huus." — „Na, denn givt de Herr mi twölf Schilling." — „Nä,
min Jung, dat's to vääl." — „Na, denn givt de Herr mi tein?"
— „Nu, manto denn; gaa vöraf!" — „Jawull, Herr, awers eerst
dat Geld!" — „Büst Du bang, dat wi Di utkniept?" — „Nä,
bewahre, awers dat is hier so Mod, Herr." — „Na, wenn't hier

so Mod is, min Jung, denn will'k ook nix seggt hebben; hier is Din Geld un nu man jü!"

De Jung bög man eben um de Eck, gung dweer öwer de Straat un stund bi'n groot Huus still. Richti, da weer't all; dar stund mit groote Bookstaben schräben öwer de Döör: „Muhl's Gasthof." — Klaasohm säd: „Na, hadden wi dat wußt, hadden wi uns' Saaken ook sülm drägen kunnt! Giv uns Kraam man her, Jung." — De utverschaamte Bengel säd: „Krieg'k ni noch'n lütt Drinkgeld, Herr?" — Awers da word Klaas Thießen doch to dull un schreeg: „Jung, wenn Du ni gliek maakst, dat Du weg= kummst, denn will'k Di Been maaken, tööv man!" — De Jung maak, dat he wegkeem, awers as he so wiet weer, dat Klaas em ni mehr recken kunn, da maak he em'n lange Näs to. Hans Detlf lach un säd: „Giv Du Di mit de Hamborger Jungs av, Naawer, denn kummst Du an de verkehrten, dat schüllt böse Driewers wesen!" — Se gungen nu rin in't Huus un fraagen, ob se dar wull en paar Daag blieben kunnen. Dar weer nu nix in den Weg; en gesnigelten smucken Bengel mit en Jack an un en grönen Plaaten vör de Bost maak gräsige Reverenzen vör se, dat de Haar em man so um den Kopp rumslogen un säd, se schull'n man so gut wesen un achter em in kaamen, he wull se en Stuv anwiesen. De Winbargers slogen mit'n Foot achterrut un maaken ehr Kumpelment, un as se darmit klaar weern, petten se achter em in naa't tweete Stockwark rop. — „Hier is dat awers fein," schreegen se alltohopen, as se in de Stuv ankaamen weern. — „Dat schulln uns Fruenslüd wäten, de worden Ogen maaken!" säd Klaasohm. „Kiek maal, wat schöne Speegels un de schöne Gardinen! As ik in Frankriek weer, do ...." — „Du hest Recht, Naawer!" schreeg Hans Detlf, „dat is hier niederträchti fein, dat is sogar nobel!"

Se stellen ehr Saaken hen un gungen weg in de Stadt rin. Se weern eerst'n paar Hüs wieder gaan, da seegen se'n groot Schild mit goldne Bookstaaben, wa op to lesen stund: „Bier= convent."

„Dar mööt wi rin," säd Klaasohm, „dar schall't schön wesen, heff ik mi vertelln laaten, da schall dat beste Weertshuus in Hamborg wesen." — Se also rin. — „En Glas Beer, awers bairisch!" schreeg Klaasohm. — „Anders ward hier gar nix schenkt!" säd de Weert. — Dat weer ook ja gut, da se nix anders hebben wulln. Dat Beer smeck se grausaam schön, un se mussen noch een intappen laaten. Nu weer't awers ook genog. Se leeten sik den

Weg naa'n Haaben wiesen un gungen los. Vördem koffen se Hinnerk awers eerst en Mütz, denn he seeg utermaaten schabbi ut mit sin Nett op den Kopp.

Se gungen nu jümmers langs den Haaben un kunnen sik ganz ni satt sehn an de väälen Schääp, denn keen een van se hadd all'n Schipp sehn. As se so'n täämli End gaan weern, keem op eenmaal en ganzen Barg Bootföhrer op se los un schreeg: „Wüllt de Herrn maal föhren?" — „Schall'k de Herrn öwersetten?" — „Wüllt de Herrn spazeeren föhren?" — „Schall'k Se hen naa Düsternbrook föhr'n, Herr?" — „Nä, nä, Kinders, wi wüllt dar ni hen," säd Klaasohm, „künnt jüm uns awers van hier naa'n Jungfernstieg föhren, denn man to." — „Jawull, Herr," säd de Bootföhrer, „Düsternbrook un Jungfernstieg is ja een un dat sülwe." — „Na, dat heff ik ni wußt!" säd Klaasohm, „denn laat uns man insteigen, Naawer." De Winbargers steegen in't Boot rin und worden bi Düsternbrook wedder an't Land sett. — „Is dat hier all?" fraag Klaasohm, as he utsteegen weer. „Jawull, Herr," säd de Bootföhrer un stött wedder af van't Land.

De veer Winbargers keeken sik um un seegen nix as Bööm. — „Dat süht hier doch eegentli maal snaaksch ut, nix as Bööm?" meen Hans Detls. — „Ja," säd Klaasohm, „ik mutt sülm seggen, siet de Tied, dat ik in Frankriek weer, het sik dat hier bandi verändert. Fröher bünt dar luder Hüs wesen; awers kiek, dar is de Alster! Schön, wa?"

„Dat is also de Alster, Naawer? Na, nu hebt wi de ook doch ins sehn," säd Hans Detls, „awers mi dünkt, Naawer, hier is nix to sehn, laat uns wedder naa de Stadt to gaan." — „Ja, dar hest Du Recht in, Naawer Hans; Bööm antokieken, is ook ni naa min Smack; awers eenerlei, ik mugg de Bööm wull hebben, dar leet sik männi Daaler rutslaan. — Dat schull'k meenen, dat mugg ik ook.

Da se jüst een bemöten däd, so fraagen se em, wanem de Weg naa de Stadt gung. De Mann säd, se schullen man jümmers de Näs naagaan, un se petten los. Bald weern se wedder bi de Hüs. An't Waater wulln se ni wedder langsgaan, un leepen darum in en ander Straat rin. An de Eck van't eerste Huus stund: „Dän'sche Straat."

Se weern de Straat noch man half to End, da keem ut een Huus en jungen Kerl mit'n bunte Mütz rut. Fritz un Hinnerk schreegen beid as ut en Kehl: „Dat is ja Herr Paster sin Heinri!" — „Ah wat," säd Hans Detls, „jüm tweernt; wasük schull de hierher kaamen?" — „Ja, dat is eenerlei, Vader, he is dat doch, if kenn em vääls to genau an sin Slunkern mit den linken Arm. Kumm, Hinnerk, laat uns achternaa lopen!" — „Jungs, west doch ni narrsch!" schreeg Klaasohm, awers de beiden Bengeln leeten sik ni holen un weer'n all dicht bi den Studenten. — „Waarachti, he is dat!" schreeg Hans Detlf; „süchst Du, Naawer, da kehrt he all mit se um!" — „Na, dat is awers'n Jung! sin Vader meent, dat he flieti studeert, un de Jung is in Hamborg! Den wüllt wi maal en bäten de Laviten lesen!" säd Klaasohm.

Heinri keem all in vull'n Draav mit Fritz und Hinnerk in de Mööt. „Hurrah!" schreeg he, dat is schön, Naawer Detlf un Klaasohm, nä, dat is herrli, wa kaamt jüm denn hierher?" — „Na, wi wüllt uns maal'n Vergnögen maaken, awers Du schullst Di doch eegentli wat schaamen, Heinri . . . ." — „Jk schull mi schaamen? Warum denn dat?" — „Jung, Jung!" säd Klaasohm, „wat büst Du vör'n Driewer; wenn dat Din Vader wuß, denn kunnst Du Di freun!" — „Wat denn, Klaasohm, wat heff ik denn daan?" — „Na, Du magst noch fraagen? Din Vader meent, Du studeerst ganz flieti, und Du Sleef büst hier!" — „Na, wanem schull'k denn anders wesen?" — „Jn Kiel schullst Du wesen, wanem anders!" säd Klaasohm argerli. — „Ja, Kinders, dat bün if ook." — „Nä, dat is doch to-dull!" schreeg Klaasohm; „Du kunnst frieli jümmers fix leegen, awers Du wullt mi doch ni wießmaaken, dat Hamborg Kiel is?" — „Dat fallt mi ganz ni in, Klaasohm, awers Du wullt mi doch ook ni wießmaaken, dat wi hier in Hamborg bünt?" — „Na, wanem anders?" schreeg Klaasohm. — „Ha, ha, ha," lach Heinri, dat is gut; jüm bünt in Kiel, Kinders, dar is unse Kneip, süh, dar staat ja luder Studenten mit bunte Mützen, gloovt jüm dat nu?" — „Awers, wa is dat mögli!" schreegen de Winbargers, „wi bünt doch mit de Jsenbaan kaamen!" — „Dat kann ook angaan!" säd Heinri. — „Naawer," meen Hans Detlf, „ik gloov dat waarachti ook. Süh, de verdammte Fohrmann is duun wesen un het uns biester föhrt; awers den Kerl schall de Döwel, töv, den wüllt wi to Kleed!" — Heinri wull sik to Schanden lachen. — „Na, wat is daröwer denn so to lachen, Heinri," säd Klaasohm verdreetli, „mi dünkt, dat is slimm nog!" Heinri betääm sik und säd: „Kinders, de Saak is ganz eenfach; jüm hebt sik op den verkeerten Togg sett. Hebt jüm noch de Billetten?" — „Jawull," säd Fritz, „hier is min!" — Heinri neem dat un säd: „Nu kiek her, dar steit ja groot un breet: Van „Wrist" naa „Kiel."

"Dar büst Du schuld an, Hans Detlf!" säd Klaasohm, "Du hest se köfft!" — "Ja, Minsch, dat is wull wahr, awers ik heff ni wieder darnaa sehn." — "Na, dat maakt ja ook nix," säd Heinri, "dar is ja nix darbi. Jüm föhrt morgen naa Hamborg un beseht van Daag Kiel. Kiel is dat Besehn waarachti ook weert, un jüm hebt geern noch een Dag öwer." Dat leet sik nu eenmaal ni anders maaken, un se weern toträden damit, dat se nu ook Kiel miteens to sehn kregen. Tomeist freuen sik awers Fritz un Hinnerk, dat se ehrn Fründ Heinri maal wedder bi sik habben. Heinri wies se nu ganz Kiel, un as se dat besehn hadden, föhren se röwer naa "Niemöhlen," gungen van dar naa "Ellerbeck" und so naa "Dörp Gaarn."

"Hier wüllt wi eerst maal ins Puuß holen," säd Heinri, "ik gloov, hier ward jüm dat gefallen." He gung mit se naa "Dreis" hen. As se dar in de Weertsstuv rinkeemen, säden Klaasohm un Hans Detlf as ut een Kehl: "Ja, hier is dat nett, waarachti, beter hadst Du uns ni föhren kunnt! Hier bünt keen magoni Dischen, keen Sophas un so'n Kraamsticken; hier is dat jüst so as bi uns. Nä, dat is hier nett!" — Heinri bestell Beer, un as de schönen blanken Seidels mit dat prächtige Beer vör se stunden, dar duer dat ook ni lang, un se steeken all veer ehr Näs in den dicken Schuum.

Dat gefull se hier gräsi. Klaasohm, de so vääl Reisebeschriebungen lest hadd, dat he sülm gloov, he hadd de Reisen maakt, kunn dat ook hier wedder ni naalaaten, naa sin ole Wies van sin groten Reisen to vertellen; awers dar keem he slecht an. Dar weer so'n olen dicken Schoster, de ook de Welt düchti besehn hadd und de gut davan vertellen kunn; de word toletzt argerli öwer Klaasohm sin Leegen un fraag em: "Min lewe Fründ, het He wirkli reist?" — "Bi'n Döötsche', dat schull'k meenen!" schreeg Klaasohm. — "Dat's doch wull man op den Kohsteert wesen van een . . . . . backen op den andern?" säd de dicke Schoster.

De Lüd fungen düchti an to lachen; Klaasohm steek sin Näs in't Glas un arger sik. — "De het di't awers aari seggt!" säd Hans Detlf un lach. Klaasohm meen, dat word wull Tied, naa de Stadt torügg to gaan, denn dat word all ganz düster. Fritz un Hinnerk bäden ook mächti darum, denn Heinri hadd seggt, dat se van Abend alltohopen mit naa de Studentenkneip henschulln, un se weern so nieschieri darto, dat se knapp de Tied aftöben kunnen.

Hans Detlf weer dat ook eenerlei, ob se dar noch blieben ober foortgaan däden, un so betaalen se ehr Zech un marscheern af. Nu gung't denn hen naa de „däänsche" Straat, wa de Studenten ehr Kneip hadden. Heinri gung vörop.

Wat verfeern sik awers de Winbargers, as se dar'n Stücker twölf junge Kerls seegen mit korte Brösels in de Snuut, Hembsmauen, mit bunte Bänder um de Bost un'n bunte Kapp op den Kopp. Se spälen Kaarten, un so as dat schien, umsünst, denn Geld leeg ni op den Disch, awers se hadden sik doch dabi so wichti, dat se gar ni wieder opkeeken, as Heinri mit sin Sellschopp in de Stuv rinkeem. — „Lüd, holt op mit'n Spälen!" schreeg Heinri; „ik bring jüm hier en paar van min Landslüd!" As Heinri dat man seggt hadd, smeeten de jungen Kerls ook glief ehr Kaarten tohopen. Wücke sprungen op un säden Heinri sin Landslüd „willkaamen;" wücke setten gau en paar Dischen un Stöhl tohopen, un Klaasohm un Hans Detlf mit ehr Jungs mussen sik daalsetten. As se dat daan hadden, gung en Skandaal los, as schull dat ganze Huus instörten. Wücke van de jungen Bengels slogen mit de Füüst, wücke mit'n Stock op den Disch, wücke trampeln gaar mit de Fööt un schurren mit'n Stohl, un darbi schreegen se all, dat de Finstern klerrn: „Beer her! Beer her! En Fatt op den Disch!" — Hinnerk word ganz bang bi dat Geschrigg un wull wedder opstaan; awers Heinri heel em fast un säd, he schull sik man ni verschrecken, dat weer dar so Mood.

„Na, wenn't Mod is," säd Klaasohm, „denn will'k ook nix darvan seggen, anders dünkt mi, kunnen wi geern noch en Stoot töben; de Weert ward wull kaamen, un so dörsti bünt wi ja ook ni!"

„Klaasohm, dat versteist Du ni!" säd Heinri, „süh, de „Aula" dar un de „Sucksdörp" mit sin scheeben Been ward glief suul, wenn man ni jümmers mit'n Dunnerwetter achter se inkummt!"

Dat Schriegen hölp; dat duer keen Ogenblick, un dar word en groot Fatt Beer op den Disch sett. Heinri öwerneem dat Intappen und verstund dat ook prächti, as wenn he sin ganz Leben lang Kroogweert wesen weer. Nu word toeerst en Leed sungen, un de Winbargers mussen mitgrölen un däden ook, wat se kunnen. As dat afdaan weer, da stötten se mit de fremden Gäst an un leeten se leben. Dat gefull se. — Hans Detlf schünn Klaasohm to: „Dat bünt doch eegentli bandige Jungs, wa?" — „Ja, Naawer," meen Klaasohm, „dat bünt se wiß un waarachti, prächtige Kerls, awers wat künnt se supen!" — „Ni wahr, awers dat is hier so Mood," seggt Heinri. — „Ja, denn is dat wat anders," säd Klaasohm, „denn will'k ook nix seggt hebben."

As dat Fatt Beer lebbi weer, maak Heinri den Vörslag, eerst nu ins de Stadt to besehn, se kunnen ja tonöst wedder anfangen. Hans Detlf un Klaasohm hadden nix dagegen; se trocken ehr Speetschen Daalers ut de Tasch un wull'n betaalen.

„Laat't Geld man sitten," säd Heinri; „dat is all betaalt." — „Ah wat," schreegen Klaasohm un Hans Detlf, „dat laat wi uns ni gefallen; wat wi vertäärt hebt, wüllt wi ook richti maaken!" — Heinri schoov awers ehr Geld wedder torügg un säd: „Fremde Lüd betaalt hier ni eenmaal wat, dat's hier eenmaal so Mood." — „Na, wenn't so is," säd Klaas Thießen, „denn is't wat anders, denn wüllt wi ook gar ni wieder davan snacken!" As dat afmaakt weer, kunn't losgaan. De Studenten faaten de Buern ünnern Arm un gungen mit se dör de Straaten. Dar wull'n se nu jüst ni blieben. Se weern man knapp mern in de Holstenstraat, da säd Hans Detlf all: „Wat schüllt wi hier rumdraaben, Kinders; mi dünkt, dat's bäter, wenn wi wedder in't Duunhuus gaat; ik bün verdammt hungri." — „Ik ook!" säd Klaasohm. — „Ik ook!" schreegen Fritz un Hinnerk. De Studenten weern ook hungri, un Heinri säd, dat weer wull am besten, in den Börsenkeller to gaan, de weer liek vör se, un dar geev't wat Lekkers to snappeln. Se also rin. Ach, wat stunden dar vör schöne Saaken op den Disch: Küken, Aanten, Göös un wat weet ik ni all, man word all hungri, wenn man dat anseeg.

De Winbargers bestellen sik'n Beefsteak; de Studenten ver= langen datsülwe, awers mit Eier. — „Hier laat uns maal'n gut Glas Win drinken!" meen Hans Detlf un leet en Buddel Win kaamen. De Studenten bestellen sik ook'n Buddel Win, awers van'n besten.

„Döwel," säd Klaasohm to Hans Detlf, „de Bengels hebt wull bandi vääl Geld in de Tasch, de laat sik nix afgaan!" — Dat Aeten word vertäärt un smeck bandi schön.

Hans Detlf stött Klaasohm an und säd lies to em: „Du, Naawer, de Bengels hebbt uns eerst tracteert, wi künnt uns ni gut lumpi maaken, laat uns twee Buddels Champagner kaamen laaten, wa?" — „Mi is't recht!" säd Klaasohm. De schöne Win keem un word drunken. Se weern bandi vergnögt, un wull'n sik meist to Schanden lachen öwer den Jux, den de Studenten an den

Dag geeben. Wat kunnen de Bengels snacken! In jeden seet en büchtigen Preester in!

As keen Buddels mit witte Köpp mehr kaamen wull'n, meen Heinri, dat word wull Tied, wedder naa de Kneip to gaan. De Andern hadden nix dagegen. Klaas Thießen un Hans Detlf trocken ehrn Büdel ut de Tasch, um to betaalen, un nu hadden de Studenten nix dagegen to seggen. Se leggen nu so vääl op den Disch, as se veer Mann hoch vertäärt hadden, un wulln do ehrn Büdel wedder in de Fick stäken. — „Holt!" säd Heinri, „Kinders, jüm hebt sik wull versehn; jüm hebt veer Beefsteaks hadd, un wi dörtein mit Eier, tonöst hebt jüm twee Buddel Win hadd, un wi dörtein un denn noch de beiden Wittköpp . . ." — „Minsch, büst Du unkloof?" schreeg Klaasohm, „Du meenst doch ni, dat wi veer allens betaalen schüllt, wat jüm vertäärt hebt?" — „Ganz gewiß, wakein anders?" — „Na, dat weer doch wull snaaksch!" — „If will Di dat begriepli maaken, Klaasohm. Süh, op unse Kneip betaalt wi, awers gaat wi mit de Fremden anderwegen hen, so möt se betaalen. Dat is hier so Mood." — „Na, dat is mi'n schöne Mood," brumm Klaasohm verdreetli, „de köst uns öwer hundert Mark; awers wenn't hier so Mood is, denn dröfft wi wull nix daröwer seggen, ni wahr, Naawer Detlf!" — „Nä, nä, laat uns man utbüxen, wi künnt dat ja maaken."

Se betaalen nu den ganzen Rummel un gungen wedder retour naa de däänsche Straat. Uenderwegens säd Klaasohm to Hans Detlf: „Hadden wi dat man vördem wußt, Naawer, denn hadden wi ook en Beefsteak mit Eier äten, dat's hier'n verfluchte Mood, wa?" — „Ha, ha, Naawer, de Bengels hebt uns anföhrt, awers laat se man, dat bünt doch herrliche Jungs!" — „Dat bünt se ook," säd Klaasohm.

As se nu mit de jungen Kerls anfungen to drinken, da duer dat ook ni lang, un se hadden alltohopen en düchtigen Bläß. Fritz un Hinnerk leeten Heinri ni eher Fräd, as bet se ook so'n lütte bunte Kapp op den Kopp hadden, so as de Studenten se drogen. Bald dügg ook ehr Olen, dat so'n Dings gut kleeden däd, un leeten sik ook en Kapp opsetten.

Se worden jümmers dunner un dunner. All wat de Studenten se vörmaaken, aapen se naa, un as'n Rundgesang anstimmt word, wa Jedereen sin Stückschen to'n Besten geev, da leeten de Winbargers sik ook ni lumpen. Hans Detlf muß toeerst an't Brett, un wenn de Küster in Winbargen ook jümmers säd, dat he mit sin Börken den ganzen Kraam ut'n Text broch — denn he triller

jümmers so gewalti — so sung he doch sin Leed: „Wenn's
Pfeifschen dampft und glüht 2c." gut to End un kreeg vääl Bifall.
Klaasohm, de sik wat to gut däd op sin Singen, hadd all lang dat
Muul spitz maakt, un as nu endli an em de Reeg keem, da legg
he los mit sin fine Stimm: „Kein Feuer, keen Steenkööl 2c." —
Hinnerk quinkeleer as'n jungen Haan, de dat Kreih'n eerst lehrt.
Sin Stimm hadd sik noch ni sackt un snapp jeden Ogenblick öwer,
wat vääl Spaaß maak.

Fritz maak sik am besten. He sung dat schöne Leed ut den
„Besaapenen Timmermann:"

"Un ich gung einstmal bei die Nacht,
Un ich gung einstmal — na, jüm weet dat doch wull noch?
Un ich gung einstmal bei die Nacht.
Die Nacht, die war so duster,
Mit den Sneller, mit den Weller, mit de Mosterkruuk,
Daß man kein Sternlein — ä Gitt, ä Gitt, ä Gitt,
Daß man kein Sternlein sah.

„Ni wahr?" schreeg Hans Detlf, as Fritz klaar weer, „de Jung
het en Stimm as en Lark!"

Alltohopen schreegen se: „De ganze Oper noch maal!" un
Fritz muß dat Stück noch maal van vörn an singen. As dat af-
daan weer, gung dat Supen wedder los.

Jeden Ogenblick klopp een op den Disch un sung denn an en
Red to holen, un de Winbargers mussen mindestens teinmaal hoch
leben. Klaasohm dügg, he muß ook maal wat seggen. He säd to
Heinri, dat he de Lüd en bäten ruhig maaken däd.

Heinri klopp glick op den Disch un schreeg: „Silentium!" dat
heet op düütsch: „Hoolt Muul, oder ik will jüm . . . ." un denn
säd he: „Ruhig, Lüd, Klaas Thießen het dat Woort!" — Klaas-
ohm krabbel sik allmähli in de Höchd un fung an: „Meine Herren
un Damen . . . ." — „Halloh! Naawer, wat snackst Du dar!"
schreeg Hans Detlf; „dar bünt ja gar keen Fruenlüd!" — „Dat's
een Kees, dat maakt sik bäter!" säd Klaasohm. „Also, wat ik
man noch seggen wull . . . . Du mit Din veer Ogen bruukst mi
ganz ni so glöni antokieken! — wi Winbargers laat uns ni ver-
biestern! straami, dat doot wi ni, is't ni wahr, Hans Detlf?" —
„Nä, bi'n Döötsche ni, Naawer; awers snack man wieder, wi wüllt
ja morgen naa Hamborg." — „Jawull, dat will ik. Drum,
mine Herren, as ik in Frankriek weer, do . . . ." — „Un Du
weeßt dat doch wull noch!" gröhl Hinnerk dermank. — „Jung,
swieg still, wenn Din Vader en Red hoolen deit!" schreeg Hans

Detlf. Hinnerk juuch un smeet sin Kapp an'n Böden. Klaasohm sung wedder an: „As ik in Frankriek weer, do . . . ." — „Die Nacht, die war so duster!" sung Hinnerk. — „Verfluchte Jung, wullt Du maal Din Muul holen! — „Ja, mine Herren, as ik in Frankriek weer . . . ." — „Mit de Mosterkruuk . . . ." börk Hinnerk, de so duun weer, dat he ni mehr wuß, wat he däd. Quaps habb he een an'n Kopp weg, dat he van'n Stohl full. Klaasohm leet sik awers ganz ni darbär ut'n Text bringen; he sung to'n veerten Maal wedder an: „As ik in Frankriek weer, mine Herren, dar — dar — jawull, so weer dat, ja, da — da weer ik dar, — ja, un darum schüllt ook de Kieler Studenten hoch leben, hurrah!" — un de ganze Larm schreeg, dat de Finstern klerrn.

„Dat is schaad, Klaasohm," säd een van de Studenten, „dat He ni Pastor worden is, He het een bandi schön Woort!" — Klaasohm grien un meen, he habb de Lüd ook all wat vertellen wullt. Hans Detlf weer bi de lange Red inslaapen, un Fritz un Hinnerk leegen all lange Tied ündern Disch. Darum dügg Heinri, dat word wull Tied, naa Huus to gaan, un so word denn dat ook. Twee saaten Klaasohm in Arm un de Andern Hans Detlf, Fritz un Hinnerk, un so gung't op de Straat los hen naa dat Weertshuus, wa de Winbarger waanen däden. Hier worden se op't Bett smäten, so as se gungen un stunden, un de jungen Lüd gungen weg. Ob se awers naa Huus gaan bünt, dat kann ik waarachti ni seggen.

Hans Detlf weer den andern Morgen de Eerste, de opwaaken däd. Noch half in Slaap stött he Fritz an, de bi em leeg, un säd: „Antje — Antje, staa op un bööt Füer ündern Theekäbel, dat ward Tied!" — He meen, dat he in sin Huus weer. Fritz weer ni davan opwaakt un saag so fürchterli, dat sin Vader sik opricht. He wull wedder „Antje" seggen, awers dat Wort bleev em in de Kehl sitten, as he Fritz wießworden. He verfeer sik ni weni, un eerst ganz allmähli keem em dat wedder in'n Sinn, dat he ja op Reisen weer. Nu full em op eenmaal allens wedder bi, un as he seeg, dat he van Nacht ganz ni ut sin Tüg rutkaamen weer, dar schaam he sik doch en bäten.

„Na, wenn dat min Fru wüß!" dach he bi sik sülm, „de word mi schön de Leviten lesen!" — He waak nu ganz sachten ook Klaasohm op, un de wunder sik jüst ebenso dull, as he.

„Straami, Hans Detlf, ik gloov, wi hadden güstern beid en höllischen Krüsel!" säd Klaas Thießen, as he sik en bäten ver=

mindert habb; „de verdammten Bengels hebbt uns duun maakt!"
— „Ach, Minsch, Naawer, it mutt di seggen, de Strich argert mi
ni so dull, da wi anders jümmers süni bünt dat ganze Jahr
lang, awers dat uns' Gören dabi wesen bünt un sülm sogar van
de Föten kaamen däden, dat is mi sitaal!" — „Du hest Recht,
Naawer," säd Klaasohm, „dat is'n verdammte Geschichte, awers
wat schüllt wi dabi doon? As it in Frankriek weer, do" — „Do
weer Hinnerk noch gar ni op de Welt, wullt Du seggen?"
„Ja, ja, ganz richti, da weer he noch ni op de Welt." — „Holt,
Klaasohm, it will Di wat seggen, weeßt wat?" — „Na?"
„Süh, de beiden Bengeln weern ook ja spruttenduun un ward
gewiß nix markt hebben. Süh, nu schellt wi uns' Jungs ut, dat
se sik güstern slecht obsöhrt hebbt, dat wi se meist naa Huus drägen
mussen. So kriegt uns Fruensluud nix davan·to wäten, hä?" —
„Waarachti, Hans Detlf, davör, dat Du ni reist hest, büst Du'n
ganzen plietschen Kerl, it mugg vörwahr Din Vader ni wesen!" —
„Un it ni Din Söhn," meen Hans Detlf.

Dat word naagraad hell; de Klock weer halwi säben, un um
Klock säwen schulln se all wieder mit de Isenbaan. Dat word
darum Tied, de beiden Jungs in de Been to kriegen; awers dar
hadden se ehr vulle Noth mit; se wull'n sik ganz ni verminnern.
Hans Detlf kenn awers de Jungs un wuß Rath. Fritz schreeg
he in't Ohr: „Du, de Brie steit all op den Disch!" un in'n
Ogenblick rich sik de Jung in de Höchd un schreeg: „Dunner, wanem
is min Läpel!" — De weer also ut'n Droom. Bi Hinnerk gung
dat ni so licht, de Bengel mugg keen Brie, un sin Moder sett em
jümmers sin Kaffee op Köölen, wenn he maal ins to lang sleep.
Darum gung dat op so'n Wies ni, awers Hans Detlf wuß wedder
Raath, he neem den Waaterbuttel un goot em dat koole Waater
öwer den Kopp, un een, twee, dree, weer Hinnerk ook dar un keek
sin Vader so verwundert an, as wull he seggen: „Büst Du min
Vader, oder bün it dat?"

Waaken däden de beiden Jungs nu, awers se weern so krank,
so slecht to Mod un so dörsti, dat se glief dat Waater, wat man
in de Stuw weer, ründerslucket hadden.

„Na, Jungs," säd Klaasohm un plink Hans Detlf to, „dat's
eenerlei, jüm hadden güstern Abend awers en Bläß, den Dunner
noch maal to!" — „He ja vok, Vader!" schreeg Hinnerk. —
„Wat, it? Jung, büst Du noch ni nüchtern oder slöppst Du noch?
It schull duun wesen hebben? Na, da hört awers Allens op, wa,
Hans Detlf? Wi hadden de Jungs man lewer to Huus laaten

schullt, künnt ni maal en Glas Beer verdrägen, slaapt in un fallt ündern Disch!" — „Vader . . . ." — „Ah wat, Vader, pfeu, jüm hadden verdeent, dat wi jüm wedder mit de Isenbaan naa Huus schicken leeten, besuupt sik dar, dat Hans Detlf un ik jüm ni naa Huus kriegen künnt; wenn Heinri ni noch en bäten mit holpen hadd, leegen jüm beiden Slüngels wull noch in't Weertshuus, pfeu!"

Hinnerk un Fritz keeken sik an un wussen ganz ni, wat se seggen schull'n; se kunnen dat ganz ni klaar kriegen, dat ehr Olen keen Strich hadd hadden. Hinnerk meen jümmers, he hadd een an den Kopp krägen, un em dügg, man kunn so natürli ganz ni drömen, denn sin Kopp däd em noch so weh, as wenn he de Ohrsieg eerst ganz eben krägen hadd. As awers Klaasohm un Hans Detlf darbi bleeben, dat de Jungs so unbandi duun wesen weern, dar meenen de Bengels opt letzt denn ook, dat kunn doch wull sin Richtigkeit hebben.

De Klock slog dree Vertel, un dat word Tied. Se betaalen ehr Zech, drunken Kaffee un maaken denn, dat se naa'n Baanhof keemen.

Dat drütte Kapitel.

Van Kiel naa Hamborg. Hans Detlf will op den Telegraaf rieden. Wiezel's Hotel. Fritz un
Hinnerk maakt en grote Seereis. Taafeldoot.

err Pastor sin Heinri weer all dar un tööv op se. He lach, as he se kaamen seeg. Hans Detlf word em ni so draad wieß, as he ook all in vullen Draav op em toleep un em gau toschünn: "Du, segg to de Jungs, dat Naawer un ik güstern nüchtern bläben bünt, ver= steist Du?" — Heinri nück mit'n Kopp un lach, he verstund, wat de Ool meen; un Hinnerk un Fritz worden ni klöker.

Heinri sorg nu ook davör, dat se de richtigen Billetten un'n guden Platz kreegen, un denn geev he noch allerhand Vermaanungen; se schulln nümmers utstiegen, wenn de Togg anheel, un sik um Gottes Willen denn ni so lang opholen, da de Togg ni op se töben däd, un denn, wenn se in Hamborg ankeemen, schulln se man naa "Wiezel's Hotel" op St. Pauli gaan, da word se dat am besten gefallen. De Winbargers hören ganz niep to un meenen nösten, nu se op de rechte Isenbaan weern, schull Allens ook all gut gaan, davör bruuk he ni bang to wesen.

Dat swarte Dings vör an de Spitz fung an to schriegen as'n Farken, dat stäken ward, un — rupps — gung dat los.

Dütmaal schulln se denn ook würkli hen naa Hamborg kaamen. Se keemen jümmers wieder. Bi jede Staatschoon steegen frische Lüd in ehrn Waagen rin, un Hans un Klaasohm vertellen in eens weg; Fritz un Hinnerk weern ganz elendi.

Dicht vör Pinnbarg wull Hans Detlf sik een smöken. He greep in sin Tasch un schreeg ook glief luut ut: „Min Piep, min Piep! Ach Gott, Kinders, min schöne Piep!"

Een van de fremden Lüd fraag em, wat dat denn vör'n Malheur weer mit sin Piep, un Hans Detlf schreeg: „Ach Gott, if heff min schöne Piep mit dat herrliche Beslag in Kiel vergäten!" — „Is wull ni mögli!" schreeg Klaasohm, „de schöne Meerschum= piep, dat is ja jammerschaad!" — „Hören Se maal," säd een van de andern Reisenden in'n Waag to Hans Detlf, „dar weet if Raat vör." — „Ah wat!" schreeg Hans Detlf vergnögt. — „Ganz gewiß," säd de Fremde, „de Saak is ganz eenfach: Se mööt sif nösten, wenn Se naa Hamborg kaamt, gliek op den Telegraaf setten, denn bünt Se in een, twee Minuten wedder in Kiel." — „Nä, wat Se seggt!" schreeg Hans Detlf, „dat is ja ni mögli!" — Klaasohm hadd ook all davan lest in de Wochenblädder, un so muß dat ja wahr wesen. — „Wavääl kost dat wull," fraag Hans Detlf. — „Ach Gott, dat is jüst ni so vääl, awers hebbt Se ook leddern Uenderbüxen an?" — „Wat, leddern Uenderbüxen?" schreegen Klaasohm un Hans Detlf togliek. — „Jawull, leddern Uenderbüxen; wenn Se de ni hebbt, künnt Se ni op den Telegraaf rieden, dar ried Se sik foorts en Jud Wulf!" — „Ah, Snack, dat Rieden bünt wi Buern wennt, un wenn't wieder nix is, so hebbt wi hier uns leddern Fellisen, dat is so gut as twinti Uenderbüxen!" — „Na ja, denn is't ook gut!" säd de Fremde, „denn will'k Se ook gliek dat Huus wiesen, wa de Telegraafen staat, wie bünt gliek in Hamborg.

He hadd dat man eben seggt, da word ook all sleut, un dat sung an mehr sachten to gaan un jümmers mehr alleben, bet op eenmaal de ganze Kraam still heel. — „So, nu bünt wi dar," säd de Fremde, „nu kaamen Se man mit rin, if will Se gau henwiesen!" — Hans Detlf gung mit em, un bald keemen se naa en Döör hen, dar stund „Telegraafenbüreau." — „Hier is de Stall!" säd de Fremde, „dar gaat Se man rin un fraagt!"

De Winbarger rin. „Wüllt Se uns man gau en paar Telegraafen saabeln!" säd Hans Detlf. — En Kerl in'n smucke Uniform keek se verwundert an, schoov sin Brill in de Höchd un säd: „Wat wüllt Se?" — „Ach, hören Se," säd Hans Detlf, „ik will Se seggen, ik heff min schöne Piep in Kiel vergäten, un dar wull ik nu gau op den Telegraafen henrieden un se wedder haalen!"

De Mann in de Uniform lach un säd: „Min lewe Mann, dat geit ni!" — „Ah, Snack," schreeg Hans Detlf, „ik legg min Fellisen darop, un denn schall't wull gaan; raffallen do ik ni!" — De Mann lach, dat em de Buuk bäwer. Tolezt schreeg he: „Jesus, dat is to'n dotlachen!" — De Winbargers keeken sik an un wussen ni, weer he verrückt, oder weern se verrückt. — „Na, wa is't?" säd Hans Detlf argerli, „kann't losgaan oder ni!" — De Mann vertell se nu, dat so wat gar ni angaan kunn, de Mann in de Isenbaan habb se vör'n Narren habb; awers de Piep kunn he em wedder schaffen, he schull em man bloot seggen, wanem he se liggen laaten habb. Hans Detlf säd em den Naamen van dat Weertshuus, un de Mann säd, dat weer all gut. He lang naa'n Stück Dings un pick dar'n paarmaal mit op un daal; dar snurr wat, un nu säd he: „Kieken Se her, dar ward mi ut Kiel schräben, dat de Piep richti dar is." — „Ja, dat is wull gewiß!" schreeg Hans Detlf; „ik verstaa nix van de Kraamstikken dar, awers dat min Piep in Kiel is, weet ik ook!" — „Na, nu passen Se man op," säd de Mann, „nu steit dar ook, dat Se morgen fröh Ehr Piep wedder hebbt." — „Is't wahr?" schreeg Hans Detlf vergnögt. — „Ja, ganz gewiß, schrieben Se man ehr'n Naamen op un ook, wanem Se Ehr waanen wüllt, denn hebbt Se morgen fröh Klock ölm ehr Piep wedder." — Hans Detlf schreev dat op un säd: „Ook väälen Dank," un wull gaan. — „Holt!" säd de Mann mit sin Uniform, „eerst betaalen!" — „Wat? wanem vör denn? — „Na, vör min Mög, dat bünt de Gebühren, kieken Se, een Daaler!" — Hans Detlf lang in sin Tasch un smeet en Daaler op den Disch.

As se buuten weern, säd Klaasohm: „Minsch, Naawer, ik gloov, dar hebbt se Di wedder maal ins an'n Foot räten; de Kerl maak uns Kunststückschen vör, un dat weer Allens! Din Daaler büst Du los, un Din Piep wardst Du ook wull ni wedder smöken!" — „Ik bün sülm bang davör, awers man kann't ja ni wäten, Naawer," meen Hans Detlf. — „Will de Herr föhren?" fraag se op eenmaal en Kerl. — Klaasohm säd: „Man to, laat uns dat man boon; wi mööt doch eerst maal ünder Dack un Fack, un tonöst künnt wi op anders wat losstüern!" Se steegen in, un de Kutscher föhrt se hen naa „Wiezel's Hotel."

Kinderslüd, wat keeken uns Winbargers as se dör Altona fahren, awers dat weer noch ganz nix, as se naa de Elwkant tokeemen un all de väälen Schääp seegen.

De Waag heel all lang vör dat Weertshus, wa se inkehren wulln, still, un Opwaarer, Husknecht ꝛc. stunden wull meist fief Minuten vör'n Kutschenslag un bäden de hogen Herrschaften, doch uttostiegen, awers de veer Winbargers keeken un keeken un kunnen ganz ni satt warden, de väälen Schääp antokieken. De Fohrmann word toletzt argerli un wull webber mit se affahren, awers dar steegen se ut. Buten gung desülwe Kiekerie webber los, un naa de Reeg schreeg bald de een un bald de ander: „Kiek, kiek, dar seilt en Schipp! O Je, wa kann't angaan!"

De Weert säd endli, se schulln man eerst in de Stuv rinkaamen, van dar kunnen se Allens jo so gut sehn, as buten in de Küll.

Dat leeten se sik gefallen un pitje patsche gungen se een achter den andern in de Stuv rin. Hier verfeeren se sik ganz gewalti öwer de Pracht un Schönheit, de in de Stuv weer. Allerwegen glänzt dat von Gold un Sülwer, un an alle Ecken un Kanten weern grote Speegels in golden Raams, so groot, dat sik sülm de lange Hinnerk darin van Kopp bet to Föten besehn kunn. Dat maak Hinnerk un Fritz ook vääl Pläseer, un jedereen dach wull bi sik in Stillen: „Du büst doch'n ganzen Baas van Kerl!"

Se fraagen, ob se dar'n paar Nachten blieben kunnen, un dar weer natürli nix in'n Weg; se worden twee Treppen ropföhrt, un hier kreegen se ehr Stuv anwiest. Ach, wa weer dat dar schön! De herrlichsten Däken leegen hier op den Footböden, so dat Hinnerk eerst meen, he müß wull sin Stäweln uttrecken un op Haassöcken ringaan, so schön weer dat dar. Un de Utsicht van de Stuv weer ganz eenzi! De schöne Elw mit dat bottergäle Waater un de herrlichen Schääp un denn de väälen Lüd, de dar bi'n Haaben rumleepen, Lüd van allerhand Kleuren, Witte, Gäle, Swarte, Brune, all mank'n ander dör! Hier laaden se'n Schipp ut, dat weern Portugalöser, as Klaasohm säd; de Matrosen mit ehr roden Jacken un brune Gesichter un pickswarte Haaren arbeiten fix un dröbi. Dar leeg en Engelsmann, luder lütte breede Kerls mit'n echte Schippervisaage, an de een Siet van't Gesicht en

korten Brösel, an de ander en Prüntje, so groot as'n Fuust. De
arbeiten noch bäter as de andern; awers jümmers habb een van
se den Buddel in de Hand, un männi een weer all duun fröh
Morgens.

Dat maak de Winbargers vääl Spaaß, se seeten den ganzen
Morgen dar un keeken un dachen gar ni an't Utgaan. De Opwaarer
keem ook bald wedder rop un fraag, ob se mit Table d'hôte äten
wulln. De Winbargers hadden all so vääl van Table d'hôte
lesen, dat se nieschieri weern to dat Gericht. Se säden gliek ja,
awers vördem leeten se sik en bäten Botterbrod bringen, da vör
Klock dree ni an't Aeten to denken weer. As se ehren Buuk vull-
slaagen hadden, leggen Klaasohm un Hans Detlf sik en bäten daal
to slaapen; Hinnerk un Fritz kreegen Verlöövt, en bäten an'n
Haaben rum to lopen un sik Allens to besehn. De beiden Jungs
maaken sik gau op de Been un weern in'n Ogenblick nern an'n
Haaben.

Jeses, wat weer dat dar en Leben! De Bengels wussen
ganz ni, wanem se mit ehr Ogen hen schulln, un dat duer ni
lang, so pett Hinnerk en Rammer op de Fööt. — „Exküs!" säd
Hinnerk. — „Ah wat, Exküs!" schreeg de Hamborger, „ik pett Di
wedder!" un darmit pett he Hinnerk op sin Liekdoorns, dat de
arme Bengel hoch in de Höchd sprung un luut ut schreeg. Van
nu af an neem Hinnerk sik höllisch in Acht un gung alle Lüd ut
den Weg.

Se keemen ook hen naa de Landungsbrügg, wa de Dampers
anleggt, un dar se en Barg Lüd op dat Schipp seegen, fraagen se
een van de Kufferdrägers, ob se ook maal ropgaan kunnen. De
säd, dat schulln se man driest doon. Un se däden dat un gungen
dar mank de Lüd rum un keeken un keeken, un as se baaben Allens
besehn hadden, gungen se ründer naa de Kajüt. Hier seeg dat just
so ut as in en Weertshuus, un de beiden Jungs leeten sik en
Glas Beer geben un steeken en Segarr an.

„Dat's schaad, dat Vader ni mit is," säd Fritz, „ik gloov,
dat word em hier bandi gefallen!" — „Jawull!" säd Hinnerk un
hojapp, denn se weern all beid mööd, da se de Nacht vördem so
weni Slaap krägen hadden. Dat duer ook ni lang, so weer
Hinnerk inslaapen. Fritz weer ook all indruselt un dicht vör't
Saagen, da hör he op eenmaal een Trampeln un'n Larm, dat he
davan opwaak. He stött Hinnerk an un säd: „Hinnerk, wat is
dat, hörst Du't?" — „Ja Minsch," säd Hinnerk verblüfft, „wat
schull dat wesen?" — Se keeken sik an un un luckohrn un worden

ganz angst to Sinn. Endli stund Fritz op un fraag den Weert, wat de Larm to bedüden hadd.

„Ach," säd de, „de Damper is eben afgaan." — „Wat!" schreegen Hinnerk un Fritz un bäwern an'n ganzen Liev, „de Damper is afgaan?" — „Jawull, hör'n Se man, wa he puußt!" — De beiden armen Jungs leeten de Arms sacken un fungen an to weenen. „Ach Gutt, ach Gutt, wat schüllt wi anfangen!" — De Lüd fraagen, wat se denn feilen däd, un se vertellen ehr Unglück. De Lüd lachen un heelen se noch baaben in Koop vör'n Naaren.

„Ja," säd een, „min Jungs, dat is'n slimme Saak; dat Schipp seilt naa Amerika, un dar mööt jüm nu mit hen, dat is slimm!" — De Jungs hulen noch duller, bet toletzt een sin Erbarmen mit se hadd un säd, dat de Damper bi Altona wedder anleggen däd, un dar kunnen se rafstiegen.

Gott, wat weern de Beiden vergnögt, as se dat to hören kreegen; denn wat hadd Vader un Moder seggen schullt, wenn se op eenmaal so naa Amerika utkratzt weern. Se leepen glick naa baaben rop op't Verdeck un keemen jüst to rechter Tied, de Damper stopp, un se steegen an't Land.

Dat is ganz ni to beschrieben, wa seli as se weern, as se wedder op de Eer weern; se danzen, juuchen un grölen, as weern se duun. Nu schullt denn naa Huus gaan! awers da seeten se wedder, keen wuß den Weg, un wat noch slimmer weer, se hadden den Naamen van dat Weertshus vergäten. So vääl wussen se awers doch noch, dat se dicht bi'n Haaben inkeert weern. Se neemen sik also 'n Waagen un föhren naa'n Hamborger Haaben to, un richti, se funden wedder to Huus.

Hans Detlf un Klaasohm sleepen noch ganz sööt un hadden sik nix dröömen laaten van ehr Jungs ehr Malheur, un Hinnerk un Fritz hadden sik ook vörnaamen, nix davan naatoseggen. De Jungs waaken ehrn Vader op, un de weern noch man eben opstaan, as ook all de Opwaarer keem un säd, ob se man so gut wesen wulln un to't Aeten ründerkaamen. Dat weer se ganz recht, un se gungen em op de Föten naa.

In en ganz groten Saal weer deckt. Se setten sik daal. De Supp keem, un dat Aeten gung los. „Den Dunner noch maal to!" säd Hans Detlf naa'n lütten Stoot, „dat's awers eenerlei, dat's en Gefreß, dat's bäter as Klüten un Sirop!" — „Dat schull'k meenen," säd Klaasohm, „dat schull'k meenen!" — „Straami, kiek maal Naawer, wat'n Braaden!" schreeg Hans

Detlf wedder; „Jungs, fräät to, dat Betaalen is eens!" He
hadd dat ganz ni nödi hadd, de Jungs antokraagen, se freeten
as hadden se in dree Daag keen warmen Läpel in'n Lieb hadd.
Een Gericht keem naa't anner, un toletzt ook noch Rosin un
Mandeln.

„Döwel, schull noch ni bald de Tafeltod kaamen?" säd Hans
Detlf toletzt, if heff all alle Knööp van min West springen laaten,
if gloov waarachti ni, dat if noch wat mehr rünner krieg." —
„Ja, da bün if ook nieschieri," säd Klaasohm, „wie mööt wull
man maal fraagen!" — Se reepen den Opwaarer, un fraagen
em, wasück dat denn eegentli mit dat Tafeltod stund, ob dat
Gericht noch ni bald keem, so worden anners nix mehr davan
äten künnen. De Opwaarer keek se ganz verwundert an, un se
mussen em noch eenmaal fraagen. As he seeg, dat dat Eernst
weer, fung he an to lachen un säd: „Was Sie gegessen haben,
meine Herren, war grade die Table d'hôte." — „Aha!" säd Hans
Detlf, „dat Allens weer also man een Gericht, un dat heet
Taafeltod? Nä, dat heff if ni wußt; awers, Kinders, dat is'n
schön Gericht, dat schall min Antje mi ook ins kaaken!" — „Man
to Vader!" schreeg Fritz. — „Ja, if will ehr dat nösten schrieben,
if heff dat noch so täämli all beholen!" — Se drunken nu noch
ook eerst ehrn Kaffee un gungen denn naa ehr Stuv rop, Hans
Detlf, um an sin Fru to schrieben, de Andern, um noch en lütten
Stoot to slaapen. Hans Detlf leet sik Papier un Black geben un
fung an to schrieben:

„Liepe Antje!

If ergreife die Väter, um Dich schnell was zu verzählen.
Ich habe Häute gegessen, ein Gericht, was ser schön Smeck.
Ihm heißt Taafeltod. Das solst mich auch ins machen.
Wenn ich nach Hause komen thu, will ich Dich auch noch
mehr verzählen, wir sind alle munter un es griesd Dir
Dein lieper Mann Hans."

Klaar weer he. Dat Schrieben weer ni sin Saak, he maak
den Breef to, back en Oplaat darop un schreew de Adreß op. As
dat afdaan weer, waak he de Andern op un säd, dat word Tied,
wenn se noch en bäten utgaan wulln. Se bunden also ehr Nett
um'n Hals, kreegen ehren Handstock to faat un gungen los. Se
fraagen den Opwaarer, wanem se wull toeerst hen mussen, un de
meen, an'n Sünndag kunnen se nix bäter doon, as op St. Pauli
blieben. He schreew se de Weertshüs op, wanem se toeerst hengaan

müssen, un as se so'n Wegwieser hadden, sedden se ehr Mütz op den Kopp un gungen los in de wiede, wiede Welt rin. Se leeten sik en Waagen kaamen un fohren toeerst naa'n „Hamborger Barg" hen. Hier steegen se ut.

Mein Gott, wat weer dat hier vör'n Gedräng un Gewog, man kunn sik knapp dördrängen! Hans Detlf un Klaasohm säden darum ook gliek to ehr Jungs, se schulln jümmers dicht bi se blieben, dat se ni to Söök keemen. Hinnerk weer frieli tääml groot, dat he mank alle Lüd licht ruttokennen weer, awers Fritz weer ja man en lütten Hupen.

Kreegen se maal ins en Stoot in de Rippen, so deelen se bi Gelegenheit ook wedder een ut, un pett Hinnerk maal een op de Hacken, so säd he ook keen „Erküs" mehr, denn dat Woort, hadd he lehrt, weer in Hamborg ni anbrocht; dat gelt dat: „Pettst Du mi, pett ik Di wedder."

„Hür, meine Herren un Damen, sehn Se dat merkwürdige Thier, de berühmte Seejungfer; der Kopf ist ein vollendetes Frauenzimmer un dat Uebrige is ein Schwanz; treten Sie näher meine Herren, es wird Ihnen nicht wieder geboten, es kostet nur einen Schilling, einen Schilling nur — Thaler werden für voll angenommen. Hür, meine Herren ɩc."

„Straami, Naawer, dat mööt wi sehn!" schreeg Hans Detlf. De Andern weern ook nieschieri, un se gungen rin. Dat duer awers keen fiev Minuten, so weern se all wedder buten, un een keek den andern an.

„Dar hebbt se uns wedder ins anföhrt," säd Hans Detlf, „dat weer ja man bloot en Seehund!" — „Dat's wahr," meen Klaasohm, „en Seehund weer't man; awers wi bünt doch ni alleen anföhrt, kiek, wat dar vör'n Barg Minschen rin gaat! Wi wüllt awers uns Fruensslüd seggen, dat wi en würkliche See= jungfer sehn hebbt en bandi smuck Wief!" — „Dat laat uns doon," säd Klaasohm; „awers laat uns wieder gaan. Süh, dar steit en ganzen Barg Lüd, laat uns neger ran gaan un sehn, wat dar los is!"

Se gungen drop to.

„Hier meine Herrschaften, Kuddelmuddel, Kuddelmuddel, Alles für een Schilling dat Stück un noch een op to, nur von wegen de Geldkrisis, nur um Deckung to kriegen!"

De Winbargers drängen sik naa de Schuuvkaar ran, wa all dat Tüg weer, dat man een Schilling kosten schull. Dunnerwedder, dat weer ja ganz keen Geld! Stück vör Stück man een Schilling!

Hans Detlf un Klaasohm säden darum ook glick to ehr Jungs, se schulln jümmers
dicht bi se blieben —

Und da weern groote Waaterbubbels, Waschkummen, Kämm, Piepenköpp, Handschen, Seep un wat weet ik ni all, luder billige Saaken, Stück een Schilling un noch een op to.

„Dusend un de Pumpstock!" schreeg Klaasohm; „ik weer in Frankriek, awers so billi heff ik't nargens draapen, dat mööt wi koopen, Hans Detlf, dat kriegt wi sobald ni wedder!" — „Ganz recht, Naawer, ik koop den Döwel wat weg, dar künnt wi uns Fruens wat to Wiehnachtabend köpen; laat uns man maal utsöken, Hinnerk un Fritz künnt dat eerstmaal op den Arm in Verwaarung nehmen."

Se söchen sik en Barg Stücken ut; de Jud, de den Kraam to verköpen hadd, freu sik unbandi un fiechel bi se rum, as weern Klaasohm un Hans Detlf smucke Fruenslüd. As dat awers an't Betaalen gung un de Winbargers vör twee Stück man een Hamborger Schilling betaalen wulln, da schreeg de Jud: „O waih mer, bei die Zeiten! Sie seind wohl meschugge? In diesen Kasten kostet es ein, in diesen swei un da viere; weiß Gott, ich kann nit anders, es kostet mir selbst fünfe, nur um Deckung zu kriegen! — „Denn sett den Kraam man wedder daal, Kinders!" schreeg Hans Detlf, „dat is hier keen reellen Kraam!"

„Nu, wos Se sogen, reell! bei die Zeiten? Aber hören Sie, meine Herren, ich will Jhnen lassen das vor swei Tholer, das ist doch billig?"

„Kinders, de Kerl föhrt uns an!" schreeg Klaasohm, „laat uns wiedergaan, wie kriegt dat noch billiger!" — „Wos Se sogen billiger! Soll mir Gott bewahren, muß ich doch selbst darauf verlieren! — nu gein Se doch nit weg, sogens, was woll Se geben, ich laß met mer handeln, so gein Se doch nit weg!" — Klaasohm un Hans Detlf leeten sik besnacken un keemen noch maal retour. — „Nu, was wollen Se denn geben?" — „Na, en Bankdaaler wüllt wi daran wenden un noch twee Bankschillings op to, awers mehr vok ni!" schreeg Hans Detlf. — „Gott, du Gerechter, was thu ich mit de swei Bankschillings, wenn's keene Dolers sind! ich will Se was sogen, geben Se mir vier Mark, es kost mir selber sechse."

„Nä, dat is to vääl, twee Mark Lübsch wüllt wi geben." — „Swei Mark Lübsch, warum nit vier? Weiß Gott, ich kann nit anders — nu gein Se doch nit gleich weg, geben Se drei Mark, blos um zu handeln — aach das nit?" — „Nä, een Bankdaaler un mehr ni!" — „Na, weil Se so smucke Leit sind, will ich Sie das vor sieben un vierzig lassen; nu kommen Se doch!" — „Nä!"

— „Na, denn gein Se mit Gott! — Kubbelmubbel, meine Herren, Stück vör Stück ein Schilling un een op to, blos um Deckung zu kriegen . . . ."

„Dat is ja en verfluchten Kerl!" schreeg Hans Detlf, „de maakt een ja ganz unklook in'n Kopp; laat uns maaken, dat wi van de olen Kaaren wegkaamt, wi ward dar doch beschummelt!"

Ni wiet davan af weer en ganzen Swarm Minschen um'n lütje Bod rum, wat kunn dat wesen?

De Winbargers darop to. „Ah, wa nüdli, Kinders, ah, wa nüdli!" schreegen se gliek alltohopen. — Dar weer en Putschanell= thiaater.

Dat gung dar noch naa de ole Mod to. Kasper weer de Hauptkerl, en Baas, de Allens kunn; dar mugg de Döwel kaamen oder de Schinder, Kasper word mit se alltohopen klaar.

„Wat hest Du van Daag äten?" fraag sin Herr. — „Meister, ik heff Haasenbraaden äten." — „Nä, wat Du seggst, Kasper, wanem hest Du den Haas herkrägen?" — „Den heff ik gräpen, Meister." — „Wanem denn?" — „Op unsen Böden." — „Dat is ja snaaksch, Kasper, op unsen Böden? Wat säd de Haas denn, as Du em bi de Slaawitten kreegst?" — „Ja, raad He maal!" — „Nä, segg dat lewer, raaden kann ik dat doch ni." — „Na, denn will'k Em dat man seggen, wiel He gar so dummerhafti is, Meister, de Haas säd: „Miau! Miau!" — „Kasper, was hast Du gethan, dat weer ja min Fru ehr Kaater!" — „Nä, Herr, dat weer en Haas!" — „Kasper, Kasper, das war ein Kaater!" — „Nä, Herr, so gewiß as Se en bandi kloken Kerl bünt, dat weer en Haas; min'twegen ook'n Katt, awers en Kaater weer't ganz gewiß ni!" — Un so gung dat Stückschen wieder; da hadd Kasper bald 'n Hund vör'n Kalv ansehn, bald 'n Slang vör'n Aal holen un opfräten; awers he hadd doch jümmers dat letzte Woort un leet sik nix afstrieden.

As dat Stückschen ut weer, keem en ander Stück, wa Kasper sin Fru dootslog un henricht warden schull. Kasper wuß sik awers jümmers to helpen; he bäd den Scharprichter, he mugg em dat doch eerst maal vörmaaken, denn he weer dat Ophangen noch ni wennt, un dat weer, he mugg't globen oder ni, noch dat eerste Maal. De dumme Scharprichter leet sik anföhren un dach an nix, as he sin Kopp dör de Snoor stäken däd; awers dar trock Kasper op eenmaal de Snoor to, un Muschü Scharprichter bummel an'n Galgen. Kasper lach; ebenso dull de Winbargers un de andern Lüd, de tokeeken. Op eenmaal geev dat'n Gedräng. Wat weer dar loos! Alle Lüd leepen van een. Hans Detlf, Klaasohm, Fritz un Hinnerk, keen een van se kunn dat klaar kriegen. Se keeken sik um un op eenmaal stund en lütt Wief vör se mit'n blicken Teller in de Hand: „Bitte, mine verehrten Herren, heute is Kasper's Benefiz!"

Nu marken de Winbargers ook, warum de andern weglopen weern; denn as de lütt Fru mit den blicken Teller wegweer, dar keemen se alltohopen wedder ran. De lütt Fru weer awers ook ni van güstern; se kenn ehr Lüd, un muß se to kriegen. Se stund jümmers op de Luer un paß op, un keeken de Lüd all hen naa Kasper, denn sleek se sik so ganz sachten achter de Lüd rum, un op eenmaal stund se denn vör den Kerl, de ni betaalt hadd. Dar hölp denn keen Gott, he muß in de Tasch langen un raf= rücken. De Winbargers keeken noch en Stück an un gungen denn wieder.

„Hür, meine Herrschaften, werden Sie electrisirt un magnetisirt, was gegen alle Krankheiten hilft; es kostet nur einen Schilling!"

„Hölpt dat ook gegen Täänweh?" fraag Klaasohm.

„Gegen Täänweh erst recht!" schreeg de Mann.

„Gott, Kinder, wa is dat doch schaad, dat min Antje ni hier is, anders kunn se sik davan kureern laaten!"

„Dat deit nix," säd de Mann, „dat is eenerlei, ob se hier is oder ni; wenn een van Se sik electriseern lett un dabi an Antje denken deit, denn hölpt dat ook, un dat Täänweh geit weg un kummt ni wedder! Das ist die Kraft der Sympathie, meine Herren!"

— „Na, Hinnerk, denn kannst Du dat ins versöken, min Jung." — „Nä, Vader, ik bün bang!" — „Ach, Du büst wull narrsch, de Mann deit Di ja nix!" — „Gar nix," säd de Mann; „süh, Se faat bloot düssen Haaben an, un denn is dat afmaakt!" — He wies Hinnerk den Haaben, un as dar keen Döwel in seet, kreeg Hinnerk sülm Lust, dat maal to riskeern. De Mann dreih an'n lütte Maschin, de Fritz vör'n Kaffeetrummel heel, un snack dabi so vääl van de Sympathie, dat se ganz dumm un dösi worden. Endli heel he op un säd to Hinnerk, he schull anfaaten. Hinnerk däd dat un hadd keen Arg darut; awers wat verfeer he sik, as he op eenmaal dör alle Lenken en Slag kreeg, dat he meist daalsackt weer. He schreeg lut ut un maak en grausam bang Gesicht. —

„Jung, wat tierst Du Di mall!" schreeg Klaasohm, „Du jaagst mi ja meist en Schrecken in!" — „Ach, Vader, dat geit ni mit rechte Ding to, ik — ik — ik kreeg en Stoot, as wenn ik van een gung!" — „Dummen Snack, ik mutt dat denn wull sülm doon; wa kann dat weh doon, de Buddel is ja ni van'n Disch kaamen un ook nix darin! Kumm, lütt Mann, hier is min Schilling, nu dreih He man noch maal!" — De Mann dreih, bet dat genog weer. Klaasohm lang ganz ruhi hen un kreeg en Slag, de ni slecht weer. „Dusend Dunner," schreeg he un slunker mit'n Arm, „dat treckt! Hadd ik dat wußt, hadd Moder ehr Täänweh beholen kunnt, un dat schall Sympathie wesen? Dar lach ik wat op! Adjüs!"

Hans Detlf lach un säd: „Dar büst Du all wedder anföhrt, jüst so, as ik maal as Jung! Süh, dar hadd ik so gräsige Tään= pien un wuß mi ni to bargen. Ik weer jüst bi unsen Schoster in de Stadt, un de säd mi, dat weer licht wegtokriegen mit Sympathie. Ik wull ni recht daran globen, un säd em dat ook, awers he meen, dat weer egaal, hölpen word dat doch. Na, dach ik, denn kannst Du dat ja ins versöken. Ik muß mi daalsetten op sin Buck, he trock en Pickdraat rut, bund dad een End um min slechten Tään fast un dat ander End um min Fööt, dat ik ganz krumm sitten muß. De Schoster gung nu dreemaal um mi rum un brumm allerhand in'n Baart, wat ik ni verstund, un dar steek he mi mit sin Els achter in den . . . . s, dat ik mit een Satz in de Höchd sprung un luut ut schreeg. De Schoster heel sik den Buuk un lach; ik weer argerli un wull schellen, awers da wies de Kerl naa de Eer, un richti, da leeg de Tään. Dat weer ook Sympathie, Klaas= ohm, awers de hölp, min Täänweh weer weg!"

Klaasohm lach. Op eenmaal hören se Fritz, de'n bäten vörut= gaan weer, luut ut schriegen: „Laat mi los, lat mi los!" Se leepen gau darnaa to, un seegen denn, dat en groten Kerl den lütten Fritz bi'n Kragen hadd — awers ni, um em wat to doon, nä, de handel mit Plackseep un wull Fritz man bloot en Placken ut't Jack rut maaken. Fritz wull dat gar ni lieden, awers Hans Detlf säd, he schull man still holen, dat weer ja ganz ni so unrecht. Bideß se nu so dastunden un tokeeken, föhl Hansohm op eenmaal wat an sin Stäwel. Verwundert keek he daal un seeg en Kerl, de em sin Stäwel putzen wull. „Echte Glanzwichse, meine Herrschaften, Stück einen Schilling!"

Klaasohm heel still und leet sik dat ruhi gefallen un heel, as de een Stäwel so blank weer, dat man sik darin speegeln kunn, ganz ruhi sin ander Been hen, um ook den andern Stäwel blank maaken to laaten, awers Proost! da word nix ut; de Mann wull

dat ni, un Klaasohm muß aftrullen mit een blanken un een
schietigen Stäwel.

Nu gungen se wieder. Se worden wedder en Barg Minschen
wieß, de vör'n lütt Huus sik rumdrängen däden; se also hen, um
to sehn, wat dar los weer. An de Döör van't Huus stund
anschräben:

Elysium=Theater.

Vör de Döör stund en Kerl, de fürchterli antosehn weer; van
Kopp bet to Föten hadd he nix an as roth Tüg, un ut'n Kopp
wuß en Hahnfedder rut, de mindestens, twee Foot lang weer. Sin
Gesicht weer öwer un öwer mit rode Farw besmäärt un seeg ut,
as hadd de Kerl en blödige Snuut krägen. Dat meen Klaasohm
toeerst ook. He säd to Hans Detlf: „Den hebt se awers düchti
todeckt, Naawer; kiek maal, se hebbt den armen Kerl de Näs ganz
breet slaan!" — En Näs hadd de Mann nu würkli ni; dar seet
man en ganz lüerlütten Knuppen in sin Gesicht, un dat weer
Allens. Een van de Lüd, de bi se stund, vertell se awers, dat de
Mann ganz ni so to bedüern weer; en Näs hadd he zwaars ni so
groot as ander Lüd, un dat weer en heemlichen Fehler, awers
anders gung em dat um so bäter, dar he mindestens acht bet tein
Baantjes hadd, de ehrn Mann ernähren däden. Dat meiste Geld
verdeen he awers mit sin Thiaater un mit dat Utropen; un en
bätern Utröper as em leet sik nargends finden, so'n baarige Stimm
hadd de Kerl. Se hadden man noch en lütten Ogenblick staan, as
de Mann ook all anfung to schriegen: „Kommen Sie rein, meine
Herrschaften, kommen Sie rein! Zeit! Zeit! Heute wird gegeben
zum ersten Male: „Doctor Faust Leben, Thaten und Höllenfahrt!"
Es sind keine Kosten und Mühen gespaart worden, die Vorstellung
so glänzend als möglich auszustatten — man 'rin min Jung, dar
is de Kaß! — die Hölle wird mit bengalischem Feuer erleuchtet!
— Kommen Sie rein, meine Herrschaften, die Vorstellung wird
sogleich anfangen! Gegeben wird heute zum ersten Male: „Doctor
Faust Leben, Thaten und Höllenfahrt!" — he kummt ganz elendi
um sin Leben! — Erster Platz vier, zweiter Platz zwei und dritter
Platz nur einen Schilling die Person. Kassenscheine werden auch
angenommen. Zeit! Zeit! Kommen Sie rein ꝛc."

Dat schreeg de Kerl wull'n tein bet twinti Maal, un so gräsi
lut, dat een de Ohren weh däden. De Winbargers hören dat an
un kunnen sik ganz ni satt sehn an den Kerl, bet de Mann se
endli wieß word. Gau maak he de Döör aapen un säd mit'n
grooten Reverenz: „Kommen Sie nur rein, meine Herrschaften, die

Vorstellung wird sogleich beginnen!" — Klaasohm un Hans Detlf keeken sik an un säden beid to glieker Tied: „Gaat wi rin, Naawer?" un: „Man to, Naawer!" — un eh se sik't verseegen, weern se binnen op den eersten Platz, wa dat veer Schilling kosten däd.

Kinders Lüd, wat verfeeren se sik! Dar binnen weer dat ganz pickdüster, un bloot een lütte Lamp brenn an'n Böden. Se weern de eenzigen in dat Thiaater, un haden se ni de välen Banken sehn, so weern se wull ganz op den Gedanken kaamen, se weern in de verkehrte Döör ringaan. As se dar noch stunden un Allens bekeeken, flög dicht bi se vörbi en Cigarrenstummel daal. Verwundert keeken se in de Höchd un seegen dar en paar Matrosen, de baaben van de Gallerie ründer klettern wulln. Dat duer ook man en lütten Ogenblick, so weern se bi se op den eersten Platz. — „Jümmers nobel, wa, Krischaan?" säd de een van de beiden. — „Dat versteit sik!" schreeg de ander.

De Winbargers wussen ganz ni, wat se darto seggen schulln, as nu jeden Ogenblick van baaben wücke ründer rutschen an de Pielers, jüst as Ratten un Müs. Dat word jümmers vuller un vuller, un de Larm jümmers duller un duller, een schreeg noch mehr as de ander, un wenn se ni mehr schriegen muggen, denn trampeln se mit de Fööt, as kunnen se sik ni bargen vör Küll.

Hans Detlf säd to sin Naawer: „Schull't noch ni bald anfangen, Klaasohm, wi bünt hier all en halv Stund, un noch is nix to sehn!" — „Ik weet dat ook ni, Hans Detlf, ik bün sülm nieschieri, wat dar wull ut warden deit!" — Se bleeben wedder ruhi sitten un töben darop, dat de Vörhang opgaan schull. De andern Lüd weern ni so ruhi, de schurren un trampeln mit de Föten un juuchen un grölen un schreegen: „Anfangen! Anfangen!"

De Döör gung jeden Ogenblick aapen, un wenn man meen, nu word't losgaan, denn weer't wieder nix as'n Buttje oder ook en oold Fischwief oder en Kindermäten mit'n lütt Göör op den Arm, un man hör den Kerl dar buten schriegen: „Erster Platz vier, zweiter Platz zwei, dritter Platz nur einen Schilling! die Vorstellung wird sogleich anfangen!" — Awers dar keem nix naa, da passeer nix. Dat duer noch tein Minuten, dat Thiaater weer so vull, dat knapp noch'n Mus rinkunn, un noch jümmers schreeg de Kerl dar buten, se schulln doch rinkaamen. Dat Schriegen un Skandal dar binnen kümmer em ganz ni, dat muß he all wennt wesen. Toletzt drängen sik alle Lüd op den eersten Platz, de vör=

dem van de Gallerie rünner kaamen weern, naa de Kaß hen un
verlangen ehr Geld wedder, veer Schilling, un hadden doch man
een betaalt.

Dat hölp; de Mann maakt de Döör to, keek in't Thiaater
rin un schreeg: „Gleich wird die Vorstellung beginnen, vorher wird
die Ouverture zu Faust gespielt!" — He nück en lütten Jung, de
in de Eck seet, to un gung wedder rut. De lütt Jung stund op
un gung hen naa vör'n, wa so'n ollen Kasten van Klavier stund
mit'n halv Dutz Saiden, sett sik hen un fung an to spälen. Herr
du meine Güte, wat weer dat vör'n Musik, dat gung dör de Knaaken
as'n Saag! De Hunden un Katten, van de ook wücke in't Thiaater
weern, fungen an to hulen, un de Gören schreegen, un de andern
Lüd flöken, dat weer to'n Verrücktwarden.

„West en bäten ruhi!" schreeg so'n olen dicken Matros
mit'n baarige Stimm; „ik will jüm maal een opspälen, wat anders,
as so'n Schiet van Ufferdür! Gaa weg, Jung, laat mi dar sitten!
Du kannst bideß rumsammeln to'n Buddel Kööm vör mi und min
Maat!" — Damit smeet he den Jung van'n Stohl un sett sik hen.
De verstund dat ook waarachti bäter as de lütt Schietkrööt van
Jung; denn de lütt Jung kunn mit all sin tein Finger nix aari's
rutkriegen, un de Matros spääl man mit een Finger, wat doch
gewiß vääl swaarer wesen muß, meen Hans Detlf. De Schipper
wuß sin Kraam ook van buten; he spääl dat schöne Stück:

„Moder, kaam rut, rut, rut!
Moder kaam rut?
Göös op de Dääl, Göös op de Dääl,
Gander darto!" —

Mit de ander Hand knipps he, un sin Maat fleut darto, dat
weer'n ganz andern Kraam. He kreeg ook ganz höllisch vääl
Bifall un muß dat Stück noch eenmaal vördrägen. As he damit
klaar weer, word klingelt, un de Vörhang gung in de Höchd.

„Ruhi, Lüd, west ruhi!" schreeg een un de ander un dat
duer noch lang, eh man verstund, wat de Kummediant säd.
Endli word dat still. De Doctor Faust snack mit sik sülm un
fecht dabi mit sin Arms in de Luft rum, dat dat spaaßi antosehn
weer. As he so recht mern in't Rementen weer, schreeg en Rammer
van de Gallerie hendaal: „Din Büx is twei, Doctor Faust!" —
De Kummediant leet sik ni verblüffen, schreeg: „Dat's ni gut
mögli, min Söte, Din Vader het se van Morgens eerst flickt!" „un
snack wieder.

"Vader," säd Hinnerk, "se spiegt hier jümmers!"

"Wanem, min Jung?" fraag Klaasohm un keek in de Höchd; awers in densülwen Ogenblick fung he ook all an to flöken un to schimpen, denn se hadden em en groten Prüntje liek in de Snuut smäten, un dat mag jüst ni Jedereen geern hebben. — "Straami, jüm Swinegels, wüllt jüm dat Spiegen maal laaten!" schreeg he ganz wüthend un drau mit de Fuust naa baaben. — Een Matros stund op un bög sik öwer de Gallerie un schreeg: "Wat, Du näswiese Kerl wullt mi dat Spiegen verbeeden! Tööv, Du Lümmel, ik will Di, kis, kis . . . . ." un de Kerl speeg jümmers op de Winbargers daal. Wat schulln se dabi maaken; recken kunnen se em ni. Hans Detlf stött sin Naawer in de Rippen un schünn em to: "Wes doch still, Klaasohm, Du maakst den Larm man duller, wi wischt dat wedder af, wenn wi buten rut kaamt!" — Klaasohm weer awers so gifti un wull sik ni holen laaten; awers as man em ook en verrötten Appel in't Gesicht smeet, dat em de Ogen ganz tokliestert worden, dar dünk em dat ook am besten, sin Piepen in'n Sack to beholen.

Dat Stück gung jümmers wieder. De Doctor Faust ziteer den Döwel, un op eenmaal keem Beelzebub ut de Eer rut mit Füer un Flammen; dat weer de sülwe Kerl, de eersten buten vör de Döör staan hadd. De Doctor verschreev sik den Döwel, un de muß em op wücke Jahren sin Willen doon. Nu gung de Skandaal los. Faust wull sik ni schicken, scharmereer mit alle Fruenslüd un maak nix as Undöög. De Döwel däd Allens, wat he van em verlang.

De Toschauers worden toletzt orntli gifti op em, un as he Grethen so ansmäart hadd un noch damit groot praalen däd, da flogen van alle Ecken un Kanten verrötte Appels, Kantüffeln, Prüntjes, Cigarrenstummels op't Thiaater rop, un de arme Kummediant wuß ganz ni, wa he hen schull. He schimp un schull un säd, he wull ni mehr mitspälen, wenn dat Smieten keen End neem, un toletzt kreeg he Gehör. En Matros steeg op't Klavier un säd, he schull de söte Deern, den smucken Pummel, de lütt Grethen Afbäd doon, denn wull he dat Smieten naalaaten. Anders een schreeg, de Doctor Faust muß sik bätern, anders word he gliek noch en Spint Kantüffeln köpen, um se em an den Kopp to smieten. En Buttje meen, dat weer am besten, wenn de verfluchte Doctor eerst maal en lütte Dragg Prügel kreeg, denn word he so'n Undöög wull ni wedder doon. De Eenen meenen düt un de Andern dat, awers alltohopen wullen se den Kummedianten to Fell, un dat weer'n Larm to'n Unklookwarden.

Toletzt keem de Döwel op't Thiaater, un de öwerschreeg se all. He säd, de Lüd schulln doch man ruhi wesen, de Doctor Faust kreeg all sin Lohn, he keem nösten in de Höll un schull dar noch maal so dull quält warden, as de andern. Dat hölp. De Lüd leeten sik besnacken, un bloot de Matros bleev op sin Stück bestaan, dat Faust den lütten Pummel Afbäd doon schull. He kreeg sin Willen. Grethen keem, un Faust full ehr to Föten un säd, he wull dat ook sin Daag ni wedder doon.

Nu gung dat Stück denn wieder, un de Larm hör op. Bloot denn un wenn schreeg maal en lütt Göör un wull sik ni begöschen laaten, un menni een schreeg denn: „Stääk em en Zuckertitt in'n Hals, den lütten Kraihaan!" — Dat Schimpen hölp awers nix darto; de lütte Schrieghals leet sik ni verblüffen un weer ni ehr ruhi, as bet em de Hals weh bäd, oder ook bet em dat ni mehr gefull.

Toletzt keem dat Stück denn so wiet, dat de Döwel den Doctor Faust bi'n Kraagen kreeg un in de Höll rinsmeet. Dat geev'n Halloh af. All de Toschauers weern't em so recht van Harten günnt un klatschen in de Handen un schreegen „Hurrah." Wat se man noch bi sik hadden an Kantüffeln, Appeln ꝛc., worden op't Thiaater ropsmäten naa den Kummedianten hen, un sodenni gefull se dat Letzte, dat de Döwel den Doctor noch tweemaal haalen muß. Damit weer dat Stück ut, un de ganze Swarm Minschen drängel sik ut de Döör rut. De Mann mit sin Döwelsmundirung un sin lütte Näs hadd an't End van't Stück seggt, dat naa'n tein Minuten en nide Vörstellung anfangen word, un de Winbargers, de sik bandi höögt hadden, bleeben sitten un wulln noch een Stück mit ansehn. As se man noch alleen dar weern in't Thiaater, keemen en paar Kerls mit groote lange Staaken rin un purren damit ünder de Banken. Se kunnen ganz ni begriepen, warum man dat däd, awers se schulln dat bald wiet warden. Op eenmaal hören se een Geschrigg: „Au, au, laat dat naa, ik will ook rut!" — Gliek darop keem en Jung ünder de Bank rut un schüer sik mit de Hand in de Siet, wa em de Staaken weh daan hadd. De Kerls geeben em noch en paar achterop un smeeten em to de Döör rut. Dat duer ni lang, so kreegen se noch fief ander Jungs to faat, de sik ook ünder de Banken verstäken hadden, um noch en Stück mit antosehn.

Klaasohm dügg denn nu ook, dat weer doch wull bäter, wenn
se eerst maalins rutgungen as hier in dat düster Lock besitten
bleeben; wenn se tonöst wedder rin wulln, so kunnen se dat ja ook
jeder Tied doon, da weer ja nix in Weg. De Andern weer dat
ook ganz mit, un se marscheern af. Vör de Döör bleeben se noch
en lütten Stoot staan, um den Kerl antohören, de wedder de Lüd
van frischen wießmaak, dat de Kraam glief losgaan schull.

Dat veerte Kapitel.

Wa Hinnerk in de Menaascherie bi een Oog van'n Apen terräten word. De Kraftmäter. Smuck un Eckhoff. Dat merkwördige Licht.

Dan dar gungen se eerst maalins en bäten wieder lang un bleeben toeerst vör'n Huus staan, wa'n grote Menaascherie to sehn weer. Dar mussen se ja rin; denn so wat kreeg man ni alle Daag to sehn. Hier weern nu allerhand Slag Thieren to sehn: Tiger, Baaren, Slangen 2c., un de veer Winbargers stunden vör jeden Kaaben still un keeken de wilden Thieren an mit Angst un Schrecken. Hinnerk hadd noch am wenigsten Kuraasch un stund jümmers in de Mern van de Bod. Bi alledem weer he awers doch noch bang, un rög sik man so'n wild Beest en bäten, so sprung he glief torügg un mark denn wedder to sin groten Schreck, dat he de ander Siet

to neeg kaamen weer; gau maak he denn wedder en Satz naa vör'n
un sung an de andern Thieren antokieken. Dabi hüpp un sprung
he rum as so'n Kunstrieder.

Am besten gefullen em de Aapen, un he kunn sik ganz ni satt
daran sehn. „Kiek maal, Fritz, wat'n groten Aap!" säd he, as
he bi'n Orang=Utang ankaamen weer; awers in densülwen Ogen=
blick fööl he, dat em een achter bi de Büx to saaten kreeg. He
dreih sik um un seeg to sin Schrecken, dat de grote Aap em bi de
Slawitten hadd. „Vader, hölp mi, hölp mi!" schreeg Hinnerk, so
witt as de Wand un däd Allens, um sik lostorieten; awers dat
hölp em nix, de Aap hadd em achter witz saat un schien sik bandi
daröwer to högen, dat he so'n groten Minschen sungen hadd, denn
he reet sin Muul so wiet aapen, as wenn he grien.

Klaasohm keem gliek anloopen, as he sin Zuckerpöppen so in
Gefahr seeg, un wull den Aap slaan; awers een van de Oppassers
stött em torügg un smeet den Aap en Appel to; dat hölp, de Aap
greep naa den Appel, und Hinnerk weer frie.

Jeses, wat freu de Jung sik; awers nu wull he ook keen
Ogenblick mehr in de Menaascherie blieben. Sin Vader hadd dat
dar ook satt, un se gungen alltohopen weg. Van hier gungen se
en bäten wieder lank un beseegen sik Allens, wat dar to besehn
weer. Hier weer een Scheetbaan, wa man tweemaal vör een
Schilling naa de Schiev scheeten kunn; en bäten wieder weer en
groot Karoussel, wa de Lüd op Peer in Lebensgrött rieden kunnen.
Dar kunnen see natürli ni vörbigaan, dar mussen se sik eerst ins
to Peer setten un naa'n Ring bitostäken. Darop gung't wieder.
Vääl weer dar nu ni mehr to bekieken, as bloot Juden un Chri=
sten, de Kuddelmuddel to verkoopen hadden, und mit dat Slag
Lüd wullen de Winbargers ja nix mehr to doon hebben. Bloot
een Bod gefull se, dar weer'n Smooraal un Stuten to verköpen,
grote, schöne, fette Aal, so dick as'n Arm, un Meth dabi, um dat
geile Fett en bäten daal to stoppen. Hier kunnen se ni vörbigaan,
hier muß handelt warden. Alle Veer koffen sik en Glas Meth
un Stuten un en grooten Smooraal; so hadden se bi Weg lang
wat to vertäärn.

Da se hier ni wieder Bescheed wussen, so dösen se man so
los un leepen jümmers darhen, wanem de Lüd henströmen däden.
Op de Wies keemen se ook naa'n groot witt Hus mit schöne
Sülen vör de Döör, wa dat man jümmers rin und rut leep.
Baaben de Döör un an alle Ecken, Sieden und Kanten weern
grote Zettels anbackt, warop mit grote Bookstaben to lesen weer:

„Joachimsthal." — Da stund ook noch to lesen, wat dar Allens to sehn weer: „Liendanzers, Poppenthiaater, Menaascherie", un so'n Kraam mehr. Dat weer so recht wat vör se, da mussen se rin. Fief Schilling kost dat hier Entree, awers davör kunnen se, as op ehr Kaart stund, wat to drinken kriegen. Toeerst wulln se nu hen naa de Liendanzers, und se fraagen wull'n tein bet twinti Minschen darnaa, wa de weern, awers keen een wuß dat. Tolett säd een, se hadden sik wull verseh'n un'n olen Zettel van verläden Sommer ankäken, denn in Winter bi de Küll weer dar nix in Gaarn to sehn, un bloot dicht vör'n Saal kunnen se sik maalins wägen un ehr Kräft maal mäten oder ook in'n Saal gaan un een afpetten, wieder passeer dar awers nix.

Wat weer darbi to doon, de Entreekart weer ja eenmaal köfft un muß vertäärt warden. Se koffen sik en Glas Grog un gungen naa den Saal hen, um en lütten Dänz to riskeern. In de Vörstuv seegen se den Kraftmäter. En Mann stund darbi un vertell, dat se hier vör een Schilling to wäten kriegen kunnen, wa stark as se weern; dat muß ja mal versöcht warden. Hinnerk swunk sin langen Arm in de Luft un hau so dull, as he man jichens kunn, op dat Pulster los. In densülven Ogenblick sprung awers ook ut den Kraftmäter en groten Kerl rut mit recht so'n Schaarbörkengesicht. Hinnerk, de sik so wat ni vermoden wesen weer, kreeg en fürchterlichen Schreck, dat he meist achteröwer fullen weer. De andern dree hadden sik ook eerst en bäten verschrocken, awers as se seegen, dat de Kerl man van Holt weer, da lachen se Hinnerk wat ut.

Dat maak se nu'n gruli Pläseer, jümmers den Kerl rutspringen to laaten, un minstens en ganze halwe Stund hadden se ehr Vergnögen daran, un wer weet, wa lang se noch späält hadden, wenn ni jüst bi se en smucke Deern in wunderschöne Kleeder vörbigaan weer. Hinnerk un Fritz keeken ehr naa un worden wieß, dat se in den Saal rin gung, wa danzt word. As se dat marken, hadden se ook keen Lust mehr, mit den Kraftmäter to spälen, un quälen ehr'n Vader, ob he ni mit se in den Saal gaan wull. De Beiden hadden awers noch ganz keen Lust optoholen, denn se weern bi dat Kloppen ganz in Iwer kaamen, un Jedereen meen, he weer de starkste. Se wetten jedesmaal um'n Glas Bittern un worden tolett so hitzi, dat man weni feil, so hadden se sik bi de Köpp krägen un ehr Kraft op en ander Wies probeert. Hinnerk un Fritz heelen awers ganz ni op to quälen un kreegen ehrn Willen denn ook. Klaasohm un Hans Detlf lachen all beid un säben: „Wie bünt doch rechte ole Dööskööpp, dat wi mit unse Kräfte dick boon wüllt!"

Se gungen nu alltohopen in den Saal rin. Wat maaken se hier awers vör grote Ogen, as se den schönen Saal segen mit all de schönen Deerns! Dat mussen ja alltohopen Grafendöchter wesen, meen Hans Detlf; so smuck gungen se in Tüg, un so fein seegen se ut! — „Hier mußt Du maal danzen, Fritz!" säd he toletzt, as he sik Allens ankäken hadd; „hier hest Du de grötste Utwaal, nimm man maal een op, awers wes smuck höfli un maneerli, min Söhn!" — Fritz hadd ook all en lütt Deern in Kieker, de in de een Eck seet un keen Danz öwerstaan däd. He leep op ehr to un maak en deepen Reverenz, awers in densülwen Ogenblick kreeg he ook all van achtern en Knupps in den Rügg, dat he jüst vör de lütt Deern in de Knee full. As he sik wüthend umkeek, word he en groten Kerl wies, de sik dat Been schüer un em noch todrauh; Fritz hadd nämli bi sin Reverenz so dull mit'n Been achterut slaan un den Mann jüst vör de Schään stött.

De lütt Deern lach unbandi. Fritz besunn sik ni lang, maak noch een Reverenz un säd: „Mit Verlaub, sind Sie schon anklaschiert?" — „Dat's mi ganz Wurst!" säd de lütt Deern, stund op un geev em de Hand. — „Wat!" schreeg Fritz ganz verwundert, „Se bünt so'n fine Daam un künnt plattdütsch snacken?" — „Na, warum schull'k dat ni künnen? Ik bün ut't Holsteen'sche neeg bi Wilster to Hus un schull min Moderspraak ni verstaan?" — „Gott, denn bünt wi ja Landslüd, ik bün ut Dithmarschen! Wat stellt se hier denn vör?" — „Ach, ik deen bi grote Herrschaften." — „Wat Döwel, ik meen eerst, Du weerst en Graafendochter, wiel Du so smuck in Tüg geihst, un Du deenst . ." — „Ja, min beste Jung, wenn Du alle Deerns, de so'n Staat maakt, vör Graafendöchter ansühst, denn kriggst Du hier in Hamborg ganz nix anders to sehn. Süh, all de Deerns, de op düssen Saal danzt, bünt den grötsten Deel Kööksch'n un Sniederschen, anders nix!" — Fritz kunn meist ni ut de Verwunderung rutkaamen un leet se ganz ruhi wieder vertellen.

„Süh, dat is hier mit de Deensten en ganz andern Kraam as in't Holsteensche! Bi uns to Hus mööt wi arbeiten as'n Slaav, un bünt wi Naamiddags mit de Köök klaar un meent, dat wi uns en Ogenblick verputzen künnt, denn, prooste Mahltied, givt de Madame uns wat to neihn, to stoppen, to flicken, un blievt wi maalins bi't Waaterhaalen mit uns Glieken en bäten staan to snacken — denn man mutt ja doch en bäten Nides wäten un tohören, wat bi de andern Herrschaften passeern deit, um uns Madam wat vertelln to künnen — denn geit to Hus de Skandaal los, un man ward slecht maakt, as ik weet ni wat. Hier in Hamburg is dat heel wat anders, da kriegt wi guden Lohn un hebt mehr Frieheit. Wenn wi uns Arbeiten daan hebt, künnt wi wat vör uns doon, un gaat wi maalins vör de Madam ut, denn ward uns ook ni een Woort seggt, wenn wi en bäten lang wegblievt. De Herrschaften bünt dat eenmaal ni anders wennt un möögt darum ook nix daröwer seggen. Weet man awers hier bi de Madam sin Vortel wahrtonehmen un dat ole Wief to smeicheln un to karasseeren, as: „Min Gott, Madam, wat Se van Daag smuck is!" oder ook: „Se is van Daag doch ganz gewiß de smuckste Daam op den Ball!" — oder to en Fru in de Tachenti: „Nä, wat wahr is, mutt ook wahr blieben, se bünt van Daag so schön, as weern se noch in de Twinti!" — süh, denn föhlt uns Madam sik röhrt un seggt wull maalins: „Trina, ich will Dir mein swart kariert Kleid schenken!" — So künnt wi jümmers smuck gaan, un geit dat ni anders, so treckt wi ook maalins uns Madam ehr besten Kleeder an, wenn se ni to Hus is; awers dat heff ik noch min Daag ni daan, denn min Madam is so dick, un ehr Kleeder paßt mi ni. Süh, un wenn man sik gut mit den Herrn — awers wi bünt an de Reeg to danzen."

Fritz saat de lütt Snackersch um't Liev un walz mit ehr los. Hans Detlf freu sik unbandi, dat sin smucken Söhn so gräsi schön danzen kunn. Klaasohm weer meist en bäten afgünsti darum un säd to sin Hinnerk: „Min Jung, Du kunnst Di ook wull ins sehn laaten, Du kannst ja prächti danzen, kumm, nimm Di ook so'n Deern, as Fritz dar het!" — Hinnerk hadd twee Gläs Grog drunken un'n bandige Kurrasch darvan krägen. He leet sik dat ni tweemaal seggen; he keek sik um in'n Saal un fund bald een rut, de em gefull. Da stülter he op se los, heel sin Hand hen, un de lütt Deern greep to.

Dat duer ni lang, so keem an em de Reeg. Kinders Lüd, wat kunn de Jung mit sin langen Been rumswunken, dat weer spaaßi antosehn! Wat kunn he springen un achterut slaan, dat weer wat bandiges! — Klaasohm freu sik utermaaten daröwer; Hans Detlf dach awers bi sik: „Min Fritz danzt doch wiet bäter!" — Darin hadd he ook ni so ganz Unrecht; denn Hinnerk sin Daam word bald so argerli, dat ehr Dänzer se jümmers op de Liefdoorn pett, dat se em mern in Danz staan leet un mit'n Andern wieder walz. Hinnerk arger sik eerst ni weni, awers da

he neeg bi sik en Deern seeg, de ni opnödigt weer, so fung he mit
de an to danzen. De maak dat awers jüst ebenso un leep gliek
van em weg; un as em dat ook mit de drütte so gung, do hadd
he dat Danzen dick un quäl sin Vader, ob se ni wedder gaan
wulln. Klaasohm hadd sik all in Stillen argert, dat sin Jung so
minnachti van de Deerns behandelt word, un säd „ja." He dreih
sik um, um Hans Detlf dat vörtoslaan, awers dar weer keen Hans
Detlf to sehn un to hören, un as he sik verwundert in'n Saal
rumkeek, dar danz sin olen vernünftigen Naawer mit'n lütte kralle
Deern bi em voröwer!

„Kinders, nu ward't awers gut, nu kriggt min lütt Naawer
ook noch dat Rappeln, nä, wenn dat sin Antje wuß, de word
grandessi worden!" — „Will He maal mit min Deern danzen,
Klaasohm?" säd Fritz, de jüst bi em stund. Klaasohm verschrock
sik meist un hadd all op de Tung: „Büst Du unkloof oder
wullt'n Süssung?" — awers de lütt Deern hadd em all bi'n Arm
saat krägen, un eh he noch wuß, wat he doon schull, danz he all
mit ehr los naa'n „sanften Heine — Heineri" dicht achter Hans
Detlf rin.

Hinnerk meen, dat sin Ool pütjeri weer, awers de seeg ni
darnaa ut; man mark, dat em dat Danzen gefull, he dreih sik
dabi so hen un her as'n Aadebaar. — „Fritz, laat uns hier weg=
gaan, unse Olen bünt ganz unkloof, un wi kriegt daröwer van
Daag nix mehr to sehn!" — „Ah wat, Hinnerk, ik bliev lewer hier.
Wat schüllt wi op de Straaten rumbiestern? Hier is dat warm,
schöne Musik un nette Deerns, de prächti danzen künnt, wat wullt
Du mehr?" — Bideß weer Hans Detlf wedder dar. He puuß un
damp meist, as Peer in de Küll, so hitt weer he. „Dat's eenerlei,
Jungs," säd he, „wi Olen hoolt dat doch noch mit jüm ut, wenn
wi bloot wüllt! Kiek maal Din Vader an, Hinnerk, wat de sik
krall rum dreit; hadd he keen grauen Kopp, kunn man em noch vör
in de twinti holen!"

Klaasohm keem nu ook wedder un puuß as'n Lokermaativ.
„Du bist awers en Knäwel, Naawer," schreeg Hans Detlf, „Du
danzt ja alle Lüd um un um! Wat mußt Du vör'n Lung hebben!
Alle Deerns bünt in Di vernarrt, so schön hest Du Din Saaken
maakt!" — „Dat is recht, nu hool Di ook noch öwer mi op!"
säd Klaasohm. — „Na, Spaaß bi Siet, Du danzt noch as en
jungen Kerl. Dat is ook jüst keen Wunder, Du weerst domaals
jümmers de beste Dänzer, un ik hadd den maal sehn muggt, de sin
Tiroler bäter maakt hadd as Du; nä, Du hest noch nix vergäten!"

„So as wi in unse jungen Jahren danzt hebt, verstaat se nu ganz ni mehr to danzen. Nu word bloot jagt un hensuust van een End naa't anner un wieder gar nix! Wenn de Swarm anfangt to danzen, is dat jüst as'n Koppel wilde Peer, un se jaagt, as wenn dar'n unsichtbaren Geist mit'n grote Swääp achter se in suus."

„Tiroler" un en langsaamen „Dreih hi maal herum" oder ook „Poolsch in de Wett" verstaat se ni; de mutt, as uns Persetter seggt, mit „Graazie" danzt warden, un darum is dat ook keen Wunder, wenn de lütten Deerns so'n Danz leewer mit so'n ole Knaß, as wi bünt, afpetten doot!" — „Dar snackst Du mi ganz ut de Seel, Naawer, in unse jungen Jahren weer dat ganz'n annern Kraam! Awers nu geit de Jaagerie wedder los, Naawer, nu laat uns man afgaan." — „Minthalben, Klaasohm." Fritz bäd sin Vader, ob he ni noch en bäten blieben schull, awers de meen, so'n Driewer as sin Söhn muß jümmers dicht bi'n Knüppel wesen, un Fritz muß Hinnerk ündern Arm saaten un afgaan.

As se buten rutkeemen, weerd't all düster, awers allerwegen weeren Lüchten, dat man ni verbiestern kunn. Bi den Jngang stunden se noch ins still, um sik wedder noch gau maal to ver= wunnern. Da weer so'n isern Rohr halv in'n Krink böögt un dicht bi dicht slogen Flammen rut, un all düsse Flammen weer'n Bookstaaben. Dat kunnen se ganz ni klaar kriegen, da weer doch keen Licht un keen Lamp to sehn, un doch brenn un flacker dat so lusti un gung ook ni ut, obschonst dat täämli weih. Se fraagen tolezt den Mann bi de Kaß, wat dat weer, un de vertell se denn, dat dat Gas weer. Nu wussen se't frieli, awers klöker weern se darum doch ni as eersten, denn wasück kann dat Füer wesen, wenn gar nix verbrennt, dachen se. De Mann hadd se ook seggt, dat in de Laterns an de Straaten ook nix anners brenn as Gas, un as se henkeeken, kunnen se ook nix anners wies warden. Awers Klaasohm meen, de Kerl hadd se wat wießmaakt, dat dat weeren doch Oellampen, de Ducht seet wull man bloot en bäten deeper. Hans Detlf meen dat ook un säd, dat weer wull am eenfachsten, wenn se sin kloken Fritz, de ja de lüttste weer ins in de Höchd lüggen, dat he maal van baaben hendaal keek.

Dat word denn ook utföhrt. Fritz word van de anndern dree opböört un muß rinkieken. He keek un keek un keek un kunn nix wieß warden. „Du mußt bäter tosehn, min Jung!" säd Hans Detlf; „süßst Du dar ganz keen Licht, gar nix?" — „Wat schall dat bebüden, wat wüllt Jüm bi de Lücht?" schreeg op eenmaal en deepe Stimm neeg bi se. Ganz verschrocken dreihn se sik um, as se en groten Kerl in Mundur un'n Saabel an de Siet wieß worden. — „Wi, wi wulln man bloot ins tokieken, wanem dat Licht dar herutkummt!" staamel Hans Detlf. De Pullzei wull dat eerst ni glooben, awers bald seeg he, wat he vör Lüd vör sik hadd, un leet se loopen. — Fritz huul awers as'n Botterlicker, denn he weer op sin dree Bookstaaben fullen un hadd en düchtigen Stoot krägen. Hans Detlf straak em de Backen un säd: „Du mußt darop pußen, min Jung, ik wull seggen, Du mußt ni daran denken, denn gaat alle Wehdaag öwer." — Ik weet ni, ob Fritz dat däd, wat sin Vader em raad, awers dat duer ni lang, so weer he wedder kandidel. Da se nu ni erst naa Hamborg ringaan wulln, so gungen se van een Weertshus in't ander, um de schöne Musik to hören, de se anders man tweemaal det Jahrs geneeten kunnen, wenn Meldörper Markt weer. Da seeten se nu bet an Klock ölm hento so fast op den Stohl, as hadden se Pick ündern . . . ., un se kunnen ni ehr wegfinden, as bet de Muskanten ehr Vigelin un Noten inpacken un weggungen. Da word dat denn ook vör se Tied, naa Huus to gaan. Se funden noch ganz gut hen naa ehr Weertshus un leeten sik roplüggen naa ehr Stuv.

Dat föfte Kapitel.

Se dröömt. Klaasohm verricht' sin Andacht op'n afssünderlichen Oort. Dat Altonaer Ossenmarkt.

As se hier nu in de Betten rinstiegen wulln, do meen Klaasohm, dat weer doch eegentli schaad, um de schönen Betten, dat da wücke darin slaapen schulln, un weer dat ni so koolt wesen, so hadden se sik gewiß op de Eer leggt un dar de Nacht slaapen. Hans Detlf un sin Fritz läden sik in dat een Bett, un Klaasohm un Hinnerk in dat ander. Bald saagen de Veer wedder, dat dat en Aart un Schick hadd.

Hans Detlf drööm de ganze Nacht van sin Meerschuumpiep un hadd as de Andern ook sin Muul sparrwiet aapen, as'n Musfall. Nu muß dat passeern, dat Fritz in Slaap sik recken däd un mit sin Hand em in't Gesicht fahr, so dat sin Vadder een van de Fingern in't Muul keem. Hans Detlf drööm jüst, dat he sik'n frisch stoppte Piep in't Gesicht steek un beet to. Fritz trock sin Finger en bäten torügg, awers sin Vader, de wull drömen mugg, dat em een de Piep wegrieten wull, beet fast to — denn so wat leet he sik ook in Droom ni gefallen — un so scharp, dat Fritz mit'n Geschrigg ganz angst un bang in de Höchd keem. Nu seeg he denn, dat sin Vader dat weer, de em so schändli weh däd; he fung an to schriegen: „Vader, Vader, He bitt mi! Laat He dat naa, Vader, au! au!" — Awers he muß lange Tied schriegen un em knuffen, eh he opwaaken däd.

„Wakeen bitt Di Jung?" fraag Hans Detlf, un Fritz sin Finger keem los. — „He, Vader!" — „Ik? Du hest wull dröömt, min Jung, anders nix, slaap man wedder to." — Na, Fritz weer sik ganz gewiß, dat he ni dröömt hadd, denn in sin Finger seeten ja noch sin Vader sin Tään. He dreih sik naa de ander Siet hen un sleep to.

In dat ander Bett, wa Klaasohm un sin Hinnerk sleepen, gung dat ook ni so ganz ruhi af. Klaasohm drööm, dat he un Hans Detlf noch bi'n Kraftmäter weern un in de Wett darop loshauen; he muß noch eenmaal den Kerl rutdrieben, denn weer he Baas. In Slaap haal he ut un slog Hinnerk so bandi op den Buuk, dat de arme Jung ook in densülwen Ogenblick mit'n fürchterli Geschrigg ut't Bett rutflog. Dar stund he nu mern in de Stuv un heel sik den Buuk fast. Van sin Geschrigg waaken de Andern op un fraagen verwundert, wat dar los weer. Hinnerk kunn vör Weenen knapp vertellen, wat em passeert weer. Wakein schull em awers slaan hebben! Klaasohm wuß van nix un meen, Hinnerk hadd wull Liewweh hadd. Hinnerk streed dagegen an un wull sik dat ni ut'n Kopp snacken laaten, dat em jüms slaan hadd. Da dat awers in de Stuv so koolt weer, so kroop he wedder bi sin Olen ünder de Dääk, un dat duer ni so lang, so sleepen se alltohopen wedder so sööt, so sööt, as veer Buern slaapen künnt.

Den andern Morgen bi Tieden waak Klaasohm op. He keek naa de Klock, un de weer süss. Em keem dat so vör, as müß he maal eenerwegen hen, wanem man ni geern Sellschopp het, un he trock sik ganz sachten de Büx an. He kenn all Huusgelegenheiten un fund de richtige Döör. As he awers nösten wedder rut wull, weer de Döör to, un he kunn de Fedder ni finden, de se aapen drück. He fung an bi de Döör to wrickeln, stött mit de Fööt daran, schreeg un maak allerhand Skandaal; awers dat hölp em nix. Keen Minsch in't Huus waak davan op. Wat weer dabi to doon, he muß sik wedder hensetten un so lang töben, bet tofälli jüms keem un em erlösen däd. Dar seet he nu as'n Spitzboov in'n ganz düster Lock un kunn ni rut; awers sin Hart weer rein, un he meen dat van Harten oprichti, as he toletzt alle Gesäng, de he van buten wuß, hersung mit sin fine Stimm, um sik de Tied to verdrieben.

Klock halwi acht waak Hans Detlf op un meen, man kunn wull all in de Been kaamen. He trock sik an un gung naa't ander Bett hen, um sin Naawer optowaaken; awers wat verfeer he sik, as he Klaasohm ni in sin Bett fund! Wanem kunn de wesen? He weer doch anders so'n vernünftigen Kerl un word doch ganz gewiß ni op Doorheit stüern un — nä, dat kunn ni mögli wesen! Awers em dügg, he müß em doch wull ins naasöken. Lies maak he de Döör aapen, dat de beiden Jungs ni opwaaken un gung rut.

„Wenn he wirkli öwern Swengel slaan het, denn is he ja baaben, wanem de Deenstdeerns bünt!" dach Hans Detlf un gung ganz sachten de Trepp in de Höchd. As he baaben ankeem, kreeg em op eenmaal een bi de Bost to faat un fraag: „Wakeen is dat? Wat wullt Du hier?" — „Straami, laat mi los!" schreeg Hans Detlf argerli, „ik söök min Naawer!" — „Kumm hier maal mit naa't Licht hen, Vetter!" schreeg de Huusknecht, denn he weer dat, de em to faaten krägen hadd, „un laat maal sehn, wat Du vör een büst!" He lügg em in't Gesicht, un word denn nu ook glieк wieß, dat dat een van de Buern weer, de güstern introcken. He säd, em däd dat leed, dat he em so fast anfaat hadd, awers he hadd em ja ni kennt. Hans Detlf säd, dat maak nix ut, wenn he man bloot sin Naawer wedder hadd. He vertell nu, wat he wuß. De Huusknecht dach sik glieк, wat wull passeert wesen kunn, un säd dat to Hans Detlf. De wunder sik, dat em dat ni glieк bifullen weer, un bäd den Huusknecht, he mugg em darhen bringen. De däd dat, un se weern man eben naa de ander Siet hengaan,

da hören se ook all Klaasohm singen: „Aus tiefer Noth schrei ich zu Dir!" — un dabi baller he düchti mit de Füüst un Fööt an de Döör.
— „Waarachti, dar is he!" schreeg Hans Detlf vergnögt un leep naa de Döör, um em to erlösen. Klaasohm freu sik unbandi un hadd meist sin Naawer bi'n Kopp krägen un küßt. — „As ik in Frankriek weer, Naawer . . . ." — „Da is Di so wat ni passeert, ni wahr, Klaasohm?" — „Recht, recht, dat wull'k meenen, da weern so'n verfluchte Döörn ni; dat bünt ja Minschenfallen!"

Se gungen nu all beid wedder naa ehr Stuv, wa de beiden Jungs noch ruhi sleepen. Klaasohm faat sin Hinnerk bi de Näs an un reep em. Dat duer ook ni lang, so fung Hinnerk an, sin Arms un Been to recken. „Wat schall'k, Vader?" fraag he. — „Opstaan schast Du, min Jung, de Sünn is all hoch an'n Häben, un de Kaffee kummt glief!"

As de Kaffee nu keem, da weern Hinnerk un Fritz gau op de Been, un een, twee, dree bi den Kaffeeputt.

De witte porzelain Kaffeekann gefull se wiet bäter, as de swarte Kädel, de bi se to Huus op den Disch keem, awers de Room wull se ganz ni smecken, ebenso weni as de Kaffee sülm. — „Du, den Kaffee mag ik ni, de smeckt ganz affünderli," säd Hans Detlf. — „Ik ook ni, Naawer; mi dünkt, dar is wat in, wat dar ni in hört!" — „Meenst Du?" — „Vader," schreeg Hinnerk, „ik weet, wat den Kaffee feilt!" — „Na, wat denn, min Söhn? — „Vader, kann He dat ni pröben, dar bünt keen Zichuren in!" — „Jeses ja, dat is ook wahr!" schreeg Hans Detlf. — „Darum smeck he mi ook so naa wat anders!" säd Klaasohm. — „Nä, uns' Kaffee in Winbargen is doch heel en andern Kraam, un denn, wat hebbt wi dar vör'n Room!"

Wenn se all veer ook bandi op den slechten Kaffee schullen, wiel dar keen Zichuren mank weern, so bleev doch keen Drubben in de Kann; se drunken so lang, bet Allens reinweg ut weer, un dar eerst maaken se sik fein, um hen naa Hamborg to gaan. Se weern all so wiet klaar, dat se sik all de Netten umbunden, as wat an de Döör klopp. — „Man neger!" schreeg Klaasohm. De Döör gung aapen un een van de Isenbaanlüd keem in de Stuv rin, un in sin Hand hadd he — Hans Detlf sin smucke Meerschuumpiep. — Nä, dat weer'n Freud! Hans Detlf weer meist unkloof un geev den Mann dubbelt so vääl, as nödi weer. Nu word denn gau instoppt, un een, twee, dree weer so'n Damp in de Stuv, dat man keen Hand vör Ogen sehn kunn. Fritz dünk, nu word dat Tied lostogaan, denn de Klock gung all op tein. De Andern weern damit inverstaan, un nu gung't los.

Se weern all dicht vör't Hamborger Door, as Klaasohm insull, dat op den Maandag ja't Alt'naer Ossenmarkt weer. — „Kinders, dar mööt wi eerst maalins hen, un de vääle schönen Beest besehn!" schreeg Klaasohm. — „Dat's ook wahr!" meenen de Andern, „dat drööt wi ja ni verpassen, ik gloov meist, Kasten Kröger het'n Ossen hier, den mööt wi doch maalins gu'n Dag seggen!" Se also los na Altona hen, naa de Bleekerstraat, wa de Ossenmarkt afholen ward. Gott, wa lachen ehr Ogen, as se all de schönen Ossen seegen, se kunnen sik ganz ni satt sehn un wussen ni, wanem se toeerst anfangen schull'n, de Beest to beföhlen un to beknipen. Fritz höög sik unbandi daröwer, dat de Lüd sik dabi so in de Handen slogen un meen endli, dat Slaan däd doch ganz ni nödi bi't Handeln, awers sin Vader säd, dat müß so wesen, wenn de Handel gaan schull, denn jeder Slag hadd sin Bedüdung. Slog de Köper, so meen he damit, dat he noch een Daaler mehr geben wull, un de Verköper geev damit to verstaan, dat he noch een Daaler aflaaten wull. Op düsse Wies hadd elkeen Slag sin Sinn un weer jümmers en Daaler werth.

Dat weer en ander Saak, meen Fritz, un as he en bäden wieder gung un so'n Handeln mit anhör, da gefull em dat bäter, as dat vääle Snacken. — „Min beste gode Michel," säd een van de Slachters to den Verköper, „tier Di doch ni so, Du givst em ja doch geern davör weg, schall'k em hebben?"

— „Nä, nä, Du mußt noch tein Daaler bileggen."

„Ach Snack, Du büst ja wull ni recht klook; na, wes doch ni unaari, ik schall ook doch'n Daaler verdeenen, ik kann Di waorachti ni mehr geben, so wahr as ik vör Gott staa!" Un da stund he vor'n Ossen. So gung dat allerwegen; tolezt geev denn een to, un de ander leet af. De Handel weer eerst man flau, awers tolezt um Klock twee ut, word he banni hizi. De Winbargers meenen, dat weer doch eegentli schändli, dat de Pullzei sik ni damank smeet van wegen de armen Thieren, de dar van Morgens Klock süss bet Namedags dree staan mussen in de Küll un nix to fräten kreegen. De Markt muß Klock ölm oder twölv voröwer wesen, denn koff man bi Tieden, un de Slachters un Kummischonärs müssen ehr Rücken opgeben. As dat Markt to End weer, maaken se, dat se naa Huus keemen, denn ehr Maagen weer all ganz verdreetli worden un knurr as so'n olen Kädenhund.

„Kriegt wi van Daag wedder Taafeltod?" fraag Hans Detlf den Opwaarer glief, as se in't Huus rinkeemen. — „Das versteht sich, meine Herren, heute wieder un jeden Tag!" — „Döwel, dat is nett," säd Klaasohm, „op dat Gericht kunn if mi ganz ni leed äten!" — Se freeten wedder ebenso dull, as den Dag vördem, un as dat letzte Gericht keem, da sprung van Klaasohm sin West en Knoop af un leef in de Sausschöttel rin, so dick hadd he sik fräten. Daröwer wundern se sik awers, dat van Daag dat Taafeltod ganz anders weer as güstern, awers Klaasohm meen, en Goos kunn man braaden, utstoppen un ook in Suer leggen, un dat bleev jümmers en Goos, un ebenso weer dat wull mit dat Gericht, wat se eeten, dat kunn ook wull op verscheedene Wies toricht warden. As se naa'n Kaffee rop naa ehr Stuv gungen, funden se dar en Breef op den Disch liggen. Dar stund buten op to lesen:

An meinen lieben Hans Detlf
auf den
Hamborger Barg
bei
frei   Wiezel.

— „Herr du meine Güte!" schreeg Hans Detlf vull Freud, „dat is van min Antje — van Din Moder, Fritz! Nä, dat is nett, dar het de söte Deern mi orntli en Breef schräben, — ah nä, wa is se doch gut!" — „Maak em doch aapen, Vader!" säd Fritz, de sik vör Nieschier knapp bargen kunn. — „Ja, tööv man, Jung, wi hebt Tied, laat uns em doch eerst maalins bekieken! Süh, mit ehr'n Fingerhoot, het se em tosägelt! nä, wat is se doch nett!" — „Na, nu tier Di ni so dull!" säd Klaasohm endli, „dar is vörlicht wat Affünderliches in, dat wi naa Huus kaamen schüllt, oder dat dar wat passeert is, wat Nides!" — Hans Detlf brook dat Sägel un fung an to lesen:

„Mein futer Hans!

Dein Brief mit de viehlen Neigkeiten hat mich siel Sbaß gemacht, aber wenn ich Dich tafeltod kochen soll, Muß Du mich auch das Resepp mitbringen, anders kann ich das nich, Unse rothbunte O. is sugekommen un hat ein schönes Kalb gekricht, sonstens is alles wull un munter, sag auch zu meinen liepen Fritz, daß er sich nicht verkühlt un

gut zukuk, daß er uns fix was verzählen kann, wenn er wieder zu Hause kommt, bei Klas Thießens is auch alles wull un munter, darum grießd Eich alle Deine
Anna.

Post Skrib dumm
das kleine Kalb haben wir auf Fritz sein Namen gedauft,
D. O.

— „Nä, wat de Deern nett schrivt!" schreeg Hans Detlf; „orntli mit'n Postskribdumm daründer, as de vörnehmen Lüd, dat het mi waarachti vääl Freud maakt, Kinders!"

Fritz freu sik am meisten daröwer, dat he Vatter staan habb to dat lütt Kalv.

„Dat Resepp schall ik ehr schicken, schrivt se," säd Hans Detlf, „dat mööt wi wull gliek op de Städ besorgen, dat wi dat ni vergäät!" — He trock an de Klock, un de Opwaarer keem. — „Hör maal," säd Hans Detlf, „kann He mi dat Resepp to de Taafeltod opschrieben?" — De Opwaarer lach eerst en bäten, tonöst säd he: „Ja, dat is man so'n eegen Saak, unse Köökfch maakt dar en Geheemniß ut, un ik gloov knapp, dat se mi't seggen ward!" — „Na, dat kummt mi ganz ni op en paar Daalers an, wenn'k dat man bloot krieg!" — De Opwaarer säd, dat he sin Best doon wull, un richti, dat duer keen Stund, da klopp he all an de Döör un broch dat Resepp.

Hans Detlf heel, wat he tofeggt habb, un geev em twee Daaler. Keen Minsch weer vergnögter as he.

Dat süfte Kapitel.

Se gaat ana Hamborg rin. De döösigen Kaarten. Kunventgaarn. Apollosaal. Se vertööret sik.

aagraad word't Tied, naa Hamborg to gaan, un se maaken sik torecht.

Naa Hamborg wussen se all hentofinden, un se weern ja ook neeg dabi. Ganz stramm un grotsnuti, jedereen mit sin korten Brösel in't Gesicht, spazeern se to't Door rin. Op eenmaal keem en Kerl op se to un fraag: „Hebt Se all'n Kaart?" — „Kaart? Wanem to?" säd Klaasohm. — „Nu, wenn se naa Hamborg rin wüllt, mööt se eerst'n Kaart hebben, anders ward se ni inlaaten!" — „Dat is ja snaaksch!" meenen de Winbargers, awers da sik dat ni ändern leet, koffen se sik en Kaart, un nu kunnen se ringaan. Hans Detlf, de jümmers geern Allens wäten wull, fraag den Mann: „Kriegt wi darvör Gedränk?" — „Nu maaken Se man, dat Se rinkaamt," schreeg de Mann, „un holen Se sik ni öwer uns op, anders kaamt jüm in de Wach!" — „Na, nix

vör ungut," säd Hans Detlf, as se wieder gungen; „en Fraag
steit doch wull frie, wenn man Geld betaalen schall un weet ni,
wanem vör!" — De Mann schimp se noch achternaa: „Geestbuer"
un „Näswise Buerklotzen!" awers de Winbargers keern sik ni
daran.

— „Na, wat schüllt wi mit dat ool Dings opwaaren, wenn
wi doch nix darvör kriegt!" meen Hans Detlf un smeet sin Kaart
in den Stadtgraaben rin. De Andern maaken em dat naa.
Klaasohm un Hans Detlf schimpen noch, as op eenmaal en Kerl
op se tokeem un se wedder fraag: „Ehr Kaart, mine Herrn!" —
„Wat vör'n Kaart? Schüllt wi hier ook wedder en Kaart köpen?
Dat is doch to dull, eben hebt wi eerst een köfft, un nu all
wedder!" schreeg Klaasohm argerli. — „Na, hören Se, ik will ja
ook man de Kaart hebben, de se sik baaben bi't Door köfft
hebbt!" säd de Mann. — „Ja, de hebt wi wegsmäten; de Kerl
dar baaben weer groff un säd, wi kreegen nix davör, un nu
dachen wi, wat schüllt wi mit so'n Stück Holt in de Tasch, un
so hebt wi dat wegsmäten!" — Ja, dat is'n slimme Saak, denn
mööt Se noch maal wedder retour un sik noch maal en Kaart
köopen!" — „Na, dat weer schön," säd Klaasohm, „He meent
wull, dat wi unkloof bünt! Nä, min lewe Mann, wi bünt zwars
man Buern, awers vör so dummerhafti mutt He uns doch ni an=
sehn, dat wi noch maal so'n Kaart köopt!" — „Dat is mi gliek,
dat künnt se doon un laaten, as se dat wüllt, awers so vääl is
gewiß, wenn se keen Kaart hebt, kaamt Se hier ni dör!"

Na, dat weer'n Spaaß! Da stunden se nu un wussen ni in
un wussen ni ut. Toletzt meen Hans Detlf, dat weer wull bäter,
wenn se eerst maal naa den andern Kerl hengungen, vorlicht word
de se ja so'n ander Kaart geben, denn he wuß ja, dat se wücke
kofft hadden. Se retour.

— „Ehr Kaart?" schreeg de ook, as se bi em ankeemen.
Hans Detlf un Klaasohm vertellen ehr Malheur, wat se habb
hadden, un säden, ob se ni en anderKaart wedder kriegen kunnen,
he kunn ja betügen, dat se wücke köfft hadden. — „Wat scheert
mi dat," schreeg de Mann, „hier gaat so väle Lüd ut un in, dat
it dat ni beholen kann, ob een en Kaart habb het oder ni." —
„Stralax, Kinders," schreeg Klaasohm vull Gift, „se wüllt uns
hier brüden; awers so wat wüllt wi uns ni gefallen laaten, denn
wüllt wi lewer gar ni naa Hamborg rin!"

De andern Dree weern ook argerli un stimmen em bi. Se
wullen nu wedder ut't Door rutgaan, awers da heel se wedder de

sülwige Kerl an mit sin Geschrigg: „Ehr Kaart!" — „Wat, Döwel, wi wüllt ja rut ut dat verdammte Hamborg!" — „Dat's eenerlei, Se mööt eerst en Kaart hebben, anders ward Se ni dörlaaten!" — „Na, dat is ja hier en rechte Muusfall; rin schüllt wi ni, rut schüllt wi ni, wat schüllt wi denn?" — „Wat geit mi dat an!" schreeg de Kerl. — To'n Glücken keem jüst en Pullzei dör't Door un de fraag, wat dar los weer. Hans Detlf un Klaasohm vertell'n, wasück ehr't gaan hadd, un de Pullzei säd, de Lüd kunnen eenmaal ni anders; awers se schulln em man dat Geld geben, so wull he Kaarten vör se köpen un davör sorgen, dat se naa Hamborg rinkeemen. Dat leeten se sik gefallen, un nu keemen se endli rin.

As de Arger sik'n bäten sackt hadd, meen Hans Detlf: „De Hamborger Kooplüd bünt doch höllische Kerls, de weet to spickeleern; se hebt dat gewiß bi uns in't Holsteensche lehrt, wat'n Boom inbringen deit!" — „Du meenst, wenn se dar rumreist und ehr Krinten un Rosin verkööpt?" säd Klaasohm. — „Ja, gewiß, awers, Naawer, wa weer't, wenn wi ook bi uns Dörp so'n Door buen däden un Jedereen, de rin wull, sin Dubbelschilling betaalen müß? Süh, wi mööt doch mit de Tied vörwärtsgaan un künnt dar en Barg Geld ut maaken!" — „Ah wat, Du tüünst, Hans Detlf, de Lüd worden uns denn eerst recht ni kaamen, un wenn maal Ringrieden is, wa de Stadtlüd rutkaamt, wiel se sik umsünst de Panz vullslaan künnt, denn worden se ganz gewiß öwer'n Tuun springen, un wi böört keen Süßung!" — „Ja, Minsch, wi bäd den Köni von Preußen, ob he uns ni en Batteljon Suldaten leen will; dat deit he geern, he het ja öwerflödi nog davan, un denn schull't all gaan!" — „Snack Du un de Döwel, Du büst wull rein ni recht richti, wullt Du de Oorsaak wesen, dat wedder en groten Krieg in uns Land kaamen deit, wa? Meenst Du, dat de Köni van Preußen sin Suldaten umsünst utleen deit, as'n Pund Botter? Snack doch ni so!" — „Nu ja, wenn dat ook ni geit, so weet ik wat anders! Süh, wakein in'n Kroog rin will, mutt en Schilling betaalen, dat bringt ook all täämli Geld op en Dutt, und Du, as Buervaagt, kannst dat ja man inrichten . . . ." — „Un mi van jüm de Finstern inbooßeln laaten, ni wahr? Dar will'k lewer so lang töben, bet Du maalins Buervaagt wardst, denn kannst Du dat doon!" Hans Detlf lach un meen, dat word he ook ganz gewiß doon.

Se gungen nu öwer den „Steenweg," wa de Judenbörs is un allerhand tweibraaken un verlegen Waar ündern Pries, dat

heet öwern Pries verkofft ward, denn de meiste Kraam, de dar is,
döggt nix, un wenn man dat to Huus genau besüht, het man
vääls to düer köfft. Hier weer't denn nu en Geschrigg un Larm,
dat keen een den Andern verstund. De Jungs wulln an de Kaar
rangaan, awers Hans Detlf trock se gau wedder torügg un meen,
se hadden den vörigen Dag nog darvan to wäten krägen. Op't
groot Niemarkt weer vääls to bekieken; dar stund Bod an Bod,
mit Koken, Biller, Böker, Isenwaaren, Wallnööt un so'n Kraam
mehr, man kunn bloot utsöken. Eben um de Eck weer'n Telt buut,
dar stund schräben: „Kalifornische Halle," un en groote Wurst weer
dabi maalt. Dat Schild gefull se, un dat rüük dar so schön naa
frische Wurst, dat se sik ni holen kunnen, se mussen rin. Hier
geevt dat frische Wurst, un se freeten, as hadden se den ganzen Dag
noch nix to äten krägen. As se satt weern, fraagen se, wanem
denn hier de Weg naa den Dom gung. En Mann vertell se, dat
hier de Dom all anfung, un dat nu allens in Hamborg Dom
weer, awers de Hauptjux weer bi'n Jungfernstieg rum un in'n
„Kunventgaarn."

Na, de Anfang gefull se unvernünfti gut, un wenn dat End
man eben so gut is, dachen se, denn is dat'n plaseerliche Reis
wesen. Da se in de Straaten ni gut Bescheed wussen, neemen se
en Wagen un leeten sik henföhren naa'n Kunventgaarn.

Gott, wa reeten se de Ogen op, as se dat schöne Hus seegen!
Dat duer lang, eh se dat riskeern, rin to gaan. Klaasohm, de ja
all in Frankriek wesen weer, muß toletzt vörop gaan, so ungeern,
as he dat ook däd. — „Entree, meine Herren!" brüll se foorts
so'n Kerl mit'n groten Baart in de Mööt, dat Klaasohm sik
unbandi verschrock. De Mann heel se Kaarten hen, un nu wuß
Klaasohm ook, wat he to doon hadd; he trock sin leddern Büdel
ut de Tasch un fraag: „Wavääl kost de Spaaß vör uns veer?"
— He betaal, un se gungen rin. Neeg bi de Döör fraag se en
Kerl: „Wüllt Se ook de beiden weiblichen Riesen sehn?" — „Wat
en Snack, dat versteit sik van sülm, wanem bünt de Deerns?" —
„Kaamen Se hier man rin, naa düsse Stuv!" — „Hinnerk, Fritz,
Klaasohm kaamt her, hier is wat to sehn!" — „Eerst Entree,
meine Herren, eerst Entree!" — „Ach, Snack, kiek He her, dar is
min Kaart!" — „Ja, min lewe Mann, de gelt hier ni, de mööt
se davör betaalen, dat se hier rinlaaten ward, dat is hier jümmers
so Mod wesen!" — „Ja, wenn dat hier so Mod is, denn künnt
wi ja nix darvan seggen, hier is dat Geld!" — As se nu in de
Stuv weern, keemen op eenmaal twee fürchterli grote Deerns

achtern Schirm rut un maaken en deepen Knix vör de Winbargers.
Dat seeg jüst so gefährli ut, as wenn vör Jahren de lütte Kaarken=
thoorn in Meldörp hen= un herwackel, dat man jeden Ogenblick
denken müß: „Nu kummt he ründer!"

De Winbargers, as höfliche Lüd, maaken ook en deepen
Reverenz un keeken dabi verwundert in de Höchd. Da nu op den
Zettel stund, dat de beiden Deerns geern snacken muggen, so meen
Klaasohm, he muß wull maalins anfangen. He säd eerst twee=
maal: „Schön'n gu'n Abend!" un fung denn an van't schöne Wetter
so snacken, wat dat doch noch so schön warm weer, as bi Fröh=
jahrstied un wa dat noch nödi däd, dat maal en düchtigen Barg
Regen keem, wiel oppen Land ganz keen Waater weer.

De Deerns nücken jümmers mit'n Kopp un säden: „So?" un
„Ja!" un wieder nix. Hans Detlf, de Klaasohm so lusti snacken
hör, dach: „Du schast doch ook maalins en Wort mit ehr snacken!"
He hoost eerst maal un fraag denn: „Bünt Se jümmers so groot
wesen?" — „Nä," säd de een van se, „wir waren auch schon
eemaal ganz klein!" — „Dat is snaaksch," säd Hans Detlf, „wasück
is dat mögli!" — He fraag se ook, ob se all utwussen weer, un
de Deern säd, dat kunn se ni vör gewiß seggen, da se dat ni wüß.
— Hinnerk hadd jümmers ganz verwundert de grötste ankeeken, as
weer he in se vernarrt. De lütt Deern word dat wieß, nück em
to und säd, he schull sik maal bi ehr henstellen un maal mäten,
wakein grötter weer. Hinnerk word so roth as'n Puterhahn, un
wull ni, awers sin Vader trock em bi'n Arm hen, un he muß sik
bi ehr opstellen.

Fritz lach; un dat seeg ook spaaßi ut. Hinnerk hadd de
Ogen wiet opräten un seeg so angst ut as'n lütt Kind, dat wat
mit de Rod hebben schall. He weer ook so lütt bi de Deern, as
weer he in Wahrheit ehr Söhn. Se hadd em umfaat mit'n Arm,
wiel he anders wull wegloopen weer, un he muß nu so lang
staan blieben, bet alle Lüd weggaan weern. Da leet se em los
un gung wedder mit ehr Süster achter'n Schirm. De Winbargers
trullen af.

— „Jung, dat gefull Di wull, dat de lütt Deern Di so
sachten umfaaten däd, wat?" — „Nä, Vader, ik mag lewer de
lütten Deerns lieden!" säd Hinnerk. — „Süh, süh, wat Du seggst!
awers Du paßt ganz bandi schön to ehr, un dat is schaad, dat
Du ni en Kopp grötter büst, anders kunnen wi ook mit Di in de
Welt rumreisen un Di vör Geld sehn laaten!" — „Ja, dat weer
schön, awers ik dank doch davör!" meen Hinnerk.

Se gungen nu wieder un beseegen Allens, wat dar to besehn weer, den klooken Hund, de Domino spälen kunn, de Glas= spinnerie 2c., awers jedesmaal worden se argerli, dat se jümmers eerst'n Kaart kööpen mussen. As se nu Allens besehn hadden, leeten se sik in'n Kutsch naa'n Apollosaal fahren. — Dar weer en Gewog vör de Döör, se kunnen sik knapp dördrängen. Se betaalen ehr Entree un gungen in'n Saal rin. Kinders Lüd, wat weer dat dar schön! Dar brennen wull dusend Lichter, un da weer so vääl Gold un Sülwer, dat een de Ogen meist weh warden däden. Dicht vör de Döör stund en ganzen Barg förchterli groote Kerls op een Bank. De Winbargers stellen sik vör een hen, de utseeg, as de düütsche Michel.

„Nä, Kinders," schreeg Klaasohm ganz verwundert, „schull man doch ni denken, dat dat mögli weer! Süht de Kerl doch jüst ackraat so ut, as weer he lebendi; he verdreiht de Ogen jüst so, as uns' Trinameddersch, wenn se bäden deit, un doch is dat man Holt, ni wahr, Hans Detlf?" — „Heft Recht, Naawer!" — In densülwen Ogenblick buck de grote Popp sik vöröwer un maak en Reverenz. Mit een Satz sprungen Klaasohm un Hans Detlf torügg, dat se ehr Kinder meist umleepen. Wat verschrocken se sik! — „Heft Du't sehn, Naawer?" säd Hans Detlf vull Angst. — „Ja, gewiß heff ik dat sehn, awers dat bünt Poppen un wieder nix!" säd Klaasohm, de sik all wedder verhaalt hadd; „süh, nu maakt he all wedder sin Kumplement!" — Richti, dat weer so.

Achter jede Popp seet nämli en Hamborger Straatenjung, de an'n Tau trock un so dat maaken kunn, dat se sik jümmers op un daal buck. De Jung weer'n Driewer; he hadd Klaasohm dar so oolkloof snacken hört un wull sik en lütten Spaaß maaken.

De Winbargers lachen nu sülm öwer de Angst, de se hadd hadden, un gungen wedder ganz driest hen naa de Popp. As se wedder dicht davör weern, trock de Jung an dat Tau, un de Popp maak ehrn Reverenz. Dat maak se nu vääl Spaaß, un se kunnen sik ganz ni nog daröwer högen.

Op eenmaal hören se de Popp seggen: „Klaasohm, Klaasohm, schaam Di wat!" — Klaasohm verschrock sik unbandi; he maak en Satz rüggwarts un schreeg: „Heft Du't ook hört, Hans Detlf?" — „Jawull, dat heff ik, awers Minsch, dat kann ni mit rechten Dingen togaan, wa het de Popp Din Namen her?" — „Dat magst Du wull seggen, Naawer; ach Gott, wenn dat man keen Vörwarnen is!" — „Ach Snack, Du mußt ni jümmers dat Slimmste denken!" — „Ach, Naawer, wenn to Hus man nix

5

passeert is!" — „Na, tier Di ni so, kumm, laat uns neeger ran
gaan un de Popp utfraagen, wenn se noch eenmaal an to snacken
fangt!" Se gungen wedder ran.

De Driewer van Jung, de sik vör Lachen meist ni to bargen
wuß, trock wedder an sin Tau un säd: „Klaasohm, Klaasohm,
schaam Di wat!" — Klaasohm schrock wedder torügg, dat weer
em so unheemli, tomaal da de Popp so gräßli de Ogen verdreih.
Hans Detlf hadd awers mehr Kuraasch un säd: „Waso?" — „Ja,
Du büst ook ni bäter, Hans Detlf!" säd de Popp mit holle Stimm;
„pfeu, schaamt sik wat!" — „Min Naamen weet he ook? — dat
is ja snaaksch!" dach Hans Detlf; „ik mutt em awers wull man
wieder fraagen un tohören, wat he meent!" — „Warum schüllt wi
uns schaamen?" fraag he. — „Pfeu, kiekt jümmers naa de lütten
Deerns; pfeu, schaamt sik wat!" säd de Popp.

Dat weer Hans Detlf doch to vääl, dat man so wat van em
säd, wa sin Söhn bi stund, un dat weer ja ook ni maal wahr.
He stell sik darum giftig vör de Popp hen, drauh mit de Fuust un
schreeg: „Du ole Leegenbüdel, Du lüggst! Schaam Du Di wat,
ik heff keen Oorsaak darto, Du Hans Quast, tööv!" — De Popp
sweeg still, awers se maak jümmers en Reverenz un verdreih de
Ogen so scheinheili, dat Hans Detlf sik vör Wuth ni länger holen
kunn un ehr een an'n Kopp geev, dat de ganze Kraam bald rünner
fullen weer.

Dat geev'n Larm. De Weert hadd sehn, dat Hans Detlf
sin Popp slaan hadd, un keem un anlopen un schreeg: „Wasück
kann He sik ünderstaan, hier de Popp to slaan?" Hans Detlf, de
noch jümmers in Wuth weer, buller dagegen an: „Wiel se mi
vörn Narren het, un op mi un min Naawer schimpen deit!" —
De Weert keek em verwundert an, as wull he seggen: „Kerl, Du
bist ja wull verrückt!" — „De Popp het op jüm schimpt?" fraag
he endli. „Dat is ja ni mögli, se is ja van Holt!" — „Dat is
mi eenerlei, schimpt het se doch, ni wahr, Naawer, het se ni?" —
„Dat schull'k meenen; se säd, wi schulln uns wat schaamen, dat
wi jümmers naa de Deerns keeken, un dat däden wi ganz ni maal!"
— De Weert lach un säd, se kunnen sik darop verlaaten, dat word
ni wedder passeern, de Popp snack wull bi Schuerns maal wat,
awers da müssen se sik ni an kehren.

As de Winbargers damit tofräden weern, lang de Weert
achter in den Poppenkasten rin un gliek darop hör man ook de
Popp schriegen: „Au, au!" — „Du ündersteist Di dat ni noch
eenmaal, Lüd to brüden, anders schast Du man maal sehn,

wat Du kriggst!" säd de Weert in den Kasten rin. As he sik
awers man eben umdreit hadd, keek ook de lütt Bengel van Jung
mit sin plietschen Ogen achter de Popp rut un maak em'n lange
Näs to.

De Winbargers gungen naa de linke Siet to, um de groten
Saluuns to besehn. Gliek eben um de Eck vör de Döör stund en
Jung un schreeg: „Hier geht's hinein zum Ausgang, hier geht
man hinaus!"

„Wat het dat wedder to bedüden?" fraag Hans Detlf. —
„Minsch, Naawer, ik heff lest, hier schüllt dree grote Saluuns
wesen, vörlicht geit de Döör naa den andern hen!" säd Klaasohm.
— „Du kannst Recht hebben, Naawer, awers wi wüllt doch lewer
eerst fraagen!" meen Hans Detlf, un säd to en ganz feinen
Minschen, de jüst bi em stund: „Geit dar de Weg naa'n Saal
rin?" — De Mann keek em an un säd: „Jawull, dar künnt Se
naa'n Saal rinkaamen, awers eerst müöt Se graad ut gaan, denn
links um de eerste Döör, dar gaat Se rin!" — „Dank ook vääl=
maals!" säd Hans Detlf, un gung mit sin Landslüüd dör den
Utgang. De junge Minsch stund noch en Ogenblick still un keek se
naa, un denn faat he anders een in'n Arm, vertell em wat, un
darop fungen beid an to lachen.

De Winbargers wundern sik ni weni, as se op eenmaal wedder
op de Straat weern. Se keeken sik an, as se dar'n Schild wieß
worden „Apollosaal" un kratzen sik achter de Ohren. — „Kinders
Lüd" schreeg Klaasohm toletzt, „wat bünt wi doch vör Dööskööpp,
uns so anföhren to laaten; hädden wi dat ni gliek bedenken kunnt,
dat'n Utgang ni naa binnen geit! Nä, wat weer dat wedder en
Streich ut de Dullkist! Awers, Kinders, laat uns man gau den
sülwen Weg torügg gaan, dat wi wedder rinkaamt!" — Se gungen
wedder retour, awers wat worden se argerli, as se to hören kreegen
hier word keen Minsch inlaaten. Se säden, dat se hier fremd
weern un van so'n näswiesen Bengel rutnarrt weern; awers dat
hölp nix, rin keemen se doch ni.

Verdreetli gungen se wedder torügg naa de Straat, un
Klaasohm säd: „Kinders, wat schüllt wi nu anfangen?" —
„Gott, Vader!" schreeg Hinnerk, „de Mann säd uns ja, wi schulln
eerst graad ut un denn linker Hand in de eerste Döör ringaan,
süh, dat is ja düsse Döör, wanem wi eersten ringaan bünt!" —
„Süh, süh, uns Hinnerk is waarachti de Klöökste van uns alltol
hopen!" schreeg Klaasohm; „dat is ook wahr, dar laat uns maa=
ringaan!"

Se also rin; awers se mussen hier eben so vääl vör ehr
Kaarten betaalen, as anner Lüd. — „So, Kinders," säd Klaasohm,
as se wedder in'n Saal weern, „nu bünt wi wedder binnen, awers
den Döötscher noch maal to, nu wüllt wi uns awers ook ni wedder
anföhren laaten!"

Se gungen wedder bi de Popp vörbi, un dat Ding schreeg
wedder: „Klaasohm, Klaasohm!" un „Hans Detlf, Hans Detlf!"
awers se kümmern sik ni wieder darum. Nu bekeeken se sik denn
Allens, wat dar to sehn weer, dat Putschinell, dat Kinderthiaater,
wa luder Jungs van tein bet twölv Jahren spälen däden, den
groten Aap mit de Trummel, de Kokenboden, de Liendanzers, den
Pudel, de op de Harf spääl, un se wussen toletzt ganz ni mehr,
wanem ehr Ogen weern, so vääl schöne Saaken weern dar. Jeden
Ogenblick keem dar en fürchterli groot Swien mit'n Citron in't
Muul, denn maal en Kerl, de op den Kopp leep, oder ook'n groten
Aadebar, de wull tein Foot hoch weer, mit'n lütt Pöppen in'n
Snaabel, oder ook en groot Fruensminsch, de noch grötter weer,
un so'n Slag mehr. In de Merrn van'n Saal stund en groten
Dannboom, de dörti Foot hoch weer. Dat weer en Kerl, awers
wa nüdli seeg he ut! Dicht an dicht seeten dar de Lichter; wanem
man henkeek, weer wat Blank's. Nerrn hungen wull'n veerti
Thieren, de Vaagel Greif ꝛc., un op de Thieren seeten luder lütte
Kinder van een bet süff Jahren, un de ganze Boom dreih sik
jümmers rund rum as'n Karoussel. Wa männi lütt Fru, de all
siet Jahren verheiraat weer un noch jümmers ni en Besöök van
Papa Aadebar krägen hadd, dach in Stillen: „Kunn ik mi hier
doch wat van'n Boom afplücken, denn wuß ik all, wat ik neem!"
Hinnerk un Fritz hadden ook Lust, maalins to rieden, awers man
wull se ni anlaaten, wiel se to swaar weern. Dar gefull se de
Boom nu ni mehr, un se gungen weg. In de een Eck van'n
Saal weer en groten Zauberer. Wat kunn de Kerl vör Kunststück
maaken. He braad en Pankoken in sin Hoot, haal dusend Eier
ut'n leddigen Sack rut, un en paar Hundert Aelen Band ut sin
Mund un so'n Stückschen mehr. Toletzt kreeg he Hinnerk to faat
un säd: „De Mann hier het in sin Liev wull'n paar Dusend
preußische Daaler sitten!" — „Jk — ik?" schreeg Hinnerk. —
„Jawull, wakein anders, un he süht doch ganz ni darnaa ut!" —
„Wat schull'k man ni!" säd Hinnerk un grien; „denn krieg He se
mi man maal rut!" — „Geern, min Jung, dat wüllt wi glick
doon. Süh, eerst slaa ik Di düt Höhnken in'n Buuk rin, un denn
tappt wi af!" — „Den Döwel ook!" schreeg Hinnerk, „mit dat

Höhnken blieb He mi van Liev af!" — "Na, denn will'k se ut de
Näs ruttrecken, is Em dat recht?" — "Do dat man, do dat!"
schünn Klaasohm to, un Hinnerk säd „ja." — De Kunstmaaker
kreeg Hinnerk bi de Näs to faaten un däd, as kneep he em gräsi.
Dat duer ni lang, so keem ut sin Näs wat Blank's rut, un kling
ling, ling, full en preuschen Daaler op den Teller, den de Kunst=
maaker ünderheel.

"Dat bünt herrliche Näsdrübbels, Naawer!" schreeg Hans
Detlf verwundert. — "Na, ik segg Di, heff ik ni jümmers seggt,
in min Hinnerk steek en prächti Hart, un nu is dat gar luder
Sülwer!" säd Klaasohm. — De Kunstmaaker kneep nu wedder
to, un bald keem wedder en Daaler rut, un noch een un noch een.
Hinnerk weer so in Verwunderung, dat he sin Muul wiet aapen
reet. Dat duer ni lang, so full em dar en Daaler rin. Weni
feil, so hadd he em daalsluckt, he keem in't Hosten. De Kunst=
maaker heel em den Teller vör, klopp em in'n Rügg, un nu hadd
man dat Leben maal sehn schullt: dar full ni een Daaler rut, nä,
gliek en ganzen Barg funkelnaagelnide Daalers! — "So min
Jung, nu is't genog, mehr wüllt wi Di ni afnehmen, anders
wardst Du to flau!" säd de Kunstmaaker un stell dat Geld op
den Disch. Hinnerk stund van'n Stohl op un säd: "Bälen Dank
ook!" un wull dat Geld in de Tasch stäken. Awers da keem he
an den Verkehrten. De Kunstmaaker smeet en Dook daröwer un
fraag: "Schall ik dat Geld ni beholen vör min Mög, Du hest ja
noch Sülwer nog in Din Liev!" — "Nä, nä!" schreeg Hinnerk
gieri, "ik will mi wull wahren!" — "Na, minetwegen denn!" säd
de Kunstmaaker, "nimm dat ünder't Dook rut!" — Hinnerk greep
hasti daründer un trock de Hand ook ebenso 'gau wedder mit'n
Geschrigg torügg. De Zauberer bör dat Dook op, un — Herr
Jeses dar seet'n lütten Swinegel op den Disch, un de Daalers
weern weg! — De Zauberer lach un säd: "Dat is de Straaf
davör, dat Du so rachgieri weerst, min Jung! Dat Geld heff ik
wedder in Din Buuk rinhext! Hören Sie selbst, meine Herr=
schaften!" — Damit slog he Hinnerk mit de platte Hand op den
Buuk, un richti, dat klerr so as'n Büdel mit luder Daalers.
Hinnerk arger sik ni weni un gung weg, denn alle Lüd lachen em wat ut.

Hans Detlf, Fritz un Klaasohm gau achter em in. — "Min
söten, sülwern Hinnerk!" schreeg Klaasohm ganz seli, denn he gloov,
mit dat Sülwer hadd Allens sin Richtigkeit, "min söten Jung,
kumm, ik will Din Näs maal anfaaten, snuuv maal ut, ik bäd
Di, snuuv maal ut!"

Hinnerk bäb bat, awers preusche Daalers keemen ni rut.
Klaasohm trock gau sin Hand wedder torügg un säd: „Du
Swinegel!" un Hans Detlf, Fritz un Hinnerk lachen. Nu wuß
Klaasohm denn ook, dat de Kunstmaaker se brüd habb, un he
schaam sik ni weni. En paar junge Lüd, de den ganzen Spaaß
mit ansehn und anhört hadden, so'n paar rechte Driewers, keemen
op den Infall, sik en Spaaß mit de Buuern to maaken. Se gungen
jümmers achter se in un hören bald, dat se ut Winbargen weern,
un wasück se heeten däden. As se dat wussen, gungen se ganz
driest op se los, un de Een säd:

„Gott's Dusend, is dat mögli! dat is ja Klaasohm ut Win=
bargen, süh, un Hans Detlf ook! Nä, wat sik dat doch snaaksch
draapen kann! Wasück kaamt jüm denn her?" — De Winbargers
keeken den Bengel ganz verblüfft an un wussen ni, wat se seggen
schulln. — „Wat, kennt jüm mi ni mehr, Kinders, un if bün doch
so männimaal bi jüm in't Huus wesen!" — „Nä, waarachti, ik
kann Em ni kündi warden!" säd Klaasohm. — „Ik ook ni!"
schreeg Hans Detlf; „wakein büst Du denn?" — „Nä, Lüd, weet
jüm dat in Eernst ni? Denkt maal'n bäten naa, denn ward jüm't
all wedder bifallen!" — „Ik weet waarachti ni, wanem ik Di
henbringen schall!" säd Klaasohm. — „So raad doch maal!"
Un se fungen an to raaden: „Bist Du vörlicht Krischan Klaassen
sin öltsten — nä, de is ja all doot. Awers Hans Hansen sin
Peder?" — „Gott, Naawer, de is ja bi't Huus!" schreeg Hans
Detlf. „Ik gloov, ik weet dat, Klaas Harms in Eppenwöhrden
het en Söhn in Hamborg; ni wahr, Du bist den sin Söhn?" —
„Wat meent He darto, Klaasohm?" fraag de junge Bengel, „bün
ik dat, oder bün ik dat ni?"

Klaasohm keek em en lange Tied ganz verwundert an un
säd endli: „Kinderslüd, ja, nu kenn ik Di wedder, Du büst Peter
Harms; awers min beste Jung, wat hest Du Di rutmaakt, Du
büst ja 'n ganz andern Kerl worden!" — „Ni wahr, Klaasohm?"
säd de böse Driewer ganz driest. — „Waarachti, Du hest Di
unbandi verändert: wenn'k daran denk, vör veer Jahren haddst Du
noch'n Brotschapp op den Rügg ....." — „En Brotschapp?"
fraag de falsche Peder ganz verwundert. — „Na, ik meen Din
Puckel ....." — „Ach so, den lütten Knast, meent He, den ik
achter sitten habb? Ja, den heff ik mi all lang afwennt!" —
„Afwennt?" fraag Hans Detlf, „wasück hest Du dat maakt?" —
„Ach, ik wull seggen, den heff ik mi afsnieden laaten van'n
Doctor!" — „Wat, Döwel, geit dat an?" schreeg Klaasohm. —

„Ach, min Klaasohm, ik will Em wat seggen, de Hamborger Doctors bünt bandige Kerls, de künnt noch vääl wat anders; wenn be wüllt, starvt keen Minsch, awers de Kerls wüllt man bloot ni!" — „Dat's schändli!" schreegen de Winbargers alltohopen. — „Ni wahr, is dat ni? Dat heff ik ook jümmers seggt, un min Fründ, de Börgermeister, seggt dat ook, awers dat hölp nix, dat bünt so'n nück'sche Kerls, wat se ni wüllt, dat doot se ni! Doch, Kinders, kaamt mit, ik will jüm maalins hier rumföhren, dat jüm Allens to sehn kriegt, oder töövt, dat is noch bäter, min Fründ fraagt gau den Weert, ob wi den sin Platz, „Loge" nennt man dat hier, ni kriegen künnt; süh, dar baaben, wa de Vörhang vör is! Van dar'n ut künnt wi Allens prächti sehn, un bruukt uns hier ni van de andern Lüd rumstöten to laaten!" — „Jeses ja, wenn dat angaan kunn, word ik geern en Drinkgeld utgeben!" säd Hans Detlf.

De ander Bengel keem wedder torügg mit noch een un meen, da weer nix in'n Weg, se bruuken man bloot to seggen, dat se't geern wulln, „awers Geld kriegt Se ni to!" säd de junge Minsch un grien. — „Dat doot wi geern umsünst!" meen Klaasohm un lach recht van Harten. — De Mann, de dar noch tokaamen weer, fraag se, ob se wat dagegen hadden, wenn he ook noch en bäten Jux dabi maak. — „Man jümmers to," schreeg Hans Detlf, „dat wüllt wi jüst geern hebben!" — „Na, denn kaamen Se man mit mi!" säd de Mann un gung vörop. He föhr se achter den Vörhang un wies naa so'n lütte Trepp, wa se man ropgaan schulln, he keem gliek achternaa. Se gungen also rop. Dar baaben weer't düster, awers dat duer keen Ogenblick, da keem de Mann all wedder mit'n Licht. He stell dat op den Disch, legg falken Piepen un'n Teller vull Taback dabi un bäd, se schulln doon as to Huus un fix tolangen, he wull bideß davör sorgen, dat de Vörhang optrocken word. Dat weer ja Allens herrli, Jederen neem sik'n falken Piep — bloot Hans Detlf ni, de wull ut sin Meerschuumpiep smöken, un stoppen in. De Taback smeck se unbandi schön, se qualmen as veer Schösteens, wenn natt Stroh op den Füerheerd brennt.

Op eenmaal hören se en Kerl schriegen: „Hür, meine Herrschaften, werden Sie sehen vier Kaffern aus dem wilden Kaffernlande, die so eben erst mit der Post aus Afrika angekommen sind! Sie haben es sich schon gemüthlich gemacht, wie Sie gleich sehen werden! Der eine von ihnen ist der große Häuptling „Wim=Wam=Wu," der schon als Knabe von sechs Jahren sieben

Feinde erlegt hat! Der andere, mit der Friedenspfeife und den silbernen Knöpfen auf der Brust, ist ein großer Medizinmann, welcher bei den Kaffern in großem Ansehn steht! Die beiden Andern sind noch sehr jung und noch nicht lange bei's Geschäft!"

Un so rappel he wieder. De Winbargers hören dat Alles mit an un meenen, dat neeg bi se so wat to sehn weer. Se argern sik unbandi, dat se dat ni mit ansehn kunnen, un Klaasohm reet an den Vörhang un schreeg: „Dunnerwedder, geit dat noch ni bald los?"

„Sehn Sie meine Herrschaften, der Eine wird schon ungeduldig; er fragte mich eben in seinem Kafferndialect, ob ich nicht ein kleines Kind für ihn hätte, er hätte seit drei Tagen kein Menschenfleisch gegessen und sei sehr hungrig!" — Nu word klingelt, un de Vörhang gung op. Endli dachen de Winbargers un gungen mit ehr Piepen so wiet naa vör'n, as se man jichens kunnen, um de Kaffern to sehn. Se keeken un keeken un kunnen nix sehn, un de wilden Kerls mussen wull, as se dügg, ni wiet van se af wesen, denn de Lüd keeken all naa se hen un lachen, wat se kunnen.

Klaasohm neem endli de Piep ut'n Hals un säd to Hans Detlf: „Dat is schaad, Naawer, dat wi de snaakschen Kerls ni ansehn künnt, besunders den dicken Hauptmann, de mit süss Jahren all säben Minschen doot maakt het, den hadd ik vör min Leben geern ins sehn!" — „Ik ook, Naawer!" — „Na, un de Medizinmann, wasück de wull utsehn mag! De Lüd lacht gewiß öwer den Kerl, gloov ik; denn de mutt snaaksch utsehn!"

„Klaasohm!" schreeg op eenmaal een van nerrn, wa de vääln Lüd stunden un keeken. Dat weer de Driewer, de de Winbargers baaben rop narrt hadd.

As Klaasohm sin Naamen ropen hör, dreih he sik gau um un schreeg: „Hier, wat schall ik?" — „Klaasohm!" schreeg wedder een van de ander Siet. — Klaasohm dreih sik wedder um un fraag argerli: „Wat schall ik?" — Awers nu gung dat Ropen los, as de Lüd nerrn eerst wussen, wasück de Buern mit de roden Westen nöömt worden, un man hör wieder nix as „Klaasohm" un „Hans Detlf."

Nu marken endli de Winbargers, dat se anführt weern. Gott, wat weern se giftig, se drauhen mit de Füüst, un Hans Detlf wull gar ründerspringen un alle Lüd to Fell. Je duller se baaben worden, um so mehr Spaaß hadden de Lüd da nerrn. Dar op eenmaal full de Vörhang, un de Winbargers seeten wedder in

Düstern. Gliek darop keem de Mann wedder rin, de se eerst rop=
brocht hadd. Hans Detlf kreeg em gliek bi'n Kraagen un schütt
em as en jungen Appelboom. "Wat hebt jüm Swinegels mit uns
anfungen, wat hadden wi jüm daan, wa?!" — Klaasohm, de
bang weer, dat de Pullzei keem, denn de Kerl, de sülm anföhrt
weer van de beiden Bengels, schreeg naa Hölp, reet Hans Detlf
van em weg.

Sodraad as de Kerl los weer, maak he'n ander Döör aapen
un kommandeer: "Marsch, marsch!" un op eenmaal keem en ganzen
Barg junge, als Suldaaten verkleedte Jungens, de dar vördem
Vörstellung maakt hadden, mit gefällten Bankenett op se los.
Sodraad as de Winbargers man de Gewehren seegen, kratzen se
all gliek ut, so gau, as se kunnen, de Trepp rünner, naa den Utgang
to. Erst op de Straat heelen se op mit dat Lopen, um sik eerst
en bäten to verpusten.

"Dat hadd mi jüms vörher seggen schullt, dat mi so wat
passern word, so weer ik min ganz Leben ni naa'n Dom reist!"
säd Hans Detlf un knerrsch mit de Tään. Klaasohm schimp ook,
wat dat Tüg holen wull, un tolezt fungen de beiden Jungens ook
dat Quesen an. Alltohopen weern se sik darin eeni, Hamborg
weer recht so'n Löwengruv.

As de Gift sik en bäten sackt hadd, gungen se wedder naa'n
Hamborger Barg. Hinnerk un Fritz meenen nu all, dat weer doch
bandi juxi wesen, dat se mitspäält hadden. — "Min Ol weer
awers de Bäwerste," säd Hinnerk to Fritz, "de weer doch Haupt=
mann!" — "Wat schull he man ni," kreedel Fritz, "min Ol weer
de Eerste, de weer ja'n groten Medizinmann, dat is jümmers de
Bäwerste, de geit sülm öwern Hauptmann!" — "Dat is ni wahr,"
schreeg Hinnerk, "Du wullt man bloot, dat min Vader ni so gut
wesen schall as Din, awers de weer doch de Eerste!" — "Hä, hä!
de un de Eerste! denn haddst Du ook de Eerste wesen kunnt!" —
"Na nu, wat haddst Du dagegen?" — "Wieder nix, as dat Du'n
groten Döösbartel büst!" säd Fritz kröti.

Hinnerk word öwer den Döösbartel so dull, dat he Fritz een
an't Muul geev. Fritz leet sik dat ni gefallen un hau wedder.
So worden de besten Fründ sik vertöörn un prügeln.

Klaasohm un Hans Detlf, de en bäten torügg bläben weern,
hören den Skandaal un Larm un wussen ganz ni, wat se darto
seggen schulln. Awers so gau as se man draaben kunnen, leepen
se naa se to. Klaasohm kreeg Hinnerk, un Hans Detlf sin Fritz
bin Kraagen un reeten se van een. Nu kreeg awers Jedereen sin

Söhn her un geev em noch'n düchti Jack vull op to; denn wenn Naawerskinder un de besten Fründ sik prügelt in Hamborg, dat muß straaft warden.

„Wat hadden jüm Bengels denn, warüm hebt jüm sik vertöörnt?" fraag Klaasohm nösten, as he ruhig worden weer. — „Ah, Vader," säd Hinnerk, „wi snacken öwer ehrstens, un da säd ik, Du weerst doch bi alldem as Hauptmann de eerste wesen, un dar säd Fritz, dat weer ni wahr, sin Vader weer de eerste wesen, un dar worden wi tonöst groff, un dar slog ik em an de Snuut, un dar slog he mi wedder, un dar keemen jüm dermank un — dat Anner weeßt Du ja sülm!"

Hans Detlf un Klaasohm lachen un meenen, dat kunn keen dwatschere Jungens geben, as Hinnerk un Fritz, sik öwer so wat to vertöörn un to prügeln, hadd doch ganz keen Sinn.

„Ik mag dat awers doch wull var min Hinnerk lieden, dat he so stolz is un nix op sin Ehr kaamen lett!" säd Klaasohm tonöst, as se op St. Pauli achtern Glas Grog seeten. — „Jawull, Naawer, dat gefull mi ook so bandi bi min Jung, de lett nix op sin Vader kaamen!" säd Hans Detlf. — „Dat's wull wahr, Naawer, awers Din Fritz — en guden Jung is he, dat is wahr, awers anders is he ook en bäten forthaari un will jümmers Recht hebben!" — „Na, dat wüß ik jüst eben ni, Klaasohm, dat heff ik noch min Daag ni markt, mindestens van Daag kannst Du dat doch ni seggen, da hadd Din Hinnerk doch Schuld!" — „Min Hinnerk?! Nä, wat Du seggst! Awers, Naawer, ik mark, Du wullt bloot dat Gegenspill holen un mi brüden!" — „Ah, Snack, dat fallt mi ganz un gar ni in, Klaasohm, ik will min Fritz ganz ni verdiffendeern, awers wat Recht is, muß ook Recht blieben, un Ossenfleesch blivt Ossenfleesch un ward min Daag keen Kalvfleesch!" — „Un en Dummbaart min Daag keen Klooksnuut, dar hest Du Recht in; awers Hinnerk säd man bloot, ik as Hauptmann weer de Eerste wesen, un mi dünkt, dat is doch so gewiß, as tweemaal twee veer!" — „Wat schull man ni, min Fritz het Recht, en Medizinmann is bi de wilden Lüd jümmers mehr as'n Hauptmann!" „Hör maal, Hans Detlf, Du maakst mi argerli, laat dat Brüden naa, ik kann dat ni verdrägen, weeßt Du!" — „Straami, ik will Di ja ni brüden, ik will bloot min Recht; awers Du tüünst un tweernst as'n oold Wief!" — „Dunnerwetter!" schreeg Klaasohm, de ebenso as Hans Detlf ut Arger, dat se van Abend so anföhrt weern, en paar Gläs Grog to vääl drunken hadd — „Dunnerwetter, Hans Detlf, Du wullt mi ver-

töörn, awers nümm Di in Acht! As ik in Frankriek weer . . ."
— „Du büst all min Daag ni in Frankriek wesen! Vör de Grenz
büst Du umkeert un heft gar keen Franzosen sehn!" — „Wat?"
schreeg Klaasohm gifti un slog op den Disch, dat de Gläs danzen,
„Du Sputter wullt mi Lögen straafen, Du . . . . ." — „Halt,
meine Herren!" schreeg op eenmaal de Weert, de darmank sprungen
weer, as Hans Detlf em van wegen den „Sputter" to Fell wull,
„halt, hier darf nicht geprügelt werden!" — „Dat is mi eenerlei,
denn mutt He ook ni lieden, dat de Leierdacker mi hier utschellt!"
— „Wat? Ik en Leierdacker?" schreeg Klaasohm un wull op
Hans Detlf los; awers da keem en Pullzei in de Döör un säd,
wenn se ni gliek den Ogenblick ruhi weern, schulln se alltohopen
to Lock. Dat hölp. Klaasohm verbeet sin Gift, betaal sin Zech
un säd to Hinnerk: „Kumm, min Jung, wi wüllt to Huus!" —
De Beiden trullen af. Hans Detlf keek se höhnsch naa un freu
sik, dat he em dat maal düchti seggt hadd. Fritz weer ganz truri,
denn he un Hinnerk weern ja schuld, dat de beiden Olen sik ver=
töörnt hadden. Hans Detlf wull noch mehr drinken, awers Fritz,
de bang weer, dat sin Vader noch maalins Striet anfangen word
mit Anderseen, bäd un quäl em so lang, bet he dat naaleet un
mit em naa Huus gung.

Dat säbente Kapitel.

Se verdräägt sik wedder.   De Hamborger Börs.   Dat Thiaater.   De Goosmarkt.   De Grootniemarktswach.   Se reist wedder naa Moder.

As se in ehr Weertshuus ankeemen, wull Hans Detlf ni mit sin Naawer in een Stuv slaapen un verlang en ander Slaapstuv. De Opwaarer säd, he kunn man driest naa sin Stuv ropgaan, de Ander weer all uttrocken, de waan em jüst liek öwer naa achtern to. Na, dat weer denn ja ook gut, un se gungen to Bett.

Den andern Morgen, as Hans Detlf un Klaasohm opwaaken, däd se beid de Kopp weh. Se wussen ganz nix mehr darvan, dat se sik den Abend vördem vertöörnt hadden, un keeken sik beid um, un de een säd: „Hans Detlf, dat ward wull Tied optostaan!" — un de Ander säd: „Klaasohm, wi verslaapt de Tied!" — awers

wat verfeern se sik, as se wieß worden, dat se mit ehr Jungs
alleen in de Stuuv weern. Nu full se dat op eenmaal wedder bi,
wat den vergangen Abend passeert weer. Dat däd se nu beid leed,
se weern jümmers so gude Fründ un Naawers wesen un schulln
sik nu um so'n Quark gramm warden.

Se waaken ehr Jungs op un leeten sik dat noch maal ver=
telln, wasück eegentli de Striet kaamen weer. Hinnerk un Fritz
wundern sik ni weni, as se düchti Utschell kreegen, wiel se an den
ganzen Larm schuld weern. Dat wull se ganz ni in den Kopp rin,
awers ehr Vader säd dat, un so muß dat ja wahr wesen. As se
opstaan weern, säd Hans Detlf: „Fritz, Du kunnst maal röwer
gaan un maalins luern, op Klaasohm all opstaan is!"

Fritz nück mit'n Kopp un gung rut. As he de Döör aapen
maak, hör he jüms schriegen, un as he recht tokeek, weer dat sin
Fründ Hinnerk, de ook van sin Olen utschickt weer, maal bi Hans
Detlf to luern, un den Kopp ni wahrt hadd, as Fritz aapen maak.

De beiden Jungs freuen sik all beid, as se sik wedder to sehn
kreegen un vertelln sik, dat ehr Vaders sik geern wedder verdräägen
wulln. — „Hör maal, Hinnerk, ik will Di wat seggen, gaa Du
naa min Olen un segg, Du schullst gröten van Din Vader, he
wull sik geern wedder verdräägen, dat mugg Alles vergeben un
vergäten warden; ik gaa bideß hen naa Din Olen un segg dat
sülwe!" — Se worden sik darum eeni, un dat duer ni lang, so
keem de plietsche Fritz mit Klaasohm torügg naa ehr ole Stuv.

„Hier min Hand, Naawer!" säden beid to glieker Tied;
„wi bünt en Paar ole Dööskopp, dat wi uns op unse olen Daag
vertööen kunnen!" — So weer de Fräden denn slaaten, un bi'n
Piep Taback besnacken se ganz vergnögt, wat se den Dag öwer
besehn wulln. Toeerst schullt hengaan naa de Börs, un den
Abend wulln se hen naa't Thiaater. Det Morgens düsseln se en
bäten in Hamborg rum, stunden vör jeden Laaden still un keeken
un keeken, bet dat Tied word, naa de Börs to gaan. Se fraagen
sik hen un gungen rin. So wat hadden se noch ehr Daag ni
sehn; dat weer dar en Larm, as wenn en paar Immenswarms
sik setten wüllt. Hier schulln se also de Lüd sehn de en paar
Millionen Daalers hadden, un se meenen alle veer, so'n Lüd muß
man gliek mank de Andern rutkennen. Awers se keeken un keeken
un funden männi snaaksch Gesicht, awers ni een, wat vör'n
Millionär passen däd.

Klaasohm meen darum ook, dat de rieken Lüd wull bi dat
schieti Wedder maal to Huus bläben weern, denn de Andern müssen

se ja doch kaamen, wenn se wat hebben wulln. Hans Detlf meen dat ook.

Daröwer wundern se sik awers alltohopen, dat de meisten Lüd Juden weern. — „De mööt ook doch allerwegen wesen!" meen Hans Detlf. — „Ach Gott, Naawer, dat bünt de besten Kooplüd, de handelt all, wenn se noch in de Weeg liggt. Dar mutt ik Di maal'n Dööntje vertellen. Domaals to de Franzosentied wull maal'n Franzos hier in Hamborg naa de Herrlichkeit hen, wat hier'n ole schietige Straat wesen schall. He kunn awers ni gut düütsch un fraag ni as ander Lüd: „Wäten Se ni, wa dat hen naa de Herrlichkeit geit?" denn he säd jümmers. „Ik weiß die Errlichkeit!" — Toeerst säd he dat to'n Hamborger Koopmann, de em jüst bemött. De keek em an un säd: „Das ist ja schön, lieber Freund, aber was geht das mich an?" un damit gung he wieder. De Franzos weer eben so klook as ehrstens un fraag en Hamborger Rammer: „Ik weiß die Errlichkeit!" — „Wat geit mi dat an, Aas!" schreeg de Mann un leet em staan. Tolegt fraag he'n Jud un de säd: „Machen Se Schabbes davon!" — Wasück de Mann naa Huus funden is, weet ik ni, awers ik wull man bloot so vääl seggen, de Juden weet ut Allens wat to maaken, wanem wi Christen vaakens ins ganz ni an denkt!"

De Andern lachen un meenen, Klaasohm hadd bandi vääl lehrt op sin Reis naa Frankriek. — Nu drängen se sik denn mank de Lüd dör un wulln toeerst maal de Kaffeekooplüd sehn, de ja, as in de Zeitung staan hadd, vaakens ins an een Dag öwer twintidusend Pund op eenmaal verkoffen. Se söchen un biestern allerwegen rum, awers den Kaffee kunnen se nargens finden. Op den letzten End meen Hans Detlf: „De Kooplüd maakt dat wull ebenso as wi, wenn wi op Meldörper Markt uns' Koorn verkopen wüllt, denn nehmt wi ook man en lütte Proov mit!" — „So ward dat wull ook wesen," säd Klaasohm, „wi mööt man bloot maalins fraagen, wanem de Kaffeekooplüd staat."

Dat däden se denn, un man wies se naa de een Eck hen, wanem luder so'n Kooplüd staan schulln. Hans Detlf fraag een van de Lüd: „Hebt se Kaffee to verköpen?" — „Jawohl, mein Herr," säd de Mann, un keek Hans Detlf van nerrn bet baaben an; „wollen Sie kaufen?" — „Nu, warum dat ni, wat maakt de Pries?" — „Nun, zwischen 2 und 5 Schilling der beste Brasilkaffee, oder wollen Sie noch bessern?" — „Nä, nä, de is all gut nog vör mi, denn laat He mi maalins twee Pund kriegen van den allerbesten!"

De Koopmann keek em verwundert an, as wull he seggen: „Is de Kerl verrückt?" awers da mugg em wull bifallen, dat so'n Buer van de Börs wull ni mehr versteit, as de Koopmann van't Swinmasten; he trock de Schuldern un dreih Hans Detlf den Rügg to. Damit weer Hans Detlf nu awers ni tofräden, he klopp em op de Schulder un fraag: „Na, will He verköpen oder ni?" — De Mann dreih sik argerli um un säd: „Nä!" — „Na, wenn He ni will, kann He dat ook naalaaten, wi sind wull all Anderseen, de uns Geld geern nümmt!" — De Koopmann säd nix darto, un Hans Detlf gung ganz grootnäsi van em weg un dach: „Denn is uns lütt Hööker in Winbargen doch en ganz andern plietschen Kerl, de buckt sik wull mehr as teinmaal, wenn jüms wat bi em köfft, un is dat ook man vör'n Dreeling!" — Klaasohm meen, se müssen maal bi Anderseen anfraagen, de hadd wull vorlicht dat Geld en bäten grötter nödi, awers wanem se ook henkeemen un fraagen, se kunnen nix köpen; Jedereen däd eerst, as wull he 'n Geschäft mit se maaken, awers wenn se'n paar Pund kopen wulln, denn dreihn de Lüd sik weg, oder ook maaken se gar en scheev Muul to oder lachen ook, as weern se unkloof.

Toletzt keemen se to en netten Kerl, de sik zwaars ook eerst to Schanden lachen wull, wiel se'n paar Pund Kaffee an de Börs kopen wulln, awers tonöst weer he doch aari un vertell se denn, wasück dat togung, dat keen Minsch mit se handeln wull. „Hier köfft man bloot bi Dusendpundwies, un seggt Se, dat Se'n dusend Säck Kaffee kopen wüllt — he is frieli Millionär, awers Se schüllt maal sehn, wat he vör'n blied Gesicht maaken ward!" — „Is ni mögli!" schreegen Klaasohm un Hans Detlf, „dat is also wirkli 'n Milljonär?! Nä, Kinders, kaamt, laat uns noch ins naa em hengaan un em ankieken, so'n Kerl kriggt man ni alle Daag to sehn!"

Se alle veer hen, wa de merkwördige Mann weer. Se stellen sik em graad liek öwer un glupen em jümmers wiß an. Toletzt meen Hans Detlf, de Mann seeg eegentli ook jüst ebenso ut as ander Minschen, bloot dat he 'n Wortel op de Näs hadd, un so, as em dünk, weer't bäter, wenn se maalins wieder gaan däden. Klaasohm stimm em bi, un se gungen af. De Börs hadd se all ganz billi gefullen, un man bloot dat muggen se ni an de Kooplüd lieden, dat se'n paar Pund ni verköpen däden, se mussen doch ook wäten, dat de Schillings den Daaler haalt.

Se gungen nu wedder öwern Steenweg torügg un freun sik unbandi öwer dat schreckliche Gewoog dar. Bald hadd de een, bald be ander van fe maal Luft fik wat Billigs to koopen, awers de Andern heelen em jümmers torügg, un keen Minſch kreeg Verdeenſt van fe.

Dat „Tafeltod" ſmeck fe webber prächti, un as fe van Diſch opſtunden, kunnen fe knapp de Trepp in de Höchd ſtiegen, ſo vull weern fe. De beiden Olen läden ſik en bäten op de Ohren daal to ſlaapen, un de Jungs verdreeben ſik de Tied mit „Smuck ölm" ſpälen. Als dat Tied word, naa Hamborg to gaan van wegen dat Thiaater, da waaken de Jungs ehr Olen op, un nu gung dat ook gliefs los.

Da fe ni bi't Door Geld betaalen wullen, ſo weern fe bi Tieden vör Klock fief ut Huus gaan un keemen noch jüſt fröh nog. Bi't Door lüden fe all, un de Lüd drängen ſik gar mächti rum. — „Wat ſchull dat Lüben wull to bedüden hebben?" fraag Klaasohm. — Hans Detlf kunn em dar keen Beſcheed öwer geben. „Schull dar in Hamborg wull Füer weſen?" meen he. — Klaasohm dünk, dat kunn wull weſen, ſe müſſen man maal fraagen. Dat däden fe denn, awers fe weern wull an den Verkehrten kaamen, denn fe kreegen de Antwort: „Jawull, jawull, op den Füerheerd!" — „Dat weet wi ook, Snöſel!" ſchreeg Hans Detlf, awers de Mann weer all wiet weg un kunn dat ni mehr hören.

Dat Lüden hör jüſt op, as ſe'n andern Mann fraagen däden, wat dat eegentli to bedüden habb. Dat weer'n olen fründlichen Mann, un de vertell, dat füſſ bet ſäben Minuten lüd word, eh de Doorſperr anfangen däd; mit den letzten Slaag word dat Door op en Ogenblick tomaakt, un wenn't nöſten webber aapen maakt word, koſt dat all en Dubbelſchilling. — „Denn mööt wi ook wull all'n Dubbelſchilling betaalen?" fraag Hans Detlf. — „Gewiß, wenn ſe naa Hamborg rin wüllt!" — „Döwel noch maal to, wat bünt mi doch vör Döösbartels, ſtaat hier as de Gööſ, jappt naa de ool Klock hen, un dat Door ward uns vör de Näs tomaakt!" ſchreeg Hans Detlf; „Klaasohm Du habbſt dat doch billi wäten mußt, Du heſt ja reiſt! Darum freu ik mi jüſt ſo bandi, as Du ſädſt, dat Du mit naa Hamborg reiſen wullſt, denn mi weer jümmers bang vör Ungelegenheiten un ik dach, wenn Naawer bi uns is, ward uns nix paſſeern, denn de weet dar ja Beſcheed; awers 'n olen Dreck weeßt Du, in Kiel ſeegſt Du all de Bööm vör de Alſter an!" — „Na, na, Naawer, Du kannſt mi dat doch ni to Laſt leggen, wenn ſik in Hamborg Allens ſo unbandi verändert het fiet de Tied, dat ik hier weer; man kennt de Stadt ni webber, wenn man maal in tein Jahren ni in

Hamborg wesen is!" — „Du magst Recht hebben, Naawer, awers mi dünkt, dat is bäter, wenn wi Jebereen unsen Dubbelschilling betaalt un ringaat!" — Dat meen Klaasohm ook, un se gungen rin un koffen sik'n Entreekaart. Naa't Thiaater funden se richti hen. Se weern sik ünderwegens eeni worden, op den höchsten Platz to gaan, denn se wulln de groten Kooplüd in Hamborg wiesen, dat de Winbarger Buern ook noch Geld in de Fick hadden un wat opgaan laaten kunnen.

Se verlangen bi de Katz en paar Kaarten vör den höchsten Platz. — „Wüllt Se naa de Gallerie?" fraag de Kasseer. — „Wenn dat de höchste Platz is, jawull!" — „Na, denn mööt Se buten ropgaan, eben um de Eck geit dat rop naa de Gallerie."

„Sühst Du," säd Klaasohm, as se buten weern, „de höchste Platz het sin eegen Ingang, dat de rieken Lüd ni mit allerhand Slag Lüd tohopen kaamt! Süh, hier steit all anschräben: „Gallerie!" dar mööt wi rin!"

Se betaalen ehr Kaart un steegen de Trepp in de Höchd. Dat Stiegen word se doch en bäten suer, de Stufen wulln ganz keen End nehmen, un de Winbargers kunnen sik ganz ni nog dar= över wunnern, dat de rieken Lüd so geern so vääl Treppen rop klettern muggen. Endli weern se baaben, de Kaarten worden af= naamen, un se spazeern rin in de Döör. Kinnerslüd, wat weer dat dar vull, se kunnen man knapp noch'n Platz finden! Gott, un wa weer dat dar Allens so schön, so vääl Lichter, Gold un Sülwer, un so vääl smucke Bilder, dat weer wat Bandigs!

Daröwer wundern se sik awers doch, dat op ehr'n Platz so vääl Lüd mit korte Jacken weern un de Meisten slecht in Tüg gungen, bideß da nerrn ünder se alles nobel un fein weer. — „Wi hebbt uns wull versehn, Naawer," meen Hans Detlf, „wi hadden bäter daan, wenn wi nerrn bläben weern, dar bünt de rieken Lüd, ik seeg dar ook den Milljonär, mit den ik van Morgens um den Kaffee handeln däd." — „Mi kummt dat ook so vör, Hans Detlf; hier in Hamborg is waarachti ganz de verkehrte Welt; wat bi uns baaben is, dat is hier nerrn, awers laat man, de Spaaß kost uns so ni dat halwe Geld, un sehn künnt wi hier liekers so gut, as da nerrn!" — „Dat is ook wahr!" meen Hans Detlf.

Nu fung denn de Musik an to spälen; awers so wat hadden se noch ni hört in ehr ganz Leben, so schön weer se, de Been wulln Klaasohm un Hans Detlf meist ünder't Lief rutlopen un een afpetten, se kunnen sik knapp holen. Am meisten Spaaß maak se awers de groot Kunterbaß un de Trummel, awers wat dat vör'n Instrument weer, wanem en Kerl, de jüst in de Merrn stund, mit in de Luft rumfechten däd, dat kunnen se ni loskriegen.

As dar en paar Stückschen späält weern, word klingelt, un de Vörhang gung in de Höchd.

„Ah Lüd, nu kiekt in's! Nä, Kinders, wa smuck!" schreegen de Winbargers ganz luut; se dachen ganz ni mehr daran, dat se in't Thiaater weern. — „Wüllt jü Öös maal ruhi wesen!" — „Ruhi!" — „Pst!" — „Smiet se rut!" — „Scht!" gung dat op eenmaal dicht bi se rum, un de Winbargers marken bald, mit wat vör'n Slag Lüd se to doon hadden.

De Kamödie fung an. Dat weer'n grausaam schön Stück. Hans Detlf seeg to'n eersten Maal in sin Leben so wat un kunn sik ganz ni darin finden. As een van de Schauspälers mit sin Fru daröwer snacken däd, wasück em dat so truri gung un he müß ehr maalins ganz wat Wichtiges seggen, wat keen Minsch hören dörff, da schünn Hans Detlf Klaasohm in't Ohr: „Naawer, wi mööt wull rutgaan, da nerrn ward Familienangelegenheiten vertellt, un dat paßt sik doch ni, wenn wi dat mit anhöört!" — Klaasohm lach un säd: „Minsch, wi bünt ja in't Thiaater!" — Hans Detlf slog sik vör'n Kopp un säd: „Straalax, dat is ook wahr!"

Toletzt, as dat Stück jümmers wieder gung, vergeet Klaasohm ook, dat he in de Kamödie weer. Da weer nämli so'n slechten Kerl, recht so'n Satan, de en arme smucke Fru bi ehr'n Mann, dat'n groten Köni weer, slecht maaken däd, as geev se sik mit anner Lüd af. De Köni, de so wat ni geern hebben mugg, word utermaaten dull, leet den Scharprichter kaamen, dat he se mit eens afdäd. De lütt Fru full op de Knee daal un bäd, he mugg se doch anhören, se hadd dat ganz gewiß ni daan, un de Köni fung all an sik to besinnen un hadd ehr ganz to gloovt, wenn ni de Undöög van Kerl em wedder rumsnackt hadd. De Köni word wedder gifti un säd, se schulln man mit sin Fru afgaan un se um't Leben bringen; da kunn Klaasohm un Hans Detlf sik ni länger holen un schreegen: „Do dat ni, Herr Köni, do dat ni, de slechte Kerl dar het Di belaagen!" — Se hadden dat noch man eben seggt, da word dat ook all düster vör Hans Detlf sin Ogen, denn en Buttje, de jüst achter em stund, hadd em den Hoot andräben. En paar andere Kerls kreegen Klaasohm bi'n Wickel, un dat duer ni lang, da seeten de Winbargers buten vör de Döör, un Klaasohm sin een Oog weer ganz blau.

Se kunnen eerst keen Woort seggen, denn se weern ganz verblüfft un wussen knapp, wat dar passeert weer, bloot Klaasohm, den sin Oog weh däd, besunn sik allmäli, dat se to Kamödie wesen weern.

„Na, dat is'n schönen Spaaß!" säd Hans Detlf endli; „min schönen Hoot, den ik all tein Jahr habb heff, is dabi to Schanden gaan!" — „Ja, un min Oog!" jammer Klaasohm. — „Ah wat, Din Oog ward all wedder gut, awers min Hoot kriggt min Daag keen Schick wedder!" — „Na, laat uns man maaken, dat wi de Treppen ründer kaamt, anders kaamt wi licht noch eenmaal in Ungelegenheit!"

Dat däden se ook. Vergnögt weern se, as se man wedder buten op de Straat weern; awers se habben dat doch geern noch wußt, ob de lütte smucke Person, den Köni sin Fru, mit'n Leben davan kaamen weer. Dat gung nu ja ni gut an, awers se trösten sik damit, dat se daan habben, wat se kunnen, wenn dat ook ganz ni nödi wesen weer.

„Kinderslüd, Naawer, nu bäd ik Di," säd Hans Detlf, „nu segg mi maal, wat schüllt wi unse Fruens vertellen, wenn wi naa Huus kaamt? Wenn se dat allens to wäten kriegt, wat wi belevt hebt, denn geit dat min Daag ni gut, de Winbargers hoolt uns ja so lang vör'n Naaren, bet wi unkloof ward!"

„Ja, wi wüllt dat wull torechtsnacken, awers wenn de Jungs sik man ni versnackt!"

„Na, da weet ik Raat vör, de eerste, de wat davan vertellt, kriggt en düchti Jack vull. Hört jüm dat, Jungs?"

„Ja, man keen Sorg, wi künnt ook leegen!" meen Fritz.

„Süh, süh! Wanem geit dat hier den hen? Wat is hier denn eegentli loos? Hier bünt ja luder Boden, as weer Jahrmarkt?" schreeg Hans Detlf. — „Wi mööt maal an de Eck tokieken, dar sleit de Naam van de Straat!" — Hinnerk as de grötst van se all, schull dat raflesen. He sung an to bookstabeern: „G—ä—n—s—e—Goos= m—a—r—k—t Goosmark!" — „Dar mööt wi maal mank de Boden, dar is gewiß wat to sehn!" schreeg Hans Detlf. De Andern stimmen bi, un se marscheern los. Toeerst keemen se naa'n grote Bräderbood, wa den Kaiser van Rußland sin Krönung to sehn weer un ook de Erschaffung van de Welt.

Hier gungen se rin, awers dat duer keen Vertelstund, da keemen se all wedder rut. De Krönung hadd se noch so täämli gefullen, awers de Erschaffung van de Welt weer nix als dumm Tüg, meen Klaasohm; de Kerl hadd se allerhand Künst vörmaakt, un dar stund doch in de Bibel: „Aus Nichts hat Gott die Welt erschaffen!" Dat weer darum wieder nix as Bedreegerie, un se duern de acht Schilling, de dat köst hadd.

Van hier gungen se wieder un keemen naa'n Waffelbod, wa frische, warme Waffeln verköfft worden. — „Dat is'n andern Kraam!" meen Hans Detlf un koff sik glief en halv Dutz; de Andern maaken dat naa un freeten so lang, as se noch en lütt Lock öwer hadden.

Neeg bi de Waffelbod weer'n wilden Kerl to sehn un twee Kackerlaken vör veer Schilling op den eersten Platz, un twee op den tweeten. Dat weer ja ni gefährli, un se gungen rin, un as sik van sülm versteit, op den eersten Platz, wiel't dar wull bäter to sehn weer. As se awers achter'n Vörhang keemen, marken se, dat se wedder anföhrt weern, denn da weer man een Platz, awers de Lüd, de op de linke Siet ringaan weern, hadden all twee Schilling mehr betaalen müßt. — As de Bod vull weer, gung de Spektaakel los. De Swarte keem rin mit'n groten Knüppel Holt, muß sik dreemaal umdreihn, sprung in de Höchd un schreeg dabi as'n lütt Farken; klaar weer de Keeß, un he gung af. Nu awers keemen de beiden Kackerlacken, en Paar Deerns mit sneewitte Haar, so fien as Sied. De Ogen, vertell de Mann, de se wiesen däd, weern roth un fiefkanti un kunnen bi Licht un bi Daag nix sehn, Dat mugg Allens geern wahr wesen, awers sehn kunn man nix. davan, se hadden de Ogen jümmers to.

De Mann fraag de Een, wa oolt as se weer. Se säd säbentein Jahr. Na, dat kunn mägli wesen, denn dat weer en lütte schiere Deern. Awers de andre Person wull eerst achtein wesen, un seeg dabi ut, as en olen verdröögten Appel, dat weer gewiß ni an dem.

De Mann fraag se noch eenmaal, warum se denn ni smöken däd, se mugg dat anders doch so geern. De Deern säd, se hadd keen Cigarren. — „Na," säd de Mann, „denn will ich Sie den Herren rekommandiren!"

He geev ehr'n blicken Teller in de Hand, un de lütte Deern gung rum un sammel. De meisten Lüd geeben ehr wat, Klaasohm un Hans Detlf ook, awers as se bi Fritz keem, da dach de lütt

Knääpmaaker: „De Mann het ehrstens seggt, dat se bi Licht ni sehn kann, schast se maal anföhren!" He reet sik en Knoop van de Büx af un legg em op den Teller. De Deern maak ehr Ogen op un säd to Fritz: „Nanu, wat schall dat? dat is ja'n Knoop!" — Se neem den Büxenknoop van'n Teller un smeet em Fritz in de Snuut: „Wullt Du so'n ungglückli Minsch as ik bün ook noch vör'n Griesen hebben, Aas!"

De Lüd, de dabi stunden, lachen, un Fritz schaam sik.

Van dar gungen se wieder un biestern noch'n Stoot mank de Boden rum, het se dar nix mehr to kieken wussen. Se weern nu klaar un wulln naa Huus. Se fraagen en jungen Kerl, de se bemött, ob in de Neeg eenerwegen noch wat Smucks to sehn weer, un wanem se am besten hen naa'n Hamborger Barg kaamen däden. De junge Mann wies se'n Straat, dar schulln se man ringaan, un wenn se de to End weern, müssen se links umbögen un denn man jümmers liek ut, da worden se Smucks nog to sehn kriegen, un ook kunnen se dar ganz ni feilen, se leepen liek op't Door los.

Se däden, as de junge Mann seggt hadd, gungen de Straat lang, bögen um de Eck un leepen jümmers darop los. Toeerst wundern se sik bandi, dat noch so vääl Lüd op weern, un denn, dat dar eegentli nix Smucks to sehn weer, as de junge Kerl se doch seggt hadd. Op eenmaal hören se allerwegen van de Sieden an't Finster kloppen. „Wi ward ropen!" säd Klaasohm; „wat schull dat wull wesen?" — „Laat uns maalins an't Finster gaan un tosehn!" meen Hans Detlf, un se gungen neger. Awers as se dicht rankeemen — Fritz un Hinnerk weern all vör't Finster — dar seeten vör't Finster dicht an dicht smucke Fruenslüd mit rode Backen un sieden Kleeder, de nücken se so blied to un säden, se schulln doch en bäten rinkaamen Wat verschrocken sik de beiden Olen, as se wieß worden, wanem se weern. Dat Eerste weer, dat Jedereen sin Söhn van't Finster wegreet un naa de Merrn van de Straat smeet, un denn gungen se so gau, as se man kunnen, vörwarts. Dar schull dat ni säker wesen in de Straaten, dar schulln Seelenverköpers wesen, hadden se hört, un denn ook weern se vör ehr Kinder bang. Ach, wat weern se in Angst, as dat Kloppen jümmers duller word, se reeten de Been jümmers duller uteneen, un as dar tofälli en Döör gung, da heelen se sik ni länger. „Loopt, wat jüm künnt!" schreeg Klaasohm, „anders bünt jüm verlaaren!"

De Lüd muggen sik wull wundern, dat uns Winbargers so utkratzen däden, un keemen all ut de Döör rut, um to sehn, wat dar los weer. As de Winbargers dat hören, meenen se ook all in ehr Angst, dat wücke achter se inkeemen, Hans Detlf un Klaasohm schreegen: „Hölp' — Hölp!"

Dat seeg spaaßi ut, as se leepen. Hinnerk mit sin langen Been weer wiet vörop un muß all neeg bi't Door wesen; Fritz leep in'n Twiet rin, denn keem Hans Detlf mit sin Meerschuumpiep in de Hand, un ganz wiet torügg, de letzt' van se alltohopen, keem Klaasohm mit sin dicken Buuk. Op eenmaal sung dat 'n Piepen un Fleuten in de Straaten an, un op eenmaal seeg Klaasohm dicht vör sik'n paar Kerls. He wull se utbögen, awers een, twee, dree, hadden se em bi'n Kraagen.

„Wat schall dat! Laat mi los! Ik will nix mit jüm to door hebben!" schreeg Klaasohm un stött een bi Siet; awers da weern to vääl, se bunden em in'n Rupps de Handen öwern Rügg tohopen, un nu word Klaasohm eerst wieß, dat he Nachtwächter vör sik hadd. Da dank he sin Schöpfer denn un dach: „Nu bün ik säker!" — He säd, se schulln em man losmaaken, he wull se ni utkniepen. Dat däden se denn. He fraag nu, wanem as se mit em hengaan wulln, un se säden, dat he naa de Wach henschull.

Dat weer em gräsi fataal, un he bäd, se muggen em doch loopen laaten. He vertell, wasück dat kaamen weer, dat he so loopen hadd, un se hadden gewiß nix als Gudes in'n Sinn, awers de Kunstaablers säden, dat se dat all globen däden, wat he säd, men naa de Wach müß he doch mit, da hölp em keen Gott van af, dat weer eenmaal so Mood in Hamborg. — „Na, wenn dat hier so Mood is," säd Klaasohm ganz klägli, „denn man to in Gott's Naamen!" — He word also naa de Wach henbrocht. As he hier awers in'n ool düster Lock rin schull, da sett he sik op, denn dat weer doch gar to dull, em as'n Spitzbov in so'n Hundenlock rin to smieten, awers as em seggt word, dat weer in Hamborg so Mood, da gung he ganz geduldi rin. De Döör word achter em toschott, un da seet he nu, Klaas Thießen, de riefe Buervaagt, as'n Spitzbov achter't Gatter un weer doch so unschüldi, as'n lütt Kind.

„Wenn dat min Fru to wäten kriggt, lett se sik van mi scheeden, un ik kann mi ni mehr in Winbargen sehn laaten!"

As he so jammer un klaag, word de Döör aapen maakt un noch een rinschaaben. De stülter op Klaasohm to un pett em op

de Fööt, denn dat weer dar ja balkendüster. — „Straami, min
Liekdoorn!" schreeg Klaasohm; „kannst Du blinde Heß ni sehn,
wanem Du henpettst?" — „Hurrah, Naawer, büst Du ook
hier?" — „Gott, Jeses, Hans Detlf, wanem kummst Du denn
her?" — „Van sülm gewiß ni, se hebbt mi herbrocht!" — Hans
Detlf vertell nu, dat em dat jüst eben so gaan hadd, as
Klaasohm.

„Minsch, Klaasohm, weern wi doch min Daag ni naa
Hamborg reist!" — „Dat magst Du wull seggen, wi hebbt nix
as Schimp un Schand davan; awers wa mögt uns Jungs wull
wesen?" — „Ach Gott, unse Jungs!" — „Da löppt min arme
Jnng nu in de Stadt rum un weet ni in un ut; wenn se em doch
ook infungen!" De Beiden jammern noch'n ganzen Stoot, eh se
iusleepen, un knapp weern se indruselt, da word de Döör ook all
opräten un'n groten langen Bengel rinsmäten. De fung an to
hulen un klopp an de Döör mit Handen un Fööt. Klaasohm un
Hans Detlf waaken davan op un schreegen: „Wakeen is dar?"
— „Gott, min söten Vader, büst Du hier? Ach Gott, wa freu
ik mi, dat ik jüm wedder funden heff!" schreeg Hinnerk, denn de
weer dat.

De Freud van Klaasohm, as he sin Jung wedder hadd, is
gar ni to beschrieben, he küß un ai em as'n lütt Göör.
Hinnerk vertell, he weer bet neeg vör't Door loopen, un da hadd
he still hoolen, um op de Andern to töben; awers as se naa'n
halbe Stünd ni kaamen weern, hadd he sik ni länger bargen kunnt
vör Angst un weer denselben Weg torügg gaan un dabi verbiestert.
Jedeneen, de em bemött, hadd he fraagt, ob he sin Vader ni sehn
hadd, un alle Lüd hadden em utlacht. Toletzt weer he an
de Pullezei kaamen, un de hadd em mitnaamen naa de Wach.
Wanem awers de lütt Fritz afbläben weer, wuß he ni. Hans
Detlf meen eerst, Fritz word ook wull noch infungen, awers as he
ganz ni keem, weer he in Dodesangst, dat he van Seelenköpers
opgräpen weer.

Endli keem de Morgen. Klock Tein haalen se en paar
Pullzeideeners af un brochen se naa't Stadthuus. Gott, wa
schaamen se sik, as se mit'n Pullzei merrn dör de Stadt gaan
mussen; se slogen de Ogen ni op un leepen so gau, as se man
jichens kunnen.

De Senator lach, as se ehr Unglück vertellen, awers he meen,
Fritz word sik all wedder anfinden, in Hamborg gung keen Minsch

verlaaren. Vör de Nacht mussen se awers siev Mark veertein betaalen. Klaasohm säd, de Herr Senator wüß nu doch, dat se unschüldi to Lock kaamen weern, awers de Senator säd, dar hölp em keen Gott van af, dat weer eenmaal so Mood in Hamborg. Klaasohm sög sik un betaal. Se wulln jüst afgaan, da keem en Pullzei mit Muschü Fritz anbraavt. Hans Detlf leep op em to un küß em. „Jung, wat heft Du mi vör Angst maakt!" schreeg he endli. „Wat heft Du denn mit de Pullzei to doon?" — „Ach Vader, as ik jüm güstern Abend verlaaren habb, gung ik in'n Weertshuus rin un heff dar slaapen. Van Morgens habb ik keen Geld, min Zech to betaalen, un da wull de Weert mi instäken laaten!" — „Hier, hier, wavääl schall he betaalen?" schreeg Hans Detlf. Dat weer ni vääl; Hans Detlf betaal, un Fritz kunn mit se afgaan.

„Nu wüllt wi awers ook keen Dag länger in Hamborg blieben, morgen fröh reist wi af mit de Isenbaan!" säd Hans Detlf. — „Dar schallt bi blieben, Naawer, morgen reist wi af, un van Abend blievt wi to Huus, dat wi ni wedder to Malheur kaamt!"

As se nu op den Barg weern, dach Hans Detlf daran, dat se't ehr Fruensslüd ja verspraaken hadden, sik afnehmen to laaten. Da dat noch vör't Aeten afmaakt warden kunn, gungen se naa den eersten besten Photograafen hen.

Hinnerk schull sik toeerst afnehmen laaten, meen Klaasohm, un de Andern hadden nix dagegen. Hinnerk muß sik op en Stohl daalsetten; de Mann haal'n Stück Dings her, wat meist utseeg as'n Kiekkasten, stell dat vör Hinnerk hen un richt dat naa em. As he nu de Klapp wegneem, word Hinnerk bang vör dat Lock, denn em dügg, dat Dings seeg jüst ut as'n Kanon — un wahr sin Kopp weg. De Mann keek naa sin Klock un word dat ni wieß. As de richtige Tied afloopen weer, maak he dat Dings wedder to. Wat wunder he sik, as he nösten toseeg un ganz keen Bild wieß warden kunn; dat weer em noch sin Daag ni passeert. Hinnerk muß sik noch eenmaal hensetten un maak dat wedder so, awers nu word de Mann dat wieß un sung fürchterli to schellen an. Klaasohm word ook argerli: „Dat is doch to dull mit Di Bangbüx; nu sittst still, Jung, un röhrst Di ni, anders kriggst Du, straami, wat op't Jack!"

Hinnerk muß sik noch maal hensetten; he dröff sik nu ni wegwahren, awers he maak so'n dulle Grimassen, dat Klaasohm fin Söhn ganz ni ut dat Bild rutkennen kunn. Argerli, geev he Hinnerk een an'n Kopp, dat dat man so krach. Dat hölp. Hinnerk seet stiev un stramm as'n Popp; ja, as sik em jüst in den Ogenblick, wa de Klapp van de Maschin wegnaamen word, en groten Brummer op de Näs sett un em gräsi kettel, vertrock he doch keen Mien.

De Mann säd, dat Bild kunn ganz ni bäter wesen. Nu keem Fritz an de Reeg. Hans Detlf säd, he schull recht fründli utsehn, he müß jümmers an'n bunten Mehlbüdel un Mettwuß denken, denn word dat all gut warden. Ik weet ni, op he den Raat befolgen däd, awers he grien öwer't ganze Gesicht. Hans Detlf leet sik mit sin Piep afnehmen un Klaasohm mit'n Book in de Hand. Klaasohm seeg ut as'n oolen Paster, man bloot ni klook nog weer he darto. Se betaalen ehr Bilder un gungen ganz tofräden naa Huus. Den Dag öwer bleeben se to Huus, wiel se bang weern vör Ungelegenheiten, un Klock acht gungen se all naa Bett.

Den andern Morgen fahren se af un keemen glückli naa Itzehoe hen. Hier steegen se in Peter Kröger sin smucken Omnibus un fahren mit em naa Meldorp, un van dar gungen se to Foot naa Winbargen.

Antje weer jüst dabi, den Brie op den Disch to setten, as se in de Stuv rinkeemen. Weni feil, un se hadd in ehr Freud den Brie op de Dääl smäten. Dat weer en Freud! — Klaasohm sin Fru word ook noch röwer haalt un muß mit Bottermelksbrie äten, un, as de vertäört weer, keemen se mit ehr Saaken vör'n Dag. De Bilder hadden grooten Bifall, bloot Hinnerk sin weer ni so gut raaden, denn de hadd en swarten Placken op de Näs. As se awers genau toseegen, worden se'n groten Brummer wieß, de mit afnaamen weer. Hinnerk word ganz verdreetli daröwer, un de Andern wulln sik to Schanden lachen. Hans Detlf word awers ook ni weni utlacht un brüd't, denn as de Fruenslüd dat Recept to'n „Taafeltod" lesen däden, fungen se an to lachen un säden, wenn se all de Gericht, de se in de Wääk eeten, op eenmaal op den Disch bröchen, denn weer dat ook „Taafeltod."

Bet Bettgaantied vertelln se van ehr Domreis, un Klaasohm hadd meist jümmers dat Woort, wiel de am besten leegen kunn. Na, he loog orntli, dat mutt ik seggen; da weern se bi'n Senator to Mittag wesen, un wat weet ik ni all; de Fruenslüd keemen den ganzen Abend ni ut dat Verwundern rut. Van dat Ander heelen se awers dat Muul, un Fritz un Hinnerk weer en fürchterli Fell vull todraut, wenn se wat darvan vertelln däden.

Dat weer awers doch wull bäter wesen, wenn se de reine Wahrheit seggt hadden; denn as Hinnerk en paar Daag darnaa wat op't Fell hebben schull, schreeg he: „Wenn He mi sleit, Vader, segg ik naa, dat wi in't Lock säten hebbt!" — un Klaasohm stell de Pietsch wedder weg.

Dat achte Kapitel.

Wenn man keen rein Gewäten het. — Perfetter Vaagt. — Fritz Detlf un Hinnerk Thieffen kriegt Verlöövt naa Hamborg to reifen.

enn Einer eine Reife thut, so kann er was verzählen!" Dat säden ook Bullmacht Hans Detlf un Klaas Thieffen.

De beiden rieken Geest=buern weern ja maal mit ehr beiden öltsten Jungs Fritz un Hinnerk naa Hamborg wesen, jüst bi Wiehnachten ut, in de Domtied, un hadden hier en ganzen Barg belevt. Bör Malheur kann nu eenmaal keen Minsch, un dat Malheur hadd wullt, dat se domaals all veer, Vadern un Söhns een Nacht in de Wach ant Grootniemarkt hadden brummen mußt.

Mein Himmel, wenn man bal int Dörp to wäten krägen hadd! De Beiden hadden sik ja vör keen Minschenkind wedder sehn laaten kunnt! En Mann, de all maal to Lock säten het, ward all sin Daag ni wedder tru't, wenn he ook dusendmaal seggt, dat he unschüldi wesen is, denn wakein kann dat globen.

Klaasohm un Hansohm hadden geern jeder dusend Daaler utgeben, wenn se dat ni passeert weer, awers de Saak leet sik ni ändern; se däden all, wat se kunnen, dat dat verswägen bleev, un de beiden Jungs müssen de Hand darop geben, dat se nix naaseggen wulln. Un Fritz un Hinnerk heelen Woort; wenn awers de Olen se maal to wat keen Verlööft geben wulln, denn drauhen se mit Fickenvertell'n un so kreegen se foorts ehrn Willen. Dat keem awers man weni vör; denn dat weern en paar gude Jungs, wa ganz keen Arg inseet.

Dat weer nu zwaars all wücke Jahren her, dat se dar in Hamborg säten hadden, un keen Minsch hadd wat darvan to wäten krägen, awers se truen den Fräden noch jümmers ni so recht. Wenn man wat op sin Gewäten het, un is dat ook noch so'n bäten, so drückt een dat so lang, bet man dat los is.

Dat Vertellen kunnen se awers ni naalaaten; en Reis naa en so grote Stadt, as Hamborg is, bedüd op Dörpen ganz vääl mehr, as en Reis um de ganze Welt; dat Vertellen ritt ganz ni af; dar het man sin ganz Leben gut davan. So gung dat ook hier meist jeden Abend: „Weeßt noch, Naawer, domaals?" — un denn weer keen Holen mehr; öwer Kopp un Hals fullen se in de olen Geschichten rin! Wat se in Hamborg Allens belevt hadden, dat weer wat Grulichs, dat neem ganz keen End! Denn besunn sik de een noch op wat un denn de ander! jümmers weer dar noch wat antosticken, un so recht klaar worden se min Daag ni. Alle Lüd int Dörp, groot un lütt, hadden dat all so männimaal hören mußt, dat se in Hamborg meist so genau Bescheed wussen, as weern se sülm dar wesen. Op den letzten End muggen se awers ni mehr darvan hören, un wakein ni jüst Geld oder anderswat van de beiden rieken Buern hebben wull, de maak, dat he weg keem, sodraad se anfungen.

In Summer gung dat noch; dar het de Buer an anders wat to denken; wenn awers Winter un December keem, denn seeten de beiden Vullmachtschen, Antjemedder un Trinamedder jümmers alleen; keen Minsch waag se to besöken, denn de Lüd wussen, Hansohm un Klaasohm seeten dar bi de Zeitung un studeeren den „Hamborger Dom." Jeden Ogenblick schreeg de een un denn de ander: „Süh, süh, dar bünt wi ook wesen, weeßt noch?" — un denn word de ole Taß Thee wedder op den Disch sett, un wenn se ook all dusendmaal opwarmt weer, se smeck de beiden Olen doch jedesmaal ganz utermaaten schön.

Wenn awers een van ehr Fruens maal vörlesen däd, wat allens vör Brüders naa de „Groot Niemarktswach" brocht weern, wa se domaals wenn ook unschuldi, mit ehr Jungens säten habben, denn steeken beib jümmers as op Kummando en Riefsticken an, as weer ehr Piep mit eenmaal utgaan, un wenn dat nüms seeg, denn keeken se sik ook wull maal so ganz aparti an un kleien sik in den Kopp; ober ook petten sik op de Fööt, wenn se neeg bi enanner seeten, bibeß Fritz un de lange Hinnerk gliemlachen un ehr Olen schelmsch ankeeken.

As ins Abends de Zeitung vertell, dat de „Groot Niemarktswach" afbraaken word, dar freu sik wull keen Minsch mehr as Hansohm un Klaasohm. — Se weern sik ganz richti vergnögt, un Klaasohm kunn sik ni holen, he läd de Handen öwer'n Buuk tohopen, as wull he bäden, un säd so ganz in Gedanken, as weer he alleen in de Stuv: „Gott sei Dank."

„Iees, warum dat? wat geit Di dat an, Naawer?" fraag Antjemedder verwundert, un nu eerst mark Klaasohm, dat he sik meist verrappelt hadd. Op den eersten Ogenblick kunn he sik sin Daag ni eenmaal gau risselveern; he word verlegen, schoov de Mütz naa de een Siet in de Höchd un klai sik in den Kopp un staamer: „Je, ja, — as ik in Frankriek weer .... sühst Du, Naawersch, — weeßt Du — ja, wat ik ja man noch seggen wull ...."

He hadd sik awers richti wull versnackt, wenn em ni Hansohm to Hölp kaamen weer. De säd:

„Gott, Mutter, de Wach seeg so meschant ut!"

„O Gott ja, ganz gräsi mechant!" säd nu ook Klaasohm, de ganz gut loopen kunn, wenn man em eerst maal in de Spoor rinböört hadd; „ik kann Di ganz ni seggen, Naawersch, wat dat vör'n meschant Huus weer! Waarachti, dat ool Lock weer en richtige Schand vör Hamborg!"

„Ja so, dat is wat anders, awers dar hadden jüm mi vördem noch ganz nix van vertellt?" säd Antjemedder.

„Ni?" säd Hansohm. „Ik meen doch! — Wat hebt jüm beiden Bengels dar to gniesen?" fraag he argerli.

„Ach nix, Vader! Hinnerk vertell mi man bloot wat van Persetter Vaagt, ni Hinnerk?" säd Fritz.

„Jawull, van Persetter!" belüg Hinnerk.

„So; na, dat is wat anders!" säd Hansohm ruhi.

De Snack keem nu op wat anders. Op eenmaal säd Antjemedder: „Je, mi fallt in! Wenn se dar nu de Wach afbrääkt, wa stääkt se denn de Swinegels hen, de se bi Nacht opgriept?"

„Swinegels, Naawersch!" säd Klaasohm, en bäten raakt.

„Wa meenst dat? Wat geit Di dat öwerall an?!" schreeg Hansohm barsch un keek se scharp an.

„Gott, Jeses, man kann doch wull maal fraagen! Jüm mööt dat doch wäten!"

„Wi!" schreeg Klaasohm un word ganz verlegen.

„Waso wi jüst?" säd Hansohm un schuul argwöhnsch naa de beiden Jungs hen; denn he weer all bang, dat se sicken= vertellert hadden.

„Mein Gott, jüm bünt dar doch wesen!"

„Wi! — O, dat's ni wahr, wakein seggt dat!" schreeg Klaasohm, de in sin Verlegenheit damp, dat meist nix van em to sehn weer.

„Büst ni klook, Deern, in de Wach!" schreeg Hansohm.

„Gott, in de Wach meen ik ja ni, awers doch in Hamborg! Dar mööt jüm doch ook dat Gefangenhuus sehn hebben! Wenn man eenerwegens den Galgenbarg un de Kark sehn het, bekickt man doch ook dat Gefangenhus!"

„Büst wull dösi, Deern, in Hamborg weer ganz wat anders to bekieken, ni, Klaasohm?"

„Dat schull ik meenen! Dar hadden wi ganz keen Tied to, kannst Di wull denken, Naawersch!"

„Nu, jüm hadden dar doch tofälli henkaamen kunnt!"

„Wa — waso meenst dat?" fraag Hansohm un keek se wedder scharp an.

„Mein Gott, ik meen ja man, dat maakt sich doch bischuerns so, dat man wat to sehn kriggt, wa man ganz ni an dacht het!"

„Dat's wull wahr, Naawersch," säd Klaasohm, „as ik in Frankriek weer . . . ."

„Wat hebt jüm dar all wedder to gluttern, verdammte Bengels!" schull Hansohm.

„Gott laat se doch, Vader, se vertellt sik wull wat!" begöösch Antjemedder. „Wat hest Du denn eegentli van Abend? Du büst ja höllisch gnatteri!"

„Wat schull ik man ni gnatteri wesen, ganz ni! Awers ik kann dat op den Doot ni hebben, wenn wücke vör min Ogen lacht, un ik weet ni, warum!"

„Ach, Hinnerk vertell mi man bloot wat van Persetter Vaagt, ni wahr, Hinnerk?" säd Fritz.

„Ja, van Persetter!" versäker Hinnerk.

„So, dat is wat anders!" säd Hansohm un word wedder ruhi.

Un dat weer jümmers ehr Utred! Wenn de beiden Olen maal in de Knieep weern van wegen dat to Lock sitten, denn kunnen de Jungens meist Tied ehr Lachen ni naalaaten, wat Hansohm un Klaas= ohm jümmers bandi verdreeten däd, wiel se in eensten weg bang weern, dat ehr Schand maal an den Daag kaamen däd. Säden de Jungens awers man, dat se sik wat van Persetter Vaagt ver= tellt hadden, denn weer allens wedder gut, denn meenen de Ohlen jümmers: „So, na, dat is wat anders!"

Wakein weer Persetter Vaagt denn? Anders litt de Buer dat doch ni, dat de Jungens sik öwer ehrn Persetter ophoolt?

„Rut mit den Kerl! op den Disch mit em!" seggt wull een un de ander, de nieschieri to em is.

„Süh so, dar steit he!"

Lütt is he man, un Knääv het he ganz ni, awers darum steit he doch sin Mann — bi de Fräätschöttel. Smuck is he ni en bäten; recht so'n Mullworpsgesicht, un wenn he ni jüst lacht, wat he meist Tied deit, de ole vergnögte Seel, denn maakt he den Mund ganz spitz un stickt em ünder de grote krumme Näs rut, as wull he küssen oder Win probeern. Awers darvör is he ook de eenzige „blutrode Republikaner" in't Dörp: sin Bloot is roth, sin Hart is roth, sin Gesicht is roth, sin Haar un Baart bünt roth, allens an em is roth, bloot sin lütten blauen Ogen ni, de dör en gewalti grote Brill kiekt, un ook sin Tüg ni, denn he het en swarten Kleedrock an, de em meist ebensowiet daalgeit, as sin korten Büxen. „Freiheit", is sin tweet Woort, wat he jümmers op de Tung het, un op alle Stammbookbläd schrivt he een un densülwen Spruch: „Lieber todt als Sclave!"

Un doch is he bi alledem in de Sclaverie!

Sin Geschichte is gau vertellt. He weer ut Sachsen, „dicht bei Leibzg drheeme", as he säd, un van Profeschon weer he School= meister. Lehrt hadd de Knecht genog, awers he weer utermaaten lichtsinni, he kunn un kunn sik ni düllen, he muß en dummen Streich maaken, wenn he maal acht Daag in eensten weg vernünfti wesen weer. Dat möögt ander Lüd nu jüst ni geern hebben, un so hadd man em eerst vam Seminar wegjaagt, un dar weer he Huslehrer worden, un do word he bald so bekannt, dat he man op monaatwies hüert word, so'n gruliche Tügnisse hadd he; un endli glück em dat, af un dann en lütte Schoolstäd oppen Land to kriegen, wa so weni Buern in een Dörp waanen däden, dat se keen orntlichen Schoolmeister holen kunnen. Awers länger as en halv Jahr weer he op keen Städ wesen; denn hadd em dat aller=

wegens prickelt un stäken, he kunn sik ni holen un muß öwern Swengel slaan, un wupps — kreeg he sin Afscheed.

Dar hadd he nu ins tein Daaler in de Fick hadd! So vääl Geld hadd he meist noch nie op een Dutten sehn, un em dügg, datt kunn ganz nie all warden. „Tööv", „dar schast eerst maal en Jahr vör op Reisen gaan, um di to verhaalen!" — Wanem hen, dat weer em eegentli egaal. Dar hadd he denn von Holsteen lest, un sünder sik lang to besinnen, hadd he sin twee Hemden un sin Bibliothek, en old Räkenbook un en Catechissen inpackt un weer losgaan. So kloof weer he awers, dat he jümmers op Dörpen eet un öwer Nacht bleev, wiel dat in de Stadt so düer weer. Wanem he dat Handwerk gröten kunn, däd he dat, un so graas he sik jümmers wieder lang, awers sin Geld verminder sik doch gewalti. So weer he denn ok ins Abends mit noch een Daaler in de Tasch naa „Winbargen" kaamen. Hier word he awer mit eenmal swaar krank un muß tein Wäken int Bett liggen blieben.

Hansohm un Klaasohm weern jüst eben Vullmacht worden, un de hadden nu Mitlieden mit em hadd un em eerst man op ehr Kosten verpflegen un kureern laaten; se dachen, se kunnen dat Geld ja eerst geern utleggen, se wulln ehr Schaaden all wedder naakaamen.

Dar sneeden se sik awers gewalti; denn as se in de Buerschoppsversammlung de Räken vorläden, dar säden de Buern all, dat gung ni, se hadden all Armengeld nog to betaalen, un fremde Lüd gung se ganz nix an, un dat weer bäter, wenn se beiden sik den Gott's Lohn alleen verdeenen, as wenn he sik in so vääl Deel verkrömel. Hansohm un Klaasohm gungen dagegen an; awers dat hölp se nix, se worden öwerstimmt un kunnen nu tosehn, wa se de twinti Daaler, de se vör den fremden Minschen betaalt hadden, wedder kreegen.

„Dat is doch awers eegentli argerli!" säd Klaasohm nöhsten; „ik do geern maal wat Guds, awers dat mutt doch ook ni to vääl köften!"

„Magst wull seggen!" säd Hansohm; „twinti Daaler, dat is keen Kattensteert; vör jeden tein, en orntli Hand vull Geld!"

„Ja, nä, schenken doot wi em dat ja ook ni, dat fallt mi ja ganz ni in, Naawer!"

„Dat's en guden Snack, wa wullt dat wedder kriegen, dat Minschenkind het ja nix!"

„Na nu, denn mutt he uns dat afverdeenen!"

„Dat let sik all ganz gut seggen, Klaasohm, awers wat kann he man? Döschen? dar is he vääls to flödi to! Mit Peer umgaan? dar is he vääls to dösi to! — Swin oder Köh fodern? da het he ook keen Verstand to!"

„Ik will di wat seggen, laat em Sliekwach warden!"

„Ja, wenn he noch kieken kunn! Awers he is leider Gott's ja ook en blinden Heß!"

„Dat's ook wahr! Denn Goosharr?"

„Dat gung noch wull, awers ik bäd Di, Klaasohm, wakein gift so vääl vör'n Goosharr ut?"

„Dar hest Du wedder Recht, Hansohm! Weeßt wat? Laat uns maal mit em sülm snacken un maal hören, wat he kann, vorlicht find wi doch noch wat rut!"

Dat weer denn ook wull dat beste. Nu weer Herr Vaagt awers ja Schoolmeister, un, as he säd, hadd he en grooten Barg lehrt. He meen, wenn dat gung, so mugg he sik wull noch in Winbargen as Schoolmeister setten un de Jungs Engelsch un Französch lehren, wat se in de ander School ni to wäten kreegen.

„Süh, Junge, dat weer all wat!" hadd Hansohm to Klaasohm seggt. „Weest wat? Laat em hier en School anfangen!"

„Mein Himmel, is ook wahr! Min dree Jungs un bin dree Deerns bünt all süff, un wi kriegt licht en Stücker dörti tohopen, schast sehn; un denn kann he dat bi lütten afarbeiden!"

Un so keem dat denn. Persetter Vaagt bleev in Winbargen un dat word afmaakt, he schull dar so lang persettern, bet he sin Schuld quitt weer.

Jungs nog kreeg he all, awers dat Schoolgeld weer man lütt, un ook dat kreeg he ni maal sülm in de Handen. Klaasohm un Hansohm deelen em to. Bi Fieken Puff hüürn se em in; Morgens un Abens kreeg he wat to fräten, Middags gung he awers bi de „Interessenten", as se dat nömen, rum un eet bi se de Reeg naa. So'n „Wanderdisch" is bischuerns ganz ni so bito; wenn fremde Lüd an den Disch kaamt, ward meist Tied en bäten bäter tookaakt; awers bischuerns geit dat ook anders, un Persetter weer männimaal ganz ni tofreden darmit. Vertöörn he sik maal mit een van de „Interessenten", so hadd he foorts den ganzen Larm op den Daak, un he kreeg veertein Daag nix anders to fräten as Specksupp un gäle Worteln, wat he partout ni mugg. Sünndags kreeg he awers acht baare Schillings to Taback un Beer, un dat weer gewiß riekli nog, dügg Hansohm un Klaasohm.

Nu weer he twee Jahr int Dörp wesen, un alle Jahr word em sin Afräken afleggt, un dat hadd all fix wat holpen. Ja, in de lütte Tid hadd he all anderthalv Daaler afdraagen, un Hansohm un Klaasohm, se weern ja eenmaal so'n gut Hart, hadden em en halben Daaler van sin Schuld sträken, wiel se em, as se säden, geern en lütte Freud to Wiehnachten maaken wulln.

Persetter weer dat eegentlich ni recht, dat he hier so as en Slaav fastholen word, awers he wuß ook ni recht, wanem he henschull, un Eeten un Drinken hadd he nargens so gut hadd, wat wull he mehr? He stund dar ja nix ut un mugg dar geern wesen. De Lüd int Dörp muggen den narrschen Patron, de jümmers wat to lachen geev, ook geern verdrägen. Eerst weern se bang, dat he maal utkniepen word, un se passen em höllisch op. Wenn em maal een en lütt Stück buten ut Dörp droop, denn stell he sik em foorts in den Weg un fraag: „Na, wo schall denn de Reis naa to gaan?" Un denn word so lang snackt, bet Persetter wedder mit umkehr. Man hadd em awers geern Reisgeld geben kunnt, he weer ni wedder ut Dörp weggaan.

Bloot wat weer em sitaal, un dat weer, dat man em sin richtigen Namen nich geev. Sin Vader hadd „Vogt" heeten, un man kunn em dat nich verdenken, dat he ook so nöömt warden wull, awers dar wulln de Buern ganz nix van wäten! Sülm de Landvogt muß sik dat gefallen laaten, dat se em Herr Landvaagt titleern däden, un dat weer doch en ganz ander Person as he; un denn de Kaspelvaagt un de Buervaagt — all schreeben sik „Vogt" awers dat word Vaagt utspraaken, un „Vogt" säden se ni, dat weer vääl to dösi, un Vaagt muß he heeten. So word he denn van all un jeden „Persetter Vaagt" titleert, un bloot de Jungs, de geern van't Naasitten friekaamen wullen, geeben em sin rechten Namen.

Bi alledem hadd man em doch estimeert, wenn de Knecht ni sülm af un an so'n narrschen Kraam maakt hadd. Sünndags maaken de Buersöhns em meist Tied duun, un denn muß he op den Disch rop un en Red holen öwer „Freiheit un Republik", un denn snack un rappel he un secht mit de Arms rüm un word jümmers iwriger un iwriger, bet alle Lüd anfungen to lachen un endli ook he sülm. Wat maaken se jümmers en Komödie mit em! He hadd awers sülm sin Höög daran. Bloot dat kunn he ni eenmal klook kriegen, warum he Maandagsmorgens, wenn he ut Bett keem, jümmers so vääl swarte Sträken in't Gesicht hadd, he kunn sik doch ni besinnen, dat he den Abend vördem „swarten Peter" späält hadd. — Wull man em duun hebben, bruuk man bloot vör em uttogeben, he drunk jümmers ut.

Männimaal hadd all Klaasohm to em seggt: „Persetter, Persetter, dat geit ni, wat worden ehr Schölers seggen, wenn de Se so besaapen seegen!"

Dar hadd he awers to Antwort geben: „Herchemersch, de sin'je schon zu Bette, jaa, un wenn j's ooch seehen thäten, se wärden, weeß Kott, ihren eegenen Oogen nich trau'n!"

So keem dat denn, dat de Buern dat ehr Jungs ni verbeeden däden, wenn se sik mal öwer em ophoolen däden. Baaben in Koop wer he ja ook ni de rechte Schoolmeister, he bleev ja man dar, wiel he muß, meenen se; keen Minsch stund Börg darvör, dat he ni maal öwer Nacht utkneep.

Hansohm un Klaasohm word dat awers mit de Tied bandi mit, dat se Persetter dar hadden, denn de weer vääls to gefälli; maaken se em en lütt Glas Grog oder ook man en Taß Thee, so hör he jümmers ganz ruhi un niep to, wenn se em tom hundertsten Maal van ehr Domreis vertellen, he säd jümmers toletzt:

„Heer'n Se, da mecht' ich, Kott Schtrambach, ooch maal hin, da muß es Se sehre scheene sein, nich wahr?"

Dat hadd he all vaakens ins seggt, un em full dat ook ni in Droom in, dat dar maal wat ut warden schull!

Dat weer eben naa de Foderaarnt, da säd Hansohm ins Naamiddags to sin Fru; „Wat schull de Fritz eegentli oppen Harten hebben, Antje? He is so snaaksch, ik weet ni, so dösi, un jümmers het he wat Geheems mit Naawer Klaasohm sin langen Hinnerk to snacken! Wat de Bengels wull eenmaal hebt?"

„Ja, magst wull seggen, Vader, mi is dat ook all opfullen! Ik weet ganz ni, wat dat mit se is, so ganz richti is dat ni! Un jeden Dag bekiekt und befählt se de fetten Ossen un snackt denn un gniest un grient un nückt sik to, ik kann dar ni kloot ut warden!"

„Na, eenerlei, dat mutt man seggen, de Ossen hebt präch=
tige Dääg, dar kann sik all een öwer freuen! Waarachti, dat bünt raare Thieren, ik mag se knapp verkopen!"

„Mi gaat ook meist de Gruen davör to, se bünt mi so ant Hart wussen, awers beholen künnt wi se ja doch ni jümmers, weg mööt se ja doch maal!"

„Ja, ja, weg mööt se, dat is wull gewiß! Ik mutt Di seggen, ik hool meist ebenso vääl vun se, as weern dat min Kinder, awers weg mööt se, ja! Ik weet man bloot noch ni, schickt wi se öwer Tönning hen naa Engeland, oder laat wi se naa Hamborg drieben?"

„Gott, mi dünkt, vör de Engelanders bünt se vääls to gut, de kriegt sett Fleesch nog to fräten; laat se man naa Hamborg kaamen, dat se dar ook maal wat Guds in den Putt kriegt!"

„Mi weer dat ook leewer; schaad, dat de Weg darhen so wiet is!"

„Gott, naa Tönning is dat ja so wiet as naa Itzehoe hen; de Ossen ward sacht bi Weg lang ein paar Pund verleeren, awers dat maakt ja so vääl ni ut!"

„Schaad, dat de Isenbaan noch ni bet Meldörp geit!"

„Ja, dat muggst wull, denn kunnst de Ossen man achter an=
binden, denn weerst se los!"

„Anbinden? Ja, ja, denn weer ik se wull richti los! Deern, Antje, wa väälmaal heff ik Di all vertellt, dat dat so utermaaten gau geit! Man sett sik in den Waagen rin, wenn man eenerweegens hen will, de Döör ward toomaakt, de grote Lookermativ vör an puußt den Rook ut un seggt: „Pfü—ü—ü—t! un bums — is man dar, wa man hen will, bloot dat geit ni ganz so gau!"

„Awers doch meist, Naawer, doch meist!" säd een achter je, un dat weer Klaasohm, de sünder dat se dat markt habben, rin de Stuv kaamen weer.

„Süh, süh, gun Dag, Naawer, sett Di!" säd Hansohm. „Wi snackt eben von unse Jungs!"

„Ik meen, von jüm Ossen?" säd Klaasohm.

„Van de ook! Awers segg Du, is Di dat ni ook opfullen, dat Fritz un Hinnerk in de letzte Tied jümmers so aparti wesen bünt, Klaasohm?"

„Ja, ja, gewiß, un eben darum kam ik jüst her; denn ik bün ganz eben dar achter kaamen, wat se sik utklaaveert hebt, de beiden Driewers!"

„Nä, is wull ni wahr, Minsch!" schreeg Hansohm.

„Wat ik Di segg!"

„Dunner, denn vertell maal!"

„Man to Naawer, wi bünt gräsi nieschieri!" schreeg Antjemedder!"

„Na, seht, ik weer dat ook in der letzte Tied wieß worden, dat de beiden Jungs dat sik so wichti hadden um de Ossen, un ik dach mi foorts, dar muß wat achter stäken! „Töv", dach ik „dat mutt ik wäten! Jüm weet ja, wenn ik maal wat op de Spoor heff, denn gaa ik dar ook ni van af, bet ik dat rut heff! As ik in Frankriek . . . ."

„Ik weet all, lütt Naawer, man wieder, man wieder!"

„Na, also, wat ik man noch seggen wull, — ja, richti! ik luer Di de beiden Bengels achternaa, un van Daag bün ik endli achter ehr Töög kaamen!"

„Na!" schreegen Hansohm un Antjemedder meist to glieker Tied.

„Kiekt, ik weer jüst bi min Ossen, um de maal ins to besehen, da hör ik de beiden Jungen in den Stall rinkaamen. Ik mi gau verstäken! Un richti, se keemen ook naa de Boos un bekeeken un beföhlen de Ossen."

„Nu bünt se bald fett nog!" säd Fritz, un Hinnerk stimm em bi. „Na, denn geit dat bald los!" säd Fritz. „Awers wenn Vader dat man Verlöövt givt!" säd min Hinnerk."

„Dar wes man ni bang, de Olen mööt wull, anders — —" säd Din Fritz, un dar fungen de beiden Bengels an to gniesen."

„Ik verstaa noch jümmers nix!" säd Antjemedder.

„Ik ook ni!" säd Hansohm.

„Na, denn mutt ik jüm wull Allens vertellen! Weet jüm, wa de Ossen henschüllt?"

„Na?" fraagen Hansohm und Antjemedder nieschieri.

„Naa Hamborg schüllt se! Un weet jüm ook, wakein se darhen drieben schall?"

„Na?"

„Fritz un Hinnerk wüllt dat!"

„Min Fritz!" schreeg Antjemedder ganz verfeert.

„Ja, Din Fritz un min Hinnerk, en Paar schöne Driewers, wa?" lach Klaasohm.

„De Jungs bünt ja wull mall!" schreeg Antjemedder, „Du hest se doch gehöri utaast, Naawer?"

„Gott ja," säd Klaasohm, un klai sik achter de Ohren, „sühst Du, ik fung ook all an, awers de entsaamten Bengels drauhen mi! . . . ."

„Mein Himmel, se ward doch ni?" schreeg Antjemedder angst, — „wat säden se denn?"

„Gott ja, se säden — se säden — wat schulln se wull seggen . . . ." säd Klaasohm verlegen un keek Hansohm an, de em mit alle Gewalt toplink, he schull doch jo stillswiegen.

„Christus Kinders, wat säden se denn, Naawer? De Jungs wüllt sik doch, will's Gott, nix to naa doon?"

„Gott, sühst Du — se säden — eegentli gar nix!"

„Awers Du vertellst doch eben, se hadden Di draut, Klaasohm?"

„Ja, drauhen däden se ook, Naawersch; seggen däden se awers nix, — se — drauhen bloot!"

„Mein Himmel, wat vör'n Tünerie. Dar stickt wedder wat achter! Ik heff dat wull markt, dat du un Hans siet de Tied, dat jüm domals de Reis na Hamborg maakt hebt, en Geheemniß tohopen hebt!"

„Wi en Geheemniß, büst ja wull ni klook, Mutter!" schreeg Hansohm.

„Na, na, swieg man still, mi maakst nix wieß! Wa männimaal hest all in Slaap seggt: „Awers ik bün ganz gewiß unschüldi, Herr Senater!"

„Dat heff ik seggt?" säd Hansohm un verkleur sik orntli en bäten.

„Ja, min Jung; Trinameddersch het mi vertellt, dat Klaasohm ook männimaal so'n swaaren Droom het, un denn schriggt he: „Fief Mark veertein! is dat en Gerechtigkeit!"

„Dat is ni wahr!" schreeg Klaasohm.

„Dat is doch wahr, schast sehn, wi kriegt dat all rut! Awers, Naawer, nu seggst mi gliek, wat de Jungs säden, anders ward ik Di bitterbös! Ik will dat wäten!"

„Na, min'twegen, ik kann dat ook seggen! De unklooken Bengels säden, wenn se keen Verlöövt kreegen, wull'n se sik een den andern ophangen, eerst Fritz Hinnerk, un denn Hinnerk Fritz; nu weeßt Allens."

„Herr Du meine Güte, se ward doch ni!" schreeg Antjemedder ganz angst un bang.

„Na, na, so gau geit dat ni!" säd Hansohm.

„Dat is en Snack, un wenn se dat nu doch däden! Jeses, mein Gott, wenn min Fritz, dat Unglücksskind, sik nu all ophangt hadd!"

„Nu, nu, man ni foorts so bang, eben seeten de Jungs noch all beid bi min Fru to klönen!" säd Klaasohm.

„Bi Trinameddersch? denn will'k gau in's röwer, de verdammten Jungs!" schreeg Antjemedder un leep, dat se ut de Döör keem.

As Hansohm un Klaasohm alleen weern, keeken se sik en Oogenblick an un kleien sik achter de Ohren. Endli säd Hansohm: „Ik kann mi all denken, wa se di mit draut hebt, Naawer!"

„Ja, dat weer wedder de ole Taß Thee. Verdreite Geschichte!"

„Magst wull seggen, Klaasohm! Dat dröffen wi unsen Vader ni beeden!"

„Ja, sühst Du, de hadd ook ni mit uns int Lock säten!"

„Verdammten Kraam dat! Wat maakt wi darbi? Wenn min Antje den Skandaal to wäten kriggt, is se kumpaabel un lett sik van mi scheeden, so vääl se ook anders van mi hollt!"

„Min Trina bün ik bang, word dat ook doon! Dat wi ook jüst alle veer in datsülwe Lock to sitten keemen! Ik hadd dar de Nacht öwer lewer mit luder Sitzboben brummt, as mit unse Jungs!"

„O Gott, vääl lewer! De Bengels doot nu rein, wat se wüllt, wi habbt ganz keen Respect mehr öwer se; wüllt wi maal en Machtwoort spräken, denn draut se foorts, dat se sickenwertelln wüllt!"

„Leider Gott's! Is man noch en groot Glück, dat dat so'n Paar gude Jungs bünt, anders seeg dat waarachti slimm vör uns ut! Dat wi se Verlöövt geben mussen to smöken, as wi domaals wedder naa Huus keemen, un dat so af un dann maal mehr to Danz gaat, as uns recht is, wüllt wi so vääl ni räken!"

„Dat is wahr, bet hiernto gung dat noch, Klaasohm, awers wat nu? If mugg vör min Leben ni, dat min Jung alleen naa Hamborg keem!"

„Na, un min Hinnerk mugg ik ook ni geern alleen reisen laaten; awers wat schüllt wi denn man doon, Naawer?"

„Nu, vorlicht künnt wi se dat doch ut den Kopp snacken! Süh, dar kaamt de beiden Knäwels ut din Husdöör, — se böögt hier röwer — wüllt foorts maal sehn, wat wi utrichten künnt! Man bloot fast! Ni naageben, hörst Du!"

„Awers, Minsch, wenn se man ni plappert!"

„Snack, wi mööt maal en orntli Machtwort seggen, dat deit all wat!"

De Döör gung aapen, un Fritz keem rin un an achter em de lange Hinnerk, de meist en Kopp grötter weer. Wat weern dat vörn Paar Knäwels van Kerls! Fritz hadd sik orntli utleggt. He weer ook de starkste Mann int Dörp, keen een kunn em smieten un so vääl bören as he. Hinnerk weer ook jo ni flau, wenn he ook ni ganz so breet van Schuldern un wat stiewer un ungelenker weer, awers sin Tünn Weet neem he ook ganz moje ünder den Arm un gung darmit de Trepp naa'n Böden rop. Dat weer'n en Paar höllische Jungs!

„Vader un Klaasohm, wi beiden hebt en lütte Bäd!" fung Fritz an.

„Na?" fraag Hansohm un keek em suer an.

„Wi wulln geern de Ossen naa Hamborg drieben!" säd Fritz.

„Ja, dat wulln wi geern!" stimm Hinnerk naa.

„So, dat wulln jüm?" säd Hansohm dröög.

„Ja, un dar givst Du uns wull Verlöövt to, Vader?" fraag Fritz.

„Nä, min Jung, dat do ik wull ni!" säd Hansohm.

„Gott, warum ni, Vader?"

„Warum ni? Dat will ik Di seggen, de Ossen schüllt naa Engeland."

„Jawull, jawull, se schüllt naa Engeland!" stimm Klaasohm bi und drück den Taback in sin Piep mit den Dumen daal.

„Naa Engeland?" säd Fritz verdreetli; „wat schüllt se dar?"

„Verkofft warden schüllt se, kannst Di wull denken!" säd Hansohm dröög.

„Gott, mi dünkt, Hamborg weer doch bäter, dar kreegen wi gewiß en wiet gröttern Pries davör!"

„Weeßt Du dat so gewiß?" säd Hansohm kortaf.

„Na, gewiß kann man dat ja ni seggen, awers — awers — na, min'wegen, laat se denn naa England gaan!"

„Gott sei Dank, dat gung lichter, as ik moden weer!" dach Hansohm un plink Klaasohm ganz heemli to. En lütten Oogenblick leet Fritz em de Freud; do säd he: „Vader Du, Hinnerk un ik muggen geern ins naa Hamborg reisen!"

„Jung, bist du bi Trost!" schreeg Hansohm. — „Wat dat nu wedder vör Grappen bünt! Dar ward nix ut, op keen Fall ni!"

„Gott, Vader, man to!" bäd Fritz; „Klaasohm het Hinnerk ook all Verlöövt geben!"

„Du, Naawer?" fraag Hansohm verwundert.

„Ik, Jung! wa kannst dat behaupten?" säd Klaasohm verlegen.

„Ja, het He ni seggt, He wull sik dat eerst ins öwerleggen? Dat is doch so gut as ja!"

„Oho, wat schull't man ni!"

„Hinnerk seggt, wenn He dat eerst seggt, denn seggt He nösten ok jümmers ja, ni, Hinnerk?"

„Ja, dat deist Du, Vader!" säd Hinnerk.

„Wenn ook, groote Sleef, kann ik ni ook maal „nä" seggen?" schreeg Klaasohm.

„Dat deit He doch ni, Klaasohm, dar is He vääls to gut to!"

„Wat schull He man ni!" wehr Klaasohm af.

„Un denn het He ja sülm reist, as He jung weer un sogar hen naa Frankriek!"

„Ja, ja, dat is wahr!" säd Klaasohm, en bäten smeichelt, „as ik in Frankriek weer....."

„Un dat het Em doch gewiß keen Schaaden daan, dat He reist het!"

„Den Deutscher ook, dat is ja graad gut vör junge Lüd, wenn se recht wiet in de Welt rum kaamt. Nargens lehrt man mehr as op Reisen!" schreeg Klaasohm iwri.

„Ni wahr? Süh, un darum ook man wulln wi geern naa Hamborg hen, ni, Hinnerk?"

„Ja, man bloot darum Vader!" säd Hinnerk.

Klaasohm seeg in, dat he sik wedder verrappelt habb un säd: „Na, min'twegen loopt los, mi schall't eendoon weesen, wenn Hansohm jüm ook Verlöövt givt!"

„He schall sik wull wahren, dat do ik ni op keen Fall!" säd Hansohm verdreetli.

„Ach, man to, min söte Vader, man to!" bäd Fritz.

„Nä, nä, dar ward nix ut, laat din Pagaien man naa!"

„Gott, laat uns doch, Vader, wi wüllt uns ook in Acht nehmen, dat wi ni wedder to Lock kaamt!" säd de plietsche Fritz un keek Hinnerk van de Siet an un gnies.

Knapp habb he dat Woort „Lock" seggt, da sprung Hansohm op un schreeg: „Schü—üt, Satansjung, wullt maal still wesen! Wenn dat nu een hört habb!"

„Moder is ja ni to Hus!" säd Fritz.

„Wenn ook, wenn ook, dar kunn doch anders een luurn!"

„Man to, Vader, gev mi doch Verlöövt!" fung Fritz wedder an to bäden.

„Is ook doch to dull! Wat wüllt jüm dar, hebt jüm dar wat verlaarn?" knurr Hansohm.

„Ach Gott, dat is dar so schön, un wi ward uns ook ganz gewiß in Acht nehmen —"

„Wullt Du Unglückskind maal still wesen! Na, ik will mi de Saak maal dör den Kopp gaan laaten, wi snackt morgen mehr davan."

„Hurrah!" schreeg Fritz un swunk mit de Mütz un slog vör Freud mit den Foot achterut.

„Oho, man jo ni to fröh Hurrah schrägen, noch heff ik ni ja seggt! Un denn, weeßt Du, Moder het ook doch en Woort mit to seggen!"

„O, wieder man nix, dat wüllt jüm all in de Reeg bringen!" säd Fritz.

„Dar weer sacht nix in Wegen," säd Klaasohm wichti, „Moder ward all ja seggen, wenn wi man wüllt!"

„Süh so, denn is de Saak ja afmaakt!" schreeg Fritz.

„O nä, so wiet bünt wi noch ni!" säd Hansohm, „eerst will ik mi de Saak ins beslaapen. Awers nu gaat af, ik heff noch wat mit Klaasohm to snacken."

Fritz un Hinnerk lachen vör Freud öwer dat ganze Gesicht un pareeren den Ogenblick Order.

„Verdammte Jungs!" schimp Hansohm, as se weg weern „wi hebbt richti wedder naageben mußt!"

„Dat muß wull so kaamen, Naawer," säd Klaasohm.
„Na, un dar is ja eegentli nix bi, dat Reisen het noch all min Daag keen Schaaden daan! Laat de Bengels man!"

„Gott ja, ik habb ook so vääl ni dagegen, wenn se man bloot ni naa Hamborg wulln! Weeßt noch den bullen Abend? De Verföhrung is dar to groot! Un en paar Driewers bünt se!"

„Dar gäv ik Di ganz Recht in, Hansohm, awers ik heff mi all wat utdacht, wat ganz ni ohne is!"

„Na?"

„Süh, wi laat min lütt Piet mitreisen! De Bengel is dörtein Jahr, un dat kann em bloot tom Vortel wesen, wenn he maal en bäten van de Welt to sehn kriggt. Un denn, wat dat Beste ist, de Jung is gewalti näsklook un kann nix bi sik beholen, he mutt partout fickenvertelln!

„Hm, ja, dat leet sik all hören! Awers ik bün man bang, Fritz un Hinnerk kliestert em dat Muul to!"

„O, un wenn se em ook van baaben bet nern verkliestert, dichtholen kann he ni, darto is he ni kumpaabel! Dat is anders en herrlichen Jung, awers utplappern mutt he ook allens, wat he hört un süht."

„Waarachti, dat geit, Piet schall mit! Ik habb all an Anderseen dacht!"

„An wakein?"

„An Persetter Vaagt!"

„Minsch, büst kloof! De word uns ja foorts utkniepen!"

„Ja, proost! wenn he keen Geld in de Handen kriggt, denn mutt he wull stoppen! Fritz oder Hinnerk het de Kaß!"

„Ja ja, dat's ook wahr! — Weeßt wat? Laat em ook mitreisen, dat kann ja so vääl ni kösten!"

„Vörwahr, dat schall he! Wenn de Jungens ook vaakens ehr Spark mit em drievt, so gloov ik doch, dat se sik en bäten vör em schaaneern ward!"

„Heft Recht, heft Recht, Naawer, he mutt mit! Twee Oppassers bünt jümmers bäter as een!"

„Ja ja, so is dat am besten!

„Na, dat weer denn so wiet in de Reeg. Nu feilt man bloot noch, dat unse Fruens Ja seggt!"

„Och, dat is licht to, de mööt wull, de Jungs laat se ja keen Fräd!"

Un so keem dat denn ook. Eerst begehren Antje un Trinamedderschi gräsi op un wulln partout nix darvan wäten, awers as

Klaasohm se vörstellen däd, dat de Bengels kumpaabel weern, sik wat to naa to doon, dar kreegen se dat mit de Angst un geeben lütt bi.

Fritz un Hinnerk weer dat eegentli ganz ni recht, dat lütt Piet un Persetter Vaagt mit se reisen schulln; awers se kunnen ja ook ni so vääl dagegen seggen, Böses hadden se ja ni in Sinn.

Dat nägente Kapitel.

Hü Oß — Perſetter lehrt Oſſen drieben! — Piet ſchall ni ſmöken, kriggt awers endli Verlöövt'. — Fraagen is lichter als antwoorten. — De niemodiſche Späälbiſch — Wacken. — Zippeln. — Perſetter maakt ſik; — Wat en unriepen Appel doch vör Malheuer anrichten kann. — De Judaskuß. — Odeon. — Hulda, de Kautſchuckbaam. — O, kiek, kiek! — De verdreite Büxenknoop.

u weer de Saak denn licht to. De Oſſen weern fett nog, van ehrentwegen kunn de Reis jeden Ogenblick losgaan, un ſo word ſe denn faſtſett op den neegſten Friedag. Bääl to packen weer dar ni; dat weer ja mern in Summer, un ſe ſchulln ja to Foot achter de Oſſen in. Jeſes, wat weern de Bengels ſik vergnögt! Un nu de Barg Opdrääg un Kummiſchonen, de ſe mitkreegen! De lütte Kökſch bäd Hinnerk, he mugg ehr doch en Rull ſmuck blau ſieden Band mitbringen un ook en paar Packen engelſche Neihnaadels; ſe geev em awers man een Schilling mit, denn ſe meen, vör'n Schilling word he ſacht en paar Dutz Aelen Band kriegen, un de Neihnaadels geev de Koopmann wull up to, de köſten in ſo'n grote Stadt gewiß gar nix; en olen Daglöhner geev em en Süſſung mit, davör ſchull he em en Pund ſwarten Kruſen mitbringen; de Een hadd düt un de Ander dat, un Hinnerk muß op letzt ſin groote Breeftaſch rutkriegen un dar allens inſchrieben, dat he ook nix vergeet.

Den Abend vördem kreegen ſe noch väle Vermaanungen.

Klaasohm un Hansohm waarschuen je, je schullen de Ossen ook jo ni öwerdrieven un jo sachtmödi langs gaan, un denn schulln se bi't Verköpen jo de Ogen aapen holen.

De Fruenslüd dachen ganz ni an de Ossen; se bäden de Jungs, se schulln doch op sik sülm passen, dat se sik ook ni verköhlen un keen natte Fööt kreegen, un denn schulln se lütt Piet jo ni ut de Ogen verleeren, dat he ni to Schaaden keem, un denn schulln se sik vör de Seelenverköpers in Acht nehmen, un denn — un denn — dat neem ganz keen End; wenn Antjemedder vör luder Snuckern un Weenen ni mehr snacken kunn, denn fung Trinamedder wedder an, un so lösen se sik in eensten weg af, bet dat endli Tied word, to Bett to gaan.

Den andern Morgen ganz bi Tieden dreeben se mit de Ossen van de Hofstäd weg. Klaasohm un Hansohm geeben se noch en lütte Flagg dat Geleit. As se nu eben buten dat Dörp weern bi'n eersten Wiespaal, so wiet as de beiden Olen mitgaan wulln, dar trocken se ehr Jungs bi Siet un säden se wat int Ohr, wat Piet un Persetter ni hören schulln, un dat weer: „Nehmt sik ook jo vör de Wach in Acht, hört jüm!"

Nu gungen de beiden Olen denn wedder retour, un de Andern dreeben mit de Ossen vörwarts den Weg naa Itzehoe to. Persetter in sin swarten Kleedrock weer höllisch op sin Jüst, he sung dat schöne Leed; „Freiheit, die ich meine," un jeden Ogenblick kneep he Piet in de dicken Backen un schreeg, so lut he kunn: „Hi Oss!" — He weer ganz ut Rand un Band un wuß vör Freud ni, wat he doon schull, un doch hadd he in de Tasch man siev lose Schilling, de he sik to de Reis borgt hadd.

Fritz un Hinnerk nöölen gewalti torügg, un so mussen Piet un Persetter alleen op de Ossen passen, dat se ook ni staan bleeben. Endli smeeten sik de beiden gar int Gras daal, un Fritz säd: „Gaat jüm man mit de Ossen vörop, Piet, wi kaamt all achternaa, kannst Persetter maal dat Ossendrieben lehren!"

Piet weer damit tofräden, un ook Persetter hadd nix dargegen, de Saak weer em nid un maak em gewalti vääl Spaaß.

Piet, de en ganzen knääpschen Muschü weer, säd, he sülm wull achter de Ossen blieben, denn düssen Posten müß een hebben, de ook mit Veh umtogaan wüß; dat kunn ja maal malheurn, dat sik de Beester umdreihen un stöten wulln, un wenn man denn sin richtigen Verstand ni hadd, denn kunn man licht to Schaaden kaamen. Persetter weer nu all sin Daag keen grooten Held wesen, un em dügg, dat müß en ganz eekli Geföhl wesen, wenn een mit so'n paar spitze Höörn kettelt word, un so weer he ook ganz darmit inverstaan, dat lütt Piet den gefährlichsten Posten öwernehmen wull. Da dat awers öwer de Haid gung, so habd he eerst büchti to bütteln; bald wull de een Oss utkniepen, bald de anner, un he keem gehöri in Sweet darbi.

Endli weern se op de orntliche Landstraat, wa an beide Sieden en lütte Grööv weer, un nu gung dat all wat sachter an; de Ossen weern ook ni mehr so wähli, as se eerst wesen weern, do se ut den Stall keemen.

Nu kunn Persetter denn bilang Piet gaan, un dat däd he denn ook un schreeg denn fix mit sin „Hi Oss"; sodraad awers een van de Thieren den Kopp maal en bäten umdreih, denn sprung he glieck achter lütt Piet un schreeg: „Biet, Biet, er kimmt, baß uf!"

Bald däd dat Höden denn ni mehr nödi, de Ossen gungen van sülm, un nu kreeg Piet en lütten Brösel un Füertüg rut, um sik een to smöken.

As Persetter dat wieß word, kneep he Piet foorts in de dicken Backen un säd: „Heere Biet, roochen därfst De nich, das kann ich Der nich erlooben!"

„Ach, man to, Herr Persetter!"

„Nee, nee, mei Hähnch'n, das is Der nich kesund!"

„Ach, man to, Herr Persetter, Vader süht dat ja ni!"

„Wenn'r ooch nich zukegen is, so bin ich, Dei Lehrer, doch da!"

„Ah, Se! Dat maakt ja nix, Herr Persetter!"

„Biet, Biet, sei hibsch artig! Verkiß nich, daß ich Dei Schulmeester bin! Roochen därfst De uf keenen Fall nich!"

Piet maak en suer Gesicht un steek sin lütten Brösel wedder in de Tasch.

„Heere, mei kuter Junge," säd Persetter, „ich sähe, De hast Langeweile; weest De, mir kennen ämal was aus der deitschen Krammatik rebediren, das is ä scheener Zeitverdreib! — Was Aktiv is, weeßt De je, wenn ich sage: „d'r Knabe schlägt den Ocksen", so dhut er was, nich wahr?"

„Jawaul!" brumm Piet verdreetli.

„Na, siehst De, das is das Aktiv! Aber wenn ich nu sage „D'r Knabe wärd von dem Ocksen keschlagen", is das ooch Aktiv?"

„Jawaul!" säd Piet wurri.

„Ei, ei, Biet, dhut der Knabe denn da was?"

„Jawaul, Herr Persetter, wull dhut 'r was!"

„Nu, was dhut 'r denn?"

„Er huult!" säd Piet.

Persetter muß togeben, dat Piet dar ni ganz Unrecht in habb, awers dat weer denn doch ni, wat he eegentli meent habb, un he neem en anner Bispill un noch een, bet he Piet dat endli ganz verklaart habb.

Dewer dat Snacken weer em de Piep utgaan, un nu eerst word he wieß, dat he sin Füertüg ni bi sik habb. Awers Piet habb ja Swamm un Stahl bi sik, un so maakt dat ja wieder nix ut, dügg em.

„Kieb m'r maal ä bißchen Feier, Biet!" säd he.

„Füer, Herr Persetter?" grien Piet.

„Jaa, De bist ooch ä kuter Junge."

„Ja, schall ik denn ook en bäten smöken?"

„Mei Hähnch'n, 's is Der, weeß Kott, nich kesund, De bist noch ze jung d'rzu."

„Ja, denn geb ik Se ook keen Füer!" säd Piet un gnies.

„Aber, Biet, De wärscht doch gegen Deinen Schulmeester nich unheeflich sein?"

„Dat's mi ganz eendoon. Wenn ik ni smöken schall, geb ik ook keen Füer!"

Piet bleev fast op sin Stück bestaan, alles Bäden un Schelln hölp nix, he weer eenmaal eegensinni.

Persetter besunn sik en Ogenblick, op he de Piep wegstäken schull oder ni, awers dat kunn he doch ni öwer't Hart bringen, he kneep Piet tolezt in de dicken Backen un säd: „Hi, hi, hi, ich derft's eegentlich nich erlooben, Biet! aber wenn De hibsch artig un aufmerksam sein willst, denn schtecke Der de Feife in's Kesicht, ich will dhun, als ob 'ch's nich sähe!"

Dat leet Piet sich denn ni tweemaal seggen. As se de Piepen in Brand hadden, un Persetter de „heiocksenstrohdummen Viecher", as he säd, wedder andräben habb, fraag he Piet denn, ob he em wull seggen kunn, warum Abraham sin Söhn ni slacht habb.

„He weer wull noch ni fett nog!" sät Piet un maak darbi en ganz ehrli Gesicht.

„Heere, Biet, wenn De nich immer so'n aufrichtiger Junge wärscht, wirde ich, weeß Kott, globen, daß De Dich nur so dumm schtellst! Aber leider bleibst De in Allem zurück, nur nich in Dummheeten! Doch in der Inderbunction bist noch sehr schwach. Eenige setzen oft ä Komma, eenige sehr selten —"

„Un einige gar nicht!" säd Piet.

"Leiter; un doch is 's wichtig. Ich hatte ämal ä sehr hibsches Kedicht an 'ne Dame gemacht, das fing an:

"Der scheene Mai, er läßt Dich grießen."

Ae Schihler mußt 's fir mich abschreiben, un de Dame wollte sich todtlachen, als sie 's las, der Heiockse hatte geschrieben:

"Der scheene Maier läßt Dich grießen."

Abrobos, Biet, was is Mai fir ä Wort?"

"En Eigenschaftswort!" schreeg Piet.

"Herrjemersch, Biet, kannst De Mai denn steigern?"

"Jawaul, Mai, Maier, am meisten!"

"Heere — das is je fast abscheilich, diese Unwissenheit! Aber woher kimmt das? Von Eirer schändlichen Unaufmerksamkeit. Immer dieselbe draurige Erscheinung, wenn ich in die Schulschtube trete! Na, ich will Der leichter kommen. Sage mal, wer war d'r erschte Mann?"

"Adam!" schreeg Piet.

"Scheene, mei Sohn, jaa, das war d'r kute alte Adam! Aber nu paß uf: Wie hieß denn Adam seine Frau?"

"Madam!" säd Piet ganz ruhi, un keek em schelmsch an.

"Hi, hi, hi, wie is's meeglich! Eva hieß se je, Biet! Awer das geht je heite sehr schlecht! Heere, mei kuter Junge, frage Du mich, dabei kannst De ooch was lernen!"

"Allens, wat ik will, Herr Persetter?" säd Piet un gnies.

"Ei ja, was De willst!"

"Denn will ik Se maal en lütt Raadelsch opgeben!"

"Na, sag's ämal!"

"Wat is dat, Herr Persetter? Buten is dat blau, binnen is dat gääl un in de Mern sitt en Swetschensteen, un doch is dat keen Lewwerwust, wat is dat?"

"Een Flaume!"

"O, lang ni!"

"Nu, was denn?"

"En Swetsch, Herr Persetter!" gnies Piet.

"Heere mal, Biet! säd Persetter eernst, "ich kloobe, Du willst mich vor'n Narr'n ham!"

"O Gott, dat fallt mi ja ganz ni in, Herr Persetter! Se säden ja sülm, ick schull fragen."

"Aber kee solch dummes Zeig!"

"Ach, schall ik ni noch eenmaal, Herr Persetter?"

"Na ja, aber ich wäre Der sehre beese, wenn De wieder mit Dummheeten kommen dhust!"

„Nä, jo ni!"

„Na, denn frag ämal!"

„Na, wenn fik en lütten Floh op Se ehr Hand setten deit, wa könnt Se dat an sehn, ob dat en Heeken oder en Seeken is!"

„Ei, das weeß wohl kee Mensch nich!"

„O ha, ik weet dat, Herr Perfetter! Dat is ganz ni so swaar, man mutt dat bloot kennen!"

„Biet, s'is doch kee dummer Witz wieder?!"

„O Gott, jo ni!"

„Na, denn sag's!"

„Sehn Se, Herr Perfetter, wenn He wegspringt, is dat en Heeken, un wenn Se wegspringt, is dat en Seeken!"

„Mei Junge, was renntst De denn uf eemal wek! Komm doch her, mei Hähnchen!"

„Ja, ik will mi wull wahren, Se wüllt mi slaan!" grien Piet.

„Warte, Du Lausejunge! — Na, komm her un kieb mer ä bißchen Feier. Ich will dhun, als hätte ich nischt geheert!"

„Ja, ik weet all!" lach Piet un bleev staan.

„Weeß Kott, ich dhu Der nischt!"

„Ja, denn seggen Se eerst „Strambach", anders gloov ik dat ni!"

— „Na, Kott Schtrambach, Du Schlingel! Komm, kieb m'r ä bischen Feier."

As Piet en Stück Swamm antündert hadd, säd Perfetter: „So, nu heere aber uf mit Deinen dummen Witzen, sonst wäre ich wirklich beese! Weest De, mei kuter Junge, das Ocksendreiben werd m'r doch ä bischen lankweilig, jaaa! Ich mechte mich, weeß der Herre, ä Bischen ausruh'n!"

„Ja, ik heff ook keen grote Lust mehr, Herr Perfetter, awers de Ossen, de Ossen!"

„I kloobe, de Viecher legen sich oooch gerne ä Bischen in's Kraas!"

„Dat gloov ik man ni!"

„Kannst De se das nich ä Bischen bedeiten, Biet?"

„Ach nä, dat verstaat se ni!"

„Ei Herjemersch, so ä Ockse is doch eegentlich ä großer Ockse, ich meene, ä dummes Luter!"

„Awers doch en groten Barg Geld werth, Herr Perfetter!"

„Das mag wohl sein, aber wenn m'r bedenkt, was führt 'r fir 'ne draurige Existenz! Weeßt De, Biet, ich bekreife nur nich, wi's meeglich is, daß m'r das Kewicht der Ocksen so kenau dariren kann!

„O, dat is ganz licht to, dat künnt Se in en Ogenblick lehren!"

„Na, wie denn?"

„Ja, sehn Se, dar brukt Se sik man bloot so hintostellen, dat de Oss Se op den Foot pett un denn staan blivt, denn markt Se foorts, wa swaar dat he is!"

„Biet!" — hi, — hi, hi, Du Luhmich, willst De kleich ämal herkommen! — Ich will Der'sch diesmal noch verzeih'n! aber, Biet, Biet, das solltest De m'r in der Schule kesagt hab'n, die Haue!"

„Ja, dat is ook wat anders, in de School will ik mi wull wahren, Se to brüden!"

„Was heeßt brüden? „Gott, brüden is brüden, op hodüütsch weet ik dat ni, Herr Persetter!"

„Biet, Biet, ich klobe, weeß Kott, De willst mich zum Besten ham!"

„O, ganz gewiß ni, Herr Persetter!"

„Junge, hi, hi, hi, ich drau Der nich! Hätt'ch ä Bleischtift bei m'r, ich wirrde das Wort, weeß Knäppchen, nodiren! Ich bin überzeigt, ich werde wieder in die draurige Nothwendigkeit versetzt, Der, sobald m'r zu Hause kommen, den Buckel kerben zu missen! — Warum bist De denn immer so leichtsinnig, Biet! 's dhut m'r in der Seele weh, wenn'ch briegeln muß, jaa! Wenn'ch ä Jungen haue, fihle ich weit mehr Schmerz derbei als er selber."

„O ho, dat seggen Se man so!"

„Kewiß!"

„Ja, wer dat globen däd! Wenn ik een ordentli dat Fell vull neiht hefft, denn höögt mi dat utermaaten! Nä, dat laat ik mi ni wieß maaken!"

„Unkleibiger Tomas, 's is, weeß Kott, so! Aber heere Biet, die Sonne schticht eeklich, ich habe keene Lust mehr zu loofen!"

„Ik ook ni, awers de Ossen!"

„Sieh, die klugen lieben Thierchen wollen ooch nich mehr! — siehst De, se legen sich, weeß Kott, ooch hin!"

„Waarachti! Na, denn künnt wi uns ook een bäten utrauhen, ik bün ook so möd!"

„Ja, das woll'n m'r dhun! Weeßt De, m'r werfen uns in's Kraas un warten, bis Heinrich un Fritz kommen, ja!"

„Dat laat uns man!"

Un so smeeten sik denn beid daal. Piet läd sik op den Rügg, Persetter op den Buuk, dat weer em am kommodsten, as he säd. Piet säd nu noch, dat se jo ni inslaapen müssen, wiel dat de Ossen anders weglopen kunnen, awers dat duer ni lang, dar seilen se af un snurken um de Wett.

Hinnerk un Fritz weern bideß ganz moje en Richtstieg langs gaan. Se hadden ja nargens vör optopassen, un muggen se ni mehr gaan, denn smeeten se sik en bäten daal un vertelln sik, wat se allens in Hamborg besehn un bekieken wulln. Bi lütten keemen se denn naa de Städ hen, wa Persetter un Piet bi de Ossen leegen un sleepen.

„Nu kiek maal de fuulen Bengels an, liegt dar beid un slaapt! Wenn nu een se de Ossen wegdräben hadd!" säd Fritz.

„Jeses, Jeses!" säd Hinnerk.

„Dat weer en schön Malheur wesen, wa!"

„O je noch maal to!"

„Ik mugg dat Deert van Persetter wull een vör sin Strammen geben, he liggt dar so schön to Hand!"

„Dunner, man to!" grien Hinnerk.

„Dat weer richti en Höög, mi jöökt de Hand orntli!"

„Junge, man to!"

„Nä, stopp! laat se slaapen, wi smiet uns ook en bäten int Gras, un weeßt wat?"

„Na?"

„Ik heff Di all seggt, dat ik iu min Taschen en Spill Kaarten sitten heff, wüllt wi en bäten Süß un Süßti?"

„Jeses, ja, man to!"

„Um en Dubbelschilling jedesmaal?"

„Mi is't recht, awers . . . ."

„Du meenst, uns feilt de Disch? Laat uns Persetter darto bruuken, he liggt dar so schön! Sett Di op günt Siet van em daal, ik bliev hier!"

So maaken se dat denn. Persetter leet sik bi all de Tied nix darvan drömen, dat sin dree Bookstaben ook as Spääldisch to bruuken weern. — Toeerst gung dat ganz prächti; se snacken ni vääl un neemen sik ook in Acht, em optowaaken. As awers dat letzte Spill keem, worden se gewalti iweri; jedereen meen, dat he winnen müß, un wull ook geern winnen, un dar vergeeten se ganz, dat Persetter ook Geföhl hadd. Fritz speel Truuf Esch ut un hau darbi ganz in Gedanken op Persetter sin Füersatt, dat dat baller! — Persetter waak natürli op un wull gau in de

Perfetter leet sik sik bi all de Tied nix darvan drömen, dat sin dree Bookstaben oof als Spädbisch to bruken weern.

Höchd; he hab jüst dröömt, dat he sik mit be Ossen vertöörnt
hadd, un meen ni anders, as dat se em mit de Höörn stötten.
Hinnerk drück em awers mit de een Hand webber baal un bebeen
Trunf.

"Stick em!" grööl Fritz iweri un spääl de Tein ut;
"Stick em!"

Persetter meen nu ni anders, as dat em Banditen öwerfulln
hadden un em karbeneern wulln, un he schreeg vull luder Angst:
"Hilfe, Hilfe! Märder!" Daröwer waak denn Piet op un keek
sik verschrocken um; awers as he wieß word, wat dar los weer,
word he foorts bruun un blau int Gesicht; he wull lachen, awers
he kunn bloot gluttern, so bull hoög em dat; meist weer he darbi
stickt! — Fritz schreeg noch jümmers: "Stick em!" un wenn he
en Kaart utspääl, hau he darbi daal, dat dat dunns, un Hinnerk,
de ebenso iweri weer un sik arger, dat he jümmers lütt bigeben
muß, leet sin Hand so swaar op Persetter sin dree Bookstaaben
daalfallen, dat de arme Minsch meist vör Angst beswöd! "Un
hier! Un hier!" grööl Fritz un smeet de Kaarten hen.

"Dammi!" schreeg Hinnerk un hau noch ins op den
lebendigen Spääldisch, dat Persetter anfung to börken. Da em
awers keen Minsch mehr daaldrück, so weer he mit een Satz in de
Höchd un dreih sik um un schreeg: "Knaate! Knaate!"

Dar seeg he denn de Kaarten un Fritz un Hinnerk, un nu
eerst mark he, wat passeert weer. Kinders, wat maak he vörn
verblüfft Gesicht! De Andern lachen, all wat se kunnen, un
Persetter, de sik vääls to bull freu, dat he ni mank Räubers
un Banditen weer, stimm mit in un fung an to gluttern un to
lachen, as hadd he sülm en gewaltigen Togg räten. He meen
awers doch naadem, en Spääldisch mugg he ni webber wesen, se
speelen em doch en bäten to forsch.

Naa en lütten Stoot dreeben se denn wieber un keemen
Naamiddaags bi Klock siev ut in "Wacken" an, wo se de Nacht
öwer blieben wulln.

Hier stoppen se sik denn en frische Piep in un setten sik en
bäten vör de Döör, um sik to verhaalen. Den Dörst to verdrieben,
leeten se sik eerst en Lütten un en Glas Beer bringen, un dat
weer Persetter ook ganz mit; bloot dat weer em sitaal, dat he
eerstmaal ins utleggen muß, wiel dat Fritz, de de Kaß föhr, keen
Kleengeld hadd, as he säd. Persetter maak en gewalti lang Gesicht,
as he sin ganz Vermögen, een Schilling naa den andern, ut de
Tasch rut lang un op den Disch läd. Wat word he awers

verdreetli un unglückli utsehn, as Fritz, de em jümmers brüden
muß, ganz dröög säd: „Na, de Wohlthäter schall leben!"

„Wohlthäter?" schreeg Persetter ganz verblixt. „'S fällt
m'r, weeß Kott nich ein, Eich zu dractir'n, ne so blau bin'ch nich!"

„Na, Du wullt Di nu doch ni lumpi maaken, Persetter!"

„Kieb m'r nur meine finf Schillinge wieder!"

„Mein Gott, Du heft ja vör uns betaalt!"

„Kott Schtrambach, das fällt m'r nich in'n Droome ein,
Meenste, daß 'ch mei kanzes Vermeegen so leichtsinnig verschwende!
Nee, mei Kuter, di finf Schillinge muß 'ch wieder ham!"

„Na, wes man ni bang! Wenn wi wedder naa Huus
kaamt, schall Vatter se Di weddergeben!"

Dat weer Persetter awers eerst recht sitaal; denn he muß ja
vör gewiß, dat Hansohm em de van sin Schuld aftrecken word;
awers wat kunn he dagegen seggen? He leet nu de Liep hangen
un seeg ganz gewalti verdreetli un unglückli ut.

As sik de Andern dar en lütten Stoot öwer höögt habben,
kreeg Fritz sin leddern Geldbübel rud un söch en Achtschillingsstück
rut. „Na", säd he, „ik mutt Di wull wat wedder geben!
Persetter, dat Du wat in de Tasch hest, hier bünt so vääl
Hunden int Dörp, un Du hest man de een Büx De dree Schilling,
de öwer bünt, kannst man beholen, dat schall Kaartengeld wesen
vör eersten!"

Da weer he denn op eenmaal ganz wedder kandibel; he steek
gau dat Geld in de Tasch un lach öwer dat ganze Gesicht.

Fritz un Hinnerk meenen nöst, se kunnen ins to Dörp angaan,
da weer en Buer in „Wacken", de noch wat wietlösti van ehr
Fründschopp weer, un den wullen se ins besöken. Piet keem mit.
Persetter wull ook achterin loopen, awers Fritz dügg, dat weer
bäter, wenn een bi de Ossen bleev. Persetter weer dat ook recht.
So gungen de Andern denn foort. Persetter bleev noch en
Ogenblick vör Döör sitten, bet em dat op den letzten End langwieli
word. He stund op un spazeer eerst maal hen naa'n Gaar'n, wa
he wücke Stickbeinbüsch sehn hadd. Hier söch he sik eerst en paar
Bein, se weern em awers to suer, un so leep he maal um't
Hus rum un bekeek allens, wat dar man weer. So keem he denn
ook naa't Kökenfinster hen un word dar en lütte smucke Deern
wieß, de de Thraanen man jümmers so öwer de Backen leepen.
Persetter weer en oold gut Hart, un de Deern weer ganz ni so
bito, un em dügg, he müß ringaan, un maal tosehn, op he ehr
hölpen künn mit en guden Raat, denn anders hadd he ja nix.

He also rin. De Deern keek em ganz verwundert an; awers se weer ganz ni bang un verlegen, se maak em en Gesicht, as wull se seggen: „Na, wat is dat denn vör'n Aap?"

„Aber Herrjeses, mei hibsches Kind, worum weinst De denn?" fraag he.

De Deern keek em ganz verblix an un säd nix.

„Dreibt ä geheimer Kummer des Herzens diese Dhränen aus Deinen Oogen, wie?"

„Wo?" fraag se un keek em ganz verbaast an, as weer he eben van den Maand ründerfullen.

„Oder is 's sieße Erinnerung verkangener Zeiten, die Dich weech macht, jaa?

„Wo?" säd se noch ins un sett en Ammer mit koolt Waater op den Disch, dat se em den foorts öwern Kopp stülpen kunn, wenn he ehr to neeg keem; denn se meen ni anders, as de snaaksche Muschü weer wull ut Dullhus utknäpen.

— „Oder is 's vielleicht unerwiederte Liebe, hat Dich Dei Bräid'gam etwa treilos verlassen, jaa?"

Dat verstund se endli, un se säd: „Ach Gott, ik heff ja gar keen!"

„Aber Herrjeses Mädchen, warum weinst De denn?" schreeg Persetter nieschieri.

„Mein Gott, süht de Herr denn ni, dat ik bi't Zippel= schellen bün?" säd se verdreetli un wisch sik wedder en Thraan ut de Oogen.

„Das war'sch also. — Heer'n Se, das freit mich aber sehre, wees Kott, das freit mich sehre!"

He wull ehr noch wünschen, dat se min Daag keen anner Vorsak kreeg to weenen, awers dar full em de Deern int Woort un säd kort af: „Will de Herr ni wedder vör naa Stuv gaan, he kann sik hier licht sin schön Tüg inaasen!"

Persetter rüük de Bloom, de em hier ünder de Näs holen word, un gung wedder af.

De Andern weern noch ni wedder dar, un em düggt, he kunn ook ebenso gut maal dat Dörp bekieken. So gung he denn ganz moje de Landsstraat lang, bleev bi jedes Hus staan, bekeek den Soot, de Schüün, dat Door un wat dar noch mehr weer, un spazeer denn wieder.

Wenn op Dörpen ook ni so'n Barg Straatenjungs bünt as in de Stadt, so bünt dar doch meist Tied Jungens op de Straat, un dat weer ook hier de Fall. Un dar kunn man se dat knapp verdenken, dat se den lütten Persetter, de so alleben hen un her snüffel un allens bekeek, ganz verwundert anglotzen. Roth Haar, en roden Baart un ook en grote Brill hadden je all sehn; awers so'n snaakschen Rock weer je noch ni eenmaal vörkaamen, wat kunn dat wesen? So vääl weer gewiß, en utkleedten Aap weer dat ni, en Minschen seeg he liek. Awers wat weer dat man vör een? — Ganz schu keeken se em van de Siet an; een stött den andern an, un se wiesen em mit de Fingers naa uu säben ganz lies: „Wakein is dat?" — Un de Jungens, de in de Hüs weern un em wieß worden, keemen gau rutlopen un keeken em naa, altohopen gräsi nieschieri.

As Persetter wedder retour keem, mark he, dat de Jungens em so, as em dügg, vull Respect ankeeken, un dat smeichel em. He smeet sik nu gehöri in de Bost un stapp wichtig as en Aadebar mank se dör, un as wücke van de Jungens de Klutt van den Kopp reeten, dar neem ook he den Hoot af un säd fründli: „Ei, scheenen kuten Dag, liebe Kinder!"

Un nu steeken de Jungens wedder ehr Köpp tohopen, un een fraag den andern: „Wat säd he? Wat het he seggt?"

Se gungen em alleben naa; vorlicht bleev de Muschü ja eenerwegen staan un maak Künst, dat weer ja gewiß en Komödjant. Se weern ni wiet mehr van't Weertshus af, dar kreegen se dat op eenmaal mit de Angst! So gau as en Blitz dreih Persetter sik um un däd, als ob he se opt Fell wull, un he drauh mit den Stock un schreeg, ganz puterroth int Gesicht: „Naseweise Jungens, wart't, laß't mich Eich nur kriegen, Schtrambach!"

Na, ik meen, de Jungens neihen awers maal ut, so gau as se man op holten Tüffeln kunnen, un wücke neemen gar ehr Tüffeln in de Hand. Eerst as se en orntlichen End weg weern un wieß worden, dat de lütte Kerl mit den roden Baart se ni achternaa keem, da stunden se still und schreegen: „Hä—ä!" un maaken em allerhand Faxen un en lange Näs to.

Awers warum weer Persetter denn op eenmaal dull worden? — Na, Oorsaak hadd he darto! As he bi den Buern vörbigaan däd, wa sin Maaten to Besöök weern, weer de lütt Driewer van Piet, de jüst in'n Appelhof weer, em wieß worden, un dar em nüms achter den dichten Tuun sehn kunn, so hadd em düggt, he kunn ook ins maal probeern, op he noch dräpen kunn; he hadd nu, as he nösten Fritz un Hinnerk vertell, en grooten Boom, günt den Weg dräpen wullt, awers jüst in densülwen Ogenblick, as he tosmeet, weer Persetter dartüschen kaamen un hadd den unriepen Appel op den Puckel krägen. Wakein kann ook jüst vör Malheur!

Persetter hadd awers meent, dat de Jungens em smäten hadden, un de Jungens hadden meent, Persetter weer mit eenmaal unkloof worden! So kann een Minsch den andern Unrecht doon!

De lütt Knääpmaaker Piet spääl em den sülwen Abend noch een Streich. As se int Weertshus bi Tisch säten un de Brie vör se opsett word, lang de fräätsche Bengel foorts mit sin Läpel rin, awers he verbrenn sik mit den hitten Brie sodenni de Snuut, dat em vör Wehdaag de Thraanen ut de Ogen leepen. Persetter wull ok jüst en Läpel öwerslucken, da word he dat wieß un säd:

"Worum weenst De denn, Biet?"

"Ach Gott," säd Piet, "mi full jüst in, dat hüüt vör fiev Jahren min Grootmoder doot bläben is!"

"Mei kuter Junge!" säd Persetter un klopp em mit de een Hand op de Backen, bideß he sik mit de ander den Läpel vull Brie in den Mund steek. Un dar gung em dat jüst ebenso, he verbrenn sik so, dat em dat Waater in de Ogen keem.

"O Gott, Herr Persetter," schreeg Piet ganz eernst, "wat kummt Se an, Se weenen ja ook!"

Persetter kreeg den lütten Schelm bi de Ohren faat und säd: "Schtrambach, ich weene, daß Dich der Deifel nich ooch geholt hat, wie Deine Großmutter starb, Du Faagebund!"

Naa Disch hadd Persetter wedder dat groote Woort. De andern weern möd, un so leeten se em denn snacken, und he röter un röter, dat de Weert meist swiemli word. So wat van Snack hadd he noch sin Daag ni belevt! Dat kunn ja ni mit rechten Dingen togaan, de Minsch muß ja en Schruw los hebben!

Persetter muß achter op de groot Dääl slaapen, und dat weer em denn ook egaal. Awers den andern Morgen seeg he doch wat verdreetli un verslaapen ut, as hadd he sin Recht ni krägen.

"Na, gut slaapen?" fraag de Weert em, as he rin de Stuv keem.

"Ich danke, das heeßt immer noch besser als d' Ratten; die Viecher sin Se de ganze Nacht uf meiner Decke rumgeloofen, se hamm kar keene Ruhe kehabt!"

As se awers bi'n Kaffee weern, klaar sik sin ganz Gesicht wedder op, un as he man en lütten Sluck drunken hadd, dar schreeg he: "Ei Du meine Kite, der Werth muß in Sacksen kewesen sin, jaa! das is je der reene Pliemchen!"

„Mi dünkt, be Kaffee is riekli dünn!" säd Fritz.

„Aber mei Kuter, 's is je der ächte Pliemchenkaffee!" schreeg Persetter.

„Wa ward denn be van maakt?" fraag Fritz.

Das will ich Eich sagen, 's is ä altes Recebt, aber sehre scheene! Mer nimmt 'ne kebrannte Kaffeebohne mit 'ner Feierzange, ließt ä halben Eimer heeßes Wasser d'riber, un der Pliemchenkaffee is fertig!"

„If gloov meist, dat Recept kennt se hier ook, Persetter," säd Fritz, „dat smeckt jüst as Waater un Waater! Na, op Reisen kriggt man wat to wäten!"

Botter und Brod weern awers schön, un se slogen sik gehöri den Buuk vull.

Do dreeben se denn wieder un keemen noch fröh nog in Itzehoe an, um Naamiddags mit de Isenbaan naa Hamborg fahren to künnen. Fritz un Hinnerk hadden all maal op de Isenbaan föhrt, un so weer dat nix Niees mehr vör se, un denn ook steek se Hamborg vääls to dull in den Kopp. Piet weer de eenzige, de so'n groot Ding as en Lokermaativ noch ni sehn hadd, un he weer meist bang davör; awers dar sin Vatter em seggt hadd, dat gung ganz schön, un dar weer ganz keen Gefahr bi, steeg he ook ganz driest in den Waagen rin.

De Lokermaativ piep un fleut und fung an to snurren, de Togg güng af.

„Dat geit schön, wa, Piet?" säd Fritz, un Piet muß seggen, so kamood hadd he sik dat doch ni dacht. Fritz, Hinnerk un Piet seeten op de een Bank; Persetter, de geern in de Eck sitten wull, hadd se liek öwer Platz naamen, dicht bi en jungen Jud mit en groten swarten Baart, de int Holsteensche enerwegen to Markt wesen weer.

Wücke Lüd künnt foorts slaapen, wenn se sik man eben in den Waagen daalsett hebt, un de Jud hadd man eben gun Dag seggt, dar seil he ook all af. Persetter, de de Nacht vördem weni Slaap kreegen hadd, van wegen de Notten, wull dat nu naahaalen un maak sik dat in sin Eck so kamood, as he man kunn, un dat duer ni lang, dar drusel he ook af. Mit de Tied sack sin Kopp en bäten naa den Juden sin Siet hen, un een Höflichkeit is de ander weert, seggt man wull, den Jud sin Kopp sack wieder naa Persetter sin Siet hen. Dat duer man en lütten Ogenblick, dar leeg Persetter sin Kopp op den Juden sin Arm, de op de Bank= löhn weer. Kiek, dar verklaart sik mit eenmal den Jud sin Gesicht;

he drück Perſetter ſin lütten Kopp ganz tuti und verleevt an ſik ran un fangt an ganz ſmäri to gnieſen.

Piet word dat wieß un ſtött Hinnerk un Fritz an, un Fritz ſeggt lies: „Jo ſtill, ſchüllt ſehn, dat ward en Spaaß warden!"

Perſetter mutt ook en recht ſöten Droom hebben, denn ook he fangt an to grienen, as weer he ganz öwerſeli! Op eenmaal drückt em de Jud ganz verleevt an ſik un givt em en Kuß. Perſetter ward op eenmaal ganz ſeli utſehn — de Kerl mutt en gräſi ſchönen Droom hebben! — He maakt den Mund ganz ſpitz, un de Jud küßt em noch eenmaal und noch maal, jümmers gauer un füriger! Da waakt Perſetter denn op, und as he de Beſcheerung van den verleevten Jud ſüht, dar maakt he en Geſicht — ja, wer dat beſchrieben kunn! Wat kummt he op eenmaal gau in de Höch! He will ſik losrieten, awers de Jud hollt em faſt un maakt den Mund ſpitz, um em noch een optodrücken, un ſeggt verleevt: „Nu, warum denn nicht, Sarah?"

„Aber, heernſe, das nehmen Se m'r nich ibel," ſchriggt Perſetter un ritt ſik mit Gewalt los, „ſein Se verrickt? Wie kennen Se ſich unterſchtehn un mich küſſen, brrr!"

De Jud waak op un mark, wat he daan hadd. He ſäd nu to Perſetter, he ſchull dat ni vör ungut nehmen. He weer eerſt en paar Daag verheiraat un hadd van ſin Fru dröömt.

„Donnerwetter! was keht mich denn Ihre Frau aan, küſſen Se die un laſſen Se mich ungeſchooren, verſchtehn Se, brrr!"

Perſetter weer ganz rabiaat und ſchull, as ik weet ni wat, bideß de Andern in'n Waagen ſik doot lachen wullen.

„Foi Deifel!" ſchreeg Perſetter un ſpeeg ut.

„Gott's Wunder, brrr!" ſchreeg ook de Jud. Se muggen ſik partout een den Andern ni lieben. Endli ſäd de Jud: „Wa haißt, brrr! Laſſen Sie das Geſaire, ſind Sie eklich, bin ich eklich! Wiſſen Sie was? Daß uns kümmt zu vergehen der ſchlechte Geſchmack, wollen wir einen Ziegarren anſtecken! Iſt gefällig? Echte Pfälzer, direct aus Havanna!"

„Danke, mein kutes Herrchen, ich kloobe, das Mittel is brobat!"

As Perſetter eerſt den Glimmſtengel in Brand hadd, fung he ſülm an to lachen un fraag den Jud: „Heeren Se, is Ihre Frau hibſch?"

„Nu, is ſe doch hibſcher als Sie!" ſäd he.

As ſe nu wedder gude Fründ worden weern, wull de Jud geern Geſchäfte maaken; he vertell Perſetter, he hadd noch graad so'n smucken Antog vör em, de word em sitten as anmaalt, un den muß he op jeden Fall kopen. Persetter hadd ja awers man fiev Schilling in de Tasch un wull darum nix davan wäten. Dat hinder awers ni, dat de Jud em sin Adreßkaart geev, un he säd darbi, he koff ook old Tüg un Lumpen, un wenn Persetter em den nieden Antog affkoff, wull he em ook sin olen Sniepel vör'n Mark annehmen.

Dat krippeer Persetter en bäten, awers he vergeet dat bald, un as de Jud in Pinnbarg utsteeg, meen he, dat weer doch „en hibschen Kerl" wesen.

Van Pinnbarg hadden se man noch en Ogenblick to fahren, un dat duer ni lang, da weern se in Hamborg. Offendriewers stunden all paraat, un se gungen nu mit de to een Kummischonär, de se de Ossen verköpen schull; denn dat weer doch wull bäter, meen Fritz, as wenn se dat sülm däden. Hier worden se nu hen naa en Weertshuus wiest, „Bi'n grönen Jäger," wa se billi logeern kunnen. De Schriewer van den Kummischonär säd, wenn se Lust hadden, so wull he se noch densülwen Abend en bäten op St. Pauli rumföhren, dat se ook wat to sehn kreegen, un da se dat gewalti mit weer, versprook he denn, he wull bi Klock acht ut bi se vörkaamen.

„Weeß Kott, ä hibscher Kärl!" säd Persetter.

As se man eben wat äten hadden, keem de Schriewer ook all an un maak se den Vörslag, maal naa't „Odeon" to gaan. Dat weer se denn ganz recht, un se patschen alle Mann los.

De Schriever, Fritz un Hinnerk gungen vörup, Piet un Persetter dicht achter se in. Eerst worden nu Segarrn kofft, denn en Piep weer, as de Schriever se vertell, ni mehr Mod. Da gungen se denn wieder. Persetter hadd Piet bi de Hand faat, dat he ook jo ni verlaaren gung. As se naa de „Reeperbahn" keemen, faat he Fritz foort's bi'n Rock an.

— „Wat schall dat, Persetter?" säd Fritz un maak sik van em los.

„Herrjeses hier sin so viele Menschen, ich bin, weeß Kott, Angst, m'r kennten uns verlier'n!"

„Ach Snack, laat min Rock los!" schreeg Fritz argerli.

Persetter däd dad, awers sobraad se wücke Lüd bemötten, kreeg he Fritz foorts wedder bi'n Rockslippen to faaten.

„So laat dat doch naa, Minsch, wat schall dat!" schull Fritz.

„Kuter Fritz!" schreeg Persetter. „Was soll'n m'r anfangen, wenn m'r Dich verlier'n, De hast je de Kasse!"

Um em van Hals los to warden, hadd Fritz em geern en paar Daalers geben, awers sin Vatter, de jümmers bang weer, dat Persetter maal dör de Lappen gung, hadd em op de Seel bunden, dat jo ni to doon.

So keemen se denn endli naa't „Odeon" hen.

Wat weer dat dar schön! So wat Smucks hadden se noch min Daag ni sehn! Kamödie, Conzert, Kunstmaakers un wat weet ik ni all, un dat allens man vör veer Schilling; dat weer ja unbandi vääl vört Geld.

Hinnerk reet foorts dat Muul sparrwiet aapen un maak dat den ganzen Abend ni wedder to; Piet keem ook bald in't Verwundern rin un maak dat ebenso, un Persetter putz jeden Ogenblick sin Brill, um de smucken Deerns op't Thiater bäter sehn to künnen, bideß Fritz mit sin lütten glönigen Ogen bald hierhin, bald darhen keek, un jümmers hadd de Sleef smucke Deerns in Kieker. Jeden Ogenblick stött he den Schriewer in de Siet un säd lies to em: „Kiek, kiek, wat en smucke!" un de hadd sin Höög an em un lach im Stillen öwer den verleevten Patron.

Dar setten sik twee feine Daamens, en ole un en junge, an Fritz sin Siet bi den Disch daal. Fritz knuff den Schriewer in de Siet, plink em mit dat een Oog to un schuul denn naa de smucke Deern an sin rechte Siet.

„Ach, können Sie nicht ein bischen weiter hinrücken?" säd de junge Daam to Fritz un keek em darbi fründli an.

„Ach geern!" staamel Fritz ganz puterroth un geev, as he langs wupps, den Schriewer en Stoot, dat de meist van Stohl fulln weer. De rück awers bald van sülm wieder weg, denn jeden Ogenblick buff Fritz em mit sin Ellenbaagen so in de Siet, dat em meist de Luft staan bleev.

„Ein hübscher Mann!" säd de ole Daam to de junge sachten, awers doch so luut, dat Fritz dat hören kunn. De junge Daam säd wedder wat; wat se säd, kunn he ni verstaan, awers ganz dütli hör he: „Himmlische Augen!"

Gung dat op em? Meist leet dat so. Ja, ja, se snacken van em; denn de Dolsch säd glieck darop: „Und so gesunde rothe Backen, die unverdorbene Unschuld vom Lande!"

Fritz weer so aparti to Mod, he wuß sülm ni, wasück!

He hadd wull luutut juuchen muggt; sin Fell, dügg em, word em to eng; all dat Bloot steeg em to Kopp! He mark, dat de junge Deern em ook jümmers van de Siet ganz heemli ankeek, un dat weer keen Fraag, se mugg em lieden, un dat smeichel em gräsi!

Slimmer habb he nu nargens to sitten kaamen kunnt as hier! Bi Mannslüd stund he sin Mann, awers bi Fruenslüd weer he verlaaren, da weer en Sack Pulver op den Füerheerd eben so säker!

He wuß vör Freud meist ni, wat he doon schull! Bald kneep he sik sülm in de Lenden, bald den Schriewer; he habb, ik weet ni wat darum geben, wenn he sik in düssen Ogenblick habb prügeln kunnt!

„Binden Se doch mit ehr an, se mag Se ja lieben! schünn em de Schriewer to un rück van em weg, um ni mehr bufft to warden. Fritz dügg dat ook, he müß dat riskeern, he kunn ja wiß noch sehn, dat se ni dull warden word.

He rück en bäten wieder hen naa ehr, ganz puterroth, un dach darower naa, wat he denn eegentli to ehr seggen schull. Snacken muß un wull he mit ehr, se weer gar so smuck un keek em jeden Ogenblick so verleevt an, as habb he ehr dat gräsi andaan.

„Ahem!" säd he endli un keek se darbi an, as wull he seggen: „Markst wat?" — Se lach em ganz fründli to, as wull se em damit to verstaan geben: „Fang man an, ik tööv all!"

Endli faat he sik en Hart un staamel: „Dat—de—de—dat is hier maal warm!"

Dar geeben em de beiden Daamens nu Recht in, un dat weer dar ook gräsi warm. Hadden se awers ni naafaat, so weer hier all de Snack afräten wesen, dat weer em all suer nog worden, so vääl to seggen. De Dolsche säd awers, se wuß sik knapp vör Dörst to bargen, Kellner weern ni to afrecken, wa se seeten, un wenn se opstund un sülm naa de Schenk gung, weer se bang, dat se ehrn Platz verleeren word. Fritz säd foorts, dat he hengaan wull, un he fraag de junge Deern, wat se am leevsten drinken mugg. De wull ook Beer, awers se säd, dat kunn se ja ganz ni verlangen, dat he sik ehrntwegen so vääl Umständ maak. Darvan wull he awers partout nix wäten, un he dräng sik mit en Hast dör de Lüd, as habb he staalen un dar weer een achter em.

Persetter word dat wieß un sprung foorts van sin Stohl op un schreeg ganz luut, dat alle Lüd sik naa em umkeeken: „Herrjeses Fritz! Fritz! un he weer em säker achternaalopen, awers de Schriewer reet em wedder op sin Stohl daal un säd: „Wat wülln Se! laaten Se em doch!"

„Schtrambach, 'r hat je de Kasse!" säd Persetter.

„Na, dar bruken Se ja ni bang vör to wesen, he kummt ja glick wedder!"

"Man ruhi, Perſetter, he löppt ja ni weg!" ſäd Hinnerk.

Un dar hadd he Recht in, denn Fritz keem all wedder retour mit dree vulle Seidels in de Hand. Perſetter ſin ganz Geſicht klaar wedder up, un he lach un ſchreeg: "Hi, hi, hi, ei, ſehn Se, er bringt Se uns, weeß Kott, orntlich Bier! Nee, das is zu kut!"

Dar ſneed he ſik denn doch; Fritz ſtell dat Beer vör de beiden Daamens hen un ſett ſik wedder bi de junge Deern daal. Perſetter maak eerſt en lang Geſicht, awers he mark bald, wadenni as de Saaken ſtunden, un he drauh Fritz mit den Finger to un hi hi hi un ſäd: "Fritz, Fritz, Du Schwehreneeter!"

De lütte Deern fraag, wat dat vörn lütten ſnaakſchen Minſchen weer, de ſo drullig utſeeg, un Fritz ſäd: "Ach, den het Vatter man inſchütt!" — Dat verſtunn ſe denn eerſt recht ni; un he vertell ehr denn, dat weer bi ſe opt Land ſo Mod, wenn en fremd Schaap oder Oſſ bi ſe op ehr Weid keem, ſo kreegen ſe em ſaat un pannen em in, bet dat Schüttgeld betaalt weer; un dar ſäd he denn, wa dat jüſt ebenſo mit Perſetter ſtund. Da lach de lütt Deern nu gewalti öwer; dat Lachen maakt vertruut un bekannt, un bald wuß ſe, dat he Fritz heeten däd, un he, dat ſe Hulda döfft weer. Un do vertell he ehr denn ook, dat he in Winbargen to Hus hör un bloot in Hamborg weer, um wück Oſſen to verköpen.

"Wavääl bünt ſo'n Oſſen eegentli weert?" fraag de Oolſche, de Hulda ehr Mutter weer.

"Gott, ik denk ſacht, en föſtein, ſüßteinhundert Mark ward wi wull darvör kriegen!" ſäd Fritz, un dar word ſe noch maal ſo fründli gegen em. Hulda vertell em nu ook, dat ſe de berühmte Kautſchukdaame weer, van de ganz Hamborg den Ogenblick vull weer, as ſe ſäd; un wenn em dat Spaaß maak, ſo ſchull he man den andern Abend naa't „Eldorado" kaamen, dar geev ſe Vörſtellung. Se weer awers, as ſe em anvertru, eegentli en poolſche Gräfin, un bloot „aus Liebe zur Kunſt" reiſ ſe mit en Geſellſchaft. Un dar meen ſe, un ook ehr Mutter, dat weer eegentli Schaad, dat he ni ook Künſtler worden weer, he weer ſo gräfi ſchön wuſſen.

"Ach Je, dar bün ik vääls to ſtiev to!" ſäd Fritz.

"Dat gloov ik ni!" ſäd de ole Gräfin.

"Ik ook ni!" ſäd Hulda.

"Ganz gewiß!" verſäker Fritz.

Hulda meen, dat däd ja ook ni nödi, dat he ſo väle Sprüng maak, he muß ja en bandi netten Herkules afgeben, ſo'n Arms, as he habb! An Knääv feil em dat gewiß ni, un wat word he in dat „Coſtüm" ſmuck utſehn! — De Oolſche meen, dat weer man gut, dat he in Civil weer, anders worden ja alle Deerns ſik in em vernarren! — Fritz weer öwer un öwer ſeli! — Un wat word he nu brieſt! As Hulda ehr Hand tofälli an ſin raak, dar kreeg he ſe to faat un drück ſe ganz verleevt, un ſe — nu, ſe drück em wedder. Nu duer dat denn man en lütten Ogenblick, dar ſäd Fritz ehr, dat he ſe ſo grauſam geern lieden mugg. Se däd eerſt, as wenn ſe ſik unbandi ſchaamen däd; tonöſt ſäd ſe, he muß ehr dat abſluts andaan hebben, ſobraad ſe em wieß worden weer, habb ſe foorts to ehr Moder ſeggt: „Gott, vör den kunn ik mi doodſlaan laaten!" — Awers wat ſchull darut warden, ſäd ſe truri; ſe weer „Künſtlerin" un habb ſik noch op en halv Jahr bi de Geſellſchaft faſtmaakt, un wenn ſe ook mit em naa Polen utkneep, ſo worden ehr ſtolzen Verwandten dat ja ni togeben, dat ſe en Buer heiraaten däd: un wenn ſe mit em naa Winbargen gung, ſo word ſin Vatter ook gewiß keen vergnögt Geſicht maaken, wenn he en „Künſtlerin" as Fru mitbroch, denn dat wuß ſe recht gut, wa ſe op Dörpen op „Künſtlers" to ſpräken weern. „Habb ik Di doch man ni ſehn, Du Engel," ſäd ſe, „denn habb ik min Fräden beholen; nu bin ik min Tied Lebens unglückli!"

Un ſe heel ehr Taſchendook vör de Ogen, as ween ſe. Fritz word ganz wabbeli darbi, un dar feil ni vääl, ſo habb he an= fungen to blarren. He japp all gewalti naa Luft un word ganz röhri. Se mark dat un um em op ander Gedanken to bringen, wies ſe naa en Kerl op de Bühn, de mit Föftipundslöd Kaas= ball ſpäl.

„Kiel maal, Fritze, wat de ſik in ſin Coſtüm maakt!" ſäd ſe. „Ach, wenn Du doch ook Künſtler worden weerſt!"

Ja, wenn man dat allens vörher rüken kunn!" ſäd Fritz. Habb ik wußt, wat ik nu weet, weer ik ganz ſäker ook ſo'n Kunſtmaaker worden, as de daare Gaſt, awers nu is dat man to laat!"

„To laat?" ſäd ſe un keek em verleevt an, dat he vör Freud an ganzen Liew bäwer. „O Gott, wenn Du wullſt, min Engel, weer dat licht to! Wat de daare kann, lehrſt Du in veertein Daag, de Pundslöd bünt ja all man holl!"

„Holl!" ſchreeg Fritz ganz verwundert.

„Ja, gewiß, dat is bloot Ogenverdreiherſch; wenn Du Di eerſt en bäten öövt heſt, kannſt Du ganz wat anders als de dar!"

„Nä, is gewiß?!" ſäd Fritz ganz vergnögt.

„Dar kannſt Di op verlaaten!" verſäker Hulda.

„Straalax, denn — nä, Dunner! Vatter givt min Daag ni darto Verlöövt!"

„Dat deit he wull op keen Fall, säd se truri, „darum laat uns man ni mehr darvan snacken."

Se keeken nu wedder en Ogenblick naa de Bühn rop, wa de Kunstmaaker een op sin Schuldern staan hadd un op jedes Been en ander Person mit stiewen Arm van sik weg heel.

„Dat's wull bandi swaar?" fraag Fritz.

„O, ganz licht, dat süht man so ut, dat kannst Du ook!" säd Hulda.

Un so gung dat bi alle Ding, de de Kunstmaaker wiesen däd; allens weer, as se säd, licht to. He klai sik opt letzt in den Kopp un säd: „Dunner, wenn Vatter mi Verlöövt givt, do ik dat waarachti, ik will morgens foorts an em schrieben!"

Dat wull se awers partout ni hebben, un ook ehr Mutter meen, dat schull he doch jo ni doon.

De ole Fritz weer ganz bet öwer Näs un Ohren in se weg un wuß ni, wa de Tied bläben weer, as de Vörhang daalfull un he to wäten kreeg, dat weer ut. Hulda läd ehr Mantille um un stund op. Dat verstund sik van sülm, dat he se naa Hus broch; de Saak weer man bloot, wa fund he sik wedder naa'n „grönen Jäger" hen, he wuß ja ni Bescheed."

Ut de Verlegenheit keem he awers bald rut. De Schriewer säd sachten to em, wenn he de lütt Dern naa Hus bringen wull, so schull he dat man doon; he wull mit de Andern achteringaan. Dat weer denn schön, un se gungen rut, Fritz un Hulda vörop.

As se buten weern, säd Hulda ehr Mutter: „Na, wer von den Herren giebt mich den Arm?"

Persetter weer foorts paraat un schreeg: „Schtrambach, das dhue ich, weeß Kneppchen!" Awers Madam hadd man bloot so seggt; Hinnerk weer vääls to bescheiden wesen un hadd sik ganz ni meldt, un to Belohnung faat se em in'n Arm. Hinnerk verfeer sik öwer de Ehr ganz gewalti un wull sik in den eersten Ogenblick wedder losrieten, awers se heel em fast un säd: „Es ist Sie doch recht, lieber Herr?"

„Jawaul!" stammel Hinnerk verlegen. He wuß ni, wat he doon un seggen schull, so'n feine Daam mit en smuck siden Kleed hadd he noch sin Daag ni in'n Arm hadd! Se muß em eerst noch seggen: „Sollen wir jetzt gehen?" anders weer he noch en ganzen Stoot staan bläben, so verblüfft weer he!

Van Fritz un Hulda weer nix mehr to sehn. Persetter word

dat toeerst wieß un schreeg; „Herrjeses, wo is denn Fritz!?" un he börk foorts, so luut he kunn: „Fritz, Fritz!" un wull achteran; awers de Schriewer heel em torügg.

„Sie sind ja sehr bange, daß Ihr Freund wegläuft!" säd Hulda ehr Mutter en bäten spöttisch.

„Ei kewiß, er hat ja de Kasse!"

„Sein Sie unbesorgt, vor meinem Hause werden Sie ihn wiederfinden!"

Un so weer dat. Na en lütten Stoot bögen se um de Eck in en lütte Straat rin, un dar stund op eenmaal de ganze Gesellschaft still, un Persetter schreeg: „Ei, Herrjeses, hi, hi, hi," — un Hinnerk säd: „Dunner!" un Piet schreeg: „Kiek, kiek!"

„Wat is dar denn to sehn?" fraag de Schriewer.

„Och Gott, Fritz küßt se!" gnies Piet.

„Hi, hi, hi, willst De gleich stille sinn! 's is je nich wahr, Biet!" säd Persetter, den dat op eenmaal infull, dat sin Schöler so wat eegentli ni sehn dröff.

„Och, dat is doch wahr, ik heff dat wull sehn!" schreeg Piet.

„Biet, Biet, mach mich nich beese, heerschte? Ich sage Der, er hat se nich gekißt!"

„Mein Gott, laaten Se em doch, dar is ja nix bi!" säd de Schriewer.

„Meen'n Se, mei kutes Herrchen? Na, denn soll mersch ooch recht sin, denn klobe ich's, weeß Kneppchen ooch, der Fritz hat se kekißt!"

Affscheed word ni eerst lang naamen; Fritz un Hulda hadden sik all besnackt, wa se sik wedder dräpen wulln, un de Andern schulln ja jo nix wäten. He säd darum of foorts adjüs, neem ganz höfli sin Mütz af un keer foorts mit de Andern wedder um.

De jungen nu an, em gehöri to brüden, awers he streed dagegen an un wull dat partout ni wahr hebben, dat he se küßt hadd; he bleev darbi, se hadden sik verkäken.

De Schriewer broch se denn nu bet vör de Döör van ehr Weertshus un säd se dar adjüs. As se baaben in ehr Stuv weern un sik uttrocken, säd Fritz: „Du, Piet, scheet maal koppheister öwer min stiewen Arm!"

Piet däd dat, un dat gung ganz schön. Dar wull Fritz denn ook den Kunstmaaker dat Ander naamaaken, un Persetter muß sik em mit een Foot op sin Lend stellen un sik den andern Foot mit de Hand anfaaten; Piet däd an de ander Siet datsülwe.

„Jesus, wa is dat licht!" schreeg he un gung mit de Beiden de Stuv op un daal; „dar is ja gar nix bi!"

„Schtrambach, laß mich aber nich fall'n, heerschte," säd Persetter.

„O, man ni bang!" säd Fritz un lach.

Knapp habb he dat seggt, dar plumps Persetter daal as en Sack Solt, de Büxenknoop weer afräten, un dar muß he wull fallen. He keem awers noch gut darbi weg, bloot sin Näs habb en lütte Schramm krägen.

Nu schull Hinnerk denn an sin Städ kaamen, awers de wull van so'n brotlose Künste nix wäten, he smeet sik int Bett. Piet weer ook möd, un Persetter habb genog krägen. So muß Fritz sik denn betämen, un naadem he noch en Tiedlang versöcht habb, op den Kopp to staan, wat em ni so recht glücken wull, gung ook he to Puch an, un dat word all Tied.

Dat teinte Kapitel.

Minsch kiek maal! — „Ikaarische Spiele." — De zoologische Garen. — De sure Jungfer. — Weeß Gott een sehr dummer Witz! — De ole Sambour. — De Brillenaap! — Für Herren. — Wört' Aapenhüs. — Hinnerk un be Kakadu. — Tat Wettrennen. — Persetter ward de Hoot inrammt. — Direktor Herzele. — Hinnerk ward de Breeftasch staalen. — Direktor Herzele vertellt sin Lebensgeschichte. — Wat en Thiaterbirektor bischuerns utstaan mutt. — De Kunst in Hamborg. — Schall ik, oder schall ik ni? „Hercules am Scheidewege." — Persetter verdeent noch laat in de Nacht Geld.

As Hinnerk den andern Morgen opwaak, verschrock he sik orntli en bäten, as he dicht bi sin Bett twee Been in de Höchd kieken seeg. Wat weer dat! He gau in de Höchd snuppt un rutgekäken, un nu word he denn Fritz wieß, de op den Kopp stund. En Ogenblick weer he so verwundert, dat he ni snacken kunn! Wa kunn he dat ook wäten, wat dat to bedüden habb! Endli säd he: „Minsch, Fritz, wat schall dat?"

Fritz weer mit een Satz wedder op de Fööt, meist ganz blau int Gesicht. Eerst grien he, do säd he denn: „Hest sehn? Op den Kopp staan kann'k all, mein Junge!"

„Ja, awers wat schall dat man, Minsch?" fraag Hinnerk wedder.

„Gott, wat schall dat!" säd Fritz en bäten verlegen, „wat schull dat schülln?! Dat schall nix, ik wull man bloot maal sehn, ob ik dat ook kann, wat de Kunstmaaker güstern Abend däd! Dat is gar ni so swaar!"

„Ja, awers wat schall dat man?" fraag Hinnerk noch ins.

„Mein Himmel, Du fraagst ook, as en ole Fru, ik heff ja all seggt, dat schall nix, dat is bloot vör Spaaß! Süh, meist kann'k mi all splettbeent daalsetten, dar feilt man noch en lütt bäten an! Kiek maal!"

Un dar reet he de Been uteneen un jümmers wieder un wieder, so wiet as he man kunn.

„Un kiek wat ik vör Muskeln heff, mein Junge!" Un dar maak he sin Arm krumm. „Ik gloov waarachti, ik kann Persetter in stieven Arm van mi weg holen! Wullt Du wull globen?"

„Oho, dat lettst Du schön blieben!" säd Hinnerk.

„Schast sehn, mein Junge, wat gelt de Wett?"

Un do kreeg he Persetter, de ganz sööt sleep un drööm, bi een Arm und een Been to faat un böör em ut Bett. He hadd dat Stückschen all haalt, denn he hadd gefährliche Knääv, un Persetter weer man lütt un slödi; awers Persetter waak op un fung an to schriegen un to spatteln un faat Fritz mit den andern Arm so fast um sin Been, dat he sin Kunststück ni wiesen kunn. Persetter weer gräsi dull un schull as en lütten Krööt, un Fritz mugg bäden un prachern, so vääl he wull, he wull partout nix van so'n brotlose Kunst wäten.

De Kööksch muß denn nu Naadel un Reihgaarn ropbringen, dat Persetter eerst den Büxenknoop wedder anneiht kreeg, de den Abend vördem afräten weer. Dar drunken se denn Kaffee un worden sik eeni, det Morgens eerst maal den Jungfernstieg to beschn un denn naa'n zoologischen Gaarn hentogaan. Se wulln all jüst los, da trock Fritz op eenmaal van't Ledder und säd: „Jeses, bald hadd ik dat vergäten; mi fallt in, ik mutt waarachti noch ins de „„ikaarischen Spiele,"" de wi güstern Abend sehn hebt, probeeren, ob ik ook de maaken kann! Se schüllt ganz licht wesen, un ik gloov, dat bring ik farri!"

„Gott, laat doch naa, Minsch, büst wull ni klook!" säd Hinnerk.

„Jees, warum ni, kumm man maal her!" schreeg Fritz un smeet sik op den Rügg un böör de Been in de Höchd.

„Ik will mi wull wahren!" säd Hinnerk.

„Ach wat, sett Di op min Fööt, man to! Wat gelt de Wett, ik böör Di in de Höchd un wüpp di wückemaal op un daal, so as de Kunstmaaker däd!"

„Nä, nä, dar bedank ik mi vör!"

„Denn Du, Piet," schreeg Fritz.

Piet weer awers ook ni spilleri to Mod. „Na, denn Du, Persetter!" säd Fritz.

„J, warum nich kaar!" schreeg Persetter, „ich habe, weeß Kott, von gestern Abend noch kenug d'rvon!"

„Mein Gott, wat bünt jüm vör Minschen! Man to doch, Persetter, fallen is ja ganz ni mögli!"

Dat hölp allens nix, Persetter wull partout ni.

„Christus Kinders, laat mi doch ins versöken, dar is ja nix bi, west doch ni eegensinni! Kumm doch her, Persetter, ik gev Di acht Schilling!"

„Schtrambach, acht Schilling!" schreeg Persetter un klai sik in den Kopp, he hadd meist Lust. „Aber nee, ich dhu's nich, De läßt mich wieder fallen!"

„Minsch, wes doch ni so dösi, dat is ganz ni menschen= mögli, Du sittst ja op min Fööt!"

„Ja Du — hi, hi, hi, — ich weeß doch nich!"

„Ganz gewiß ni, kannst Di op verlaaten, ik will Di en ganzen Mark geben, wenn ik Di fallen laat, dat kann ja ni passeeren!"

„Ae Mark! Aber nee, ich weeß schon, hernach lachst De mich noch aus!"

„Ik will min Kopp missen, wenn em ni kriggst!"

„Kott Schtrambach, denn riskir' 'ch's!" schreeg Persetter.

„Na, denn kumm!"

Un Persetter trock sin Sniepel ut un sett sik op Fritz sin Fööt daal. De Saak gung waarachti ganz gut. Persetter föhl sik ganz säker un säd: „Hi, hi, hi, weeß Kott, 'r kann's!"

Fritz böör em en paarmaal op un daal, un dat word em ganz ni suer. Dar wull he em denn ook in de Höchd wuppen, un ook dat broch he licht farri, awers dat Unglück weer man, dat Persetter darbi ut de Richt keem un mit sin dree Bookstaben ni wedder op Fritz sin Fööt, men mit eens op den Footböden daal= plumpsen däd, dat dat dunns.

— awers dat Unglück weer man, dat Perfetter darbi ut de Richt keem un mit sin dree Bookstaben ni wedder op Fritz sin fööt —

„Dunner!" säd Hinnerk.

„Dammi, Minsch, heft wat krägen?" säd Fritz orntli en bäten bang, dat he sik Schaaden daan hadd.

Sülm Piet, de sik in Anfang gewalti höögt hadd, word ganz eernst un beelnehmsch utsehn.

Persetter seet noch ganz ruhi an de Eer un röhr sik ni; sin Mund weer noch spitzer as anders, sin Ogen weern so glöni as Füer, un sin Backen hadden en Klöör as en Krääv de kaakt is: so vääl weer gewiß, hadd he nix to Schanden krägen, so weer he gräsi dull.

„Min Mark bün'k waarachti los, dat hadd ik ni dacht!" säd Fritz, um em wedder to'n Snacken to bringen un em vergnögt to maaken. Persetter seet noch een lütten Ogenblick still un keek so vör sik hen; do säd he gifti, bideß he sik wedder opkrabbel: „Habe ich's nich kleich k'sagt, daß De mich fallen lassen wärdst, Fritz? Habe ich's nich k'sagt!"

„Dat hadd ik in min ganz Leben ni dacht!" säd Fritz.

„Ei Herrjeses, De woll'st je nich heer'n! Ich hab mersch, weeß Kott, kleich kedacht, daß wieder ä Unglück passiren mißte!"

„Na, wenn Du dat all vördem wußt hest, denn maakt dat ja ook nix ut! Hier hest Din Mark!" säd Fritz dröög.

„Un noch acht Schillinge, mei Kutster jaa!"

— „Mintwegen, Sluckfechter, dar! Awers Du büst eegentli sülm schuld, warum settst Du Di bito!"

„Ne, weeß Kneppchen, das is sehre kut! De bist m'r ä schee'n'r Kärl."

„Kann ik denn wat davör, wenn Du ni bäter fangen lehrt hest!"

„Nee, das is zu kut! Hi, hi, hi! Nu soll ich noch Schult sinn, daß De mich hast fallen lassen, weeß Kott, das is zu kut!"

„Mi dünkt, wi gaat nu, de Klock is all nägen!" säd Hinnerk.

„Ja, man to, anders kriegt wi van Daag nix beschickt!" säd Piet.

Fritz un Persetter trocken ehrn Rock wedder an, un se gungen los.

Piet wull meist bi jeden Laaden still staan un sik de Ogen ut den Kopp kieken, awers Fritz dreev an, he säd, Piet kunn dat den andern Dag besehn, nu weer dar keen Tied to. Un so keemen se denn bald naa'n „Jungfernstieg" hen. Na, de gefull se denn utermaaten! Persetter kunn sik ni holen, he maak de Arms van een un schreeg ganz begeistert: „Ei, wie scheene bist Du, Nabur!"

Fritz säd: „Tier Di doch nich so, Minsch, heft doch wull all maal Waater sehn!"

„Ja, aber nur nich in solcher Zusammenstellung! Weeß Kott, das is sehr scheene, jaa!"

„Nu, kumm man!" säd Fritz un gung wieder. Dar sett sik ook Persetter wedder in Draff, dat he wedder an sin Siet keem. He saat em awers ni mehr bi'n Rock an van wegen de Katz, denn Fritz weer glick in Anfang so dull worden un hadd em braut, he word em foorts een mit sin Stock öwertrecken, sobraad he em wedder an Liev keem, un dar waag Persetter dat ni mehr; awers he leet sik dat ni nehmen, he gung jümmers dicht bi em oder achter em, dat he em ook jo ni verlor.

So keemen se denn endli hen naa'n „Zoologischen Gaarn".

Fritz betaal dat Entree, un se gungen rin.

Toeerst worden se dat lütt Hus wies, wa Selterwaater un so'n Kraam mehr verkofft ward.

„Kiek, wat schull dar in wesen?" säd Fritz.

„Schtrambach, da steht je kar nischt d'rvon in'n Führer!"

Dar gung jüst en Mann voröwer, un Persetter fraag em: „Heer'n Se, mei Kuter, was för ä Thierchen is denn in dem hibschen Heischen?"

De Mann, den he anspraaken hadd, heel sik ni lang op, he mummel wat in Baart, un se verstunden man bloot: „Saure Jungfer!"

„Sure Jungfer? Wat is dat vörn Thier, Persetter?" fraag Fritz.

„Das kann ich Der kanz kenau sagen, das weeß ich selber nich!"

„Na, denn laat uns maal tokieken!" säd Fritz.

Se gungen nu vör de Bod, awers dar weer nix to sehn as Buttels mit Zettels darvör, wa „Himbeeressig" anschräben weer.

„Wa is dat Thier denn," fraag Hinnerk.

„Ik seeg ook nok keen!" säd Piet.

„Ich bin, weeß Kneppchen, ooch neikierig, die saure Jumfer zu seh'n, jaa! — Merke Dersch, Biet, se nährt sich von Himbeer= un Cidronensaft, heerschte?"

„Kiek, kiek, dar is se!" Schreeg Fritz, un dar keem en lütt Deern un en lütten Verslag.

„Ei, Herrjeses, die is aber scheene!" säd Persetter.

„Was ist gefällig?" säd de lütte Deern.

„Heer'n Se, wir wollten gern die „saure Jumfer" mal sehn, jaa!"

— „Mit oder ohne?" fraag se en bäten stramm, denn se meen, dat man se brüden wull.

Persetter besunn sik en Ogenblick, keek de Andern an un wuß ni recht, wat he seggen schull: awers em dügg, je mehr se kreegen, desto bäter weer dat, un so sät he denn „mit"!

„Wollen Sie Himbeersaft oder Citronen?" fraag se.

Persetter keek se en Ogenblick ganz verwundert an, awers dar full em mit eenmaal in, dat he vör dat Entree ook wull Getränke kreeg, un he säd: „Mit Himbeersaft, wenn Se woll'n so kut sein!"

Se tapp em in, un he fraag bidess de Andern, ob se ni ook wat drinken wulln. De muggen awers so'n Kraam ni, as se säden, obschonst Persetter versäker, dat smeck utermaaten schön. As he sin Glas uthadd, stell he dat wedder op den Disch, neem sin Mütz af un säd: „Danke ooch scheenst'ns!"

Da he awers Mien maak, wegtogaan, säd de lütt Deern: „Darf ich mir zwei Schilling ausbitten, mein Herr!"

„Schtrambach, vorwas denn?" schreeg Persetter ganz verblixt.

„Nun für das, was Sie hier getrunken haben!"

„Ei Herrjeses, dafür soll 'ch bezaalen?!" schreeg he un maak en ganz gräsi verblüfft Gesicht, dat de Andern anfungen luut ut to lachen.

„Na, man rut mit de Moneten, Persetter!" lach Fritz.

Persetter seeg gewalti verdreetli ut un kreeg langsam een Schilling un noch een rut un läd se up den Disch.

„Aber wo is de „saure Jumfer" denn eegentlich, heer'n Se?" säd he ganz basch un maak darbi so'n suer Gesicht, as wull he dat sülm vörstellen.

„Das ist nur ein Witz, das soll ich sein!" säd de Deern.

„Ach so, ä Witz!" säd Persetter un klai sik in den Kopp; nu word he eerst kloof! „Aber heer'n Se, das nehmen Se m'r nich ib'l, das is Se, weeß Gott, ä sehr tummer Witz, heer'n Se!"

„Künnt Se mi ni seggen, wa hier de Swin bünt?" fraag Fritz.

„Da müssen Sie den Weg links vom Affenhaus gehen, die sind dicht beim Eulenthurm!"

„Schön, dar will ik eerst maal hen!"

„Bünt hier ook Papagoien?" fraag Hinnerk.

„O, eine ganze Menge, gehen Sie nur immer gerade aus!"

"Dank ook!" säd Hinnerk.

"As se adjüs seggt hadden, schimp Persetter noch en paarmaal op de "saure Jumfer", de em "so scheißlich angefiehrt" hadd, as he säd, un dar stunden se denn wedder still, um sik eerst maal to besnacken, wa se nu toeerst hengaan wulln.

Dar kunnen se sik nu ganz ni eeni warden; Fritz weer vör de Swin, Hinnerk vör de Papagoien, un Persetter meen, dat weer wull dat beste, wenn se jümmers so langs graasen, as dat in den "Fihrer" angeben weer.

— "Ach wat," säd Fritz endli, as se sik en Ogenblick affsträden hadden, "eeni warden künnt wi uns doch ni, un verleeren künnt wi uns hier ja ook ni, laat jeden sin Gang gaan, den he Lust het, wi künnt uns hier ja wedder draapen!"

"Schtrambach, das geht, weeß Kneppchen, nich, De hast je de Kasse!"

"Ei nu eben, ik loop dar "alleweile" ni mit weg, ole Bangbüx! Wakein hier toeerst ankümmt, de sett sik dar op de Bank daal un töövt op de Andern!"

Persetter hadd noch wat dagegen, awers opt letzt geev he sik.

Fritz un Hinnerk gungen nu eerstmaal graad ut un Persetter un Piet bleeben torügg, um langs to graasen, as de "Führer" se anwies.

"Heere, mei Sohn, wenn De nu was fragen willst, denn schenire Dich nich, De weeßt, Nadurkeschichte is mei Schteckenferd! Siehst De, da hab'n m'r, weeß Kneppchen, schon ä Thierchen! Wollen mal im Fihrer nachseh'n, wie's heeßen dhut! — Das is das Elenthier.

"O Gott, wa drulli! Wat süht dat eekli ut un wa maager!" schreeg Piet!

"Nu eben, d'rum heeßt's och Elenthier! Weeßt De, der Mensch is je ooch mager, wenn er elend is, verschtehst De?"

"Jawaul. O, wat's dat vör een?"

"Warte, warte, das will ich Der kleich sagen, ja! Siehst De, das is der virginische Hersch! Ae hibsches Thier, nich wahr?" He litzt: "Das Kalb ist im Karten keboren."

"O Gott, wanem is dat Kalv?"

"Das weeß 'ch Der Schtrambach selber nich! Ich seh's ooch nergends!"

"Awers dat mutt dar doch wesen, dat steit ja in't Book!"

"Nu äb'n, aber — wahrscheinlich is dat kute Thierchen tod, oder ooch, weeßt De, an ä Fleischer verkooft worden, ja!"

„Dat ward wull sacht so wesen. Was is dat dar vör een, Herr Persetter?"

„Nummer drei? — is, mit Erlaubniß zu sagen, ä **Schweins- hersch**!"

„Swienshirsch? Warum heet dat so, dat is ja so'n smuck Thier?"

„**Schtrambach**, mei Junge, das weeß 'ch Der selber nich. Wahrscheinlich hat das Thier kar keene Manieren nich, oder 's is vielleicht so schwein'sch beim Fressen. Merk Der das, Biet, damit De nich ooch ämal so ä Spitznamen kriegst, herrschte!"

„Was is dat vör een, Herr Persetter?"

„Ae Ogenblick! — Herrjeses, Biet! — de Mitze runter, Junge! Kott Schtrahler, das is je der **alte Sambur, der Hersch des Aristodeles**! — Nee so was läbt nich! Weeßt De, das Thier is iber zweedausend Jahr alt!"

„O ho!"

„Kanz kewiß! Siehst De uf dieser Blatte steht's un ooch im Buche, das is der alte Sambur, der Hersch des großen Weisen Aristodeles! — Ei Herrjeses, Sambur! — Samburchen komm ämal her, mei kutes Thierch'n! — Siehst De, er kommt! Herrjemersch' wer hätte kedacht, daß Thiere so alt wär'n kennen!"

„O ho, ik laat mi man nix wieß maaken!"

„Mei Biet, 's is, weeß Kneppchen, wahr!"

„Kanz kewiß, Schtrambach!" versäker Persetter.

„Awers dat is ja knapp mögli, un dat Thier süht ook ja noch so jung ut!"

„Nu eben, Biet, da siehst De alleweile wieder, die Nadur is unbekreiflich, jaa! — Samburchen, Samburchen! — Siehste, 'r kommt, 'r kennt Der, weeß Kott seinen Namen noch!"

„O Gott, kieken Se maal, Persetter, dar is en Esel mit en groot Geweih op!"

„Rede doch kee dummes Zeig nich, Biet, das is je ä Rennthier, ooch, „**Rein**" genannt, wie 's hier im Buche steht, wahrscheinlich, weil 's sich immer so hibsch weiß halten dhut, merk Der das, Biet!"

„Awers he liggt ja mern in Dreck, Herr Persetter?"

„Ei nu eben, das dhut je nischt, dem Reinen is alles rein!"

„Nu laat uns maal hen naa de Aapen gaan, man to!"

„Ei ja, 's is mer alleweile schon recht! Aber wo finden mer denn de bossirl'chen Thierchen?

„Ik gloov, wi mööt hier herumgaan, Herr Persetter!"

„Meenst De, Biet! — Ei, kuck ä'mal, da sin, weeß Kneppchen, voch Känkeruh's!"

„O Gott, wat drulli!"

„Weeß Kott, hibsche Thiere!"

„Dunner, o Gott, kiek, kiek, dat Deert het twee Köpp!"

„Schtrambach, jaa! Ne, die Nadur is wärklich unbekreiflich das is sehre merkwärd'ch! Jaa, hätte ich's nich mit meinen eegnen Oogen selb'r k'seh'n, wärde ich's nich f'r meeglich gehalten hab'n!"

„O, kiek, kiek, kiek!"

„Ei du meine Kite, wie is s' meeglich! Da sprinkt je aus dem eenen Thier noch ä andres raus!"

„Dunner, dar kaamt gewiß noch mehr!"

„Nu äb'n, merkst De denn nich, Biet, das Thier werft krade Junge! — Ne, das haben m'r abber scheene getroffen! Das mißte der kute Herr D'recter je sehn!"

„Dar staat en paar Gaarner de weet gewiß, wa he is!"

„Ja, warte, ich will se 'mal fragen!"

Un Persetter leep in Draav hen naa de Lüd un säd to den een: „Heeren Se, mei kutes Herrchen, kennen Se m'r nich sagen, wo der Herr D'rector sein dhut?

„Director?" säd de Mann, „de is opstunds ni dar."

„Aber heeren Se, das is Se, weeß Kott, sehre schade, ne, das is werklich eißerst schade!"

„Wo so?"

„Ne, heeren Se, das Känkeruh werft krade Junge!"

„Wieder nix."

„Aber sehn Se doch, mei Kutster, daß muß Se doch ooch sehre inderessiren!"

„Minsch, sühst Du ni, Hannes," säd de Mann to sin Maat un tick sick mit den Finger vörn Kopp, „de arme Mann is pütjeri, dat mußt Du em ni vör ungut nehmen!"

„Ach nä, Klaas, nu weet ik all, dat is de fremde Aap, de güstern Abend ankaamen is! Sühst Du, he het noch van Morgens Verlöövt krägen, hier en bäten spazieren to gaan!"

„Ach je, dat is he also, ik hadd em bet hiernto noch ni sehn! Also dat is de „Brillenaap!" Süh maal, süh!"

Persetter stund en Ogenblick ganz verbaast un verblüfft dar un wuß in den eersten Stoot ni, wat he seggen schull! Dat weer denn ook rein to dull! Man hadd em männimaal vörn Narren hadd, awers em vörn „Aap" to schimpen un noch darto "Brillenaap", dat gung denn doch to wiet! He kneep vuller Wuth den lütten spitzen Mund noch mehr tohopen un säd giftig: „Brillenaffe! Heeren Se, ich wäre mich beschweer'n iber Sie, ich will Ihnen, Kott Schtrambach, zeigen, daß ich ä Mensch un kee Affe bin! Warten Se nur, das soll Se their zu steh'n komm'n!"

„Nix vör ungut, Herr, dat kunnen wi ja ni wäten!" säd de een un reet sin Mütz af un maak en deepen Kratzfoot. Un de Ander, ook so'n Driewer, säd: „Waarachti, Herr, ik will geern um Verzeihung bäden, wenn ik man bloot wuß, wakein, den Aap oder Se!"

Persetter drau, he wull se bi den Herrn Director verklaagen, awers dar fungen se an to lachen un säden endli: „Na, min Jung, hool Di jo ni op, hörst Du!"

Dat däd he denn ook ni, he seeg in, dat he doch nix bi se utrichten däd, un he leep wedder naa Piet hen, de noch jümmers wiß naa de Kängeruhs henkeek. Bi Piet leet he sik awers nix marken, van wat em eben paſſeert weer. He wuß, dat de Bengel doch man daröwer lacht habb.

„Een is dar noch man eerſt rutkaamen! Herr Perſetter!" ſäd Piet.

„Ei nu eben, denn bekommt 's vooch wohl nur ein Junges! Ei Herrjeſes, ſieh, ſieh, Biet, das Kleene frißt, weeß Kneppchen, ſchon!"

„O Gott, Herr Perſetter, nu is dar man een mehr! Wa, is dat lütte op eenmal bläben?"

„Weeß der Teifel, 's is alleweile reene wek! Das is je doch merkwird'g!"

„Junge, Junge — kiek — kiek, nu het dat grote wedder twee Köpp!"

„Heil'ger Schtrohſack, ne, das is aber ſehre merkwird'g!"

„O, kiek, kiek, nu is de lütte wedder dar! Kiek, dar löppt he wedder!"

„Weeß Kott, das is je de reene Daſchenſpielerei! Wie ſchade, daß der kute Herr D'recter nich da is, ſo was hat 'r kewiß noch nich keſeh'n! — Nu eben, da miſſen m'r ämal im Fihrer zuſeh'n, das is zu merkwird'g!"

As Perſetter en Ogenblick leſt habb, maak he dat Book wedder to un geev ſik en gräſi wichti Geſicht.

„Heere, Biet, die Sache is je eegentlich kanz einfach, ich begreife, weeß Kneppchen, gar nich, warum De Dich ſo verwund'rn dhuſt! Ich klobe, ich habe 's Eich ſchon ämal in der Nadur=keſchichtsſtunde erzählt! Das Känkeruh hat je unter dem Bauche eenen Beitel, worin das Junge wohnen dhut, bis 's ſelbſtſtändig werd, ja! Nu eben, bis dahin ſitzt 's monatelang im Beitel un dhut niſcht als ſich entwickeln, un ſpäter leiſt 's noch immer aus un ein, kanz nach K'fallen, weeßte! Jaa, Biet, die Nadur is kroß, un unerforſchlich is ihr Walten!"

„O Gott, wat mutt dat awers langwieli weſen, ſo jümmers in den düſtern Büdel to ſitten! Muggen Se dat, Herr Perſetter?".

„Ei, kewiß nich!"

„If ook ni, dar hört Luſt to! Süh, nu ſitt he wedder darin!"

Se gungen nu wieder. Dat duer ni lang, dar ſchreeg Piet: „O kiek maal, kiek! Dat Thier kenn if, dat is en Kameel!"

„Weeß Kott, das is ä Kameel, ooch das Schiff der Wiſte kenannt, ja!"

„Schiff der Wüste?" säd Piet un keek dat Thier mit grote Ogen an.

„Ja, d' Tichter nennen's so!"

„Herr Persetter, wa vääl Been hebt de andern Schääp, ook veer?"

„Biet, Biet! Ei, wie kannst De so dummes Zeig reden! Das Schiff hat je kar keene Beene nich!"

„O ha! Wi hebbt doch vör paar Dääg int Lesbook hadd, „das Schiff läuft vor dem Winde;" wa kann dat loopen, wenn dat keen Been het!"

„Aber Herrjeses, Biet, das is je nur im bildlichen Sinne, verschtehst De?"

„Nä?"

„Nu, das dhut nischt, denn werscht' De's ooch nich verschtehn, wenn ich Dr'sch erkläre! — Siehst De, das dort is ä Dromedar, das hat nur eenen Buckel!"

„Jüst as Snieder Buck!"

„Heere mal, Biet," säd Persetter ganz eernst, „De mußt niemals keenen Menschen nich mit eenem Thier verkleichen, das schickt sich nich!"

„Wanem is denn dat Aapenhus, Herr Persetter?"

„Das is Nummer Nein! Kuke, da is 's. Keh 'mal ä Weilch'n voraus, ich komme Der kleich nach!"

Wat hadd Persetter denn so Wichtiges to beschicken? — De Saak is licht vertellt! He had dar eerst en grote Hand van Blick sehn, un de hadd mank Dannen wiest, un op en lütte Fahn hadd mit grote Bookstaben staan: „Für Herren!" He weer nu vör Jahren maal in Dräsen op de „Vogelwies" in en Bod wesen un dar hadd he vörn lütt Extradrinkgeld wat to sehn krägen, wat ook man bloot vör Herren weer. Dat muß ja gewiß datsülwe wesen, un darum leet he Piet vörut gaan. He also den lütten engen Weg mank de Dannen rop. Vör en lütt Hus droop he en ole Fru. He lang foorts in de Tasch un fraag: „Heeren Se, was kost't denn de Keschichte?"

„En Schilling," säd se. Dat fund he ganz ni düer, he geev ehr dat Geld, un se säd, he schull man mit ehr kaamen. Ganz gewalti nieschieri pett he achter se rin int Hus, wa se em en lütte Döör wies un säd, dar schull he man ringaan. He gau rin. Awers dat duer ook keen Ogenblick, da keem he wedder rut, ganz puterroth int Angesicht un gräsi gifti; ganz gefährli spitz kneep he den lütten Mund tohopen, he hadd dar ganz wat anders

funden, as he moden weer. He leet fik awers bi de Fru nix
marken, he smeet ehr bloot en gifti Oog an den Kopp, as he an
ehr vörbistapp, un eerst as he wedder buten in den engen Weg
weer, säd he vör fik sülm: „Is doch,weeß Kott, abscheilich, eenen
so anzufihr'n!"

As he naa't Aapenhus henkeem, stund Piet dar un lach, all
wat he kunn. „O Gott, wat drulli!" schreeg he.

„Ja, 's sin hibsche bossirliche Dhierchen!" säd Persetter.
„Freie Dich, Biet, daß De kee Affe nich bist, 's is das eenzige
Wesen der Schepfung, woriber mersch't'ndeels gelacht werd!"

„O, öwer de Minschen doch ook, Herr Persetter!"

„Freilich, mer lacht ooch iber de Menschen, aber 's is
nich hibsch. Ibrigens sieh Der de Dhiere kenau an, Kelehrte haben
behauptet, daß de Menschen von den Affen abstammen!"

„Nä, is wull ni wahr!"

„Kanz kewiß, ja!"

„Dräägt de Aapen denn ook towielen Brillen, Herr Persetter?"

„Heere maal, Biet, ich hätte, weeß Kott, Lust, Der eene
dichtige Backfeise zu geben, De willst mich wohl zum Besten
haben? Du Faagebund!"

„Ik?" säd Piet ganz verwundert, un he maak in den
Ogenblick so'n verblüfft Gesicht, dat Persetter sülm seeg, he hadd
em Unrecht daan, un so weer he denn foorts wedder fründli
gegen em.

Se hadden all wücke Stunden in Gaarn rümbiestert un noch
lang ni allens sehn, da word Persetter mit eenmaal bang, Fritz
un Hinnerk kunnen all weggaan wesen. Dat hölp nix, dat lütt
Piet em bäden däd, he mugg doch wieder mit em gaan, Persetter,
säd, dat weer hoge Tied, se mussen wedder torügg. „Mer säßen,
Schtrambach, scheene in'n Dreck, wenn Fritz wekginge, De weeßt
je, er hat de Kasse!"

Piet muß denn nu mit. Persetter faat em noch opt letzt bi
de Hand an, wiel he allerwegen nieschieri staan bleev. As se bi
den Ingang ankeemen, seegen se Fritz dar ook all sitten. Persetter
schreeg em all van wieden to: „Ei Herrjeses, Fritz, bist De schon da?"

„Ja, jüm bünt mi schöne Kerls, ik luer hier all meist en
Stünd, un jüm kaamt ni! Wa is Hinnerk denn?"

„Ei du meine Kite, das is ooch wahr, der is, weeß Kott,
noch nich da!"

„Hebt jüm em ni draapen?"

„Ne, mei Kuter!"

„Na, he ward wull glief kaamen! Ik begriep man bloot ni, wat he dar to kieken het, ni maal Hingsten bünt hier! O Je, dat is mi en schönen Thiergaarn, hadd ik dat vörher wußt, weer ik ni hergaan! Un de Swin! — Ik mag ja ganz nix seggen! Dat een het en engelschen Backenbaart, un dat ander, Maskenswein heet dat, sitt so vull Undög, as ik weet ni wat! Ik heff bet hiernto ni an Trichinen gloovt, awers nu is dat wat anders, se gaat dat Thier ja bi lebendigen Liev rut, so schabbi seeg dat Deert ut! Un wat mi am dullsten arger, dar hebt se noch orntli en Plakaat bi ophangt, wa mit grote Bookstaaben opschräben steit: „Für Herren!" jüst as wenn dar recht wat to sehn weer!"

„Aeb'n, aber da mußt De Der nischt bei denken, mei Kuter, 's is der reene Schwintel; ich kloobe, weeß Kneppchen, das soll weiter nischt als 'ne Reklame sein!"

„Nä, waarachti, dar schull unse fette Söög hier wesen, dar schulln de Lüüd maal Ogen maaken! — Mein Gott, wa de Hinnerk doch wull eenmaal blivt! Ik gloov waarachti, he het sik eenerwegens daalsett un is inslaapen."

„Schtrambach, meeglich wär' sch schon!"

„Dunner, de Klock is waarachti all gliek twölv! Wi mööt ja gaan, wa is he denn! Da blivt wull anders nix naa, as wi mööt em opsöken, den Dröömbüddel!"

Persetter un Piet meenen dat ook, un de Dree maaken sik op den Weg.

„Laat uns man eerst maal graadut naa de „Papagoien" gaan, dar wull he ja toeerst hen, vorlicht sitt he dar to slaapen!" meen Fritz.

Un richti, dar weer he! Awers he sleep ni, nä, he stund dar bi en witten Kakadu un klai den in den Kopp un grien.

„Minsch, büst denn rein ni klook, dar steist, un wi luert un tööv vör unklook op Di!" schreeg Fritz em to.

„O Jungs, kaamt man maal her, so'n kloken Vaagel hebbt jüm noch min Daag ni sehn! De snackt as en Minsch!" grien Hinnerk.

„Klein Kakadu! — Seidel!" säd de Kakadu.

„Hört? — hebt jüm hört?" gnies Hinnerk, „he is dörsti, he will Beer hebben!"

„Na, nu kaam man, wi wüllt gaan!"

„Junge, Minsch, nu all? Ik mutt doch wull eerst maal den Gaarn besehn!"

„Mein Himmel, heft hier doch wull ni de ganze Tied bi den Vaagel staan?"

„Gott ja, Du; wenn ik weggaan wull, bäd mi jümmers dat oole Thier, ik schull doch bi em blieben, un dar mugg ik dat ni doon!"

„Ei Herrjeses, hihihi, 's is, weeß Kott, sehre kut," lach Persetter.

„Du büst wull rein ni recht kloof, Minsch!" schull Fritz. Wullt Du nu mit oder ni, kannst man bloot seggen, denn gaat wi alleen un laat Di hier!"

„Gott ja, ik kaam all, töövt doch!"

„Bleib doch hier! bleib doch hier!" schreeg de Kakadu.

„Hört jüm, hört jüm! he seggt, ik schall doch bi em blieben!" schreeg Hinnerk; „nä, dat Deert het orntli Verstand!"

„Ik glööv, meist mehr as Du, Hinnerk!" säd Fritz argerli. „Mintwegen blieb hier! Kaamt man, jüm Andern."

„Jesus, tööv doch! Adjüs, min lütt Vaagel, ik heff keen Tied mehr, en andermaal!" säd Hinnerk un leep de Andern achternaa.

„Ik muß awers doch eegentli noch ins de andern Thiern in Gaarn besehn!" meen he.

„Ach, ik segg Di, de Kraam is keen Süssung werth!" säd Fritz, „dar is ook gar nix an to kieken, denk Di, ni maal en Hingst hebbt se hier!"

„Wat Deubel, keen Hingst ni!"

„Un de Swin! — na, so wat Meschants hest noch in din ganz Leben ni sehn!"

„Na, denn is mi dat ook eendoon, denn laat uns man gaan!"

Se also wedder naa'n „grönen Jäger" hen, wa se bi Klock een ut Middag bestellt hadden. As se sik dar nu den Buuk vull slaan hadden, heelen se eerst en lütte Middagsstünd, bet de Kaffee keem. Fritz wull dat nu noch maal mit de „ikarischen Spiele" versöken, awers Persetter weer mit Gewalt ni darto to kriegen.

Bi Klock twee ut maaken se sik wedder mobil, denn se wulln noch naa „Wandsbeck" rut naa't Wettrennen hen. So wat hadden se noch in ehr Leben ni sehn, un dat schull, as de Lüd se int Weertshus säden, ganz aparti schön wesen.

„Maakt man gau, dat jüm darhen kaamt, anders ward dat to laat!" säd Fritz.

„Ihr? — Mei Kuter, De willst wohl sagen, mir missen uns beeilen, denn De gehst je doch ooch mit!"

„Nä, dat deit mi leed nog, awers ik mutt anderwegens hen! Geschäfte, weeßt Du, Persetter! Ik heff noch wücke Opdrääg to besorgen, de Vader mi op de Seel bunden het, un dat will ik doch leewers van Daag doon, morgen heff ik keen Tied, dar is Ossenmarkt, un ik kunn dat anders licht vergäten, sühst Du!"

„Heere mal, Fritz, Du Luhmich, hi hi hi, ich weeß, ich weeß!"

„Na, magst globen oder ni, ik mutt waarachti anderswanem hen! Hinnerk weet ook Bescheed darvan, ni Hinnerk?" un Fritz plink em to, dat he „ja" seggen schull, awers Hinnerk word dat ni wieß und säd ganz verwundert: „Ik?"

„Gott, weeßt ja wull noch!" säd Fritz un plink em wedder to, awers Hinnerk mark wull noch jümmers nix oder meen ook, dat em en Fleeg int Oog kaamen weer, denn he säd dröög: „Nä, dar weet ik nix af!"

„Jees, heff ik Di da noch ni seggt, Minsch?" schreeg Fritz und däd, as wenn he sik bandi wunder.

„Nä, noch ni!" säd Hinnerk nieschieri.

„Na, denn will ik Di dat gliek seggen, kumm maal en Oogenblick mit in de Eck!"

Hinnerk gung mit em. Fritz püsper em wat int Ohr; Hinnerk gnies un säd: „Awers Minsch . . ."

Un Fritz fung wedder van frischen an to püspern, bet Hinnerk wedder säd: „Awers Minsch . . ."

Datsülwe Spill word noch en Stücker fiev, süssmaal opföhrt, dar wuß Hinnerk endli Bescheed, un he nück mit den Kopp un säd: „Schön, ik verstaa!"

Un nu säd Fritz to den Persetter: „Deit mi waarachti leed, dat ik van Namiddag ni mit jüm gaan kann, ik hadd de Kamödie geern maal mit ansehn, awers ik kann man ni, wull Hinnerk?"

„Nä, Du kannst ni!" betüg de.

„Ei nu, denn keh'n mer ooch nich hin; wo Du bleibst, bleib'n mer Beede ooch, jaa!"

„Büst wull ni kloof, Minsch, ik kann jüm van Daag ni jümmers achter mi hebben, ni, Hinnerk?"

„Nä, Persetter, dat geit ni!" säd Hinnerk.

„Aber, Kott Schtrambach, Du hast je de Kasse!"

„Dat maakt ja nix, Du kannst Di ja noch gau en bäten Geld verdeenen, weeßt Du, de „Ikarischen Spiele!"

„Heiliger Schtrohsack, ne, ne, mei Kuter! Weeßt De, De bist ä hibsches Kerlchen, aber heere, die Ikarischen Schbiele

— danke scheenstens! Ne, da bleib'ch, weeß Kott, lieber t'r Heeme, jaa!"

"Na, wes man ni bang, Persetter, Hinnerk het ja de Kaff', meist en föfti Mark, dar hebt jüm wull van Daag mit nog?"

"Ja, denn is 's schon kut! Denn besorge nur de Aufträge welche Dei Vater Der uffekeben hat, hi hi, hi, un daß De mer ja keenen verkessen dhust, heerschte, sonst kennte Dei Vater sehre beese weer'n, hi, hi, hi!"

"Wat wullt Du damit seggen, Sputter!" säd Fritz un gung op em to, as wull he em faatkriegen.

"I Herrjeses, hi, hi, hi, nischt, kar nischt!" schreeg Persetter un retireer gau torügg.

"Na, dat is Din Glück, anders hadd ik Di en bäten knäpen, weeßt Du, so recht mit Geföhl!"

"Schtrambach, De bist je ooch ä kutes Luterchen — hi, hi, hi, — thu mer nur nischt, ich will, weeß Kott, nischt k'sagt ham!"

"Na, denn is't gut!" säd Fritz un däd, as weer he to= fräden, awers op eenmaal hadd he den Persetter mit de een Hand an de Schulder, mit de ander an de Knee faat un rupps böör he em öwer sin Kopp in de Höchd, dat he em meist an den Böden stött. Persetter schreeg un börk vull Angst, dat Fritz em fallen leet, awers dat hölp em nix. Fritz säd, he schull man ni bang wesen, so'n dünnen Specht as em kunn he licht holen. Un nu spazeer he en paarmaal mit em de Stuv op un daal, un do sett he em wedder daal. Persetter weer eerst en bäten verdreetli, dat he so mies behandelt word, awers Fritz meen, he schull dat man ni vör ungut nehmen, Piet weer em to licht un Hinnerk wull dat ja vör alle Gewalt ni, un he weer eenmaal so schön davör wussen, bloot en bäten swaarer muß he wesen. He meen ook, de „Ikaari= schen Spiele" müssen se eegentli noch maal wedder versöken, wenn ook nu jüst ni; awers Persetter verflöök sik, he word sik ni wedder darto hergeben, un wenn he ook hundert Daaler damit verdeenen kunn.

Dat word denn allnaagraad Tied, un se gungen los. Hinnerk meen, dat weer wull am besten, wenn se en Droschke neemen un henfahren däden, denn se wussen den Weg ja ni, un wenn se sik ook noch eerst verbiestern, denn kunnen se licht to laat kaamen. Dat duer ook ni lang, da keem se en leddigen Waagen naa. „Mitfahren?" fraag de Kutscher.

„Jawull!" säd Hinnerk.

„Purr, oold Krack, purr! — So, stiegen de Herren man in! Wanem schall't hengaan? Naa't Rennen? Schön!"

„Heeren Se, mei Kuter, dat Ferd kann uns doch ook hin=
ziehn, ja?"

„De? O, dat is en ganzen bullen! Purr, wullt maal
staan, Aas!"

„Nu äb'n, aber dat Dhier sieht je so draurig aus?"

„Ach Herr — purr — purr, wullt mal staan! — Dat beit
he man so, he is lange Jahren vörn Liekenwaagen wesen, un dar
het sik dat Deert dat so anwennt; awers hē meent dar nix mit!"

Persetter maak de Waagendöör achter sik to, de Kutscher trock
dat Leid an un baller mit de Swääp, un dat gung los. Na,
as se eerst naa't Steendoor keemen, wa all de välen Waagens
hen un herfahren däden, dar marken se bald, warum as en Peerd
an so'n Daag Dorsaak habb, truri to wesen, de armen Thiern
worden gräsi afjaagt.

Hinnrik betaal dat Entree un se gungen rop dat Feld, wa de
Kamödie losgaan schull. „Heert mal," säd Persetter, „mir missen
uns da uffstellen, wo de Hindernisse sin, da dhun mersch am
Schensten sehn!"

„Man to, awers wanem bünt de?" säd Hinnerk.

„Da missen mer mal fragen! Heeren Se, mei kutes Herrchen,
um Verzeihung, kennen Se uns nich sagen, was das ärschte Hinterniß
beim Rennen is, jaa?"

„Jawaul, min Söte, dat is, wenn man mitrieden will un
keen Peerd het!"

„Das nehm'n Se mer aber nicht ibel, hi, hi, hi, das habe ich
schon lange kewußt!" lach Persetter.

„Na wenn dat weeßt, warum fraagst denn, Theeputt!"

Dat weer groff. Awers da weern ook fründliche Lüd, un de
wiesen se naa de Städ hen, was se am besten sehn kunnen. Hier
drängen se sik nu ganz naa vörn hen, un dar kunnen se allens
prächti sehn, awers röhren kunnen se sik ook ganz ni, so dicht vull
Minschen stund dat dar.

„Ei, hier hab'n mer ä scheenen Blatz erwischt!" säd Per=
setter! „nu baß uf, Biet, daß De ooch was lernst!"

„Wat kann man denn lehren, Herr Persetter?"

„Rede nich so dumm, Biet, lernen kannst De iberall,
weeßte!"

„Wat nützt dat Rennen denn, Herr Persetter?"

„Nu ärschtens werd de Cultur de Ferde dadurch befördert,
sagen de Leite, un zwetens nitzt es sehre viel — siehst De — es
nitzt — siehste — Herrje da komm'n se! Ei Du meine Kite, wie

se loofen — Herrje da fellt Eener! — Da — da liegt, weeß Kott, wieder Eener! — Das is Scharmant, der Schwarze hat t'siegt, ja!"

„Dat is en schön Vergnögen, Herr Persetter," säd Piet, „kieken Se maal, dat een Peerd is dod, un dat ander het en Been braaken!"

„Weeß Kott, jaa! Das arme Thier! ne das is aber schändlich!"

„Man kann hier bloot Thierquälerie lehren!" säd Piet gifti.

„Ja, mei Biet, De haft Recht! Ne kucke nur, wie sich das arme Luter dort quält!"

„Ik weet ook ni, wa dar de Peer schüllt bäder bi warden, de armen Thieren!"

„Da hast de Recht, mei kuter Junge, ich weeß's ooch nich. Ebenso kut kennte mer sagen, daß 's de menschliche Race verbessern wärde, wenn eener den andern Hucken dhäte, so lange bis er um=fällt, ja! — Nee, das is je de reene Dhierquälerei!"

„Wat seggt de Aap dar?" säd en Rammer, de dicht achter Persetter stund, to en Fründ; „de Sputter will uns dat ni günnen, dat wi maal de grooten Herrn vör uns Geld uns en bäten vörrieden laaten doot!"

„Reene Dhierquäleri, weiter nischt," säd Persetter, de dat garni hört hadd, wat eben achter em spraaken weer. — „Ei Herrjeses, da kommen se schon wieder! Wie viele diesmal wohl fallen wärn — Schtrambach!"

Wieder säd he nix; de Peer susen vorbi, he seeg awers nix darvan; denn de een Butje hadd em mit sin Fuust sodenni een op sin Hoot geben, dat he em den ook foorts bet op sin Schuldern daalramm, bideß de Andere em achter de Arms tohopenkneep, dat he sik ni rögen kunn.

Dar weer wedder en Peerd fullen, un Piet schreeg: „Ach Gott, dat arme Thier!"

„Kumm laat uns man gaan, ik mag dat ni mehr ansehn; wa is Persetter?" säd Hinnerk. Un nu eerst worden se wieß, wa he dar tostund.

„O, kiek Persetter maal!" schreeg Piet, „he het sik den Hoot öwer de Ohren trocken, um nix to sehn!"

„Dat kann ik em ganz ni verdenken!" säd Hinnerk.

Dat Rennen weer jüst vörbi, un nu leeten se den armen Persetter los un maaken gau, dat se wegkeemen. He gau den Hoot wedder in de Höchd räten! Jeses, wat seeg he gifti ut!

„Kumm laat uns gaan, Persetter, ik mag dat ni mehr sehn!" säd Hinnerk.

„Das is ne Kemeinheit! O die Jagebunde!" puuß Persetter vuller Wuth.

„Ja, Du heft Recht," säd Hinnerk, „dat is schändli, so'n Thierquälerie!"

„Dhierquälerei?" schreeg Persetter gifti, „Schtrambach ich bin nich Dei Dhier. Willst De mich ooch noch vor'n Narr'n ha'm?"

„Mein Gott, Du heft dat eerst ja sülm seggt, so de Peer to behandeln!"

„De Ferde? das is noch karnischt, aber mir den Hut anzudreiben, das is doch ä bischen zu arg! Kott straf' mich, solche Kemeinheit, ich bleibe hier keenen Ogenblick mehr!"

„Na denn kumm man, wi wüllt ja ook weg!" säd Hinnerk.

Un se drängen sik wedder dör naa de ander Siet. Eh se awers ganz rut weern, pett een Persetter op sin Liekdoorn, dat he foorts mit en Geschrigg in de Höchd sprung un anfung op sin een Been to danzen, as wull he den ganzen Weg langs hinken.

„O Gott, kiek Persetter maal!" säd lüt Piet un lach, all wat he kunn.

„Heilig's Kreiz — Schtrambach — mei Hinnerooge!" schreeg Persetter un danz as verrückt op sin een Been rum.

„Ei Herrjeses, hab'n Se Hinneroogen, mei kuter Freind?" säd op eenmal dicht bi se en lütten dicken Mann mit gewaltige lange Haar und en gräsi rode Näs, man seeg foorts, dat he, as de Kaamedjanten seggt, van de Couleur weer.

„Ja! Worum denn?" säd Persetter un sett sin Foot wedder daal un keek den Fremden argwöhnsch an. Wull he em bloot brüden, oder weer dat en richtigen Landsmann van em?

„Na da kenn'n Se sich frei'n d'riber, denn haben Se je ä kuten Baromet'r in Ihren Stiebeln!" säd de Mann.

„Um Verzeihung, Se sein wohl nich aus hies'ger Kegend? sein se werklich ä Sachse?" fraag Persetter.

„Ja freilich, aus Bärne, bei Dräsden."

„Ne, so was lebt nich mehr, denn sein mer ja alle zwe Beede aus Sachsen! Un verzeih'n, entschuldi'gn Se, mei kutes Herrchen, wie ist Ihr Name?"

„Ich heeße Vogt un bin alleweile Schulmeester!"

„Ne, ist meeglich, Schulmeester! Ne so was läbt nich mehr, das habe ich Se, weeß Kott, ooch wär'n wollen. Ich bin der Dheaterdirectr Herzele, seh'n Se!"

„Dheaterdirectr!" schreeg Persetter: „ne, wie is's meeglich! Untersch Dheater habe ich ooch immer keh'n wollen, jaa!"

„Kott fertanz'g, Se haben untersch Dheater kehen woll'n, un sein Lehrer keworden? ich wollte Se Lehrer wärn un bin untersch Dheater kekangen; nee so was läbt nich mehr! Denn sein mer je eegentlich Collegen!

„Nu äb'n jaa, das sein mer eegentlich! — Nee, das freit mich aber sehre! — Du, Hinrich, denk Der, mir zwee sin Landsleite, is das nich merkwirdg, jaa?"

Hinnerk geev em darin Recht un weer ook ganz darmit tofräden, dat de Herr Director mit se gung un se den Weg wies, denn sparen se ja dat Geld vör den Waagen. Director Herzele wuß awers to vertellen, een Döntje noch spaaßiger as dat ander, dat se meist ganz ni ut dat Lachen rutkemen. Endli säd he: „Nee, Kinder, 's wäre, weeß Kott, Sinte, wenn ich heite nich bei Eich bleiben dhäte un Eich nich rumfihrte, Ihr seid hier je noch kar nich bekannt! Meine Zeid is freilich kostbar, aber was dhut mer nich for ä Landsmann!"

„Dunner, wa is min Breeftasch?!" schreeg Hinnerk op eenmaal un beföhl sin Taschen.

„Jag mer keenen Schrecken ein, De werscht se wohl z'Hause kelassen hab'n, weeßte!" säd Persetter.

„Nä, nä, ik weet gewiß, dat ik se bi mi stäken heff, ik heff se eerst noch föhlt!"

„Schtrambach de Kasse war doch nich trin?"

„Nä, bloot twee Daalerzettels, awers wenn se en ehrlichen Kerl funden het, krieg ik se sacht wedder, min vullen Naamen steit darin!"

„Das kloobe ich nich, Hinrich, hier sin viel zu viel Spitzbuben! De Fagebunde, die mer meinen Hut eingetrieben haben, geheerten kewiß mit zu der Reiberbande, jaa!"

„Na, de Schaad is so groot ni, dat Dings weer all oold un smäri!"

„Kreizhimmeldonnerwetter, wo zum Deifel is meine Beersche!" schreeg Director Herzele op eenmal; „je hab'n mer die, weeß Kott, ooch geschtohlen, das Hundezeich! Nee, so was lebt nich mehr!"

„Weer vääl darin?" fraag Hinnerk.

„Viel nich, etwa zehn Dahler, aber alles das wollte ich
kern verschmerzen, heeren Se, aber 's war Se ooch ä dheires An=
denken von meiner Seligen d'rin, mei Drauring, jaa! Heeren Se,
mei Kuter, das is mer sehre fatal! Aber mir Herzele's haben Se
immer Malehr kehabt, jaa! Weeß der Deifel wäre das Schiff nich
gescheitert, wäre ich jetzt ä reicher Millioneser, jaa; denn ooch ich
war in Californien! wie der gute Schiller sagen wärde, wäre er
da kewesen, jaa!"

„Ei Herrjeses, in Californien, wo das viele Gold sein dhut?"
schreeg Persetter.

„Jaa, ich war dort mei kuter Freind! Aber ach, das is
eene lange Keschichte, sehn Se!"

„Ach heeren Se, die missen Se uns, weeß Kott, er=
zählen, jaa?"

„Wozu den Schmerz erneiern, mei kuter Herr Docter!"

„Erloben Se, 'ch habe nich bromofirt, ich bin kee Docter!"

„Ei, in meinen Oogen sin Se 's schon lange! Aber seh'n
Se, wenn ich meine draurige K'schichte erzähle, so wäre ich Se
immer so wehmied'g un kann mer nich andersch helfen, ich muß
weenen, und was soll'n die Leite sagen, wenn der alte Director
Herzele uf de Straße steh'n dhut un weent! Seh'n Se, das keht
Se bei Leibe nich aan! Aber heeren Se, ich werde Se, in ä
Werthshaus fihren, wo 's auskezeichneten Krok kiebt, da mag's
mein'twegen bassiren!"

„Man to, ik bün dörsti!" säd Hinnerk.

„Ich ooch recht sehre!" säd Persetter.

„Nu das is kut, mer haben nich mehr weit zu lofen, hier
is schon das Millernthor, un links die Centralhalle, wo Se
alles sehre kut is!"

„Is dat nich neeg bi't Odeon?" fraag Piet.

„Ei, jawohl, nur einige Heiser dervon!" säd Herr Director.

„Och, denn laat uns darhen gaan, dar is dat ja so schön!"
säd Piet.

„Mi het dat dar ook bandi gefallen!" säd Hinnerk.

„Wie 'r wollt, Kinder, mir is 's kanz ekal. Doch da kiebt
's scheene Gedränke!"

Hinnerk betaal dat Entrée, un as se rin weern un sik daalsett
hadden, da sorg Director Herzele foorts darvör, dat en Opwaarer
keem, bi den Hinnerk wat bestellen kunn. De Andern drunken
eerst Win, un Persetter raa Direkter ook, darmit antofangen.

„Weeß Kott, er is scheene," säd he, „man kann ihn mit ge=
schlossenen Oogen drinken, jaa!"

„Lieber Herr Docter, das kloob' 'ch schon, un 's wäre ooch
kar nich so übel, wenn mer nur nich den Mund derbei effnen
mißte. Seh'n Se, lieber Freind, in Hamburg is Se kuter Wein
un ooch schlechter Wein, ich habe mei Lebbdag immer schlechten
gekriegt, seh'n Se, un desterwegen drinke ich Se keenen Wein mehr,
das heeßt, wenn 'ch was Ander's bekommen kann!"

„Wat wüllt Se denn hebben, Herr Directer?" fraag
Hinnerk.

„Ei Herrjeses, machen Se doch keene Umstände nich,
lassen Se doch nur ä Klas Krok bring'n, heeren Se! — Eegentlich
drinke ich am liebsten Dheebunsch!"

„Dheebunsch! Ei nu, wenn mer Se nischt Ander's haben
dhut, sonst danke ich doch scheenstens!" säd Persetter.

„Heer'n Se, 's kommt kanz d'ruf an, wie mer'n drinken
dhut, mei kuter Herr Brofesser!"

„Aber, erlob'n Se, der Didel kommt mer nich zu!" säd
Persetter gräsi smeichelt.

„Das dhut nischt, ich schenke ihn Se'n; weeß Kott, Se
verdienen ihn schon lange! — Seh'n Se, einige meegen ihn kerne
mit sehre viel Dhee un wenig Rum, ich drink'n aber immer mit
sehre viel Rum un wenig Dhee! Jeder nach seinem Keschmack!"

De Kellner broch nu en orntli Glas Grog, un naadem
Director Herzele em gehöri prööwt hadd, fung he denn an to
vertelln, as he dat verspraaken hadd.

„Ja, heert Kinder," säd he, „ich bin eegentlich enne Weese
un von altem Atel, jaa! Mei Vater seliger war ä franzeescher
Keneral un hieß Coeur de Lion. Er hatte Se iberall ä merkwirdiges
Klick; er machte Se alle Kefechte mit un worde kee eenzig's Mal
nich verwundet! Bei Waterloo hatt'r aber Malleer, un seit der
Zeit hab'n mir Herzele's immer Unklick kehabt, jaa! Bei Waterloo
war Se der Kugelregen so stark, daß ä Bau'r, der Se ä Schwein
grade iber de Chaussee drieb, in eenem Nu verschwunden war, er
war Se reenewek alle keworden, wie der Berliner sagt; die Kugeln
hatten ihn un das Schwein, wie mei Vater seliger später erzählte,
in eene Million Sticke gerissen, jaa! Leiter worde Se mei Vater
in dieser Schlacht von eenem Bataillon Engländer umzingelt!
Wellington wollt'n gerne retten, jaa; er rief ihm zu, er sollte sich
erkeben, aber mei Vater schrie dodesmuthig: „Heeren Se, ä Coeur
de Lion iberkiebt sich niemals nich! Un so kämpfte'r verzweifelt

weiter, bis Se so ä Hund von Janitschaaren ihm von hinten in de Brust schoß! Seh'n Se, heeren Se, das war Se sehre draurig, jaa! Aber er kämpfte muthig weiter, bis er sich unter ä Wall von Leichen selbst bekraben hatte! Zwee Jahre später worde ich keboren. Ich hatte keenen Samiel, der mer half un mußte mer selber den Weg dorch's Leb'n erkämpfen, un heeren Se, 's war Se nich immer leicht! Zuärscht wollt'ch, wie kesagt, Lehrer wär'n, un ich worde Schauschpieler! Obkleich ich fast immer in Nood war, befand ich mich doch kanz klicklich derbei, denn Nood kennt keen Kepot! Aber heeren Se, 's king mer doch sehr draurig! Meine Schulden nahmen von Dag zu Dag zu; die alten bezahlt' 'ch aus Princip nich, un de neien ließ 'ch Se alt wär'n! Ich sag Ihnen, sie wuchs'n mer bald so iber den Kopp, daß 'ch mich oft monadelang nich sehen lassen konnte, jaa! — Da peschloß ich endlich auszuwandern. Ich kink mit eener Keselschaft nach Californien. Hier bliehte mir endlich das Klick! Saperlot, wenn ich noch an die scheene Zeit zurückdenke! Mer kann dort mit Wahrheit sagen: Alles was klänzt, is Kold! Wenn mer Se ä kleenen Schpazierkang kemacht hatte, brauchte mer seinen Rock nur auszukloppen, um eene dichdige Summe Koldstaub in de Dasche stecken zu kennen, jaa! Un seh'n Se, da ward ich denn in kurzer Zeit sehre reich un schiffte mich bald mit drei kroßen Koffern voll Koldstaub nach Eiroba ein, um hier mei Leben als Millioneser zu kenießen. Aber dicht vor Curhaven strandete mei Schiff; der kefräßige Ocean verschluckte Se meine drei Koffer, un mich — spie er wieder aus! Das war sehre draurig, jaa! Da fing ich denn an wieder der Kunst zu leben un habe fort gemiemt bis auf diesen Dag, wo ich denn Dheaterdirecter bin, jaa!"

„Ei Herrjemersch, wo dhun Se denn spielen, mei kuter Herr Directer?" fraag Persetter.

„Den Oogenblick nirgends nich, Herr Brofesser! Unklickliche Umstände neethigten mich, meine Bande aufzuleesen; jaa!"

„Weeß Kott, ich mächte ooch wohl ämal ä Schauschpieldirekter sein, heeren Se!"

„Das will ich Ihnen, weeß Kott, nich winschen! Se hamm kar keene Idee nich, was Se ä Dheaterdirecter zuweilen auszuschtehen hat, mei kutes Herrchen!"

„Ei nich meeglich!"

„Ja, seh'n Se, da hatte ich Se ämal ä Liebhaber! — Liebhaber, missen Se wissen, dogen niemals nischt; Se mögen 's kloben oder nich, aber ich kebe Ihnen mei heil'ges Ehrenwort ich habe niemals keenen dichbigen Liebhaber nich kehabt, nee! De Hauptsache is nur, daß 's ä hibsches Kerlchen is un kute Anziehungsbeene hat; denn spielen dhun se alle niederbrächtig! Dieser, von dem ich Se erzählen will, hatte Se vordem mit alte Kleider kehandelt, ehe 'r sich der Kunst widmete, un, heeren Se, wenn er als Ferdinand der Lawise seine Liebe schilderte, schrie er Se so ferchterlich, als wenn er 'r ä Baar alte Hoosen verkoofen wollte, jaa! Un nu seh'n se, dieser kemeine Mensch kißte meine Frau immer! Erscht dhat er'sch uf der Biehne, wenn er in Actu war, wie der Kunstausdruck heeßt, un dann brisatim, un seh'n Se, das baßte m'r denn doch nich, ne! Als ich 'n das eerschte Mal erwischte, worde ich sehre beese un sagte zu 'n: „Heeren Se, mei kutes Herrchen, das lassen Se mer aber sein, hier is kee Liebhaberdheater nich! Aber, seh'n Se, das Luter besserte sich nich, un ich abrabirt 'n zum zweeten Male, jaa! Da worde ich Se aber sehre wiethend un schrie: „Heeren Se, wenn Se meine Frau Kemahlin kissen, ziehe ich Ihnen, weeß Kott, ä halben Monat Kahsche ab, jaa!" Un denken Se, da worde Se der infamigte Mensch noch krob un niederbrächb'g un sagte, ich solle ihm nur kleich de kanze Kahsche abzieh'n, ihm sei 's ekal, ich zahlte je doch nischt! Diese niederträcht'ge Verleimdung emperte mich uf's Eißerste! Ich kebe Ihnen mei heil'ges Ehrenwort, er bekam auf seinen Andheil — mer spielten Umschtände wegen nämlich auf Dheilung! — jeden Dag verzehn Bicklinge un sechs Rundschtücke, un oft noch mehr! Da ward ich Se aber so beese, daß ich 'n am Erschten zu kindigen beschloß. — Un nu seh'n Se, als der Erschte kekomen war, wo ich mich färchterlich an 'n rächen wollte, da war Se der Luhmich schon acht Dage vorher durchkefangen, jaa! — Weeß Kott, mei kuter Herr Docter, Se hamm gar keenen Bekriff nich, was so ä Dheaterdirecter auszuschteh'n hat. Der neie Liebhaber, den ich daruf ankaschirte, kam Se, weeß der Deisel, nur mit eenen Stiebel an, den andern hatt 'r Se in Libeck versetzt!"

„Ei Herrjeses, 's is wohl nich meeglich!" schreeg Perfetter, de ganz niep tohört hadd, bideß Hinnerk un Piet naa de Vörstellungen op de Bühn keeken. — „Aber um Permission, entschuld'gen Se, spielen Se denn jetzt hier in Hamburg?"

„In Hamburg?" säd de Director Herzele minnachtig. „Ne, mei kuter Herr Docter, ich läbe hier als Bardiclier un kenieße de stille Sammlung einer Collecte."

„Erloben Se, was is das denn?"

„Heeren Se, das is was Erhabenes, was Andikes! Schon

d'e alten Remer kannten's, denn se haben ä Zeitwort colligere d'raus gemacht, jaa! Sehn se, wenn m'r als Schauschpieler in Noth is, denn geht m'r zu ä Collegen, der nich in Noth is, das heeßt, der fir den Ogenblick eene feste Stellung hat, un da sagt m'r eefach „kuten Morgen" — un denn weeß 'r kleich, was m'r will, er greift in de Ficke un sammelt sich, er giebt, un das heeßt Collecte!"

„Ei ja, jetzt verstehe ich! Aber haben Se hier niemaals nich kespielt?"

„Ei jawohl, aber heeren Se, Hamburg ist ä Nest von Krämern; kennen Se sich das denken, ich bin hier fast jedesmaal ausgefiffen worden!"

„Kott Schtrambach, nich meeglich!"

„Nu äb'n, un ich sag Ihnen, ich habe in den „Reibern" zu kleicher Zeit den Franz un den Karl kespielt und kebrillt, sage 'ch Ihnen, daß 's kanze Gebeide zitterte, aber was verschteht m'r hier von der Kunst! Ich gebe Ihnen mei heilig's Ehrenwort, m'r hat mich ausgefiffen!"

„Nich meeglich!"

„Hab'n Se Devrient kesehen, mei kuter Docter!"

„Nee!"

„Hab'n Se Dawison gesehen?"

„Nee!"

„Ja, sehn Se, diese Leite werd'n verkettert un was dhun Se? — Se cobiren mich, jaa! — Sehn Se, mei kuter Herr Docter, dort den kleenen alten Mann mit den weißen langen Haaren und den dräck'chen Vatermärdern, ja? Heeren Se, das war Se der Lessing seiner Zeit, 'r schrieb früher b'e geistreichsten Recensionen for 'ne Dheaterzeitung; 'r war Se der eenzige, welcher meinen Werth erkannte, 'r nannte mich ä Medeor am Himmel der Kunst, und was is 'r jetzt?"

„Das Kärlchen scheint mer pudeldicke besoffen!"

„Nu eben, das ist 'ne kleene Schwäche von'm, der Kimmel is 'n zuweilen zu stark!"

„Fui Deifel, Kimmel?"

„O, mei kutes Herrchen, heeren Se, m'r muß den Menschen niemals nicht verachten, welcher sich in Kimmel beseift! Nur denn hat m'r das Recht, ihn keringzuschätzen, wenn 'r irgendwo Kimmel drinkt, wo kuter Cognac zu haben is, ja!"

„Ich kann's, weeß Kott, nich bekreifen, daß ä so geistreicher Mann sich besaufen dhut!"

„Daß 'r sich beseift, wundert mich nich, aber daß 'r auskeht, wenn 'r besoffen is, das is was ich nich befreifen kann! Ja, ich gebe Jhnen mei heilig's Ehrenwort, er wäre der bedeitendste Genius des Jahrhunderts, wenn er niemals nich nach Hamburg gekommen wäre!"

„Se schpaaßen wohl? Jch meente immer, in eener so scheenen kroßen Stadt wie Hamburg — — —"

„Hamburg? — Stadt? — Bah! Heer'n Se, mei Kuter, Hamburg is ä elendes Nest voll Krämerkeist un Kohlenstaub! Jch kebe Jhnen mei heilig's Ehrenwort, wenn m'r sei Hemde hier acht Dage kedragen hat, is 's Se vollständig schwarz, jaa!"

„Nich meeglich! Aber heeren Se, mir gefällt 's hier alleweile schon, ich mechte hier, weeß Kneppchen, wohl ä kleenes Bahntje hab'n, sehn Se!"

„Ei nu, äben, werd'n Se doch Director des Schtadtdheaters?"

„Hi, hi, hi, ich bitte Se, Director des Schtadtdheaters?! Ne, mei kuter Freind, ich habe alleweile wohl eene gewisse ästhetische Bildung, aber da wärden doch wohl zu viel Ansprüche kemacht werden, heeren Se!"

„Dummes Zeig! Erlauben Se, um Verzeihung, hab'n S'e Kneppchen?"

„Nich mehr, als ich an Rock un Hose bei m'r drage!"

„Ja, mei kuter Herr Doctor, denn kenn'n Se ooch nich Director des Schtadtdheaters wer'n, denn is 's Se 's kanz unmeeglich, seh'n Se! Hier werd Se alleene Geld verlangt. Zu wissen brauchen Se kar nischt nich, wenn Se nur Geld hab'n, jaa! De wahre Kunst keht hier Collecte! 's is draurig, aber wahr!"

„Ei Herrcheses, ich klobte, daß m'r im Schtadtdheater noch immer de echte andike Kunst fände!"

„Andike? Mei kutes Herrchen, nur in der Kleidung sucht m'r sich der Andike zu nähern!"

„Ei, ich meente doch, das Hamburger Schtadtheater hätte ä kroßen Ruf?"

„Ei ja wohl, es hatt'n! aber das is Se schon sehre lange her. Ae Director braucht jetzt nur kute Ogen z' hab'n, zu sehen, daß eene Dänzerin oder Sängerin ä Paar kute Beene hat, denn weeß m'r kenug!"

„Un das is de kanze Kunst?"

„Nu eben, de Kunst heitzudage beschteht darin, daß m'r

eenen guten Kärper hat, un so viel als meeglich d'rvon zu zeigen verschteht, das Andere is Nebensache, jaa!"

„Heil'ger Schtrohsack, das is je unanschtändig, heeren Se!"

„Ei ja wohl, das is 's ooch!"

„Aber heeren Se, das Dheater soll doch eene Schule der Sittlichkeit sein!"

„Ei jaa, das sagt m'r; aber sehn Se, das is Se dummes Zeig! Ebenso kut därfte m'r sagen, die Schenke wäre die Schule der Mäßigkeit, jaa! Heeren Se, mei kutes Herrchen, wenn das Dheater de Sitten verbesserte, wärde de Jugend nich in's Dheater kehn; denn de Jugend is, weeß Kott, nich das Alter, wo m'r sich bessern will! Un was werden Se dort fir Schticke kekeben? „Die scheene Galadhee", „Die scheene Heleene", „Leichte Cavallerie", wo alle Mädels schtramme Hosen anzieh'n missen!"

„Ei heeren Se, das is aber sehre draurig! Auf welchem Schtandpunct schteht denn das Schauschpiel dort?"

„Auf gar keenem, mei kutes Herrchen, 's liegt im Argen! Wer ä kutes Schtick kut geschpielt sehen will, der geht wo andersch hin, „die keische Muse hat sich alleweile wieder ins „Elysium" geflichtet, dort im „Elysiumdheater", wo ich Se nächstens kastiren werde, finden Se noch wahre Kunst, jaa!"

Persetter word jümmers vertruter mit Director Herzele, un as de endli anfung Dööntjes un Snurren to vertellen, dar maak dat Hinnerk un Piet ook mehr Spaaß, em totohören, as naa de Bühn to kieken. De Gläs worden darbi leddi un wedder vull= maakt, un dat so vaakens, dat se bald en gewaltigen Brand kreegen. To guder Letzt besnack se noch Herr Director, dat se all mit em naa en lütten Keller gungen, wa de Grog bäter un ook billiger wesen schull. Hier drunken se nu op Persetter sin Vörslag Smollis. Piet wull int eerste ni, awers Persetter säd, he word se alltohopen gräsigen Schimp andoon, wenn he ni mit se op Du un Du drunk, un so däd he dat denn. Director Herzele borg sik nu ook noch van Hinnerk tein Daaler, de he den andern Dag wedder betaalen wull. Hinnerk wull eerst ni recht daran, awers as Persetter säd, he schull dat man geern doon, he sülm wull Börg vör em seggen, da lang he denn in de Tasch un rück af.

Director Herzele broch se denn ook wedder naa Huus, un as se da vör de Döör stunden, faat he Persetter um den Hals un küß em un nösten Piet, de ganz sprüttenduun weer, un dar wull he ook den langen Hinnerk een opdrücken. Awers de buck

sik ni daal, men säd: „Laat de Saapelie naa!" Hinnerk weer to=
fräden mit den „deitschen Händedruck," den he darvör kreeg.

As se baaben in ehr Stuv rinstültert weern, keeken se to=
eerst in Fritz sin Bett. He weer noch ni naa Huus kaamen. Da
Hinnerk awers de Kaß hadd, so weer Persetter dat eendoon,
anders hadd he gewiß noch wat seggt. Fritz weer groot un stark
nog, dat se ni bang vor em to wesen bruken, he word sacht all
to Huus finden, un so däden se, wat ook wull dat Beste weer, se
gungen to Bett.

En Stund laater keem Fritz an. He hadd ook wull en
lütten drunken, awers he weer jo ni duun; he seeg man bloot so
ut, sin Backen weern noch maal so roth as anders, un sin lütten
Oogen weern so glöni, as Kattenoogen in Düstern. He keek eerst
naa sin Maaten, un as he wieß word, dat se sleepen, sett he sik
an den Disch daal un stütt den Kopp in beide Handen un keek wiß
int Licht rin. Af un denn säd he maal so half lut vör sik hen:
„Junge, Junge!" oder „Dunner!" oder ook „Jeses, Jeses!" — He
weer mächti bi ant Simmeleern, un dat word em, as dat schien,
bandi swaar, sik to risselveern, denn naa en halbe Stünd klai he
sik noch jümmers in den Kopp un säd: „Mein Himmel, wat schall
ik doon? — wat do ik?"

Wat hadd he denn to gruveln? Hör, he snackt! Pst!

„Gaa ik mit de Andern naa Hus, denn krieg ik min Hulda
in Ewigkeit ni wedder to sehn! Un Hulda seggt, se word dat denn
ni lang mehr maaken, se kunn ni leben, wenn ik se verlaaten däd;
un de ole Gräfin, ehr Moder, het mi ünder veer Oogen seggt, se
wull ni toraaden un ook ni afraaden, awers se weer bang, ehr
Dochter däd sik wat to naa, wenn ik weggung, un de Täärn kreeg
se op jeden Fall! — O Gott, o Gott, wat en Leben! Wat schall
ik doon?"

„Un naa Winbargen will Hulda op keen Fall mit, se mutt
de „„„Kunst,"„" as se seggt, tru blieben, un — Jeses wat schall ik
doon? — Verlaaten kann ik se ook ni, se het mi dat eben so an=
daan as ik se! Ach, se is so'n Nüter — so'n Engel — so'n
prächtige Deern! — un en Gräfin darto! — un baaben in Koop,
ward se mit de Jahren, wenn eerst ehrn olen poolschen Unkel doot
is, ganz swaarriek, het ehr Moder mi seggt! — Nä, ik kann se ni
verlaaten! — Awers min Vader? — Un min gude, söte Moder!
Wat ward se seggen, wenn ik ni wedder kaam! Min gude Moder
ward sik ja de Oogen ut den Kopp weenen un vorlicht gar krank
daröwer warden! — Un Vader! he holt so vääl van mi, wenn

he dat ook ni seggen deit — he is so bääg un gut! — Un ik schall nöst sin Hof hebben? — Gott, o Gott, wat schall ik doon, wat schall ik doon?!"

Un he fung wedder an to simmeleeren un keek darbi jümmers wiß in dat Licht! Endli risselveer he sik! he weer op de Kommod Papier un Schrievgeschirr wieß worden, un dat haal he sik her, um en Breef an sin Oellern optosetten. He schreev se, dat he sik in en poolsche Gräfin verleevt hadd un ni mehr van ehr laaten kunn. Wenn se den Breef kreegen, weer he all mit sin Brut ünderwegens naa Amerika; dat Geld vör de Ossen hadd he eerst maal mitnaamen un ook Klaasohm sin, bet op föfti Daaler, un dat mugg sin Vader Naawer weddergeben; he seeg dat Geld as sin Arvdeel an; mehr wull he gar ni hebben, un wenn sin Hulda nösten arvt hadd un se rieke Lüd weern, denn keem he wedder retour un wull se in Winbargen besöken, un toletzt bäd he denn, se schulln em doch ni bös warden, he kunn un kunn ni anders. Da he wuß, dat se int Dörp gewalti vääl daröwer snacken un sludern worden, wenn he ni wedder keem, so schulln se man seggen, he weer mit dat Geld naa England gaan, um sik dar wücke Jahrn de Landweertschopp antosehn; datsülwe wull he ook to Hinnerk un de Andern seggen.

As he mit sin Breef klaar weer, japp he orntli op, so suer weer em dat Stück Arbeit worden. Nu maak he em denn to un steek em in sin Taschenbook.

Dat weer ook bi lütten Tied worden, to Bett to gaan, un nu fung he an sik uttotrecken. As he Rock un West uthadd, dar maak he awers noch eerst wücke Künst, he stell sik op den Kopp, op de Hannen sogar, kreeg sin Foot in de Nack, he weer waarachti ni to stiev, as he sik dat eerst dacht hadd, un wenn he sik en bäten ööv, kunn he dat am End noch so wiet bringen, as sin Hulda, de sik achter an de Hack en Gaabel faststeek un damit Fleesch in den Mund steek. Em dügg, he kunn foorts maal tosehn, op he den Foot van achtern ni ook bet an den Kopp bringen kunn, dat hadd so licht utsehn, un Hulda hadd seggt, dat weer ganz ni so swaar. He smeet sik op den Bunk daal und slog achter mit den Foot achterut in de Höchd, awers so dull he sik ook aftier, he hau sik ni eenmaal mit den Foot an den Kopp, men bloot an sin dree Bookstaaben.

Dat wull denn noch ni gaan, un he hadd sik geern daalleggen kunnt in't Bett, un he hadd dat ook wull daan, awers dar hör he op eenmaal un noch eenmaal en „hi, hi, hi." As he opsprung, word he Persetter wieß, be van sin Rabanken opwaakt weer un nu op sin Ellenbaagen sik opricht habb un em tokeek.

„Dat geit all ganz schön, ni, Persetter?" säd Fritz.

„Weeß Kott, ja, hi, hi, hi! Ich bekreife nur nich, was die Kunstschticke zu bedeiten hab'n."

„Ach, dat maakt mi Spaaß! Weeßt wat, Persetter, laat uns de „„ikaarischen Spiele"" noch ins versöken!"

„Laß mich unkeschooren da dermit, nich wahr, daß De mich wieder fallen läßt?"

„Gott, wakein kann ook vör Malheur! Man to, laat uns noch ins, schast sehn, dat geit!"

„Bleib' m'r vom Leibe, ich dhu dersch um keenen Breiß nich!"

„So wes doch ni narrsch, ik will Di ook en Mark geben!"

„Ae Mark? Nee, weeß Kott, Fritz, ich dhu's nich, denkst De denn, das ewige Fallen uff'n Allerwerth'sten macht Vergniegen?"

„Minsch, dat passeert ja ni wedder, schast veeruntwinti hebben!"

„Laß mich unkeschooren, sag ich Der!"

„Twee Mark denn, kumm doch her!"

„Zwee Mark? — Aber nee, Du läßt mich wieder hinblumpsen!"

„Ganz gewiß ni! Ik will Di wat seggen, awers dat is ook min letzt Bott, Du schast en preußischen Daaler hebben, wullt dat?"

„Kott Schtrambach, ä Dhaler!" schreeg Persetter un snupp int Bett in de Höchd, „wärklich ä Dhaler? Ich klobe, weeß d'r Keier, ich dhu's, hi, hi, hi!"

„Na, denn man gau, kumm her!

„Ja, mei Kuter, erscht missen mer aber de Moneten hamm."

„Hier is en Daaler, awers nu kumm man!"

„Kleich, aber weeßte, meine Hose mächt 'ch m'r doch erscht anzieh'n!"

Persetter keem nu rut dat Bett, trock sin Büxen an un dümmel op Fritz los; he weer noch gewalti duun!

„Minsch, Jesus, büst ja ganz knüll besaapen, Swinegel!" säd Fritz.

„Hi, hi, hi, nur ä bischen molum!"

„Na, eenerlei, dat maakt nix! Sett Di man baal op min Fööt!"

„Laß mich aber nich fallen, heerschte?"

„Wes man ni bang! Sühst Du, dat geit ganz schön!"

„Weeß der Deifel, Du bist ä vertammter Kärl!"

„Minsch, wat bist Du duun!"

„Hi, hi, hi, nur ä bischen uffereimt!"

„Swunk man ni so gefährli hen un her!"

„O, ich wäre mich schon halten!"

„Na, denn paß op!"

Un nu wüpp he Persetter in de Höchd un — wedder de ole Taß Thee! Persetter, de bang weer, dat he wedder achteröwer full, hadd sik nu en bäten rieksi wiet naa vörn buckt, un so keem't, dat he bi't Daalfallen en ganzen End ut de Richt keem un eerst op sin Handen un op de Näs un denn eerst op de Knee daalplumps.

„Minsch, Du büst awers ook rein des Deubels, hest wull de Fallsucht!" schreeg Fritz. „Nu liggst all wedder dar!"

„Na, Du bist m'r abber ä scheener Kärl! Ich hab 's doch kleich kesagt!" schreeg Persetter giftig un wisch sik mit de Hand dat Bloot af, dat em ut de Näs drüppel.

„Kinderslüd, wat blöttst Du! Man gau en bäten koolt Waater opsnaaben!"

„Hab' ichs nich kleich kesagt!" schimp Persetter.

Fritz wusch em deelnehmsch dat Gesicht af un fraag em tonöst dröög, dat hadd doch wull ni so weh daan, as den Daag vördem. Daröwer muß Persetter denn doch lachen, un as sin Näsblöden endli vorbi weer, dar meen he: „Eegentlich mißteste noch ä Dhaler extra keben, weil ich mei Blut fer Dich verkossen habe!"

Fritz säd awers: „Büst wull ni klook, muggst wull, dat Du jümmerst so licht Geld verdeenen kunst! Na, kumm man to Bett, gun Nacht!"

„Ei Du kruntkitger Himmel, der Witz war werklich kut, hi, hi, hi, na nischt vor unkut, kute Nacht ooch!"

Dat ölmte Kapitel.

Piet vergrippt sik an Persetter, und Persetter vergrippt sik an Piet. — Der Junge is, weeß Kott, verrickt! — Director Herzele ward söcht! — Aalsupp. — Bi'n Photograafen. — Wat kann de Minsch leegen! — Hinnerk un Persetter ward klook maakt! — Persetter is gräsi spilleri. — Se fahrt retour. — Hinnerk in de „Reform". — Fritz sin Breef. — En lütten Trost! — De Jungens kaamt wedder. — Hinnerk vör't Brett. — Allgemeene Bicht. — De asige Photograaf.

innerk waak den andern Morgen toeerst op. He weer en bäten hitt in den Kopp, awers dat weer ook allens. Piet feil ganz nix, he weer krall un munter as anders. „Laat Persetter man noch en bäten slaapen!" säd Fritz to Piet; he kann nösten mit Di en bäten in de Stadt rumloopen, bideß Hinnerk un ik op't Ossenmarkt bünt!"

„Ach, laat mi doch ook mit naa't Ossenmarkt!" bäd Piet.

„Jung, wat wullt dar, dar is nix to sehn, dat is dar

jüst so as op't Meldörper Markt! Hinnerk kann Di süss preusche Daaler geben, de bruukt jüm ja lang ni van Morgens!"

„Mein Himmel, wat süht dat Minschenkind ut!" säd Hinnerk op eenmaal; „ik gloov waarachti, Persetter is van Nacht ut Bett fullen! Kiek maal an, wat sin Näs dick opswullen is!"

„Jeses noch maal to," gnies Piet, wat mutt he vörn Strich hadd hebben, güstern Abend hadd he dat noch ni!"

„Nä, he is van Nacht op jeden Fall ut Bett fullen!" säd Hinnerk. Fritz keek em en Ogenblick an un gnies; he alleen hadd seggen kunnt, wa dat togung, dat Persetter sin Näs so oplopen weer; awers he säd nix.

„Weeß Kott — ich dhu's nich!" mummel Persetter.

„Hör, he snackt in'n Slaap!" lach Fritz, „mußt em maal bi'n grooten Ton anfaaten, Piet, denn bicht he Di allens, wat Du em fraagst!"

„Nä, is gewiß?" säd Piet.

„Ganz gewiß, dar kannst Di op verlaaten, ni, Hinnerk?"

Hinnerk betüg em dat foorts. Piet hadd ook all maal darvan hört, un em dügg, he kunn dat ins versöken. He also ganz driest Persetter bi'n groten Ton anfaat un säd nu: „Wat schall ik em maal fraagen?"

„Gott, is eenerlei, wat! Fraag em maal, wat he vörn Bruut het, un wa se heet!" säd Fritz.

„Junge, ja," gnies Piet, „dat ward en Kür, dar wüllt wi em nöst gehöri mit narren!"

Un he fraag: „Wasück heet Din Bruut, Persetter?"

„Ich dhu's nich — um keenen Breiß —" mummel Persetter wedder un fung van frischen an to snurken.

„Muß em gehöri kniepen, Jung!" säd Fritz.

„O Je, ik will mi wull wahren, denn waakt he op!"

„Na, bloot in den Ton, dar het de Minsch ja keen Geföhl in, wenn he slöppt!

„Ja, nä, Du maakst mi bloot wat wieß, Vetter!"

„Weeßt dat noch ni, Junge?"

„Is ook wirkli an dem?"

„Ganz gewiß, ni wahr, Hinnerk?"

„Ja, dat is wahr, Piet!" säd Hinnerk.

„Tööv, denn will ik den Aas ins gehöri kniepen! Fietsch! Wa heet Din Bruut, Swienegel?"

Quapps hadd Piet een achter de Ohren weg un noch een; eh

he sik van sin Verwunderung verhaalt habb, habb he säker noch wücke mehr krägen, wenn Fritz em ni gau wegräten habb.

„Warte, Lausejunge, De wagst 's Deinen Schulmeester zu kneipen? Warte, ich will Der kleich zeigen, was Reschpect heeßt, abscheilicher Schlingel!" Un Persetter weer so giftig, dat he foorts ut Bett rut wull, den armen Jungen aftowackeln. Fritz heel em awers torügg un lach darbi, all wat he kunn. Persetter wull sik losrieten un schreeg darbi: „Halt't mich, halt't mich, ich schlag'n sonst dot!"

„Awers laat Di doch beseggen, Minsch," lach Fritz, „Piet het ja keen Schuld, wi hebbt em dat ja inschütt! Du rappelst ja in Slaap, un de Lüd seggt ja, wenn man denn een bi'n grooten Ton anfaat, mutt he allens bichten, un dar säd ik denn to Piet, he schull dat maal doon!"

„Kreizschwerebret, was hab' ich denn kesagt?"

„Ach, so vääl as gar nix, un as he Di anfaat, dar wordst Du foorts plump un haust em!"

„Hi, hi, hi, das is, weeß Kott, zum Doblachen! Heere, Biet, denn bist De wohl eegentlich unschuldig! Weeßt De was? denn sollste De de zwee beeden Backfeifen zu Kute behalten!"

„Ik wull doch leewer, Du hadst se anderseen geben, Persetter!" säd Piet verdreetli.

„Du?, Biet! — Du!" schreeg Persetter ganz verblüfft un rich sik in sin Bett op.

„Du bist ook foorts so plump, schust Di wat schaamen!" schull Piet.

„Nu heert abber de Kemithlichkeit uf, Du Faagebund! De wagst Du zu mir zu sagen, zu Deinem kuten alten Lehrer?" schreeg Persetter, ganz utermaaten giftig.

„Na, dat versteit sik, meenst, dat ik Di en Daaler geben will, dat muggst wull!"

„Der Junge muß, weeß Kott, verrickt geword'n sein!"

„Oho, wenn Du dat man ni worden büst!" schull Piet gegenan.

„Nee, so was is m'r doch noch nich bassirt, er sagt noch immer Du zu mir! Na, warte, laß mich nur erscht uf sin, ich drehe De'rn Hals um!"

„Oho, Vetter, do dat man maal, denn steit Hinnerk mi bi, ni, Hinnerk? Güstern Abend schull ik mit Gewalt Du to Di seggen, ik mugg wulln oder ni; Du sädst, vör jedesmaal, dat ik „Se" säd, schull ik Di en Daaler ut min Spaarbüß geben, un nu wullt mi wat op't Fell geben? O, do dat man maal! Hinnerk steit mi bi, ni, Hinnerk?"

„Ei Herrjeses, 's is wohl nich meeglich, Biet!"

„Is awers doch so, ni, Hinnerk?"

„Ja, Persetter, wat he seggt, is wahr; Du wullst partout, dat he mit Di op Du un Du drinken schull!"

„Ei Du meine Kite, hi, hi, hi! Here, da muß ich Der aber ä scheenen Affen kehabt haben!"

„Dat hadst Du ook, Persetter!" säd Hinnerk.

— „Ei du meine Kite, da biste je wieder ämal unschuldig, mei Bied. Wollen m'r das vergessen?! Mei kuter Bied, weeßte was? bis so kut un sag wieder „Sie" zu mir, heerschte? Weeßte, 's schickt sich nich, wenn ä Schiler seinen Lehrer „Du" nennt!"

„Mintwegen, mi is dat ja ganz endoon!" säd Piet.

„Na, denn staa nu man op, Persetter, de Kaffee kummt all!" säd Fritz.

„Nach der Ufregung hätte ich gerne noch ä kleenes Schläfchen kemacht. M'r is kanz plimerant zu Muthe, krade, so als ob ich in jedem Haar uf den Koppe den Rheumadismus haben dhäte."

„Sühst Du, min Jung, dat kummt van't Supen!" lach Fritz. „Na, drink man eerst maal en Taß Kaffee, denn wardst all bäter to Mood warden!"

„Deubel, Persetter, wa hest Di denn de dicke Näs kofft?" fraag Hinnerk. „Büst van Nacht wull ut Bett fullen?"

Persetter maak eerst en ganz spitze Snuut un sweeg still. As awers Fritz säd: „Dat kummt van't Supen, min Jung!" da schreeg he gifti: „Nee, daß is mer doch ä bißchen zu bunt, Du Liegenmaul, bist De nich Schuld mit Deinen verfluchten ikarischen Spiele, habe ich Der nich den Kefall'n gethan, un mich von Dir als Fackeball benutzen zu lassen?"

„Oho, Gefallen? Dat het mi en baaren Daaler kost!" schreeg Fritz.

„Wenn ooch, mei Kuter, ä Kefalle warsch immer, siehs De, Hinrich, er hat mich wieder fallen lassen!"

„Wakein kann vör Malheur!" lach Fritz.

„Nu jaa, hatt ich's nich kleich kesagt, hatt ich's nich kleich kesagt! Aber Du wolltest ja nich heeren, un dadrum mußte i'chs fiehlen, ja!"

„Na, weer dat denn min Schuld? Du weerst ja duun as en Sprütt!"

„Heere maal, Fritz, mach' mich nich beese, sonst—"

„Sonst? wat denn sonst?" säd Fritz un gung op em to.

„Sonst fange ich an, wenn ich eklich wäre', ich wäre Der aber nich eeklich, mei kuter Fritz!"

Fritz säd em denn nu, dat he un Hinnerk naa't Ossenmarkt wulln, un se hadden afmaakt, Persetter schull so lang mit Piet en bäten in de Stadt rumgaan. Dat weer denn ook ganz gut, awers dat trippeer Persetter doch gewalti, dat Piet de Katz hebben schull un ni he. He schimp un schull, awers dat hölp em nix; wat he ook seggen däd, Fritz bleev darbi, dat schull so wesen, as he dat eenmaal seggt hadd, un wenn Persetter dat ni recht weer, so kunn he ook to Hus blieben. Dat wull he awers ja ni, un so geev he denn lütt bi un sung wedder an to lachen un säd, em weer dat ook ganz eendoon.

Hinnerk un Fritz gungen nu los naa't Ossenmarkt, un bald darop maaken sik ook Piet un Persetter op den Weg.

Persetter versöch nu eerst, em to besnacken; he meen, he schull em doch dat halbe Geld, oder wenn't ook man en Daaler weer, to drägen geben, awers Piet bleev bi sin Nä, un as Persetter mark, dat he bi em doch nix utrich, sweeg he ook davan still.

„Wo gaat wi denn toeerst hen?" fraag Piet.

„Nu eben, weeßte was, m'r woll'n erscht unsern Freind, den lieben kuten Herrn Director Herzele, ussuchen, er wollte uns je heite die zehn Dhaler wiedergeben!"

„Dat's ook wahr, awers wäten Se den Weg?"

„Ei kewiß, nach dem „Wilhelm=Theater" weeß ich mich hinzufinden, un dort kennen mer je mal fragen, nich wahr?"

As se en lütten Stoot gaan weern, keemen se en paar lustige Bröder in de Mööt, de blau Maandag fiern. Se bleeben vör Persetter staan, un een fraag em: „Sagen Sie, Männeken, haben Sie Jesichtsschmerzen?"

„Nee, heern Se, worum denn?" säd he.

„Jott, ick meente nur, Ihr Jesicht sah so häßlich aus, ick jlobte, es müßte Ihnen weh thun!"

Darmit gungen se wieder. Piet lach, all wat he kunn. Dat arger Persetter gewalti, un he säd: „Lache nich, Piet, heerschte, lache nich! De Leite wissen nich, was se reden, se waren ja besoffen."

„Dat heff ik ganz ni markt!" gnies Piet.

„Du kannst mer'sch kloben! Ei kucke, da is je 's „Wilhelm=

Theater"! Nu wissen mer Bescheed, nu wollen mer mal fragen, nich wahr?

"Ja, wa weern wi man noch güstern Abend?"

"Ei Herrjeses, mei Junge, das wollen mer leicht rauskriegen, weeßte! Erschtens waren mer in'n Keller, zweetens war eene große Weindraube vor der Dire, awer das weeß ich nich ganz kewiß, das bleibt sich ooch kleich, wer wären uns schon hinfinden. Siehs De, ich weeß noch kanz deitlich, der Wirth war ä hibscher Kerl, un er hatte ooch schiefe Beene un — weeßte, Härinksalat stand uf'n Schenktisch, ja! Mer wollen ämal fragen!"

Un nu fraag he denn een un noch een un noch mehr, awers nargens kunnen se em den rechten Bescheeed geben; wücke meenen, dat he se vörn Narren holen wull un worden aasi groff; de Andern schütten awers mit den Kopp, se dachen, he weer ni recht richti.

"Ei, ei, das is aber recht fadal, Biet!" säd Persetter, "was machen mer denn da?"

"Ja, ik weet dat ni!"

"Mir deicht, mer dhun am besten, wenn mer erscht ämal in ä Werthshaus geh'n un ä Teppchen Bier lecken!"

"Dat laat uns, man to! Awers eerst will'k en paar Cigarren kopen, min bünt op!"

"Ei Du — na, loof nur, ich dhue, als wenn ich nischt seh'n thäte, awer heerschte! Du kiebst mer ä baar dervon!"

In't Weertshus keem denn Persetter op den Infall, dat klöökste weer wull, wenn se naa de Kellers um den Späälbodenplatz un in de Straaten neeg bi hengaan däden un tokeeken, bet se endlich den rechten funden, wa Herr Director seet, un op se töv, denn he luur gewiß all mit dat Geld op se un weer dull un verdreetli, dat se ni keemen. Piet wer ganz sin Ansicht un so biestern se wedder los van een Keller naa den andern, un se funden männi Weert mit scheewe Been un up männi en Schenkbisch Heernsalaat, awers den rechten Keller, wa Director up se luer, kreegen se ni rut. Bi all dat Unglück weer awers noch een Glück, Director Herzele weer dar allerwegens bekannt. Wa he awers waan, dat wuß keen Minsch.

Piet hadd endli de Looperie satt un säd to Persetter: "Mi dünkt, wi laat den Kerl loopen, Persetter; wi biestert nu all twee Stunden rum. Dat ward uns en Barg kösten, un wi kriegt daräwer nix van de Stadt to sehn!"

"De hast ooch Recht, Biet, das Suchen nitzt gar nischt,

wenn mer'n nicht findet! Mer wollen lieber ä bischen rumgehn und be Stadt besehn!"

Toeerst leepen se nu hen nan'n Haaben un wundern sik gewalti öwer de välen Schääp, awers se gungen ni to neeg ran dat Waater oder gar op en Schipp rop, denn Fritz und Hinnerk hadden se waarschuut, de Schääp weern bischuerns ni ortli fast= bunden un gungen op eenmaal los, un denn kunnen se mit eens naa Amerika hinseilen.

As se torügg keemen, seegen se in de lange Reeg vör'n Weert= schaftsfinster en Schild, wa op stund: „Allsoup!" „Pale Aale?" „Wat is dat?" säd Piet.

„Herrjemersch, haste denn noch nich von dem Leibgericht der Hamburger geheert, von ihrer scheenen Aalsuppe?"

„Nä; awers, Herr Persetter, dat is doch wull ni recht schräben A=l=l, wa?

„Weeß Kott, mei Junge, De machst Deinem Lehrer alle Ehre! De hast ganz recht, das is kanz falsch buchstabirt, na, wie würdest Du's denn schreiben?"

„A=a=l!"

„Prawo, Prawo, mei kuter Junge! Siehs De de Ham= burger verdienen so viel Geld, daß 's nich truff ankommt, wenn se was falsch schreiben: wenn mer ä Millioneser is, kann mer hier dhun, was mer will, jaa! 's is eegentlich merkwärd'g, aber 's is nu ä mal so, wenn de Leite Aalsuppe ooch nich richtig buchstabiren, so sollen se doch de Aalsuppe sehr scheene machen kennen und ich mechte Der se, weeß Kneppchen, schon ämal probiren!"

„Ik ook, ik bün gräsi hungri!"

„Weeßte was, da woll'n mer doch ä mal neingeh'n!"

Dat däden se denn.

„Ach heeren Se, entschuld'gen Se," säd Persetter to den Weert, haben Se de Kiete un geben Se uns ä bischen Aalsupp, heern Se?"

„Pale?" fraag de Weert.

Persetter verstund dat ni un keek Piet an. De hadd awers verstaan „Vääl", und säd dat sachten to Persetter, un de schreeg forts: „Ei ja, das versteht sich!"

De Weert keem wedder mit twee Buttels un tapp se in. Persetter un Piet maaken gewalti grote Ogen, as se Gläs un Buttels un dat helle Gedränk seegen.

„Entschuld'gen Se, eene Frage, mei' kuter Herr Weert, is Se das ooch ganz echte Aalsuppe, jaa!"

„Ganz echt, dar künnt Se sik op verlaaten."

„Aber entschuld'gen Se, mei Kuter, ißt mer das hier nich mit Löffeln, jaa?"

De Weert keek em en Ogenblick ganz verwundert an; do säd he: „De Herren bünt wull fremd hier?"

„J freilich sehn Se, ich bin aus Sachsen!"

„Ach so, dat is wat anders!" säd de Weert. „Hier in Hamburg drinkt man dat jümmers ut Gläs, awers wenn de Herren dat so wennt bünt, hier bünt en Paar Theeläpel!"

Persetter versöch dat maal mit en Läpel, awers dat gefull em doch ni; he meen, dat weer praktischer, ut Gläs to drinken, dar gung ni so vääl Tied mit verlaaren.

„Weeß Kott, das schmeckt abber ä bischen scheene!" säd he to Piet.

„Waarachti, dat deit dat! Ik mag dat bandi geern!"

„Weeß De Biet, 's hat doch viele Aehnlichkeit mit Bierkaltschale, ja; bloß daß 's nich sieß is un daß es ganz andersch schmeckt! Ei Herrjeses, Biet, das nim mer abber nich ibel, bist Du gefräßig, De hast je Deine Portion schon alle verzehrt!"

„Gott ja, ik weer so hungri; awers Se hebt ook ni vääl mehr naa, Persetter!"

„Ja, de Suppe schmeckt je aber ooch zu scheene! Was meenste Biet, wenn mer uns noch eene Portion kommen lassen dhäten, jaa?"

„Jeses, man to! ik bün noch lang ni satt, dat sleit gar ni vör!"

Persetter klingelt, un de Weert keem weder rin. „Ach, heren Se, mei kutes Werthchen, geben Se uns doch noch eene Portion Aalsupp, jaa?!"

„Geern!" säd de Weert un sett wedder twee Buttel op den Disch. As he wedder rut gaan weer, säd Piet:

„Wanem awers wull eegentli de Aal bünt, mugg ick wäten!"

„Nu eben, weeßte, die hab'n sich kewiß in der Flissigkeit aufgelöst! Mir drinken wahrscheinlich den Extract dervon!"

„Kott Strambach, Persetter, be Supp smeckt utermaaten fein, dat is eenerlei!"

„Weeß Kott, das dhut se ooch! un sonderbar, mer werd so kemiethlich derbei, weeß Kneppchen, so urkemiethlich, so — ich kann dersch garnich sagen, wie!"

„Dar laat uns man foorts noch en paar Buttel mehr van bestellen!"

„Hi, hi, hi, nu eben, 's is zu scheene!"

As se wedder frischen Vörraath hadden, slog Piet ganz vergnögt op den Disch un schreeg: „Strambach, Persetter, laat uns maal anstöten!"

„Hi, hi, hi, weeß Kott, Du bist zu kemiethlich, Biet! weeßte was mer wollen Briderschaft zusammen trinken!"

„Man to, op Du un Du!"

„Sei mei Freind! hi, hi, hi! Komm, stoß an, Du sollst leben!"

„Un Du daneben!

„Weeß Kott, Du reimst je, hi, hi, hi! Ich weeß nich, mer wird so kemiethlich derbei, so schauderees kemiethlich! Biet, ich schweere Der ew'ge Freindschaft! Stoß an, heerschte!"

„Ik Di ook! juuch!"

„Hi, hi, hi! Du bist, weeß Kott, zu kemiethlich!"

„Laat uns maal een singen, wa? Man to, juuch!"

„Ei ja, weeßt De, dat scheene Lied: „Freiheit, die ich meine!" Singe Du de erschte Schtimme, ich will de zweete brillen!"

„Awers Minsch, dat Leed weet ik ja ni! Juuch! Wullt mi en Gefallen doon, Persetter?"

„Ei kewiß! warum denn nich?"

„Jung, denn laat uns maal prügeln, maal sehn, wakein den andern öwer is!"

„Aber mei Biet, De bist wohl nich recht derheeme, hi, hi, hi! mir sollen uns briegeln, daderzu sin mer doch zu kemiethlich."

„Nu, man to, kumm, ik heff jüst Lust; ik gloov, ik kann Di öwer, kumm, man!"

„Aber mei Junge, weeß De denn nich, die Berson Deines Lehrers soll Der heilig sein!"

„Ach dummen Snack! Kumm doch, Minsch, do mi dat doch to Gefallen!"

„Kottbewahre, ne! Schiller sagt ooch: Wo rohe Kräfte sinnlos walten —

„Wat geit uns dat an, laat em seggen, wat he will, kumm man!"

„Ne mei kuter Biet, ich dhu's nich, weeß Kott, ich dhu's nich!"

„Gott, warum ni, wat's darbi? Oder büst bang?"

„Heere mal Biet, De machst mich noch beese! Komm, mei Junge, bis hibsch artig! Laß uns lieber was singen!"

„Man to denn, juuch!"

Un nu gung dat Geschrigg los. Persetter sung mit „Ausdruck und Gefiehl", as he jümmers däd, dat schöne Leed: „Freiheit, die ich meine", un Piet grööl: „Ha, dar sitt en Brummer an de Wand, Brummer an de Wand, Brummer an de Wand!" Dat gung gräsi schön.

As se darmit klaar weern, meen Piet, nu künnen se ook en bäten wieder gaan, un so gungen se denn rut.

„Mei Junge, hi, hi, hi, was bist De för ä kemietliches Kerlchen, hi, hi, hi!"

„Juuch, hurraah!" schreeg Piet un swunk mit de Müt. Tööv, Persetter, laat mi Di inhaaken! So! nu man jü!"

„Aber heere, die Aalsupp war ausgezeichnet, nich wahr? hi, hi, hi!"

„Ju — uch! — Holt stopp, dar bünt lütte Kalkpiepen, so een mööt wi hebben, wa?"

„Hi, hi, hi, De bist zu kut!"

„Kumm man, ik heff Geld, een vör Di un een vör mi, Strambach, weeßt Du!"

„Hi, hi, hi!"

Piet koff nu eerst en paar lütte Kalkpiepen. De worden instoppt und antündert, un den lütten Brösel in de Snut, den Hoot scheef op den Kopp, walzen se Arm in Arm langs de Straat naa den „Spääalbodenplatz" to. Piet juuch jeden Ogenblick un heel de Hand mit de Piep steil in de Höchd, un Persetter hi hi hi in eensten weg, un Beid slogen mit de Been öwer, as hadden se en gräsigen Brand, un de Lüd, de se bemötten, un lachen nu staan bleeben, um de beiden Brüders naatokieken, meenen dat ook, awers dat weer ja ni an dem, se weern bloot „kemietlich", as Persetter säd: wanem schulln se ook den Strich herhebben, se hadden ja bloot Aalsupp äten!

Op den Spääalbodenplatz worden se nu wückemaal van Lüd inlaaden, en Ogenblick in ehr Huus rintokamen un hier „dat gröttste Wunder der Welt", dar en „Museum" oder „Menagerie" „mit ihrem werthen Besuche zu beehren", awers dat weer ni naa ehrn Smack.

As se awers van en Photograafen opfördert worden, sik afnehmen to laaten, dar bleeben se Beid staan, dat schien se gewalti nett.

„Weeß Kott, Viet, laß uns zum Andenken an diese

kemiethliche Stunde, wo ich an Dir eenen Freind fand, mal abnehmen, jaa?"

„Juuch, man los davör!" schreeg Piet un sprung in de Höchd un slog wähli mit den Foot achter ut. Se gungen rin.

De Photograaf meen, dat weer wull am besten, wenn Persetter sik daalsett un Piet achter sin Stohl stund un em öwer de Schulder keek, dat word smuck utsehn.

„Nu ja, sehn Se, mir is es egal, aber heeren Se, daß sag' ich Se kleich, ich nehme das Portrai nich, wenn 's nich hibsch is un so ähnlich, daß uns ä jeder gleich erkennen dhun muß!"

Dat weer nu am End keen so ganz lichte Saak, denn Persetter sin Näs weer van wegen de „ikarischen Spiele" noch so dick un roth, dat se mehr en Wispaal naa de Destillatschoon leek seeg as en orntlichen Rüker. De Photograaf säd awers, se schulln sik man daalsetten, he wull dat all so maaken, dat se tofräden weern.

Dat weer dar bandi hitt in de Stuv, un as de Photograaf sin Kraam in de Reeg maakt hadd, dar weer Persetter ook all op sin Stohl inslaapen. De Hoot weer em ganz schreeg naa de een Siet daalrutscht un seeg ut, as wull he jeden Ogenblick daalfallen; wücke van sin langen Haar bummeln em öwer den Vörkopp röwer; sin Brill seet ganz vörn op de Näs; de Arms weern em bi'n Liev daalsackt, un in de een Hand hadd he noch en lütten Stummel van sin afbraaken Piep. Piet weer noch ganz mobil, he höög sik gewalti öwer Persetter un hadd gräsige Lust, em ut Freud een op den Hoot to geben, awers de Photograaf bäd em, he mugg dat jo ni doon, Pertetter seet so ganz eenzi, un dat muß en ganz utermaaten schön Bild warden.

As nu de Saak so wiet weer, dat de Kraam losgaan kunn, dar maak Piet, de sin Mütz ook ganz op een Ohr un den Schirm naa achter hadd, Persetter en lang Gesicht to un steek darbi de Tung ut den Hals, bideß he ganz vörsichtig Persetter de Spitz van de Piep in dat een Näslock rinsteek. De Photograaf maak gau sin Kasten aapen, un een, twee, dree, weer he klaar. Bums maak he de Klapp vör.

„Ik dhu's — weeß Kott — nich!" mummel Persetter in Slaap, he drööm all wedder van de „ikaarischen Spiele," un jümmers kruser trock he de dicke Näs. Opt letzt snoov he den Damp in de Höchd un muß gefährli prußen. Darvan waak he denn op. — Mein Himmel wat maak de Knecht in de eerste Döös vörn verbaas't Gesicht! Un darbi schüer he sik jümmers de Näs, de em gewalti jöken muß, un pruuß un pruuß, as stund he dicht öwer en Tünn mit Snuuvtaback! Piet un de Photograaf wulln sik meist to Schanden lachen. Endli vermünder he sik wedder, un do fung he an, ganz seelenvergnögt to lachen: "Hi, hi, hi, ich klobe, werklich, ich habe ä bischen geschlafen, is 's nich an dem?"

"Na, nu ward dat wull Tied, dat wi uns portreteern laat!" säd Piet, de ook all anfung to hojaanen.

"Dat Bild is all klaar!" säd de Photograaf.

"Jeses, dar bün ik ja ganz nix van wieß worden?"

"O, dat is en Ogenblick Saak, dat heff ik foorts baan, as Se keemen!"

"Nä, is wahr? Denn man her damit!"

"Ja, min Beste, so gau geit dat ni, dat mutt ja eerst klaar wesen!"

"Ei Herrjeses, bin ich abber miede!" säd Persetter un hojaan, all wat he kunn.

"Awers wi wulln dat foorts geern mitnehmen," säd Piet.

"Min Allerbeste, dat geit ni," säd de Photograaf, "vör morgen Naamiddag is dat ni klaar!"

"Den Deubel ook, morgen fröh reist wi all wedder af, dat geit ni!"

De Photograaf säd, dat maak ja ook nix ut, se schulln em man ehr genaue Adreß geben, denn word he se de Bilder all naaschicken, dat däd he männimaal. Dat weer ja denn ganz schön; Piet betaal, un se gungen weg.

Persetter weer nu awers so möd worden, he kunn meist de Oogen ni aapen beholen, un em düggt, dat weer wull am besten, wenn se eerst maal wedder naa Hus gungen un en lütte Middags=stund holen däden. Dat dünkt Piet ook. Se faaten sik ünder un walzen los, un dat weer man gut, dat Persetter op den Infall kaamen weer, denn ehr Been wulln se ganz ni recht mehr drägen. Wücke Jungs op't Niet=Peermarkt leepen all achter se in un wulln all jüst en bäten, "duun Kerl" mit se spälen, as tom Glücken de Knecht van dat Weertshus, wa se inkeert weern, daröver tokeem un se ünderfaat un naa Hus loots.

Hinnerk un Fritz weern jüst eben naa Hus kaamen, as de beiden in de Stuv rinstültern.

"Mein Gott," säd Fritz, "de Minschen bünt waarachti sprüttenduun!"

„Hi, hi, hi," glutter Perſetter, „bloß ä bischen angeheidert, abber ſehre kemiethlich!"

„Wa — ſo — künnt wi - buun — weſen," fluckop Piet, „hebbt ja man bloot — Aal — Aalſupp — äten!"

„Kott Schtrambach — hi hi hi — Aal — o — ha! ei Herrjeſes nee, wie bin ich miede — hi — hi!" lall Perſetter.

Hinnerk un Friz ſmeeten de Beiden int Bett un leeten ſe dar liggen, wat ook wull dat beſte weer. Se hadden ehr Oſſen verköfft un eben dat Geld van den Kommiſchanär haalt. Nu, dünk Friz, word dat wull bi lütten Tied, Hinnerk en bäten van ſin Plaan to vertellen. Un wi mööt em dat laaten, dat Leegen word em doch en bäten ſuer. He rück eerſt en paarmaal op ſin Stohl hen un her, trock ſik de Weſt daal, maak ſik wat an ſin Halsdook to doon, un neem ook wull maal de Segarr ut den Mund un maak ſe vör natt un dreih ſe glatt un ſpitz; endli ſäd he: „Du Hinnerk, ik kann Di ook ganz wat Nids vertelln!"

„Na?" fraag Hinnerk un keek em nieſchieri an.

Friz word en bäten roth un verlegen un ſchuul wat naa afwarts. Endli ſäd he: „Ja, weeßt Du, ik gaa morgen Middag naa Engeland!"

„Naa Engeland!" ſchreeg Hinnerk un reet de Ogen wiet aapen un keek em ſo verblüfft an, as weer he int Geſicht op eenmaal grasgröön worden.

„Ja, naa Engeland!" ſäd Friz, „wat ſeggſt darvan?"

„Büſt wull ni klook, Minſch, wat wullt dar?"

„Dat will ik Di ſeggen. Süh, de Engelsmann weet ſin Swien un Beeſt ganz anders fett to maaken as wi, un dat will'k lehren!"

„Büſt wull döſi! Nä, dat is bloot Spaaß, ni?"

„Nä, nä, vullkaamen Eernſt! Vader wull dat all jümmers geern, dat ik maal op en Tiedlang darhen gaan däd, awers ik meen ook, dat he dat man in Spaaß ſäd, un darum heff ik ook ni wieder darop naaſnackt! Nu ſchrivt he mi awers güſtern Abend — na, wanem is denn de ole Breef, ik heff em eerſt doch noch habb!" ſäd Friz un fummel ſik in de Taſchen rum. — „Jeſes, wa heff ik em denn eenmaal laaten? — Na, ik find em nöſt ſacht wedder, kannſt em geern leſen! Süh, Vatter ſchrivt mi nu, dar ik doch eenmaal op Reiſen weer, kunn ik miteens hen naa Engeland gaan, dat weer een Afwaſchen, dat Geld van de Oſſen ſchull ik man eerſtmaal mitnehmen un ook dat van jüm Ossen, bet op föfti Daaler, he wull dat Din Vader all wedder geben! Na, wat seggst Du darto?"

„Dunner! Dunner!" schreeg Hinnerk.

„Wanneer kummst denn wedder retour?"

„Dat kann ik noch ni genau seggen, davan schrivt Vader nix! Wull, wenn ik utlehrt heff, denk ik; kann wesen bald, kann awers ook wesen, dat dat noch wat duert!"

„Deubel, lehren mugg ik dat ook wull noch!"

„Nu, wenn ik wedder kaam, will ik Di dat wiesen, awers anders ook keen! Tööv, ik will Di gau de föfti Daaler geben, denn is dat afmaakt! Ik mutt nösten noch naa den Kaptain, mit den ik morgen afreis, un mi noch allerhand kopen, wat ik ünderwegens bruuk, un dar is, ach Gott, noch so vääl to beschicken, weeßt Du, dat kann wesen, dat ik van Abend eerst laat wedder naa Huus kaam. Morgen fröh bring ik jüm noch eerst hen naa den Baanhof, denn so vääl Tied heff ik noch, dat Schipp seilt eerst bi Klock ölm ut. Süh, hier is dat Geld, de Räken hier will ik wull betaalen!"

Hinnerk steek hundert Mark van dat Geld, wat in preusche Zettels weer, in de Tasch, de föfti Mark awers läd he in de Kommod, wiel dat Sülwer weer, un he sik dar ni eerst, as he säd, mit affläpen mugg.

„Schaad," säd he, „dat Du ni mehr Zettels heft, dat Sülwer hollt so op de Taschen!"

„Dat deit dat, awers Sülwer is jümmers bäter as Papier!" meen Fritz.

„Ik hool dat mi de Zettels, dat is so kommod!"

„Laat se Di man ni wegstehlen as Din Breeftasch!"

„O nä, ik stääk se in min Uhrentasch in de Bür, dar söcht se keen Minsch!"

„Na, min'twegen; adjüs denn so lang!"

Hinnerk dach noch en Ogenblick daröwer naa, wo dat doch eegentli snaaksch weer, dat Fritz hen naa Engeland schull! He meen, dat Swin= un Beestfodern verstunden Se in Holsteen ook ganz gut, awers da Hansohm sülm dat all lang geern wullt habb, so muß dat ja doch gut un van Vorthel wesen, wenn he dat ook ni gliek insehn kunn. Simmeleern weer ganz ni sin Saak, un baaben in Koop dach he, Fritz word ja laatens in Harvst wedder= kaamen, un denn kreeg he dat Geheemniß ja ook to wäten. — Piet un Persetter snurken lusti in de Wett, un dar word he ook möd. Em dügg, dat kunn em ook keen Schaden doon, wenn he en bäten Middagsruh heel. He smeet sik ook int Bett, un dat duer ni lang, dar seil he af un saag, dat de Balken knacken.

„Ward dar baben bi jüm Kaffee maalt!" säd bi Klock säben ut en Gast nern in de Schenkstuv tom Weert.

„Büst wull mall, wa meenst dat?"

„Maal still denn, is dat ni jüst so antohören?"

„Waarachti! Ach, nu weet ik all, dat bünt min Inlo= scheerers! Jeses, de verslaapt gewiß de Tied! Johann, gaa maal rop un waak se op!"

So keemen se denn wedder in de Been, un se weern all dree ganz munter un fideel. „Wo gehn mer denn nu ä bischen hin?" fraag Persetter.

„Gott, mi dünkt, naa't Wilhelm=Thiater, dar bünt wi een= mal bekannt!" säd Hinnerk.

„Ja, man to, dar is dat schön!" schreeg Piet.

„Ei ja, dort is es ganz scheene, aber wollen mer nich ooch emal wo anderch hin, in der Cendralhalle soll's je noch hibscher sein, habe ich geheert!"

„Mi dünkt, Persetter, dat is bäter, wi gaat wedder naa de oole Städ hen," säd Piet, „Du hest dar noch jümmers Ver= gnögen hadd, un wa dat anderswegen is, schall man eerst raaden, weest Du!"

„Heiliges Donnerwetter, der Junge wagt's schon wieder mich zu dutzen!" schreeg Persetter wüthend.

„Dammi, hebt wi van Morgens ni wedder op Du un Du drunken?"

„Alle Deifel, 's war also kee Draum nich! Heere, Piet, siehs De, das schickt sich abber doch nich, bis so kut un sage wieder „Sie" zu mir, ja!"

„Gott, min'twegen, mi is dat ganz endoon; awers ik mutt seggen, so'n quackeligen Minschen is mi denn doch noch ni vör= kaamen! So vääl is awers gewiß, tom drütten Maal laat ik mi ni wedder besnaken, denn segg ik nä!"

„Wa wüllt wi denn nu eegentli hen?"

„Laat uns man naa't Wilhelm=Thiater gaan, dar drääpt wi ook noch sacht den Director wedder!" säd Hinnerk.

„Weeß Kott, ja, das is ooch wahr! Er werd kewiß ooch zuseh'n, ob mer da sin, um uns das Geld wieder zu geben, jaa!"

Se also hen naa't Wilhelm=Thiater. Director Herzele weer

awers ni dar, un se hadden dar all en Stund säten un op em
töövt, awers he wull noch jümmers ni kaamen.

Hinnerk meen, dat weer doch eegentli snaaksch, dat seeg ja
meist so ut, as wenn he dat Geld ni wedder betaalen wull.

„Ik denk ook ni mehr, dat he dat wedder bringt!" säd
Piet „he weet ja, wa wi waant, un wenn he sin Schuld würkli
wedder betaalen wull, so muß he uns ja to finden!"

Persetter neem awers Director Herzele sin Partie; he säd, de
arme Minsch weer gewiß swaar krank worden oder ook anders en
Malheur weer em tostött; anders word he ja op jeden Fall dar
wesen, denn sin Landslüd weern keen Spitzboben, un wenn he
hundert dusend Daaler hadd, he word se Director Herzele ganz
driest anvertruen.

„Na, Du mußt dat ook ja wäten, Persetter, Du hest ja
Börg vör em seggt!" säd Hinnerk.

„Nu, eben!" säd Persetter. Snaaksch, dat sik jüst in den
sülwen Ogenblick en Floh achter sin Ohr sett, denn dat word em
dar mit eenmaal jöken, un he muß sik kratzen.

Bald setten sik en Paar fein antrocken Minschen bi se an den
Disch un sungen mit se an to snacken. Se weern so fründli un
smeicheli bi se, dat Hinnerk sülm int Snacken keem. He vertell,
dat he ut Winbargen weer, dat he Ossen verkofft hadd, dat em
sin Breeftasch staalen weer, un dat he in sin Uhrentasch hundert Mark
in Zettels bi sik hadd, un noch mehr. Persetter säd wull teinmaal
sachten to Piet: „Sin das abber hibsche Leite!" — un doch hadd
de een van se, as he vertell, maal as Jung dat Malheur hadd,
van de Ledder to fallen un sik de Näs to bräken! — As se en
Stoot klöönt hadd, säden de beiden feinen Herrn, se wulln noch
maal naa en ander Weertshus, wa dat ganz prächtigen Grog
geev un wa de smuckste Schenkmamsell in ganz Hamburg weer.
Se fraagen uns Maaten, ob se mit wulln, un de säden foorts ja.

Se also mit. Na, dat Gedränk weer dar, wa se nu hen=
keemen, utermaaten schön, awers de Schenkmamsell weer leider, as
se to wäten kreegen, den Abend to Danz gaan. As se dat tweete
Glas Grog uthadden, de feinen Herren wulln se absluts tracteern,
dar kreeg een van se dree Karten ut de Tasch un säd, he wull se
maal en Spill wiesen, wat he eerst lehrt hadd, dat weer so bandi
küri. „Hier beseegen se nu de Kaart!" säd he; „hebt Se?" —
„Ja!" schreegen se. — „Nu passen Se op; ich smiet all dree
Karten daal, un denn schüllt Se mi seggen, wa de Kaart liggt,

be Se sehn hebt! — Also oppaßt, — een, twe, bree! — "Wa is nu Harten Esch.

"Dar!" säd de eene Herr, de Meyer heeten däd.

"Ja dar!" säd ook Hinnerk, un Persetter un Piet meenen dat ook.

"Un ik segg, de ander Kaart is dat!" säd de Mann, de Steen heeten däd.

"Nä, dar is se!" schreegen all de Andern.

"Wat gelt de Wett?"

"En Daaler! säd Herr Meyer.

"Man to, Du hest verlaaren, sühst Du!"

"Ha, ha, umgekehrt, Fründ!"

"Waarachti, ik heff verlaaren! — Deubel, Deubel, wa is dat man noch? — Ja, nu weet ik all, noch maal! Hier is Harten Esch! Bums! Wa liggt he nu?"

"Dar!" schreegen se all.

"Wat schull he man ni!"

"Um en Daaler!"

"Man to! Hebt de Herren ook Lust? fraag Herr Steen.

"Kott verdanz'ch, ich barire ooch ä Mark! schreeg Persetter."

"Ik ook!" säd Hinnerk.

"Na, meine Herren, dat deit mi leed, awers dat Geld bünt Se los!"

He böör de Kaart op, un richti — he habb wedder verlaaren.

"Dammi," säd he, "dat is doch küri, ik habb hundert Daaler darop verwett! Hier is dat Geld!"

"Ei Herrjee," schreeg Persetter vuller Freud, as he sin Mark kreeg, "dat is abber die hibsches Spiel, heeren Se!"

Herr Meyer säd nu Hinnerk sachten int Ohr, sin Maat, Herr Steen, weer een van de rieksten Lüd in Hamborg, awers gräsi dumm; he wunn meist jeden Abend en föfti Daaler van em; awers dar keem den dat ganz ni op an, em maak dat sogar Spaaß, wenn he verleeren däd.

"Dunner!" säd Hinnerk un lang ganz von sülm naa de Uhrentasch, wa de hundert Mark seeten.

"Laat uns noch eenmaal!" säd de Herr Steen. He maak wedder de sülwen Manövers. Herr Meyer sett dütmaal tein Daaler. Hinnerk weer sin Saak ook ganz säker un riskeer en Daaler daran; Persetter bleev awers bi sin Mark. Un se wunnen noch maal, un noch maal, un noch noch eenmaal. Herr Meyer sett jümmers mehr op, twinti, dörti Daaler un wunn jedesmaal;

he habb all en recht netten Hupen vör sik liggen. Hinnerk un Persetter, de de starke Grog gehöri in de Kroon stägen weer, worden driester un riskiren jümmers mehr. Op eenmaal slog dat Blatt awers um! As Hinnerk maal sin ganzen Gewinnst opsett, dar verlor he. Jeses, wat maak he dörn lang Gesicht!

„Fix naafaat!" säd Herr Meyer sachten to em; ook de hadd büchti verlaaren. Awers Hinnerk weer en bäten schu worden un sett wedder en Daaler. Dar wunn he wedder un noch twee= maal. — „Hadden Se dat so maakt as ik un fix dubleert, denn hadden Se all en netten Barg wunnen!" säd Herr Meyer, un Hinnerk muß em Recht geben. De Kraam duer nu ni lang, da hadd Hinnerk all tein Daaler verlaaren. Piet säd sachten to em: „Hool doch op, Minsch!" awers nu weer he hitzi worden un lang mehr rut de Tasch. Un snaaksch, wenn he weni opsett, denn wunn he; sett he vääl, denn weer he sin Geld los. He word jümmers iwriger un iwriger, un dat duer knapp en lütte Halvstünd, dar weer he sin hundert Mark los. O Gott, wat seeg he unglückli ut de Ogen!

„Gaan Se gau naa Hus un haalen Se mehr Geld! Se schüllt sehn, Se kriegt dat wedder!" säd Herr Meyer. Hinnerk schütt awers mit den Kopp, he wull ni, he hadd all nog. Ook Persetter hadd sin ganz „Vermeegen" darbi verlaaren un seeg nu so truri ut as en Katt, de int Water fullen is. De feinen Herren säden nu, se müssen wieder, se schulln noch hen naa'n Jungfern= stieg, wa se waanen däden. Dar gungen denn ook uns Maaten to Hus, ganz sluri un begaaten; keen een van se hadd wat to Koop.

Fritz weer jüst eben ankaamen un graad bi't Uttrecken.

„Heere, Fritz," schreeg Persetter foorts, wollen mer noch emal, weeßte, die ikarischen Spiele?!"

„Nä, van Abend mag ik ni mehr daröver wesen, Persetter!"

„Ei Schpaaß?!" schreeg Persetter un maak en ganz ver= blüfft Gesicht.

„Nä, Du, ik bün möd."

„Ei was, Kott Schtrambach, laß 's uns doch noch emal versuchen, ich klobe, heite Abend gehts!"

„Nä, ik mag ni, Persetter."

„Weeß Kott, laß uns doch, ich habe in diesem Ogenblick so große Lust. Ich dhu 's ooch fir zwee Mark!"

„Nä, nä!"

„Bis doch nich so komisch, Fritz, Du dhust mer, weeß

Kneppchen, ä Gefallen dermit! ich habe heite Abend ganz schauderese Lust d'rzu! Weeßte ich dhu's for ä Mark acht!"

"Gott, Minsch, laat doch Din Quälen, ik heff Di ja all eenmaal seggt, dat ik ni mag!"

"Kott Schtrambach, worum denn nich? bis doch nich so eigensinnig, Du sollst mer ooch nur eene Mark geben, komm!"

"Hör man ob mit Din Sausterie, ik do dat doch ni, Persetter!" De gung bet op acht un veer Schilling rünner, awers Fritz wull partout ni. "Na, heere, mei Kuter, denn borg mer ä preischen Dhaler, jaa? Bist ooch ä kuter Kerl!" Fritz kreeg denn nu sin ganze Paschonsgeschichte to wäten un lach un häät em wat ut, awers he lang doch opt letzt in de Tasch un geev em en Daaler. Dar word Persetter wedder ganz vergnögt un säd, he wull in sin ganz Leben ni wedder Kaarten spälen, denn weern de „"ikarischen Spiele"" alleweile viel hibscher."

Den andern Morgen broch Fritz de andern dree hen naa'n Baanhof. Keen een van se mark em wat an; he heel sik fix, obschonst em ganz wabbeli to Mod weer; awers as he säd, se schulln sin Vadder un Moder ook väälmaals gröten, da bäwer em de Stimm en bäten, un he muß sik Gewalt andoon, dat he ni anfung to weenen. Noch eenmaal geev he se de Hand; dar fung de Lokermaativ an to fleuten, un de Tog gung af. Fritz keek em noch en lütten Stoot naa; he weer so to Mod, as stund he nu ganz moderseelen alleen in de Welt. Ganz sluri gung he van den Baanhof raf. As he awers in de eerste Straat rinböög, da klaar sik op eenmaal sin Gesicht op, en lütte smucke Deern keem op em to-lopen, haak em in un säd:

"Ach, Du Engel!"

Se bögen um de Eck, un weg weern se.

Wa seeg dat denn bideß in Winbargen ut!

"Wat unse Jungens nu wull maakt?" word meist jeden Ogenblick seggt. Antjemedder weer ganz ni recht op ehr Schick, nargens hadd se Rauh.

"Wenn se doch man eerst wedder dar weern!" säd se den Maandag Naamiddag to Hansohm. "Ik bün so bang, dat min Fritz dar to Schaaden kummt!"

"Mein Gott, tier Di doch ni so!" lach Hansohm, "wat schulln se dar man ni to Malheur kaamen, dat is ja ganz ni minschenmögli!"

„Ach Gott, awers wenn de arm Jung dar nu krank word!" säd je truri un schütt mit den Kopp.

„De un krank warden, dat bünt twee! Ik bäd Di, Mutter, wa kannst Du so tüünen, Fritz is ja as de Gesundheit sülm!"

„Ja, wenn ook, den Minschen kann doch maal wat to= stöten! Un denn de Seelenverkörpers! Ach Gutt, ach Gutt, hadden wi em doch man ni reisen laaten!"

„Na, nu hör endli maal op mit Din Sausterie!" schull Hansohm, „is ook doch rein to dull mit Di! Dat is man gut, dat se morgen wedder kaamt, anders wordst Du mi hier noch ganz püttscheri!"

„Ik weet ganz ni, wa Du so snacken magst, Vader! Kann ik wat davör, dat ik so vääl van min Fritz holen do!"

„Dat is en ganz dummen Snack, Moder! Ik hool wull sacht eben so vääl van em, awers dat fallt mi doch ni in, an so wat to denken! Ik bün ja sülm in Hamborg wesen un weet, wa dat dar togeit; dar geit keen Minsch verlaaren, segg ik Di, un denn bünt dat ook doch keen lütte Kinder mehr!"

„De lewe Gott gäv, dat Du wahr seggst! Awers mi swaant en Malheur, ik kann dat ni hölpen!"

„Denn laat Di man wat swaanen, awers behol dat vör Di un sauster mi ni den ganzen Dag de Ohren vull; ik mag dar ni mehr van hören! Segg maal, um van anders wat to snacken, schull Naawer Klaasohm all wedder van Meldörp retour kaamen wesen?"

„Weet ni!" säd Antjemedder kort af un wisch sik mit den Plaaten en Thraan ut de Ogen.

Wenn man van den Deubel snackt, denn is he meist Tied ni wiet af. De Döör gung aapen, un Klaasohm keem rin. Jeses, wat seeg he gifti ut, un wat hadd he vörn Kleur!

„Gun Dag!" säd he brummi un sett sik in en Stool daal.

„Süh, gun Dag, Naawer! All wedder retour?" säd Hansohm.

„Wullt en Tass mitbrinken, Naawer?" fraag Antjemedder.

„Mag ni, danke!" säd he wurri.

„Ah, Moder, krieg gau maal Klaasohm sin Piep van dat Rieg!"

„Nä, nä, lat dat, mag ni!" schreeg Klaasohm.

„Na? wat hest denn van Daag, büst ja bandi gnatteri?" fraag Hansohm.

„Gnatteri? Gifti, segg lewer! Dammi, un dar heff ik ook gerechte Oorsaak to!" schreeg Klaasohm un hau mit de Fuust op den Disch, dat de Tassen dat Danzen kreegen. „So'n Schand! so'n Blaam! — Awers laat den Swinegel man maal naa Hus kaamen, ik will em! — tööv man!"

„Mein Gott, wat is denn passeert, van wakein snackst Du denn eegentli?" fraag Hansohm nieschieri.

„Van wakein?! — hest noch ni hört? Van wakein anders as van min Sleef van Jung! Awers tööv, laat em man kaamen!"

„Van Hinnerk doch ni?" säd Hansohm.

„Na, van wakein anders!" schull Klaasohm.

„Jesus Christus, Naawer, dar is doch nix passeert?!" schreeg Antjemedder vuller Angst.

„Wenn't wieder nix weer! Un wenn he all sin veer Beens braaken hadd, dar weer noch ni so vääl bi wesen, as een so'n Schand to maaken!"

„Mein Himmel, wat het he denn eegentli daan, Naawer?" fraag Hansohm.

„Wat he daan het? Besaapen het sik dat Swin — —"

„Besaapen? Hinnerk?" schreeg Hansohm verwundert.

„Ja, ja, dunn is he wesen as en Sprütt, un in'n Rünnsteen het he lägen!"

„Hinnerk?! Ach, Du tüünst!" säd Hansohm un schütt mit den Kopp.

„Un dar hebt se em op en Schuvkaar to Lock brocht, un nu steit he mit sin ganze Schand in de „Reform"! Dar liß! — Is ook doch to dull! In de Stadt mutt man överall mit Fingern op sik wiesen laaten! Awers ik will em, tööv man, Vetter!"

„Nä, Naawer, dat gloov ik ni, Hinnerk is ja ganz ni vör't Drinken!" säd Hansohm.

„Liß, liß doch, denn wardst dat ja wieß warden!" pruuß Klaasohm un sprung van Stohl op un leep de Stuv op un daal.

Hansohm fung an to lesen: „Verhaftet wurde ein Herumtreiber, Namens Heinrich Thiessen aus W. in Holstein, wie in seiner Brieftasche stand. Derselbe lag sinnlos betrunken im Rinnstein. Muthwillige Knaben brachten den Trunkenbold unter lautem Jubel auf einem Ziehwagen nach der Wache."

„Mein Gott, wa kann dat eenmaal angaan, wa is dat mögli!" schreeg Hansohm.

„Ja, is dat ni to dull!" puuß Klaasohm gifti. „Mutt ik noch op min olen Daag de Lüd mit Fingern op mi wiesen laaten! Awers, dammi, laat den Slupp man eerst naa Huus kaamen, ik will em rökern!"

„Nä, dar steit mi de Verstand meist bi still! Dat habb ik mi ni dacht!"

„Magst wull seggen, dat habb sik wull keen Minsch dacht! „Na, he het ook wull so'n grote Schuld ni, anders habben de andern Jungs sacht bi em lägen!"

„Büst ni kloof! — in'n Rünnsteen — min Fritz?!" schreeg Antjemedder.

„En schönen Jung!" säd Klaasohm spöttsch, „de is wull mit daröwer ut wesen, em duun to maaken!"

„Min Fritz! O, Naawer, dat mußt Du ni globen, de deit so wat ni, dar hebt wi em ni naa trocken!" säd Antjemedder raakt, dat he ehr Söhn so wat totru.

„Na, heff ik vorlicht min Jung darnaa trocken, sik to besupen un in'n Rünnsteen liggen to blieben, wa?!" säd Klaasohm wranti.

„Snaaksch, ik begriep dat ni, dat will mi ni in den Kopp!" säd Hansohm, de bi de Tied dat in de Zeitung wull teinmaal öwerles't habb.

„Wi ward dat morgen ja to wäten kriegen! So groot as he is, he schall wat mit den Stock hebben, un ganz gehörig wat, de Slupp!" pruuß Klaasohm.

„Minsch, Naawer, ik kann dat jümmers noch ni globen!"

„Globen? globen? Meenst, dat ik dat globen worden, wenn mi een dat bloot vertellt habb? Awers dat steit hier ja drückt, kiek doch, da steit dat ja, „ein Herumtreiber — sinnlos im Rinnstein — Heinrich Thiessen aus W." — kannst mehr verlangen? Awers tööv man, laat em man eerst naa Hus kaamen, de schall wat beleben! — Na, eh ik dat vergäät, ik heff ook noch en Breef vör Di mitbrocht ut de Stadt; dar is he!" säd Klaasohm un smeet den Breef op den Disch.

„En Breef? Van wakein?" säd Hansohm verwundert.

„Weet ik dat, he is ja versägelt!" brumm Klaasohm.

Hansohm dreih den Breef en paarmaal um un bekeek em van alle Kanten; endli säd he: „Dunner, wanem de wull van is? De Schrift kummt mi bekannt vör! Ah, Moder, haal maal gau min Brill ut dat Schapp!"

Antjemedder hadd se all haalt un wisch de Gläs in ehrn Plaaten rein. „Hier heft se, Vader!"

Hansohm sett de Brill op de Näs, drück dat Füer in de Piep mit den Dumen daal un bekeek denn noch ins de Opschrift op den Breef. „Jesus", schreeg he op eenmaal, „de is ja van Fritz!"

„O Gott, van min söten Jung!" kreisch Antjemedder vuller Freud un sloog de Handen tohopen.

„Van Fritz?" säd Klaasohm un keem wedder van de Döör torügg, denn he hadd all weggaan wullt. „Na, denn maak em man gau maal aapen, dar steit gewiß allens in!"

„Weeßt Du, mi swaant, dar steit ni vääl Gudes in!" säd Hansohm eernst un bedenkli. „Wat het he to schrieben, wenn he morgen all wedder hier wesen schall!"

„Mein Gott, so maak em doch aapen, ik kann mi knapp mehr vör Nieschier bargen!" schreeg Klaasohm —

„Mi gruut, wi kriegt dat noch jümmers fröh nog to wäten, wat in den Breef steit!"

„O Gott, em is doch nix passeert, he is doch ni all dot?" kreisch Antjemedder.

„Denn kunn he wull ni sülm schrieben, Moder! Na, wi ward dat ja sehn!"

Hansohm maak den Breef aapen. As he man eben anfungen hadd to lesen, schoov he sin Brill hen un her, as hadd he ni recht sehn, un mummel vör sik hen: „Wat!"

„Wat schrivt de söte Jung?" fraag Antjemedder nieschieri.

„Tööv, tööv doch!" puuß Hansohm rut, un dat duer ook man en lütten Ogenblick, dar full em de Piep ut de Hand, un he sack in den Stohl torügg un säd: „Dar hebt wi't!"

„Mein Gott, Vader!" schreeg Antjemedder vuller Angst, denn Hansohm hadd sik gewalti verkleurt: „min Fritz, em is doch nix passeert?!"

„Nä, min oold Deern," säd Hansohm dröög un ieskolt, „he is krall un munter, passeert is em nix!"

„Christus Kinders, Vader," schreeg Antjemedder un fung an to weenen, „de Saak is ni richti! Vertell doch, wat schrivt de söte Jung?!"

„De söte Jung?" lach Hansohm spöttisch; „ja, ja, dat is en söten Jung, en würklichen Prachtjung, vääls to gut vör uns! Darum seggt he sik ook los van uns!" —

„O Gott, Vader, min Fritz, min Fritz!" schreeg Antjemedder.

"Din Fritz!" säd Hansohm geruhi, "he kündigt uns in düssen Breef op!"

"Min Söhn! Nä, Vader, dat is ni an dem!" huul Antjemedder. "He is krank, ni? O segg doch "ja!" Laat anspannen, laat uns doch hen naa em, wanem is he?!"

"Op den Weg naa Amerika," säd Hansohm lies. —

"Amerika? dat is ni wahr!" schreeg Antjemedder un reet em den Breef ut de Hand.

"Naa Amerika!" säd Klaasohm ganz verblüfft un keek Hansohm an. De säd awers keen Wort, he keek jümmers wiß hen naa een Städ un säd keen Wort. Antjemedder leet den Breef foorts sacken, as se man eben anfungen hadd to lesen, un ween, dat Gott erbarm. "Laat doch anspannen, min söte Vader, laat uns doch achternaa!" snucker se endli.

"Dat hölp nix, min arme Deern!" säd he ruhig; "Fritz is weg, den kriegt wi ni wedder to sehn!"

"Ach Gutt, ach Gutt, weer ik man doot!" huul Antjemedder un ween in ehrn Plaaten rin. Hansohm keek wedder wiß vör sik hen. Op eenmaal stund he op un säd vuller Wuth: "So wull ik denn — — —"

"O Gutt, o Gutt, Vader wat wullt Du doon!" kreisch Antjemedder op un heel em gau mit de Hand den Mund to.

"Nix, nix — Du hest Recht — laat em gaan!" säd Hansohm un sett sik wedder daal.

Klaasohm, de bideß den Breef lesen hadd, kreeg em nu truharti un deelnehmsch bi de Hand faat un säd, "dat geit mi dör de Seel, lütt Naawer, nimm Di dat ni so to Harten, he kummt ja wedder, seggt he!"

"Wedder?" schreeg Hansohm un kreeg den Breef wedder tofaaten, denn he vördem noch ni ganz to End lesen hadd; "wanem steit dat?"

He les den Breef to End, un do säd he: "Jawull, he will wedder kaamen, wenn he riek is; dat heet so vääl, as wenn de Buck lammt! Na, Klaasohm, wi hebt smucke Jungs, dat is eenerlei! Din liggt besaapen in den Rünnsteen, denn nu gloov ik dat ook, un min geit mit en Kamedjantendeern dör de Lappen —"

Klaasohm wuß ni, wat he seggen schull, un so sweeg he lewer still. Na en lütten Stoot fahr Hansohm wedder op un hau op den Disch un schreeg: "Un wakein heff ik den ganzen Kram to verdanken, wakein?!"

„Na?" säd Klaasohm, un he weer richti nieschieri, wakein dat wull eegentli weer.

„Wakein anders as Di! Fraagst noch orntli?!" schreeg Hansohm.

„Mi — Naawer, mi?!" säd Klaasohm, meist angst, denn he meen ni anders, as dat Hansohm op eenmaal öwersnappt weer. He keek em ganz verbaast mit grote Ogen an un säd noch ins: „Mi, Naawer?!"

„Ja, Di! Hadst Du ni jümmers van Din ole Reis naa Frankriek tüünt, wa Du vorlicht gar ni maal wesen büst . . ."

„Hör maal, Hansohm, wullt Du Di geern mit mi vertöörn?!" säd Klaasohm ganz spitz. „Wa kannst Du so wat behaupten, wat!"

„Dat's eenerlei, haddst Du ni jümmers van Din Reisen vertellt, weern de Jungs ni op so'n Grappen kamen!"

„Un wakein het de meiste Schuld?" schreeg Antjemedder. „Dat büst Du sülm, nüms anders!"

„Jk! — büst kloof Moder — ik?" säd Hansohm ganz verblüfft.

„Ja, Du! Weerst Du domals ni mit se naa'n Doom reist, hadden se ganz gewiß keen Lust krägen, naa Hamborg to gaan!"

„Na hört maal, west vernünfti, Kinders!" säd Klaasohm; „de Saak is eenmaal so un lett sik ni ändern! De Hauptsaak is eerst maal, dat nüms dat to wäten kriggt! Wischt also de Thraanen af un laat jüm nix marken!"

„Ja, Du hest Recht!" säd Hansohm; „laat mi den Breef noch maal sehn!"

„Ach Gott, wat ward dat vör Snack afgeben!" snucker Antje.

„Darum ook man, Naawersch, swiegt jo still un drääg dat Unglück, so gut as jüm künnt!"

Klaasohm bleev nu noch en bäten bi se, um se to trösten, un as he weggung, dar hadd Hansohm all wedder sin Piep in Brand, un Antjemedder leet wedder dat Spinnrad snurren. Wenn ook af un denn noch en Thraan op ehr Handen daalfull, so wußt se sik doch to betämen. As Klaasohm weg weer, seeten de beiden Olen eerst en lütten Stoot alleen; keen een säd wat. Antjemedder leet dat Spinnrad wedder staan un ween ganz lies in ehr Plaaten rin, un he simmeleer so vör sik hen. Endli dreih he sin Kopp naa ehr hen un säd: „Laat Din Weenen man naa, Moder, wenn'k mi bedenk, de Saak is doch ni so slimm, as se utsüht."

"Ach Gott, ik kann dar ganz ni öwerkaamen, ik hool so vääl van den Jung!" snucker se.

"Ik ook, Mutter, awers dat hölpt ja Allens nix! Wes man ruhi! Wat gelt de Wett, van Daag öwer't Jahr is he wedder bi uns int Dörp!"

"Ach nä, ach nä!" snucker se.

"Schast sehn! Süh, de Deern ward em wedder lopen laaten, wenn dat Geld op is! Dat ward mi frieli en düre Lekschon, awers en Trost is doch darbi, Fritz weer en höllisch scharpen Aeter! Schast sehn, dat ward ni lang mehr duern!"

"Ach Gott, ik bäd Di, Vader, he is ja in Amerika, wa väle dusend Millionen Mielen is dat van uns weg!"

"Wieder man nix; in tein Daag kann man ja all van Amerika naa Hamborg kamen!"

"Is wahr?" säd Antjemedder un fung an ehr Thraanen aftowischen. "Awers wa schall de arme Jung herkaamen, he het ja keen Geld!"

"Nu, mein Gott, denn schrivt he uns!"

"Awers Du mein Jesus, bet darhen is he ja all lang verhungert, dat lewe Kind!"

"Na, dar bruukst Du nu ganz ni bang vör to weesen! En Minsch mit so'n Knaaken in Liev as unse Fritz kann sik in Amerika jümmers so vääl mit Arbeit verdeenen, dat he ni to hungern nödi het! Nä, schast sehn, dat duert ni so lang, denn hebt wi en Breef!"

"Gott gäv, dat Du wahr seggst, Vader, ik graam mi anders doot!"

"Pfeu, Antje, pfeu, wa magst dat seggen! Holtst Du denn gar nix van Din andern Kinder un van mi?"

"Gott ja, min Söte, ward ni bös! Ik weet garni, wat ik snack, mußt mi dat van Daag ni vör öwel nehmen!"

"Dat do ik ook ni, min Deern."

"Ik will man leewers en paar Zippeln haalen un de afschellen, dat sik de Lüd nix darbi denkt, wenn mi maal en Thraan ut de Ogen knippt!"

"Recht so, büst doch min ole gude Deern. De Hauptsaak is eerst maal, dat nüms wat darvan to marken kriggt!"

"Dar will ik mi all vör in Acht nehmen!"

"Na, dat schall mi freuen, ik will bideß en bäten naa't Land gaan, dat Simmeleern döcht ni."

Den andern Daag weer Hansohm noch vääl bäter to Sinn,

un he däd allens, wat he man kun, sin oold Antje dat Hartleed ut den Kopp to snacken. He meen opt letzt sogar, dat weer ganz gut vör den Jung, dat he maal en bäten in de Welt rümkeem un Unnerscheed lehr, un em weer dat eegentli ganz mit, bloot de Kraam word man so düer.

„Denk Di an, föfteinhundert Mark, Moder!"

„Gott, wa geern wull ik dat Geld missen, wenn ik min Jung man bloot wedder hadd!" säd Antjemedder.

„Ja, dat segg ik mit Di, denn dat Geld is doch eenmaal weg, un dat ward mi sacht noch uterdem wat kösten, eh wi em wedder hebbt!"

„Ach Gott, wenn he doch man wedder keem!"

„Dar kannst Di wiß op verlaaten, lang ward dat op keen Fall duern! Süh, naa sin Breef heff ik Naawer Klaasohm noch tweehundert un twinti Daaler to betaalen — en Barg Geld! Kinders, wat hadd man sik allens davör kopen kunnt!"

„Dat is wahr. Mi dünkt, Du bringst dat foorts röwer, dat wi reinen Kraam maakt, ik mag keen Schulden hebben!"

„Ja, dat mutt ik denn wull man!" säd Hansohm un klai sik achter de Ohren.

He kreeg nu sin Geldspind her un tell af. Wull teinmaal säd he darbi vör sik sülm: „De schönen Speetjen! — luder nide!" awers dat hölp ni, he muß daran. Klaasohm lach ganz blied, as he dat Geld in sin Kaß schütten däd, obschonst he noch bandi giftig weer van wegen sin Hinnerk, de em so'n Schand maakt hadd. He weer all int Holt wesen un hadd en gehörigen Hassel snäden mit den he den grooten Sleef, as he säd, foorts dat Fell verneihen wull.

Un dat word Abend. De Klock weer all bi acht ut, dar seeg man dicht vört Dörp dree Minschen anpett kaamen, un dat weern Hinnerk, Piet un Persetter.

Anders pleggt sik de Minsch jümmers to freuen, wenn he van Reisen wedder naa Huus kummt, de Dree weern awers ganz ni vergnögt to Sinn, jedereen hadd sin Hartleed, bloot Piet eegentli ni, awers de weer möd un verdreetli. Persetter arger sik ni so dull daröwer, dat he vör de tein Daaler, de Herr Director Herzele leent hadd, Börg worden weer, as öwer dat verdreite Kaartenspill, wa he sin ganz Vermögen bi verlaaren hadd. Wenn dat ni wesen weer, hadd he all en lütten netten Hupen Geld tohopen hadd; Fritz hadd em sacht ook noch den Daaler daan, un denn hadd he maal naa't Meldörper Markt gaan und dar den Groten spälen kunnt. Un nu habb he man een Daaler in de Tasch! — Hinnerk flööt ook in Stillen öwer dat verdammte Kaartenspill, denn em grau gewalti vör en natt Jahr; Klaasohm plegg all to schellen, wenn he maal en Daaler in Fips verlaaren hadd, wat word de nu loosgaan, wenn he to wäten kreeg, dat sin Söhn hundert Mark verspäält hadd!

Persetter waan vöran int Dörp, un de gung foorts van se af un naa Huus. Sin Näs weer em van de „ikarischen Spiele" noch en bäten dick un swammi, un denn ook weer he möd van de Reis. Hinnerk un Piet gungen alleen wieder. Dat keem se beid doch gewalti snaaksch vör: wakein se bemött, de drauh Hinnerk mit den Finger to un gnies un säd: „Junge! Junge!"

„Dat schient meist, as weet de Lüt dat hier all!" dach Hinnerk bi sik sülm; awers dat kann ja eegentli ganz ni angaan, dat Unglück is ja güstern eerst passeert!" — Awers allerwegens lachen un gniesen se em to; ja, en lütt Deern, mit de he en bäten frien däd, maak em van ehr Finster en „Hääk ut" to. — „Jeses, Jeses, se weet dat doch gewiß all!" dach he, un nu waag he dat ganz ni mehr, de Ogen optoslaan. So gau as he man kunn, stapp he naa Huus; Piet kunn meist ni mitkaamen. Endli weeren se dar. Hinnerk gung eerst naa sin Kaamer, um holten Tüffeln antotrecken; Piet de gewalti hungri weer, leep foorts naa Stuv rin.

He verfeer sik awers doch en bäten, as he seeg, dat sik ook nüms freu, dat he wedder dar weer. „Gyn Abend!" schreeg he; „Dunner, wat bün ik hungri!" Sin Moder plink em to, he schull jo ruhig wesen. Wat weer dar eenmaal los! Dat keem en ganz snaaksch vör! Klaasohm seeg so eernst un feierli ut un hadd de groote Hoornbrill op un studeer de Zeitungen, un seeg man eben sietwärts öwer de Brill weg un brumm so liekmödi „Gun Abend", as weer Piet ganz ni vant Huus wesen.

Piet mark foorts, dat de Luft ni ganz rein weer, un dar weer he denn ook foorts so klook, sin Piepen in Sack to beholen, denn an den Dag, wa he Aalsupp äten hadd, muß he noch jümmers torüggdenken; Hinnerk un Fritz hadden em seggt, dat he ganz gräsi besaapen wesen weer, un dat dröff Klaasohm ja jo ni wäten. He sleek sik ganz sachten hen naa sin Moder un püsper ehr in't Ohr: „Moder, ik bün so hungri, schüllt wi noch ni bald wat äten?"

„Pst! — schü—ü—üt! — wes still!" waarschu Trinamedder, un as Piet se ganz verwundert ankeek, denn he wuß ja ganz ni, wat he darvan denken schull, dar säd se lies: „Junge, Junge, Junge, wat hebt jüm maakt! Vader weet Allens!"

Piet kunn dar ganz ni ut kloof warden, dat gung öwer sin Verstand, un he wull all jüst wieder naafraagen, dar gung de Döör aapen, un Hinnerk keem rin.

„Gun Abend!" säd he ganz lies.

Klaasohm läd de Zeitung op den Disch, steek de Brill int Futteraal un keek em wiß an un säd: „Wat wullt?!"

„Wa=a=at ik=ik will?" staamer Hinnerk ganz verbaast.

„Ja, wat wullt?" säd Klaasohm noch maal.

„Ik=ik=ik=will äten!" säd Hinnerk benaut.

„Aeten? — fräten, meenst wull! Swin fräät, de äät ni!" schreeg Klaasohm gifti, un nu stund he op un kreeg den grooten Hasselstock to faat, den he bet hiernto ünder den Disch verstäken hadd.

„Mußt Du groote Sleef mi so'n Schand andoon, dat alle Lüd mi spectaakelt un mit Finger op mi wiest!"

„Schand!" staamel Hinnerk ganz verbligt; he wuß ganz ni, wat sin Vader meen, un bloot an den Hassel mark he, dat dat Eernst weer. Wenn he ook jüst ni de Klöökste weer, so kunn he doch sehn, dat nüms anders as he wat mit den Stock hebben schull, awers wavör man? Verdeent hadd he wull en Fell vull, doch dat kunn sin Ool ja ganz ni wäten! Un sin Moder muß ook gräsi dull op em wäsen, denn se däd ganz keen Inspraak, as se in fröhere Jahren jümmers daan hadd, se heel ehrn Plaaten vör de Oogen un ween.

„Hadd ik doch lewer sehn, wenn Du Satan dusend Daaler versipst hadst, as dat!" schull Klaasohm.

„Awers — awers —" staamel Hinnerk, de nu ganz ni wuß, wat dat weer; van de hundert Mark, seeg he nu, wuß de Ool noch nix af; dat muß also wat anders wesen, un anders hadd he ja nix daan!

„Nu kumm man maal her, Du Slupp!" säd Klaasohm un kreeg den armen Hinnerk bi'n Rockkragen faat un böör den Hassel in de Höchd, um em wück övertotrecken.

„O Gott, — min söte Vader — slaa mi doch ni! Wat heff ik denn daan?!" schreeg Hinnerk angst, un de Thraanen leepen em langs de Backen daal.

„Du fraagst noch ganz, wat Du daan hest, Swinegel!" schreeg Klaasohm gifti un faat em wister an un böör den Hassel wedder in de Höchd — „liggst besaapen in'n Rünnsteen — steist in de Reform — un Du — Du Slupp, fraagst noch orntli, wat Du daan hest?! Tööv, Vetter, tööv, ick will Di!"

Un nu stund he op un kreeg den grooten Haſſelſtock to faat.

„O Gott, Vader, dat is ja ni wahr!" schreeg Hinnerk un heel em den Arm wiß; — „ik bün ja ni eenmaal duun wesen, is ni wahr, Piet?"

„Ja, Vader, dat kann ik betügen!" säd Piet.

„Wat! Du wullt ook noch leegen!" schreeg Klaasohm to Piet; „tööv man, min Jung, schast nösten din Dracht vull ook noch kriegen!"

„Is awers doch ni wahr!" säd Piet patzi.

„Ganz gewiß ni, min söte Vader, ik bün ook ni eenmaal duun wesen!" snucker Hinnerk.

„Jung, wullt maal gliek Dien Leegen naalaaten! Hier in de Reform steit dat ja groot un breet; in de Breeftasch hebt se ja Din Naamen funden, as Du „sinnlos betrunken" naa de Wach brocht wordst!"

„In min Breeftasch?!" schreeg Hinnerk. „O Gott, Vader, ik will ni gesund vör Di staan, wenn dat wahr is! De Breeftasch word mi ja foorts den andern Dag staalen, is ni wahr, Piet?"

„Ja, dat is wahr!" betüg Piet.

„De is Di staalen worden?" säd Klaasohm en bäten begööscht, „hest Du denn ni duun in'n Rünnsteen lägen? Segg mi de Wahrheit, hörst Du!"

„Ik will dree Daag vör den Deubel in de Eer sitten, wenn dat keen Lögen bünt!" schreeg Hinnerk.

„Awers, Minsch, wa kann dat denn in de Reform staan? Dar kiek sülm, dar steit dat, „ein Herumtreiber" — dat schast Du wesen! — „sinnlos betrunken" — wa is dat mögli?"

„O Gott, dat is ja schändli, so'n Lögen! dat's ja all ni wahr?"

„Dat mutt awers doch so wesen, Jung, anders stund dat dar ni drückt?"

„Min beste Vader, dat is gewiß ni an dem! Gloov mi dat doch to!"

„Ik kann mi dat ook ganz ni van Hinnerk denken!" säd Trinamedder.

„O Gott, ik weet all!" schreeg Piet. Wüllt jüm glöben, de Spitzbov, de Hinnerk de Breeftasch staalen het, het sik vör dat Geld, wat he darin funden het, besaapen, un so het de Pullizei meent, as se in de Breeftasch rinkeeken, dat he so as Hinnerk heeten däd!"

„Jeses, ja, dat gloov ik ook!" schreeg Trinameddersch.

„Ik bün ganz gewiß unschüldi!" snucker Hinnerk un wisch sik de Thraanen af.

„Nu gloov ik dat waarachti ook!" säd Klaasohm und stell den Hassel wedder int Uhrenschapp; „bald hadd ik Di Unrecht daan, min Jung! Na, dat freut mi! awers — awers — verdammten Kraam! De Lüd hier ward doch all globen, dat Du dat wesen büst! Wat fangt wi darbi an?"

„Mi dünkt, Vader, Du mußt maal an de Pullzei in Hamborg schrieben, dat se Hinnerk Unrecht daan het!" säd Trinamedderſch.

„Dat's ook wull am End noch dat beste, wat wi doon künnt!" säd Klaasohm, „denn will'k morgen foorts maal naa den School= meister hen, dat he mi dat opsetten deit! — Fitaal, fitaal! De Saak givt so'n aasigen Snack af!"

„Dat's wull wahr, awers ik freu mi man, dat dat ni wahr is! Ik säd ook ja foorts, dat kunn ni an dem wesen!" säd Trinamedder.

„Ik ook," säd Klaasohm, „dat heet, ik kunn mi dat ganz ni van Di denken, un ik hadd dat ook ni gloovt, wenn dat dar ni drückt staan hadd; awers wat schnll man dar denken?"

„Ik bün ja noch ni eenmaal duun wesen, Vader!" säd Hinnerk.

„Dat büst ook ni, min Jung, un ik begriep ook ni, dat se dar in Hamborg so wat van di denken kunnen! Na, Moder, nu haal man gau dat Aeten rin, de Kinder ward wull hungri wesen!"

„Ganz gehöri!" schreeg Piet.

„Na, min Hinnerk, nu wes man ni so sluri, dat weer ja ni so bös meent!" säd Klaasohm un klopp em op de Schulder.

Hinnerk säd nix; em weer dat Hart noch gewalti swaar, dat nide Kaartenspääl muß ja bald an den Dag kaamen, un wat word de Ool denn seggen!

„Na, Fritz hebbt jüm darlaaten?" fraag Klaasohm naa en lüten Stoot.

„Ja, de is naa England," säd Hinnerk dröög.

„Hm, ja. Naawer Hansohm wull dat ja so geern," säd Klaasohm. „Na, äät man eerst wat, nösten mööt jüm vertellen! Hamborg liggt jawull noch jümmers an de Elw, ni?"

„Ja, Vader!" säd Hinnerk.

„Na, dat kann'k mi denken. Wat säden denn de Hamborger to uns Ossen, de hebt wull grote Ogen maakt, wa? So wat Raares kummt dar ni alle Daag ant Markt!"

„Ach, Vader, dar weern ook anders en groten Barg schöne Beest!" säd Hinnerk.

„So? Hm! Na, se hebt ja en guden Pries maakt, dör de

Bank twee hundert Daaler, dat geit! Naawer het mi all dat Geld geben, bet op de föfti Daaler naa, de Du mitbrocht heft!"

„O Je, o Je!" säd Hinnerk bi sik sülm.

„Jung, ool Slackerfutz, wat aast Du! Slackerst mi ja öwer den ganzen Disch!" säd Trinamedder.

Hinnerk hadd in den Oogenblick op eenmaal dat Bäwern krägen un all de Melk ut den Läpel op dat Dischlaaken schütt. Piet freet as en Klaier. Hinnerk kunn van'n Abend ganz ni vääl daran doon.

As dat Aeten afdraagen weer, säd Klaasohm: „Nu giv mi eerst maal en feine Segarr, jüm hebt wull wück mitbrocht!"

„Hier, Vader!" säd Hinnerk und lang em wücke hen.

„Deubel, de smeckt awers fein, de bünt wull düer!"

„Ja, twee vör'n Schilling!"

„Dat dach ik mi foorts; de bünt bäter as uns Höker sin! — Na, nu vertell man maal los, min Jung, laat hören, wasück as jüm't gaan het. Doch tööv, eerst kunnst mi dat Geld geben, dat dat los wardst ut de Taschen!"

Hinnerk verkleur sik gewalti un staamel: „Ja — ja — tein Daaler hebt wi an den Theaaterdirector Herzele utleent un de — de het se noch ni wedder betaalt!"

„Wat, büst klook!" säd Klaasohm; „wa kannst Du min Geld utleen, Minsch, büst denn rein —?"

„Ja, Persetter säd, ik schull dat man driest doon, he wull Börg darvör seggen!"

„Jesus, Jesus, wat büst Du vör'n Knecht! Kunnst Di doch wull denken, dat Du dat ni wedder kreegst!"

„Awers Persetter het ja Börg darvör seggt!"

„Persetter, Persetter! De kann wull Börg seggen, het he denn wat?"

„Ja, ik meen — ik dach — — —"

„Snack! Du weeßt doch, dat he in de letzten twee Jahren man anderthalv Daaler van sin Schuld afdraagen het, un dat de hier wull op Lebenstied is! Min Himmel, dat Du ook doch so döfi wesen kannst! Na, denn giv man maal dat ander Geld her!"

Hinnerk lang in de Tasch un word mit eenmaal ganz puter= roth. He kreeg den grooten Spintbüdel rut, steek den Arm bet an den Ellnbaagen rin un haal en lütte Hand vull Daalers rut. De Ool tell dat naa un säd endli:

„Ja, dat bünt eerst een un dörti Mark, nu dat ander!"

"Ja, Vader, un denn de Reiskosten vör uns dree, dat maakt graad so vääl ut, dat föfti Mark rutkaamt:

"Laat maal sehn! Süß un süß bünt twölv, un süß bünt achtein, un een Mark hebt jüm wull ünderwegens vertäärt? — maakt nägentein, dar een un dörti to, tööv maal! — ja, ganz richti, dat bünt föfti! Nu feilt noch jüst hundert Mark!"

"Güstern Abend gungen wi en bäten naa't Wilhelm=Thiater," säd Hinnerk un beer, as wenn he dat ni hört hadd; he wuß ni, wa he dat anfungen schull to bichten.

"Süh so, naa't Wilhelm=Theater?" säd Klaasohm, "dar schall dat ja ganz smuck wesen!"

"O, Vader, un ob! Junge, wat vörn bandi schöne Kamödie, un Kunstmaakers weern dar ook!" schreeg Piet.

"Ja, dat weer dar en bäten schön!" stimm Hinnerk naa.

"Süh maal, süh, also in't Wilhelm=Thiater weern jüm! Na, nu de hundert Mark!"

Hinnerk däd wedder, as hadd he dat ni hört un säd gau: "Ja, un do — do setten sik twee feine Herren bi uns daal . . . ."

"Ganz noble, Vader!" schreeg Piet.

"Süh maal an, dat freut mi!" säd Klaasohm. "Na, nu man eerst maal her mit de hundert Mark!"

"Na, un do — un do säden de Herrn to uns, ob wi en bäten mit se gaan wulln naa'n ander Weertshus!" säd Hinnerk gau.

"Ja, se weern ganz ni stolz un tracteeren uns sogar, Vader!"

"Süh maal süh, dat weer ja nett! Awers nu de hundert Mark!"

"Ja, un do — un do — gungen wi mit se," säd Hinnerk, un sin Stimm word jümmers weenerlicher; "un do — un do — —"

"Mein Gott, wat Du tüünst, Jung! Giv mi man eerst maal dat Geld her, nöst kannst wieder vertellen!"

"Ja — un do — un do . . ."

"Straalax, wullt Du mi eerst dull maaken! Her mit de hundert Mark, wanem bünt se?!"

"De heff ik, ik — ik verlaaren!"

"Verlaaren!" schreeg Klaasohm ganz verblixt. "Jung bist klook, verlaaren — ganze hundert Mark! Gungen jüm denn ni foorts wedder torügg un söchen se?"

"Ach, so meen ik dat ja ni!"

"Deuwel noch maal to, Jung, Du hest se mi doch nich versipst!?"

"Nä, ach Gott nä! Moder, giv mi maal dree Kaarten, ik will jüm dat wiesen!"

"O Gott, Vader, ja; Hinnerk het keen Schuld, schast sehn!" säd Piet.

Trinamedder haal ganz nieschieri de Kaarten; sülm Klaas= ohm wuß ni recht, wat he seggen schull. Hinnerk neem nu dree Kaarten, wies de een un säd, nu word he se alle dree op den Disch daalsmieten, un dar schulln se em seggen, wa de Kaart leeg, de se sik markt hadden.

"Wieder nix, dat is ja licht!" säd Klaasohm.

"O je, Vader, dat is so licht ni, paß man op!" säd Piet. Hinnerk weer bandi in Angst un so hitteli; wenn he dat Kunst= stück ook kunnt hadd, in düssen Ogenblick hadd he dat op keen Fall farri brocht. Trinamedder löhn op Klaasohm sin Puckel und keek mit groote Oogen naa sin Finger; Piet hadd sin Kopp in beide Handen stütt un weer nischieri, ob Hinnerk dat ook maaken kunn; Klaasohm maak awers en Gesicht, as feil em wat, he seeg jüst so ut, as däd em dat leed, dat he den Hassel wegsett hadd.

Hinnerk summel nu de Kaarten hen un her, smeet se daal, naadem he Spaan Buer wiest hadd, un fraag: "Wa is Spaan Buer nu?"

"Dar!" säd Klaasohm un tick op en Kaart.

Un richti, Spaan Buer weer dat!

"Ja, dat ist man eerst an!" säd Piet; "toeerst wuß Hinnerk dat ook, awers nöst verbiestert man, schast sehn, dat kummt anders!"

Awers dat word ni anders; Klaasohm leet sik ni verbiestern, droop jedesmaal de rechte Kaart, un ook Trinamedder meen, dar weer ja ganz keen Kunst bi, dat wull se ook jümmers raaden. Klaasohm word jümmers argerlicher utsehn, un Hinnerk fung jüm= mers hitteliger wedder van frischen an, awers he broch dat ni farri. Endli schreeg Klaasohm gifti: "Ik will doch ni höpen, dat Du darbi dat schöne Geld verlaaren hest, Hinnerk?!"

"Ach Gott, ja!" huul he un blarr, all wat he kunn.

"Mein Himmel, is ook doch rein to dull! Verdeenst Du Sleef nu ni en düchti Fell vull?!"

"Ik will dat ook min Daag ni wedder doon, min söte Vader! Ik — ik —"

"Swieg man still, ole Slupp!" schreeg Klaasohm. "Waarachti, dat Geld argert mi ni so dull, as dat ik en Jung heff, de so dumm un bösi is, dat he sik öwer de Ohren hauen let! Is ook to bull! Na kumm Du mi man maal wedder, dat Du naa Hamburg reisen wullt, ik will Di!"

Klaasohm schull noch en ganzen Stoot, bet Hinnerk all sin Thraanen los weer un ni mehr blarren kunn; da weer dat ook Tied to Bett to gaan, un se säden gun Nacht.

De beiden Oolen bleeben noch en lütten Stoot op.

"Wat is dat ook doch vörn Peter!" säd Klaasohm to sin Fru. "Ik heff all min Daag wußt, dat he ni vääl Plie hadd, awers vör so bösi hadd ik em doch ni holen! Na, dat is eenmaal un ni wedder!"

"Ik säd dat ja glik, dat nix Gudes darvan kaamen word, Vader! Hadst se ni Verlöövt geben schullt!" säd Trinamedder.

"Dat is en Snack; wakein hadd dat ook dacht. Na, mi freut man bloot, dat dat Ander ni wahr is!"

Darmit gungen se denn ook to Bett.

Persetter kreeg den andern Dag en gewaltigen Schießer, dat he ni bäter op den Kraam paßt hadd, un denn ook, dat he Hinnerk besnackt hadd, en Komödjanten tein Daaler to leen! Persetter smeet sick awers noch gewalti in de Bost un säd, darvör schull Klaasohm man ni bang wesen, sin Landsmann, de Director Herzele, word all de lütte Schuld betaalen, un denn hadd he sülm ook ja Börg davör seggt, wat he denn mehr wull.

"Bloot min Geld mugg ik geern hebben!" säd Klaasohm. "Wat schall ik mit en Börg, de sülm nix het? Awers hör maal, Persetter, jüm mööt ja beid en gräsigen Brand hadd hebben, dat jüm sik so hebt an'n Foot rieten laaten!"

"Ich dechte kar, vooch nich ä bischen, heeren Se! Mer sin immer nichtern kewesen, mer hab'n je immer nur Wein mit Wasser gedrunken, ja! Nich wahr, Biet und Hinnerk?"

De betügen em dat foorts. In densülwen Ogenblick keem de Baad un broch en lütt Packet.

"Na, wat's dat denn?" säd Klaasohm un bekeek dat nieschieri von alle Kanten.

"Jeses, maak dat doch aapen!" schreeg Trinamedder. Klaasohm däd dat, un dar weern luder Bilder in.

Knapp hadd he een darvan bekäken, dar fung he ook all an: "Also nix as Win mit Water hebt jüm drunken?"

"Kanz kewiß!" versäker Persetter.

"Süh maal, süh! Kiekt dat Bild maal an, kennt jüm de beiden Muschü's?"

Süh maal, süh! Kiekt dat Bild maal an, kennt jüm de beiden Muschü's

Un he lang Persetter un Piet een van de Bilder hen; awers dull weer he ni, de Saak keem em sülm wat spaaßi vör, un he kunn man knapp sin Lachen laaten. Piet word ganz roth, as he dat Bild anseeg, un Persetter leep ganz vigelett an, so schaam he sik.

„Wakein schull dat wull wesen?" fraag Klaasohm.

„Kott Schtrambach, der verfluchte Fotegraaf!" schimp Persetter.

„Dat heff ik noch ganz ni wußt, dat man ook mit de Näs smöken kunn!" säd Klaasohm dröög.

„Nee Herrjeses, das kann ich mer, weeß Kott, nich zusammen= reimen! Weeßt Du's, Biet?"

„Ja, Herr Persetter, dat weer domaals, as wi Aalsupp äten hadden!" gnies Piet.

„Ach jaa, ich worde müde un schlief ein! Un da hast Du kleeses Schindluderchen Deinen Spaß mit mer gedrieben! Hi, hi, hi — warte!"

Klaasohm meen, Persetter weer awers wull ni alleen möd, men ook gräsi duun wesen, dat kunn man ja mit en halv Oog sehn. Persetter geev dat denn nu ook to, dat he op dat Bild utseeg, as weer he „ocksig beseift," awers he wuß sik dat ganz ni to verklaaren, dat he duun worden weer, da se doch nix anders genaaten hadden as Aalsupp.

Dat twölfte Kapitel.

Fritz lett sik sehn. — Klaasohm jöökt dat Fell. — Hurrah, naa'n Dom! — Wat dat eegentli mit de Isenbaan un den Telegrafen is! — Se lett sik man nix wies maaken. — De swarte Deubel! — Antjemedder ward gräsi bang. — De Strichbübel. — Laat man eerst Concurrenz kaamen! — Sühst Du wull! — De ole Bedreeger.

Persetter muß noch lang mit sin Portrait herholen; awers he maak sik nix darut, un endli word dat ook vergäten. Hinnerk sin Unschuld keem bald an den Dag; noch de sülwe Wääk stund in de Zeitung, dat de Rumdriwer de Breestasch staalen und sik vör de twee Daler, de he darin funden hadd, dick un duun saapen hadd; so hör de Snack denn op. Awers he kreeg noch jeden Ogenblick, tomal wenn he van sin Olen Geld hebben wull, dat nide Kaartenspill un de hundert Mark op den Disch sett, doch allens het sin Oewergang, as de Voß säd, un ook dat hadd sin End.

Anders seeg dat bi Hansohm int Huus ut. Hansohm weer sik säker öwertügt, dat Fritz bi lütten wedder kaamen word, un klaag man bloot noch daröwer, dat em de dulle Streich so vääl

Geld kosten däd, denn he weer en bäten nau. Anders weer em dat all recht, denn so vääl weer gewiß, van Naadeel word dat sin Jung ni wesen.

Antjemedder weer ook ni mehr so truri, as se int eerste wesen weer. Hansohm hadd ehr so vääl vörsnackt, dat se nu denn daran globen däd, ehr Fritz word bald um Geld schrieben un denn wedder retour kaamen. Awers dat word Harvst, un dar keem keen Fritz un keen Breef un keen gar nix, un se kunn knapp mehr de Thraanen in de Ogen torügg holen, wenn een van ehr Fründ un Bekannten fraag: „Na, wanneer kummt Fritz denn wedder?" — Un denn muß se ook noch leegen, un dat Leegen weer se ni wennt; dat word ehr so hartli suer! — Hansohm tröst se jümmers wedder. „Schast sehn, Mutter, säd he denn, „nu duert dat ni lang mehr!"

„Ach Gott, Vader, dat hest Du ja all so väälmaal seggt!" snucker se denn.

„Ja, dat's wull wahr, awers bedenk, eerst mutt dat Geld ja ook op wesen! Schast sehn, he kummt bald, vorlicht eher, as wi denkt!"

„Ach, wenn dat doch man wahr wörd!" bäd se van Harten un wisch sik mit den Plaaten de Ogen ut.

Dar keem ins Naamiddags Jan Kunraad, de Wuchensohr= mann, de alle veertein Daag naa Hamborg fahren däd, bi Hans= ohm vör, un as de Snack so hen un hergeit, so säd he op eenmaal: „Na, weeß Du ook, wakein ik in Hamborg draapen heff?!"

„Na?" säd Hansohm.

„Raad mal!"

„Ja, wa kann ik dat wäten, Jan Kunraad, segg dat man mit eens!"

„Na, Din Fritz!"

„Fritz!" schreeg Hansohm ganz verblixt. Dat weer noch en Glück, dat Antjemedder jüst en Ogenblick utgaan weer, anders hadd be sik gewiß foorts verraadt.

„Fritz!" säd Hansohm noch maal ganz verbaast.

„Jawull, jüm Fritz!" säd Jan Kunraad ganz eernst.

„Ach Snack, de is ja in Amerika, ik wull seggen, in Eng= land!" säd Hansohm.

„Ja, ik weet, ik weet," säd Jan Kunraad, „darum kunn he dat ja ook ni wesen; anders hadd ik min Eed darop naamen, dat ik em dar draapen hadd!"

„Nä, wat Du seggst!"

„Ni? Awers ik segg Di, he seeg em so leik, so leik, dat ik in den eersten Ogenblick ganz säker meen, he weer dat, un ganz vergnögt schreeg: „Süh, gun Dag, Fritz!" — Un dar keek he mi en Ogenblick an und gung in en lütte Twiet rin. Weg weer he!"

„Js wull ni wahr!"

„Ja nä, he kunn dat ja ook ni wesen, sin Tüg weer so snaaksch, und denn gung he ook so afräten!"

„Nä, he kunn dat wull ni gut wesen, he is ja in Engeland!"

„Ja, ik weet, awers wat he em leik seeg, kann'k Di ganz ni seggen, ik gloov, Du sülm habst Di verseert!"

„Kann wesen! Man het dat wull so, dat sik Minschen gewalti leik seegt!"

„Ja, un Beest ook, ik habb maal en Peerd, dat ik op Heider Markt kofft habb..."

„Ja, dat hest mi all maal vertellt, Jan Kunraad, dat is bischuerns snaaksch!"

Dar snacken se denn nu van wat anders. As Jan Kunraad: weg weer, fung Hansohm an to grienen un to lachen, he knipps sogar mit de Finger, un bi sik sülm säd he, as he sik daalsett: „Gott sei Dank!" As Antjemedder wedder naa Huus keem, dreih he een Dumen öwer den andern un seeg so munter un kreuzfidel ut, dat se em ganz verwundert ankeek.

„Schall ik Di ook wat Nides vertellen, Mutter?" säd he.

„Jeses, van Fritz?" schreeg se, un ehr ganz Gesicht verklaar sik mit eenmaal, denn Hansohm seeg vääls to schelmsch ut, dat kunn ja nix anders wesen!

„Nu ja, van Fritz!" lach Hansohm.

„O Gott, het he schräben? wa is de söte Jung? wanneer kummt he? ach Gott, wat maakt he?"

„Ho, rippelrappelrippelrappel!"

„Ach, min söten Hans, ik bäd Di, giv mi den Breef, man to, ik bäd Di!"

„Breef? — Ja, min Beste, schräben het he noch ni!" — Antjemedder maak en lang Gesicht. — „Awers ik weet nu, wa he is."

„Ach Gott, wanem? Laat uns doch foorts anspannen un em haalen!"

„Büst ni klook, Deern, dat he uns glick wedder weglöppt!"

„Ach Gott, wa is de söte Jung denn?"

„Nu, in Hamborg; Jan Kunraad het em dar draapen! Fritz het awers daan, as kenn he em ni, un gau sik op de Siet maakt!"

„Jesus Christus, wenn dat man andem is! Min allerbeste gude Vader, laat uns naa Hamburg hen un maal tosehn!"

„Nä, nä, Moder, dar kann nix ut warden!" säd Hansohm eernst; „jüh, de Jung is van uns weglopen, darum mutt he ook van sülm wedderkaamen!"

„Ach, min zuckersöte Hans, ik bäd Di ook so, man to!" snucker Antjemedder und straakel em de Backen.

„Nä, nä, min gude Deern, dat geit ni! Tööv man noch en paar Daag, schast sehn, he kümmt van sülm!"

„Ach Gott, un wat maakt he denn, de Engel van Jung?"

„Ik säd Di ja, Jan Kunraad het gar ni mit em snackt, Fritz is ja foorts utknäpen!"

„Awers wa het he denn utsehn?"

„Dar heff ik em waarachti ganz ni naa fraagt!"

„Mein Himmel, Du holtst ook ganz nix van Din Kind!"

„Snack doch ni, wat schull ik man ni! — Na, nu fallt mi in, Jan Kunraad säd, he hadd wat afräten in Tüg gaan!"

„Ach Gott, de arme Jung, wat dat em wull truri geit! Laat uns doch anspannen, min söte Vader! wenn he uns nu doothungert!"

„Hör maal, Antje, laat Din Saustern nu naa! Wakein arbeiten kann un will, de hungert ni doot, un am allerwenigsten in Hamborg! Laat em eerst schrieben, oder ook sülm kaamen; he weet ja, wa wi waant. Wi wüllt doch waarachti ni achter em herlopen!"

Van de Tied an weer Antjemedder en ganzen Deel vergnögter; jeden Ogenblick keek se ut Finster un Dören, as wenn se en Besöök moden weer, un jeden utgelenkten Dag pagai se Hansohm de Ohren vull, dat he doch anspannen schull, bet de opt letzt ganz knurri und verdreetli word.

Na veertein Daag keem Jan Kunraad wedder dör Winbargen, un wedder hadd he em sehn; awers snaaksch, de Minsch, den he vör Fritz holen hadd, weer orntli bang vör em wesen, denn as he em, Jan Kunraad, wieß worden weer, hadd he sik op eenmaal umdreit un weer gau utneit, jüst as hadd he wat staalen! Awers dat geev ja mehr bunte Hunden as een in de Welt. Un op den Hamborger Barg vör en Bod hadd he den andern Dag en swarten Neger sehn mit en sülwern Ring dör Näs und Ohren, un de hadd Fritz ook ganz gewalti liek sehn, bloot dat he swart wesen weer; un dat kunn he ja doch eerst recht ni wesen hebben.

As Hansohm sin Fru düsse Niedigkeit vertell, gung dat

Bäden und Quälen wedder van frischen los. He bleev awers op sin Stück bestaan un leet sik ni besnacken.

„Denn kriggst em ook min Daag ni wedder to sehn!" huul Antjemedder.

„Ach dat is en Snack, dar mag ik ja gar nix op seggen!" schull Hansohm.

„Na, Du wullt mi ni hören, schast sehn. He het ganz Din eegen Kopp; wordst Du dat doon?"

„Wat Du tüünst, wa kann ik dat wäten? Schast sehn, he ward all kaamen!"

„Un ik segg Di, so gewiß as wat, he kummt ni, lehr mi Fritz doch ni kennen!"

„Na, wenn he ni kaamen will, denn blivt he weg, dar is de Putt mit af," säd Hansohm argeli, „ik sett dar keen Foot um ut de Döör!"

Antjemedder däd denn, wat so väle Fruenslüd doot, wenn de Mann ni so will, as se wüllt, se sett sik hen un ween. Dat hölp ehr awers allens nix. Hansohm maak sik nix darut, he fleut sin Leed un gung rut. As Antjemedder endli mark, dat se nix bi em utrichten word, dar steek se sik achter Klaasohm, dat de em bearbeiden däd. Klaasohm hadd ja jümmers grote Lust to reisen, un denn gung he, as he all vaakens ins seggt had, vör sin Leben geern maal wedder naa Hamborg, um van den Director Herzele de tein Daaler intokasseern un ook den Herrn, de Hinnerk do de hundert Mark afwunnen hadd, maal gehöri an den Foot to rieten. Klaasohm kunn awers ook nix utrichten, Hansohm wull abfluts ni. De October gung to End un de November, un noch jümmers keen Breef und keen Fritz! Antjemedder word meist krank, un opt letzt kreeg ook Hansohm dat mit de Angst, de Saak kunn doch am End feil lopen. He simmeleer in de eersten Daag van December jümmers so vör sik hen un wuß ni, wat he schull; un darbi les he gewalti iweri in de Zeitungen, denn de Domtied weer ja wedder dar, un dat geev dar vant Jahr so utermaaten vääl to sehn, dat em dat Waater meist in den Mund keem.

Ins Abends säd Klaasohm to em: „Naawer, wat meenst Du, wüllt wi noch ins wedder naa'n Dom?"

„Junge, Junge," schreeg Hansohm, „büst ni klook! Nä, nä, dat fallt mi denn doch ni in!"

„Na, denn will'k Di wat seggen, denn laat naa. Ik kann

mi vör Nieschier ni länger bargen, ik mutt hen; denn reis ik maal alleen!"

„Snack, Du maakst Spaaß?" schreeg Hansohm un keek em ganz verwundert an.

„Nä, nä, dat is min vullkaamen Eernst, öwermorgen schall't losgaan!"

„Wat alleen?"

„Nu, Hinnerk schall mit; de Kerl, de em dat Geld afwunnen het, schall dar doch ni so mit dör! He gloovt anders, dat alle Buern so dumm bünt! Dat argert mi jümmers, wenn ik daran denken do!"

„Minsch, laat dat doch naa, wes doch ni döfi!"

„Mein Gott, wes Du ni döfi; kaam mit un laat Antje ook mitreisen, dat de Hamborg ook maal to sehn kriggt, dat Geld hebt wi ja!"

„Ach Gott, man to, min söte Vader, laat uns!" bäd Antje= medder.

„Nä, nä, Kinders, dat geit ni!" säd Hansohm.

„Snack, wat schull dat ni gaan, warum ni?"
fraag Klaasohm.

„Nä, nä, lütt Naawer! Bedenk doch, wat word dat en Barg Geld kosten!"

„Wes doch ni so knifi, Minsch! Wat hest darvan, wenn de Speetjendaalers in de Kaß schimmli ward!"

„Ja, Du kannst gut snacken! Wakein dar so gut tositt as Du, de kann wull lachen!"

„Ja, min Jung, wenn dat so mit di steit, denn is dat en ander Saak! Ik meen jümmers, dat Di dat op en paar hundert Daaler ni ankeem! Awers wenn Du dat Geld ni gut missen kannst, denn is dat wat anders, denn heff ik nix seggt!"

„Gott, missen, dar kann ja ganz ni de Red van wesen, missen kunn ik dat sacht!"

„Na, warum wullt denn ni? Bedenk doch dat Vergnögen!"

„Ach man to, min beste Vader, man to! Laat uns Fritz doch· opsöken!" bät Antjemedder.

„Ja nä, dat geit ni!"

„Na, Antjemedder, denn laat den Eegenputt man!" schull Klaasohm. „Wenn he nix van sin eegen Fleesch un Bloot hollt un so kniefi is, denn laat em! Ik bün ni so; denn reis ik alleen un dar kannst Di op verlaaten, wenn ik Din Fritz dräpen do, denn bring ik em mit, laat kösten, wat dat will! Dat kummt mi ganz nu op en paar hundert Daaler an, wenn ik min gude Naawersch ehrn Söhn damit hölpen kann!"

„Hör maal, Klaasohm, so'n Snack laat überwegens!" säd Hansohm, „dat is ni van wegen dat Geld, un ik mugg ook geern mal wedder naa'n Dom, un Du weeßt, dat ik vääl van min Jung holen do ..."

„Denn reis doch mit, Minsch!" säd Klaasohm.

„Man to, min söte Vader!"

„Hör, wenn ik den Cegenputt van Jung haalen do, hört sik dat? Schall de Vader achter sin Kinder herlopen? weet de Slüngel ni, dat wi uns unbandi freuen ward, wenn he wedder kümmt? Kann he ni kaamen, de unartige Jung!" schreeg Hansohm, un de Thraanen keemen em darbi in de Ogen.

„Ja, so mußt Du dat ja ni nehmen, lütt Naawer!" säd Klaasohm truharti; „Du kannst Di wull denken, dat Fritz sik utermaaten schaamen deit! He mag sik ja ni wedder vör Di sehn laaten, un dat is gewiß, he hungert lewer doot, as dat he so afräten as en Rumbriever wedder naa Hus kummt. Un ik mutt seggen, da gefallt mi an em! Wenn wi an sin Städ weern, worden wi dat ni ook doon, wa?"

„Nu ja, wakein mugg sin Oellern Schand int Hus bringen," säd Hansohm.

„Na, sühst Du, darum ook man jüst! Du weerst ja en ganzen slechten Kerl, waarachti, dat weerst Du! — nix vör ungut, Naawer! — wenn Du ni hengungst un den armen Jungen haalen däbst!"

„Ik gloov meist, Du hest Recht, Klaasohm, ik mutt daran! Na, ik denk ook, he het all genog darvör herholen mußt! Denn gaa ik also mit Di!"

Antjemedder full em vör Freud um den Hals und säd: „Büst doch min olen guden Hans!"

„Holt!" säd Hansohm, „um een Saak mutt ik jüm noch bäden! Vertellt noch jo und jo nix darvan, dat wi Fritz wedder mitbringen doot, hört jüm!"

„Gott, warum ni?" fraag Klaasohm.

„Jeses graad, denn hebt de Lüd ja ganz keen Verdacht!" säd Antjemedder.

„Nä, nä, jo stillswägen! Ik will jüm ook seggen, warum. Süh, wenn de Jung nu so unkloof wesen is un het de Kamödjantendeern heiraat, wat denn?"

„Dunner un Doria, dat's ook wahr!" säd Klaasohm un klai sik achter't Ohr.

„Ach, wenn ook, Vader," säd Antjemedder, „wi nehmt se beid hierher, ik will se all tolehren!"

„Nä, min Deern, dat geit ni! En Komödjantendeern will ik ni op min Hof hebben! Awers vorlicht is he vernünfti nog wesen, dat ni to doon!"

„Dat denk ik ook!" säd Klaasohm.

„Ik will dat ook höpen, Naawer, awers man kann ja doch ni wäten! Darum jo still un laat Di nix marken! Un dat Du mi nix utklöönst, Antje!"

„Wes man ni bang, ik will all swiegen, obschonst mi dat suer nog ward! Kinders, Kinders, wat freu ik mi!"

„Na, Moder, denn maak man allens in de Reeg, dat de Reis öwermorgen losgaan kann!"

„Dar schall't ni an liggen, morgen Middag is allens redi! Geit Trinameddersch ook mit, Naawer?"

„Gott, weeßt Du, ik heff eegentli noch ganz ni mit ehr dar= van snackt. Min'twegen geern! Awers dat is doch am End wull bäter, wenn een vernünftige Person int Hus blivt; dat wi all wegloopt, geit doch wull ni, wa?"

„Gott, laat se doch mitkaamen, man to!"

„Dat mußt Du mit ehr sülm afmaaken, mi schall't recht wesen. Awers ik gloov ni, dat se dat deit, se is vääls to bang vör't Reisen. Wa männimaal het se mi ni all seggt, dar kunn ehr een Dusend Daaler op den Disch leggen, naa Hamborg gung se ni! Je nu, ik will doon, wat ik kann, se to besnacken!"

„Mi dünkt, laat dat lewer naa!" säd Hansohm. „Dat's bäter, wenn Trinameddersch hier blivt!"

„Gott, warum dat, Vader, günn ehr dat doch ook!"

„Dat däd ik geern; awers sühst Du, denn kriggt se dat ja ook to wääten van Fritz, un dat wull ik doch lewer ni!"

„Ja, ja, Naawer, Du hest Recht, dat geit ni!" säd Klaasohm.

„Gott, wa schaad, ik hadd se so geern to Sellschopp hadd!" säd Antjemedder.

„Awers Hinnerk schall mit!" säd Klaasohm.

„Minsch, warum dat?" fraag Hansohm.

„Dat will ik Di seggen, Naawer. — Dat de Jung nix ut= plappert, dar staa ik vör in, un ik gloov ook meist, he weet van Allens Bescheed, dat weer vääls to'n dicken Putt mit em un Fritz! Awers ik wull ja bi de Gelegenheit ook geern de tein Daler van den Thiaterdirecter incasseern, un ik kenn em ja ni, un denn, un denn — sühst du! den andern Kerl mutt ik ja wedder dat Geld afwinnen, wat he min dummerhaftigen Jung afnaamen het, un den kenn ik ook ja ni! Nä, Hinnerk mutt mit!"

„Na, min'twegen!"

Nu word denn noch en bäten van de Reis snackt, wasück un wadenni se dat anfangen wulln, un toletzt worden se sik eeni mit ehr eegen Peer naa Wrist to fahren, denn dar weern se ja all bekannt, un dat weer denn op jeden Fall bäter. Antjemedder kunn knapp de Tied aftöben, un doch habb se noch so vääl to beschicken, dat se knapp wuß, wa se klaar warden schull. Awers den andern Morgen gung dat as en Uhrwark; de Freud, dat se ehrn Jung, ehrn söten Fritz, wedder to sehn kriegen schull, maak se so krall, dat se gauer damit klaar word, as se dacht habb.

Trinamedderſch habd tom Glücken keen Lust mittoreisen. Siet de Tied, dat se ut de Dörti weer, habd so ook ni eenmaal mehr dat Dörp verlaaten; ni maal naa't Meldörper Markt weer se wesen, un se meen, Antjemedder schull ook man lewer to Hus blieben, dar weer dat doch am besten, un wat se eenmaal in Hamborg wull, se habd dar ja doch nix verlaaren! — Trinamedderſch weer eenmaal bandi vör dat Kommode!

De Tied leep gau hen. Klaasohm wull sin blauen Stohlwaagen hergeben, Hansohm de Peer, un Juchen, sin Knecht, de domals ook mitwesen weer, schull se föhren. Den Abend vördem word noch en Barg Botterbröd opsmäärt un mitsammt wücke Mettwüß vör ünderwegens inpackt, un do snacken se noch maal ins gehöri af, wat se allens besehn un bekieken wulln.

Hansohm meen, dat weer doch wull eegentli nödi, dat se en Legitimaatschon hadden.

„Ach wat," säd Klaasohm, „dat deit ja wull ni nödi!"

„Ja, ik weet ni, bäter is jümmers bäter!"

„Ja, nu is dat to laat, dar hadden wi eher an denken mußt, naa Meldörp künnt wi ja ni mehr hen! Awers min Gott, domaals hebt wi ja ook keen Paß hadd!"

„Dat's wull wahr, Klaasohm, dat dunnert un blitzt ook jeden Summer, un dat het noch min Daag ni bi uns inslaan; ik meen man, bäter is doch bäter, dat Malheur kunn ja wesen, dat wi en Legitimaatschon bruuken müssen, un wat denn?"

„Hör maal, weeßt wat? Een Legitimaatschon bruukt wi ja man, ni wahr?"

„Ja, dat is nog!"

„Na, sühst Du, denn nehm ik den Piepenkopp mit, den min Trina mi vergangen Wienachten schenkt het, dar steit ja min vullen Naamen sammt den Titel op!"

„Süh, dat's ook wahr, dat is genog; denn nümm Di awers man jo in Acht, dat em ni tweismittst, anders seeten wi dar schön to!"

„O, ik will mi all wahren, dat het keen Noth!"

Na, dat Ander weer denn allens in de Reeg, un as se nu daröwer naadachen, ob se ook noch wat doon müssen, dar kunnen se nix mehr rutfinden, as dat se noch ins gehöri uttoslaapen hadden, eh de Reis los gung, un dat däden se denn ook.

Den andern Morgen, dat weer den teinten December 1868, Klock fiev, steegen se denn to Waagen. Juchen keek sik noch eenmaal um, un as he seeg, dat allens in Ordnung weer, dar böör he de Pietsch in de Höchd un säd: „Hü! kem!" — un de Brunen trocken an.

„Adjüs, min Antje, adjüs, ook vääl Vergnögen!" schreeg Trinamedderseh. — Piet, de sik man halv antrocken hadd, keem ook noch gau anlopen un schreeg: „Bring mi ook wat mit, Vader!" — „Adjüs, adjüs!" schreegen se van den Waagen hendaal, und weg gung dat.

De Reis naa Wrist schull den ganzen Dag duern. Se hadden ja Tied nog, un da se de Nacht öwer dar blieben wullen, so bruken se de Peer ja ook ni aftojaagen, dat kunn geern wat sacht angaan.

Bloot Antjemedder gung dat ni gau nog. Toeerst maak ehr dat Fahren grausaam vääl Spaaß, un se meen, se maak sik unbandi pärrisch op den Korwwaagen, de eerst ganz nid smuck blau anmaalt weer; tolezt düggehr doch, dat word doch en ganzen Deel bäter utsehn, wenn de Peer en bäten draaben däden, un alle Näs lang säd se to Juchen, he schull de Peer doch en bäten andrieben. Juchen heel awers vääl to vääl van de Thieren, as dat he se öwerjaagt hadd, un he säd wull ins: „Kem! kem! hü, ool Bruun!" awers wenn he se denn en bäten in Gang brocht hadd, denn leet he se ook foorts wedder gaan, as se Lust hadden, un Buernpeer bünt ja, as man weet, keen Postpeer, se gaat langsam, awers säker.

Hansohm und Klaasohm vertellen sik de ganze Tied van ehr eerste Domreis, un se säden to Antjemedder, se kunn sik freun, dat se bi ehr weern, se wussen ja ganz genau Bescheed un kunnen ehr allens verklaarn.

„Ik kann dat noch jümmers ni kloof kriegen, wa dat eenmaal mit de Isenbaan is; wa süht se eegentli ut, vertell mi dat maal!" säd se.

„Gott, Naawersch, de Saak is ganz eenfach, will ik Di seggen!"

„Na?"

„Ja, stell Di en bandi groot Peerd van luder Isen vör, dat jümmers rode, glönige Kölen fritt. . . ."

„Christus Kinders, Du maakst een ja rein bang!"

„Ach, dar is ganz keen Oorsaak to, mußt jümmers denken, dat is en Peerd! Süh, un dar steit alltied een bi, de dat Beest fodern deit, denn wenn he nix to kauen het, denn löppt he ook ni!"

„Jeses, wa snaaksch!"

„Na, un wenn dat Deert de Snuut vull het, denn fangt dat an to pußen, to sweeten, to dampen un to snurren, un pfü—ü— üt, weg geit he!"

„O Gott, wa kann't angaan!"

„Ja, un bischuerns knippt em sin Oppasser eenerwegens, wanem weet ik ni, awers dat mutt höllisch weh doon, denn dat fangt an to hulen un to schriegen, dat man dat knapp in de Ohren afholen kann!"

Jüst in densülven Ogenblick fleut dar bi Wrist en Lookermaativ.

„Hör! Hörst Du? — dat is se!" schreeg Klaasohm un kreeg Antjemedder bi'n Arm faat.

„Jeses, mein Gott!" kreisch Antjemedder ganz angst, „wi bünt hier doch säker?!"

„Se is wiet van uns af, Naawersch!" säd Klaasohm.

„Wenn ook, wenn ook! Kinders, mi gruut orntli darvör, ik bün gräsi angst!"

„Dat hest ganz ni nödi, de Lokermaativ deit Di nix!" säd Hansohm.

„Ja, ik weet ni, Vader, ik mugg dat doch ni mit ehr versöken!"

As se in „Wrist" ankeemen, weer van den Tugg nix mehr to sehn. Se steegen denn nu van Waagen raf un gungen int Weertshus rin. Dar leeten se sik nu eerstmaal en orntliche Taß Kaffee maaken, un darto eeten se denn ehr Botterbröd un Mettwüst op.

„Süh so," säd Antjemedder, as se klaar weern, „nu kann't wedder losgaan. Dar geit doch nix öwer'n orntliche Taß Kaffee, dat bringt den ganzen Minschen wedder op de Been un heitert orntli de Seel op! Bloot en bäten Zichuren muß dar mehr in wesen, anders ist dat schönen Kaffee hier!"

„Mi gefallt he ook!" säd Hansohm.

„Na, Kinders, wenn jüm nu klar bünt, denn laat uns maal en bäten vör Döör gaan un de Isenbaan ins neeg bi bekieken!" säd Antjemedder.

Hansohm weer möd un hadd keen grote Lust mittogaan, un Hinnerk un Juchen weern naa'n Stall gaan, um de Peer Waater to geben, so bleev denn nüms anders naa as Klaasohm, un de weer ook foorts paraat, he weer sik meist wichti, dat he ehr dat allens wiesen un verklaaren schull. „Du kannst waarachti van Glück seggen, Antjemedder, dat ik un Hansohm bi Di bünt," säd he, „wi kennt hier Allens! Dat draapt ni alle Lüd so gut, weeßt Du! Süh, dar is de Isenbaan, kiek!"

„Jeses, dat is se!" schreeg Antjemedder; „Kinders, de hadd ik mi ganz anders vörstellt! Wanem is denn dat isern Peerd, wa Du van snacken dädst?"

„Ja, mußt ni denken, dat dat jümmers hier is! Dat löppt ja in eensten weg hen un her tüschen Kiel un Hamborg!"

„Gott, wat dösi! Dar kann ik ganz ni ut kloof warden!"

„Na, de Weert het seggt, dar kümmt nösten noch een Togg, denn wardst dat ja wies warden! Nä, süh, dar kummt Hansohm ook!"

„Jees Vader, kumm her, kiek, dat is de Isenbaan!"

„Dat weet ik, min Deern, dat's mi ganz nix Nides mehr," säd Hansohm grootsnuti, as wenn he sin ganz Leben nix anders daan hadd, as op de Isenbaan fahren; un doch hadd em de Nieschier ut dat Weertshus dräben. „Dat's maal schön, wa, Moder?"

„Gott, dat weet ik ni, ik kann mi noch jümmers ni recht darut vernehmen! — Wat bünt dat vör Wiern, hört de ook darto?"

„Jeses, nä!"

„Na, anders wull ik ook seggen, dar kunn ja keen Minsch op balanceern! Awers wat schüllt se dar? Ward dar wull Tüg ophangt to drögen?"

„Jo ni; weeßt Du, Moder, dat is — dat is, na, Klaasohm, segg Du ehr dat maal, mi will dat in Ogenblick ni bifallen!"

„Jeses, dat weeßt ni mehr? dat is ja de — de — ei, den Dusend, eben wuß ik dat doch noch! — nä, dat is snaaksch, wa man so wat vergäten kann! Tööv, ik will gau maal den Mann fraagen, de dar löppt!"

Klaasohm schech gau hen un keem gliek wedder. „Gott Minsch," säd he, „dat is ja de ole Telegraaf! Weeßt wull noch, Hansohm, wa domaals din Piep mitkeem!"

„Süh, dat is ook ja wahr!" schreeg Hansohm; „bald habb ik dat ganz utsweet!"

„Wat is dat denn vör'n Dings, en Telegraaf?" fraag Antjemedder.

„Dat will'k Di verklaaren, Moder! Süh, wenn een sin Piep vergäten het, denn bruukt he dat man bloot den Telegraafen to seggen, denn bringt de se den andern Dag wedder, un dat kost en Bankdaaler!"

„Is ja wull ni wahr! Awers Minsch, Vader, wa is dat mögli, dat op de smallen Wieren dar en Piep lang rutschen kann?"

„Is awers doch so, Moder! Ik heff Di ja domaals vertellt, dat ik min Piep van Kiel naa Hamborg mit den Telegraafen läwert kreeg."

„Ah, Snack, Du maakst mi wat wieß!"

„Nä, dat is wahr, Naawersch!" versäker Klaasohm.

„Jeses, mein Gott, dat kann ja doch ni angaan!"

„Sühst Du, de Saak is ganz eenfach, Naawersch, ik will Di dat verklaaren. Denk Di maal an, de Wieren dar bünt en groten, groten Hund! Nu stell Di vör, dat de Kopp van dat Thier in Hamborg is un de Steert is hier! Sühst Du, wenn man dat Deert nu hier op den Steert pett, denn bellt de Kopp in Hamborg, versteihst Du?"

„Nä, nä, dat will mi ni in den Kopp rin; wa kann dat en Hund wesen, ik bäd di, dat bünt ja bloot Wieren!"

„Ja, süh, op de Wieren geiht allens lang! Wullt Du een gau en Naaricht schicken, denn ward dat opschräben, un rupps — is dat vääle dusend Mielen weg!"

„Na, hör maal, Klaasohm, Du wullt mi awers schön een opbinden!"

„Nä, nä, Moder is wahr!" betüg Hansohm.

„Ach wat, meenst, dat ik so wat gloov? Dat kann ja ganz ni angaan; de Breev, de op de Wieren langs gaat, mööt ja op so'n Tour dörslieten!"

„Ach, Naawersch, mußt denken, dat geiht so gau, dar hebt se ganz keen Tied to!"

"Jeses, süh, dar baaben hangt en Stück Papier! Dar is gewiß en Breef sitten bläben!" schreeg Antjemedder.

"O Gott ja, vörwahr!" säd Klaasohm.

"Dunner!" schreeg Hansohm, un all dree keeken in de Höchd naa dat Stück Papier.

"Wat de Lüd, de den Breef hebben schüllt, wull luert!" meen Antjemedder.

"Dat doot se op jeden Fall!" säd Klaasohm. "Wenn min Hinnerk hier weer, schull he gau maal ins ropklettern un em en lütten Schupps geben, dat he wedder in Gang kummt!"

"Heda, Mann!" schreeg he en Isenbaanbeamten, de jüst den Weg lang keem, to, "dar is wat op den Telegraafen besitten bläben!"

"Wat denn?" säd de Mann un keek in de Höchd.

"Jeses, süht He denn ni, dar neeg bi'n Paal sitt ja en Breef!"

De Mann fung an to lachen. Da he Tied hadd, so bleev he en Ogenblick bi se staan und verklaar se dat maal ganz vernünfti, wat dat mit den Telegraafen weer. He vertell se, dat ook en Telegraaf tüschen Europa un Amerika weer. Verstaan däden se dat nu ook ni, awers se globen em dat to, wiel he ja Uniform anhadd.

Antjemedder kunn dat man bloot ni in'n Kopp kriegen, dat dat jümmers ganz frische Naarichten wesen schulln, da se doch so'n langen Weg dör solt Waater mussen; awers dat de Depeschen jümmers so kort weern, dat kunn se wull begriepen; denn wenn se so groot un lang weern, meen se, word dat to swaar, un de dünnen Wieren kunnen licht rieten.

As Hansohm un Klaasohm en bäten wieder langs gungen, um de Signaalstangen to bekieken, dar wünk se den Mann bi Siet und säd to em: "Hör He maal, min gude Muschü, is dat würkli an dem, wat He uns eerst vertellt het, oder bünt dat man Flausen?"

"Dat is würkli wahr, Se künnt sik darop verlaaten!" säd de Mann.

"Na, denn will'k dat ook globen! Also kann He an jeden Minschen Order stüern, un wenn he ook in Hamborg is?"

"Gewiß, dat is licht to!"

"Denn, hör He maal, min Beste, dar kunn He mi en ganzen groten Gefallen doon! Will He ni an min Fritz in Hamborg seggen laaten, dat Vader un ik un Klaasohm kaamen doot, ja? Kann He dat?"

"Jawull!"

„Awers Vader dröff dat jo ni wäten, anders ward he dull! He schall ook en gut Drinkgeld hebben, hört He!"

„Is gut," säd de Mann, „dat will ik all besorgen; seggen Se mi man bloot, wanem as he waanen deit!"

„Ja, dat weet ik ni!"

„Awers, min gude Fru, dat mutt Se seggen! Wa schall de Depesche bestellt warden, wenn de Adreß feilt?"

„Ja, weet de Telegraaf dat denn ni?"

De Mann fung an to lachen. Antjemedder steeg dat Bloot in't Gesicht, un se word ganz dull; denn nu meen se vör ganz gewiß, dat de Kerl se bloot wat wieß maakt hadd. Se keek em minnachti an, smeet den Kopp in de Nack un watschel achter Klaasohm un Hansohm in.

„De Kerl is en utverschaamten Windbübel, säd Antjemedder! All wat he uns öwer den Telegraafen seggt het, bünt nix als Lögen!"

„Nä Du, wat he säd, is wahr!" säd Klaasohm.

„Minsch, Naawer, gloov doch so wat ni!"

„Ganz gewiß, ick heff dat ook leesen!"

„Ik bäd Di, Klaasohm, swieg darvan still! Laat uns man lewer wedder naa't Weertshus torügg gaan, dat wi hier ni verbiestert, dat ward all düster!"

„Dat's ook wull man eben so recht, laat uns!" säd Klaasohm, un se gungen wedder retour. Meist weern se all van Baanhof raf, da schreeg Antjemedder, de sik nochmaal umkäken hadd, op eenmaal: „O Gutt, o Gutt, o Gutt!" un in ehr Angst hadd se meist de andern Beiden daalräten.

„Wat is dar los? wat feilt Di?" schreegen Hansohm un Klaasohm all beid.

„O Gutt, o Gutt, de Deubel kummt — laat uns bäden, laat uns bäden!" kreisch se.

„Deern, Du büst wull mall, dat is ja de Lokermaativ!" lach Hansohm.

„Naawersch, dat is ja dat isern Perd, wavan ik Di vertellt heff!" säd Klaasohm.

„O Gutt, dat kummt ja liek op uns los! Gau, gau!" schreeg Antjemedder un leep so gau, as se man kunn, bi Siet, un se weer richti in en Grööv rinfullen, wenn Hansohm ehr ni achter naalopen un se bi'n Rock torüggräten hadd.

„So wes doch ni narrsch, se deit uns ja nix!" säd he.

„O Gutt, o Gutt, hör! laat mi los, Vader!" jammer Antjemedder un bäd all, wat se kunn, sik lostorieten.

„Naawersch, dat Peerd word ja eben knäpen un schreeg man bloot!" säd Klaasohm.

„Süh, nu steit dat all still, Moder! Kumm, laat uns nu man maal neger ran gaan!"

„O Gott, vör keen Geld!"

„Mein Himmel, Naawersch, wes doch ni so bang! Dat Peerd steiht ja op de Schienen un mutt dar ja jümmers op lang!"

„Ja, awers, wenn sik dat mal losritt! Nä, keen Ogenblick blieb ik länger hier, Juchen schall foorts wedder anspannen un uns naa Kellnhusen bringen!"

„Büst wull ni klook, Dern!" säd Hansohm.

„Eenerlei; meenst, dat ik in dat Huus slaapen do! Wenn dar nu in de Nacht de swarte Deubel rinkeem, müssen wi ja elendi krippeern!"

„Laat uns man eerst maal wat äten, van Abend un van Nacht geit de Isenbaan ja ni mehr!" säd Klaasohm und stött Hansohm an.

„Is dat ook gewiß wahr?" säd Antjemedder.

„Na, ik ward Di doch nix vörleegen, Naawersch?"

„Kindersüd, ik fleeg noch an gantzen Liev! Wat kreeg ik dat mit de Angst — ik meen richti, dat dat de Deubel sülm weer! Dat seeg jüst so ut as en grote Slang mit en mächtige Piep in de Snuut!"

„Mein Himmel, wat Du Di ook doch tierst, Moder!" säd Hansohm.

„Eenerlei, magst seggen wat Du wullt, da fahr ik ni op, un wenn ik ook min Seligkeit darmit verdeenen kunn!"

„Ja, wullt denn hier blieben, Deern?" fraag Hansohm.

„Hier? Nä, naa Hamborg will ik op jeden Fall hen!"

„Ja, wi fahrt mit de Isenbaan!"

„Dat doot min'twegen, Juchen schall mi mit uns Fohrwark henbringen!"

„As Du wullt!" säd Hansohm dröög.

As se awers int Weertshus ringungen, säd he, he wull eerst maal naa de Peer in den Stall sehn, ob de ook ehr Recht hadden. He gung awers man bloot hen, um mit Juchen en Wort to snacken. De Peer weern krall un munter, un wenn se ook dat Lopen ni wennt weern, so hadd dat van de ehr wegen all foorts wedder losgaan kunnt, wenn't nödi daan hadd. He säd nu denn to Juchen,

he schull den andern Morgen bi Tieden, so bi Fiev ut, wedder
affahren; wenn't em noch so düster weer, so kunn he ja in Kelln=
husen so lang töben, bet dat hell word; bloot dat he eerstmaal
Antjemedder ut den Weg keem. As Juchen genau Bescheed wuß,
gung Hansohm wedder rin. — Dat Aeten stund all op den Disch,
un Klaasohm un de Weert un sin Fru weern mächti darbi,
Antjemedder de Angst ut den Kopp to snacken. Dat glück ehr
awers ni; se bleev darbi, se wull to Waag hen naa Hamborg;
mit de Isenbaan wull se nix to doon hebben.

Wat verfeer se sik awers den andern Morgen, as se bi'n
Kaffee to wäten kreeg, Juchen weer all lang wedder wegfahren.

„Ja, Moder, wat fangt wi nu an?" säd Hansohm; „denn
mußt wull hierblieben, bet wi wedder retour kaamt!"

„O, dat is schändli van Di, Vader, dar büst Du schuld an!"
schull Antjemedder, un de Thranen leepen ehr ut de Ogen.

„Awers Du bruukst ook ganz ni en bäten bang to wesen,
Naawersch, dar is ook ganz keen Gefahr bi!" säd Klaasohm.

„Ook ni en bäten, Moder! schast sehn, dat geit so schön,
dat Du nösten sülm öwer de Angst lachen deist!"

„Ja, Du snackst gut, min Jung! Wenn dat ni min Fritz
sin wegen weer, denn bleev ik ganz gewiß hier un leet jüm reisen!
Awers wat deit man ni um sin Kind! Hadden wi doch man uns
Testament vördem maakt!"

„Mein Gott, Moder, nu tier Di doch ni so mall! Wenn
dat Lüd hören, mussen se ja meenen, dat wi wiet achter de Russen
to Huus hört!"

„Gott gäv, dat dat gut geit, awers mi swaant en Malheur!"

„Dat maakt nix, min Deern, laat Di man wat swaanen;
schast sehn, dat drüppt ni in! Na, ik will denn gau Billets haalen!"

„Man jo an de rechte Städ, Naawer, dat wi ni anderwegens
henkaamt!" waarschu Klaasohm.

„Laat mi man wesen, Klaasohm, ik weet hier Bescheed!"
lach Hansohm.

Klaasohm fung nu noch wedder an van den Telegraafen to
snacken, um Antjemedder op ander Gedanken to bringen, un de
hör ok ganz niep to; awers se wull sik dat partout ni ut den
Kopp snacken laaten, he un Hansohm hadden ehr bloot wat wieß
maakt, denn dat kunn ja gar ni angaan, dat de Telegraaf em
domals sin Piep van Kiel mit naa Hamborg brocht hadd.

„Du wullt dat ni globen, Naawersch, awers wahr is dat
doch! Weeßt wat, laat wat hier! Wenn wi in Hamborg bünt,

denn schall de Telegraaf Di dat haalen, denn wardst dat sülm wieß warden! Ik will Di wat seggen, laat Din Scherm hier!"

„Min Scherm, büst klook! Min schönen Scherm, den ik all twinti Jahr hadd heff! Na, dat schull mi ook infallen!"

„Na, denn wat anders, laat den Strichbüdel hier op de Bank liggen, ik gew Di twee Speetje, wenn Du em ni wedder kriggst!"

„Twee Speetje, Naawer? Ist dat en Woort?"

„Dar hest min Hand darop! Ik kunn geern hundert un dusend seggen, so säker bün ik!"

„Nä, nä, dat deit gar ni nödi, dar is he all riekli mit betaalt!"

„Gut, denn laat em dar man op de Bank liggen!"

Hansohm keem wedder rin un säd: Maakt sik man torecht, Kinders, de Togg naa Kiel kummt all!"

„Mein Himmel, hest doch keen dumm Tüg maakt," schreeg Klaasohm; „naa Kiel wüllt wi ja ni hen!"

„Weet, weet, lütt Naawer, awers denn duert dat ni lang, denn is de ander Togg ook dar! Laat uns man hengaan!"

„O Gott, Vader, wa steit mi dat vörn Kopp!" säd Antjemedder.

„Man ni bang, Moder! Schast sehn, dat ward Di ganz schön gefallen!"

„Ik kann Di ganz ni seggen, wat ik vör'n Angst heff!"

De Weert säd ook noch, as se adjüs säden, da weer ganz keen Gefahr bi; awers Antjemedder schütt truri mit den Kopp un säd, ehr weer jüst so to Mod as schull se richt warden.

De Lokermaativ keem ansuust. Antjemedder hadd eerst gewaltige Manschetten, un se kreeg Hansohm bi'n Arm saat un bäd: „Min allerbeste Vader, laat uns doch umkehren, dat kann un kann ja ni gut gaan!"

Awers Hansohm un Klaasohm weern beid ganz munter un vergnögt, as de Togg still heel, un as Antjemedder so vääl Fruensslüd in de Waagens wieß word, van de en groten Barg lachen un ganz fideel weern, dar mugg se ook doch wull denken, dat de Saak so ganz gefährli doch ni wesen kunn, un denn ook seeg dat isern Peerd bi Daag lang ni so gruli ut as den Abend vördem. As de Togg wedder afgung, säd se: „Jeses, wa kann dat eenmaal gut gaan!"

Dat duer ni lang, dar keem denn de Togg, wa se mit schulln.

„Hier mööt wi rin, Moder!" säd Hansohm.

„O Gutt, o Gutt!" jammer Antjemedder.

„Na, man to, se töövt ni op uns!"

„O Gutt — gaa Du awers toeerst rin!"

Un dat muß wesen, Antjemedder weer anders ni inftägen. Klaasohm schoov se nu orntli achternaa, dat se man eerst maal rin naa'n Waagen keem. Se habb sik ganz verkleurt un seeg so unglückli ut de Ogen, as schull se verscheeden. Knapp hadden se sik daalsett, dar fung de Lokermaativ an to fleuten; Antjemedder schrock tohopen un schreeg: „O Gutt, o Gutt, nu geit los!" Se wull opstaan un foorts wedder rut ut den Waagen; awers Hansohm reet se wedder daal un bedüd ehr, dat weer man bloot en Signaal, wieder nix. Se bleev denn nu sitten un heel sik fast; se bäwer an ganzen Liev. Naa en lütten Stoot säd se: „O Gutt, Vader, mi ward ganz snaaksch un eekli to Mod; wenn't noch ni bald losgeit, beswöd ik!"

„Deern, wi bünt ja all vull int Fahren!" lach Hansohm.

„Wa — at!" schreeg Antjemedder un keek em mit grote Ogen an.

„Ja, Naawersch, dat is gewiß!" säd Klaasohm, „kiek man maal ut Finster!"

„Jesus Christus, wa geit dat eenmaal an!" schreeg Antjemedder ganz verbaast. „Un ick heff ganz nix davan markt!"

„Ja, geit dat ni schön, mi Deern?" fraag Hansohm.

„Nä, Kinders, is mögli, man markt ja ganz ni, dat man ut de Städ kummt!"

„O je, kiek man maal ut Finster, min Deern!"

„Dunner haal! De Hüs fleegt ja rein an uns vörömer!"

„Ja, ja, Moder, so gau geit dat! Wat seggst Du denn nu? Gefallt di dat ni?"

„Nu ja, wenn dat isern Peerd darvör man ni utneit, denn mag ik dat wull lieden, awers wenn dat maal dänsch gung!"

„Ach, dar is ganz keen Gefahr bi! De Mann, de da vör op de Lokermaativ sitt, bruukt dat Deert ja man bloot to kniepen, denn steit dat foorts boomstill!"

„Jeses, wa geit dat eenmaal to!" säd se.

„Gott, de Saak is ganz eenfach, Naawersch!" säd Klaasohm wichti, „de grote Lokermaativ is van Isenblick, sühst Du!"

„Ja, awers wa kummt se man int Lopen, min Jung?"

„Ja, sühst Du, dar binnen is hitt Waater, un de Damp drifft dat vörwarts, sühst Du!"

„Ach, dat is en Snack! Min Theekädel is ook von Isenblick

un het jeden Dag hitt Waater un Damp in sik habd, un de is jümmers ruhi staanbläben!"

„Dunner, dat's ook wahr!" säd Klaasohm un klai sik verlegen achter de Ohren; „denn is dar wull noch anders wat in; doch so vääl weet ik, Damp is de Hauptsaak! Awers geit dat ni maal schön, Naawersch?"

„Waarachti, dat deit dat, mi gefallt dat jümmers mehr!"

„Ja ni?"

„Heff ik dat ni seggt, Moder?"

„Ja, wakein dach sik dat ook so!" „Ja, dat is herrli mit so'n Erfindung!" säd Klaasohm. „Wa geit dat nu gau! Denk Di an, Naawersch, in frühere Tied bruuk man bet naa Amerika mindestens acht bet tein Wäken un nu mit dat Dampschipp knapp tein Daag mehr!"

„Na, wenn man grote Jel het, mutt dat ganz nett wesen, Naawer, awers vör ander Lüd is dat doch en grooten Schaaden!"

„Wa meenst dat?"

„Gott, ik bäd Di, domaals hadd man tein Wäken frie Aeten und Drinken, un nu man tein Daag, dat's doch en ordentlichen Verschääl, schull ik meenen!"

„Ja, dat's ook wahr, dar hest Du Recht!" lach Hansohm.

„Na," säd Klaasohm un kreeg sin Prüüschendoos ut de Tasch, „smöken mag ik van Daag ni mehr, wüllt maal en Prüüschen nehmen!"

Bidess he nu bedächti dreemaal op den Deckel van de Doos klopp, snoov en Passageer sin Näs ut un rück en bäten neger hen naa Klaasohm un keek so gieri naa de Doos hen, as weer dat en Stück Brot, un he hadd in siev Daag nix äten. Klaasohm maak endli den Deckel aapen un lang mit sin Finger rin.

„Deubel!" säd he dar un keek in de Doos, „dar is ganz nix in!"

„Verdammt!" säd de Mann, de eben eerst instägen weer, „hören Se maal, datis doch schändli, een so vör'n Narren to holen!"

„Waso? — ik?" säd Klaasohm ganz verblixt.

„Ja, fraagen Se man noch, Se! — Heff ik eben in Elmshoorn de Näs vullproppt, dat ik bet naa Hamborg henkaamen kann, un nu verföört Se mi to't Utsnuben un hebt en leddige Doos! Pfeu, schaamen Se sik!"

„Awers, mein Gott, wat kann ik davör?" säd Klaasohm, „Ik hadd Em ja keen Wort seggt!"

„Dat deit ook ni nödi; dat versteit sik doch wull van sülm, dat wenn een prüüschen deit, de Naawer in sin Doos langen dröft!"

„Jeses, dat deit mi wirkli leed, will He en Segarr?"

„Wenn se ni to dull stinken deit, man her!"

„Nä, dat bünt dree vör'n Schilling!"

Op so'n Wies keemen se denn mit den Mann in Snack. Dat word nu ook naagrad Tied, dat se sik daröwer risselveern, wa se in Hamborg waanen wulln; denn daröwer weern Hansohm un Klaasohm sik eeni, naa Wiezel wulln se ni wedder hen. Dat hadd se dar anders ganz utermaaten gefallen, awers se weern bang, Antjemedder kunn dat dar to wäten kriegen, dat se domaals int Lock säten hadden. Se fraagen nu den Mann, ob he en gut Weertshus vör se wuß.

De nööm se nu en ganzen Barg, wa dat ganz schön un gar ni düer wesen schull, un dar meenen se denn op letzt, „Stadt Kiel" weer am besten to beholen, un dar wulln se hen.

Dat duer denn nu ni lang mehr, dar keemen se in Altona an. Hier steegen se denn eerst maal ut.

„Jeses, all dar?" schreeg Antjemedder.

„Ja ni, dat geit gau?" säd Klaasohm.

„Mein Himmel, ja, Naawer; awers mi dünkt doch, en bäten to gau, man het ja eegentli gar nix vör sin Geld!"

„Dach ik dat ni!" säd Hansohm, „eerst wullst vör keen Geld mit fahren, un nu kannst ni nog darvan kriegen!"

„Dat kunn ik ja vördem ni wäten, dat dat so schön gung! Awers so düer! Ik bäd Di, vör dat Geld kann man ja in Peter Kröger sin smucken Omnibus meist den ganzen Dag fahren!"

„Ja, Antjemedder het Recht", säd Klaasohm; „en bäten düer is dat, awers dat maakt bloot, dat dar keen Kunkrenten bünt! Wenn wi en paar Jahr wieder bünt, fahrt dar gewiß en Stücker tein Lokermaativen, de Baan is ja eenmaal dar, un denn mööt se all mit den Pries rünnergaan."

„Dat gloov ik ook," säd Hansohm, „de Baan is ja dar, un dat Ander kann ja so vääl ni kösten!"

„Na, Kinders, wa mööt wi nu hengaan?" fraag Antjemedder.

„Eerst naa'n Telegraafen, Naawersch, van wegen den Strich= büdel, weeßt Du?"

„Jeses, dat is ook wahr! Na, dar bün ik waarachti nieschieri, wat da ward! Schast sehn, Din Speetje büst los, Naawer!"

„Man ni bang!" lach Klaasohm, „kaamt man!"

Se also rin in dat Telegraafenbureau.

„Gun Dag!" säd Klaasohm to en Mann in Uniform un sett sik ganz geruhi daal, as wull he en paar Stünd mit em klönen. Dat is eenmaal oppen Land so Mod; man sitt eerst en aarigen Stoot, eh man mit sin Anliggen rut kummt. De Mann in de Uniform keek se eerst en Ogenblick verwundert an; tonöst stund he van sin Stohl op un säd: „Was wünschen Sie?"

„Jeses, kennt He mi ni mehr, Herr Telegraaf?" säd Klaasohm un grien em fründli to.

„He weet wull noch van wegen domaals mit de Piep!" gnies Hansohm.

„Noch einmal, was wünschen Sie?" fraag de Mann eernst; he kunn ni recht klook ut se warden.

„Dat will'k Em seggen, Herr Telegraaf!" säd Klaasohm; „süh, Naawersch dar het in Wrist ehrn Strichbüdel op de Bank int Weertshus vergäten, un den wulln wi geern wedder hebben! Wat kost dat, wenn He uns dat besorgt?"

„Eine einfache Depesche kostet zehn Schillinge!"

„Süh maal, süh, dat is ja billiger worden! Domaals müssen wi en Bankdaaler geben! — Hier is dat Geld! Will He dat maal naatelln!"

De Mann steek dat Geld in un fung an to telegraafeern.

„Du, wat pickert he dar?" fraag Antjemedder Hansohm lies.

„Gott, ik weet ni, wull ut Tiedverdriew, Moder!"

„De Büdel is ni dar!" säd de Mann.

„Wat! ni dar?" säd Klaasohm ganz verblüfft.

„De Antwort is torügg kaamen!" säd de Mann.

„Ni dar? J, dat weer doch wull snaaksch! Ik heff doch sülm sehn, dat Naawersch em dar liggen leet, un nu ni dar!"

„Na, denn ward em wull Anderseen funden un mitnaamen hebben!" säd de Mann.

„Dunner! Dunner!" säd Klaasohm un klai sik achter de Ohren.

„Heff ik dat ni seggt!" schreeg Antjemedder un stund von ehrn Stohl op.

„Deubel, dat's sitaal, wakein hadd dat dacht! Wat doot wi darbi?"

„Wenn ik Se en guden Raat geben schall," säd de Mann, „denn laaten Se op en ander Maal nix liggen!"

„Dunner! Dunner!"

„Darf ik de Herrschaften inlaaden, en bäten naa buten to gaan; Se mööten dar frieli so vorlev nehmen, inleggt is ni!" säd de Mann un maak mit en deepen Reverenz de Döör aapen.

Klaasohm wuß ni recht, ob de Mann em brüden wull oder ni, awers em dünk doch, vör alle Gefahr weer dat wull bäter se trullen sik.

„Kumm, laat uns gaan! Abjüs ook!" säd he.

„Abjüs. Herr Telegraaf, ook nix vör ungut!" säd Antjemedder un maak en deepen Knix, as se rutgung.

„Abjüs!" brumm de Mann in Uniform un smeet se de Döör meist op de Hacken.

„Snaaksch," säd Klaasohm; „ik begriep dat ni! Du, Hansohm?"

„Nä, ik ook ni!"

„Ik säd Di dat ja glief, Naawer, awers Du wullst dat ja ni hören! Nu man her mit de twee Speetje!"

„De schast Du hebben, dar! Awers wahr is dat doch, de Piep haal he domaals wedder, ni Hansohm?"

„Ja, Moder, dat is gewiß!"

„Na, ik mutt jüm denn wull rein maal klook maaken, jüm Beiden! Hebt jüm denn würkli ni markt, dat de Kerl jüm bloot anföhrt het?"

„Wa so dat?" schreegen all Beid.

„Mein Himmel, wat bünt jüm vör Minschen! Is de Telegraaf denn en Ogenblick ut de Stuw wesen?"

„Nä, dat ni; awers dat deit ook wull ni nödi!" säd Klaasohm.

„Mein Gott, wa kann he wat van Wrist herhaalen, wenn he dar ni hengeit, west doch ni so dumm!"

„Klaasohm, ik gloov, Moder het Recht! Weeßt Du, de Piep hebbt wi domaals ook eerst den andern Dag krägen!"

„Junge ja, dat's ook mein Seel, wahr! De Bedreeger, töö, den will ik kriegen, de schall wat beleben!" schreeg Klaasohm; „blievt hier en Ogenblick staan, Kinders, ick kaam glief wedder!"

Un Klaasohm gau wedder rin dat Telegraafenbureau. He heel Wort, he keem glief wedder, un dat meist in Draav.

„Na, hest Din Geld wedder krägen?" schreeg em Hansohm in de Mööt.

„Wat wull ik!" säd Klaasohm un seeg sik schu um.

„Wat säd he denn?"

„O, dat is ja en ganz enfaamten Kerl, de Schubbjack! As ik em ganz in Orntlichkeit säd, he schull mi min Geld wedder retour geben, oder ook foorts hen naa Wrist gaan un den Strich= bübel haalen, denn bedreegen leet ik mi ni, dat müß he jo ni globen —— da klingel he, un boots, keem een rin, un to den säd he, he schull maal en paar van de Isenbaan rinhaalen, dat de den Swinegel — denkt sik an, dar meen he mi mit! — rutsmeeten! — Na, mit den Herrn Telegraafen, un weern dat ook twee wesen, habb ik dat sacht opnaamen, awers mit en paar Lokermaativen — dar word ik doch bang un maak, dat ik wegkeem!"

"Sühst Du, dat hest Du darvan, habst Du mi hört!" säd Antjemedder.

"Mein Himmel, wakein kunn dat ook wäten, Naawersch! Na, eendoon, bi alledem kannst Du van Glück seggen, dat Du wück bi Di hest, de Bescheed weet, anders weerst Du hier in Hamborg verweit! Du sühst, wa dat hier geit! Sogar uns bedreegt se hier!"

"Dar gev ik Di Recht in, Naawer! Awers mi dünkt, nu laat uns erst maal naa Hamborg gaan, dat wi in uns Weerts= huus kaamt!"

"Ja, ja, dat laat uns!" säd Hansohm.

"Wat vör'n Weg mööt wi gaan?" fraag Antjemedder.

"Ja, dat weet ik ni, weeßt Du dat, Hansohm?"

"Nä, Minsch, dat kannst ni verlangen!"

"Ik meen, jüm wüssen hier so schön Bescheed?" schreeg Antjemedder.

"Dat doot wi ook, awers meenst doch ni, dat wi alle Straaten hier kennt? Un denn bünt wi ook ja hier in Altona!"

"Na, dat is en schöne Taß Thee! Wat fangt wi denn nu an?"

"Wi mööt wull en Droschke nehmen, Naawer!" säd Hansohm.

"Dat versteit sik, jümmers nofel! Süh, dar staat all wücke! Heda, Fohrmann!"

De Kutscher maak den Waagenslag aapen un fraag, wa de Herrschaften hen wulln. "Naa "Stadt Kiel" in Hamborg."

"Schön, Herr; denn stiegen Se man in! Schall ik Se en bäten hölpen, Madam?"

"Danke, danke!" säd Antjemedder und steeg rin. De Kutscher sett sik wedder op den Buck und kreeg dat Leid to faat.

"O Gott, wat en feinen Waagen! Un wat bünt de Fohrlüd hier nett kumpläsant, seggt orntli Madam to mi!" säd Antjemedder. "Dat is en feinen Minschen."

"Hü, Aas! kem!" säd de Kutscher, un dat Peerd sett sik in Draff.

Dat dörteinste Kapitel.

De Fahrt naa't Goosmarkt. — "Stadt Kiel." — Dar steit he also! — De seet awers fast! — De Elmshöörner Schoster. — Melk. — De nette Opwaarer. — Accisestätte. — De Steernwart. — Snaaksch, Klaasohm kennt jeder Minsch! — De englischen Reihnaadels. De plus ultra Blackseep. — Bi Ludwig. — De Spieskaart. — Bah! — Klaasohm will mit Gewalt den Kellner to Liev. — O Gutt, o Gutt, bah! — Odeon. — Hitt Waater vör den Dörst. — Klaasohm ward gräsi anmeiert! — De verdammten Reihnaadels. — De Straatenbeleuchtung. — De Doorsperr existeert noch. — Dat Fremdenbook. — De leidigen Appelsinas. — Dat merkwürdige Licht. — Wa Klaasohm spaart un Hinnerk sik verköölt.

Antjemedder seet eerst ganz still dar un maak grote Ogen un keek jümmers stiev ut Finster rut, bideß se dör de Straaten van Altona fahren. Hansohm hadd in Stillen sin Freud daran un gnies so vör sik hen; he höög sik gewalti, dat se sik so bandi verwunder. Endli säd he:

"Na, Moder, wat seggst?"

"Och Gott, Vader, man ward meist swiemeli to Mood, wenn man all de groten Hüs un de välen Minschen ansüht! Nä, so hadd ik mi dat doch ni vörstellt!"

"Ja, ni?" lach Hansohm.

"Jeses, kiek, kiek! wat vör schöne Smooraal! O Gott, laat den Fohrmann doch gau maal still holen, ik mugg een kopen, wenn se ni to düer bünt!"

"Jo ni, Moder, eerst wüllt wi hen naa uns Weertshuus! De Aal loopt uns ni weg, de bünt rökert!

"Och Gott, un Appelsinas! — Jeses, un Fiegen un Puttrosins! Kinders, Kinders, wat will ik fräten!"

"Nu bünt wi all in Hamborg!" säd Hansohm.

"Jesus Kinders!" schreeg Antjemedder; "dat de Minschen sik hier ni verbiestert!"

"Na, dar steit an jede Eck de Naamen van de Straat, Moder!"

"Süh, vörwahr, o Gott ja! Jeses, de Waagen holt still, bünt wi all dar?"

Hansohm keek ut Finster un schreeg: "Ja, vörwahr, dar steit "Stadt Kiel" öwer de Dör!"

De Kutscher steeg af; awers in densülwen Ogenblick keemen ook twee fein antrocken Herrns ut dat Huus rutsprungen un reeten den Waagenslag aapen un maaken en deepen Reverenz.

"Wullt wull globen, Vader, se hoolt uns vör hoge Herrschaften!" säd Antjemedder lies to Hansohm; "nümm man jo Din Mütz af, hörst Du!"

Klaasohm un Hinnerk steegen toeerst ut, un denn Hansohm un tolezt Antjemedder, de van de beiden feinen Herrens orntli bi't Utstiegen hölpen word.

"Gun Dag, gun Dag, wa geit?" säd Antjemedder un maak ganz verlegen en Knix. Se wull den een Muschü graad de Hand geben, da word se wieß, dat sin Maat den Fohrmann betaal. Dar trock se Hansohm gau bi Siet und säd sachten to em:

"Minsch, Hans, hest Du denn ganz keen Ogen, de Herr dar betaalt ja vör uns! Dat dröffst Du op keen Fall lieden, wi künnt uns ni lumpen laaten!"

"Wollen Sie gefälligst hereinkommen, Madam, es wird Alles besorgt!" säd de Herr.

"O, bitte Ihnen!" säd Antjemedder ganz schaameri un fung wedder an to knixen. To glieker Tied kneep se Hansohm in den Arm, de noch jümmers in de Tasch rumfummel, as wüß he ni, wat he doon schull. Dar kreeg he denn sin groten Spintbüdel rut un gung hen naa den andern Herrn und säd: "Nä, dat bünt wi awers ni verlangen, dat He vör uns betaalt!"

"O, das ist ja einerlei."

"Nä, nä, min lewe Muschü, dat mögt wi ni! Wat het He em geben?"

"Nun, wenn Sie es durchaus nicht wollen, ein Mark acht!"

„Hier; ook välen Dank."

De Mann maak en Reverenz vör em un laad em in, in't Huus to gaan. As se dar op de Dääl weern, säd Klaasohm to een van de jungen Herrn: „Kann He mi wull seggen, Muschü, wa de Weert is?"

„Jawohl, dort kommt er!" säd de un wies em torecht.

„Pst! kaamt mit, dar mööt wi hen!" säd Klaasohm un plink de Andern to. Nu gung he denn naa den Weert un geev em de Hand un säd „gun Dag." De Andern maaken dat ebenso, un Antjemedder knix wedder; un do säd Klaasohm: „Wat ik man noch seggen wull, künnt wi hier wull en paar Daag bi Em logeeren?"

Dar weer denn ganz nix in den Weg. De Weert geev foorts een van de feinen Herrn Order, de Herrschaften naa Nummer veer un fiev to bringen. De laad se denn in, mit em to kaamen. Meist ganz verdööst gungen se de Treppen rop, un hier worden se nu in en Stuv rinnödigt. Antjemedder schreeg foorts: „Kinders, wat fein!" un se wuß eerst ni, ob se ringaan schull oder ni; se dach all ganz daran, ehr Schoh eerst uttotrecken, denn dat weer ja doch Schaad, den smucken Footböden foorts so intoafen. Awers de junge Herr weer so kumpläfant un nödig so vääl, dar gungen se denn endli rin.

„Wenn die Herrschaften etwas wünschen, ziehen Sie dort nur den Knopf heraus!" säd he un maak nu denn de Döör achter sik to.

Da weern se denn nu alleen in de Stuv, un dar stunden se un keeken sik en ganzen Stoot an; keen Minsch snack en Woort.

„Junge, Junge, wat's dat hier fein!" säd Antjemedder endli.

„Den Düker haal, dat schull'k meenen!" säd Klaasohm.

„Dat's en andern Kraam, as bi uns in Winbargen, wa, Moder?" gnies Hansohm.

„O Gott, ja! — Un Kinders, Kinders, kiekt maal, de feinen Gardinen, un nä — düsse Spreedäk, un en Sopha steit dar ook! Junge, wat fein!"

„Ja, min Deern, so is dat hier in alle Weertshüs!" säd Klaasohm. „Bi Wiezel weer dat domaals ook so, ni, Hansohm?"

„Ja, dar weer dat ook bandi fein!"

„Nä, un wat bünt dat nette Lüd hier! Se wulln waarachti dat Fohrgeld vör uns betaalen! Wenn ik dar ni bi wesen weer, hadst Du Di dat richti gefallen laaten, Vader!"

„Na, dar weer ook so'n groot Malheur ni bi wesen, Moder! Schast sehn, wi ward uns Geld hier noch fröh genog los "

„Pfeu, magst dat noch seggen, schaam di! Büst Vullmacht un wullt di so lumpen laaten."

„Ja nä, he wull dat ja so geern!" grien Hansohm.

„Ach wat, Du büst jümmers kniesi. Naawer habb dat gewiß ni läden, wenn he dat wieß worden weer!"

„Wenn ik ganz oprichti seggen schall, Antjemedder, ik mark dat recht gut, dat de junge Minsch den Fohrmann betaal, awers ik däd, as wenn ik dat ni seeg. Mi dünkt, dar steek ja ook ganz nix in, wenn he dat eenmaal so geern wull."

„Nä, van Di habb ik dat, weiß Gott, denn doch ni dacht! Waarachti, Jüm bünt mi smucke Kerls, recht so'n Paar Paßpeer! — Je, wat is dat denn vörn Dings bi't Bett hier?"

„Weeßt Du, Moder, dar schüllt wi uns in waschen!"

„Nu süh maal an! So'n Dings heff ik noch ni eenmaal sehn! Dar bünt ook orntli Schufen in!"

Se trock de een ut.

„De is leddi!" säd se.

„Dar nern is ook wull noch en Döör, as dat schient?" säd Hansohm.

Antjemedder maak se aapen un schreeg forts: „Jeses! O Gott kiek maal, Vader, kiek maal!"

„Dunner, dar steit he also? Un wi hebt em bi Wiezel domals jümmers ünder't Bett söcht un meenen, dat se em wull vergäten hadden, un wi muggen ni darnaa fragen!"

„Waarachti, dar habb ik em ni söcht!" säd Klaasohm, „wakein kunn dat ook wäten? Dat muß ja jümmers de Gäst seggt warden, wenn se ankaamt, dat se ni darnaa to söken bruukt!"

De ander Stuv, wa Klaasohm un Hinnerk slaapen schulln, word nu ook noch bekäken, un de weer jüst ebenso. Dar setten se sik nu um den Disch daal, un as Antjemedder den Sopha probeert un en paarmaal op un daal wüppt habb, säd se: „Kinders, ik gloov, ik bün hungri!"

„Wi ook!" schreegen de Andern.

„Wa weer't, wenn wi eerst een bäten Kaffee un Stutenbotterbrot äten däden?"

„Dat weer ganz ni so ohne, Naawersch!" säd Klaasohm.

„Awers wa kriegt wi dat man? Wie mööt wull all hendaal gaan?"

„O Je, dat deit ni nödi; de junge Muschü, het uns ja eerstens seggt, wenn wi wat hebben wulln, schulln wi den Knoop dar man ruttrecken!"

„Dat's ook wahr!"

„Ah, Hinnerk, staa maal op un gaa maal bi, min Jung!" Hinnerk faat den Knoop an un trock daran; awers de wull ni rut. „Bäter bi!" säd Klaasohm.

„Ja, ik will em all kriegen!" schreeg Hinnerk un in en paarmaal glück em dat. Jüst as de junge Muschü wedder rinkeem, hadd he den Knoop in sin Hand. He heel em hen un säd: „De seet awers fast!"

„Donner, da haben Sie ja den ganzen Glockenzug abgerissen!" säd de junge Minsch; un nu bedüd he se denn, se schulln man bloot den Knoop en bäten ruttrecken, denn lüd nern en Klock, awers jo ni vör Gewalt daran rieten.

„Nehm He dat ni vör ungut, Muschü," säd Klaasohm, „wat dat kost, will ik geern betaalen! — Du büst ook jümmers foorts so unbandi!" schull he op Hinnerk.

„Awers Vader ....."

„Swieg man still, ik mag nix hören!"

„Was ist denn gefällig?" fraag de junge Minsch.

„Ach, nehm He dat ni vör ungut, Muschü," säd Antjemedder, „wi wulln geern maal den Opwaarer spräken!"

„Das bin ich!" säd de Mann.

„Wat! He is — Opwaarer!" säd Antjemedder ganz verblüfft un keek em an. Ook de Andern meenen, dat weer ni Ernst.

„Nä, Spaaß, ni wahr?" säd Antjemedder.

„Nä, nä, Ernst, ich bin der Kellner!"

„Den Dunner, wa kann dat eenmaal angaan!" säd Klaasohm.

„Ni? Dat is snaaksch, awers wahr is dat!" säd de Opwaarer.

„Nä, nu ward't dull, he kann sogar Plattdüütsch!" schreeg Antjemedder.

„Na, dat weer wull kurjos, wenn ik dat ni kunn, ik bün ja ut Elmshoorn!"

„Is wull ni mögli, ut Elmshoorn!" säd Antjemedder.

„Dunner, He is ut Elmshoorn?" schreeg Hansohm op eenmaal.

„Jawull; Se bünt dar doch ni ook her?"

„Nä, dat ni, awers ik heff dar en guden Bekannten!"

„Ei, dat weer, wakein denn?"

„Ja, sin Naam weet ik ni mehr; awers en Schoster is he! Ik heff maal op Heider Markt en Paar Krämpstäweln van em kofft, un dar säd he mi, he weer ut Elmshorn. Dunner ja, wa heet he doch noch?!"

De Klock gung nern, un de Opwaarer säd, he muß wedder hendaal, un fraag, wat denn de Herrschaften gefälli weer.

„Ach, wi muggen geern en bäten Kaffee un Botterbrot hebben!" säd Antjemedder.

„Gliek den Ogenblick!" säd de Opwaarer un gung weg.

„Wa sik dat doch bischuerns snaaksch dräpen deit!" säd Hansohm.

„Wa so meenst dat, Vader?" fraag Antjemedder.

„Gott ja, as ik domaals min Krämpstäweln koff, hadd ik doch in min ganz Leben ni dacht, dat ik hier in Hamborg noch maal van en Opwaarer ut Elmshoorn bedeent warden word!"

„Dat gloov ik! Ja, ja, dat drüppt sik männimaal wunderli!" säd Klaasohm.

„Wa gaat wi nösten denn en bäten hen, Kinders?" fraag Antjemedder.

„Gott, mi schall allens recht wesen, Naawersch!" säd Klaasohm.

„Mi ook, wahen Du wullt, kannst man bloot seggen, Moder!"

„Na, mi is dat ook eendoon, wenn ik man bloot wat van Hamborg to sehn krieg, ik weet hier ja keen Bescheed!"

„Ja, ja, dat's ook wahr!" säd Klaasohm. „Weeßt wat, Naawer? wa weer't, wenn wi eerst maal naa St. Pauli gaan däden?"

„O Gott ja, naa't Odeon!" säd Hinnerk.

„Dar dach ik ook hen!" säd Klaasohm; „dar kunnen wi eerst maal dat Geld inkasseern van den Thiaaterdirecter, un denn wull ik geern den Kerl to Liev, de den dummen Hinnerk so gräsi an den Foot räten het!"

„Mein Himmel, Du wullt hier doch wull ni Stank anfangen, Naawer?" säd Hansohm.

„Büst klook, so meen ik dat ja ni! Ik will em man bloot maal opfördern, mit mi to spälen, ik mutt em ja de hundert Mark wedder afwinnen, sühst Du!"

„Na, denn laat uns dat doon!" säd Hansohm.

„Awers Kinders, wa kaamt wi man darhen! Weet jüm Bescheed?" fraag Antjemedder.

„Nu, wi fahrt hen, de Waagens staat hier ja vör de Döör! Jümmers nofel, Naawersch!" säd Klaasohm.

„Jeses, dat wüllt wi ook!" säd Antjemedder. „Aha, dar kummt all dat Botterbrot!"

„Hier bünt Rundstück un Swartbrod!" säd de Opwaarer. „Is ook noch anderswat gefälli?"

„Vör den Ogenblick ni!" säd Klaasohm! „doch stopp, wanneer ward hier äten?"

„Table d'hôte is um halwi dree!"

„Jeses, dat schall ja so gräsi schön smecken!" säd Antjemedder.

„Awers de Klock is ja all Eeen, Moder, un wi wulln ja naa St. Pauli hen!" säd Hansohm.

„Ja, dat is wahr! Schaad, ik habb so geern maal Taafeldoot äten, ik bün bandi nieschieri, wa dat is!"

„Na, dat künnt Se ja ook noch morgen doon!" säd de Opwaarer.

„Nä, givt dat denn morgen wedder Taafeldoot?"

„Jeden Dag Klock halwi dree!"

„Mein Himmel, jümmers een un datsülwe?! Na, is ja ook wahr, de Lüd bliewt ja ook man en paar Daag, anders worden se sik ja leed darop äten. Na, denn morgen!"

De Opwaarer wull all gaan, dar wünk em Hansohm torügg un säd: „Hör He maal, Muschü, wenn mi de Naam van den Elmshörner Schoster wedder bifallen deit, denn will ik Em den seggen!"

„Schön!" säd de Opwaarer un lach en bäten.

„Dar kann He sik wiß op verlaaten!"

„O Gott, wat is dat?" schreeg Antjemedder un keek argwöhnisch in den Roomputt rin.

„Dat is Melk!" säd de Opwaarer.

„Melk? De süht ja snaaksch ut!" säd Antjemedder. „Wanem is de van?"

„Ganz frisch van den Melkmann!"

„Na, hör He, min Beste, Kohmelk is denn doch en ganzen Deel bäter, as den Melkmann sin!"

„Ja, bäter is se hier in ganz Hamborg ni to kriegen!"

„Jeses, habb ik dat man wußt, habb ik en Buttel vull dicken Room mitbrocht! De Kaffee smeckt ja man halv, wenn dar keen guden Room op is!"

„En powern Kraam is dat hier doch eegentli in Hamborg!" säd Antjemedder, as de Opwaarer weggaan weer, „ni maal orntliche Melk hebt se! Un ik bäd jüm, wat's dat vör Botter!"

„Nä, so gut as unse is se ni, Naawersch, awers dat künnt wi ook ni verlangen! Se kriegt hier de Botter van uns Buern, un wi bünt ook klook un wäät, wat ut en Pund Botter maakt warden kann, wenn man dat bloot versteit, se to bearbeiten!"

„Un dat Swartbrot mag ik ook ni!"

„Denn fräät Stuten, Mutter, hier is ja nog!" säd Hansohm.

„Dat is ook wull dat beste!"

„Awers de Kaffee is gut!" säd Klaasohm.

„Gott ja, de gefallt mi all, awers he is doch lang ni so schön as unsen, Naawer! Se verstaat em hier man bloot ni ordentli to maaken! Bäter as de in Wrist is he all, awers Cichuren bünt ook hier ni dermank!"

„Ik mag em wull so, Naawersch, awers dat is man so'n lütte Kann vull, dar kummt op jeden man veer lütte Tassen, man ward ni halv satt!"

„Na, dar künnt wi uns ja man noch een Portschon be= stellen laaten!"

„Nä, so meen ik dat ni, Antjemedder! Ik kann mi sacht behölpen, wi künnt van Naamiddag ja noch ins drinken!"

„Snaaksch! Jeses, wa snaaksch!" schreeg Hansohm op eenmaal, de bi all de Tied, dat he äten hadd, so jümmers weg vör sik hen simmeleert hadd.

„Mein Gott, wat is snaaksch, Vader?"

„Ach, dat ik mi ook ganz ni darop besinnen kann!"

„Wanem op?"

„Op den Naamen van den Elmshöörner Schoster!"

„Mein Himmel, wes doch ni bösi, wat wullt dar noch an denken!"

„Gott nu, ik hadd em doch geern wußt!"

„Kinders, de Klock geit all op twee!" schreeg Klaasohm; „mi dünkt, dat ward Tied, dat wi gaat, dat ward all fröh düster!"

„Na, denn laat uns!" säd Hansohm.

Nern kreegen se eerst to wäten, dat en Droschke en groten Barg dürer weer, wenn se ut Door rut fahren müß, und da Hinnerk säd, dat he van't Holstendoor an ganz genau Bescheed wuß, so dünk se, se kunnen dat Geld spaaren un wullen man bloot bet hen naa't Door fahren. Se geeben nu den Weert noch all de Hand un säden adjüs, un dar haal de Opwaarer denn en Droschke. — „Schall'k betaalen?" fraag he. Klaasohm keek Hansohm an, un he plink em to, un do säd Klaasohm: „Na, wenn He dat so geern will, man to!"

„Mein Gott, wa muggen jüm dat doon!" säd Antjemedder ünderwegs; „jüm schulln sik doch waarachti schaamen!"

„Da seeg ik ni in, Naawersch!" gnies Klaasohm, „he wull dat ja geern! Warum schulln wi em de lütte Freud ni günnen?"

„Bruukst ganz ni bang to wesen, Moder, uns Geld ward wi hier all los!" lach Hansohm.

„Eenerlei, dat paßt sik doch ni vör jüm! Na, denn gevt den Kutscher nöst ook man jo en lütt Drinkgeld, anders seeg dat doch gar to lusi ut' wi wüllt uns hier doch ni besnacken laaten!"

„Na, dar schall mi dat denn ni op ankaamen, Naawersch, jümmers nosel!"

Dat duer ni lang, da weern se denn bi't Holstendoor, un de Fohrmann heel still. Hansohm geev em en Dubbelschilling Drinkgeld. — Dar stunden se nu un keeken sik an. „Na, wa mööt wi denn nu gaan, Hinnerk?" fraag Klaasohm.

„Eerst graadut, un den linksum, Vader!"

„Wat is dat vörn lütt Huus, wat dar so alleen steit?" fraag Antjemedder.

„Dat weet ik ni, Moder!" säd Hansohm.

„Jeses, Naawer, dat weeßt ni, steit dar ja baaben öwer de Döör!" schreeg Klaasohm.

„Vörwahr! Laat maal sehn! Zoll= und Accisestätte!"

„Ja, wat Toll is, weet ik wull, un Accise, dat is ook wull so'n Schinderie, awers „Stätte" — wat is dat?" fraag Antjemedder.

„Stätte? Je, Naawersch, weeßt Du ni mehr ut de bibelsche Geschichte, wat Golgatha is?" säd Klaasohm.

„Dat weer schön, wenn ik dat all utsweet hadd, dat heet ja op düütsch Schädelstätte!"

„Na, sühst Du, so wat ward dat hier ook wull wesen!"

„Ach, Snack, hier ward doch keen Minschen hinricht!"

„Na, wenn dat ook ni, tom Pläseer vör de Lüd steit dat Huus ook wull ni dar!"

„Süh, dar kickt een ut Finster rut, wat deit de dar?" säd Hansohm.

„Ick weet ni, un dar steit ook een vör de Döör!" säd Klasohm.

Tööv, ik will maal den Mann dar fraagen!" säd Antjemedder, „de ward dat wull wäten! Ach hör He maal, lütt Mann, kann He mi wull seggen, wat deit de Mann dar, de dar ut dat Finster kickt?"

„De sitt si'n Gehalt af, lütt Fru!" säd de Mann un gung wieder.

„Dar hest Du't, Moder," lach Hansohm, „hier bünt de Lüd ni so höfli as bi uns!"

„Dat schient meist so; de Kerl wull orntli brüden, de Snösel!"

„Kiek, kiek! dar kummt op eenmaal een rutscheeten un fallt bi helligen Daag den armen Minschen mit sin Korv an un langt dar foorts mit de Hand rin!" säd Hansohm.

„Waarachti — kiek, he mutt mit rin!" säd Klaasohm.

„Dar nehmt se em gewiß allens af!" schreeg Hansohm.

„Jesus Christus, dat is hier wull am End ni säker!" kreisch Antjemedder; „Kinders, o Gott, laat uns gaan, wenn dat de Seelenverköpers weern!"

„Snack doch ni, Naawersch, wüllt maal anders een fraagen. Süh, dar kummt en jungen Minschen!" säd Klaasohm. „Ach, hör He maal, Muschü, wat doot se in dat Huus dar?"

„In dat dar, meent Se?"

„Jawull!"

„Ach, dat het de Stadt darhen buen laaten, dar kann man dat Schuggeln lehren!"

„Is wull ni mögli!" schreeg Antjemedder.

„Dat ward hier orntli lehrt?" fraag Klaasohm verwundert.

„Nu, dat is wull gewiß! En orntlichen Koopmann mutt ja allens können!"

„Nä, un dat is hier verlöövt?" fraag Hansohm.

„Gewiß, vör allens, wat se dörschuggelt, bruukt se keen Toll to geben, dat is de Belohnung; wenn de Lüd awers so dumm bünt, sik affaaten to laten, denn mööt se en Bröök betaalen, dat is de Straaf!"

„Kinders, wa kann dat eenmaal angaan!" schreeg Klaasohm; „un bi uns is dat verbaaden!"

„Is de Möglichkeit! Na, adjüs, Herr Vullmacht!" Darmit leep de junge Minsch weg.

„Herr Vullmacht! Vullmacht!" schreeg Klaasohm ganz verblüfft un dreih sik um un keek em naa; „Dunner un Stralax, de kennt mi ja!"

„Wakein weer dat, Naawer?" fraag Hansohm.

„Ja, wakein weer dat?" säd Antjemedder.

„Dat weet ik, Gott straami, ni!" säd Klaasohm, noch ganz verwundert; awers dat mutt ja en guden Bekannten wesen, wa hadd he mi anders kennt?"

„Wakein dat wull wesen is, dat mugg ik wäten!" säd Hansohm.

„Jeses, it ook! Wenn he ni all so wiet weg weer, schull Hinnerk em waarachti maal achternaa un fraagen, wasück he heet!"

„Kiek, kiek! he dreit sik noch ins um un nückt uns to un nümmt den Hoot af!" schreeg Antjemedder.

„Dunner noch maal to, wakein schull dat wesen?"

„Laat uns man wieder gaan, Naawer, dat fallt Di sacht noch bi!" säd Hansohm.

„O Gott, Vader, kiek dar maal hen, dar bünt en ganzen Barg Suldaaten! Dar laat uns maal hen!" schreeg Antjemedder.

„Dunner ja, de exerzeert jüst!" säd Hansohm.

„Dat wüllt wi maal ansehn!" säd Klasohm, un so gungen se denn ut dat Door, wa de jungen Rekruten int Marscheeren ööbt worden. As se en Stoot tokäken hadden, säd Klaasohm: „Laat uns man gaan, Kinders, dat is ja gar keen Exerzeern, se gaat ja orntli, as wi gaat!"

„Mi schient ook, se künnt nix!" meen Hansohm.

„Ach nä, ganz nix! As ik Suldaat weer, dar hadd dat gehöri wat mit den Stock loht, wenn een so gaan hadd, as de daren! Ik segg jüm, dar muß man sik stiev as en Popp holen!"

„Wat, Deubel, Naawer, Du büst Suldaat wesen? Dat heff ik ja noch ganz ni wußt!" schreeg Antjemedder.

„Gott, Moder, dat grippt he man bi de Been op!" säd Hansohm.

„Na, na, min Jung, ik weer ni so'n Kräpel as Du, de op de Seschon kasseert word! An mi wussen se ook ganz nix to finden, so'n fixen Kerl kreegen se ni alle Daag, un da word ik denn Suldaat! Dat versteit sik van sülm, dat ik mi en Stellverträder koff. Süh, un as dar maal in Rendsborg Revue weer, dach ik: „Schast ook doch maal sehn, ob din Muschü, de di so vääl Geld kost, ook orntli wat lehrt het! Awers ik segg jüm, dat weer ganz wat anders!"

„Süh, Herr Vullmacht!" säd en jungen Minsch, de bi se voröwer leep.

„Herr Vullmacht!" schreeg Klaasohm un dreih sik gau um un keek em naa. „Jeses, de kennt mi ook!"

„Dat schient meist so!" säd Hansohm.

„Dunner, wakein weer dat, Dunner!"

„Ja, Minsch, wa schüllt wi dat wäten!" säd Hansohm.

„Je, Hinnerk, loop em gau maal achternaa un fraag em, wasük he heet, min Jung!"

Hinnerk braav achternaa.

„Wakein dat wull is?" säd Antjemedder.

„Na, dar bün ik ook nieschieri!" säd Hansohm.

„Ha, de kummt all wedder, nu kriegt wi dat to wäten! Dat schall mi doch maal verlangen! — Na, min Jung, wat weer dat vör een?" schreeg he Hinnerk in de Mööt.

„Klaas heet he!" säd Hinnerk.

„Klaas? Ja, wa awers wieder?"

„Wieder? He säd, he däd Klaas heeten!" säd Hinnerk.

„Na, du büst ook en schönen Klaas!" schull Klaasohm, „fraagst em ni maal na sin Tonaam!"

„Ja, ik meen, dat dat sin Tonaam weer!"

„Jeses, wat en Döösbartel! Hest all maal hört, dat een Klaas mit Tonaamen heeten däd? Dat is ja doch all min Daag man en Vörnaamen wesen, Theeputt!"

„Ja, dat wuß ik ni!"

„Ach Snack, so vääl mußt doch in de School lehrt hebben! Na, nu bünt wi jüst so klook as vördem!"

„Dat maakt ja ook nix ut, Naawer, laat uns man wieder gaan!" meen Hansohm.

„O Gott, wat bünt dat vör Boden? Is dat wull Jahr= markt?" schreeg Antjemedder.

„De bünt dar jeden Dag, Naawersch!"

„Nä, dar laat uns maal hengaan, wa?"

Un se gungen naa de Boden hen. Antjemedder koff sik dar eerst en ganzen Barg Appelsinas, un do graajen se wieder langs, van een Bod naa de ander un bekeeken allens, as wenn se en groten Barg kopen wulln, un se koffen doch nichts. Bloot op een Städ, wa föfti „englische Neihnaadels" vör een Schilling to hebben weern, kunn Antjemedder ni wedderstaan, dat weer ook doch to billi. Un se koff foorts veer Packens.

„Stääkt se ook?" fraag Hansohm.

„Na ob!" säd de Mann in de Bod; wenn ik ni van Abend noch all min Kraam hier verkopen muß, wiel ik morgen naa Amerika reisen will, so kreegen Se dat gewiß ni darvör!"

„Stääk se man eerst maal bi Di, Vader, ik heff min Taschen ganz vull Appelsinas!" säd Antjemedder.

„Du hadst se man eerst maal in's probeern schullt, Moder, ik bün bang, se döögt nix!"

„Ach, wat schulln se man ni; mußt denken, dat's ja keen Pries!"

„Wenn dar awers keen Spitz op is, bünt se düer nog! Wat hölpt di en Naabel, wenn Du ni damit stäken kannst?"

„Dat het keen Noth. Wullt noch en Appelsina, se bünt schön?"

„Nä, mag ni, se bünt mi to suer!"

„Ja, dat's wahr, en bäten suer bünt se, anders awers schön, ook ni een rötte Städ is darin!"

„Heran, heran, heran, meine Herrschäften, heran!" schreeg dar op eenmaal een.

„Jeses Kinders, wat is dar los, dar laat uns maal hen!" säd Antjemedder.

De Andern weern ebenso nieschieri, un se drängen sik naa de Städ hen, wa de Mann stund. He hadd dar op en Stang en lütt Dings van Waßdook, wa mit robe Bookstaaben „Fleckseife" opschräben stund un noch en ganzen Rippelrei, wa dat to bruken weer.

„Mit diese vorzügliche Fleckseife, meine hohen Herrschaften", säd de Mann, „kann man jedem Fleck sogleich entfernen! Es ist die reine Plus=ultra=Seife, so genannt von wegen die Wunder, die man damit verrichten kann! — Dat Stück man een Schilling, Madam! — Immer heran, meine Herrschaften! Haben Sie zu Hause einen alten Hut, einen alten Rock, ein Kleid, wo die Wolle schon längst abgeschabt ist, dann waschen Sie es nur mit diese Plus=ultra=Seife, die aus eine Extract von dem Fett der großen Seeschlange, die der berühmte Capitain Owaihi gefangen hat, bereitet ist, un in einem Augenblick ist das Zeug wieder — een Schilling dat Stück, Madam! — wie neu und die Wolle wächst nach! — Es ist nur noch ein kleiner Vorrath von diese Wunderseife da — man een Schilling, lütt Jung! — Die Gelegenheit wird Ihnen nicht wieder geboten, meine hohen Herrschaften, und das Stück kostet nur ein Schilling — einen Schilling das Stück! Heran, meine —"

„Is dat ook an dem?" fraag Antjemedder.

„Auf Ehre, Madam, ich habe sie direct von dem Capitain!"

„Denn geb He mi maal en halv Dutz darvan!"

„Laat dat doch naa, Moder, he bedrüggt Di!" säd Hans=ohm sachten to ehr.

„Ach wat schull he man ni! Wullt noch en Appelsina, ik heff noch twee naa?"

„Nä, behol se man."

„Na, denn äät ik se sülm!"

„Heran, heran meine Herrschaften, kaufen Sie, es ist nur noch ein kleiner Rest da, es kann nicht mehr davon fabrizirt werden! Es ist dies die berühmte Plus-ultra-Wunderseife, erfunden von dem Capitain Owaihi, bereitet aus dem Fett der großen Seeschlange! Der Capitain Owaihi verdankt ihr sein Leben! Als sein Schiff auf der letzten Reise bei Cuxhaven unterging, wäre er verloren gewesen, wenn er diese Wunderseife nicht an Bord gehabt hätte — een Schilling, Madam! — er nahm ein Stück davon und wusch sich damit an's Land! — man een Schilling, lütt Fru!"

„Laat mi ook so'n Stück kriegen", säd Klaasohm.

„Jeses, Minsch, wat wullt darmit!" fraag Hansohm.

„Gott Du, ik wull Persetter doch en lütt Geschenk to Wiehnachten maaken, sin Kleedrock is all so kahl!"

„Ja so, dat's wat anders. Wüllt wi nu wiedergaan?"

„Min'twegen! Kaamt denn!"

„Ach, Vader, stääk dat bi Di, hörst Du?"

„Wat, ook de Seep, Moder?" Du hest din Appelsinen ja all op?"

„Ja, awers ik will mi gliek frische kopen!"

„Na, denn giv man her."

„O Gott, kiek, wat schull dar los wesen, Kinders!" schreeg Antjemedder. „Dar staat so vääl Minschen! Wat is dar los?"

„O, ik hör all, da ward ook wat verkofft!" säd Klaasohm.

„Je, dar laat uns mal hen, ik mag dat so geern hören!" säd Antjemedder.

Se also los. Dar weern Barbeernmessen to kopen. De Mann verstund dat Ansnacken ook. „Hier, meine verehrten Herren, ist noch ein kleiner Rest von den berühmten unverwüstlichen Rasirmessern, die nie stumpf werden! Sie wurden in eine dunkle Höhle Andalusiens bei dem hellen Lichte eines Diamanten geschliffen! Wenn man Abends ein Messer unter sein Kopfkissen legt, ist man den andern Morgen beim Erwachen rasirt, so scharf ist es! Es kostet nur acht Schilling!"

„Minsch, Vader, dat mußt Di kopen, Din will ja min Daag ni snieden!" schreeg Antjemedder.

„Wenn dat man bloot keen Bedrugg is!"

„Gott, wes doch ni jümmers so bang!"

„Na, denn will'k dat ins riskeern!"

Un he koff sik een.

„Dunner", schreeg Klaasohm op eenmaal un dreih sik gau um un saat en Kerl bi'n Arm. „Dammi, wat het He mit Sin Handen in min Taschen to doon!"

„Na, maaken Se doch ni foorts so'n Gewitter! Min bünt twei, un ik wull man bloot min Handen en bäten warmen!"

„Awers doch man ni in min Tasch! Dat mugg ik mi doch verbäden."

„Gott, wat Se sik ook tiern künnt!" säd de Kerl un gung weg.

„Ik gloov waarachti, de wull mi bestehlen!" säd Klaasohm.

„Jeses, doot se dat hier of?" schreeg Antjemedder.

„Na, un ob, paß man jo gut op, Naawersch!"

„O Gott, Lüd, laat uns maal dar hengaan, dar schriggt een „Kubbelmubbel!" säd Antjemedder.

„Ach, wat schüllt wi dar, Moder; so wat kriegt wi morgen noch genog in de Stadt to sehn; laat uns lewer maal naa de Orgel gaan, dar is en schön Bild to sehn!"

Dat weer wat, un all säden „man to;" Se keeken eerst dat Bild an, wa de Minschenköpp man so rumleegen, un en ganzen Barg Räubers in en gruliche Wies mit de armen Minschen rum= hanteern. De gräßliche Geschichte word vertellt un se hören ganz niep to un koffen sik dat Leed un sungen mit. Dat maak se hungri. Antjemedder wull all wedder Appelsinas kopen, awers Klaasohm meen, eerst wulln se maal orntli wat äten, he weer richti hungri, un dat word ook all düster, un em dünk, dat weer wull am besten, wenn se eerst maal ins en gut Weertshus söchen, wa se sik gehöri den Buuk vullslaan kunnen! — Dar hadd denn keen Minsch wat gegen, hungri weern se all. Hinnerk säd, ganz dicht bi't Odeon weer en Restaraatschon, wa dat schön weer, un dar weern se denn foorts eeni, se wulln darhen.

As se bi „Ludwig" in den „St. Pauli Convent" rin= keemen, gungen se denn foorts linker Hand in en Stuv rin un seegen dar en groten langen Disch, wa all andeckt weer.

„Künnt wi hier wull en bäten to äten kriegen?" frag Klaas= ohm den Opwaarer.

„Jawull, meine Herren, setten Se sik man daal, ick will Se glieks de Kaart bringen!" säd de Opwaarer un gung naa en andern Disch hen, wa he ropen word.

„De Kaart?" säd Klaasohm ganz verwundert; „de Muschü kann wull ni gut hören! Wat schüllt wi mit Kaarten, wi wüllt ja ni spälen!"

„Roop em man noch maal her!" säd Antjemedder.

"Dat mutt ik ook rein man, anders maakt he uns dumm Tüg! — Heda! Pst! — Muschü!"

De Opwaarer keem wedder. Klaasohm schreeg ganz lut: "He het mi wull ni recht verstaan, wi wüllt wat äten!"

"Sogleich, mein Herr, ich hole schon die Karte!"

"Straalax, äten wüllt wi, äten!" börk Klaasohm em int Ohr, un dat so luut, dat alle Lüd sik umkeeken.

"Setzen Sie sich nur, ich bringe gleich die Karte!" säd de Opwaarer un leep wedder weg. Klaasohm schütt mit den Kopp un gung naa de Andern torügg.

"De Kerl is reineweg doov," säd he, "he blivt darbi, dat he uns Kaarten bringen will!"

"Mein Himmel, ik begriep ni, dat se so'n Minschen hier als Opwaarer anstellen doot," säd Hansohm, "dar kann ja keen Minsch wat bi bestellen!"

"Och, min Hinnerk, gaa gau maal ins naa de Schenk un segg den Weert dat sülm, anders kriegt wi nix!" säd Klaasohm.

Hinnerk stund all op, dar sus de Opwaarer wedder bi se vorbi, smeet gau en groten langen Zettel op den Disch un leep wieder. Als Klaasohm den Zettel to saat kreeg, dar word he baaben öwer dat Woort „Speisekarte" wieß.

"Ach so," säd he, "dat het de Muschü am End meent!"

"Wat is dat, Naawer?" frag Antjemedder.

"Weet waarachti ni, dat süht meist so ut, as weer dat ut en Kaakbook uträten! luder französche Naamen, dat verstaa der Deubel!"

"Wat schull dat to bedüden hebben? Fraag doch maal!" säd Hansohm.

"Pst! — Heda!" schreeg Klaasohm.

De Opwaarer keem anlopen un frag: "Sie wünschen, mein Herr?"

"Ach, hör He, will He uns maal seggen, wat schüllt wi mit düssen Zettel, wi wulln ja wat to äten hebben!"

"Nun, suchen Sie sich etwas aus!"

"Wat! He meent doch ni, dat wi allens kriegen künnt, wat dar opsteit?"

"Ei gewiß! — entschuldigen Sie! — Gleich, mein Herr!"

"Dunner, Naawersch, denk Di an, hest hört!"

"Ja, awers dat is ja knapp mögli! Wat äät wi denn nu?"

"Mi is't eendoon, wenn't man bloot gut smecken deit!" säd Klaasohm.

"Gott, laat Moder man utsöken, de versteit sik am besten darop!" säd Hansohm.

"Mi is't recht, hier is de Spieskaart! Denn man maal to, Naawersch!"

"Ja, Kinders, dar steit so vääl op, dar bruukt man ja meist en Vertelstünd, um dat to lesen! Un denn de dwatschen Naamen, dar kann ik mi ni ut vernehmen, dat weet ik ni!"

"Ja, Deern, da kaamt wi man ni wieder mit!" säd Hansohm.

"Ik will jüm wat seggen, Lüd," säd Klaasohm, "eerst staat hier ja de Suppen, wüllt wi darvan toeerst hebben?"

"Man to! man to! Laat uns van Daag maal pärrisch leven, wi bünt ni alle Daag in Hamborg! Wat wullt Du hebben, Vader?"

"Gott, ik äät am leevsten Rippspeernsupp!"

"Nä, ik Parlgrubenwinsupp!"

"Holt stopp, Naawersch, hier bünt man dree to kriegen! Krebssuppe, Aalsuppe un Oxtailsupp!"

"Jeses, Aalsupp! Dat schall ja so schön smecken! Laat uns dat maal kriegen, wa?!" schreeg Antjemedder.

"Wenn ik raaden schall, doot dat ni!" säd Hinnerk, "Persetter un Piet weern ganz sprüttenduun darvan worden!"

"Ja, denn is't bäter, wi laat dat na! Ik denk, ik äät maal Krebssupp; maal sehn, wat dat is! Man seggt wull, wat de Buur ni kennt, dat fritt he ni, awers ik bün ni so, ik will Krebssupp!" säd Klaasohm.

"Oxtail? wat schull dat wesen? Kennst Du dat, Vader?"

"Nä, awers dat hört man ja all, dat is wat van Ossen, de will ik!"

"Ja, ik ook!" säd Antjemedder, un Hinnerk habb dar ook dat meiste Vertruen to.

Klaasohm wünk den Opwaarer ran un bestell, wat se hebben wulln. De schreeg foorts: "Drei Oxtail und ein Krebs!" un leep wieder.

"Den Dunner, het de Kerl mi all wedder ni verstaan!" schreeg Klaasohm un leep den Opwaarer gau achternaa un säd: "Mein Gott, Muschü, kann He mi denn gar ni verstaan! Wat schall ik mit een Krääv, ik will ja Supp!"

"Gleich, gleich, mein Herr!" säd de Opwaarer un sus wedder naa en andern Disch, wa klingelt word.

"So'n dösigen Knecht is mi doch noch in min ganz Leben ni vörkaamen!" säd Klaasohm verdreetli, as he sik wedder bi de

Andern baalfett, „nu kriegt jüm en Teller vull schöne Supp un if en olen Krääv, is ook doch to dull!"

So slimm schull dat awers doch ni warden, as he meen; de Opwaarer keem bald darop mit veer Teller anfprungen. „Drei Oxtail= und eine Krebssuppe!" säd he.

„De Krebssupp schall if hebben!" säd Klaasohm.

De Andern fungen foorts an to läpeln; Klaasohm seet ganz verbaast dar un keek verblixt op sin Teller. Endli säd he: „Kinderslüd, wat is dat?!"

Nu keeken de andern Dree denn op un verwundern sif ook ganz gräsi. — „Herr, Du mein!" schreeg Antjemedder, „wat's dat?"

„Dat süht ja ut as tweiräben Teegelstein!" säd Hansohm.

„Wa smeckt dat, Naawer?"

„Meenst, dat if dat prööbt heff, dar kunn ja Venin in wesen! Prööv Du dat maal, min Hinnerk!"

„If will mi wull wahren, dat's gewiß robe Farw!" schreeg de.

„Dunner, dat is am End ook wahr, se hebbt sif gewiß ver= grääpen! Pst! Opwaarer! och, kaam He gau maal ins her!"

„Sie wünschen, mein Herr?"

„Segen Se maal, wat's dat!" säd Klaasohm un wies eekeli mit sin Hand op den Teller.

„Hatten Sie nicht Krebssuppe bestellt, mein Herr?"

„Jawaul, awers süht de so ut?"

„Nun ja!"

„Na, denn nehm He dat man foorts wedder mit, un bring mi so'n Supp, as de Andern hebt, dat dare fräät if ni!"

„Wie Sie wollen!" säd de Opwaarer, un he neem em den Teller weg un schreeg: „Ein — Ox!"

„Dammi, meent He mi!" schreeg Klaasohm un sprung van Stohl op; awers de Opwaarer weer all wedder weg.

„Is ook doch rein to dull, foorts so to schimpen!" schull Klaasohm gifti. „Na, tööv, kumm Du man wedder, if will Di rökern, Vetter!"

„Büst wull ni klook, Naawer! Wullt hier doch wull ni Stank maaken!" säd Hansohm.

„O, de Snösel! an den Kopp schall he wat hebben; Ick will dat Aas dat Schimpen aflehren!"

„Dat laat man jo naa, Klaasohm, büst Du nieschieri, de nide Wach kennen to lehrn?"

„Laat mi los!" schreeg Klaasohm.

„Junge, Junge, dat's ook wahr!" säd Klaasohm ganz lütt. „Awers segg sülm, is dat ni schändli, een foorts so to schimpen? So'n Snösel!"

„Dar gev ik Di ganz Recht in; awers dat is bäter, Du swiggst still; mußt denken, wi bünt ni in Winbargen!"

„Hier ist ein Ox!" — schreeg de Opwaarer un sett en Teller mit Supp op den Disch.

„Dammi, nu ward mi dat awers to vääl! Dat laat ik mi waarachti ni tweemaal beeden!" schreeg Klaasohm vuller Gift un sprung van Stohl op un wull op den Opwaarer los, em aftojacken. „Wa kannst Du entsaamte Swinegel Oss to mi seggen, töov, ick will Di!"

Hinnerk hadd sin Vader awers all bi'n Rockslippen saat krägen; Antjemedder hadd den Haaken van ehrn Schirm in sin Rockkraagen stäken und reet mit aller Gewalt torügg, un Hansohm stell sik vör em hen un heel em fast.

„Laat mi los!" schreeg Klaasohm un puuß vör Gift.

„Naawer, Naawer, ik bäd Di, laat Di beseggen, wes doch vernünfti!" säd Hansohm.

„Fallt mi ni in — laat mi los!" schreeg Klaasohm.

„Wat is passeert?" fraag de Weert, de nu ook rankaamen weer.

„O, dat Swin dar schimpt mi foorts vör en Oss, wiel ik sin ole Supp ni fräten will!"

„Ik?" säd de Opwaarer ganz verblüfft, „ik meen ja en Oxtailsupp!"

„Ja, dat seggst nu!" säd Klaasohm, „awers töov man, Vetter!"

De Weert säd to den Opwaarer, he schull naa de andern Dischen gaan, un nu verklaar he Klaasohm denn, dat weer ganz anders meent wesen, dat weer dar so Mod, dat de Opwaarers man dat eerste Woort säden, denn wussen se all in de Schenk Bescheed. Klaasohm meen, dat weer denn en ganz aasige Mod, awers he leet sik doch endli besnacken un sett sik wedder daal. Argerli weer he awers gewalti; he eet sin Supp hasti op un säd naa en lütten Stoot: „De Weert mag seggen, wat he will, wahr is dat doch, de Kerl het op mi schimpt, wiel ik den roden Drank ni fräten wull!"

„Minsch, Klaas, dat kann ik mi waarachti ni denken, dar het he Di mit meent!" säd Hansohm.

„Mi ni mit meent!" schimp Klaasohm!

„Dat is ja ni mögli, Naawer, he seeg Di van Abend ja tom eersten Maal; wa kunn he Di foorts Oss schimpen?"

„Eenerlei, eenerlei, he het mi darmit meent! Dar mutt mi jeder in Recht geven!"

„De Supp is awers schön, ni, Klaasohm?" säd Antjemedder, um em op anner Gedanken to bringen.

„Ja, de Supp is all gut, bloot en bäten vääl Päper is darin, Naawersch; awers ik mag se wull so!"

„Mi gefallt se ook bandi!" säd Hansohm. „Van wat vörn Stück Fleesch dat wull eegentli kaakt is? De Knaaken bünt so dünn, so lütt, dar kann ik ganz ni klook ut warden; weeßt Du dat, Moder?"

„Nä, ik kann mi dar ook ni ut vernehmen! Awers dat bäten Fleesch, wat darob sit, smeckt prächti!"

„Ja, ganz eenzi, so sööt!" säd Klaasohm. „Wat äät wi denn nu?"

„Mi dünkt Pudding!" meent Antjemedder. Dat schien se denn alltohopen, un se leeten sik foorts darvan geven, un dat smeck se so prächti, dat se noch een Portschoon kaamen leeten. Dar weern se denn satt. As Hansohm nösten betaal, säd Antjemedder sachten to em: „Du, Vader, fraag maal, wat dat vörn Fleesch weer, wa de Supp van kaakt is!"

Hansohm däd dat, un dar kreegen se denn to wäten, dat se Ossensteerten äten hadden. Kinderslüd, wat maaken se all vörn Gesicht! Se hadden ni unglücklicher utsehn kunnt, wenn se een vertellt hadd, dat se Minschenfleesch ääten hadden!

„O Gutt, o Gutt, o Gutt — bah!" schreeg Antjemedder; „hadd ik dat doch vördem 'wußt!" — Brr! o Je, o Je, kunn ik mi doch man . . ."

„Deern, büst klook, den schönen Pudding!" säd Hansohm.

„Dat's ook wahr! Awers, Vader, da hadd mi vördem een hundertdusend Milljon Daalers op den Disch leggen kunnt, ik hadd ni darvan ääten! Brr! giv mi man gau en Sluck Win, dat ik en andern Gesmack krieg!"

„Na hör, de Supp weer awers ni ganz so bito, ik mugg se wull!" säd Klaasohm.

„Naawer, ik bäd Di, swieg doch still, mi ward anders ganz eekli! — Laat uns gaan!"

„Min'twegen, Naawersch, ik will man bloot min Piep noch anstäken, denn kann't los gaan!"

As Klaasohm dat däd, säden en paar junge Lüd de jüst weggaan däden: „Süh, Vullmacht Klaas Thiessen is ook hier?"

Klaasohm weer im eersten Ogenblick so verblüfft, dat he sik den Swäwelsticken op de Finger brennen leet. He slenker mit de Hand in de Luft rum un schreeg: "Hest hört?" se säden "Bull= macht Klaas Thiessen!" Dunner, noch maal to, se kennen mi!"

"Waarachti; awers wa kann dat eenmaal angaan?" säd Hansohm.

"Se kennt Di wull noch van de eerste Reis her!" meen Antjemedder.

"Dat mutt all sin, awers snaaksch — snaaksch is dat bi all dem doch! Ach, Hinnerk, min Jung, loop de Lüd gau ins achternaa un fraag se, wa se heet, wi kaamt glieks naa!"

Hinnerk rut, un bald gungen ook de Andern ut de Döör, em naatokieken. Dat duer ni lang, dar keem he wedder retour.

"Na, min Jung, wat weern dat vör wücke?" schreeg Klaasohm em in de Mööt.

"De een säd, dat he Hummel heeten däd, awers de andere hadd so'n aasigen Naamen, den mag ik knapp seggen!"

"Hummel? Hummel? säd Klaasohm un faat sik an den Vör= kopp, as wull he sik besinnen, wa he den Naamen hört hadd.

In densülwigen Ogenblick gung en Butje vöröwer un säd en Woort.

"Ja, jüst so däd de ander heeten!" schreeg Hinnerk.

"Dat is ja'n Swien!" schreeg Antjemedder. "He mutt sik ja schaamen, wenn dat sin richtigen Naamen is!"

Klaasohm stund noch ganz in Gedanken dar un simmeleer naa un säd: "Hummel? — Hummel?" — Weet ik mi doch ni to besinnen, dat ik een kenn, de so heeten deit! Dat schall all wesen, as ik domaals naa Frankriek reis . . ."

"Ach wat, tüün morgen mehr, dat's ja eenerlei, laat em Klaas heeten!" säd Hansohm.

"Hör maal, wat wullt darmit seggen!" schreeg Klaasohm en bäten raakt.

"Na, nu ward dull, dat feilt noch!" lach Hansohm; "kumm, laat uns man wieder gaan!"

"Man to denn. Is dat Odeon noch wiet?"

"Nä, Vader, dar is all de Döör!" säd Hinnerk.

Dat weer denn schön. Se betaalen Entrée un gungen rin in Saal.

"So," säd Klaasohm to Hinnerk, "nu hol man de Ogen aapen, dat Du mi de beiden Kerls rutfinden deist, hörst Du!"

„Na, Kinders, hier laat uns uns man daalsetten, an düssen Disch is Platz!" säd Hansohm.

„Süh, ja, hier is dat nett!" meen Antjemedder. „Nu mugg if mi eerst geern maal ins satt Waater drinken, if bin gruli dörsti!"

„Dat wüllt wi all kriegen, Moder. Pst! Pst!"

„Sie wünschen?" fraag de Opwaarer.

„Dree Glas Grog un en bäten Waater vör min Fru dar, se is so dörsti!"

„Soda= oder Selterwasser, Madam?"

„Gott, dat's eendoon, wenn man recht koolt is!"

„Sühst se noch ni?" fraag Klaasohm Hinnerk mindstens all tom teinten Maal.

Hinnerk keek sif ook in eensten weg um, awers bet hiernto hadd he noch keen van sin olen Bekannten sehn. Op eenmaal stött he sin Vader an un säd: „Ha, dar sitt de een van se!"

„Wakein is dat?" fraag Klaasohm iweri.

„De mit sin platte Näs!"

„Schön, denn wüllt wi em kriegen! Nu gaa man foorts maal hen un segg, din Vader weer hier, un de wull ook geern maal mit em spälen, hörst Du!"

„Ja, awers wenn he dat man deit!"

„Ach, wat schull he ni! Kannst em ja man to verstaan geben, dat if so'n gräsi dummen Kerl weer, denn meent he, dat he dat mit mi ebenso maaken kann as mit Di! Schast sehn, denn is he foorts paraat!"

Hinnerk stund denn nu op un gung naa den Disch, wa Herr Meyer seet, de em domaals dat Geld afwunnen hadd. He bruuk em awers ganz ni eerst to quälen un to vertellen, dat sin Vader ni de Klöökste weer; Herr Meyer stund foorts op un gung mit em. Klaasohm seeg dat un höög sif gewalti un schüer sif de Handen ündern Disch un stött Hansohm an un säd lies to em: „Süh, süh, de Döösbartel kummt richti! Paß op, den will'k awers gehöri an'n Foot rieten!"

„Maak dat man ni to dull, Naawer! Wes man mit Din hundert Mark tofräden!"

„Wat Du wull meenst! Hundert mutt ik noch darbi hebben, denn mag he vör min'thalben lopen! En Denkzettel schall he hebben! If will den Kerl wiesen, dat wi Buern jo ni so dumm bünt, as he wull meenen deit!"

Herr Meyer keem ran. He säd fründli gun Abend un fraag: „Na, Se hebt Lust, en lütt Spill to maaken?"

„Jawaul!" säd Klaasohm grandessi, „ik mugg dat noch ins mit Em versöken!"

„Denn kamen Se man mit; hier geit dat ja ni gut!"

„Wüllt Jüm mit, Kinders?" fraag Klaasohm de Andern.

„Nä, Naawer, dat kannst ni verlangen, wi bünt ja eben eerst kaamen, säd Hansohm.

„Laat doch Hinnerk mitgaan, de kennt ja den Weg! Wi töövt hier op Di!" säd Antjemedder.

„Dat's gut. Na, denn adjüs so lang!"

Un se gungen af. Bi de Döör dreih sik Klaasohm noch maal naa se um un kneep gewalti plietsch dat een Oog tohopen, as hadd he recht den Kaater bi'n Steert.

De Opwaarer keem un broch de Gedränken. Hansohm betaal eerst maal dat Ganze, un so weer dat denn in Ordnung.

„Het He mi keen Waater mitbrocht?" fraag Antjemedder.

„Jawull, Madam, ik maak dat all aapen!" säd de Opwaarer.

„O Gott, o Gott!" kreisch Antjemedder op eenmaal, as de Propp afflog, un sprung van'n Stohl op, bideß Hansohm ganz verblüfft darseet un ni wuß, wat he seggen schull. De Opwaarer tapp ganz ruhi in un säd: „Se mööt dat utdrinken, wenn dat noch bruust, Madam!"

„Jeses, is He klook! Meent He, dat ik kaaken Waater drinken will, dat is ja springend hitt!"

„Gott, dat is ja ganz koolt, versöken Se dat man!"

„Jawull, wi laat uns man ni anföhren, min Leewe!" säd se snippsnuti; „so dumm bünt wi ni! Dat nehm He man wedder mit!"

De Opwaarer gung af. Antjemedder meen nöst, de Appelsinas weern in Hamborg utermaaten wullfeil un de Neihnadels ook, awers dat Waater weer bandi düer; un wenn en Buttel vull hitt Waater all veer Schilling kosten däd, denn weer en Taß Thee gewiß so düer, dat da ganz ni antokaamen weer. Op letzt dügg ehr, en Glas Grog weer ok gut vör den Dörst, un dat weer ja doch eegentli schaad, wenn Klaasohm sin koolt ward.

„Drink dat man ut, Moder, ik will Hinnerk sin nehmen," säd Hansohm; „Naawer winnt in düssen Ogenblick so utermaaten vääl Geld, dat em dat ganz ni op en Glas Grog ankummt; he schall nöst ook orntli utbüren!"

„Jeses, mein Gott, Vader, is dat ni Hinnerk, de dar kummt?" schreeg Antjemedder.

„Waarachti! Dat is he vörwahr! Kaamt de all webder? Dat het ja gau gaan!"

„All webder dar, Hinnerk?" säd Antjemedder.

„Wanem heſt Din Vader denn laaten?" fraag Hansohm.

„Ja, de ſteit buten un töövt!" gnies Hinnerk.

„Wat deit he?" ſchreeg Hansohm verwundert; „de ſteit buten un töövt? Op wakein?"

„Ja, op mi!"

„Op di, Jung? büſt wull döſi!"

„Ja, wi hadden man veer Schilling mehr, un dar kunn ja man een van uns vör ringaan!"

„Minſch, büſt klook! He hadd ja meiſt en hundert Mark bi ſik ſtäken, as wi weggungen!"

„De bünt all futſch!" gnies Hinnerk.

„Wat Deubel, de het he doch ni verſpäält!"

„Jawull, dat is allens verſpäält. Ik ſchull Naawer nu bäden, he mugg mi eerſt maal en bäten Geld doon, dat Vader webder rinkaamen kann!"

„Jeſus Chriſtus, wa kann't angaan!" ſchreeg Antjemedder.

„Dunner! Dunner!" säd Hansohm. „Na, hier is en Daaler, gaa man gau rut, dat Vader webder rinkummt!"

Hinnerk draav af un keem bald webder mit Klaasohm retour. Klaasohm weer ganz puterroth int Geſicht un ſeeg ſo wüthend ut de Ogen, as wull he alle Lüd opfrääten.

„Na, Du heſt em wull gehöri an den Foot räten!" lach Hansohm.

„Junge, Junge, ik bäd Di, ſwieg ſtill," säd Klaasohm haſti, „ik bün gräſi gifti! Wa is min Grog?"

„Ja, den het Moder eerſt maal utdrunken, wakein dach ook, dat Du ſo gau webder keemſt!"

„Denn laat man gau wat webder kaamen. Ik ſegg Di awers, Du mußt van Abend trakteern; ik bün ganz blank!"

„Wa is mögli? Na, arger Di man ni, ik will all utleggen!"

„Jeſes, Jeſes, wat en Stück Arbeit! Ik heff meiſt föfti Daaler verlaaren!"

„Ah Snack, is ni wahr? in den lütten Ogenblick?"

„Magſt wull ſeggen! Dat is noch en groot Glück, dat ik min ander Geld to Huus laaten heff, anders weer ik dat ook los weſen!"

„Na, denn is't ja man gut, dat wi hier beſitten bläben bünt, weern wi mit Di gaan, hadden wi ſacht ook noch wat verſpäält."

„Allens, segg ik Di, ook rein allens! De föfti Mark, de Hinnerk bi sik hadd, gungen ook noch fleuten!"

„Minsch, dat begriep ik ni, segg mi, wa is dat eenmaal mögli!"

„Snack, begriep ik dat? Ik hadd ja jedesmaal min Eid darop naamen, dat ik winnen muß, awers Dreck ook, dat weer ni eenmaal de rechte Kaart! Awers wakein is an dat ganze Malheur schuld?"

— dat weer ni eenmaal de rechte Kaart!

„Na?" fraag Hansohm nieschieri.

„Wakein anders, as de groote Slupp dar!"

„Ik?" säd Hinnerk ganz verblüfft.

„Ja, ja, Du! Magst noch orntli fraagen? Hadst Du Snösel domaals ni de hundert Mark verspäält, weer ik ja ganz gewiß ni op so'n Doorheit stüert! Schuft Di wat schaamen, Slüngel, dat Du so lichtsinni büst! Wa männimaal heff ik Di seggt, dat Du dat verdammte Spälen naalaaten schast! Awers wat de Oellern seggt, dar ward min Dag ni op henhört, nu hebt wi't!"

„Na min Jung, de föfti Daaler maakt Di noch ni arm, hest doch ook Vergnögen darvan hadd!" lach Hansohm.

„Jawull, en schön Vergnögen!" säd Klaasohm wranti, „ik bün richti klook maakt!"

„Na, dat is mit föfti Daaler bischuerns ni to düer betaalt!" gnies Hansohm.

„Dat is schön, nu spektaakel Du man ook noch!" knurr Klaasohm.

„Kinders, wat en Geld! Wat hadd man dar vör'n Barg Appelsinas vör hebben kunnt!" säd Antjemedder.

„Un Reihnaadels, ni, Moder?" lach Hansohm; awers in densülven Ogenblick — he hadd sik en bäten vöröwer buckt, um en Riefsticken to kriegen, un sett sik do wedder daal — in densülven Ogenblick snupp he mit en Geschrigg in de Höchd un maak en Gesicht vuller Wehdaag, he leet sin Piep fallen un greep mit beide Handen naa achtern.

„Mein Himmel, Vader, wat kummt Di an?" schreeg Antjemedder vuller Angst.

„O Gutt, o Gutt, o Gutt!" jammer Hansohm.

„Mein Gott, Naawer, hest doch ni as en lütt Kind . . ." fraag Klaasohm.

„Au — au — de verdammten Naadels!" schreeg Hansohm.

Awers ook so'n Malheur! Dar weer en Packen van de englischen Reihnaadels opgaan, un he hadb sik darop sett.

„Hool man still, min söte Vader, ik will se Di all wedder rutplücken!" begöösch Antjemedder.

„O Gutt, o Gutt, brääk man keen af! Dunner, dat deit awers weh! Is mien Piep heel bläben?"

„Jawull," säd Hinnerk, „dar is noch Glück bi!"

„Au, au, nehm Di doch in Acht, Antje!"

Endli hadd Antjemedder se all ut em ruttrocken un vör sik op den Disch leggt.

„Süst Du wull, Vader, dat se gut bünt!" säd se, „Du meenst, se kunnen nich stäken!"

„Dat heff ik wull markt!" knurr Hansohm. „Ik säd Di dat ja foorts, dat Du so'n Kraam ni kopen schullst! Mi swaan all gliek, dat wi noch en Malheur darmit hebben worden!"

„Awers ik bäd Di, se weern ja so billi, Vader! Na, Du verwaarst se mi wull en bäten, min Hinnerk, ni?"

„Ja, nä . . ." säd Hinnerk un klai sik in den Kopp.

"Do dat ni, Jung, laat se se sülm verwaarn, it segg Di, se stääkt!" waarschu Hansohm.

"Gott, wat Du Di tierst!" säd Antjemedder, "denn nehm it se sülm in de Tasch!"

"Wenn wi nu man eerst den olen Kamödjanten saat hadden, de tein Daler kunnen uns nu gut to paß kaamen!" säd Klaasohm. Se seeten dar, bet de Klock tein weer; se worden möd, awers Directer Herzele keem ni. He kunn dat ja ook ni wäten, dat se op em töben!

"Laat uns man to Huus gaan," säd Antjemedder "wi hojappt hier een gegen den andern an, mi dünkt, morgen is ook en Dag!"

"Dat laat uns", säd Klasohm, "de föfti Daaler, de it ver= späält heff, argert mi so, dat it van Abend doch keen Vergnögen mehr heff!"

Se gungen also rut.

Antjemedder meen, dat weer wull am besten, wenn se wedder en Waagen neemen; Hinnert säd awers, bet naa't Millerndoor wuß he genau Bescheed, dat weer ganz neeg bi, un denn kost dat Fahren lang ni so vääl. Dat dünk se denn ook am besten.

"Du, Hans, wat bünt dar vör lütte Lichter mank de Bööm!" schreeg Antjemedder; "dat is ja jüst so as op Törfmoor bi Abend= tied, bloot dat se ni hen un herloopt!"

"Dat is de Straatenbeleuchtung, Moder!" säd Hansohm.

"Kinderslüd, dar laat uns maal neeger ran gaan, dat möot wi doch maal besehn!"

Se also öwer den Weg naa de Allee rin. Op eenmaal schreeg Klaasohm: "Flotz, kannst ni kieken?"

"Mit wakein snackst Du dar eegentli, Naawer?" fraag Hansohm.

"Ah, dar leep mi jüst so'n Kerl gegen min Kopp an!"

"Den heff it ganz ni sehn!"

"Dar steit he waarachti noch! Tööv, Vetter, it will Di!" schreeg Klaasohm un lang mit sin Stock ut.

"Minsch, dat is ja en Paal!"

"En Paal? Waarachti! Awers nu bäd it jüm, wat schall so'n groot Dings mern op den Weg?"

"Lüd, kiek, dar baaben sitt en lütt Licht op!" schreeg Antje= medder. "Wat het denn dat to bedüden?"

"Deern, Moder, dat is ja graad de Straatenbeleuchtung!"

"Dat? Un dar bruuk se so'n groten Paal to, um so'n lütt Licht optostäken?"

„Dat magst wull seggen, Naawersch; dar muß eegentli en Lücht bihangt warden, dat man den Paal ook sehn kann!"

As se bi't Millerndoor ankeemen, schreeg Hansohm op eenmaal:

„Dunner, dat kummt mi hier so gräsi bekannt vör! Naawer, bünt wi hier ni all maal wesen?"

„Ja, ja — dat weer — tööv maal! Ach, nu weet ik all, hier mussen wi ja bomaals dat Entrée betaalen, as wi in de Stadt wulln!"

„Dunner, dat is ook ja wahr, bomaals weer ja noch de Doorsperr!"

„Hört maal, Kinders, jüm Woort in Ehren, awers ik heff dat jümmers seggt, dat kann ik ni globen!" säd Antjemedder.

„Is dat ni wahr, Hinnerk?" schreeg Klaasohm.

„Un wenn jüm dat ook dusendmaal seggt, de Saak will mi ni in den Kopp rin! Se hebt jüm bloot wat wieß maakt!"

„Na, töövt, denn wüllt wi foorts maal den Mann fraagen, de dar kummt, denn schast sülm hören!"

Un Klaasohm säd to en lütten Kerl, de op se tokeem:

„Nehm He dat ni vör ungut, Muschü, awers weer hier ni vör wücke Jahren noch Doorsperr? Min Naawer sin Fru dar will dat ni globen!"

„Weer?" säd de Mann barsch. „Hebt Se denn keen Teeken kofft?"

„Teeken? wato?" säden Klaasohm un Hansohm all beid un maaken en verblüfft Gesicht.

„Se bünt doch fremd hier, ni wahr?" säd de Mann.

„Ja, dat bünt wi!"

„Na, denn möt Se ook noch pro Mann en Dubbelschilling betaalen! Eegentli bünt Se all straaffälli, awers dat schall noch maal so gaan, wiel Se dat ni wußt hebt! Hier is dat Teeken!"

„Dunner!" säd Klaasohm un klai sik in den Kopp; „ik heff doch lesen, de Doorsperr weer afschafft?"

„Min beste, dat is bloot vör de Hamborger Borgers; Fremde mööt betaalen. Hier bünt veer Teeken!"

„Awers dat is ja gar keen Gerechtigkeit!" säd Hansohm.

„Gerechtigkeit? Wat! Se wüllt hier noch orntli Gerechtigkeit verlangen? Se bünt ja wull dull! Wenn Se noch lang wat to Koop hebt, laat ik Se arreteern, weeten Se dat!"

„Gott, doch man ni gliek so bös, lütt Mann, dat wussen wi ja ni!" säd Hansohm. „Wavääl mööt wi betaalen?"

„Man acht Schilling."

„Hier!" säd Klaasohm; „ward uns dat Teeken ook wedder affördert?"

„Nä, dat künnt Se geern wegsmieten, dat hebt de Fremden frie krägen."

Darmit gung de Mann weg.

„Stääk se man lewers in de Tasch, Naawer," säd Hansohm, „man kann ni wäten, he maakt vorlicht Exküsen, un nösten mööt wi noch maal betaalen!"

„Na, wat seggst Du nu, Naawersch?" säd Klaasohm.

„Ja, Kinders, wenn ik dat ni sülm sehn hadd, word ik dat ni gloovt hebben!"

„Süh, bi düt Huus müssen wi dat Teeken wedder afgeben! Schall mi doch maal verlangen, ob de Kerl uns wat vörlaagen het!"

„Laat uns man ganz liekmöbi langs gaan, dat is wull dat beste. As dat schient, kummt dar keen rut!" säd Klaasohm.

„Nä; hier bünt wi all opt Markt, dar is man ja frie!" säd Hansohm.

„Dunner, dar bünt wedder Appelsinen!" schreeg Antjemedder, „dar mutt ik mi noch gau en paar van kopen!"

„Fritt man ni to vääl, Moder, wenn ik Di raaden schall!"

„Ach wat, de bünt gesund!"

Se propp sik all de Taschen vull, un do fahren se wedder naa „Stadt Kiel" torügg. De nette Opwaarer keem wedder rutlopen, maak den Wagenslag aapen un fraag ook, op he den Fohrmann betaalen schull.

„Jawull, man to!" schreeg Klaasohm foorts.

„Gev awers doch den Kutscher en Drinkgeld, Vader!" säd Antjemedder, un Hansohm drück den Fohrmann en groten Schilling, den man in Düstern vör'n Duppelten ansehn kunn, in de Hand. Da gungen se denn rin.

„Na, dar bünt wi all wedder," säd Antjemedder to den Weert. „He het wull all op uns luert, wa?"

„O, vör min'twegen hadden se geern morgen fröh eerst kaamen kunnt; een van de Lüd mutt jümmers opsitten, bet alle Gäst to Huus bünt!"

„Nä, dat is nett van Em! Awers wi weern ook möd, wi hebbt düchti wat rumstaakt, ja!"

„Dat schull ik meenen, un mi dünkt, Moder, wi gaat foorts naa uns Stuv rop!"

"Dat laat uns. Na, gun Nacht, min Leewe, gun Nacht, ook angenehme Ruh!"

De Opwaarer lügg se rop naa ehr Stuv, wa all dat Gas anstäken weer.

"Gott sei Dank, dat wi hier bünt," säd Antjemedder, "min Been sangelt mi all!"

"Laat doch endli maal dat Appelsinafräten naa, Moder!" waarschu Hansohm, "dat kann un kann ja ni gut gaan! Hest all en ganz Stieg verputzt!"

"Büst wull ni klook! Mehr als ölm heff ik doch ni op; een will'k noch äten, denn is dat Dutz vull!"

"Jeses, wa kummst bi de Kaarten, Klaasohm?" fraag Hansohm.

"Gott Du, de het de Kerl mi schenkt, as he mi all min Geld afnaamen hadd. Ik mutt dat noch ins versöken!"

"Hest noch ni nog darvan, Minsch?"

"Dat schull ik meenen, um Geld spääl ik in min ganz Leben ni wedder! Ik begriep dat ganz ni, wa dat angaan kann! Süh maal her! Kiek in düsse Hand heff ik een Kaart, in de twee. Nu paß maal op, wa Ruthen henfallt! — So nu segg!"

"Na, dar is ja nix bi, hier is he!"

"Vörwahr! Nu do Du dat maal!"

Hansohm däd dat, un so gau he de Kaarten ook daalfallen leet, Klaasohm raad jümmers de rechte. — "Is doch snaaksch, wa kann dat eenmaal angaan!" schreeg he. "Jedesmaal, wenn de Kerl dat däd, weer it verkehrt un muß betaalen! Dat kann ja meist ni mit rechte Dingen togaan!"

De Döör gung apen un de Opwaarer keem. "Nehmen Se dat ni vör ungut, dat ik noch maal stören do," säd he, ik heff dat ganz vergäten, dat Fremdenbook to bringen!"

"Wat is dat vör'n Ding?" fraag Hansohm.

"O, dar brunken Se man bloot ehrn Naamen intoschrieben, wieder nix! Dat is man bloot van wegen unse Polizei."

"Ja nä, dat is doch so'n Saak!" säd Hansohm un klai sik in den Kopp; wa künnt wi so wat ünderschrieben! Un de Polizei hier geit uns ja ook ganz nix an!"

"Wenn ook ni, awers dat hört sik so, man bloot van wegen de Richtigkeit!"

Hansohm bläder en bäten in dat Book rum un klai sik wedder in den Kopp und säd endli: "Ah, dat deit ook wull ni nödi, wa? Dar staat ja all Naamens genog in!"

„Dat mutt awers sin!"

„Ja nä, ik weet ni, ik mutt seggen, ik do dat lewers ni! Wenn man eenmaal so'n Dings ünderschräben het, denn is man ook an de Saak fast!"

„Ja, dat deit mi leed, awers wenn Se dat ni doot, dörf de Weert Se de Nacht ni hier beholen!"

„Dat weer ja doch dull! Awers schräben is doch jümmers schräben! Kann He dat ni ook doon, ik gev Em ook en Mark!"

„Den Gefallen will ik Se all geern doon."

„Na, denn man to! Awers schriev He unse Naamen so, dat nüms se orntli lesen kann, wat? Dat schall Sin Schaad ook ni wesen! Paß op, den Elmshörner Schoster sin Naam fallt mi ook noch wedder bi!" — —

Antjemedder hadd all de Tied öwer ganz muusstill dar säten un en Gesicht maakt, as feil ehr wat. Bideß de Opwaarer bi't Schrieben weer, wünk se Hansohm to sik ran un säd em wat int Ohr. De schreeg foorts: „Heff ik dat ni seggt! Heff ik Di dat ni seggt!"

„So swieg doch still, Minsch!" säd Antjemedder.

„Säd ik dat ni, dat dat darvan kaamen wull, awers Du wullst ja ni hören, Moder!"

„Jeses, so wes doch ruhi!" tüsch Antjemedder.

Un as de Opwaarer mit dat Schrieben klaar weer, dar trock em Hansohm bi Siet un püsper em wat int Ohr.

Un do säd de Opwaarer, he schull man mit em kaamen, un Hansohm gung mit em rut. Naa en lütten Stoot steek he den Kopp to de Döör rin un wünk Antjemedder ganz geheemnißvull mit de Hand, un dar leep se gau rut, un dat duer man en lütten Ogenblick, dar keem he alleen wedder retour. Klaasohm, de all de Tied öwer de dree Kaarten denn maal opnaamen un denn maal wedder daalsmäten hadd, weer van all dat nix wieß worden; he simmeleer jümmers daröwer naa, wa Herr Meyer dat eenmaal maakt hadd, un kunn dat ganz ni klook kriegen. Nu eerst keek he op un mark denn, dat Antjemedder ni dar weer. „Wa is Din Fru, Naawer?" säd he.

„Kannst Di wull denken, Minsch, dat muß wull darvan kaamen! Ik waarschu ehr ja, se schull ni so vääl Appelsinen fräten, awers dat Wiewervolk will ja min Daag ni ophören! Nu hebt wi dat!"

„Ach so. Mi dünkt, wi gaat nu to Bett, ik krieg dat van

Abend doch ni mehr rut, dar mutt en Knääp bi wesen, anders begriep ik dat ni."

„Schall'k de Lichter anstäken, Vader?" fraag Hinnerk.

„Jung, büst ja wull mall! Wi laat de Döör en bäten aapen, denn künnt wi genog sehn. Laat uns man jo spaaren, wa wi künnt!"

„Schön, in wat vörn Bett wullt Du denn liggen, Vader, bi't Finster oder bi de Wand?"

„Sleef, Du büst ja wull rein ni kloof! Meenst, dat mi dat Geld ut den Puckel wassen deit? Wi slaapt beid in een Bett, versteit sik!"

„Ja, awers wenn wi dar man beid in liggen künnt, Vader, dat Bett is gewalti small."

„Ach wat, wi kniept uns en bäten tohopen. Een Bett un een Licht künnt wi gern spaaren, denn köst uns dat hier ni so vääl!"

Antjemedder keem nu ook wedder, un de meen, dat wer doch wull bäter, wenn se een van de Lichten, de op de Kommod stunden, anstäken däden, anders muß nöst noch een van se wedder ut Bett rut un de Lamp utmaaken. Dat weer denn ook ja ganz vernünfti. Se steek denn dat een Licht an un böör nu de Glasglock van de Lamp raf. Do maak se denn den Dumen un tweeten Finger natt un wull dat Gaslicht utkniepen. Awers se kneep un kneep, un dat gung ni ut, un endli brenn se sik gehöri de Finger, dat se luut ut schreeg. „O Gutt, o Gutt!" kreisch se un steek de Finger in den Mund, um de Wehdaag ruttosugen.

„Theeputt, kannst ni maal dat Licht utmaaken? laat mi man!" säd Hansohm, un de maak dat ebenso! he kneep un kneep un kneep, bet he sik ook verbrennt hadd un mit de Hand in de Luft rumslenker.

„Dunner, Dunner, dat is ja en snaaksch Licht!" säd he endli ganz verwundert. „Denn mööt wi dat wull utpußen." Un he puuß un puuß, un Antjemedder fung ook an to blaasen, awers dat wull allens ni hölpen.

„Jeses, Klaasohm, kumm gau maal her! Kannst Du dat Licht utmaaken?" schreeg Hansohm.

„Tööv man en Ogenblick, ik pack jüst unse Tüffeln ut!"

Holten Tüffeln hadden se sik op sin Raat mitnaamen, wiel se so wat in Hamborg ni hadden. Naa en lütten Stoot keem he denn anslarrt un broch Hansohm un Antjemedder ehr Tüffeln mit.

„Wat is dar los?" fraag he.

„Minsch, kannst Du dat Licht hier utdoon? Wi künnt dat ni!"

„Wullt mi doch ni vörn Narren holen, Naawer?"

„Nä, nä, weiß Gott, wi bünt dat ni kumpaabel! Hebt uns all gehöri de Finger verbrennt!"

„Na, dat mutt ik seggen, Du bist en schönen Kerl! Den Deubel, en Vullmacht in Winbargen kann ni maal en Licht utdoon! Dat laat man jo keen wäten, anders sett se Di noch wedder af! Süh, so mußt dat maaken!"

Un Klaasohm maak ook sin beiden Finger natt, as de Andern dat daan hadden, un kneep un kneep un kneep, bet he sik gehöri verbrennt habb.

„Au, den Dunner!" schreeg he un kneep mit de ander Hand sin Fingern tohopen, um de Wehdaag uttodrücken. „Jeses, dat is ja dösi! Dar is ja gar keen Ducht in, as dat schient!"

„Nä, dat is ook ni! Gott, wullt Du wull globen, dat is Gas!"

„Vörwahr, dat is dat am End ook!"

„Kinders, wat fangt wi darbi an?" fraag Antjemedder.

„Ah wat, Hinnerk weet vorlicht damit Bescheed, de is ja van't Summer hier wesen. Hinnerk! min Jung, kumm gau maal her, hörst Du!"

Hinnerk keem op sin holten Tüffeln antrufft un fraag, wat he schull. As sin Vader em nu säd, he schull dat Licht dar maal utmaaken, dar keek he em ganz verwundert an un wuß ni, weer dat Spaaß oder Ernst.

„Man to, man to, min Jung," säd de Ool, „wi künnt dat ni!"

Hinnerk gnies ganz smäri, maak de Finger natt un fung an to kniepen; awers dat duer man en Ogenblick, dar steek he ook — hest Du ni gesehn — de ganze Hand in den Mund un böör sin een Been in de Höchd un trock sin Gesicht kruus, as schull he pruußen. He kunn dat ook ni.

„Christuskinders, wat fangt wi darbi an!" schreeg Antjemedder. „Utpußen geit ook ni, dat hebt wi all versöcht!"

„Ah wat, dat mutt doch op een Wies uttokriegen wesen, dat brennt doch ni in alle Ewigkeit!" säd Klaasohm. „Laat uns man maal all veer to glieker Tied pußen, denn schall dat wull utgaan! Kaamt man! Hollt een, hollt twee un hollt — dree!"

„Endli!" säd Antjemedder.

"Sühst Du, Naawersch, dat geit! Man mutt dat bloot kennen!"

"Kiek ook doch man lewer in dat Rohr rin, op dat Füer ook rein utgaan is, dat wi van Nacht hier keen Malheur hebt!" bäd Antjemedder.

"Nä, min Deern, da kannst Du ruhi wesen, dat is bi Gas — o Gott!" un in densülven Ogenblick schreeg he lut ut un dümmel torügg un faat sik an de Näs. "Dunner!" schreegen de Andern. Klaasohm weer mit dat Licht dicht an't Rohr kaamen un op eenmaal weer em en grote Flamm jüst liek int Gesicht schaaten.

"Jeses, wat heff ik mi verschrocken!" schreeg Klaasohm.

"Kinders, Kinders, wat fangt wi darbi an!" kreisch Antjemedder vull Angst.

"Na, denn mööt wi noch maal klingeln, dat de Opwaarer dat utmaakt, wi bringt dat ni farri!" säd Hansohm. He trock an den Knoop, un dat duer ni lang, dar keem de Opwaarer. He wies se denn nu, dat se man bloot en lütte Schruv umtodreihen hadden, denn weer dat ut. Antjemedder wull sik dat partout ni ut den Kopp snacken laaten, dat Füer seet int Rohr, un öwer Nacht worden se alltohopen verbrennen. Dat duer lange Tied, eh se sik wedder begööschen leet, se bleev awers darbi, dat muß noch maal en groot Malheur afgeben, wenn ook jüst de Nacht ni; dat kunn ja ganz ni anders lopen.

Endli gungen se denn to Bett, awers dat duer noch lang, ehr se slaapen däden. Klaasohm un Hinnerk hadden in dat een Bett ni recht Platz, wenn se sik ook noch so dull tohopenkniepen däden; Klaasohm weer so gewalti dick. Bald schreeg Hinnerk: "Vader, dräng doch ni so, ik lieg all op den Rand!" un Klaasohm brumm denn: "Ik mutt hier doch liggen künnen, Jung," — bald jammer Hinnerk: "Vader, o Gott, ik verkööl mi, Du hest ja meist all de Dääk!" un de Ool tröst em: "Mußt Di naa de Dääk strecken, Jung!" — "Wa kann ik dat, ik heff ja gar keen!" säd Hinnerk. — "Kann ik wat davör, dat se so small is, Döösbartel, heff ik se maakt?"

"Ach Gott, schall ik mi ni in dat ander Bett leggen, Vader?"

"Understaa Di dat maal!"

"Awers ik verkööl mi so!"

"Ach wat, nümm min Rock un deck Di darmit to! Nu hol Din Rand, ik will slaapen!"

In de ander Stuuv stöön Antjemedder: "Ach Gutt, ach Gutt, wat heff ik en Lieweh!"

„Heff ik Di dat ni seggt!" schull Hansohm.

„Ach Gutt!"

„Dat muß dar wull van kaamen, awers Du wullst Di ja ni beseggen laaten!"

„Ach Gutt, ik kann dat meist ni utholen!"

„Na, Du weeßt ja Bescheed."

„Ach min söte, gude Vader, kaam mit, mi graut so alleen!"

„Dat kannst ni verlangen, min Deern! Gaa man driest los, Di deit keen Minsch wat!"

Antjemedder bäd un pracher noch en ganze Tied, awers dat hölp nix; dat duer ni lang, da hör se em saagen, un se word jümmers slechter un elendiger, bet se op eenmaal so gau as en Blitz ut Bett swupp un schreeg: „Jeses, min Tüffeln!" un in vullen Draav ut de Stuv rutleep.

Dat veerteinst Kapitel.

Wat se sik hebt. — De schöne Liekdorn! — Jungfernstieg. — In'n Schirmladen. — Swin, wat kikst! — Ultimo! — De Prüntje. — Hoppenmarkt. — Klaasohm krigg't wat op't Jack. — De Petrikark. — Mist. — Table d'hote. — De Jespudding. — Wa't in Hamborg togeit. — Panorama. — Dat Hydrooxygen-Mikroskop. — Dammi, laat dat aasige Tuten. — Das größte Wunder des Jahrhunderts. — Madame Eugenie. — Klaasohm verköölt sik ook. — Füer! Füer! — De leege Hinnerk.

Den andern Morgen Klock süss waak Klaasohm all wedder op van dat Truffenvonholten Tüffeln.

"Wakein is dar?" schreeg he.

"Ach Gott, min gude Naawer, ik büün dat man!" säd Antjemedder ganz klägli.

"WatDunner, all op, Naawersch?"

"Ach du mein Gott, ik arm Minsch heff de ganze Nacht keen Slaap in de Ogen krägen! De verdammten Appelsinen!"

"Heff ik dat ni seggt!" schreeg Hansohm, de ook all waak weer.

"Wakein kunn dat ook wäten!" säd Antjemedder.

"Ja, ik säd Di dat ja, Moder!" säd Hansohm.

"Ach, dat's en Snack! Awers schändli, un wenn ik ook noch so sachten op min Tüffeln ut de Stuv gung, denn maaken de Lüd bald hier, bald dar de Döör aapen un schulln un schimpen, ob de Scandaal noch ni bald en End hadd, jüst as wenn ik dar to min Pläseer spazeeren gung!"

"Ik säd Di dat ja, hadst Du mi hört, Moder!"

"In min ganz Leben äät ik keen Appelsinas wedder" säd se un steek Licht an. "Mi dünkt, jüm schulln nu ook man opstaan, dat ward all hell!" säd se. De Andern meenen ook, dat word wull all Tied, de Kaffee müss ja bald kaamen, un so trocken se sik an. Dat duer ni lang, dar truffen se all veer mit ehr holten Tüffeln in Hansohm sin Stuv rum. Hinnerk hadd sik gräsi verköölt, he weer so heesch, dat he knapp luut warden kunn. In de Stuv weer dat ook koolt, un um de Warms to holen, gungen se all veer op un daal un slogen sik mit de Arms öwer de Bost. — Dat duer denn ni lang, dar klingel dat allerwegens int Huus, un so dünk Klaasohm, kunnen se ook maal an de Klock rieten, dat de Kaffee brocht ward; denn de weer gewiß all lang klaar. Naa en lütten Stoot keem denn de Opwaarer, awers he seeg lang ni so vergnögt un fründli ut, as den Abend vördem, un dat klung orntli verdreetli, as he gun Morgen säd.

"Mein Gott, nu ward ik awers kloof!" schreeg he forts.

"Na, wat denn nu?" fraag Klaasohm.

"Klingelt de Lüd mi hier ut Bett un wüllt all van mi wäten, wakein de ganze Nacht den grooten Spectaakel maakt het! Mein Himmel, Se loopt hier op holten Tüffeln rum?!"

"Nu, dat is doch wull ni verbaaden!" säd Antjemedder kort.

"Na, verbaaden jüst ni; awers dar kann ja doch keen Minsch bi slaapen!"

"Gott, wat de Lüd sik hebt!" säd Antjemedder snippsch.

"Ik heff ganz schön darbi slaapen!" säd Hansohm.

"Ik ook!" stimm Klaasohm bi; "un Du, min Hinnerk?"

"Ik ook, bloot dat weer man so bandi koold!" kreisch Hinnerk. heesch, as hadd he Krieb fräten.

"Is de Kaffee klaar?" fraag Klaasohm.

"Gliek, ik will em haalen!" säd de Opwaarer.

Se schulln bi de Gelegenheit awers ook to wäten kriegen, wat "gliek" bi en Opwaarer to bedüden het, denn dat duer meist en Stund, eh he wedder keem.

An den Kaffee plegen se sik awers, un he smeck se so schön,

dat se sik noch een Portschoon bringen leeten. As se endli satt weern, dar sung Antjemedder op eenmaal an to jammern: „Ach Gott, wa min Fritz nu wull is!"

„Dunner, dat's ook wahr, dar hebt wi güstern ganz ni an dacht!" säd Hansohm.

„Wa schüllt wi em in so'n grote Stadt finden, dat is ja ganz ni minschenmögli!" meen Antjemedder.

„Na, Moder, wenn Jan Kunrad em hier tweemaal bemött het, denn möt wi em doch ganz gewiß eenmaal dräpen, denn wi bünt ja sin Oellern!"

„Dat het nix to seggen!" meen Klaasohm; „find't wi em ni op de Straat, denn glückt uns dat sacht van Abend in'n Dom!"

„Gott gäv dat," snucker Antjemedder.

„Na, Moder, laat din Liern man naa, ik heff tweehundert Speetje mitnaamen, dar künnt wi dat hier sacht all en Tied vör maaken, un Du kannst Di dar op verlaaten, wi gaat ni eher wedder weg, as bet wi unsen Jungen hebt!"

„Ach, min söte Vader, Du bist doch gut!" säd Antjemedder un drück em de Hand.

„Wes man ni bang, Naawersch", tröst Klaasohm, „wi wüllt em all finden! Nu awers man munter!"

„Weer't ni bäter, wi fraagen maal op de Pullezei, de wäät ja allens?" säd Antjemedder un wisch sik de Thraanen ut de Ogen.

„O, jo ni!" schreegen Hansohm un Klaasohm meist to glieker Tied, un Hansohm säd: „Eerst wüllt wi em sülm naaspören; wenn uns dat ni glücken deit, denn is dat wat anders, da möt wi ja!"

„De Ansicht bün ik ook, Naawersch; mit de Pullzei mag ik ni geern wat to doon hebben!"

Se gungen nu denn hendaal un fraagen nern, wanneer denn ääten word, un do säden se den Weert adjüs. De klopp Klaasohm denn op de Schulder un säd, he schull sik in Acht nehmen, dat he ni to Fall keem.

Klaasohm, de dat anders verstund, gnies un säd: „Na, na, wi bünt ja ole vernünftige Lüd, un denn is se ja bi uns!"

Buten keeken se eerst maal in't Wetter. „Ik gloov, wi kriegt van Daag noch Unwetter," meen Klaasohm, min Liekdoorn jöökt mi vääls to dull!"

„Dat is ganz ni mögli, Naawer, de Luft is to hoch!" säd Hansohm, de sik ook bandi op dat Wedder verstund.

„Na, schast sehn, dat ward Dauwedder!"

"Wat schult man ni, dat ward krall freeren, segg ik Di!"

"Un Du schast sehn, dat ward Dauwedder, min Liekdoorn het mi noch ni eenmaal bedraagen!"

"Gaa doch mit din olen Liekdoorn!"

"Oho, schust wülln, dat Du so een habst, Vetter!"

Eeni warden bäden se sik natürli ni, keen een wull van sin Globen laaten. Se keemen nu bi lütten naa den Jungfernstieg hen.

"Nu wüllt wi Di awers Hamborg wiesen, Moder," säd Hansohm; "Klaasohm un ik weet hier Bescheed!"

"O Gott, wat is dat vörn groot Waater!" schreeg Antjet medder, as se de Alster seeg: "Kinders, noch maal to, dar gei=ja wull de Weg naa Amerika to?"

"Hest raaden, Naawersch, dat is de Elw!"

"O Gott, ik meen, dat dar so vääl Schääp leegen? Jüm snacken van väle Dusend, un dar bünt ja man en Stücker fief?"

"Ja, Moder, mußt denken, dat's ja Winter!"

"Awers domals weern jüm ja ook in Winter hier!"

"Dat is wull wahr, Naawersch!" säd Klaasohm; "awers sühst Du, mit so'n Schääp geit dat jüst so as mit den Fohrmann! Bald bünt all sin Peer op den Stall, bald gar keen, all as se to doon hebt; de Schääp bünt nu wull all ünderwegs!"

"Ach sodenni."

"Dünk Di dat ni ook, Klaasohm, dat sik dat hier bi'n Haaben in de paar Jahren bandi verändert het?" säd Hansohm.

"Ja, ja, dat is mi nok all opfullen! Wat vör prächtige Hüüs dar kaamen bünt, un in so'n korte Tied!"

"Ja, ja, de bud gauer as wi; in veer Wääken, hef ik in de "Reform" lest, is en groot Huus klaar!"

"Un um fiev Wäken fallt dat all wedder daal!" lach Klaasohm.

"Jeses, is doch ni wahr?!" schreeg Antjemedder angst.

"Dat is gewiß, Naawersch! Jeden Ogenblick steit ja in de Bläder: "Ein großes Haus ist gefallen, und es heißt, daß mehrere andere dicht vor dem Sturze sind!"

"Je, ach je, Kinders, denn laat uns doch gau naa de ander Siet röwer gaan! Wenn uns nu dat Malheur passeer, dat uns so'n groot Huus op den Kopp full, wat denn!"

"Dat het sacht keen Noth, laat uns man lewer naa unse Fööt kieken, Naawersch, da is hier bandi glatt!"

"Dat is dat ook, Klaasohm, awers weeßt, dat weer hier damaals ook so! De Hamborgers mööt gut glitschen künnen, anders muß ja jeden Ogenblick een op de Näs fallen!" säd Hansohm.

„Dat künnt se wull; awers vant Fahren mööt se ook gar nix verstaan, alle Näs lang hört man meist in de Zeitung, de un de het „umsmäten!" meen Klaasohm.

„Süh, gun Dag, Herr Vullmacht!" säd op eenmaal en jungen Minschen, de bi se vorbileep.

„Herr Vullmacht?!" schreeg Klaasohm un dreih sik gau um un keek em ganz verwundert naa. „Dunner, de kennt mi?"

„Se kennt Di hier wull all, Naawer!" drauh Antjemedder, „wat Du un Vader domaals wull vör Sätz maakt hebt!"

„Mein Gott, wa kannst Du so wat denken!" säd Klaasohm un kleur orntli en bäten op.

„Ja, ja, ik tru jüm ni, jüm bünt beid en Paar Knäwels, wenn jüm in't Geschirr gaat!"

„Wakein dat wull eenmaal wesen is!" säd Klaasohm.

„Gott, dat's ja eendoon, laat uns man wieder gaan, wat is dar denn groot bi to verwundern, in Meldörp kennt Di ja ook de meisten Lüd!"

„Snaaksch eegentli, dat wi Wiezel hier nargens seht!" säd Klaasohm.

„Na, de is am End wegtrocken!"

„Wenn ook, awers sin Huus muß dar doch wesen!"

„Dat hebt se wull umräten! Wenn man bedenkt, Klaasohm, dat hier een Palast bi den andern is un dar lieköwer in Steenwarder en ganze Reeg prächtige Hüüs staat un sogar en grote Brügg öwer de Elw is, denn drööft man sik daröwer ni verwundern!"

„Dunner, Naawer, „Streits Hotel?". Stund dat ni domaals op den Jungfernstieg?"

„Ja gewiß! Süh, dat hebt se also ook hierher verleggt! Kinders, wat het sik dat eenmaal verändert!"

„Van Summer weer düt noch de Jungfernstieg, Vader!" kreisch Hinnerk.

„Dat's wull mögli, min Jung, awers dat is all wat her! Mi dünkt awers, Du schust den groten Prüntje ut Din Mund nehmen, dat süht ganz meschant ut, un man kann Di so all knapp verstaan!"

„Da smeckt so schön, Vader!" kreisch Hinnerk.

„Da begriep ik ni; de Knutz ward bi Di van Dag to Dag grötter, Du nümmst wull all en halv Vertelpund op eenmaal!

Kunnst dat ook doch en bäten sachter angaan laaten! Also van't Summer weer düt noch de Jungfernstieg?"

„Ja, un desülwen Hüs stunden ook all dar!"

„Dat kann'k mi ganz ni denken, Jung! Wüllt maal den Mann dar fraagen! Ach, hör He maal, lütt Mann, wa heet düsse Straat hier?"

„Jungfernstieg!" weer de Bescheed.

„Sühst Du?" kreisch Hinnerk.

„Snaaksch! Na, min'twegen is düt de Jungfernstieg, — awers — denn hebt se den Haaben hierher verleggt!"

„Dat hebt se wull, Naawer, un mi dünkt, hier maakt he sik vääl bäter!"

„O Gott!" schreeg Antjemedder op eenmaal un greep Hans= ohm an'n Arm; „in'n Ogenblick weer ik fullen! Wat is dat hier glatt!"

„Haak mi man leewer in, Moder, dat Du ni fallst!" säd Hansohm.

„Jeses, Hans, büst klook! Wat schulln de Lüd darvan denken!"

„Laat se denken, wat se wüllt, dat geit uns nix an!"

„Ja, Di is jümmers allens eendoon, awers ik heff keen Lust, mi utlachen to laaten!"

„Gott, Naawersch, uns kennt hier ja keen Minsch!" säd Klaasohm.

„Süh, gun Dag, Herr Vullmacht!" schreeg en jungen Minschen, de in den Ogenblick vorbileep.

„Herr Vullmacht? Wat Deubel — de kennt mi ook!" schreeg Klaasohm ganz verblüfft un keek em verwundert naa.

„Dar sühst Du't all, ob se uns kennt!" lach Antjemedder.

„Ja, dat is richti snaaksch, wakein dat wull weer?"

„Nä, Vader, wenn man vör't Altar geit, um sik truen to laaten, denn faat man sin Mann wull in den Arm, anders hört sik dat denn doch ni!"

„Dat seeg ik ni in, Moder, hier in Hamborg doot se dat doch ook!"

„Dat's mi eenerlei, awers bi uns is dat keen Mod! Ik bäd Di, wat word dat in uns Dörp vör Snack afgeben, wenn se dar to wäten kreegen, wi hadden hier Arm in Arm gaan!"

„Na, wenn Du ni wullt, denn laat naa; ik gaa ook ja so geern alleen! Nümm Di man bloot in Acht, dat. Du ni fallst!"

„Dat het sacht keen Noth, ik stütt mi op min Scherm!"

Piening, De Reis. 18

„Laat uns man lewer naa de anber Siet röwer gaan, Kinders, dar liggt noch de Snee van vergangen Nacht, dar is dat bäter to gaan!" meen Klaasohm, un se gungen naa de ander Kant, wa denn ook en bäter Patt weer.

„O Gott!" schreeg Klaasohm op eenmaal, un dar sus he op sin bree Bookstaaben op en Glitsch lang, de he van wegen den Snee ni hadb sehn kunnt.

„Na, dat laat de Pullezei awers ni sehn, dat Se hier glitschen doot! Weeten Se ni, dat dat verbaden is!" säb en lütten Schosterjung, de jüst vöröwergung.

„Heft doch nix krägen, Naawer?" fraag Hansohm, de em mit Hinnerk wedder op de Been hölp.

„Dammi, so'n Skandaal!" schreeg Klaasohm gifti, „Glitschen mern op't Trottoir!"

„Schändli, dat so wat läden warb!" säb Antjemedder.

„Na, freut mi, Naawer, dat dat noch so gut aflopen is!"

„Gut aflopen? Wat schull dat man ni! Schust man maal wäten, wa mi de Knaaken achter weh deit, min Jung! Den eersten Bengel, den ik hier op't Trottoir bi't Glitschen drääp, will ik mit min Handstock sodenni een öwertrecken, dat he an mi denken schall! Dat is ja en Skandaal, man kann ja Arms un Been darbi bräken!"

„Wat is dat vörn Straat dar, Kinder?" fraag Antjemedder.

„Dat is de Neuewall, Moder, dar wüllt wi maal lang, wat, Naawer?"

„Mi is dat endoon, wa wi to Fall kaamt!" brumm Klaasohm.

Se also darhen. Antjemedder bleev meist vör jeden Laaden staan un wull sik rein de Ogen utkieken. Jeden Ogenblick muß Hansohm to ehr seggen, se mugg doch mitkaamen, awers se meen, se müß doch ook wat bekieken, wiel se in Hamborg weer; se schull ehr ja ook nix koopen, awer besehn wull se dat doch. Dat hölp allens nix, wenn Hansohm se eben wedder in Gang brocht hadd, denn bleev se forts wedder van frischen staan; dat buer meist en Stund, eh se de Straat hendaal keemen.

Op eenmaal schreeg Klaasohm: „Heff ik dat ni seggt, heff ik dat ni seggt!"

„Na?" fraag Hansohm un keek em verwundert an.

„Sühst Du wull, dat dat snien deit, mein Junge?"

„Vörwahr! Awers ik gloov, dat krömelt bloot en bäten, schast sehn, dat hört bald wedder op!"

„Oho, min Jung, kiek maal!"

„Waarachti, dat warb en orntliche Sneeflucht! Dat habb ik ni dacht!"

„Ik säd Di dat ja, Vetter, min lütten Liekdoorn warnt jümmers vör! Wenn he mi ook bischuerns gräsi weh deit, mugg ik em doch vör keen Geld missen!"

„Kinders noch maal to, dat warb ook regen!" schreeg Antjemedder.

„Dunner ja!"

„Heff ik Di dat ni seggt!" schreeg Klaasohm vergnögt.

„Ja, ja, Minsch, schast ook Recht hebben, segg uns man bloot, wa fangt wi dat an, dat wi ni natt warb!"

„Ach Gott, min schöne Snipp!" jammer Antjemedder.

„Du hest ja en Scherm in de Hand, spann em doch op!" säd Hansohm.

„Büst ni klook! Meenst, dat he ook natt warden schall?"

„Jeses, wa hest em denn anders to?"

„Dat's eenerlei, ik heff em all twinti Jahr, un noch is he ni eenmaal opspannt worden, de schall mi waarachti ni natt warden!"

„Süh, dar is en Schermladen!" säd Klaasohm; „laat uns dar so lang ringaan, bet dat Schuer vöröwer is! Vör't Finster steit dar ook, as ik all op so väle Städen sehn heff, „English spoken here," ik mugg geern wäten, wat dat vör'n Waar is; wi künnt uns dar ja'n Warf mit maaken! Laat uns man rin gaan!"

De Schermverköper reet sin Gesicht foorts so fründli as en Ohrworm in de Breed, as he so vääl Minschheit op eenmaal in sin Laaden kaamen seeg.

„Gun Dag!" säd Klaasohm. „Dat is ja en gruli Wedder!"

„Dat is dat! Bitte, Madame, nehmen Se Platz!" schreeg he.

„Ja, nä —" säd Antjemedder en bäten verlegen.

„Setten Se sik doch, Madam, dar künnt Se eben so gut de Waar bi ansehn!"

„Ja, nä —" säd Antjemedder noch ins un dat en bäten bedenkli, denn se wull ja nix kopen.

„O, geneeren Se sik ni, min lewe Madam, dat Ansehn kost ja nix!" säd de Koopmann kumpläsant. „Föhlen Se maal, wat vör'n prächtige Waar!"

„Dat is en bandi fründlichen Minschen!" dach Antjemedder bi sik sülm un fööl dat Siedentüg an.

„Dick, ni wahr, Madam?" fraag de Koopmann blied.

„Ja, de Sied is gut, awers de Wieren bünt en bäbi flöbi, dünkt mi, ni?"

„O jo ni! De bünt ebenso stark as de dicken! Awers de heff ick hier ook, sehn Se!"

„Ja, de bünt stäwiger!"

„Mögen Se ook den daren lewer? Ik gloov meist, de is noch dicker, dünkt Se dat ni ook?"

„Gott, Muschü, maak He doch ni so vääl Umständ, krieg He doch ni mehr her!"

„Ach, warum ni! Se schülln doch sehn, wat ik vör'n grote Utwahl heff!"

„Ik bäd Em, laat He doch de Umständ!"

„Ach, dat maakt ja ganz keen Umständ! Wat seggen Se to düssen, is he ni schön?"

„Ja, dat is he!"

„Awers töben Se, Madam, ik will Se noch ins en andern wiesen, vorlicht gefallt Se de bäter!"

„En gräsi netten Mann!" säd Antjemedder sachten to Hansohm.

„Ja, bandi gefälli!" säd he.

Dat duer noch meist en halwe Stünd, de Koopmann läd jümmers frische hen, un Antjemedder muß alle bekieken und befölen. Endli schull se seggen, wakein se denn am leevsten lieden mugg.

„Ja, dat is bi so vääl swaar to seggen!" säd se.

„Ach, Se warden dat all wäten, Madam, ik seeg, Se verstaat sik darop!" smeichel de Koopmann.

Antjemedder, de nu ni anders meen, as dat se den Koopmann en groten Gefallen damit däd, wenn se em säd, wakein naa ehr Dünken de beste weer — he sülm muß dat gewiß ni, un Fruenslüd verstaat sik op so'n Saaken doch en ganzen Deel bäter, meen se, as Mannslüd — neem nu wedder een Scherm naa'n andern un spann em op un bekeek un befööl em. Endli säd se: „De dare, dünkt mi, is de beste!"

„Jüst op densülven hadd ik ook raaden! He is ook eben eerst ut Paris kaamen!"

„Je, ut Paris?"

„Ja, direct van dar! De Kaiser Napoleon het jüst so'n un graad so'n Krück!"

„Wat, is dat all so wiet mit em? De arme Stackel!" säd Antjemedder.

„Awers darum is de Scherm gar ni düer! Wiel Se dat bünt, schüllt Se em ganz billi hebben! Bitte, laaten Se maal sehn, Madam! — Eegentli schull ik em ni so wullfeil verkoopen, awers Se schüllt em vör — fiev Daaler hebben!"

„Herr Du mein Gott, wat en Geld!" schreeg Antjemedder.

„Dat is nu dröög, Moder!" säd Hansohm sachten to ehr un trock ehr bi't Kleed.

„Na, denn laat uns gaan!" säd se ebenso.

„Wenn Se dat to vääl is, Madam, denn künnt Se ook een kriegen, de billiger is! Ik heff se to alle Priesen! Düsse kost man veer, un de dare man dree! De is ook jo ni slecht, föhlen Se man maal?"

„Ik danke, nä, ik bruuk ja keen Scherm, ik heff hier ja en ganz schönen, de is noch so gut as nid!"

„Alle Wetter, Se wüll'n gar keen Scherm kopen? Wat wüllt Se denn hier!" schreeg de Koopmann ganz verblixt.

„Gott, Muschü, dat regen buten ja so!" säd Antjemedder liekmödi.

De Koopmann wär in den eersten Ogenblick so verblüfft, dat he ni wuß, wat he seggen schull. Dar weer wull maal een kaamen un hadd sik ook alle Scherms wiesen laaten un keen kofft, dat muß he sik ja gefallen laaten; awers in en Schermladen gaan, um van den Regen ni natt to warden, dat weer denn doch to dull! Eh he sik noch wedder van sin Verwunderung verhaalt hadd, säd Klaasohm: „Na, He schall all de Umständ ook ni vör umsünst hadd hebben; will He min Jung dar ni vör en Dubbel= schilling van de Waar „English spoken here" geben, he wull dat geern ins pröben!"

„Wüllt Se mi vör'n Narren holen!" schreeg de Koopmann gifti un bör en grooten Schirm op, as wull he se dar mit to Liev, un he hadd dat ook sacht daan, wenn he en lütten flödigen Minschen anstatt dree so'n Knäwels von Kerls vör sik hadd hadd.

„Laat uns gaan, Vader!" säd Antjemedder, de ut den Koop= mann sik ganz ni vernehmen kunn un dach, dat he mit eenmaal den Rappel krägen hadd. Se maak de Döör apen un se gungen rut. As Klaasohm de Döör tomaak, säd he: „Na, He bruukt doch ni foorts unaari to warden, wenn He dat ni verköpen will!" —

Wiel he awers de letzte weer, kreeg he noch to hören: „Ver= dammtes Buernpack!"

„Na," säd Klaasohm buten, „de junge Minsch ward ook ni

as Koopmann sin Glück maaken, he hadd lewers anders wat warden schullt!"

"Dat dünkt mi ook, Naawer," säd Hansohm; "wenn he ni verkopen will, bruukt he dat doch ni vör't Finster to hangen!"

Se gungen nu wieder un keemen denn naa'n olen Steenweg hen. Hier weer en Barg Minschheit. Jeden Ogenblick worden se ut enander räten; denn kreegen se maal en Schupps van en Slachtergesell, de mit sin Mull langs keem un Jeden anstött, de em ni foorts utbögen däd, denn mussen se sik maal vör en Kinderwaagen oder Fischfru mit ehr Dragg wahren.

"Dat is ook doch dull!" säd Klaasohm; "jümmers ward man hier stött un bufft, is dat denn hier opt Trottoir verlöövt?"

"Dat is't wull, Naawer", säd Hansohm; "de Minschen kriegt ja jümmers mehr Freiheiten!"

"Na, ik schull hier Bullmacht wesen statts in Winbargen, ik wull hier bald rein Trottoir maaken!"

"O Gott!" schreeg Hansohm un stülter voröwer; meist weer he fullen, wenn em Hinnerk ni noch gau angräpen hadd.

"Jesus, wat weer dat?" säd Hansohm un keek sik um.

"Christuskinders, dar steit en isern Süül meist een halben Foot op dat Trottoir in de Höchd! Schull dat en Denkmaal wesen?" schreeg Antjemedder.

"Dar staat en ganzen Barg in de Stadt!" kreisch Hinnerk.

"Kiek, dar bünt dree Bookstaben op: S-W-K!" säd Klaasohm.

"Ach so!" säd Hansohm, as wuß he nu allens.

"Weeßt Du dat, Minsch?" fraag Klaasohm verwundert.

"Ik? Nä, waso meenst dat?"

"Gott, ik dach dat! Wat dat wull to bedüden het?"

"Dat mugg ik ook noch wäten!" säd Antjemedder.

"Wüllt den Mann dar an de Eck maal fraagen!" säd Hansohm.

"Ja," säd de Mann, "ik mutt Se seggen, dat is en lange Geschichte, un dar bünt man weni Lüd, de se weet!"

"Weet He se?" fraag Klaasohm.

"Ja, min Herr; wenn Se mi en Dubbelschilling gevt, denn will'k Se dat ins vertellen!"

"Dar schall uns dat ni op ankaamen!"

"Sehn Se," fung de Mann an, "dar hadden wi hier maal in ole, ole Tiden en Borgermeister, en spaaßigen Kerl. De hadd jümmers Knääp in den Kopp. Na, un dar leet he ins Nacht ook düsse isern Paalen int Trottoir setten, un as nu den andern

Morgen so väle öwer stültern un fullen un nieschieri de Dinger ankeeken un daröwer naasimmeleern, wat wull de dree Bookstaben S-W-K to bedüden hadden, dar fung he so an to lachen, dat em de Ohren van Kopp fullen!"

„Wat, Dunner!" schreegen se all veer verwundert.

„Ja, ni wahr, man schull dat meist ni globen, awers wahr is dat, en Senaater het mi dat sülm vertellt! Na, en bäten los sünd se am End wull all wesen."

„Awers de dree Bookstaben!" schreeg Klaasohm.

„Ja, dat weer't! Dat wulln ook de Lüd geern wäten! De Borgermeister weer awers so klook as en Minsch, he leet de Lüd kieken un kieken un raaden un raaden, awers eerst, as he doot weer, kreeg man dat ut sin Testament to wäten."

„Na?" fraagen se nieschieri.

„Ja, denken Se sik maal dat Leben an, de dree Bookstaben S-W-K schulln heeten: „Swin, wat kickst!"

„Christuslüd, wat en graaben Kerl!" schreeg Antjemedder.

„Wat mutt em dat vör'n Barg Geld köst hebben!" säd Klaasohm.

„Ook keen roden Süssung, dat gung all ut de grote Kaß, dar is ja Geld nog in!"

„Ach so, ik weet all, de „Ueberschüsse!" säd Klaasohm. „Na, da schulln de Herrn ook lewer wat anders mit doon!"

„Dat meen ik ook, Herr Vullmacht!"

„Vullmacht? — Jeses, kennt He mi?" schreeg Klaasohm verwundert.

„Gott, wa schull'k den olen Vullmacht Klaas Thiessen ni kennen! Kennt He mi ni?"

„Dat ik ni wüß!" säd Klaasohm un bekeek em nieschieri.

„Ei, dat is ja snaaksch! Kennt Se Hummel, Hummel ook ni?"

„Nä, awers ik heff em güstern Abend sehn!"

„Ni mögli! Na, denn künnt Se . . ."

„Pfeu, de Sweinigel!" schreeg Antjemedder.

„En Glück, dat he weglopen is, anders hadd ik em gehöri de Ohren schüert!" schreeg Klaasohm gifti.

„Na, wat is dar eegentli bi to verwundern," säd Antjemedder, „wenn de Borgermeister sülm so groff is, denn is dat van de Lüd hier ook ni to verlangen, dat se fein wesen schüllt!"

„Heft Recht, Moder, de Söög wiest de Farken dat in den Dreckwööln!"

Se gungen nu denn wieder langs. Naa en lütten Stoot schreeg Klaasohm! „Au, Dunner, au!"

„Wat feilt Di?" fraag Hansohm.

„Minsch, min Liekdoorn!"

„Is de all wedder an't Prophezeien?"

„Dumm Snack! Dunner, wat deit dat weh! Ik stött em an en kantigen Steen!"

„Un nu knippt he Di?" lach Hansohm; „naa, dat kannst Du em ni verdenken, warum stöttst Du em ook!"

„Ja, hool mi man noch baaben in Koop vör'n Narren, hörst Du! Ik mugg man bloot wäten, warum se hier de scharpen, kantigen Steen mank de schönen Fliesen hebt!"

„Dat begriep ik ook ni!" säd Hansohm.

„Kinders, ik denk mi dat so," meen Klaasohm, „dat is gewiß darum, dat de Lüd ni vergäten schüllt, dat se ehr Obrigkeit de schönen Fliesen to verdanken hebt, de anderwegens bünt!"

„O Gott, hier is en groot Markt, ganz vuller Boden! Wa heet dat?" schreeg Antjemedder.

„Dunner, dat kümmt mi hier so bekannt vör, dar bünt wi domaals ook gewiß wesen!" säd Hansohm.

„Jeses, ja, ik weet mi noch ganz dütli op de Boden to besinnen!" schreeg Klaasohm.

„Dar steit dat all, „Großneumarkt!" bookstabeer Antjemedder.

„Süh, dat is ook wahr; awers mi dünkt, dat het sik ook hier bandi verändert!" meen Klaasohm.

Hansohm stött em in de Siet; Klaasohm wull all jüst fraagen, wat dat to bedüden hadd, dar word he noch to rechter Tied wieß, dat sin Naawer em mit Gewalt toplink. So recht wuß he awers noch ni Bescheed; as Antjemedder maal de Saaken op en Kuddelmuddelkaar bekeek, dar fraag he em lies: „Wat stöttst mi eerst an?"

„Minsch, weeßt ni mehr, op düt Markt stund ja de Wach, wa wi domaals säten hebbt!" säd Hansohm lies.

Klaasohm wull all jüst „Dunner" schriegen, da keem Antjemedder wedder un fraag: „Wat is dar denn in de Boden to sehn?"

„O, Moder, dat hört mit to'm „Dom", dar wüllt wi maal det Abends hen, nu is dar nix los! Laat uns man wedder retour gaan, dat gefallt mi hier ganz ni!"

„Mi ook ni!" säd Klaasohm.

"Ja, wanem wüllt wi denn nu hen?" fraag Antjemedder.

"Laat uns maal naa de „Börs" gaan, de mußt Du ook ja sehn!"

Se fraagen noch en paarmaal un keemen endli hen naa de Börs. Op den Platz vörto bleewen se eerst en Ogenblick staan un bekeeken sik dat Hus.

"Ja, ja, Naawersch, nu schast ook maal en Milljonär sehn! Den wüllt wi Di wiesen, weeßt noch, Hansohm?"

"O Du, den kenn ik foorts wedder an sin Waart op de Näs!"

"Hebt dat alle Milljonärs?" fraag Antjemedder ganz in Gedanken.

"Dat kann ik Di ni seggen, Moder, awers dat gloov ik meist ni!"

"Wanem geit dat denn nu rin, Kinders?"

"Dar, wa de lütt Kerl steit, Moder!"

"O Gott, is dat ook en Milljonär?"

"Dat kann ik vörwahr ni maal seggen!"

En lütt Mann, de man een Oog, awers gewalti scheewe Been un en grote Näs un en Brill op de Näs hadd, hadd se all lang sehn un wull sik nu en Spaaß mit se maaken. He säd barsch to Klaasohm: "Wat kikst? meenst hier is en Kark?"

Klaasohm weer awers ni verweit, he säd foorts: "Ja, dat meenen wi eerst, awers da de Deubel hier sül'm vör de Döör steit, kann dat wull ni gut wesen!"

De lütt Man lach un gung rin.

"Dunner, dat hest em awers gehöri seggt!" säd Hansohm.

"Wa muggst dat doon, Naawer?!" säd Antjemedder.

"Ah wat, so'n Snösel schall ni globen, dat wi uns brüden laat, wenn wi ook van Land bünt!"

"O Gott, nu fangt se an to lüben, wat bedüd dat?" fraag Antjemedder.

"Kinders, kiek maal, wat de Minschen loopt, dat is gewiß so'n Aart Doorspeer!" schreeg Hansohm.

"Jeses ja, man gau," säd Klaasohm; "wat strömt dar en Minschheit rin!"

"Laat uns uns man jo anfaaten, dat wi uns ni verleert!"

Un dat däden se. Dar binnen worden se bald van wücke Lüd gewalti ankäken, as weern se gröön un gääl in't Gesicht, un bald fraag de een, un bald de ander se: "Wat hebt Se to verköpen?" — Se marken, dat man se brüden wull; Hansohm word opt letzt bull daröwer un trock sin Spintbübel ut de Tasch un säd:

„Meent jüm, dat ik ni weet, dat hier späält ward? Wa hoch is de Insatz, en Preuschen riskeer ik, kaamt ran!" — De Lüd, de dat hören, lachen, un he word noch giftiger.

„Laat uns gaan, Vader, mi ward hier ganz angst!" bäd Antjemedder.

„Nu eerst recht ni, Moder, wi hebt hier eben so vääl Recht to staan, as de Andern!"

„Kiek, kiek, dar kummt de Milljonär!" püsper Klaasohm.

„Wanem, wanem?" schreeg Antjemedder nieschieri.

„De mit de Waart op de Näs!"

„O Gutt, de! Dat is en Milljonär? De süht ja ganz ni en bäten smuck ut!" säd se, un man kunn ehr dat anhören, dat se sik dar ganz wat anders vorstellt hadd.

Hinnerk stund bi all de Tied dar un maak grote Ogen.

„Kieken Se den Bengel maal an!" säd en Koopmann to en Fründ, de bi em stund, „wat is dat vörn Kerl!"

„Waarachti, wat vör Knaaken!"

„Schaad, he is anders so glatt un schier, dat he dar so'n groot Gewächs an de Back het!"

„Ja, dat is ook schaad; awers warum let he sik dat ni wegsnieden? Dat is ja licht to!"

„He weet dat wull ni. Na, ik will em dat maal seggen, de junge Minsch duert mi!"

Se gungen also hen naa Hinnerk, un de een säd to em: „Hören Se, Fründ, laaten Se sik dat Dings doch opereern!"

„Wa?" säd Hinnerk un smeet den Prüntje mit de Tung naa de ander Siet van de Back, dat dar foorts en dicken Knuppen rutkeem. Nu wussen se denn Bescheed, un dat keem se so spaaßi vär, dat se anfungen to lachen. Klaasohm, de marken däd, dat se nix Böses mit em in Sinn hadden, fraag: „Wat meent Se?"

„Ach, wi dachen, dat de junge Minsch dar en Gewächs an de Back hadd, un wi wulln em den Raat geben, dat utsnieden to laaten!"

„Ja, dat's min öltsten Söhn Hinnerk, dat Swin kaut! — Ach hörmaal, Se künnt mi en groten Gefallen doon! Ik mutt Em nämli seggen, wi bünt hier fremd!"

„Ach wat?"

„Ja, gewiß!" säd Hansohm; „Un dar wulln wi geern allens besehn, wat dar to sehn is, laat kosten, wat dat will, dat schall uns ganz ni op en lütt Drinkgeld ankaamen!"

„Dar kann sik een op verlaaten, wi bünt dat jo ni umsünst

verlangend," versäker Klaasohm. „Nu süh, dar heff' ik all so vaakens van den Ultimo lesen, wa meist all Lüd vör bang bünt, den Kerl mugg ik doch geern maal sehn, de mutt ja unvernünftige Knääv hebben; kann he mi den wull wiesen?"

„Jawull, kaamen Se man mit; awers ik segg vörher, Se ward sik aari wundern, he süd dar ganz ni naa ut! — Kiek, dar steit he! Se künnt em noch ni sehn, dar steit jüst en groten Mann vör em, den he wull en Huus afkösst oder verkösst, denn he maakt in Hüüs, mööt Se wäten!"

„O Gott, de ward hier ook verkofft?"

„Ja, de Verköper ritt en Steen ut un bringt em as Proov mit!"

„Ach Snack, dat geit ja bald ni an?"

„Ach, hier passeert männi Ding, wat man ganz ni globen schull, dat passeeren kunn! Kiek, nu künnt Se em sehn, de lütte dar!"

„Wat dunner, de?" säd Hansohm ganz verwundert.

„Junge, Junge, hadd ik eerst man nix seggt!" säd Klaasohm.

Un dar wiesen se em jüst densülwen lütten Kerl, de vördem buten bi de Döör staan hadd.

„Jesus, Hansohm, dat is de starke Herr Ultimo!" püsper Klaasohm.

Un dar stunden se nu all veer un keeken den lütten Mann an, un keen van se kunn begriepen, dat he so'n grote Knääv hebben schull! Awers wahr weer dat ja, dat stund ja jeden Ogenblick in de Zeitung, dat väle vör den Ultimo bang weern, oder dat de Ultimo wedder wück rumsmäten hadd. As se bald darop ut de Börs gungen, säd Klaasohm: „Nä, Lüd, wa is dat snaaksch in de Welt! As ik den lütten Kerl dar eerst vör de Döör wieß word, hadd ik mi ja foorts mit em faat, un Je, o Je, wa hadd mi dat gaan!"

„Kannst Di freuen, Naawer, dat he jüst so gut bi Luun weer, anders hadd dat bös vör di aflopen kunnt!"

„Ja, ja, laat uns man leewer weggaan, eh he wedder rut kummt!"

Nu setten se sik denn wedder in Draff, leepen en Tied lang biester un keemen denn endli hen naa'n Hoppenmarkt. Dat Leben dar maak se vääl Spaaß. Antjemedder fraag nu foorts een, wat de Kantüffeln, de Worteln, de Eier, de Botter und wat weet ik ni all, kost. Dar feil dat denn ook ni, dat se af un denn maal en orntliche Näs kreeg, wenn se so ganz in Gedanken säd: „Mein Gott, wa düer!" En Fru, de vör ehr Eier twee vör dree

Schilling hebben wull, säd sogar: „Leggen Se se billiger, Madam?" Oder ook se kreeg ganz ni maal wat to wäten, denn wenn se naa den Pries fraagt hadd, fraag man se foorts wedder: „Wüllt Se wück kopen?" Antjemedder säd denn „nä", un dar kreeg se denn to hören: „Na, denn gaa Din Gang, meenst, dat wi hier tom Vergnögen sitten doot!"

„De Minschen bünt hier ook ganz ni en bäten fründli", säd Antjemedder, „se ward foorts groff!"

„Dat is hier wull so Mod, Moder!" säd Hansohm. „Wi gungen eerst bi en Fischfru voröwer, un de schimp gewalti, dat en Aal ni still liggen wull, as se em de Hut aftrock!"

„Süh, dar maak de Jungs all wedder en Glitsch!" säd Antjemedder.

„Wanem?" fraag Klaasohm.

„Kiek, dar, Naawer!"

„Tööv, de will ik, dat Aastüg!"

Un Klaasohm sleek sik ganz sachten, wat ganz ni maal nödi wesen weer, naa de Jungs ran, un hier geew he en groten Bengel, de jüst anglitschen keem, en gehörigen mit sin Handstock öwer den Puckel. „Tööv," säd he, „ik will Di dat Glitschen aflehren!"

Knapp hadd he dat seggt, dar leep dat van alle Kanten tohopen, Mannslüd un Fruenslüd, un alltohopen schreegen: „Wa kannst Du den lütten Jung slaan!" — „Ik — ik — he schall hier keen Glitschbaans maaken, wa ole Lüd Arms un Beens op bräken künnt!" säd Klaasohm en bäten benaut, as he so väle Minschheit um sik seeg.

„O du groote Slupp, günnst de armen Kinder ni maal en lütt Vergnögen!" schreeg en Grönigkeitsfru.

„Slaa mi, wenn Du en Kerl büst!" säd en Butje un heel den armen Klaasohm de ballte Fust ünder de Näs, as weer dat en Ros un he schull da maal op rüken.

„Awers, mein Gott, ik bäd . . ." Wieder keem he ni, denn desülwe Fischfru, de eerst schimpt hadd, dat de Aal ni ruhi still holen wull, as se em aftrock, geev em een mit ehr Dragg op den Hoot, dat de em ook foorts öwer dat ganze Gesicht daalgung. Un nu gung dat los: „Op em! Hau em!"

Hinnerk un Hansohm wulln em all to Hölp bispringen, awers wat hadd dat hölpen, da weern to vääl, se hadden säker ook gehörige Prügels affträgen un weern wull oplept ganz arreteert worden; awers en orntlichen Kerl, de den Rummel verstund, säd to Hansohm; „Smiet en paar Schillings in de Grabbel, denn laat

Un nu gung dat los: „Op em! Hau em!"

se foorts van em af!" — Hansohm besunn sik ook ni lang, he neem gau en paar lose Schilling ut de Tasch un smeet se mern mang den Kluun Minschen un schreeg: "Schillings in de Grabbel!" — dat hölp mit eenmaal; sobraad as dat Geld an de Eer klöter, weer Klaasohm mit sin Hoot öwer dat Gesicht man de eenzige, de darstund, de Andern leegen all op de Eer un prügeln sik um dat Geld. De Fischfru leeg baaben op den Jung, öwer den de ganze Larm herkaamen weer, un vertimmer em gehöri. Dat weer ook en andere Saak, he hadd en Schilling opnaamen, den se hadd griepen wullt, un darvör hadd he ja ook wat verdeent, dat weer ja en gerechte Saak!

Eh Klaasohm sik den Hoot noch wedder opströpelt hadd, weer Hinnerk em all bisprungen un hadd em mit sik foorttrocken, un nu leepen se all, wat se man kunnen, dat se um de Eck in en ander Straat keemen. Hier stunden se eerst en Ogenblick still un hölpen Klaasohm, dat he sin Gesicht eerst maal wedder frie kreeg. He seeg orntli ganz witt um de Näs ut, awers he hadd nix krägen; bloot sin schönen Hoot, den he all tein Jahr hadd hadd, seet vull Krücken un Bulen.

"Dammi!" säd he endli, as he en bäten wedder to Luft kaamen weer; "is een all so wat passeert!"

"Laat uns man eerst in en ander Straat ringaan, eh Du anfangst to schimpen," säd Hansohm; "se kunnen dat anders hören, un denn gung dat Döschen wedder van Frischen los!"

"Laat uns!" säd Klaasohm, un se leepen gau op den Burstah rop.

"Dat hest Du darvan, Naawer, fang hier mit de Jungens an!" lach Hansohm.

"Waarachti, dat's en schöne Wirthschaft! Krieg ik op min olen Daag noch wat op't Fell!" schimp Klaasohm.

"Dat schaad Di nix, kunnst den Jung ook tofräden laaten, he hadd Di ja nix daan!"

"Du kannst wull snacken, Hansohm, schust eerst man maal so fullen hebben, denn hadst dat sacht ebenso maakt!"

"Wa wüllt wi denn nu hen?" fraag Hansohm.

"Schall ik jüm wat seggen?" säd Antjemedder, "mi dünkt, wi nehmt uns en Waagen un fahrt naa Huus! Ik heff mi all natte Fööt haalt un bün so möd, ik kann mi meist ni mehr op de Been holen!"

"Ik stimm ook darvör, min Liekdoorn knippt mi so gräsi, dat ik dat meist ni utholen kann!" säd Klaasohm.

„Heſt em wull all wedder ſtött, Naawer?" ſpektaakel Hanſohm.

„Nä, dat ni, awers if gloov, wi kriegt ander Wetter!"

„Ach ſo, he prophezeit all wedder!" lach Hanſohm; „na, denn laat uns!"

Se ſteegen nu denn in en Droſchke un leeten ſik wedder naa „Stadt Kiel" fahren. De Opwaarer fraag nu ganz ni eerſt, op he den Waagen betaalen ſchull, he däd dat ganz von ſülm.

„Dat is waarachti en eenzigen Minſchen!" ſäd Klaaſohm.

„Na, vergäät man jo ni dat Drinkgeld an den Kutſcher!" ſäd Antjemedder lies.

„Verſteit ſik, jümmers nofel!" ſäd Klaaſohm un kreeg en Schilling ut de Taſch.

„Is dat Aeten all klaar?" fraag Antjemedder, as ſe ringungen.

„Gliek den Oogenblik!" ſäd de Weert, un ſe weern ook man eben op ehr Stuv gaan, dar worden ſe ook all anſeggt to't Aeten.

„Kinders," ſäd Antjemedder, as ſe op de Trepp weern, „wat bün ik nieſchieri to de Taafeltodt!"

„Wes man jo ni blöd, Moder, dat Betaalen is eens!" belehr Hanſohm.

„Dar bruukſt ganz ni bang vör to weſen, Vader, ik ward min Mann all ſtaan, ik bün grauſaam hungri!"

Dat weern ſe nu all, und dat hadd gewiß ſlecht um wücke utſehn, wenn de Weert ni riekli tokaakt hadd; in en leddigen Buern= maagen geit en grulichen Barg rin.

As ſe in den groten Saal rinkeemen, wa andeckt weer, ſeeten dar all wücke bi Diſch. Antjemedder meen eerſt, ſe muß rumgaan un jeden de Hand geven un gun Dag ſeggen, awers Hanſohm ſäd, dat däd ni nödi, dat weer hier keen Mod. Se ſetten ſik denn nu daal un ſäden nix. Naa en lütten Ogenblick ſtött Antjemedder Hanſohm an un ſäd ſachten to em: „Junge, Junge, wat's dat hier fein!"

„Ni wahr?" grien Hanſohm, de ſik jümmers gewalti höög, wenn ſe ſik verwunder.

„Kiek maal de ſchönen Tellers!" püsper ſe, „dat's eegentli ſchaad, dat wi ſe inaaſen ſchüllt!"

„Wes man jo ni blöd, Moder, betaalen mööt wi doch gliek vääl!"

„Man ni bang, min Jung, ik will all tolangen!"

De Supp word brocht. De andern Lüd fungen foorts an to äten, awers ſe ſeeten noch un keeken ehr Teller an un wuſſen ni, ſchulln ſe äten oder ni! De Supp ſeeg jüſt ebenſo ut, as de

Ossensteertsupp, de se den Abend vördem äten hadden. Weer dat wedder desülwe eekliche Kraam? Meist leet dat so!

Klaasohm trock endli den Opwaarer, de jüst bi sin Stohl vorbigung, an't Jack un fraag: „Wat is dat vör Supp, Muschü?"

„Mockturtle, mein Herr!"

„De is doch van rentlichen Kraam maakt?" säd Antjemedder.

„Na, dat is wull gewiß!" säd de Opwaarer, meist en bäten raakt, „wi ward doch hier nix anders op den Disch setten!"

„Ja nä, ik meen man! Denken Se sik an, güstern Abend hebt wi Supp äten, de, as wi naadem to wäten kreegen, van Ossensteert maakt weer!"

„Ni mögli!" grien de Opwaarer; „awers düsse Supp künnt Se driest äten, dat is ganz wat feins!"

„Na, denn man to!" säd Klaasohm, un nu fungen se an to schüffeln, un dat smeck se utermaaten gut un ook dat, wat naadem keem. All bi't drütte Gericht, säd Antjemedder lies to Hansohm: „Jeses, Vader, noch mehr?"

„O, wi bünt noch lang ni klaar, Moder!"

„Kinders, ik kann meist ni mehr, ik bün all satt!"

„Mein Gott, wullt doch den Weert nix schenken! Fix to, dat kost liek vääl!"

Un jedesmaal, wenn wat Frisches keem, denn säd se, se kunn ni mehr, un doch lang se sik jümmers en düchti Stück raf und kreeg dat ook op. Endli kreegen se denn ook noch to guder letzt Jespudding. Den Pudding muggen se grausaam geern, un ik meen, se freeten. Antjemedder dünk awers doch, da weer wull en lütt Malheur bi passeert, un as de Opwaarer se en frischen Buttel Win broch, dar säd se to em: „Hör He maal, Muschü, de Pudding is bandi schön, he smölt meist in den Mund, awers de Köökfch het sik darmit wull ni in Acht naamen, he is fraaren!"

„Dat schall he ook ja jüst wesen, dat is ja Jespudding!" säd de Opwaarer.

„Ach so!" un gau säd se to de Andern: „Kinders, weet jüm ook, dat is Jespudding, wat jüm dar fräät!"

„Jespudding?!" säd Hansohm. „Hadd ik doch min Daag ni dacht, dat man ook ut Jes en Pudding maaken kunn! De smeckt mi noch am besten, den mußt ook maal maaken, Moder!"

„Ja, Minsch, ik weet man ni, wa de in backt ward!"

„Dat kannst Di doch wull denken, in en koolen Backaaben!"

„Dat geit doch wull ni an!"

„Na, denn laat wi uns nöst van de Kööksch dat Recept

geben, wenn dat ook en Daaler köst! Dat smeckt ja bandi fein, un dat mutt ja gräsi wullfeil wesen, Jes hebbt wi ja allerwegen!"

As se mit dat Aeten klaar weern, seeten se noch en Stoot bi ehrn Win. Nu keeken se sik denn ook ehr Naawers an, un dar dünk se, de seegen ganz ut as nette Minschen, meist ole Lüd mit ehrbare Gesichter. Se fungen denn nu an to snacken un to fraagen, bald düt un bald dat, un wakein vääl fraagt, de kriggt ook meist Tied vääl to wäten.

„Dat süht hier doch eegentli gruli op de Straaten ut!" säd Klaasohm. „Wenn dat früst, denn is dat hier so glatt, dat man jeden Ogenblick fallen schall; dar kunn ook doch geern en bäten streut warden!"

„Streuen? Wat is dat?" fraag een.

„Je, ik meen, en bäten Sand oder Asch kunn dar sacht hensmäten warden!"

„Ach, so meenen Se! Ja, de Asch kummt all op den Dreckwaagen!"

„Also darum is dat ook wull, dat de Waagens hier so laat op de Straaten herumfahrt! Un wenn Dauwetter is, denn ward hier ni maal fegt!"

„Fegen?" fraag een; „wat's dat?"

„Mein Gott, weet Se ni maal, wat Fegen is?"

„Ja, in uns Huus wull, awers op de Straaten, dat kennt wi ni!"

„Na, da wull ik jüm wünschen, dat eenmaal een van unse Kaspelvöögt op veer Wäken hier dat Regeern kreeg, denn schull dat gau anders warden!"

„Na, na, denn bleev dat ook noch so!"

„Oho!" schreeg Klaasohm, „unse Vöögt gaat bi uns nösten sülm dör de Straaten un seht to, op jedereen sin Straat rein het, un wakein dat ni daan het, ward foorts to Bröök teekent!"

„Ja, min Beste, jüm Vaagt geit, awers unse fahrt, dar sit de Knütten! Wenn de jeden Dag en paarmaal fallen däd, denn word dar bald streut warden!"

„Also dar liggt dat an!" säd Hansohm.

„Man bloot daran!"

„Ach, hier is männi Saak, de Se ni so ganz gefallen ward! Hebt Se wull markt, dat de Hunden hier en Muulkorv drägt?"

„Jawull, wücke! Warum mööt se dat? Dat is ja en grote Thierquälerie!"

"Nu, man seggt, wiel eenmaal en rieken Koopmann de Bür tweiräten het!"

"Awers hebt denn wücke Hunden hier dat Privilegium, sünder Muulkorv rumtolopen? Ick heff en ganzen Barg sehn!"

"Nä, se schüllt dat all mit enander, awers dat is ja man graad, Gesetze hebt wi hier en ganzen Barg, se ward man bloot ni holen. Dat Eenzige meist, wat hier würkli afschafft is, dat is de Doorsperr!"

"O ho!" schreeg Klaasohm, un kreeg ut de Tasch de veer Teekens rut, de he den Abend vördem mit acht Schilling betaalt hadd, un wies se hen un fraag: "Un wat bünt dat?"

"Dat bünt Büxenknööp!" säd de Mann, naadem he se en lütten Stoot bekäken hadd.

"Schöne Büxenknööp!" schreeg Klaasohm.

"Nu, wat schüllt dat anders wesen?"

"Sperrteeken bünt dat!" schreeg Klaasohm.

"Nä, min gode Mann, wat to läben is, wüllt wi ook läben, de Doorsperr is denn doch all vor wücke Jahren afschafft!"

"Ja, vör de Hamborger, man ni vör de Fremden!"

"Ok vör de Fremden!"

"Ei, den Dunner, wi hebbt doch güstern Abend noch den Mann en Dubbelschilling utgeben mußt un darvör düsse Teeken krägen?"

De Mann fraag wieder naa, un Klaasohm vertell em de ganze Geschichte. Dar fungen se denn all an to lachen, un he kreeg denn to wäten, dat man em bedraagen hadd.

"De verfluchte Kerl!" säd Klaasohm.

"Na, wi hebt mindstens noch veer Knööp krägen, domaals hadden wi nix darvör!" lach Hansohm.

Se kreegen nöst ook noch to wäten, wat se den Dag vör den Haaben ansehn hadden, dat weer de Alster wesen, un dar meen Klaasohm, denn wullen se dar den andern Morgen maal hen, denn dat muß Antjemedder doch maal sehn.

Nu worden se eerst wieß, dat Antjemedder un ook Hinnerk ganz sööt sleepen. Dar dünk se denn, dat weer wull Tied, dat se ook en lütte Middagsstünd heelen. Se waaken de Beiden op un gungen baaben naa ehr Stuv rop.

De Andern läden sik hier foorts daal to slaapen; Klaasohm kreeg awers noch eerst maal de Kaarten her, um dat Spill noch ins to versöken. He kunn dat awers ook nu nich rutkriegen un word op letzt möd un sleep darbi in.

Dat weer all meist düster, as se wedder munter worden.

"Kinders, dat ward Tied, wie mööt in den Dom gaan!" säd Klaasohm.

"Weeßt, wanem ik de ganze Tied van dröömt heff, Naawer?" säd Hansohm.

"Na?"

"Van den Elmshöörner Schoster; is dat ni drulli? Nä, dat ik mi ook ganz ni op sin Naamen besinnen kann!"

"Gott, Vader, tüün doch ni," säd Antjemedder, "Meldorper Markt ward he sacht wedder kaamen, denn kannst em ja fraagen!"

"Dat weet ik wull, awers ik mugg dat nu man geern wäten! Ik wull den jungen Muschü so geern de lütte Freud maaken! Na, he fallt mi wull noch bi!"

"Wanem gaat wi denn nu hen?" frag Antjemedder.

"Ik will di wat seggen, laat uns man eerst maal naa Straat gaan, Naawersch," säd Klaasohm, "denn findt sik dat all, dar is nu allerwegens wat los!"

"De Opwaarer het mi van Middag van Polly sin Saal vertellt, dar schall dat so bandi smuck wesen, wüllt wi dar ni maal hen?" säd se.

"Nä, jo ni, Moder, dar bünt wi domaals ook wesen, dar hoolt se een bloot vörn Narren; laat uns lewer ins naa Sagebiel gaan, dar schall dat noch bäter wesen!"

Dat meen Klaasohm ook, un so gungen se denn eerst dahen. So wat Schöns as dar, hadden se noch in ehr Leben ni sehn, un se weern da sacht den ganzen Abend bläben, wenn Hinnerk se ni daran erinnert hadd, dat ook noch anderwegens wat to sehn weer. So gungen se denn wedder naa'n Goosmarkt retour un mank de Boden. Antjemedder bleev foorts bi de Waffelbood staan un fung wedder an to äten, un van dar gung dat naa de Braunschweiger Koken, un hier word wedder van frischen inkofft. Se hadd ehr Taschen meist ganz vull un müffel in eensten weg.

"Laat doch naa, Moder," waarschu Hansohm, "denk an de Appelsinen!"

"Jesus, meenst doch ni?" schreeg Antjemedder un leet vör Schreck meist en Stück Kooken fallen, wat se jüst in den Mund stäken wull.

"Man kann dat ni wäten, do dat lewer ni, min Deern!"

"En lütten Smooraal dröff ik doch wull noch verputzen?"

"Dunner, büst klook, Smooraal op brune Kooken?!"

"Na, denn will'k dat naalaten!"

„Mi dünkt, in düsse Bod gaat wi maal rin, dar is en Panorama to sehn!" säd Klaasohm.

„Is dat smuck, Naawer?" fraag Antjemedder.

„Dat schull if meenen! Dar kriggst Du de gröttsten Städ op to sehn, dat is ebenso gut, as weerst Du sülm dar wesen!"

„Na, denn laat uns man maal rin!"

Dat gefull se dar ganz utermaaten; awers Klaasohm un Hansohm hadden bald genog, un ook Hinnerk mugg ni mehr darvan wäten; bloot Antjemedder keek noch jümmers ganz witz dör de Gläs.

„Hest noch ni bald nog, Moder?" säd Hansohm sachten to ehr und trock se bi't Kleed.

„Maal still!" säd se un wehr mit de Hand af.

„Wat is dar denn, Deern?" fraag he nieschieri.

„Gau, gau, kiek in't Glas rin — dar is Hamborg!" schreeg se.

„Jeses, wanem?"

„O Gott, kiek doch gau to! Dar gaat so väle Lüd spazeeren, dar kunn ja ook min Fritz mank wesen!"

„Dunner!" schreeg Hansohm, un stell sik gau wedder vör en Glas; awers se keeken un keeken, Fritz kunnen se ni wiß warden. As en ander Bild keem, fung Antjemedder an to weenen: „Och Gott," jammer se, „he is gar ni hier!"

„Mein Jeses, snack doch ni so, Moder, Jan Kunrad het em ja tweemaal sehn!"

„Ach, denn weer he doch wull ook op dat Bild!" snucker se.

„Awers, Naawersch, ik bäd Di, dar bünt ja ni alle Lüd op; wäs doch vernünfti!" säd Klaasohm.

„Wenn ook, wi hadden em doch all draapen mußt!"

„Mein Himmel, dat geit ja ni mit eenmaal! Hamborg is ja groot, Moder, awers wi gaat ni eher weg, as bet wi em hebbt!"

„Ach Gutt, ach Gutt!"

„Nu wisch din Thraanen man af, Naawersch, un laat uns wieder gaan, hier is he ja doch ni! Finden doot wi em ja op jeden Fall, dar kannst Di op verlaaten!"

„Wenn dat man gewiß is!" säd Antjemedder un wisch sik de Thraanen af.

Antjemedder leet sik begööschen, un se gungen wieder, van een Bod naa de ander; Fritz weer awers nargens to sehn.

„Wat steit dar? Liß maal, Hinnerk," säd Klaasohm.

„Hydrooxygenmikroskop!" bookstabeer Hinnerk.

„Wat's dat?" fraag Antjemedder.

„Dat is en höllisch langen Naamen," säd Klaasohm; „laat uns man maal ringaan, dat mööt wi wäten!"

Se rin. Hadden se sik noch ni wundert, denn däden se dat nu. Wat kreegen se dat mit de Angst, as se en Floh so groot as en Elephant seegen. Nu wuß Antjemedder denn ook mit eenmaal, warum se jümmers so bang vör de Thieren wesen weer. Do seegen se ook en Nadelöhr so groot as en Schüündoor. — „Süh, süh," säd Klaasohm, „dat is en Trost vör de rieken Lüd, da kann ja en Kameel ganz kommod dörgaan!" — As awers en Waaterdruppen vergröttert word un se all de Deerter, de darin krabbeln, wieß worden, dar kreisch Antjemedder luutut vör Angst un schreeg: „O Gott, laat uns doch gau rutgaan, Kinders, wenn de Beester dar utbrääkt, bünt wi läwert!" De Andern hadden dat ook gewalti mit de Angst krägen, un so maaken se gau, dat se wegkeemen.

Van dar gungen se naa dat mechanische Thiaater, wa lustige Musik weer. Se drängen sik dicht an de Muskanten ran, um bäter kieken to künnen. Awers ook hier bleeben se ni lang, wiel Antjemedder Striet kreeg. Dicht ünder ehr seet nämli en Muskant, de de Tuba blaas. Se kreeg dat ut de eerste Hand int Ohr. En Ogenblick heel se dat geruhi ut, awers dat word ehr doch bald to dull in den Kopp drönen, un se stött den Muskanten mit ehrn Scherm an un säd to em: „Dreih He doch sin grote Pasaun en bäten weg, Muschü, man ward dar ja rein doov van!"

De Muskant keek se an un lach, un fung nu eerst recht an to blaasen un dat groote Dings graad na ehr hentoholen. Antjemedder mark, dat he dat mit Fliet däd, un word argerli.

„Ik bäd Em, laat he dat aasige Tuten naa!" säd se noch ins.

De Muskant höög sik gewalti un stött en paar van sin Collegen an, un de keeken un ok hen naa Antjemedder un grienen, all wat se kunnen. Daröwer word se opt letzt so gifti, dat se ehrn groten Scherm vull Wuth in de Tuba rinsteek un schreeg: „Dammi, letst dat Tuten naa!"

Daröwer fungen denn nu en groten Barg an to lachen. En Mann awers säd to Antjemedder, se schull rutgaan. „Dat heff ik ni nödi, he het anfungen!" schreeg se. Dat hölp se awers nix; de Mann säd, wenn se ni gutwilli gung, denn muß he se arreteern, un dar säden Klaasohm un Hansohm foorts: „Kumm man, Antje, un faaten se bi'n Arm un gungen mit ehr rut.

„Gott sei Dank, dat wi hier bünt!" säd Hansohm, as se buten weern; „bald hadden se Di to Lock brocht!"

„Oho," säd Antjemedder, dar bünt wi doch ook noch sülm bi!"

„Ja, min Deern, dat's hier licht to!" waarschu Klaasohm.

„Awers dat weer ja'n grote Ungerechtigkeit wesen; hadd de Snösel ni dat Tuten laaten kunnt!"

„Dat's wull wahr, Moder, awers dat is bäter so!"

Se biestern nu wedder mank de Boden rum um keemen endli to en ganz lütte Bod, wa en groten Barg Minschheit rumstünd. Dar mussen se hen. Se drängen sik hen naa vörn un hören bald, wat dar los weer. Dar weer „Das größte Wunder des Jahrhunderts" to sehn.

„Herein, herein, meine geehrten Herrschaften, herein! Erster Platz vier Schilling, zweiter Platz zwei Schilling und die Gallerie umsonst!"

„Kumm, Hannes, denn laat uns man maal naa de Gallerie gaan!" säd een.

De Mann wehr se awers af un säd: „Ja, meine Herren, denn mööt Se en andern Weg gaan, de Gallerie is op den Michaelisthoorn; hier in de Bod is keen! — Herein, herein, meine Herrschaften, es wird Sie das Geld nicht gereuen! Sie sehen hier den größten Mann unsers Jahrhunderts!"

„Wat Dunner, Bismarck?" fraag een.

„Nein, der nicht, aber vielleicht werde ich das nächste Jahr die Ehre haben, ihn den geehrten Herrschaften vorzuführen! Dies ist der große Riese Sören Jensen aus Jylland; er mißt jetzt gerade neun Fuß; jedes Jahr wächst er zwei Zoll, und die philosophischen, mikroskopischen und auch die zoologischen Gelehrten behaupten, daß er niemals seine wahre Größe nicht erreicht! Ohne mich zu wiederholen, sage ich nochmals, meine Herren, er ist neun Fuß hoch!"

„Dat is ja ni mögli, de ganze Bod is ja knapp so hoch!" säd een.

„Min Jung, he liggt dar ja ook!" säd de Mann.

„Och, he lüggt! Denn laat uns man wieder gaan!" säd Antjemedder.

Neeg darbi schreeg een: „Hür, meine Herrschaften, sehen Sie „Madrillo, den Häuptling von einer Insel, welche noch gar nicht entdeckt ist! Er nährt sich nur von Petraulium!"

Se hadden grote Lust, den Muschü to sehn, awers Antjemedder wull partout, dat Hansohm eerst sin Piep utgaan leet, dat he keen Malheur maak, denn wa licht kunn de Mann in

Brand kaamen. Hansohm wull dat awers ni, un so patschen se wieder.

„Holt stopp!" schreeg Hansohm en paar Boden wieder; „hier is ook „Das größte Wunder des Jahrhunderts" to sehn! Laat uns maal hören, wat dat is!"

„Herein, herein, meine geehrten Herrschaften!" schreeg een Mann vör de Bod.

„Wat is dar to kieken?" fraag Hansohm.

„Allhier sehen Sie, meine Herrschaften, die berühmte Mademoiselle Eugenie, das größte Wunder des Jahrhunderts, welche, ohne Arme und Hände geboren, mit dem Munde die feinsten Stickereien anfertigt, malt, zeichnet, sich das Haar macht und die Zähne bürstet, Alles mit ihrem Munde!"

„Ah Snack, dat kann ja ni angaan, Mann!" säd Klaasohm.

„Auf Ehre, mein Herr, Alles mit dem Munde!"

„Mein Gott, dat is ja doch ni mögli, wa kann se sik de Tään börsten?"

„Das will ich Ihnen sagen, mein Herr, sie befestigt eine Bürste dicht vor sich, setzt dann ihre Zähne daran und reibt rechts, links, seitwärts, aufwärts und abwärts, bis sie fertig ist!"

„Kinders, de laat uns maal sehn!" schreeg Antjemedder.

„Man to," säd Hansohm, „dar bün ik ook nieschieri!"

Se betaalen ehr Entrée un gungen rin. Na, de Mann buten hadd ni ganz vääl tolaagen, se hadden dat ni för minschenmögli holen, un as se wedder rutkeemen, dar meen Antjemedder: „Den Deutscher, dat kunn ik ni!"

„Nä, Kinders, ik ook ni!" schreeg Klaasohm.

„Na, dat broch wull keen van uns farri, de Person weer bandi geschickt!" säd Hansohm; „awers en bäten höflicher hadd se ook wesen kunnt! Ik fraag se ganz aari, ob se ook ehr Stäweln mit den Mund smären un wixen däd, do sung se foorts an to schellen un säd, ik schull mi wat schaamen, dat ik ook noch öwer ehr Unglück spotten wull, un dat sull mi doch ganz ni in!"

Se leepen nu noch en bäten rum, awers van de Boden hadden se nog, un Antjemedder weer grausam möd, se hadd ja van wegen de Appelsinen de Nacht vördem meist ganz keen Slaap in de Ogen krägen. So gungen se denn wedder naa „Stadt Kiel" torügg. Klaasohm wull eerst noch ins dat snaaksche Kartenspill versöken, he meen, he kreeg dat noch sacht rut, wenn he sik en bäten ööv, awers Antjemedder wull nix darvan wäten; se säd, wenn he noch so'n Faxen maaken wull, denn kunn he naa sin eegen Stuv hengaan un dar de Lichten anstäken, je wull sik nu uttrecken un to Bett. Dar steek he de Kaarten wedder in de Tasch un gung röwer naa sin Stuv, denn de Lichten wull he ja ni anstäken, anders müß he ja darvör betaalen, meen he. Hinnerk bäd em nu noch ins, ob he ni in dat ander Bett slaapen schull, he verkööl sik anders noch mehr. Darvan wull Klaasohm awers partout nix wäten, he meen, verköölt weer he nu doch all maal, en bäten mehr oder weniger, dat maak nix ut, un se müssen spaaren, wa se kunnen, un he schull man jo stillswiegen, he alleen weer schuld, dat he de hundert Daaler verlaaren hadd, dat weer en ganz gerechte Straaf. Dat Bäden un Prachern nütz nix, Hinnerk muß wedder mit sin Olen in dat smalle Bett rin, un dat hölp em nix, dat he noch en ganzen Stoot jammer, dat he op de holten Kant van't Bett leeg un gar keen Dääk hadd; Klaasohm fung bald an to saagen, un opt letzt sleep Hinnerk ook to.

Dat weer wull so bi Klock een ut, dar schoot Antjemedder op eenmaal ut den Slaap un richt sik ook foorts int Bett op! Jeses, wat weer dat? Dar word schaaten! — De Trummel gung! — Peer klaabickern un klaabackern op de Straat! — Ehr klopp dat Hart, se kreeg en gräsige Angst! Wat weer dat? Dar hör se op eenmaal van alle Kanten:

„Tuut — tuut — tuut! Füer! Füer! Füer!

„O Gutt, o Gutt, o Gutt, Vader, Vader!" kreisch se un slupp in ehr Tüffeln rin un leep naa Hansohm sin Bett. „Vader," schreeg se noch ins un schüttel em bi'n Arm, „o Gutt, o Gutt, dar is Füer!"

„Dunner, gau dat Veh los!" schreeg Hansohm un sett sik int Bett op. He verminder sik awers gau un säd: „Wanem, wanem, Moder, doch ni int Huus?"

„Ach Du mein, de Gas int Rohr is gewiß in Brand kaamen, un wi mööt hier all elendi verbrennen!" schreeg se.

„Jeses, schreeg Hansohm, un reet de Döör aapen, „dar nern is dat ganz hell! Maak Larm, dat de Lüd int Huus opwaakt, ik will gau Naawer in de Been bringen!"

Bideß nu Antjemedder baaben an de Trepp stund un „Füer, Füer!" kreisch, so dull se man kunn, leep Hansohm gau naa de ander Stuv, um sin Naawer optowaaken. De leeg dar ganz alleen int Bett un de Dääk op de Eer.

„Klaasohm! Klaasohm!" schreeg Hansohm un schüttel em.

„Brrr, wat's dat koolt!" säd Klaasohm, ganz heesch; he hadd sik noch ni vermündert.

„Gau, gau, dar is Füer, Füer, börk Hansohm.

„Jeses, dat Veh!" schreeg Klaasohm.

„Man gau, man gau, nern brennt dat!"

„Dunner, wa is Hinnerk?"

„De is wull all dar!" Darmit sus Hansohm wedder af, raak gau sin un Antjemedder ehr Tüg tohopen un dat to de Döör rut. Dar weer all en groot Halloh. Antjemedder schreeg noch jümmers „Füer! Füer!" un baaben un nern worden de Döörn aapenräten un jümmers mehr Lüd keemen, wücke in Hemden, wücke halv antrocken, de een mit de Waschkumm, de ander mit den Waaterbuttel in de Hand; de Huusknecht keem van nern, de Opwaarers van baaben mit Ammers vull Waater ran, un alltohopen schreegen: „Wa brennt dat?" Dat kunn Antjemedder awers ja ni seggen, se schreeg jümmers, as weer se van Sinnen: „Füer! Füer!" So meenen de Lüd denn, dat dat in ehr Stuv wull brenn, un se darhen. Hansohm keem jüst rutsust un praall gegen den Huusknecht an un deel sik mit em in en Ammer Waater, van den andern kreeg Klaasohm en orntliche Portschon af.

Bideß weern all wücke in ehr Stuv rinloopen, awers dar weer't düster. Van Rook kunn man ook nix marken. De Weert hadd Antjemedder wull all teinmaal fraagt: „Wa brennt dat denn? awers de weer so dull in Angst, se kunn nix seggen. Hansohm un Klaasohm kunnen ook keen Bescheed geben, se hadden dat ja van Antjemedder hört. Wücke meenen all, dat se wull dröömt oder ook mit eenmaal den Rappel krägen hadd, dar gung dat op eenmaal wedder buten: „Tuut — tuut — tuut! Füer! Füer! Füer!"

„Hört, hört!" kreisch Antjemedder.

„Meenen Se dat bloot?" fraag de Weert.

„Hört He dat ni?" jammer Antjemedder.

Nu klaar sik denn de ganze Saak op. De Lüd gungen wedder naa ehr Stuv retour; wücke brummen un schimpen wull, awers se weern doch all recht licht um't Hart un freuen sik, dat de Geschichte ni wahr weer.

De Winbargers gungen ook wedder naa ehr Stuv torügg, un glief darop keem ehr Opwaarer, um dat Waater optonehmen, dat eerst spillt weer.

„De Weert is wull mit den Notammer hen?" fraag Klaasohm.

„Na, denn hadd he wat to doon, wenn he naa jedes Füer hen muß, dat is ja alle Ogenblick!" lach de Opwaarer.

"Wanem dat wull eenmaal is, dar is nargens wat to sehn!" säd Hansohm, de bi't Finster stund.

"Dat mutt awers doch gehöri brennen; hör, se roopt noch!" meen Klaasohm.

"Dat will nix seggen, dat Füer is vorlicht all lang ut, awers de Nachtwächters mööt ehr Revier afropen!" säd de Opwaarer.

"Jeses, wenn de Lüd doch ni hölpen doot?"

"Un wenn se dat ook wulln, dat dröft se gar ni!"

"Mein Himmel, wat maakt se denn den grausaamen Skandaal?"

"Dat weet wull keen Minsch, dat is noch so'n ole Mod!"

"Gott, wat bösi!"

"Hör, hör, nu schriggt he ganz neeg bi!" säd Hansohm.

"Ja, nu kummt de Nachtwächter wedder retour un seggt, wa dat Füer wesen is, passen Se op!" säd de Opwaarer.

Un dat gung wedder buten: "Tuut — tuut — tuut! Füer! Füer — in de Mummummumstraat!"

"Weeten Se nu Bescheed?" grien de Opwaarer.

"Nä, dat heff ik ni verstaan!" säd Klaasohm.

"Ik ook ni!" schreeg Hansohm.

"Un ik ook ni!" lach de Opwaarer. "Dat versteit min Daag keen Minsch, den andern Dag kriegt wi eerst ut de Zeitungen to wäten, wa dat Füer wesen is!"

"Mein Gott, wat schall dat denn?" fraag Klaasohm.

"Dat weet ik ni, dat's noch so'n ole Mod."

"Dat givt hier doch männi Saaken in Hamborg, de recht bösi bünt!" säd Klaasohm.

"O Gott, wat fleeg ik noch jümmers, wat kreeg ik dat mit de Angst, Kinders!" pruuß Antjemedder.

"Drink man en Glas Waater, Moder!"

"Dunner, wa is Hinnerk?" schreeg Klaasohm op eenmaal.

"Stralax, dat is ook wahr, wa is de? Den heff ik ganz ni sehn!" säd Hansohm.

"Maal en Ogenblick still! Pst!" säd de Opwaarer un gnies.

Se luckohren, un dar hören se ganz bütli in de ander Stuv een saagen.

"Jeses, de Bengel is ganz ni maal opwaakt!" säd Hansohm.

"Awers bi mi in't Bett weer he ook ni! Ik schull doch ni

denken . .!" schreeg Klaasohm gifti. "Ah, Muschü, lügg He gau maal to!"

Un se gungen in de ander Stuv, un richti — Hinnerk leeg ganz sööt in dat ander Bett to slaapen. Klaasohm weer gräsi gifti un reet em de Dääk weg un schüttel em bi de Bost, bet he opwaaken däd, un dar schreeg he, "Wa kannst Du Sleef Di in dat Bett leggen, wa?"

"Je — ik fror so!" staamer Hinnerk.

"Meenst, dat ik ni fraaren heff, Sleef!"

"Du hadst ja all de Dääk, Vader!"

"Gar keen, mußt seggen! Wullt maal rut!

"Laaten Se em doch dar liggen, Se künnt ja doch ni Beid in dat lütte Bett liggen!" säd de Opwaarer.

"O, wenn man sik en bäten tohopen knippt, geit dat ganz gut!" —

"Warum wüllt se dat awers, dat Betaalen is ja eens!"

"Wat! dat is eens?!" schreeg Klaasohm ganz verwundert.

"Nu, dat versteit sik!"

"Dunner, Dunner," säd Klaasohm un klai sik in den Kopp, "un ik heff so fraaren!"

"Dat's keen Wunder;" lach Hansohm; "Din Dääk leeg op de Eer, as ik Di opwaak!"

"Pfeu, deckst Din olen Vader ni maal to, wenn Du so'n Töög maakst, schaam Di!" schull Klaasohm, "un verbrennt weerst ook meist!"

"Verbrennt? Ik?" schreeg Hinnerk.

"Ja, min Jung, dat weer man op en hangen Haar! Kannst Di freuen, dat hier keen Füer weer!"

"Wüllt jüm noch ni to Bett!" schreeg Antjemedder ut de ander Stuv. Un dat dünk se denn ook Tied. Klaasohm steeg foorts in dat Bett rin; Hansohm gung wedder mit den Opwaarer retour. De hadd ook all gun Nacht seggt un wull jüst ut de Döör rut, dar schreeg Hansohm: "Holt stopp! Dunner!"

"Wat is gefälli?" fraag de Opwaarer.

"Schaad, schaad!" Jeses, wa schaad! Nu fallt mi dat eerst wedder in!"

"Wat denn?"

"Ach, ik drööm von den Elmshöörner Schooster un fraag em, wasück he heeten däd, un he wull mi dat jüst seggen, dar waak Moder mi op!"

„Gott, wa schaad!" säd de Opwaarer un grieu.

„Kann't mit den besten Willen ni hölpen! Na, dat fallt mi sacht noch wedder bi! Ik will sehn, dat ik noch maal darvan bröömen do! Na, gun Nacht, min Beste!"

„Gun Nacht, slaapen Se wull!"

Dat föfteinst Kapitel.

Kennt He uns ni mehr? — Warum Klasohm so bekannt is! — Gemäldegallerie. — Markt=
bericht. — Klaasohm schall arreteert warden. — Grootniemarkt. — Tuck, Tuck! — De falschen
Geister! — Dank ook välmaals. — De „Doppelleiche!" — Hinnerk faat sik mit den Nigger. —
Herrcheses Fritz! — Fritz mutt vertellen. — Man sümmers nosel! — Se fahrt af! — Extraa! —
Tüterütü! Hurrah, se kaamt, se kaamt! — Versetter is spillerig! — De Räken! — Nu weet ik't.

en andern Morgen sleepen se gehöri ut, un de Kaffee weer all klaar, as se in de Been keemen. Hansohm weer int eerste ganz gnatteri; he hadd richti wedder van den Elms=höörner Schooster dröömt, awers de eegensinnige Kerl hadd em sin Naamen ni seggen wullt; Klaas=ohm hadd sik gräsi verköölt; as se awers Kaffee un Botterbrod to Liev hadden, do worden se wedder munter un kandidel; bloot Antjemedder ni, de weer ganz ni so recht bi Schick.
Op eenmaal fung se an to weenen. De Andern dachen all, wat ehr feilen däd, und säden, se schull doch dat Weenen laten; awers se schütt truri un verzaagt mit den Kopp. Se hadden nu all twee Daag in Hamborg rumlopen un ehrn Jung noch ni draapen, un je mehr se van Hamborg seeg, um so mehr, snucker se, sack ehr dat Hart; de Stadt weer ja so utermaaten groot, dat muß ja en reinen Tofall wesen, dat se 'em bemött. Dat hölp nix, dat Hans=

ohm ehr tosäkern däd, se wulln ni eher van Hamborg weg, as bet se Fritz wedder hadden, ehr Thraanen seeten gewalti los.

Dat gung Hansohm bandi to Harten, awers wat leet sik darbi doon? He säd ehr denn opt letzt to, wenn se em densülwen Dag ni noch funden, denn wull he den andern Morgen de Pullzei naa em opkriegen, de word em sacht all finden. He geev ehr de Hand darop, un da weer Allens gut; se wisch ehr Ogen af, snoov de Näs ut un keek denn nu de Barg Schääp an, de in den Haaben leegen. So'n Haaben, meen se tonöst, leet se sik doch noch gefallen, un de weer meist alleen de Reis naa Hamborg weerth.

Hier funden se denn ook „Wiezel's Hôtel". Dat gung doch ni, dat se da vörbigaan däden, sünder intokieken. Antjemedder leed se keen Fräd, se mussen doch maal rop un „gun Dag" seggen. Se gungen naa de Weertsstuv rin un leeten sik en Glas Win geben. As de Opwaarer dat broch, säd Klaasohm: „Is de Weert ni to Hus?"

„Ja, de is baaben!" weer de Antwoort.

„Ach, Muschüh, denn gaa He man maal rop un segg to em, op he ni maal daal kaamen wull; He kann man seggen, dar weern gute Bekannte van em!"

De Opwaarer leep gliek rut, um de Warf to bestellen. „Schast sehn, Nawersch, de ward sik freuen, wenn he uns wedder süht!" säd Klaasohm und schüer sik de Handen.

„Schull he Jüm noch wedder kennen?"

„O, ganz säker! Domaals, as wi weggungen, weeßt noch, Hansohm, säd he, dat weer en groote Ehr wesen vör em, dat wi bi em logeert hadden, un wenn wi wedder naa Hamborg keemen, schulln wi em doch jo ni vorbigaan un wedder bi em waanen!"

„Dunner, dat hebbt wi awers ja ni daan!" schreeg Hansohm.

„Kinders, dat is ook wahr! Jesus, dat wi daran ook ni dacht hebt! Nu sitt wi hier un laat em noch gar bäden, ründer to kaamen! Wat seggt wi nu man, dat he uns ni dull ward?"

„Ja, dat weet ik ni!"

„Weeß wat, Minsch? Wi seggt, Moder hadd geern in Hamborg waanen wullt!"

„Holt Puuß, min Jung, laat mi dermank ut!" säd Antjemedder.

„Gott, Naawersch, dar is ja nix bi, he kennt Di ja ni!"

„Eenerlei, Klaasohm, ick will Jüm Packesel ni wesen!"

„Na, denn mööt wi all seggen, wi weern hier man op so'n korten Besöök und hadden em de Umständ ni maaken muggt!"

„Dat is ook dat beste!" meen Hansohm.

„Sie wünschen mich zu sprechen?" säd en fein antrocken Herrn, de se all en Stoot bekäken hadd. Dat weer de Weert sülm. De kunn sik awers ganz ni besinnen, waso dat sin guden Bekannten wesen schullen, he wuß ganz ni, dat he se all maal sehn hadd.

„Ja, is He de Weert?" fraag Klaasohm?

„Zu dienen, mein Herr!"

„Kinders, wa kann't angaan! He het sik ja unbandi verändert! Dünkt Di dat ni ook, Hansohm?"

„Ja, domaals weer he vääl grötter, dünkt mi, un breeder un vullständiger!"

„Dunner, un he het ook ganz hell Haar krägen, oder driggt He en Prüük?"

„Darf ich um ihre werthen Namen bitten, meine Herren?"

„Nä, nu ward gut, kennt He uns waarachti ni mehr?" fraag Klaasohm.

„Ich bedaure — — —"

„Dar slaa Gott den Düwel doot, kennt He uns in Eernst ni?"

„Ich erinnere mich wirklich nicht, Sie jemals gesehen zu haben!"

„Mein Himmel, wi hebbt uns ook ni en bäten verändert, dat hadd ik in min Leben ni dacht! Dat bünt frieli all wücke Jahren her, dat wi hier wern un bi Se waanen däden!"

„Ja, dat weer achtunsofti!" säd Hansohm.

„Ach so, aber damals war ich noch gar nicht hier; ich habe die Wirthschaft erst vor einigen Jahren übernommen!"

„Ei, Döötscher, ja, denn is dat wat anders!"

„Denn kunn He uns ja ook ni gut kennen!" säd Hansohm.

„Awers wa is unse ole gude Weert denn, de Wiezel?" fraag Hansohm.

„De is hier wegtrocken, de lewt nu van sin Geld!" säd de Weert.

„Dunner, dat's en schöne Professchon! Awers denn segg He em man lewer ni, dat wi hier wesen bünt, anders kunn he dat licht krumm nehmen, dat wi em keen Besöök maakt hebt! Ik gloov ni, dat wi noch so vääl beschicken künnt!"

„Nä, dat geit ni, anders ward wi ni klaar!" säd Hansohm. „Wi hadden geern unser Verspräken holen, awers van Abend denkt wi all wedder aftoreisen, un op so'n korten Besök wüllt wi em doch ni eerst de Unruh maaken!"

„Denn swiggt He ook jawull still, ni wahr!" bäd Klaasohm. De Weert säker se dat to, un nu gungen se denn weg.

„Wanem wüllt wi denn nu op to?" fraag Antjemedder.

„Laat uns maal naa de Gemäldegallerie, dar is dat schön!" säd Klaasohm.

„Man to, man to!"

Un se steegen in en Droschke.

Dat duer ni lang un se weern dar, Klaasohm betaal.

„Krieg ik ni ook en lütt Dringgeld, Herr Vullmacht?" säd de Kutscher.

„Vullmacht? Wat Deubel, kennt He mi?!"

„Jeses ja, wat schull ik Se ni kennen!"

„He is doch ni ook ut Winbargen?"

„Nä!"

„Ut Meldorp denn?"

„Ook ni!"

„Ut Nindörp? Farnwinkel, Krumstädt? — Jeses, ook ni?! Dunner, wa is He denn her?"

„Ut Hamborg, Herr Vullmacht!" säd de Kutscher un gnies.

„Awers denn is He dar wull wesen?"

„Ook ni, ik bün ganz ni ut Hamborg rutkaamen!"

„Ja, un ik weet, Vullmacht Klaas Thießen ward sik ni lumpen laaten un mi en gut Drinkgeld geben!"

„Dat schall He, strami, hebben — dar! Awers nu segg He mi ook, wa weet He, dat ik so heet!"

„Dat schall en Drinkgeld wesen?" säd de Kutscher un keek minnachti in sin Hand rin.

„Na, mi dünkt, veer Schilling, dat's doch all ganz gut!"

„Vör veer Personen, Herr Vullmacht, dat's doch wull ni ehr Eernst?"

„Na, dar büst denn noch veer to; awers nu ook rut mit dat Geheemniß!

„Ja nä, denn mööt Se doch noch veer bileggen, dat is op= stunds allens so düer in Hamborg!"

„Dat mark ik! Na, hier is dat Geld, nu awers ook rut dar= mit, wa weet He min Naamen?"

„De steit ja op Ehrn Piepenkopp!" lach de Kutscher un fahr af.

"Op min Piepenkopp!" säd Klaasohm ganz verblixt.

"Jeses ja, dar steit he ja!" schreeg Hansohm un lach.

"Straami, dat's ook wahr, an min Legitimaatschoon hadd ik ganz ni dacht!" säd Klaasohm.

"Na, dat is ja meist so, as wenn Du een vör Di vörop hadst, de jeden Minschen seggt: „Süh, dar kummt Vullmacht Klaas Thiessen," säd Antjemedder.

"Straalax, nu ward ik eerst klook! Denn hebbt mi de Minschen, de mi bi'n Namen nömen, gar ni maal kennt!"

"Wat schulln se man!" lach Hansohm.

"Dat Aastüg, un ik dumme Deubel laat mi in eensten weg brüden! Na, laat man eenmaal een wedder kamen, den will ik!"

"Guten Dag, Herr Vullmacht!" säd en jungen Kerl, de vöröwer leep.

"Süh, dar geit dat all wedder los!" lach Antjemedder.

"Du Snösel!" schreeg Klaasohm em gifti achternaa, wa kannst Du mi Vullmacht schimpen! Kennst mi? Ah, min Hinnerk, loop den Flotz gau maal achternaa un jack em maal af, min söte Jung!"

"Laat dat man lewer naa, weeßt ni mehr, wa di't güstern op't Hoppenmarkt gung?" waarschu Hansohm.

"Dat's ook wahr!" säd Klaasohm.

"Stääk din Legimatschoon man lewer in de Tasch, Naawer", säd Antjemedder, "wi kriegt anders noch Malheur!"

"Dat will ik doon, dat's ook wull man ebenso gut!"

Van de Gemäldegallerie weer se vääl vertellt, dar schulln ganz lütte Bilder wesen, knapp en Foot groot, de öwer hundert Daaler kosten. Bi den Ingang schulln se ehr Stöck un ook den Scherm afgeben. Antjemedder word dat bitter suer, sik von ehrn Scherm to trennen, se fraag mindestens teinmaal: „Ik krieg em ook doch wedder, Muschü?" — De Mann säd, dar kreeg se ja en Teeken vör, un wenn se dat wedder broch, kreeg se ook ehr Saaken wedder. Se weer awers noch jümmers achterbang un fraag jümmers van frischen, bet de Mann argerli word un meen, dat däd ja ook ni nödi, dat se ringaan bäd, se kunn ja ook so lang buten blieben un op de Andern töben, denn bruuk se ehrn Scherm ni aftogeben. Dat wull se awers ook ni, un so geev se em endli hen, awers se bäd, he mugg em doch jo gut henstellen un jo ni opspannen, denn se hadd em all twinti Jahr! Do gung se denn mit de Andern rin.

„Kinderslüd noch maal to!" schreeg se foorts, „wat en Pracht! Nä, wat smucke Schilleraazen, wa blänkert dat!"

„Ni wahr, Naawersch, dat is en bäten schön hier, wa?" säd Klaasohm.

„Kinders, Kinders, ja! O Gott, wat vör smucke Raamens! De mugg ik hebben!"

„Süh, hier steit de Pries bi, veerti Louisd'or!"

„Ah wat, dat is ja ni mögli, Naawer!"

„Kiek, dar steit dat!"

„Vörwahr! Mein Himmel, wat düer!"

„Dat begriep ik ook ni!" säd Hansohm. „Min ganzen Gäwel un de Finsterluchten to maalen, het mi vant Summer man föfti Mark kost, un dar hört doch, weiß Gott, vääl mehr Farw to!"

„Dat maakt denn vorlicht de smucken Raamens, dat dat so vääl kost!" meen Antjemedder.

„Ja nä, so vääl kann dat doch am End ni anlopen!" säd Klaasohm, „ik gloov, se laat sik hier am End vör de Kunst mit betaalen! So'n Bilder to maalen is doch wull meist en bäten swaarer, as en Hus anstrieken!"

„Gott, Naawer, dat weet ik ni! Wenn man dat kann, is am End dat een so swaar as dat ander! Un denn, weeßt Du, unse Bäcker in Winbargen het sik en schön Schild maaken laaten mit luder Kringeln un Stuten op, dat is doch gewiß jo so swaar as düt, un dat het man dree Daaler kost, un denn is dat mindstens veermaal so groot as düt Bild! Dar is ja en grooten Barg Farw mehr op veraast worden!"

„Na, he fördert ook ja man, Naawer," säd Klaasohm, „de Mann lett wull mit sik handeln!"

„Vader, kiek, dar bünt naakte Fruenslüd," säd Hinnerk mit sin heesche Stimm.

„Pfeu!" kreisch Antjemedder un heel sik den Plaaten vör't Gesicht.

„Wanem, wanem?" schreeg Klaasohm, un as he dat Bild wieß word, säd he to Hinnerk: „Dat is nix vör Di, Jung, dreih Di um, hörst Du!"

„Ja, awers — —"

„Dreih Di um, segg ik! Wullt maal gliek ophören!"

„Gaa man maal mit Moder wieder lang, Hinnerk, ik heff Din Vader wat to seggen!" säd Hansohm.

„Oho, kaam Du man mit, Vader," schull Antjemedder, „ik weet wull, wat Du in Sinn hest, Du malle Sleef!"

„Na denn kumm man!" säd Klaasohm un faat em in Arm, un sachten säd he to em: „Dat weer awers en bandi smuck Fruensminsch!"

„Junge, Junge!" säd Hansohm.

„Wat deist Di umkieken, Hinnerk? Wullt maal togaan, Sleef!"

„De bünt awers ganz wat anders, as min Antje und Din Trina!" säd Hansohm.

„Vääl, vääl smucker! Awers dat laat se man jo ni hören, dat wüllt se gewiß ni wäten!"

„Wat hebt jüm Beiden denn dar to züscheln?" fraag Antjemedder un dreih sik kort um.

„Ach nix!" säd Hansohm.

„Nix?" fraag Antjemedder.

„Gott, Naawersch, wi snacken bloot wat van Persetter Vaagt!" säd Klaasohm.

„Ja, van Persetter!" stimm Hansohm bi. Hinnerk gnies, all wat he kunn.

„Wüllt jüm glick maal togaan!" schull Antjemedder, „Pfeu, Naawer, dat will ik to Trinamedder naaseggen, töov man!"

„Mein Gott, wat?"

„Na na, ik weet wull, töov man!"

Se graasen nu wieder. Am besten gefullen se de Bilder, de op Isenblick maalt weern.

„Dat laat ik mi noch gefallen," säd Hansohm; „wenn ik wat koff, denn word ik hiervan nehmen, dat is noch duraable Arbeit, dat hollt mit een ut!"

„Dar gev ik Di Recht in, dat kann noch en orntlichen Stoot verdrägen," säd Hansohm; „kummt dar maal en Buul in, denn kloppt de Klempner dat wedder liek, un dar is de Putt mit af. Wenn man awers so'n ander Bild het un dar kummt en Rött un fritt dar en Lock in, denn is man sin Geld mit eenmaal los!"

As se endli wedder weggaan däden, freu Antje sik gewalti, dat se ehrn Scherm wedder kreeg un dat dar ook nix an verrungeneert weer; so genau se em ook bekeek, se kunn nix daran finden.

Hansohm weer ganz verdreetli, dat he vör dat Opbewaarn van ehr Saaken ook noch wat betaalen schull un meen eerst, dat de Kerl man bloot Spaaß maaken wull; awers de bedüd em, dat dat Eernst weer. Dar wull he denn sin Stock ganz darlaaten, de weer em ja keen Schilling weert, so'n kunn he sik ja jeden Dag int Holt snieden, wenn he wedder to Huus weer; awers Antjemedder

„Pfeu!" kreisch Untjemedder un heel sick den Plaaten vör't Gesicht.

tux em bi'n Rock, un Klaasohm püsper em int Ohr: "Jo nofel!" un dar lang he denn in de Tasch.

"Eenerlei, de Raamens weern smuck!" säd Antjemedder, as se wedder buten weern.

"Ja, de hebt mi ook gefullen!" säd Hansohm.

"Nu, wücke Bilder weern ook doch noch dat Ansehn weert!" meen Klaasohm und stött em an.

"Ja, dat is wahr, Naawer, wücke leeten sik ganz gut!"

"Jung, wat kickst Di wedder um un grienst?" schreeg Klaasohm. "Wullt een mit den Stock?"

"Ach, Vader, ik dach jüst an Persetter Vaagt!" gnies Hinnerk.

"Na, dat's wat anders."

Van dat Lopen worden se endli möd, un as se wedder op den Jungfernstieg dicht vörn Alsterpavillon weern, meen Klaasohm, se kunnen dar ook geern en Ogenblick ringaan un sik en bäten daalsetten. Un dat däden se denn un leeten sik en Taß Kaffee geben. Dat broch se höllisch wedder op den Damm.

"Wat steit dar in de Zeitung, Vader? Du hest dat ja höllisch wichti mit eenmaal?" fraag Antjemedder.

"Gott, Moder, ik seeg hier jüst in dat Wuchenblatt „Marktbericht"; dar steit ja allens in, wat de Waaren kosten doot, un wi wulln ja doch wat von hier mitnehmen!"

"Jeses ja, Kaffee un Cichurien! Liß maal vör!"

"Hört maal, Kinders," säd Klaasohm, de dat Blatt all dörkäken hadd, "wenn ik raaden schall, denn laat wi dat Koopen naa!"

"Warum dat, Naawer?" fraag Antjemedder.

"Nu, dat schient, dat is vant Jahr allens slecht geraaden!"

"Gott, wa meenst dat?"

"Ja, dat steit hier drückt! Hört to! „Käse lebendig!" Denkt sik maal an!"

"Brrr!" schreeg Antjemedder, awers wücke mögt em so. Man wieder, Naawer!"

"Mehl steigt!" les Klaasohm.

"O Gott, dar bünt de Wörms all in, wullt glöben!"

"Hör man wieder, Naawersch!" „Kaffee flau!"

"Kinders, dat's man gut, dat wi dat noch vördem to wäten kriegt! Denn wüllt wi ja jo un jo nix kopen!"

"Süh, Hansohm, wat's dat, Usanceweizen?"

"Dat weet ik ni, heff noch min Daag ni darvan hört! De ward wull von Amerika eenerwegens her wesen, hier to Land ward he ja ni buet. Weeßt Du, dar muffen wi eegentli en Proov van mitnehmen un maal fehn, wa de fik bi uns maaken bäb?"

„Nä, dat laat uns man ja naalaaten, Spekulaatfchoon böggt vör de Buern ni!"

„Is ook man Spaaß, Naawer, wie blievt bi unfen olen Globen, wat de is, weet wi! Mein Gott, wat wullt wedder mit de Kaarten?"

„Ach, ik gloov, ik weet dat nu! Paß maal op! Süh, dar is Hartendaam — nu fmiet ik fe daal! Wa is fe?"

„Dar!" fäd Hanfohm, un he habb dat Rechte draapen.

„Is de Möglichkeit!" fchreeg Klaasohm. „Wi wüllt noch maal!"

Awers he verföch dat noch wull teinmaal, un dat wull em ni glücken. Se marken dat ganz ni, dat ander Gäft niefchieri naa fe henkeeken; he word jümmers iwriger, un Hanfohm, Antjemebber un Hinnerk keeken niep to, um jo optopaffen, wa de Kaart hinfull. Op eenmaal föhl Klaasohm en fwaare Hand op fin Schulder, un en Mann, de van de Pullzei weer, fäd: „Arreftant!"

„Wa — at!" fchreeg Klaasohm verblüfft un word fo witt utfehn, as de Doot.

„Kaam man ruhi mit, Vetter!" fäd de Pullzei.

„Awers he het ja nix daan!" fäd Hanfohm.

„Freuen Se fik man, dat ik noch fröh nog kaamen bün, anders habb de Spitzbov fe all dat Geld afnaamen!"

„He?" fchreeg Hanfohm ganz verbliyt.

„O Gott, fo'n Ungerechtigkeit!" fäb Antjemebber, „he het ja nix daan!"

„Nix daan? Dat is en olen Buernfänger, ik kenn em! Heff ik ni fülm fehn, dat he hier „Kümmelblättchen" fpääl? Un dat bi helligen Daag un noch darto in den Alfterpavillon, fo'n Frechheit! — Man to, man to, kumm man, ni eerft Opfehn maakt!" fäd he to Klaasohm un wull em wedder bi'n Kraagen faaten.

„Awers ik bäd Em, dat is ja min Naawer, Vullmacht Klaas Thieffen!"

„Ik will dree Daag vör den Düwel in de Eer fitten, wenn dat ni wahr is!" ftaamel Klaasohm ganz weenerli.

„Dat kann jeder feggen!"

„Wies em doch bin Paß, Naawer!" fäd Antjemebber.

„Dunner, dat's ook wahr!" fchreeg Klaasohm un haal gau fin Piep ut de Tafch un wies fe em hen un fäd: „Hier is min Legitimaatfchoon! Kiek, dar fteit!"

„Ja, wenn Se so'n Paß hebt, denn is Allens in Ordnung!" lach de Pullzei, de nu mark, dat he Klaasohm Unrecht daan habb. „Awers," säd he, „dat Spill is hier verbaaden, un laaten Se dat ja keen wedder sehn, anders kunnen Se licht to Lock kaamen!"

„Dat is verbaaden?" säd Klaasohm verwundert. „Dunner, hadd ik dat man en paar Daag eher wußt!"

De Pullzei fraag wieder naa, un nu vertell Klaasohm denn sin ganze Leidensgeschichte.

„Dat is doch man gut," säd Hansohm nösten, „dat wi de Legitimaatschoon mitnaamen hadden!"

„Vörwahr, anders seet ik gewiß all wedder int Lock!" schreeg Klaasohm.

„Wedder, Naawer?" fraag Antjemedder, „büst denn all maal dar wesen?"

„Ik — ik?" schreeg Klaasohm un word ganz roth; „mein Gott, büst ni kloof, Naawersch!"

„Na, ik meen man, wiel Du „wedder" sädst!"

„Ach, dat heff ik so in Gedanken daan! Awers dar sühst Du, wa licht man hier to Malheur kaamen kann!"

„Wat schüllt eegentli de veer Gläs Waater hier?" fraag Hansohm, um den Snack op anders wat to bringen.

„Dat's ook wahr, wat de wull schüllt? Weeßt Du dat, Naawersch?" fraag Klaasohm gliek.

„Gott ik kann mi dat all denken! De hier Kaffee drinkt, mutt ook sin Taß sülm wedder rein maaken, dat is wull so Mod!"

„Na, denn man bi, Moder, versteist dat ja am besten!"

„Se hadden een ook geern en Theehandook mit herbringen kunnt!" säd Antjemedder; „mutt man de Tassen all rein mit sin Taschendook afdrögen!"

Dat leet sik nu eenmaal ni ändern; se neem ehr Näsdook un dröög se af. Do gungen se wedder naa Huus.

Naa Middag biestern se wedder los, van een Straat naa de ander; Antjemedder leet keen Fräd, se wull absluts Fritz söken. Gegen Abend keemen se denn ook naa'n Grootniemarkt.

Hier weer dat meist ebenso vull as op'n Goosmarkt. Dar weer en ganze Reeg vull Zauberers un Taschenspälers, en groot Aapenthiaater, Kackerlacken, Wurstboden, Liendanzers, en dick fett Fruensminsch, de sik vör Geld sehn leet, un so'n Kraam mehr.

Eerst bleeben se maal staan un hören un keeken sik Allens van buten an; opt letzt worden se sik eeni, in en grote Bod rintogaan, wa en Taschenspäler sin Kunststück maaken däd, un wa man ook Geister un Gespenster to sehn kriegen schull. Se gru int eerste wull en bäten, un Antjemedder wull ganz ni mit rin; awers Klaasohm meen, wenn dat richtige Gespenster weern, leeten se sik wull ni vör Geld sehn.

„Wer weet, Naawer, ob se dat ni mööt!" säd Antjemedder. „Wenn de Kerl sik nu den Deubel verschräben het, wat denn?"

„Gloov doch so wat ni!" lach Klaasohm; „wenn man sik würkli den Deubel verschrieben kunn vör en groten Sack vull Geld, denn geev dat ganz keene arme Lüd mehr op de Welt!"

„Snack doch ni so, ik bäd di, Naawer!"

„Nä, is wahr, Naawersch! Wat seggst Du, Hansohm, wi beiden hadden all längst mit em accordeert?"

„Pfeu, Naawer, schaam Di doch!" schull Antjemedder.

„Jees, warum? Süh, de Deubel is ja so'n gräsi dummen Kerl, den hadden wi nösten wedder anföhrt!"

„Mit Kümmelblättchen, wat?" lach Hansohm.

„Na, dar swieg nu man van still!" säd Klaasohm verdreëtli.

„Awers dat segg ik jüm, Kinders, ward mi dat dar to gruli, denn gaa ik rut!"

„Na, denn loopt wi mit Di, Naawersch! Kaamt man!"

Se also rin. De Zauberer maak ganz nette Saaken; se keemen meist ni ut dat Verwundern rut. Ut en leddigen Sack haal he en Stieg Eier rut, un he bruuk man jümmers „tuck, tuck" to seggen, denn weer wedder en Ei dar, un wull dat ni recht mehr, denn pett he den Sack mit de Fööt un slog mit em rum, un dat hölp, denn kunn he jümmers van frischen rinlangen un Eier ruthaalen. Dat Stückschen hadd Klaasohm all domaals sehn un vääl darvan an Trinameddersch vertellt, un de hadd em nu bäden, wenn he den Kunstmaaker wedder droop, em den Sack aftokopen, un wenn he ook tein Daaler kost; denn dat Geld broch he ja licht wedder in, de freet ja ni, as de Höner. He fraag Hansohm, ob em dünk, dat de Mann wull den Sack verkoopen word. Dat kunn Hansohm em denn ja ni seggen; awers de Kunstmaaker muß dat wull hört hebben, he fraag Klaasohm op eenmaal, ob he Lust hadd, em den Sack aftokopen.

„Dat mugg ik wull noch, wenn he ni to düer is!" säd Klaasohm.

„Na, wat is he weert? Beeden Se maal!" säd de Kunstmaaker.

„Nä, eerst fördern!"

„Nu, kann't twee Daaler lohnen?"

„Vör een geit ja wull, wa?" gnies Klaasohm.

„Nä, dat is to minn, twee mööt Se geben!"

„Na, denn man to, hier is dat Geld!"

„Minsch, wat billi!" säd Antjemedder sachten to em.

„Ni?" grien Klaasohm ganz överglückli.

„Se wäten awers doch ook," fraag de Kunstmaaker, „wat Se doon mööt, wenn de Sack Eier leggen schall?"

„Jawull, ik weet Bescheed! „Tuck, tuck!" ni wahr?"

„Schön; awers versöken Se dat doch lewer gliek maal, wüllt maal sehen, ob Se en glückliche Hand hebt!"

„Man to, Naawer!" säd Antjemedder nieschieri.

„Awers de Eier bünt min!" schreeg Klaasohm.

„Dat versteit sik; un ik koop se Em aff, He schall Stück vör Stück twee Schilling hebben!"

„Dunner! Denn haal He man en Schöttel her!" schreeg Klaasohm.

De Kunstmaaker däd dat. Klaasohm gnies un lang in den Sack rin un säd „tuck, tuck!" Wat maak he awers vör'n lang Gesicht, as he da nix in finden kunn! De Lüd fungen all an to lachen.

„Ja so," säd de Kunstmaaker, „ik heff dat ganz vergäten, den Spruch to seggen, geben Se den Sack man noch maal her!" Un nu mummel he wat un maak allerhand Faxen un dä gräfi wichti. „So," säd he endli un geev Klaasohm den Sack wedder retour, „nu is allens in de Reeg, nu seggen Se man maal wedder „Tuck, Tuck!" denn ward Se all wat finden!"

Klaasohm säd dat Zauberwoort un lang in den Sack rin; awers hest Du ni sehn, trock he de Hand gau wedder rut un schreeg: „Au, au!" un dar seegen de Lüd, dat sik en junge Katt an sin Hand fast klaut hadd. Dat geev wedder wat to lachen; Klaasohm schimp awers van Bedrugg. Dar säd de Kunstmaaker denn, van sin'twegen kunn de Handel geern wedder torügg gaan, de Sack weer em ja vääl mehr wert, un he hadd em dar man en Gefallen mit doon wullt.

De Handel gung denn nu retour. De Kunstmaaker klopp den Sack eerst maal gehöri ut un säd do wedder: „Tuck, Tuck!" un richti — he verstund sin Saak, jümmers lang he en Ei rut.

„Wa is dat minschenmögli!" schreeg Antjemedder verwundert.

„Dat kann meist ni mit rechte Dingen togaan!" säd Klaasohm.

„Ik säd dat ja, dar stickt de Deubel achter!" schreeg se.

Meist meen Klaasohm dat nu ook. Dat duer denn ni lang, dar keemen de Geister an de Reeg. Antjemedder wull all weg, awers da alle Lüd sitten bleeben un ook ni en bäten bang ut=seegen, so dügg ehr denn opt letzt, de Saak kunn doch ni so gefährli wesen. De Kunstmaaker fraag denn nu Klaasohm foorts, ob he Lust habb, een van sin verstorben Fründen to sehn.

„Do dat ni, Naawer!" säd Antjemedder.

„Gott, dat is ja luder Ogenverdreihersch un Bedreegerie!" säd Klaasohm minnachti, denn he weer noch dull, dat de Lüd em eerst so utlacht hadden.

„Na, Se bünt doch ni bang?" säd de Kunstmaaker spöttisch.

Dat arger Klaasohm nu unbandi, un he schreeg gifti: „Dat schull mi ook infallen, ik gloov ni an Gespenster, mein Junge!"

„Nu dat schüllt Se gliek wieß warden, seggen Se mi man, wakein Se sehn wüllt!"

„Man to denn, denn laat Unkel Jörnohm maal kaamen!"

„Warten Sie einen Augenblick; mein kleiner Teufel muß ihn erst aus der Hölle holen!"

De Lüd lachen wedder; Klaasohm word noch giftiger un slog Antjemedder op de Hand, denn de tux em in eensten weg an den Rock un püsper em to: „Laat dat doch naa!"

„So, jetzt passen Sie auf, er kommt!" säd de Kunstmaaker, un richti, mern ut de Wand keem, ganz buersch kleedt, en olen Mann rut un bleev mern op de Bühn staan.

„O Gutt, o Gutt, dat is he!" schreeg Antjemedder un heel den Plaaten vör de Ogen.

„Börwahr, Jörnohm!" säd Hansohm verfeert.

„Dunner!" säd Klaasohm un word ganz verblixt utsehn.

„Wie geht's Dich, mein Sohn?" säd dat Gespenst mit en holle Stimm.

„O ho!" schreeg Klaasohm op eenmaal, heff ik ni seggt, dat dat luder Speegelfechterie is! Jörnohm säd jümmers, wenn he mi droop, toeerst: „Wat maakt Din Swin, Klaas? Is ni wahr, Naawer?"

„Ja, dat is wahr, un denn kunn he ook keen Hobüütsch!" betüg Hansohm.

„Süht He wull!" säd Klaasohm spöttsch, denn he meen, dat alle Lüd öwer den Kunstmaaker lachen. He keek sik ganz vergnögt um un grien, as habb he en gewaltigen Togg räten. De Kunstmaaker neem em dat ganz ni vör krumm, de lach sülm van

Harten mit un säd denn, Klaasohm hadd ganz Recht, sin Jörnohm weer dat ni wesen.

„Süht He!" schreeg Klaasohm. — Jörnohm, säd de Kunstmaaker, hadd jüst in de Höll op de een Siet en bäden braaden mußt, un da de Deubel sik so utermaaten an sin Grimassen höögt hadd, so hadd he en Andern an sin Städ schickt. Wenn Klaasohm awers den andern Abend um desülwe Tied wedder kaamen wull, denn schull he sin Jörnohm sehn; denn een um den andern Dag weer he frie.

De Lüd lachen wedder, un Klaasohm mark recht gut, warum.

„Laat uns gaan, Naawer, he föhrt Di noch mehr an!" waarschu Antjemedder.

„Mi dünkt dat ook," säd Hansohm; „he is Di 'to kloof!"

„Nä, nä, wi blievt!" säd Klaasohm gifti; „wüllt doch maal sehn, ob ik den verfluchten Kerl ni noch maal bikaamen kann!"

Un dat glück em. Ganz toletzt word van den Kunstmaaker noch een Stück maakt, wat he, as he vertell, „die Ehre hatte, vor seiner Majestät dem Sultan zu produciren." He säd to Klaasohm, ob he em ni so'n Dings as en Veerschillingsstück op en Ogenblick doon kunn.

Klaasohm säd nix, he lang in sin Tasch un geev em dat Geld.

„Nun passen Sie auf!" säd de Kunstmaaker. „Dieses kleine Stück Geld werde ich in einem größeren verwandeln! Sehen Sie, meine Herren! Eins, zwei, drei! — Nun ist es ein Achtschillings= stück! — Passen Sie auf, meine Herren! Eins, zwei, drei! — Jetzt ist es ein Markstück! Daraus will ich sogleich einen Thaler machen! Passen Sie auf! — Eins, zwei, huppla, drei — sehen Sie? Ueberzeugen Sie sich selbst, mein Herr," säd he to Klaas= ohm, „ob er nicht echt ist!"

„Lang He em maal her!" säd Klaasohm.

„Hier! Haben Sie an Ihrem Geldstück ein Zeichen gehabt, werden Sie ihm auch auf dem Thaler finden!"

„Nä, dat heff ik ni, awers is dat min Geld?"

„Jawohl, mein Herr, mit Hülfe der höhern Magie habe ich Ihr kleines Geldstück in einen Thaler verwandelt!"

„Is dat würkli min Geld?" fraag Klaasohm noch ins.

„Auf Ehre, mein Herr, es ist Ihr Geldstück!"

„Na, denn dank ik ook väälmaals!" säd Klaasohm un gnies un steek den Daaler in de Tasch.

„Geben Sie ihm jetzt wieder her, ich will ihm in einen Champagnerthaler verwandeln!" säd de Kunstmaaker.

„Is all dusend nog, ook väälen Dank!" grien Klaasohm; „kaamt man, Kinders, ik bün nu tofräden!"

De Lüd maaken se foorts Platz un lachen, all wat se kunnen. De Kunstmaaker weer so klook un lach mit un leet Klaasohm ruhi gaan. As se buten weern, fung Klaasohm an to lachen und schreeg: „Den heff ik anföhrt!"

„Gott, wa muggst Du dat doon?" säd Antjemedder.

„Warum ni! De Snösel wull mi ja ook vörn Narren holen! Nu weet he, dat wi Buern ook klook bünt; schast sehn, dat Stück maakt he hier ni wedder!"

„Na, wanem gaat wi denn nu hen, de Klock is all nägen!" säd Hansohm.

„Kinders, wat schull in düsse lütte Bod wesen?" fraag Antjemedder.

„Jesus, wat steit dar vörn gräsigen Kerl opmaalt!" schreeg Hansohm; „kiek maal, Naawer, ganz swart un mit en Ring dör de Näs as en Swin!"

„Vörwahr, dar is en ganzen Barg to sehn: en Buschmann, Kackerlacken, indianische Gaukler un der schwarze Herkules, „Don Pedro der Schwarze", genannt „Die Doppeleiche!" les Klaasohm.

„Dunner, dat mutt ja en höllisch starken Kerl wesen, düsse Muschüh!" säd Hansohm; he will jedereen hundert Daaler geben, de em int Faaten rumsmitt!"

„Wakein seggt dat?!" schreeg Klaasohm hasti.

„Kiek, dar steit dat ja!"

„Dunner, Dunner!" säd Klaasohm.

„Kinder, dar laat uns maal rin!" säd Antjemedder.

„Hört maal en Vörslag, Lüd!" säd Klaasohm; „laat uns eerst maal en orntli Glas Punsch drinken, ik bün dörsti un verfraaren, un nösten gaat wi hen naa de Bod, wa?"

„Dar bün ik mit bi," schreeg Hansohm; „dat weer noch maal en orntli Woort!"

„Na, mi is dat ook recht, de Bod löppt uns ja ook ni weg," säd Antjemedder.

„Un wat seggst Du denn darto, min söte Jung?" säd Klaasohm to Hinnerk un straakel em de Backen. „Kumm, haak mi in! Heft Lust to en Glas Punsch?"

„Jeses, ja!" gnies Hinnerk.

„Büst doch en verfluchten Bengel! Na, bar heff ik eerst en Keller sehn, dar wüllt wi hen, oder weeßt Du hier en ander Städ, min lütte Hinnerk, denn segg man, mi is dat eendoon!"

„Mi ook!"

„Büst Du ook flau, min guden Jung? Wullt ook en Botterbrot äten, wa? Kannst man seggen, Minsch!"

„Na, ik bün noch ganz satt van Middag!" säd Hinnerk, de ganz ni begriepen kunn, dat sin Ool op eenmaal so utermaaten fründli gegen em weer.

Se gungen denn nu in den Keller, un Hansohm bestell denn foorts veer Gläs Punsch, „awers recht stark!" säd he. Hinnerk drunk geern en Glas Punsch, un he weer ook de eerste, de sin ut hadd. Klaasohm säd foorts to den Weert, he schull de leddigen Gläs man wedder full maaken. Un Hinnerk leet sik ni nödigen; he hadd sin Glas bald wedder ut un noch een un noch een. Klaasohm snack mit Hansohm van Hinnerk, man halvluut, awers doch so, dat Hinnerk dat hören kunn. „Is doch en höllschen Kerl, de Jung! In uns Dörp is keen, de't mit em opnehmen kann, ik gloov, he hadd den Ultimo ook kannstheistert!"

„Ja, Knääv het he, dat is wahr!" säd Hansohm.

„Dat schull ik meenen! Ik mugg dusend Daaler darop wetten, hier is keen, de em dat öwer deit! — Hinnerk, magst den Punsch?"

„Un ob, Vader, de smeckt fein!" gnies Hinnerk.

„Na, Jung, denn drink man noch maal ut!"

Hinnerk leet sik ni lang kraagen, he drunk ut. Endli meen Antjemedder, dat word ook sacht Tied, wenn se noch wat besehn wulln, un Klaasohm weer ook davör, dat se gaan däden. Un so säden se denn Adjüs un leepen foorts naa de Bod hen, wa de „Doppeleiche" un de Buschmann to sehn weern. Wücke Lüd weern all dar, un de eersten Bänk seeten all vull. De Veer mussen denn nu en bäten wieder torügg, wa Platz weer. Knapp seeten se, dar fung Antjemedder op eenmaal an to weenen.

„Mein Gott, wat feilt Di, Moder?" säd Hansohm.

„Ach Gott, ik weet ni . . . .!" snucker Antjemedder.

„Mein Himmel, warum weenst Du denn?"

„Ach, Vader — ik weet dat ni — awers — de Thraanen loopt mi jümmers so ut de Ogen!"

„Du denkst wull all wedder an Fritz, Moder?"

„Ach Gott, ja — wa de wull is? — dat arme Worm!"

„Wes doch ruhi, min Antje, wie drääpt em noch, schaft sehn!"

„Wa vääl maal heft Du dat ni all seggt, Vader — awers — if gloov — dat — nu — ni mehr! — ach Gutt, ach Gutt!"

„Schast sehn! Un if heff Di ja toseggt, wenn wi em van Abend ni finden doot, denn gaat wi morgen naa de Pullzei!"

„Ach, min beste Vader, wat ward dat hölpen, de Pullzei — döggt hier ja nix", seggt Klaasahm!"

„Ach, wat weet Klaasohm darvan, de tüünt ja man wat! Süh, de Abend is ja noch ni to End, wer weet, op wi em ni noch eenerweegen opstaakt! Mi swaant dat meist!"

„Gott gäv dat!"

„Kumm, min Deern, wes wedder vergnögt, if mag dat ni sehn, wenn Du weenen deist!"

Antjemedder wisch ehr Thraanen af, und dar word ook all tom tweeten Maal klingelt.

Klaasohm hadd dat bi de Tied gewalti wichti mit Hinnerk.

„Hör maal, min söte Jung," säd he, „Du hest beestige Knaaken in Liev, Du kunnst mi eegentli noch en Gefallen doon!"

„Wat denn, Vader?" fraag Hinnerk nieschieri.

„Kiek, siet Fritz weg ist, büst Du ja de starkste in uns Dörp, ni?"

„Ja, dat bün if!"

„Hör, min Pummel, Du mußt mi nu en groten Gefallen doon, wullt dat?!"

„Jawull, awers wat?"

„Süh, wi hebt en groten Barg Geld verlaaren; dat weer doch höllisch nett, wenn wi dat wedderkreegen, wa?"

„Dunner, ja; awers wasück man, Vader?"

„Dat will'k Di seggen, min Engel. Süh, hest ni lesen vör de Bod, wakein den Herkules, de „Doppeleiche", int Faaten rumsmitt, de kriggt hundert Daaler? Dat is vör so'n Baar, as Du büst, ja en ganze Kleenigkeit!"

„Ja, nä, awers he is ja swart, Vader?"

„Gott, dat maakt ja nix, he farvt ja ni af! Man to, versöök dat maal, min söten Jung, maak Din olen Vader de grote Freud, wa?!"

„Ja nä . . ." säd Hinnerk un klai sik in den Kopp.

„If bäd Di, min Engel, dar is ja ganz nix bi to riskeeren! If segg, Du smittst em, so'n Kerl as Du! Man to, min beste Jung!"

„Ja nä . . ." säd Hinnerk noch en ganzen Stoot, bet Klaasohm

em endli besnackt hadd, dat he ja säd. Nu weer Klaasohm denn
richti vergnögt; so blied hadd he lang ni utsehn.

De Vörhang ward optrocken, un de Komödie gung los.
Toeerst keem en Buschmann ut Afrika, de awers an „grönen
Soot" gebaaren un groot taagen weer, de sik awers all en halv
Jahr vördem ni kämmt un wuschen hadd. He seeg gruli ut un
spääl sin Rull ganz prächti. Darop keem en Baijatz un Kunst=
maakers un Liendanzers. Endli gungen de weg, un nu schull
denn, as en Mann se säd, „der weltberühmte Herkules seiner Durch=
laucht des „Fezzen" von Marokko, Don Pedro der Schwarze,
genannt die „Doppeleiche", die Ehre haben, sich mit seine gewaltigen
Kraftstücke vor das verehrliche Publikum zu produciren." — Dar
word wedder klingelt, un de „Doppeleiche" keem rutgesprungen,
schoot eerst maal in de Luft koppheister, leep eenmaal op sin Handen
rum, un rupps weer he wedder op de Fööt un maak en deepen
Reverenz.

„Jeses, Vader, wat is de Minsch swart!" schreeg Antjemedder.

„Dat weet de Kukuk! De is gewiß gebaaren, as Sunnen=
finsterniß weer, wullt glöben?"

„Mein Gott, un wat vör kruse Haar!"

„Dat hebt alle Negers, Moder; awers bi alledem is he doch
en ganz smucken Kerl!"

„Ik weet ni, mi gefallt he ook so! Schaad, dat he so swart
is! Dünk Di ni, dat he min Fritz liek süht?"

„Büst jawull ni kloof, Moder! Fritz is ja doch ni swart!"

„Dat weet ik wull, he is dat ja ook ni; awers wenn min
Fritz sik swart ansträken hadd, denn seeg he jüst so ut!"

„Mein Gott, tüün doch ni, Moder; kiek maal de kruse swarte
Prüük, Fritz hadd ja ganz helles Haar!"

„Dat is wull wahr, awers darum kann he em doch liek sehn!"

„Dat dünkt mi doch ni! Kiek, nu maakt he sin Kunststück!"

De Neeger heel hundert Pund in jeden Arm stiev van sik
weg un hadd mank de Tään noch en Föstipundsloth.

„Dunner, Dunner!" schreeg Klaasohm en bäten benaut.

„Ach, dat broch ik ook noch farri!" gnies Hinnerk.

„Jung, min Engel, is ja wull ni wahr!" säd Klaasohm.

„De Dinger bünt jümmers holl, Vader!"

„Ah Snack, is ja wull ni wahr!"

„Gewiß, dat Gummiminsch, wa Fritz mit fiechel,
sülm seggt!"

Piening. De Reis.

„Jees, Vader, heſt ſehn, heſt ſehn!" ſchreeg Antjemedder und ſtött Hansohm ſodenni in de Siet, dat em meiſt de Luft ſtaan bleev.

„Wat, Moder, wat?" fraag Hansohm nieſchieri.

„O Gott, heſt ni ſehn, he wiſch ſik mit de Hand ünder de Näs lang un ſchür denn de Finger achter't Ohr op un daal!"

„Na, dar is doch wull nix bi, dat kann't ook!" lach Hansohm.

„Chriſtuskinders, weeßt ni mehr, dat däd min Fritz ook jümmers!"

„Wat will dat ſeggen, Moder, dat künnt ſik ja ook ander Lüd anwennt hebben! Meenſt doch wull um Gott's willen ni, dat dat unſe Jung is!"

„Jeſes, dat fallt mi ja ni in; awers he ſüht em doch unbandi liek!"

„Ja, as en Katt dat Peerd, beid hebbt twee Ogen un twee Näslöcker!"

Klaasohm hadd ſin Arm um Hinnerk ſin Hals leggt un ſmeichel em jümmers mit ſin Kräft, un Hinnerk kreeg van ſin Vader tom eerſten Maal wat ut de Hönnikruk, keen Wunder, dat em dat gut ſmecken däd.

„Süh, dat kenn ik!" gnies Hansohm, „dat bünt de „ikariſchen Spiele"; dat däd Fritz jümmers mit Perſetter; awers he kunn dat ni ſo gut, Perſetter full jümmers darbi!"

„Dat's denn ook wull ni ſwaar?"

„Nä, dat ſüht man ſo ut!"

„Schuſt den Kerl wull ünderkriegen, wat meenſt, min Engel?"

„Gott ja, dat gloov ik! Ik mag em man bloot ni anfaaten, he is ſo ſwart!"

„Je, min Jung, kannſt Di ja naadem waſchen un — dat's ja wahr, he farvt ja ni af! Bedenk doch — hundert Daaler! Min ſöte, beſte Jung, hundert — Daaler!"

„Ja, awers Du, de Hälfte krieg ik doch af, Vader?"

„Jeſus, min Engel, dat Ganze, dat Ganze! Mi is dat bloot um de Ehr to doon!"

In Stillen dach Klaasohm awers ganz anders. Hinnerk ſchull dat Geld ook hebben, awers eerſt, wenn he doot weer.

Endli weern denn de Kunſtſtück vorbi. De Mann van eerſten keem wedder op de Bühn un fraag, ob vorlicht een van de „hogen Herrſchaften" Luſt hadd, ſik mit de „Doppeleiche" to faaten; wakein em ſmeet, kreeg hundert Daaler.

„Hat Jemand Luſt?" fraag he noch ins, as alle Lüd ſtillſweegen.

„Hier is de Mann!" schreeg Klaasohm.

Alle Lüd keeken sik um. Antjemedder slog de Hauden tohopen und schreeg: „Jeses, Naawer, büst klook!" — un Hansohm säd ganz verwundert: „Hest Du den Rappel krägen, Klaasohm?"

Klaasohm gnies un säd: „Man ni bang, Kinders, ik sülm will dat ja ni! Kiek, min starken Hinnerk!"

„Ach Gott, Vader, ik will dat doch leewer ni!" säd Hinnerk, de op eenmaal ganz lütt word, as all de Lüd em ankeeken.

„Jung, min Engel, wullt Din olen Vader doch ni tom Lögner maaken!"

„Ik bün so schaneerli!" säd Hinnerk.

„Snack, wanem wullt Di vör schaaneern? Wenn Du em smittst, büst Du ja op eenmaal berühmt in de ganze Welt, un ik segg Di, Du smittst em!"

„Meenst?" säd Hinnerk.

„Schast sehn, Du büst sin Baas! Jung, min Engel, wat en Höög, wat ward Din olen Vader sik freuen!"

„Na, denn will'k dat ins versöken!" säd Hinnerk.

„Wullt ni lewer eerst Din Prüntje rutnehmen, min Engel?"

„Dat deit ni nödi, Vader!"

„Faat em man orntli fast in de Rippen, hörst Du, un laat Di man jo ni schränkeln!"

„Ho, dat schall he wull naalaaten!"

Hinnerk gung nu ganz driest naa de Bühn rop, wa de Kamödie vör sik gaan schull. Glieck darop keem ook de swarte „Doppeleiche" mit een Sprung achtern Vörhang rut, sloog eerst maal en Rad un maak denn en deepen Reverenz vört Publikum. Do eerst dreih he sik um, um den Mann ins to bekieken, de sik mit em faaten wull, un em de Hand to geben, as dat so Mod is. Sodraad as he em ankeek, dümmel he torügg un maak en Gesicht, as stund de Deubel sülm vör em!

„Kiek, he ward all bang!" grien Klaasohm un stött sin Naawer an. De „Doppeleiche" mummel wat tüschen de Tään, wat Hinnerk awers recht gut verstünd; he säd: „Dammi, Hinnerk!" — un nu maak de ook jüst so'n verblixt Gesicht, as de Nigger vördem! Klaasohm word dat wieß un kröökel, so luut he man kunn: „Ahem, ahem!"

„Dunner, kennst mi?" fraag Hinnerk ganz verfeert. De „Doppeleiche" kreeg em nu bi de Hand faat un schüttel se em. Darbi säd he ganz sachten to em: „Büst ook hierbläben?"

"Jeses, wat büst vör een!" säd Hinnerk un keek em in eens weg verblüfft an.

"Kennst mi ni?" püsper de "Doppeleiche".

"Dunner, Dunner!" säd Hinnerk un besunn sik, wa he den swarten Minschen all maal sehn hadd; he keem em so bekannt vör, un doch wuß he ni, wa he em hinbringen schull. He wull all wieder naafraagen, awers dar schreegen se nern: "Anfangen, an= fangen!"

"Kumm, laat uns! Faat mi man an, as Du wullt!" säd de "Doppeleiche" un bleev so graad staan, as en Paal. Hinnerk läd em de langen Arms um den Rüg un meen, nu kunn em dat ganz ni mißglücken, dat Geld to winnen; awers as he em jüst opbören wull, dar glee de Nigger so smeidi as en Aal torügg un faat em ook an; un nu gung de Kamödie los. Hinnerk geev sik grausaam vääl Mög, un dat duer en Tied lang, eh man seggen kunn, wasück dat aflopen word.

Klaasohm freu sik all ganz gewalti, un jeden Ogenblick stött he Hansohm an un schreeg: "Verdeubelten Jung, wa!"

Dar änder sik de Saak awers mit eenmaal. De Nigger hadd, as dat schien, bet hiernto sin Kraft ni orntli bruukt; awers nu maak he Eernst, he faat Hinnerk wister an un swunk em bald naa de een Siet, bald naa de ander, dat man jeden Ogenblick meenen schull: "Nu liggt he!" Hinnerk heel sik awers noch jümmers tapfer. Klaasohm word ganz iweri un schreeg jeden Ogenblick: "Faat em wister an — schränkel em — fix to, wehr Di, Sleef!" — Dat hölp awers nix, de Nigger weer em öwer, un bald leeg Hinnerk dar, so lang as he weer, un steek de Been in de Höchd.

"Wat man ook doch vör Schand an den Bengel erleben mutt!" schreeg Klaasohm gifti.

"Na, mi dünkt, he het sik ganz braav wehrt, Naawer!" säd Hansohm.

"Ach, wat schull he man ni! He hadd em ja ünderkriegen mußt, so'n Knääv as he het, de Slüngel!"

"Süh, se wüllt noch eenmaal," säd Hansohm.

Un so weer dat ook. De "Doppeleiche" hadd to Hinnerk seggt, dat weer eenmaal, un he schull dat noch ins versöken.

Hinnerk weer paraat; em bügg, dat kunn em noch glücken, dat he em smeet. Se faaten sik also noch maal an. As se nu rumrabankern, dar gung op eenmaal den Nigger sin swarte Prüük los un full em van Kopp, un dar seeg man op eenmaal helle Haar. In densülwen Ogenblick schreeg ook Antjemedder: "Fritz,

He faat Hinnerk an un frunk em bald naa de een Siet, bald na de ander.

min Fritz!" — un Hansohm säd ook ganz verblixt: „Waarachti, Fritz!"

Antjemedder sprung op un wull foorts hen naa de Bühn, awers Hansohm heel se fast un säd: „Wes doch still, Moder, bedenk doch de Lüd, dat Stück is ja glief ut."

Antjemedder wull sik awers ganz ni holen laaten, un eerst, as Klaasohm säd: „Schall de Kraam denn in de Zeitung, Naawersch?!" dar geev se sik to Ruh daal un ween vör Freud.

De Lüd maaken eerst en grausaamen Skandaal, as se seegen, dat dat keen echten Neger weer, un so hadden se ganz ni op Antjemedder hört. Fritz hadd awers mank den Larm foorts sin Moder ehr Stimm rutkennt, un weer geern weglopen, wenn he man kunnt hadd, awers Hinnerk heel em fast. He hadd sik ganz ni mehr wehrt, sobraad he sin Moder em bi Naamen ropen hör, un dar word Hinnerk iweri un dach, nu kunn he dat Stück haalen, de Nigger weer klaar.

„Laat mi los, Hinnerk!" püsper Fritz.

„Dat muggst wull!" säd Hinnerk iweri un versöch wedder, em in de Höchd to wrücken un em denn daaltosmieten.

„Ik bäd Di um allens, laat mi los!" püsper Fritz noch ins.

Hinnerk geev awers keen Antwort un faat em noch wisser an.

„Dammi!" mummel Fritz gifti mank de Tään, un dar kreeg he em orntli wedder bi'n Liepen un een, twee, dree — bums! — dat dunns orntli! — dar leg Hinnerk op den Rügg un steek de Been in de Höchd. Fritz maak nu gau, dat he achter de Kulissen keem.

Wücke hadden wull Lust, Skandaal to maaken un schreegen van Bedreegerie: awers in de Domtied, wa man sa välens an een Abend besehen un befieken will, het man ni lang Tied sik optoholen, un dat duer man en lütten Ogenblick, da weer de Bod leddi.

Antjemedder un Hansohm leepen foorts öwer de Bühn naa de Kulissen rin; Antjemedder schreeg: „Fritz, min Fritz, min söte Jung!"

Klaasohm bleev bi Hinnerk staan, de sik wedder den Rock antrock un sik ook wücke Städen schüer, de em weh däden. He keek em minnachti an un säd endli: „Ole Slupp, schaam di, pfui!"

„Ja, wat kann ik darvör, dat he starker is as ik!" säd Hinnerk verdreetli.

„Dat's dummen Snack, bruukst Di doch ni ünder kriegen to laaten, Sleef!" schull Klaasohm.

In düssen Ogenblick keemen ook Antjemedder un Hansohm mit ehrn Fritz torügg, de noch ganz swart weer; Antjemedder lach un ween to glieker Tied un straakel em de Backen un säd: "Wa muggst mi dat towedder doon, ool Jung!" un Fritz stund ganz verlegen dar un wuß ni, wat he seggen schull; he schaam sik so. Eerst hadd he ganz ni mitkaamen wullt, awers dat hadd he man so seggt, denn he weer dat Kamödjantenleben van Harten satt, un as he man seeg, dat em allens vergeben weer, dat sin Oellern sik so unbandi freuen, dat se em wedder hadden, dar weer he denn vör Freud sin Moder um den Hals fullen und hadd se küßt un bäden, se mugg em doch vergeben. Un dar hadd he foorts mit den lütten "Buschmann" snackt, den de Bod tohör, un de weer denn ook glick paraat wesen, em gaan to laaten. Dar weer he denn mit Hansohm un Antjemedder wedder op de Bühn gaan, um Klaasohm un Hinnerk gun Dag to seggen.

"Jung, Jung, wat sühst Du Deubel swart ut!" säd Klaasohm, as he em de Hand geev.

"Ja, wasch Di man eerst, min Jung!" säd Hansohm.

"Dat's ook wahr! Na, denn gaat man en Ogenblick rut un töövt buten vör de Bod op mi, dat dat hier wedder anfangen kann! ik kaam glick naa!"

"Büst denn all frie, min Söte?" fraag Antjemedder.

"Ja, dat's all in de Reeg!"

Se gungen denn nu rut, un dat duer ni lang, dar keem Fritz achternaa in Civil un ganz witt.

"Min Engel, wa hest din Fru?" fraag Antjemedder en bäten benaut foorts.

"Fru, Moder?" säd Fritz verwundert.

"Ja, hest se ni heiraat?"

"Gott, o Gott, ik wull mi wull wahren, so'n Deubel!"

"Gott sei Dank!" säd Hansohm; "ik weer all so bang, ik mugg ganz ni darnaa fraagen! Wa is se denn?"

"Dat weet ik ni, de is all lang ni mehr hier!"

"Na, denn is ja allens gut, denn laat uns man gaan!"

Antjemedder wull foorts naa't Hôtel retour, awers Fritz meen, dat gung doch wull ni; wat de Lüd seggen schullen, wenn he dar so afräten mit se ankeem. Dar geeben se em Recht in, un nu gungen se eerst naa'n Laaden rin un leeten em van baaben bet nern opkleeden. Nu weer denn nix mehr in den Weg. Fritz faat sin Moder in den Arm, und dar gungen se denn foorts naa

„Stadt Kiel". Hier leeten se sik Punsch un Botterbrod naa ehr Stuw ropbringen, un nu muß Fritz denn vertellen.

De poolsche Gräfin weer nu gar keen Gräfin wesen, man wieder nix as en Gummilastikumminsch. Ehr Moder weer darum ook ni van Aadel wesen, awers en höllischen Rasmus. All naa veer Wäken weer de schöne Hulda mit en Liendanzer dör de Lappen gaan und hadd em nix tom Andenken laaten, as ehr Moder. Na, un de hadd he ja op keen Fall ni beholen wullt! Un nu weer he denn as Herkules denn maal bi'n Liendanzer, denn maal bi anders en Kunst= maaker wesen un tolett nu bi den lütten „Buschmann". Dat Leben, säd he, weer awers bandi truri wesen, un wenn he sik ni to dull schaamt hadd, weer he all lang wedder naa Winbargen retour kaamen. Dat hadd ook ni mehr so recht mit em trecken wullt; he hadd wull eenmaal ganz gut verdeenen kunnt as „wilden Mann", awers dar hadd he Fisch ganz roog vertären schullt, un dar hadd he ni gegen an kunnt. Tolett hadd he sik denn as Neger anmaalt un so sin Kunststück maakt.

„Wavääl hest noch van dat Geld?" fraag Hansohm.

„Van wat vör'n Geld, Vader?" säd Fritz.

„Na, weeßt doch wull, de föfteinhundert Mark vör de Ossen!"

„O Gott, de — dat weer all in de eersten veer Wäken op!"

„Minsch, dat is ja ni mögli, dat kann ja meist ni angaan!"

„Wa dat bläben is, weet ik sülm ni! Hulda hadd de Kaß. Se leet sik en Barg Kleeder maaken, un all naa dree Wäken säd se, dat weer allens op."

„Kinderslüd, wat vör'n slechte Person!" schreeg Antjemedder.

„Dat weer se richti!" säd Fritz.

„Junge, Junge, hör maal, Du büst mi awers vant Jahr en bäten düer worden!" säd Hansohm un klai sik in den Kopp.

„Gott, snack doch ni so, Vader!" schull Antjemedder, „laat uns uns nu lewer freuen, dat wi den olen Bengel wedder hebt!"

„Is ook man Spaaß, Moder. Awers, awers — Jung, wenn Du so slampampt hest, bün ik bang, ward Di unse Bookweetenklüten ni recht to Smack wesen!"

„O Gott, Klüten, Vader!" schreeg Fritz, un de Traanen keemen em darbi in de Ogen; „Klüten! Ik weer ja männimaal geern doot bläben, hadd ik mi man bloot maal wedder in Klüten satt fräten kunnt!"

„Ik segg dat ook man bloot so, min Jung, dat het Di wull ni jümmers tom allerbesten gaan?!"

„Ach Gott, nä! Wa vaakens heff ik den ganzen Dag nix anders hadd, as dröög Brot!"

„Du arme Jung!" schreeg Antjemedder; „kumm, fritt doch, min Popp, wi laat mehr kaamen, wenn't op is!"

„Danke, Moder, ik bün all satt!"

„O wat schust man ni! Kumm, tier Di doch ni so, min Söötsnuut!"

„Ik kann waarachti ni mehr, Moder, ganz gewiß ni!"

„Snack, Du hest ja noch gar nix äten! Kumm, noch een Stück, man to, min Jung!"

„Nä, nä, waarachti, ik danke!"

„Laat doch dat Kraagen naa, Moder, Du sühst ja, he will ni!"

„Ach, he schaneert sik man! Kumm, min Kind, noch een Stück; mi to Gefallen, hörst Du?!"

„Na, denn noch een, awers mehr ook ni!"

„Is eenerlei, ik gloov, dat het em nix schaad, wenn ook dat Lehrgeld en bäten düer is!" säd Klaasohm.

„Na, jüm bünt ook ni umsünst kloof worden, Du un Din Hinnerk!" lach Hansohm.

„Magst wull seggen, Naawer, un wi hebt ganz ni maal wat darvör hadd!"

„Na, Arger doch!"

„Ja, dat weet Gott! — Awers, Fritz, een Saak het mi bi Di ni gefullen!"

„Na?"

„Süh, Vetter, Du kennst Hinnerk doch foorts, as he op de Bühn keem; haddst em doch ook geern dat Geld günnen kunnt!"

„Wat vörn Geld, Naawer?"

„Nu, de hundert Daaler; haddst Di ja van em smieten laaten kunnt, da weer ja doch nix bi wesen!"

„Jees, Naawer, meent He denn in Eernst, dat Hinnerk de krägen hcdd, wenn ik dat ook daan hadd?"

„Na, dat weer doch wull dull, dat stund ja buten drückt anslaan!"

„Ja, drücken lett sik vääl! De „Buschmann", min Director, hadd keen tein Daaler in de Tasch!"

„Wat! Awers hör maal, dat hadd em doch eekli beluern kunnt, dar bünnt doch sacht noch Lüd, de mehr Knääv hebt as Du!"

„Wenn ook, awers de hebt ni jümmers Lust, sik mit en Swarten aftogeven, un wenn dat Malheur dat jüst wullt hadd, nu, denn habb de Director em en Wessel op dat anner Jahr geben, un denn bünt veer baare Schillings doch noch bäter!"

"Dunner, wat en Spitzbov!"

"Denn habbst mi ook ni so forsch daaltosmieten bruukt!" säd Hinnerk brummsch; "min Knaaken doot mi noch all weh!"

"Ik säd Di ja, Minsch, schust mi los laaten, awers Du wullst ja partout ni!"

"Dat is en Snack! Kunn ik wäten, dat Du dat weerst! Ik meen ja, Du weerst in Engelland!"

"Na, da drumm keene Feindschaft nich, Hinnerk, laat uns maal anstöten!"

"Ja, dat laat uns All!" säd Antjemedder. "Kumm, min Fritz, Du schast leben!"

"Nä, Du un Vader!"

"Na, wi all fiev un uns Dörp daneben!" säd Klaasohm.

"Dat meen ik ook!" schreeg Hansohm, "Hamborg is en ganz nette Stadt, un wenn dat dar all so weer, as dat weesen schull, so weer't ook en schöne Stadt, awers uns Dörp is denn doch en ganz Deel bäter!"

"Dat segg ik mit Di, Vader! Nu ik min Fritz wedder heff, mag ik hier ganz ni mehr weesen, laat uns man morgen fröh wedder afreisen!"

"Dat wüllt wi ook! Eerst koopt wi Fritz noch en bäten Tüg, un morgen Middag reist wi af naa Itzehoe hen!"

"Kinders, un nehmt uns da Extraa, wat?" säd Klaasohm.

"Jeses ja, dat laat uns!" schreeg Antjemedder. "Wat ward se int Dörp kieken, wenn wi dar so as hoge Herrschaften anfahren kaamt!"

"En Extrapost is no ni eenmaal in Winbargen weesen!" säd Hansohm, "un dat kummt ni so düer, as wenn wi mit de Diligence föhrt!"

"Vörwahr! Denn wüllt wi dat; jümmers nofel!" säd Klaasohm.

Dat word nu naagraad laat. Sunder dat se dat markt hadden, weer de Sandstreier all in de Stuv kaamen, un bald fung de Een an to hojappen un denn de Anner. Opt letzt säd Hansohm, de knapp ni mehr de Ogen aapen holen kunn: "Kinders, ik gloov, wi bünt alltohopen möd, laat uns to Bett gaan, wa?"

Dat weer se denn ook all mit. Antjemedder habb Fritz awers noch vääls to fraagen; se fraag ook, ob he den Dag ook Appelsinen äten habb, denn schull Hansohm man gau mit em rut=

gaan un em torecht wiesen, awers Fritz habb keen Appelsinas un ook keene brune Koken un Smoraals äten. Nu gungen se denn to Bett, un dat duer ni lang, dar saagen se um de Wett.

Den andern Morgen koffen se nu noch gau Tüg vör Fritz un leepen denn en bäten rum. To Malheur un Ungelegenheit keemen se awers ni mehr, denn nu hadden se ja een bi sik, de ganz genau Bescheed wuß, un Fritz waarschu se, wenn een maal in en Lock petten wull. Bi Middag ut gungen se wedder naa Huus un fördern ehr Räken. Bideß Fritz un Hinnerk in de een Stuw alleen seeten un sik wat vertelln, hadd Antjemedder de beiden Olen vör, dat se den Opwaarer, de jümmers so nett kumpläsant gegen se wesen weer un meist Tied ook de Droschke vör se betaalt hadd, en gut Drinkgeld geeben. Hansohm meen, acht Schilling weer nog; Klaasohm stimm vör en Mark; Antjemedder bestund awers darop, dat se sik ni lusi maaken; ünder en Daaler kunnen se ganz ni to.

„Büst ni kloof!" schreeg Hansohm, „meenst, dat mi dat Geld man so ut den Puckel waßt?!

„Nä, Vader; awers ik bäd Di, wat geef dat hier in Hamborg vörn Snack af, wenn Jüm sik so lumpi maaken däden!"

„Mi dünkt awers, Naawersch, twinti Schilling bünt ook doch riekli nog!" säd Klaasohm.

„Wüllt Jüm sik denn abfluts besnacken laaten, Lüd!" schull Antjemedder; „un Du, Naawer, seggst jümmers „man jo nofel!"

„Ja nä, Naawersch, dat segg ik wull, awers dat mutt ook doch man ni to vääl kosten!"

„Ach wat, Jüm schulln sik wat schaamen!"

„Na, Klaasohm, wi kaamt doch ni darvan af; Du sühst, se lett ehr Pagaien ni naa, denn laat uns!"

„Ja, mintwegen, jümmers nofel!" säd Klaasohm.

De Opwaarer broch denn nu de Räken. Se hadden all Dree de Brill ni mitnaamen, un dat hadd ook vääl to lang duert, wenn se dat allens hadden dörlesen wullt; Klaasohm meen, dat kunnen se doon, wenn se to Huus weern, dat geev noch en bäten Spaaß af. So betaalen se denn ehr Schuld un geeben den Opwaarer noch en blanken Daaler, wavör he sik denn gehöri bedanken däd.

„Nu laat uns man gaan, dat ward Tied!" säd Klaasohm, un so gungen se denn ründer un säden den Weert Adjüs un bedanken sik bi em vör de fründliche Opnaam. Do steegen se denn in de Droschke rin. Hansohm weer de letzte. He hadd noch wat mit den Opwaarer to snacken, he muß em noch seggen, dat em dat

so gräsi leed däd, dat he sik ni op den Naamen van den Elms=
hörner Schoster besinnen kunn; he habd em so geern de lütte
Freud maakt.

„Kumm doch, Vader, wat steist dar?" schreeg Antjemedder.

„Ja ja, glief! — Na, nix vör ungut, Muschü, ik kann dat
bi den besten Willen ni hölpen! Adjüs denn!"

He steeg nu denn in de Kutsch rin un se fahren naa de
Isenbaan.

Antjemedder habd dat hitt mit Fritz, de jümmers vertellen
muß, un den se jümmers wedder van frischen fraag, dat se ganz
keen Acht habd op de groote Lokermaativ, vör de se eerst bang
wesen weer, un eerst, as se in Elmshoorn in den andern Togg
steegen, dar säd se, se mugg wull ehr ganz Leben lang op de
Isenbaan föhren, bloot wat feil dar! Denn dat weer doch eegentli
schaad, meen se, um all dat schöne hitt Waater, wat dar veraast
word; de Muschü, de dar vör op de Lokermaativ stund un nix to
doon habd, kunn ook eben so gut Kaffee kaaken, dat op jede Staat=
schon en Kädel vull vör de Passageers in jeden Waagen rinlangt
word! So müß dat wesen; denn geev dat ganz keen grötter Plaser,
as op de Isenbaan fahren.

As se in Itzehoe ankeemen un Klaasohm un Hansohm all
darvan snacken, dat se Extraa bestellen wulln, schreeg Antjemedder
op eenmaal: „Jesus, Kinder, mi fallt in, wenn wi nu afföhrt,
kaamt wi ja in uns pärrisch Fohrwark bi Nacht an!"

„Süh, dat's ook wahr!" säd Klaasohm.

„Dar habb ik ook ganz ni an dacht!" säd Hansohm. „Na,
denn dünkt mi, nehmt wi man en simpeln Ledderwaagen, de kummt
sacht noch en bäten billiger!"

„Wullt ni lewer op en Mistwaagen rop, Vader?" schull
Antjemedder. „Mein Himmel, wat büst Du ook doch vör'n olen
Kniesangel!"

„Nä, Hansohm, dat geit ni, jümmers nosel!" säd Klaasohm.

„Vader," meen Fritz, „wi künnt ja van Nacht in Itzehoe
blieben un morgen fröh reisen, denn kaamt wi just bi Middag ut
in Winbargen an!"

„Büst ni klook, Jung, oder wullt en Süssung! Meenst, dat
mi man so . . ."

„Dat Geld ut den Puckel rutwassen deit, wullst Du seggen,
Vader?" säd Antjemedder.

„Nu ja", brumm Hansohm, „mi dünkt, wi hebbt ook all nog
verklait!"

„Dat maakt uns ni arm! Wi blievt hier, as Fritz seggt!"

„Awers hör doch, Moder, ik bäd Di . . ."

„Swieg man still, ik will nix hören, so'n grote Ehr laat ik mi ni ut de Näs gaan; laat kösten, wat dat will! De Lüd ward ja en ganze Ewigkeit darvan snacken, wenn wi mit Extraa anföhren kaamt! Ik bäd Di doch!"

„Dat ward se" stimm Klaasohm bi.

„Na, min'twegen denn!" säd Hansohm.

Se gungen denn nu naa en Weertshuus hen un bleeben dar öwer Nacht. To den andern Morgen, Klock säben, weer de Waagen bestellt, un mit den Slag null he vör de Döör.

„Jesus, Kinder, dat is ja en Kutsch!" säd Antjemedder verdreetli.

„Na, Moder, dat is ja graad schön, dar sitt wi ja en bäten warmer in!" säd Hansohm.

„Ach, Minsch, ik bäd Di, wenn wi in't Dörp rinfahrt, denn is ja nix van uns to sehn! Fraag em doch maal, ob wi ni en aapen Waagen kriegen künnt, Vader!"

Hansohm denn heudaal, un bald keem he wedder mit de Naaricht retour, dat hadd nix op sik, de Kutsch leet sik daalklappen, un wenn he en lütt Drinkgeld kreeg, hadd de Postillon seggt, denn wull he dat op de letzte Staatschon doon.

Dar weer denn allens in de Reeg, un se setten sik vergnöögt in den Waagen. Wat maaken se all vörn grausaam wichti Gesicht, un wat smeeten se sik in de Bost, as de Postillon in sin rode Mundur mit se dör de Straaten sus un darbi grausaam schön op sin Horn blaas!

„Kinders, wat maakt wi uns!" kreisch Antjemedder, meist ganz ut Rand un Band. „Herr du mein, wat ward se in uns Dörp vör Ogen maaken!"

Dat Fahren op de Extrapost höög se meist den ganzen Dag, bloot dat eenzige, wat se arger, weer, dat se nüms seeg! Keemen se awer dör en lütten Oort, denn maaken se an beiden Sieden van de Kutsch de Finstern daal un steeken alltohopen den Kopp rut un grienen un nücken Jeden to, as meenen se, dar kunnen se em en grote Freud mit maaken.

Op de letzte Staatschon muß de Postillon denn de Kutsch daalslaan, dat dat en feine Kalesch word. Hinnerk muß vör op den Buck rop to den Kutscher; Antjemedder un Fritz seeten achter op den besten Platz; se wull partout, dat ehr söten Jung bi ehr sitten däd! — un leep öwer mit dem Rügg, naa de Peer seeten Klaasohm un Hansohm.

„Süh so," säd Klaasohm, „dar is de Wiespaal all, nu mutt ik den Postillon noch maalins Bescheed seggen!"

„Dat he ums Himmelswillen ni to gau fahrt, segg ik Di!" schreeg Antjemedder.

Klaasohm säd nu den Kutscher, sobraad he int Dörp keem, schull he de Peer in Tritt gaan laaten un sin best Stückschen blaasen. Dat weer denn ja gut.

„Kinderslüd, wat ward dat en Leben warden! Wat ward de Lüd kieken!" schreeg Antjemedder.

„Ja, dat's en richtige Ehr! Dat is richti nosel!" säd Klaas= ohm wichti.

„O Gott, wenn se wussen, dat wi so ankeemen, hadden se gewiß en Ehrenpoort buut!"

„Büst ni kloof, Moder, mern in Winter? Wa schulln se de Blööm herkriegen?" säd Hansohm.

„Gott, Dannentelgen kunnen dat ook ja doon! Dat is man schaad, se weet dat ni!"

„Is ook man gut, anders sneeden se all de jungen Dannen in uns Holt twei!"

„Süh, dar kaamt all de eersten Hüs!" säd Klaasohm.

„Kinderslüd, nu sitt man smuck graad!" schreeg Antjemedder. „Smiet sik orntli in de Bost!"

„Ja, ja, fix maaken! Nosel, nosel, de Kamödie geit los!" säd Klaasohm.

De Postillon leet de Peer in Tritt gaan un fung an to blaasen. Jeses, wat en Larm un Oprohr op eenmaal! Dat weer jüst, as lüd de Füerglock, alle Minschen keemen ut de Hüs rut= lopen, um to sehn, wat dar los weer. Persetter Baagt weer een van de eersten, de dat Blaasen hör. He säd to de Jungens in sin School, se schulln maal ruhi wesen, un leep naa't Finster un maak dat aapen. Knapp hadd he awers den Waagen sehn, dar schreeg he ut vullen Hals: „Strambach, se komm'n, se komm'n!" un mit en Wuppdi sprung he ut dat Finster rut un dat naa den Weg to. De Jungens em glief ut Finster achternaa! Dat weer en Larm un Geschrigg; een full öwer den andern un denn wedder op un achter Persetter rin! Keen een van se wuß in den eersten Ogenblick, wat dar loos weer! se seegen bloot den Postillon in sin rode Mundur.

„Ei Herrcheeses, Fritz! Fritz!" schreeg Persetter se in de Mööt.

„He meent gewiß, dat Du wedder de Kaß heft!" gnies Hinnerk un dreih sik naa Fritz um.

„I, kut'n Dag, kut'n Dag!" schreeg Persetter, un to de Jungs säd he: „Kinder, Hansohm un Klaasohm sollen läben un Frau Antjemedder d'rnäb'n!"

„Un Hinnerk mit sin Stummel, Hurrah, de ganze Rummel!" säd Piet, de bandi dichten kunn. Un nu gung dat Hurrahschrien los, dat neem meist keen End. Antjemedder nück sik meist den Kopp af, un de Thraanen leepen ehr toletzt öwer de Backen, de Ehr weer meist to vääl vör se. Keen Köni kunn so ehrt warden, as se hier; alle Minschen keemen vör de Döör un junchen un schreegen Hurrah, se freun sik würkli oprichti, dat se wedder dar weern!

Un nu dat Handgeben un Gundagseggen, as se vör Hansohm sin Döör afftägen weern! Dat duer en ganze Ewigkeit, eh se int Huus keemen. Klaasohm un Hansohm trocken endli af mit Piet un Trinamedderschʼ. Piet wull ünderwegens all partout wäten, wat Vader em mitbrocht hadd, un he fraag so vääl, dat Klaasohm endli bös word un em een an Hals geben wull.

Bi Hansohm keemen jüst de Klüten op den Disch. Wat freet de Bengel van Fritz! Antjemedder weer ganz öwerglückli daröwer; jeden Ogenblick stött se Hansohm an un püsper em to: „Kiek, kiek, all wedder een!" un Hansohm säd ebenso sachten: „Ja, ja, en höllisch scharpen Aeter!" Toletzt säd he awers to Fritz: „Jung, fräät man ni tovääl!"

„Man ni bang, Vader, ik heff man eerst fief öwer satt!"

„Na, denn noch een, anders kriggst Du to vääl!"

„Wes man ruhi, min Fritz," säd Antjemedder, van Abend braad ik Di de andern op un denn Brie un Melk, magst dat ook?"

„O Gott, Moder, ik kunn Di foorts noch en ganze Schöttel leddi maaken!"

As dat Aeten van Disch weer, dar meen Antjemedder, Persetter weer doch en guden Kerl, dat he se foorts en Hurrah brocht hadd, un se säd to ehr Deern, se schull em, wenn se opwuschen hadd, twee Mettwürst bringen, de arme Stackel schull doch ook en Freud hebben, un denn schull se seggen, he schull det Abends en bäten henkaamen, wenn he Brie mitäten wull. Dok Hansohm weer so tofräden mit em, dat he säd, he wull den narrschen Patron ook en Höög maaken un em en halben Daaler van sin Schuld strieken, un he wull mit Klaasohm snacken, dat de dat ook däd. He

Alle Minschen keemen vör de Döör un juchen un schreegen Hurrah.

waarschu awers de Andern, se schulln noch jo nix darvan seggen, he wull em darmit öwerraschen.

As Klaasohm to Huus keem, leet he sik eerst maal sin holten Tüffeln haalen, un as Piet se em gau broch un meen, nu kreeg he sin Bescheerung, he stund all jümmers bi Klaasohm un schüer sik anklausch an em, dar wull de Dol eerst wat äten. Un as dat endli afdaan weer, — de Gören worden noch maal so gau satt as anders — dar säd he, dat hadd ook noch geern so lang Tied bet naa de Middagsstünd, un dar hölp keen Prachern un Quälen, se mussen töben, bet de Kaffee keem. Naadem Klaasohm sin lange Piep instoppt un antündert hadd, kreeg he denn vör jeden en Appelsina rut un säd: „Dar, nu fräät!"

„Man een?" schreeg Pietsch muulsch.

„Jung, dat's dusend nog, de Dingers bünt ni gesund!"

„O, wat schulln se man ni!"

„Fraag Antjemedder man!"

„Wat hest uns mehr mitbrocht, Vader?" fraag Piet.

„Hest no ni genog, Sluckfechter? Na, hier is en groote Tuut mit Boltjes, de kannst mit de Andern deelen, awers wäs ook ehrli, hörst Du!"

Piet säd ja, awers he muß doch ni so ganz richti mit sin beiden lütten Bröders to Wark gaan, denn bald hadden se sik gräsi vertöörnt.

Lütt Hein schreeg: „Du bedrüggst, Du!"

„Is ni wahr!" mummel Piet, denn he hadd de Backen ganz vull.

„Is doch wahr!" schull lütt Korl.

Piet streed dagegen an. Lütt Hein word hitzi un fung an, den groten Piet mit den Foot to stöten; lütt Korl faat em int Haar, un Piet hau um sik, um sik to wehren. Se weern so iweri, dat se ganz ni op ehrn Vader hören, de se toschreeg, se schulln ruhi wesen. Se heelen ni eher wedder op, as bet Klaasohm anfung, mittoprügeln, un dar kreegen se all wat, un dat hölp.

Trinamedder wull nu geern, dat Klaasohm vertell, awers de hadd ganz keen Tied, he muß eerst maal naa sin Swin un Beest sehn; he vertröst se op den Abend, dar wulln se hen naa Hansohm, denn word se all genog to wäten kriegen.

Persetter weer Abends de eerste, de sik instell. He bedank sik vör de schönen Würst, de em gräsi smeckt hadden, un fung denn mit Fritz an to snacken, un de muß em nu van England vertelln. Na, dat Leegen hadd Fritz in Hamborg so'n bäten faat krägen,

un he snack so vääl van England un vertell so'n Barg Räuber=
geschichten, dat Antjemedder em nösten, as se maal alleen mit em
in de Köök weer, fraag:

„Minsch, ik meen, Du weerst gar ni in England wesen?"

„Dat bün ik ook ni, Moder!" lach Fritz.

„Mein Gott, Du vertellst awers ja in eensten weg darvan,
grippst dat denn all bi de Been op?"

„Ja, Moder!" gnies he.

„Jeses, Jung, wat kannst Du leegen!" säd Antjemedder un
verwunder sik gewalti. Se klopp em awers darbi de Backen, as
freu se sik gewalti daröwer.

Persetter säd nösten to Fritz: „Du heere, Fritz, woll'n m'r
nachher nich ämal wieder das hübsche Spiel versuchen, ja?"

„Wat vörn Spill meenst Du?" fraag Fritz.

„Hercheeses, weeßt De, die ikarischen Spiele!"

„Nä, Minsch, dar mag ik nu ni mehr öwer wesen."

„Abber, mei Kuter, worum denn nich? mer wolln's doch
ämal versuchen, s' war doch so hibsch!"

„Nä, Persetter, ik mag ni!"

„Strambach, ich dhu dersch hier ooch billiger, nur acht
Schilling?!"

„Du kannst mi geern en Daaler togeben, ik do dat ni!"

„Nee, das is zu kut! Weeß Kott, s' ging so scheene! Heere,
latz uns doch!"

„Nä, nä, Persetter!"

Persetter weer ganz ni recht damit tofräden, awers Fritz bleev
darbi, he wull ni.

As Klaasohm nu nöst mit Trinamedder ankeem, dar snack
Hansohm eerst en Ogenblick mit em alleen; un Klaasohm nück
mit den Kopp, un do säd Hansohm denn to Persetter, se wullen
em ook en lütte Freud maaken. Un nu geev Klaasohm em denn
dat Stück Plackseep, dat he vör em köfft hadd, un denn deelen se
em mit, dat se em en ganzen Daaler van sin Schuld strieken
wullen.

„Ei Herrcheeses, hi, hi, hi, heeren Se, das is ja, weeß
Knöppchen, ä ganzes Jahr Winbergen! Na danke ooch scheenstens!"

Nu gung denn dat Vertellen los! All dree op eenmaal, un
denn wedder een alleen, dat reet ganz ni af. Antjemedder vertell
Trinamedder, wa dat ehr mit de leidigen Appelsinas gaan weer,
un denn wies se ehr wedder de smucken Reihnaadels, wa Hans=
ohm wedder en Geschichte van vertellen kunn. Endli säd Klaasohm:

„Mi dünkt, wi kunnen van Abend foorts maal de Räken ansehn, dat maakt noch en bäten Spaaß!"

„Dat is ook wahr!" säd Hansohm. „Och Fritz, lang se gau ins her, se is in min Breeftasch int Schapp!"

Un nu fungen se an to lesen, un dar keemen se bald an en Posten: „Für fünf Droschken".

„Wat is dat?" schreeg Klaasohm verwundert.

„Ja, Minsch, dat steit hier!" säd Hansohm, „Awers dat is ni richti, dat het ja de Opwaarer jümmers vör uns betaalt!"

„Dat's ja Bedreegerie, wa kann dat mit op de Räken sett warden!" schimp Klaasohm.

„Na, wenn de Opwaarer dat betaalt het, denn hört dat ja ook mit op de Räken!" säd Fritz.

„Snack, de Muschüh het ja jümmers vör uns betaalt!" säd Hansohm.

„Utleggt, Vader!" lach Fritz.

„Nä, spendeert! He fraag uns ja alltied, ob he dat vör uns betaalen schull, un dat versteit sik ja van sülm, dat he dat denn tracteert!"

„O Je, o Je, dar snittst Du Di gewalti, Vader, dat is in alle feinen Hôtels so Mod, dat se vör de Fremden eerst maal dat Fohrwark betaalt! Verschenkt ward in Hamborg nix!"

„O Gutt, o Gutt, un wi hebt den Fohrmann noch jümmers en Drinkgeld geben!" säd Antjemedder.

„Dat magst wull noch seggen, Moder!" schreeg Hansohm, „un wakein weer dat, de dat partout hebben wull?"

„Ja, 'keen kunn dat ook weeten!"

„O, ik dach mi dat foorts, un dar schullst Du, ik weer kniesi!"

„Ja, nu pramper man! Dar is ook so vääl ni bi, de paar Schillings."

„Dunner, un wat's denn dat, Bougies? Dat verstaa ik ni! De hebbt wi doch ni hadd, Naawer?"

„Nä, ik ni. Dat weet ik ook ni!" säd Klaasohm.

„Oder hest Du wück fräten, Moder?"

„Dat ik ni weet!"

„Ja, un dar staat hier veer Bougies à 12 Schilling! Ah, Persetter, hör He maal her, verklaar He uns dat maal! Hier steiht Bougies, wat is dat?"

„Das heeßt uf Deitsch: „Lichter" un is Franzeesch."

„Snack, dat kann ja meist ni angaan, en Licht twölv Schilling! Dat kost dat Pund ja ni!"

"Ja, Vader, dat is in alle grooten Hôtels so, dar kost dat Licht jümmers so vääl", säd Fritz.

"Dunner, dat's awers düer!" schreeg Hansohm.

"Dat is dat, awers dat is eenmaal so Mod, Vader."

"Ja, wenn dat Mod is, denn lett sik nix dagegen seggen," säd Klaasohm; "mi argert denn man bloot, dat ik jümmers in Düstern to Bett gaan bün! Habb ik dat wußt, habb ik min Licht aawers maal schön anstäken!"

"Je nu, wat's dat hier, Service?" schreeg Hansohm.

"Des is ooch Franzeesch un heeßt 's Drinkgeld fir die Bedienung!" säd Persetter.

"Drinkgeld?! Wat! un dat ward mit op de Räken sett?" schreeg Klaasohm verwundert.

"Heff ik mi dat ni glieks dacht!" säd Hansohm, "un dar verlang Moder, dat wi den Opwaarer en ganzen Daaler gävt! Nu bäd ik een!"

"Na, wat is dar denn bi, Vader, tier Di doch ni! Is bäter, wenn man sik nofel maakt, ni, Klaasohm?" säd Antjemedder.

"Dat schull ik meenen, jümmers nofel!" säd Klaasohm; "awers mi dünkt, en Mark habd dat ook sacht daan!"

"Kinders, en ganzen Daaler rein wegsmäten!" schreeg Hansohm, "as wenn dat Geld een man so ut den Puckel waßt!"

"Na, na, Vader, dat is ja ni wegsmäten! Wullt glooben, de Opwaarer un de Weert ward dat in ehr ganz Leben ni wedder vergäten, wa wi uns nofel maakt hebt!"

"Schull dat?" fraag Hansohm.

"Ganz säker, un jeden Fremden ward dat vertellt warden, dat Vullmacht Hans Dedels un Vullmacht Klaas Thiessen ut Winbargen sik in Hamborg gräsi fein maakt hebt!"

"Dunner, meenst dat?" gnies Hansohm.

"Dat's ganz gewiß, un denn, de Opwaarer weer doch en netten Minschen, Vader!"

"Ja, dat weer he ook, bandi umgängsch!" säd Klaasohm.

"Na, denn laat em den Daaler min'twegen beholen! — Jesus, Jesus!" schreeg Hansohm.

"Na, wat kummt Di op eenmaal an, Naawer?" fraag Klaasohm.

"Kinderslüd noch maal to, dar fallt mi op eenmaal de Naam van den Elmshöörner Schooster wedder in!"

"Na, wa heet he denn?" fraag Antjemedder.

"Ik gloov Meyer, kann awers ook wesen Smidt, genau

weet if dat ni, awers een van de beiden is dat! — Schaad, schaad!"

„Wafo dat?" fraag Klaasohm.

„Gott, if hadd den Muschüh dar fo geern de lütte Freud maakt, awers nu is dat to laat!"

„Minfch, Perfetter kann em dat ja man fchrieben!"

„Jung ja, dat's ook wahr!"

De Snack reet den ganzen Abend ni af. Klaasohm fäd ganz, he kann en ganz Jahr in eenften weg vertellen, fo vääl hadden fe belävt. Dat hinder awers doch ni, dat fe um Klock tein möd worden.

As fe opftunden un fik gun Nacht wünfchen, fäd Antjemedder: „Na, Kinders, in Hamborg weer't ganz fchön, awers if freu mi doch, dat if wedder to Huus büu, hier is dat doch bäter! So vääl is gewiß, if gaa dar ni wedder hen!"

„If ook ni!" fäden Klaasohm un Hansohm.

„If ook ni!" ftimmen Fritz un Hinnerk bi.

„Dat bruukt jüm gar ni eerft to feggen, Vetters!" fäd Antje= medder un kneep Fritz int Ohr, „un kriegt jüm ni wedder Ver= lööbt, dat Domreifen is vorbi!"

Den andern Dag muß Perfetter denn bi un en Breef an den Opwaarer opfetten. Da Hansohm awers fin Naamen ni wuß, fäd he to Perfetter, he fchull man op den Breef fchrieben: „An den Elmshöörner Opwaarer in „Stadt Kiel", denn word he all öwerkaamen. Perfetter däd dat, un de Breef word op de Poft geben. He is awers wull ni ankaamen; denn Perfetter full en paar Daag laater in, dat he vergäten hadd, „Hamborg" op den Breef to fchrieben, un fo is he wull naa Kiel gaan.

Hansohm kreeg awers nix van düt Malheur to wäten! Warum fchull he den ook de Freud verdarben? He weer fik ja fo glücklich daröwer, as hadd he dufend Daaler in de Lotterie wunnen; he meen, de Opwaarer word fik bandi freuen, wenn he nu doch noch den Naamen van den Elmshöörner Schoofter to wäten kreeg.

Unser Verlagsprogramm

Niederdeutsche Bücher:

Heinrich Diers, Dat dat dat gifft. 127 S.

Enno Hektor, Harm Düllwuttel un all, wat mehr is. VI. 168 S. Unveränderter Nachdruck 1972 der 2. Auflage Emden 1906.

Krüschan Holschen, Hochtietsgrusen. 82 S.

Krüschan Holschen, Holschen. 94 S.

Krüschan Holschen, Mit den groten Brummvagel in Unkel Sam sien Land. Mit 20 Grafiken von Jörg Drühl. 2. Aufl., 46 S.

Siegfried Kessemeier, Gloipe inner Dör. Gedichte in sauerländischer Mundart mit hochdeutscher Übertragung, mit Grafiken von Jörg Drühl. 112 S.

W. A. Kreye, Fidele Weltgeschicht op Platt I (De Nibelungen/Gudrun) 53 S.

Bruno Loets, Uns' Kea. 60 S.

Fritz Lottmann, Dat Hus sünner Lücht. Unveränderter Nachdruck der Ausgabe 1920, mit einem neuen Vorwort von Albrecht Janssen. VIII. 408 S.

DH Schmidt, Gele Rosen. Körtgeschichten un Vertellen. 90 S.

Wilhelmine Siefkes, Hör eenzig Eegen. 64 S.

Wilhelmine Siefkes, Tant' Remda fahrt na Genua. 95 S.

Wilhelmine Siefkes, Tüschen Saat un Seise. Gedichte. Neue, wesentlich erweiterte Ausgabe, 48 S.

Wissenschaftliche Nachdrucke:

W. Lüpkes, Ostfriesische Volkskunde. Unveränderter Nachdruck 1972 der 2. durchgesehenen und erweiterten Auflage Emden 1925, XVI. 398 S.

Oskar Schwindrazheim, Ostfriesisches Skizzenbuch. 40 S.

Cirk Heinrich Stürenburg, Ostfriesisches Wörterbuch. Unveränderter Nachdruck 1972 der Auflage Aurich 1857, XII. 356 S.

Tileman Dothias Wiarda, Ostfriesische Geschichte in 11 Bänden. Faksimiledruck, insgesamt 5000 S.

Mundartschallplatten:

Die Reihe PLATT AUF PLATTEN bringt Aufnahmen mit Werken von John Brinckman, Arnold Dyck, Gorch Fock, Johannes Gillhoff, Klaus Granzow, Klaus Groth, August Hinrichs, Krüschan Holschen, Moritz Jahn, Siegfried Kessemeier, Rudolf Kinau, Walter A. Kreye, Hinrich Kruse, Fritz Reuter, Alma Rogge, Jobst Sackmann, Wilhelmine Siefkes, Kurt Sigel, Heinrich Schmidt-Barrien, August Schukat, Karl Wagenfeld, Augustin Wibbelt, Wilhelm Wisser.

 **Verlag SCHUSTER D 2950 Leer**